长篇小说

荒 路

吉志 ◎ 著

江西人民出版社·全国百佳出版社

人物表

丁宝非　保安经理,后为芝都电厂物资科副科长、科长,辅业公司副总经理、总经理,芝都电厂副总经理

柏　筱　芝都正天电力工程有限责任公司副总经理、总经理,齐明松情人

齐明松　芝江省电力公司总经理

罗正平　齐明松大学同学,芝都正天电力工程有限责任公司董事长

方　梅　芝都电厂物资科职员,后为物资公司副经理,丁宝非情人

漆汉昆　芝都电厂副总经理、总经理

葛联军　芝都电厂总经理,后为党委书记

李　沁　丁宝非妻子

李　蔓　芝都电厂劳动人事科科长,后为纪委书记

谭加健　芝都电厂物资科科长,后为总经济师

左　兵　宏达机电贸易公司总经理

华丽萍　宏达机电贸易公司职员,左兵情人

邹雅琴　大世界贸易有限责任公司副总经理

黄金河　齐明松大学同学,芝都市市长,后为市委书记

黄　婷　齐明松大学同学,华流县农业局长,后为副县长

叶好龙　华流县县长、书记,后为市委秘书长,黄婷丈夫

乐　庆　华流县副县长,后为县长

阿　丽	丽春咖啡馆老板,柏筱好朋友
崔　燕	芷江省建设投资公司总经理
裘　杰	芷江省电力公司副总经理
刘　洋	芷都电厂物资科副科长,后为物资公司经理
单　蓉	柏筱助手,芷都新远燃料公司副总经理
熊长远	芷都新远燃料公司总经理
陈歌、贺小妹	明天电力集团公司副总经理
沈　阅	方梅丈夫
孙在兵	保安,后为丁宝非的干将
方　成	芷都电厂燃料科科长,后为工会副主席
胡　训	芷江省电力公司办公室主任
蒋　松	平山电厂厂长
步少成	兴达证券公司总经理
燕　萍	兴达证券公司职员
阿　平	大学生,后为邹雅琴的助手、情人
阿　明	大学生,后为柏筱知己
小　鞠	小学老师,后为罗正平情人、妻子
张小玲	罗正平妻子,后离婚
芳　芳	丁宝非女儿
萍　萍	崔燕女儿
春　娥	孙在兵前女友,后为卖淫女
韦玉琼	芷都市政府办公室副主任,后为芷都市委副秘书长
邹美丽	芷江省电力公司办公室职员
焦　平	芷江省二建包工头
王汗成	深圳凡尔达投资公司总经理

目　录

第1章 失窃风波

虹彩花园 A 座 2602 室昨晚被盗。

先是保洁员发现的。2602 室的防盗门从早晨到中午一直虚掩,她觉得不对,就去敲门,敲了半天,里面没反应。她赶紧叫值班保安,保安来后使劲敲门,仍无反应。他马上给保安经理丁宝非打电话,对方关机。保安不敢耽误,赶紧打电话给物管公司刘总。刘总接电话后很快赶到现场,并吩咐保安尽快把丁宝非叫来。等丁宝非赶到时,刘总带着几个保安已进入 2602 室。刘总怕业主出事,人命关天,也就顾不了许多。

装潢得富丽堂皇且不失典雅的客厅和居室一片狼籍,主卧衣柜里的保险箱被撬开。看见丁宝非进来,刘总狠狠地瞪他一眼,叫他赶紧向派出所报案。一会儿来了两名民警,进屋进行现场拍照。因主人不在,不知失窃何物,无法做笔录。

盗贼是用特殊工具将防盗门撬开的,手段极其高超。从作案技巧看,盗贼肯定是训练有素。昨晚是丁宝非和孙在兵值班,刚才关机正是在补睡。他不时向刘总唠叨昨晚的失职。刘总心绪很坏,几次不满地瞪着他,但又不好说什么,在没弄清缘由之前,谁都不好责怪。

送走了民警,刘总到监控室打开昨晚的监控录像,发现凌晨一头戴礼帽、满面胡须的中年男子匆匆从 2602 室出来进了电梯。在电梯里,中年男子用报纸遮挡了头,无法辨识面孔。中年男子从电梯出来后,很从容地走出了 A 座大门。整个过程足有 7 分钟。

刘总问:"这段时间你们到哪?"

丁宝非低下头,打着哈欠,像犯了错误的小学生轻轻答道:"出去透了会儿气。"孙在兵大气不敢出,喃喃地:"我去了趟卫生间。"

刘总训斥道:"多次交代你们,监控台前任何时候不要离人。这是明知故犯,要承担一切后果。"说完,气冲冲地走了。

当上保安才几个月的孙在兵吓得出了一身冷汗。他清楚此事的后果,业主一旦找麻烦,自己会被罚得一无所有。他忍不住"呜呜"地哭了起来。丁宝非拍拍他的肩,安慰说:"男子汉要经得起风浪,大不了走人。此处不留人,自有留人处。

如业主找麻烦,一切由我负责。"孙在兵感激地望着他,想起前几天接到母亲在医院住院要寄钱的电话,正在苦恼时,也是他动员几位兄弟一起凑了 2000 元才解了燃眉之急。"丁哥,谢谢你。"孙在兵停止了哭泣。

两天后,2602 室主人柏筱回来。当她的红色宝马晚 12 时出现在 A 座,值班保安告之其家被盗的消息时,她顿时花容失色,如遭炸雷,跌跌撞撞地往电梯里冲。家门口已安排保安 24 小时守护。柏筱推开保安夺门而入。她首先想到的是保险箱里的存折,一看,傻了眼,所有存折和房产证全没了。她瘫坐在地上,脑子里一片空白,半天才醒过来。这时,得到通报的丁宝非不请自进,首先问她少了什么。柏筱圆睁一双杏眼怒视他,许久不吱声。丁宝非也用困惑的目光盯着她,观察她的变化。两人一直僵持十几分钟。最后还是柏筱无声地摇摇头,算是对丁宝非的回答。柏筱痛苦和无奈的表情被丁宝非一清二楚地看在眼里。他心里也在犯嘀咕,担心她说出什么,否则不好收场。

丁宝非说:"已报了案,现场也拍过照。民警说等你回来,到所里去做个失物笔录。"

柏筱慢慢站起来,一脸苍白,身子还在发抖,怒吼起来:"找他们有什么屁用。你们这些保安吃屎呀,什么安全系数一流,他妈的全是放屁。"

丁宝非马上惶恐起来:"对不起,是我们失职。一出事,就给你打电话,一直关机。谁都不愿发生这种事,我们已感到痛心。防盗门明天就派人修好,请你放心。民警说了,你回来一定要去趟所里,否则我们不好交差。"

柏筱听不进他的唠叨,很烦躁地向他挥挥手,下了逐客令。她才不相信这些警察,有多少盗窃案件能破?到他们那儿,没事都会弄出事来。她没好气地吼道:"你们交不交差干我屁事,我只找你们。"少几件衣服和几万元钱其实无所谓,关键是她的存折和房产证没了。好在都设置了密码,到了盗贼手上也是废纸一张。房产证盗贼拿去根本无任何用处。而存折和房产证的事是不可告人的,让警察一干预,麻烦就大了,只有息事宁人。

丁宝非走后,柏筱踢掉脚上的鞋子躺在沙发上,心绪又乱又烦,拿出手机拨了齐明松的电话,待对方还没响时又立即关上。她顿时想起两人的约定,也许他已关了机。存折上的数额有 1200 万元,房产证有 7 套。她后悔没听齐明松的话,如果分散存放,就不至于全暴露,都怪自己太相信了虹彩花园的牛皮广告。"盗贼行窃的目的是什么?"她展开充分的想象。时下有不少小偷窃物到手后都把存折扔掉,也有个别恶作剧,将存折寄到纪委,结果弄出大贪官来。如此就害了明松,也把自己搭上。想到此,冷气从她脚底直往上蹿,全身冷飕飕。她马上坐了起来,双手合十,向上天祷告,愿小偷放她一马。她又突然想起床头柜里存放了1万块钱。善良的人都如此考虑,现在小偷多如蝙蝠,常常夜里光顾居所。小偷一旦进入,没有收获就大发淫威,闹你个天翻地覆。为了破财消灾,只好留一点甜头给毛贼。她拉开床头柜一看,1万块钱还静静地躺在那里。柏筱此时更傻眼了,血往头顶上冲。盗贼行窃的目的看来很明显,完全是冲着她的存折和房产证来的。不要钱物,却要存折和房产证,显然不是一般小偷。她脑子忽然麻胀起来,神情恍惚地拨了齐明松的手机,对方已关机。又拨宅机,半天,话筒里传来一声懒懒略显烦躁的女音:"谁呀?深更半夜的。"柏筱握着手机大气不敢出,等待齐明松的声音。见没反应,对方骂了句:"神经病。"就搁了话筒。

柏筱知道明松妻的厉害,不甘示弱地对着手机大声回骂一句:"你才神经病。"把手机狠狠地摔在沙发上,打着赤脚发疯般地在客厅里走来走去,口里不停地嘟囔着:"男人真不是东西,不是东西。才回来就跟女人做鸳鸯梦。"想着一定要与明松接通电话,不管三七二十一又拨通了齐明松的宅电。响了一阵后终于传来了齐明松浑厚的声音:"你好!"齐明松接任何电话都是这么彬彬有礼。柏筱急迫地报告情况,没等说完,齐明松打断她:"有事明天到办公室谈。没规矩。"就放了电话。

一句"没规矩",使柏筱的思绪回到现实中,知道今晚犯规了,明天又得挨一顿臭骂,责怪自己自控力差。齐明松很在乎自己的原配,虽然妻子蛮横、刁泼,既出不了厅堂也下不了厨房,但从不嫌弃,处处相敬如宾。柏筱多次问他何因?他一本正经地回答:"真正懂历史的人都知道,男人再发达也不能嫌弃糟糠之妻。这是铁律。何况她一家在我成长时期有恩于我。"柏筱哑然,知道自己遇上了一位真正的男子汉,男子汉中的男子汉。他很男子汉的风格体现在很多方面,如沉稳、大气、豪放、睿智、负责任、敢想敢干等,真正吸引她的还是他过人的胆魄。

7年前,21岁的她从师范学院毕业后分配到老家中学当教师。那是一所远离喧嚣、四面环山、交通阻隔的贫困中学,业余生活极其单调,晚上除了观看几个雪花点的电视频道外无事可干。父母务农,她没有一点社会背景,能分配到中学任教还多亏了舅舅的四处疏通。称得上校花的她在校时是众多男生追求的对象,当她在毕业前夕把一切交给自认为能托付终身的他后就铸成了大错。高大英俊的白马王子李强压根儿就不是为了爱,当得到她的一切后,就很轻松地向她扬扬手,似乎她是一块随人可用的抹布。那时她曾有过死的念头,后来是室友反复劝她别把爱当一回事,说现在是性的年代,等有了爱的时候都成老太婆了。清醒后看看周围,果真没成几对,都没事儿似的握手道别,还玩笑说今生做不了夫妻来世再做夫妻。李强恋前信誓旦旦要帮她落实工作也自然成了泡影。孤助无望的她只能背着行囊走进大山。过了半年多囊中羞涩、生活贫乏的日子，她向校长递交了一纸辞职报告，坐上了驶往深圳的火车。

在深圳，她应聘到了罗正平的公司。罗正平是齐明松的大学同学，这是后来才知道的。罗正平原是某市电力设计院的工程师，下海时间不长，只能算是皮包公司。她的工作其实很简单，每天只是接接电话，了解业务人员的去向和工作情况。这种单调的工作使她兴奋两个月后就失去了兴趣，渐显无聊和寡味起来。她向罗正平提出换岗要求，没成想遭到一顿劈头盖脑地批评："不要太浮躁，应该沉下心来，什么都有门道，急功近利做不成大事。古人云：器者，磨也。李嘉诚这样的大器人物，也是慢慢从跑堂磨炼出来的，何况我们这些小人物哩。"接着谈起了他创业的艰辛，令她啧啧称奇和感动不已。打这以后，罗正平反倒重视起她来，有应酬就带她去，好在她酒量不错，渐成了罗正平酒桌上的重磅炸弹。

有一天，罗正平从芷都回来带她到咖啡屋，说有要事相谈。傍晚的深圳流光溢彩，五颜六色的霓虹灯交相辉映，喧闹的气流把这座年轻城市的欲望膨胀开来。来深圳快一年，单独与男人在朦胧和暧昧的卡座里相向而坐还是第一次，她显得不自在，不由紧张起来。罗正平要了一支芝华士，笑着说："放松点，只给你谈点正事，没别的意思。咱们今晚喝点洋的，这玩意口感好，开始有点不习惯，多喝几口就会上瘾。"她还是警惕地望望四周，看到的是一对对情侣，不好意思地低了头。和着美妙绝伦的古典乐曲，他们无声地慢慢碰着杯。隐约浮动着的玫瑰色光块，把模糊的光斑投映到典雅的摆设上，整个大堂显得庄重而清致。她还真是有点喜欢这酒了，细细品味，满嘴清香。

罗正平说："在谈正事前，问你一个问题。行吗？"

她点点头，爽快地答道："行。"

罗正平补上一句："但要真实地回答。只有让我了解你的过去，才能考虑下步安排。"

她知道，这段时间罗正平一直在芷都活动，隐约听说他要去芷都大发展，但究竟发展什么？不得而知。她毫不犹豫地说："没问题，我的过去很简单，什么都可告诉你。"

罗正平笑笑，说："女孩子到了这个年纪，一般都谈过恋爱。以我的判断，你一定有过不堪回首的过去。"听了这话，她内心隐隐作痛，难过地低下头，两行泪水禁不住流了出来。罗正平递几张纸巾过去，她接过轻轻拭着眼睛，一副可人心疼的样子。罗正平接着说："我无意揭你的伤疤。不过有这样的过去并非坏事。我就经历过,倒给我经验和体会,使我清醒和成熟。没什么,世上的事就是这样,该是你的就是你的,偷也偷不走;不是你的就不是你的,抢也抢不来。一得一失,一失一得,事情就是这样周而复始。为失去的遗憾和痛苦,只会带来更多的烦恼。生活中美好的东西多的是,就看你如何把握和撷取。有一句名言:机会是均等的,关键是你的努力。更有一位哲人说过:满身的伤痕,就是人的财富;没有这些伤痕,人不会长大。挫折是一种经历,它能帮人们在成长中丰富思想;挫折是一面镜子,它会在人生道路上,让你认清人性的弱点;挫折是一把工具,让你学会与困难和险境抗争;挫折更是一笔财富,在经历了风雨之后,让你积累了经验,沐浴了阳光。所以,人们,尤其是年轻人,更不能为挫折和伤痕而苦恼。"

她默默地点点头:"道理我懂,就是放不下。"

罗正平点燃一支烟,猛吸几口,慢慢吐着烟圈:"我完全能够理解,人到了什么都能放得下时,就已经老气横秋了。从哲学来讲,放与不放是一种境界。从佛学来说,放与不放是一种心境。哲学讲理性,用理智克制一切。到能用理智克制一切时,你的境界就非同一般了。佛学讲氛围,在清净和肃穆的殿堂里,你的心境自自然然就平和了。所以佛教净地能让人忘性、忘情、忘难。待有机会带你到九华山等处感受一下,这另一番的洞天世界会让你改变对现世的看法。现实中,我们会为许多常规所累,就像一个圈内的陀螺,无论转多快,总离不开规定的小圈。佛教认为不要为概念所困,不要为自己的习气所限制,如此便能自由地获得一种好心境。执著于美丽的概念就会限制你,将你捆绑成结,而且禁锢你。如果你想象某人是纯洁的,那也是一个概念,也会绑住你。因此,我们要从内心把纷乱的世界看成一种氛围,除却一切干扰,静心面对一切,这时就没有什么放不下了……"罗正平滔滔不绝地说了一通哲学和佛学论点,还讲了不少故事,让她眉头舒展开来。其实她已经淡忘过去,不是他的提起,是不会念及的。但毕竟是初恋,有过许多难忘的月下美景和不少刻骨铭心的美好时刻。而过去了的片断回忆带给她的却是惆怅和苦涩。她痛恨李强埋葬了她的青春,更痛恨他毁掉了她的前程和憧憬。她知道背负沉重包袱度日于事无补,但就是难以彻底抛弃。这是没有办法的,要让一个从大山走出来的山妹子一下子学会从容以对复杂的世界是不现实。山风山情教了她忍耐和吃苦,更教会了她诚实和宽容。忘记所有、放下一切确实很难做到,除非有新的填补。离开大山到深圳除了摆脱窒息和贫穷外,更主要的是寻找爱。她做过无数个梦,浮现的是各色各样的男子,但一直定格不了何种类型。不堪回首的过去使她不敢妄想白马王子,心想还是随缘吧。

罗正平又要了一支芝华士,两人一边说话一边频频碰杯。窗外夜色渐浓,大堂里《舞女泪》的音乐变得深沉和凄婉起来。罗正平说，此曲与这里的气氛不协调。她就说，到这里来的并不全是成功者呀。罗正平笑笑："你说得对，人人都有一把辛酸泪，成功的过去有，不成功的现在有。还是说说你的过去吧。"

于是她就和着《舞女泪》的节拍把她的恋史一五一十地讲出来。也许是这里轻松和浪漫的气氛所感染，也许是罗正平的一席劝说所致，讲到动情和辛酸处竟没有湿眼。她想现在真的放下了，讲完后心里不再感到揪揪的，反倒有一种解脱和释然的感觉。罗正平抓住她的手，轻轻拍拍，说："李强伤你不轻，不过他教会了你人生的道理，在现代社会不要太计较感情。什么最珍贵？顺畅的安身立命之路和良好的心境与感觉才是最珍贵。要学会逃避与容忍。大家都认为心胸宽广是一种美德。要扩展心胸，重要的是不要安于令我们舒适或习惯的东西。如果我们有勇气超越世俗，不被惯常逻辑的界限所限制，就能获益。感情就像一块手帕，用久了就会旧，到时就会扔掉。信息社会与传统社会人的观念大不一样，当今最时髦的是活得浪漫、活得现实、活在当下……"

柏筱慢慢听出一点眉目来了，罗正平是在给她做思想工作，不外乎要她去施美人计攻大关。也许芷都有担大业务，他要下大赌注了。她打断他的话："罗总，你就直说了吧，不必绕弯弯，只要不违反我做人的准则，会尽力而为的。"

罗正平惊喜地张开大嘴，夸奖道："你真聪明。不过我还不至于龌龊到这一步，决不会做昧良心的事。"

柏筱缓了一口气，知罗正平的人品，相信他不会逼良为娼，也许他真的需要帮助。在这些日子里，她耳濡目染了他的艰辛与困境，如不寻取突破和开拓，终难成气候，说不准那一天就会被市场经济的大潮淹没。她微笑着点点头："我信，你说吧。"罗正平激动起来，端起酒杯与她使劲一碰，说："柏筱，爽快。我早就看出你是个难得的人才。好吧，我就直说了。我有个大学同学在芷都发电厂当老总，叫齐明松。那是一个拥有4台30万机组的大厂，每天用煤量上万吨，我想把燃煤业务全部或大部分拿下来。想想看，这是一个多么诱人的蛋糕。我与齐明松谈过无数次，基本商定了一个方案，但要有一位精明细巧的人去运作，其中的曲直过去了再细说，运作得好，你我都有得大赚，你的出头之日也就指日可待。走出了这一步，我们就成为平等的股东，今后就绑在一个战车上，一荣俱荣，一损俱损。这是一次机会，真是一次难得的好机遇。现在有多少人在攻齐明松呀，一天到晚被围得水泄不通，只要能拿到些小业务量，足使你一夜暴富。我以前一直忽视了这位老同学，真是糊涂。而现在他的胃口被撑大了，小打小闹打不起眼，有更直接和更隐蔽的想法，就是一起成立股份公司，把这块业务长期控制在手。

他又处在敏感位置,不能直接出面,这就需要一位代理人。而代理人又要十分可靠,最好能成为他的知己或红颜。我观察了很久,你是一位十分可靠和信得过的人,具备了现代女性的众多优点,只要你能走出这一步,就成功了一半。我那位老同学在学校就是佼佼者,有众多石榴裙围着他转,但家有旧约,始终春心不移,是一位真正的男子汉,很值得仰慕倾心……"罗正平越说越兴奋,充分发挥其想象,把他们的合作描绘得尽善尽美,仿佛一座金山已经躺在脚下,只差孙悟空式的那么轻轻一跃。

那一夜,她失眠了。经过几天的痛苦思索,她最终选择了与罗正平合作。她清楚自己的命运,在当今社会没有任何背景和关系是难以出人头地,要想尽快改变命运,走捷径不失为一个明智的选择。而当时她的捷径是有底线的,只不过是后来的事态发展身不由己了。

第2章　悠悠往事

柏筱不清楚自己如何在沙发上睡着了,醒来窗外已是白光刺目。她简单地漱洗一下,提着手袋就往楼下跑。她要赶在齐明松上班的第一时间将情况告之。这是要命的大事,她是无法面对和处理,想明松昨晚也不好过,定承受了一晚的苦思,看他有没有琢磨出什么好对策,顺利渡过这一难关。

刚发动车子,丁宝非走过来敲她的车窗:"柏总,我已给派出所打了电话,他们九点钟过来,你能等等吗?"柏筱从昨晚开始十分讨厌他,像一个幽灵似的在你面前晃荡,眼睛里透出来的光怪怪的,似要掏你的五脏六腑。说不想见警察,总要逮住这个话题不放,给她的心里压力很大。她白了他几眼,没吱声,踩下油门,车子突的一声飞奔而去。

芷江省电力公司大厦坐落在风景秀丽的芷湖旁。

耸立云天、造型独特的电力大厦是芷都市的标志性建筑,也是齐明松的政绩工程。3年前,一到省电力公司总经理的任上,第一件事就是提出要建芷都市第一大楼。市长黄金河看了他提供的大厦图纸,赞叹不已,当即拍板在芷湖旁送给他30亩地。当时齐明松并不卖老同学的账,他看准的是广场旁边的一片拆迁地,理由是芷都第一大楼应该坐落在市中心,他需要的是集聚和轰动效应。黄金河有自己的小算盘,到市长任上已有两年,当初做大做强、美化优化城市的诺言还是空中楼阁。他太了解齐明松的个性,在大学期间就显出了干什么都要争第一、不甘居后的要强性格。省电力公司是中央直属企业,实力雄厚,只要拉住了这位老兄干一两件大事,也可起点示范效应。他想学习大连经营城市的做法,通过市场运作,把芷湖整治好。芷湖是芷都市的内五湖之一,面积居内五湖之首,位置与其他内四湖相比稍偏,加上周边居民的无序排放,湖水污染严重,到了夏天,方圆百米异味弥漫,路人无不掩鼻,因此芷湖附近一直发展不起来。近几年民声通道反映最大的是芷湖的整治问题。经过测算,如要彻底整治好需投资10个亿,靠市财政只能是天方夜谭,靠贷款又要冒很大风险。于是,他提出一个思路,谁整治好芷湖,芷湖西面的两千多亩土地无偿归谁开发。拿出去招了两年商,无一家公司感兴趣。如果能让芷都第一大厦落户芷湖边,无疑会对芷湖整治招商起到催化作用。两人道不同谋不合,谈了半天,不欢而散。第3天,黄金河到齐明松办公室,闭口不谈地的事,却大谈特谈大学时代的趣闻,末了请他到大连和杭州散散心。齐明松可没这种雅兴,为地的事烦恼得几天没合眼,很不高兴地责怪他不够仗义。黄金河嬉皮笑脸且夸张地摇着他的手,说老同学不要着急嘛,散完心后再谈正事不迟,咱哥儿俩有什么事不好商量呢?齐明松深知他的德性,有什么事都爱绕弯弯,从来没爽快过。大学毕业后,他们很少联系,由于性格不合,在学校两人话就不多,现在都官至厅局级了,按时下官场规则,早就该结成政治联盟,形成一股稳定的政治力量。可他们有事除了电话联系外,从来没有双双出入过高档酒店。齐明松心想,有什么办法呢?得求人家,只有依他,看他葫芦里卖的什么药。黄金河为了达到自己的目的,可谓是费尽心机,带着城市规划师、市知名经济学家和年轻貌美的女接待科长陪齐明松到两地转了半个月。一路上,两位专家不停地在齐明松耳边聒噪经营城市的理念,集中传导在经营城市的过程中企业如何获利。尤其是看了大连的发展格局,他对芷都的大发展大扩张有了一丝清晰的认识,引起了一些共鸣,渐清楚黄金河的良苦用心。但企业家和政治家的目标有时是迥然相异的。而黄金河早准备了足够的耐心,不断向他展望芷湖治理后的美丽与可爱,处处呈现风清水洁、树影婆娑、百花斗艳、鸟语花香的美景。到了那时,芷湖将是芷都万人景仰和休闲的胜地,周边土地及建筑的价值将会得到无穷的提升。回来后,黄金河租了一架直升机带着他在芷都上空转了半天。内五湖像五颗明珠镶嵌在芷都的胸膛上。由于当时城市建设向其他内四湖集聚,已成拥挤之状,而芷湖的西面成开阔之势,是芷都以后发展的主方向。到时候,芷湖就成了次中心区。这一下,他终于看清了芷湖的开发价值,心中豁然开朗。当晚,他在紫金大酒店摆下宴席,与黄金河高兴地碰起了杯,不光接受了他的条件,还提出芷湖整治一揽子事由他来谋划。他果真气魄非凡,在建设电力大厦的同时,以省电力公司职工持股会为主体,吸引了诸如罗正平等众多民企组建了芷湖开发公司,由省电力公司担保,向银行融资 10 亿元,投入到芷湖的整治中。同时,开发公司取得了芷湖西面 2000 多亩土地的开发权。这一大手笔使齐明松名声大噪。

齐明松早早地来到办公室,失窃事件使他一夜未眠。他还从未遇到过如此担惊受怕、脊背透凉的事,处理不好会引爆他的政治生命,其后果不堪设想。女人就是目光短浅,当时要她把这些资金全部投入芷湖开发公司,她总唠叨不能冒这么大的风险,拿投资黄金分割法理论来遮挡。这倒好,黄金分割法理论捅出了这么大的漏洞。都说女人是祸水,现在出事的大大小小官员多是女人牵扯出来的。悔不该当初走出这一步。"唉……"他长长地叹口气,想把心中的郁闷排掉。可现在后悔已晚,既然已经绑在一起,只有死心塌地走下去,没有任何选择,只能听天由命。

他与她成为情人,都是罗正平作的孽。当时罗正平软磨硬泡要把电厂燃料业务给他做,因抹不开老同学的面子,只好答应。那一段时间,罗正平天天围在他身边,经常晚宴后把他拉到歌舞厅,找一些亮丽女子陪唱陪跳。起初他极不习惯,禁不住罗正平的鼓动和靓妹子的柔情,慢慢也就适应了。每当玩到兴致处罗正平就劝他找一位情人,调剂一下生活,说时下成功的男人都拥有多个性伙伴,否则就白活了。他也曾有过念头,但怕招来麻烦,引火烧身,仅是闪念而已,男人的志趣应是事业,不该儿女情长、拈花惹草。罗正平就笑他:"你还真以为你高尚、纯洁、伟大、与众不同?你看看这些比你官大得多的人,有几个不是左拥右抱?你越是装纯真,别人越认为你土老冒。"他不断地摇晃头:"不要把我往火坑里推。"罗正平开导他:说帮他找情人有两层意思,一是可撑面子,二是以她的名义入股燃料公司。人都物色好了,年轻漂亮,亮丽可人,品高性雅,忠厚诚实,似春风杨柳,恰秋水伊人,值得信赖和利用,包他满意。如不中意,就当交上一位异性朋友。在罗正平不断鼓捣下,他只好答应试试,想想都 40 多岁的人了,是该有些变化,就当赶一回时髦。不是说与时俱进嘛,也俱进一回吧。他玩笑道:"我早就性冷淡了,没有能力享受艳福。"罗正平知道,在男同学当中,能够守得住寂寞的没几个,齐明松算是一位正人君子。传颂他好口碑的还是在校期间对刘好的忠贞不渝。仰慕他的女同学哪一个不比刘好强几倍?而他硬是与刘好将爱进行到底,害得至少有 3 个如花似玉的女同学一直对他耿耿于怀。刘好属于那种尖酸刻薄、心胸狭窄、醋劲大发的人，婚后看到有几个情意绵绵的女同学时不时的与他来往，就大撒泼野，三天两头与他打"伊拉克"战争，害得他经常"坚壁清野"，左躲右藏。有位叫黄婷的女同学看不惯刘好的霸道，要为齐明松出气，找刘好评理，结果是动起了手，两败俱伤。从此以后，齐明松面前就再也未出现女同学的身影了。做一个这样的"好男人"，齐明松也乐此不疲。罗正平清楚，任何一个男人在这种环境中都会"长眠不醒"，就逗他：你呀，是被刘好这座大山压住了，只要我们把你解放出来，肯定是一头雄狮出山。说最近在网上看见一则有趣的东西，打开你的手掌，一看就知你是哪种性能力的人，拇指以下厚度如肉球的性能力 99 分，小指以下肌肉高鼓的性能力 90 分，五指根部不厚实的性能力 40分，生命线末端分叉的性能力 20 分。他要他把手伸过来。齐明松就像小学生一样乖乖地将双手伸到他面前。罗正平惊叹："哇，你看看，你的金星丘，也就是拇指以下至掌根部间的部位，肌肉发达丰厚，色泽细润有弹性，称得上情圣。"两人顿时哈哈大笑起来。

当罗正平将柏筱带到齐明松面前时，犹如一朵雪莲飘然而至，一缕淡淡的体香和甜丝丝的气息扑面而来。他眼睛一亮，只见柏筱身着一袭洁白的连衣裙，身材颀长，胸脯高耸，明眸皓齿，柔发比肩，肤白似脂，气质高雅，亭亭玉立，既端庄贤淑，又婀娜飘逸，恰似仙女下凡。

"您好！齐总。"柏筱的声音像黄莺鸣柳，悦耳动听，同时将细白玉手大大方方、自自然然地伸了过来。齐明松握着她的嫩白小手，软软滑滑地，特别舒服和畅意。心想罗正平真他妈的有能耐，把一个如此美妙的绝代佳人送到面前，还要与她共唱一出戏，真服了他。齐明松拍拍她的手，说："早就听说你貌美品佳、风正性雅，连针黹女红，厨艺理家都十分精通，真是一位大家闺秀。"柏筱露出甜蜜的笑："感谢夸奖，只要齐总不嫌弃，就是祖宗烧好了高香。"

初次见面，柏筱就给他留下了绝佳印象。以后的合作就完全按照罗正平的设计进行。当时他们成立了"芷深燃料有限责任公司"，罗正平百分之四十的股权，芷都电厂和柏筱各 30%的股权。能够组成这种股权结构的燃料公司完全是齐明松的出色杰作。电厂班子起初全力反对，说电厂不能绝对也应该相对控股，不能把控制权交给别人。因为电厂的燃料成本占了总成本的百分之七八十，对企业成本控制举足轻重，也是电厂管理的核心部位。齐明松从管理的高度说服大家："现在是市场经济，充满了竞争，而我们的机组利用小时很低，峰值时也不能完全出力。一方面设备闲置，维修费用一分不少；一方面财务费用大，贷款利息不能拖欠。这就把我们逼向了墙角。现在已经出现了巨额亏损，我们必须要改变思路,要在成本控制上下工夫。这几年在开源节流上做了很多工作,效果并不明显。问题出在哪里?在机制上。国有企业的机制不活,而民企的机制在市场经济中游刃有余。我们要想办法引入民企的管理机制,提升我们的管理水平,降低管理成本。燃料采购与市场联系最紧密,也是我们管理中的难点,现在计划煤指标控制得越来越紧,逼得我们只有找市场。这几年燃煤采购费用只增不减,凸现出我们燃料采购的缺陷。另一个也是我最担心的是近几年连续出了几起燃料受贿案件,我们要为职工负责呀,有责任保护他们。我做了一个调查,全国有不少电厂燃料采购实现市场化运作,取得了很好效果。我们的着眼点不是控不控股,而是能不能降低成本。如我们控股,管理上肯定无法突破,机制仍旧不活,又有什么意义?省委九届一次会议提出国企改革只求所在不求所有,我们又何必要去争控股权呢?再说我们与芷深公司是合同关系,价格一次定死,量价保证,质量由我们把关,采样、制样、化验三个重要关口由我们控制。这样一来,至少我们省了一大笔采购和管理费用,煤价也有可能降下来。即使合作中出现障碍,主动权还在我们手里。这可是一个双赢的最佳方案。我们何乐不为?”齐明松在班子里威信一直很高,加上他思维敏捷、思路开阔,多数唯他是瞻,一席话就统一了大家的思想和认识。柏筱名下 30% 的股权有 25% 是齐明松的,罗正平实际上只送给了她百分之五的股权。对此,柏筱倍感欣慰,那可是实实在在的股权啊。

从此,芷电公司的所有燃煤采购移交到了芷深燃料公司。芷电燃料科的原有班底大多数转到了燃料公司。罗正平扎在了这里,自任总经理。柏筱任第二副总经理,成为他的得力助手。芷电燃料科科长方成任第一副总经理。那时的煤炭是买方市场,煤贩子满天飞。罗正平、柏筱与煤贩子整天讨价还价,把落地价压到最低,弄得煤贩子一个个嗷嗷大叫。民企机制,在这时真是魅力无穷、威力巨大,原来办不到的事,现在桩桩可成。其实里面并没有什么奥妙,只是施用手段有异,责任意识不同而已。3 个月下来,燃料公司获利巨丰。在这 3 个月里,齐明松的休息时间几乎被罗正平和柏筱占有。不是拉去打牌,就是拉去钓鱼,或去兜风,使他享受了人生从未有过的欢娱与快乐。柏筱对他温情脉脉、爱意浓浓,像女儿对父亲般的入微,更像情人似的体贴。在衣着上,她给他里外大翻新,无论是配备的西装抑或是挑选的夹克,十分贴身。发式上也给他扮帅,设计成“领袖”型,更显得风流倜傥,风度翩翩。罗正平经常逗趣他们,说是前世修好的缘,才子佳人,天造地设,绝世逢双。说得柏筱心中撞鹿,眉低脸热。说得齐明松思绪纷纭,心猿意马。

真正使他们走出这一步的是半年后的一次出差。那次不知是罗正平的有意安排还是情到深处自然成。罗正平在陕西联系到了几十万吨价位较低的优质煤，苦于要不到车皮。齐明松拐弯抹角地找到了曾经打过两次交道的铁路局计划处长，罗正平就非要他出马不可。齐明松只好亲自上阵，费了九牛二虎之力才把处长请出来。处长是蒙古族人，长得人高马大，豪爽得很，端起酒杯只认酒不认天王老子。齐明松与他过过招，知其海量，几杯下来就俯首称臣。处长劲到兴处不甘罢休，非要他们派一人出来。柏筱仗着自己"打过天下"，毫无畏惧地与他"一来二往"。实际上这是罗正平的策略，今晚这酒非要喝赢。柏筱已准备把命豁出去。喝到最后，处长向柏筱拱起了双手，连说遇到了对手，爽快、爽快。趁酒酣耳热之际，柏筱把嘴贴过去咬了一阵耳朵。处长十分痛快地一挥手，大叫："没问题，不就是几个鸟车皮吗？马上给你签掉，明天就把章盖上。"

回到宾馆，柏筱已不知天南地北了，身子像散了架似的倒在沙发上，鼻孔里呼着粗气。罗正平对齐明松说："今晚你就不要装正经了，陪到底吧。好歹把她交给你了。"罗正平离开房间时还扮个鬼脸，"祝你渡过一个美好的销魂之夜。"

齐明松给她泡了一杯茶，放在茶几上，说："喝口茶吧。"柏筱没反应，头已歪到沙发扶手上。齐明松一看，已经睡着了。他轻轻坐在她身边，细细端详起来。酒精把她的脸烧得通红，一张小巧玲珑的嘴微微张开，有节奏地翕动，冒出一股股芬芳的酒气。修长的睫毛盖住了乌亮和会说话的眼睛，光洁的额头和翘楚的鼻翼上沁出细细的汗珠，显得柔美温顺，无限爱怜。也许是酒力的作用，也许是暧昧环境的效果，此刻他热血沸腾，周身膨胀。通过这一段时间接触，他感到她是一瓶美酒，是一朵迷人的玫瑰花，是一本引人入胜的精装书，是生活的动力源。这些日子，她给了他快乐，给了他自信，给了他无穷的智慧。他心里完全接受了她，既年轻漂亮又善解人意，既聪明灵活又诚实可靠。与她定期和不定期厮守，应是美妙绝伦，万无一失。人生苦短，这美好时光不应无视，更不应放过。想到这，他情不自禁地深吻她的额头、眼睛、脸颊、嘴唇。而柏筱还在迷糊中，对齐明松的热吻无任何反应。这时手机响了，是罗正平交待他们明天上午好好休息怡情，早餐已安排服务员送到房间。齐明松不得不佩服他的精明与老到，会心的笑了，还骂了句"你这兔崽子。"罗正平开怀大笑起来。关机后，齐明松冷静下来，琢磨不该在她不清醒时占有她，应是两厢情愿，心身相融，否则会埋下隐患，种下罪恶的种子。他走进洗手间，清洗完冲浪浴缸后注满热水，脱光衣服，仰面躺在热水里。两边的喷水打在身上，舒服至极，疲劳顿消。他干脆闭上眼睛，尽情享受冲浪的快意，而整个思绪却被激情浸淫，满脑子是柏筱可心、可意、可爱、可信、可靠、可掬的言态。水凉了,又加热。不知过了多久,外面响起了呕吐的声音,接着洗手间的门被撞开。看到齐明松赤身裸体躺在浴缸里,柏筱先是一愣,还是不顾一切地扑到坐便器上,翻江倒海般地吐起来。齐明松走出浴缸,拿块浴巾围住下身,一手扶住她,一手轻轻拍她的背部。柏筱边吐边说:难受死了,会死的。齐明松劝她,使劲吐,吐完就好。柏筱还用手伸到嘴里猛抠,抠一会吐一滩,抽水马桶冲了十几次。折腾了好一阵子,柏筱平静了,看来除了肠子外,什么东西都吐出来了。柏筱感觉五脏六腑被掏空,全身瘫痪,软软地要倒下。齐明松把她扶起,她头靠在他的肩膀上,有气无力地说:"对不起,我失态了。"他把她的头扳过来,用手抚摸她的脸,轻轻地说:"你的表现让我刮目相看,巾帼不让须眉,好样的。你知道吗?我是多么喜欢你了。"说完,就把火辣辣的嘴贴在她的嘴唇上。柏筱慢慢回应,把舌头伸进他的口里,先是悠悠卷动,没多久就狂风大作般地翻腾。齐明松全身燃烧起来,热血翻涌,心脏奔突,不能自己。他把她抱出洗手间,放在床上,一件一件地脱掉她身上的衣服。这女人皮肤白得耀眼,像刚从牛奶液中出浴,凝脂滑润,胸部、下腹、大腿晶亮透明。丰满的乳房挺拔高耸,乳头小巧浑圆、色泽红润。肚脐眼圆圆的像一轮满月,银光闪闪,"三角区"片云飞渡,风光无限。他感到目眩、窒息、狂热、奔腾,激动地趴了上去。她美目紧合,微张嘴唇,喘着粗气,下身蠕动。他语无伦次地说:"你太美了,真的很喜欢,很爱你。我开始了,行吗?"她已经全身无力,任凭他激荡。他轻轻一用力,她便全身颤抖起来……

一阵暴风骤雨过后,柏筱骨头像被抽空,浑身松软,身子又似一片鹅毛飘浮云间。她死死地抱紧他,生怕被狂风吹走,脸上布满了甜蜜和幸福。齐明松脸颊斯磨她的耳鬓,轻轻地说,我们去洗洗行吗?她摇摇头,把他搂得更紧。他只好把她拥在怀里,双手握紧她的乳房,与她说着话。没多久,她就响起了轻微的鼾声。

早晨醒来,齐明松发现柏筱裸着上身靠在床头,眼睛默默地注视他。一摸她,早已冰冷。他把她拉回被子里,用滚烫的身子温暖她。她喃喃地说,迟早会有这一天,没想到来得这么快。他翻过来压在她身上,问她,后悔了吗?她摇摇头,说,我知道会有这一天,只是不想这么快。他就笑了,说,傻瓜,感情是控制不了的,该来的就让它来吧。你放心,我会好好待你的,像珍惜生命样珍惜我们的一切。她点点头,会心地笑了,接着眼眶潮湿,热泪滚了出来。他知道这是甜蜜的泪水,用舌头帮她舔干。她干脆闭上眼睛,尽情享受他的爱抚。没多久,他的激情又起,狂吻她的全身,接着又颠鸾倒凤起来……

那一夜,使他刻骨铭心,终生难忘,也使两人彻底融合了,并成为利益共同体……

柏筱敲开他办公室的门，气喘吁吁，心神恍惚，一脸焦虑地望着他。他走上前去把门关紧。这是他的习惯，谈工作时以防干扰。他坐到那张硕大的办公桌后的太师椅上，示意她坐到桌前的椅子上，好让人看到他们是在谈工作的样子。一落座，柏筱就急切地把经过叙述一遍，末了问："咋办？我都急死了。"

齐明松双眉紧锁，心烦意乱地责怪她的当初："你什么时候把我的话当回事呢？这倒好，捅出了这么大的娄子。"

柏筱被他责怪得哭了："现在说这些有何用？快想办法吧。我会急死的。"

齐明松递了几张纸巾给她："这里不是你哭鼻子的地方，快把眼泪擦干。"他几乎是命令她。快上班了，办公室主任会来请示工作，她一副泪人样子，传出去不知会演绎成什么故事。果然，办公室主任胡训这时敲门进来，汇报一天的工作安排。听完后，他交待胡训，上午的生产安全例会推迟一刻钟开，其他的安排不变。胡训退出去后，他耐着性子说："现在你必须要保持冷静。想想看，你将存款和买房的秘密告诉了谁？包括你的家人。为什么小偷专选我们？一个这么大的小区，少则有五六百户，可偏偏就我们出事？这里面必有蹊跷。而且不要钱物，小偷应清楚这两样东西拿去对他来说是废纸一张。是因仇要挟，还是生意搏杀？是借事报复，还是官场争斗？或另有隐情？"说到另有隐情时，他故意将音调拖长。最近，她表哥老找她，他问她情况，推说是表哥一担生意的事遇到麻烦。他说需要帮忙？回答没事，她可以搞定。女人脑子是浆糊做的，难免会犯糊；女人的心眼盲点多，难免会被别人钻空子。他有所顾虑啊。

柏筱不傻，知他"拖音"的用意，这种事她会告诉谁？父母弟妹清楚她在芷都做生意，但具体情况他们一概不知。她没有必要将详情告诉他们。这些年发达了，她寄了不少钱回去，家里盖了3栋楼，妹妹进了大学，弟弟上了高中。父母弟妹很知足，在族人面前谈起女儿和姐姐是一脸的自豪。父母知道她已有一个相好，劝她早点把婚事办掉，她总是搪塞过去。齐明松的实情又不好告诉他们，不知道能骗父母多久？她的心已完全被他拴住，已没有其他所求。看到他还怀疑自己，马上反驳："不要小肚鸡肠。除非你有隐情，我磊落得很。我也没这么傻，不可能会告诉任何人。我知道你怀疑表哥，早说过他只是办件事，前天他就走了。本来想叫你与表哥见个面，你又那么忙，能怪我吗？"

这个时候可较劲不得。他自知失言，忙纠正道："我是指其他现象，别多心。不是在分析原因？小偷近似荒唐的行为，必有所图，否则不会冒这个险。"

柏筱也随坡下驴："都是被急的。你说下一步该咋办？"

齐明松说："只有等待，如果小偷真有目的，肯定有进一步动作。不敢他出什么招,我们一定要认真应对,丝毫不能轻率。你不笔录案情是对的,千万不能让警察插手。如果警察非要找你,也得应付一下。要稳住这个丁宝非,别让他到处张扬,这种人穷急了,不就是怕罚几个钱?还要给他讲点道理,事传远了,对小区物管影响也不好嘛。眼下急着要办的是赶紧到银行和房管局报失存折和房产证。另外,你还得盯紧警察那边的动静,丁宝非他们不是报案了吗,要了解案件的情况,掌握事态的发展。"

"好吧,我就去。求上天保佑我们。"柏筱站起来往外走。

"等等。"齐明松叫住她,补充道:"这段时间我们应少来往,有事电话联系。好,你去吧。"

两位年轻警察果然 9 点整来到虹彩花园。听说业主出去了,就在监控室研究录像。不长一段镜头,翻来覆去地审了半天。丁宝非一直在侧,从录像中无法找出迹象。

到了 10 点半,柏筱还没回来。警察叫丁宝非打她电话。半天才接通。柏筱说上午回不来,请警察谅解。警察又叫丁宝非问失窃何物?柏筱沉默一阵,回答说被盗一枚钻石戒指。又问价格多少?柏筱想了一下,说 29800 元。警察做了记录,叫丁宝非证明。

送走警察,丁宝非松了一口气,心里暗暗窃喜。

孙在兵忧心忡忡地对丁宝非说:"丁哥,29800 元,如破不了案,业主找麻烦,刘总拿我们是问,这可不是一笔小数呀。"

丁宝非拍拍他的肩,哈哈一笑,说:"在兵,放一万个心。我敢保证,柏筱绝不会找麻烦,刘总也不会拿我们是问。"

孙在兵的脸立即阴转晴:"那太好了,丁哥。这几天我饭都吃不下,你说你一人负责,刘总会同意吗? 他可是奖罚分明的。我家里背的那些债,不知何时能了。"

丁宝非很同情他,父母多病,种那么三亩薄地,一年到头只能把肚子填饱。他还有个上初中的妹妹,全靠他支撑。他把钱看得比命都贵。这是个十分机灵的小伙,高中成绩不差,就因为欠学费,常遭老师批评和训斥,害得他抬不起头。最后靠东拼西凑勉强念完高中。因为穷,志也短,干脆放弃高考,趁早加入打工队伍的行列。他要用自己的血汗还清上学欠的债,供妹妹念完高中,甚至念完大学。丁宝非曾想过,自己一旦有个出头之日,一定得帮帮他。他说:"你放心地吃饭睡觉吧。我打过包票,即使有个不测,也不让你出一分钱。"

孙在兵感激涕零,说:"丁哥,你真好。我不太会说话,以后有什么事,小弟一定两肋插刀。"

丁宝非感慨地说:"有福共享,有难共当。我们这些社会最底层的人,只有互相关照才能活命。"孙在兵连连点头,说中午他请客,要与他喝上几杯。丁宝非马上赞同,说中午他来做东,叫上几个要好的,过过酒瘾。他父亲是个酒鬼,经常喝得烂醉,一醉时就逼着他喝。因此,他从小就好上了酒。在武警部队时,他经常偷偷半夜出去买酒喝,后来被排长发现,狠狠地克了一顿,叫他写下保证。他是个死要面子的人,从此滴酒不沾。退伍后,他开了酒戒,限于经济实力,只是有节制地过过酒瘾。

下午,丁宝非与防盗门安装公司取得了联系。晚饭后,他站在 A 座楼下等柏筱。10 时左右,柏筱的车子驶了过来。当柏筱一脚踏出车门,丁宝非就站在她面前,把她吓了一跳。丁宝非向她哈个腰,讨好地说:"对不起,柏总,打搅你了。明天上午 10 点防盗门安装公司会来人帮你把门修好,你应该在家吧。"

柏筱锁好车门,扯扯上装,慢慢向电梯走去,转头说:"能叫他们早点来?"她的态度比早晨好多了。

丁宝非跟着她,陪着笑:"好说歹说,他们才同意 10 点钟来。他们生意忙,顾不过来。我也知道你是大忙人,时间赔不起,就请求他们早点来。10 点还是插空嘞。"

她知道他是在卖乖。现在的生意人哪有那么忙?她停下来,不愿与他同行,想尽快把话说完。"既然如此,我就等吧。"她潇洒地将长发一甩,一副高傲的样子。

"好,谢谢。"丁宝非十分感谢地说,"上午警察对你的失窃进行了登记,我做了证明。警察说被盗的物品价值说大不大,说小不小,立不了案。不过请你放心,只要一发现线索,他们会尽快破案。他们还说现在的窃案太多,与别人相比,你还算幸运。"

"噢。"柏筱装成若无其事,"我想通了,破财消灾嘛。既然不立案,也罢。你们也不要过分操心。我也不放在心上。不过,有句话我还是要说,今后的保安工作一定要加强,不能再发生这种事件。否则,业主们不得安宁啊!"

丁宝非好受感动,连连向她弓身哈腰:"是的,柏总,谢谢你,谢谢你。你批评得对,我们一定改正,一定提高工作质量,一定确保小区平安。"柏筱摆摆手,表示不客气,说:"你们工作也不容易,二十四小时不离人,很辛苦的。"丁宝非不断点头称是,并恭恭敬敬地把她送进电梯。

回到值班室,刘总已在那里。丁宝非把他拉到一边,汇报今天的情况。刘总听后松了一口气,指示他:"既然柏筱不追究,这事就此罢了。要尽快将损坏的防盗门修好,直至她十分满意为止。另外,告诉所有保安,不要将失窃事件传播出去。否则会影响我们的声誉。"丁宝非满口应承。

第 3 章　惊魂时光

时间过去一个月,柏筱一直处在提心吊胆、担惊受怕之中。她已把存折补办好,还将大部分钱转到其他行,重新开了户头。房产证也在补办当中。为避免再次遭窃,她在银行租了一个保险柜,将贵重东西存放其中。与齐明松的联系全靠电话,只接触过两次,而且都是来去匆匆,害得她一天到晚忐忑不安。公司里的事也没心思过问,罗正平问她何因?她骗说家里出了点事。她不想将情况告之,齐明松也是这个意思。随着齐明松的升迁,两人接触的温度降低不少。齐明松毕竟到了更高层次,经常与罗正平出没于茶楼酒肆,有辱形象。因为官场禁地众多,错综复杂,明争暗斗,要避政治对手耳目。

自齐明松离开芷都电厂后,燃料公司就遇到了寒流。首先是方成暗中使绊,他一直为得不到重用而耿耿于怀,背后散布很多对齐明松不利的谣言。他清楚罗正平与齐明松的关系,正好找到了泄气的口子。新老总冯华从外地调任,为竞争省公司副总的职位与齐明松结了怨,虽不敢正面与齐较劲,私下却默许方成的行为。凡罗正平和柏筱联系的煤炭,方成就暗中在热值上做文章,利用电厂采样、制样、化验的权力,把大卡降它个几百上千。弄得矿方和煤贩子天天到燃料公司吵闹。罗正平和柏筱那段日子里焦头烂额,筋疲力竭,没完没了地应付各种诉求。而方成联系的煤炭却畅通无阻。他们找到冯华,陈诉半天。冯华笑笑,答应过问,后面就没有下文。齐明松还公私兼顾来了趟芷电,委婉地表达了要搞好合作的意见。冯华表面热情有加,答应一定处理好,实际上却虚与委蛇,一任方成我行我素。很明显,方成是要找茬将罗正平、柏筱挤出燃料公司。这一大块利益谁都看了眼馋。罗正平知道大势已去,只好在方成面前俯首称臣,私下里送给他 50 万元。方成两眼一眯,说要下药不成,叫老子去蹲号子?罗正平忙赔笑脸,说一点小意思,望海涵。方成嘴角往边上扯了扯,冷笑几声,说你们也该知足了。罗正平心一沉,问他何意?方成说,把控股权让出来。罗正平不甘罢休,说不可能。方成就说那好吧,我们奉陪。事实证明,方成的能量巨大,几个月里,罗正平一筹莫展，处处碰壁。方成绕过燃料公司大量进煤，等于把他置于死地。至此，罗正平只好告饶，与柏筱一起让出了30%的股权。齐明松也只有哑巴吃黄连，有苦难言，心里狠狠地记了方成和冯华一笔，待有机会时再收拾他们。而更绝的还在后头，不到半年，方成干脆将芷深燃料公司停业。

事已至此，他们只有成立另一公司。罗正平以前搞过工程，觉得做工程有把握。几个人一筹划，就成立了"芷都正天电力工程有限责任公司"。柏筱也就成为正天电力工程公司的副总。靠着齐明松的"关照"，他们很快把业务做得红火。

这天上午，她与客户刚谈完一笔业务，手机响了，一接，是个陌生的声音："你好！请问是柏总？"

柏筱很客气地答道："是的。您好，请问您的大名。"

对方嘿嘿一笑，说："我没有大名。这一个月天里过得好吗？"

柏筱心里一惊，问："什么意思？"

对方又是嘿嘿一笑，说："小意思，想跟你谈谈存折与房产证的事。"

柏筱头顶上蓦地像起了个炸雷，整个大脑被炸开，慌张地叫了起来："神经病。"赶紧将手机摁掉。客户见状知趣地告辞。柏筱礼貌地把客户送到电梯口，脸上僵硬，嘴上还是周到地说着客气话。回到办公室，她立即把门关死，躺在靠背椅上，眼睛死死地盯着手机，希望它再次响起，又希望它永远沉默。过了几分钟，手机响了，显示的号码是齐明松的，一接通，她就大哭起来。

齐明松压低声音急切地问："怎么？出事了？"

柏筱边哭边说："他来电话了。"

齐明松丈二和尚摸不着头脑，问："谁来电话？"

柏筱停住哭泣，带着哭腔说："小偷。"这下把齐明松给吓住了，半天没有声音。柏筱见没反应，重复一遍："小偷。听见了？"

齐明松的声音明显有些颤抖："他说了什么？"柏筱回答："想跟我谈存折和房产证的事。因有客户，没说完我就把手机给摁了。"齐明松哦了几声，交待柏筱认真对付，来了电话详细了解他的用意，切忌激怒。柏筱连说好好，叫他马上过来，一起应对这个神秘电话。时间一分一秒地过去，柏筱紧张得心脏都快蹦出来了，脑子像一团乱麻，心里祈求小偷行行好，要几个钱放过他们，别牵扯其他。"嗒嗒嗒……"有人敲门。响了半天，柏筱才缓过神来，大声叫："进来。"办公室秘书推门告诉她，罗总请她过去，有事商量。她不耐烦地说："不去，等会儿再说。"秘书被她的态度闹懵了，吐吐舌头，隐身而去。她的心完全被这个神秘电话揪紧了，已没心事想其他。过了1个多小时，还不见神秘电话响。

罗正平这时推门进来,说:"柏筱,什么事把你拖住了?"

柏筱忙站起来,应付道:"没什么,有点烦。"

"不对吧。"罗正平盯着她,"看你紧张兮兮的,定是遇到麻烦。这段时间里,你像丢了魂似的。"

"没……没……罗总,你多虑了。"柏筱努力镇静自己。

罗正平诡谲一笑:"是和明松的感情搁浅了?"

"看你想到哪里去了。我把你当大哥,如发生这种事,能不告诉你吗?"柏筱苦笑一下。

罗正平不便追问,知她一定遇有难题,就关切地说:"柏筱,我有预感,你目前肯定遇到麻烦。我们不是一般的朋友,你的难就是我的难,需要我援手,打个招呼,千万不要藏着掖着。本来有个事想和你商量,看你的情绪,就算了吧,改天再说。"

柏筱点点头,说:"谢谢罗总!目前有什么事你定了就行,不必商量。我还信不过你?"

罗正平已有些日子未和齐明松相聚,很想见他,就说:"柏筱,和明松打个招呼,抽点时间接见一下老同学,不要官当大了,见个面这么难。如果那天他当上省长,打个招呼的机会都没有。"

"好呀,你小子背后说我坏话。"门外传来齐明松的声音。一接到电话,他就从50公里外的一个变电站赶过来。他是到那里检查工作。这段时间在加大农网改造,是他任期内一项雄心壮志的政绩工程。

罗正平忙和齐明松拉拉手,玩笑道:"你现在是位高权重了,谁敢说你的坏话?到时震怒一下,我们这些小人物还活得了?"

齐明松一脸严肃,老同学虽然是开玩笑,但听着有点刺耳,再说现在也没心事与他贫嘴。他坐到沙发上,从包里掏出中华烟,抽一支扔给罗正平,自己点燃一支,慢慢吸着。罗正平见齐明松没有接话,自觉没趣,忙赔笑:"明松,今天晚上无论如何要赏光,到紫金大酒店坐坐。"齐明松掐灭烟头,抬头对他笑笑,委婉地拒绝,说前几天体检发现了"三高",以后酒店是不敢去了,怕进去了就出不来。罗正平不以为然地大谈特谈自己的养生经,说医生的话全是狗屁,照医生的话做,活着与死了有何区别?齐明松不愿听他唠叨,只拿眼望着柏筱。柏筱对他摇摇头。他希望罗正平早点离开,就拿话支他,说:"今晚我们有点事,下次再说吧。"罗正平只好告退。

柏筱上前把门锁死,挨紧齐明松坐下,把头靠在他宽厚的胸脯上。齐明松用手揽着她的腰,低头在她香唇上吻了一下,说:"不急,我们就这样等吧。"

柏筱仰起头,一脸忧愁,轻轻说:"明松,我好怕。"

齐明松用另一只手抚摸她的脸,说:"看来小偷另有目的,今天这个电话一定要等到。"

柏筱伸出双手拦腰抱紧齐明松,说:"如果你一旦有个三长两短,我也不活了。"

齐明松听了这话好感动,柏筱自从跟上他后,想的说的全是他。这种女人真是女人精,让他感到好满足好幸福好放心。"别瞎想,等这件事有了头绪,我们去南华寺拜拜。"他边说边轻轻抚摸她的头。

芷都的黄蜂山有座明代建的寺庙,始称黄蜂寺,后改南华寺。相传是普提第十八弟子亲手修建,明末被战火毁坏。清初,芷都的都督是佛门信徒,拨数千两银子重修,还从峨眉山请来高僧斋戒诵经,一时香火鼎盛。解放后冷清下来,僧徒也先后一个个散去,最后只留下六十高龄的归心主持独守空寺。文化大革命期间,一群红卫兵挥着铁镐棍棒冲进寺里,乱打一通。亏得归心主持拼命护卫,才把一些精华部位保护下来。上世纪九十年代初,政府拨巨资重修,才基本恢复原貌,香火又慢慢旺起来。现在官场有不少要员信佛拜教,这股风自然刮到他身上。

柏筱松开双手,又把头靠在他的肩膀上,说:"明松,反正钱已转走,小偷手里的存折也是废纸。我想换个手机号码,听不到就不烦。行吗?"

齐明松说:"傻瓜,房产证有几套是我的名字。明眼人一看就知我们的关系,不彻底解决,永远是一个导火索。"

柏筱说:"那我们隐姓埋名,远走高飞。有这么多资产,一辈子也够用。"

齐明松扑哧一笑,说:"你好天真,这不是此地无银三百两吗?你以为逃亡的日子好过? 不要过分悲观,车到山前必有路。我就不信天会亡我。"

他们接着谈起别的事,不知不觉过了几个小时。窗外夜幕已低垂,华灯初上,广告牌上的霓虹灯闪烁不停。他们忘了饥饿,嘴里说着话,心里却焦急地等着电话。

快到9时,神秘的电话号码终于在手机里出现。柏筱马上接听:"喂,你好!"

手机里的男声也回了句你好,接着就大声叫起来:"下午为什么掐断我的电话? 告诉你,如果躲我,你和你男人就到省纪检委去接受审查吧。你以为挂失补办就无事吗? 笑话。你们的原始证据都在,躲是躲不掉的,唯一的出路就是和我们合作。"

有齐明松在身边,柏筱心里踏实许多,从容以对地说:"下午有客户在旁边,不好接你的电话？我压根儿没打算躲你，一直在等你的电话。你说合作，怎么个合作？你要多少钱？给个准数。"

对方冷笑几声，说："钱，你能给多少？我说过合作，只谈合作。懂吗？"

柏筱急切地问："怎么合作？"

对方说："具体见面谈。"

柏筱又问："你姓什么？如何见面？"

对方说："姓什么无关紧要，为了记住我，就叫我阿雄吧。会有人与你见面，你与他并不陌生。"

柏筱说："电话里谈不行吗？为什么非要见面？"

阿雄又冷笑几声，说："怕了？告诉你，我不想跟你谈，有人想跟你谈。看着办吧。想好了再告诉我。挂电话了。"

柏筱忙制止："慢，慢。"拿眼睛征求齐明松的意见。齐明松点点头，表示同意，并轻轻说，越快越好。柏筱马上回答，"好吧，见面谈，什么时间？什么地点？"

阿雄无声，好像在与人商量，过了一阵，传过话来："就现在，地点醉夜酒吧。"

一听醉夜酒吧，柏筱浑身打个冷颤。这可是芷都有名的吸毒场所。听说酒吧老板是省公安厅一副厅长的拜把兄弟，查封过 3 次，每次都能起死回生。而每查一次，名声就大噪一次，引得瘾君子趋之若鹜。据说那儿打架斗殴现象常发生，两年前还发生过一起命案。到这种地方分明是图谋不轨。柏筱不想让他牵着鼻子，就说："现在见面可以，地点改到丽春咖啡馆。"丽春咖啡厅是她一个朋友开的，进出里面的人是些上了档次的。她要万无一失。

阿雄发出几声嘲笑，说："担心我阴了你是不是？放心，我可是正大光明。好吧，依了你，就丽春咖啡馆。不过我得警告你，如果你不仁，我就不义。记住这句话：打赤脚的不怕穿鞋的。半小时后见，拜拜。"

柏筱马上给朋友阿丽打电话，订了一个安静的包房。齐明松点燃一支烟，猛吸几口，踱着方步，嘴里喃喃地："妈的，这人太张狂，不是盏省油的灯。"柏筱问："还去吗？"这个叫阿雄的与她就像在谈生意，老谋深算，淡定得很，怕他设下阴谋陷阱。齐明松把烟掐灭，狠狠地说："没有退路，会他一面，看看这人是不是长得五头六臂，敢这么狂。他妈的，真见鬼。"

他俩驱车来到丽春咖啡馆。仿欧式的装潢显示主人的品味与格调与众不同，除弥漫浪漫气息外，更透出一份典雅与庄重。端庄漂亮的女老板阿丽迎了上来，与柏筱拉拉手，把他们引进一间温馨和清静的小包房，说两位请坐，喝什么自便,吩咐小姐一声便可。柏筱就说谢了,今天来此是借一方宝地谈点事,不忙吩咐小姐。阿丽知礼地笑笑,轻轻和柏筱握握手,说慢慢谈,祝玩得开心,躬身退了出去。他们刚在茶色条桌旁坐下,外面响起了敲门声,柏筱说:"进来。"

门被推开,进来的是丁宝非。"柏总、齐总好!"丁宝非毕恭毕敬地向他们点着头,一副谦恭的样子。

柏筱十分诧异,他怎么会认识明松?不便多想,只好应付他:"你好!也来喝咖啡?"

丁宝非在他们面前不请自坐,说:"我那喝得起这里的咖啡?是来借你们的光。打搅了,阿雄没告诉你们?"

柏筱一时懵了,眼睛瞪得铜钱大,仿佛丁宝非是位天外来客,不敢想象他与阿雄有什么实质的联系。齐明松到虹彩花园多半是晚去晨离,对那里的保安熟视无睹,根本就不认识面前这位不速之客。

"我猜想你们该知道我来的目的。"丁宝非先发制人。

柏筱半天才缓过神来,明白面前的丁宝非就是"汪洋大盗",咬着牙明知故问:"你就是这个该死的小偷?"

丁宝非不置可否,露出怪笑:"话不要说得这么难听嘛。再说,我会亲自动手?"

当齐明松弄清这位不速之客是丁宝非时就大摇其头,满脸愠色,说:"不可思议,不可思议。作为保安,其职责是保一方平安,你却监守自盗。这叫人如何防你这种小人啊!"

柏筱接着骂道:"无耻、卑鄙、龌龊。一个大男人,什么事不好干,竟当起盗贼来。真他妈的是狗娘养的。"

丁宝非今天是有备而来,任凭他们怎样说、怎么骂,就是不急不躁,不温不火,一副幸灾乐祸的样子。等他们骂毕,他呵呵笑了几声,慢条斯理地说:"看我像小偷?告诉你们,别门缝里看人。我拿了你们什么?十万元?百万元?一个子儿都没拿。不就是几本存折、几本房产证?况且你们把存折上的钱都转走了,房产证也在补办当中。你们少了什么?什么都没少。不过嘛,给你们添了一份担心而已。该清楚了吧,我不是那种贪财的人。"

柏筱逼着问:"不贪财,是何目的,何用心?为什么做出这种卑鄙的事?"

丁宝非长叹一声,说:"我也是没有办法,只有采取这种非常手段。请齐总给我安排个工作,谋个职位。"

"你策划的这场阴谋仅是为了找个工作?"齐明松认真地看着他,想从那张古铜色和并不邪恶的脸上琢磨出他真正地险恶用心。他不相信面前这人冒天下之大不韪仅是为了谋个职位而已,必有更大的阴谋。

丁宝非迎着齐明松疑惑的目光点点头:"我的用意其实很简单,凭你齐总一句话就能解决。"

柏筱听他这么一表白,悬着的心落下一半:"此话当真?"

丁宝非答道:"对。我只要齐总的帮助,别无他意。"

柏筱舒了口气,和齐明松的目光对视一下,很不满地说:"跟我提出来就行,为什么策划这起盗窃案?你不是故意折磨人吗?"

丁宝非摇摇头:"不引起你们的注意,会有今天的谈判?我是什么人?是小区里一个不起眼的保安。在你们眼里,我们这些小人物的命不如一只蚂蚁。给你提出来,不把我当疯子就算不错。在当今社会里,没有平等,没有公平。为了达到平等,我只有采取非常行动。这也是这个社会逼出来的。"

齐明松眯起双眼,像在欣赏一个怪物。心想这种人的心态极不正常,为了寻取平等竟然采取中世纪海盗式的惯用手法。他用鄙夷的口吻说:"小伙子,这种行为太下贱了吧。要达到某种目的不靠个人奋斗,而靠要挟和敲诈,是正常人干的吗?"

丁宝非听了心里不悦,站起来,情绪有点激动,大声说:"不错,我不是正常人的行为。你能指点我,出人头地有什么绝招?你能帮助我,在忍耐的限度里很快能摆脱困境?这些,你们都不可能帮我做到。因我和你们不是一路人,你们没有必要帮我。我卑鄙、龌龊,我无耻、无赖,说我什么都行,但我的灵魂并不比你们这些人丑陋。你以为官场人有什么了不起,底下干的这些无耻勾当比妓女都肮脏。现在当官的有几个是为老百姓谋利益?一旦当上官,过不了多久就成了贪官。看现在揭露出来的贪官,有几个是好的?这些贪官的特点是什么?你不比我弱智,叫愈无耻愈无敌,愈无品愈升迁。明明是视钱如命、贪得无厌,却要装成超凡脱俗、两袖清风;明明是好色之徒、男盗女娼,却要装成正人君子、道貌岸然;明明是巧取豪夺、中饱私囊,却要装成正直无私、清正廉明;明明是自吹自擂、厚颜无耻,偏偏要装成强政励治、福为民开。你齐总是哪一类?心里比我清楚。我不是正常人,所以就弄不到1200万,弄不到七八套商品房。"

齐明松被激怒了,站起来吼道:"给我滚,王八蛋。你有什么资格教训我?流氓,地皮流氓。"

吵闹声惊动了服务员。这时门被推开,进来两个小伙子。一个劝住丁宝非,一个劝住齐明松。柏筱怕把事闹大,拉开两小伙,说他们是在争论问题,没事的,没事的。把他们推出包间,而后把齐明松按回原位,对丁宝非说:"你小子不要太张狂。既然是谈判,骂什么街?共产党得罪了你?一口一个贪官,有种的到天安门骂去。"

丁宝非自知为了痛快骂漏了嘴,用手打了一下自己的嘴巴,算是自责,坐回原位,压低声音说:"对不起,我情绪有点激动,说了不该说的话。"

齐明松冷静下来,觉得与这种人计较太失身份,抽出烟慢慢吸着,干脆不吱声,让柏筱去应付。柏筱还是最近与丁宝非接触了几次,总觉得这人很阴险,能干出这种事,说明心狠手辣。前几天他在她面前还毕恭毕敬、点头哈腰,给人感觉是一位很不错的保安。想不到他这么善于伪装,工于心计,让人看不出一点破绽。她想,今天是来解决问题,还是认真对付为好,应以女性的特点打动和感化他,以期化险为夷。想到此,她冲他笑笑,很优雅地摔了一下头发,说:"丁保安,你的目的就是为谋个职位,这个要求一定满足。废话少说,好吗?既然做交易,咱们就按江湖规则办。你看呢?"

"行。咱们长话短说。什么规则?"丁宝非与柏筱说话,眼睛却望着齐明松。他后悔刚才激怒了他,不想与他闹翻,策划了这么久,就是为了实现心中的梦想。如果齐明松不配合,这场游戏就失去了意义。

柏筱说:"一手交钱,一手交货。一事两清,不留尾巴。怎么样?我知道你在外打拼不容易。我也有过类似经历,迷惘,困惑,痛楚,辛酸,别人有的我都有过。但我挺过来了。我相信你比我强,因为你是男人。男人的性格是坚强,是无畏,是豁达,是明理。咱们都得讲道理,讲信用,是这样吧。"

丁宝非听后半天不吱声,眼睛望着天花板。心想你柏筱太会算计,凭什么几句话就要打发我,不留尾巴,以后如何拿捏你?柏筱见他没反应,知其不接受,就接着说:"到底要什么条件?痛快说出来,不要说一半留一半,看你也是个爽快人。"

丁宝非向齐明松讨了一支烟,点燃后猛吸几口,说:"我前面已经说了,其实要求不高。凭齐总一句话的事。当然,这个职位是有前提的……"他故意将后面的话打住,看齐明松的反应。齐明松还是正襟危坐,一个劲地吸烟,眼睛只盯着烟缸。

柏筱催他:"说吧,什么前提?"

丁宝非说:"必须安排到芷都电厂,并任物资科科长。"

齐明松这时抬起眼,从鼻腔里发出一声轻蔑地哼声:"一个保安,有什么资本一步当上科长?荒唐。"

丁宝非自嘲地笑笑："荒唐？对，就是荒唐。这年头，荒唐的事多着呢。别人可以荒唐，我就不能荒唐？为什么要冒这个险？你们懂了吧。"

齐明松摇晃头，感叹道："不可思议，真是不可思议。你以为科长想当就可以当上？这有个程序问题。况且你还没有干部身份。这哪是一句话的事？告诉你，绝对做不到。"

丁宝非坚持说："你完全可以做到。"

柏筱一直纳闷，丁宝非怎么会认识齐明松？他们从未谋过面。从他提出的要求看，十分清楚齐明松的身份，否则也不会策划这起盗窃案。柏筱打断他的话："问你一个问题，你是怎样认识齐总的？"

丁宝非狡黠一笑："想知道？"

柏筱颔首以待，弄清此过程对了解和掌握他必有帮助。

"好吧。"丁宝非慢慢道起了来龙去脉。还是在柏筱装修房子时，就引起了丁宝非的注意。一个貌美富有的女子，常常是独来独往，直到房子装修完工，也没见上她的男友。这时他就琢磨上了柏筱，认定必有蹊跷。后来发现齐明松常晚来晨走，引发了他的兴趣，除清楚他们的情人关系外，更想弄清齐明松的身份。当时齐明松来往开的是奔驰，凭车辆，他就断定要么是大款，要么是大官。而大款在外养小蜜不会这么遮遮掩掩，他认为八成是当官的。几次跟踪，他才弄清是省电力公司的老总，拐弯抹角才打听到了名字。"不过，请放心，对你们这层关系，我没在外说半个字。江湖上的规则我略知一二。我想以后我们能成为朋友，能成为你们两肋插刀的铁杆朋友。"丁宝非最后信誓旦旦地表白一番。

齐明松、柏筱听后冒出一身冷汗。想不到他们的行踪早就被他人盯上。看来丁宝非已与他们耗上多时了，盗窃案是他预谋多时的惊天之举，是一起阴谋、一起要挟、一起赌博、一起敲诈。从他缜密策划和不俗谈吐中显示其绝非等闲之辈。他们感到平生遇到了一个强劲的对手，弄不好会在这条阴沟里翻船。齐明松马上想起前些日子在九华山一卜卦先生的预言，说他今年要过个坎，过得好则年顺平安，过不好则大难临头。"今年这道坎，难道就是此事？"齐明松心里嘀咕起来。柏筱与他心有灵犀，也想到了卜卦先生的话，伸手抓住他的手，越抓越紧。她用目光与他的目光交换了一下意见，暗示他妥协得了。齐明松皱紧眉头，目光犀利，直逼丁宝非，说："好吧，试试看。我可以尽力帮你，但你得满足我们的条件。你也知道，存折和房产证留在你手上是废纸一张，还是交还我们吧。你说成为朋友，相信你。你也得相信我呀。以后有什么事，我会一如既往地关照你。你看行？"

丁宝非低头沉默半晌后说："既然齐总说到这个份上，我同意把原始存折和房产证交还你们。但前提是要履行承诺，如果出尔反尔，你们面对的不是我一人，阿雄是始终站在我身后的。"

柏筱听他这么一说，感到事情并未了结，马上问道："阿雄不会又来什么花招吧。"

丁宝非说："这是我俩之间的事，与你们不相干。只要我们配合默契，放一万个心。"

齐明松说；"行啦。相信你。既然是交易，必须信守江湖规则，不该讲的不能讲，不该做的不能做。否则，别怪我不留情面。另外，你得自己想办法弄一份合适的档案来，凭你现在的保安身份是难进芷电的。"

丁宝非脸上顿时放光，说："放心，整个过程，除了我和阿雄，没有第三人知道。我早就想好了办法。我有一个战友在西北高垴电厂任人事科长，他应该有办法。不过，要借你们 10 万块钱去打点一下，到时一定还给你们。"

柏筱见事情谈得差不多，紧张的心松弛下来，满口答应了他的要求。

第 4 章　灰色人生

这趟西北之行对丁宝非来说是具有决定性的意义。在战友费波的帮助下，他顺利地办妥了档案，还开出了调动函。费波的能量很大，办法也很多，在新档案里，他成为西北高垴电厂后勤服务中心副主任。代价仅为 8 万块钱。捧着新档案，看着调动函，他心中翻江倒海，百感交集，人生的坐标就此要改写。走出这一步，对他来说是冒险的选择，是成功的阶梯。看到高中同学和战友一个个飞黄腾达、显赫达贵，心里就十分悲怆和不平，潜藏在体内深处的狼性时不时蹦跶出来。他不想长期寄人篱下，决心用非常规办法改变自己的命运。这仅是万里长征第一步，也是至关重要的一步。有齐明松这张王牌，终有一天能出人头地，他深信自己的能量，一旦有了驰骋的疆场，决不会输人。

一回到芷都，丁宝非就将档案和调动函交给柏筱。她惊讶他的办事能力，没想到在这么短的时间里就造出了一份像模像样的档案。看来这人还真是个人物。她拍拍他的档案，说："你答应西北回来后就把存折和房产证给我。拿来吧。"

丁宝非一愣,脸上堆起笑:"那是、那是,肯定给你。不过……"

柏筱圆瞪杏眼:"不过什么,反悔?"去西北前他来借钱,她二话不说,立马从银行取出10万给他。他要留借条,被她推掉。10万元对她来说无所谓,关键是要将原件拿到手。当时他还拍着胸脯信誓旦旦地说西北回来就给,想不到没几天就食言,让她气愤。

丁宝非嬉皮笑脸地说:"柏总,男子汉大丈夫,一言既出,驷马难追。一定给你。你看,我的事不是还没办好吗?从今以后,我们就是朋友,我不会做对不起朋友的事。齐总把我的事办妥了,马上给你。否则就雷电劈死我。"

柏筱想事已至此,也不在乎这几天,觉得与这种人打交道不能按常规办,只要不坏事就谢天谢地。她无奈地摇摇头,叹口气说:"好吧。你的要求那么高,一时半刻办不下来,总得给点时间吧。"

丁宝非马上接过话:"知道,知道。凭齐总的能量,相信会很快办好的。我正好利用这段时间回趟老家看看老婆孩子,等你电话。"

晚上,他约孙在兵到小酒店坐坐。小伙子心眼好,讲义气,他特喜欢,要走了,与他说说心里话。喝了几杯啤酒后,孙在兵问他到哪里做事?他说在联系。事情没办妥,不想过早暴露。孙在兵就说当保安没出头之日,两头不讨好,收入又不高,弄不好还沾一身臊,离开好,今后找一个好工作,兴许没几年就发了。丁宝非爽朗地笑了,劝他耐心等待,等有机会,一定会帮助他。孙在兵感动得眼圈潮湿,给他连敬三杯。在这几个月里,他体会到了当保安的艰辛和无望。上次的失窃风波,至今他还心有余悸。说着说着,他又引向这个话题,问是不是真的没事了?怕丁宝非走了以后拿他一人是问。丁宝非知他穷怕了,总担心会扣工资。看他这样心里不是滋味,只好耐心地安慰他,保证以后柏筱不找麻烦,若有问题会负责到底。他心想,为了孙在兵,以后也要混出个人样来。他劝孙在兵以后凡事要向前看,不要老是纠缠过去,相信自己,相信大哥。这一晚,他们谈了很多,谈了各自的人生观、社会观、友情观,等等。直到酒店打烊才离开。

第二天,他乘上了回老家的班车。初冬的天气,寒风飒飒,起伏的田野上一片萧瑟。修好才几年的公路,到处千疮百孔,车轮碾过,卷起阵阵黄尘。太阳无力地照在车窗上,像抹上一层黄蜡。他蜷缩在座椅里,陷入沉思。

在边远的小县城,他度过了不平凡的童年和少年。他的家境一直很差,由于父亲儿时致残,成年后基本丧失劳力,凭修锁的小技能赚点酒钱。家里完全靠母亲一点微薄的工资度日。父亲是小县城里有名的酒鬼,经常醉卧街头。他与妹妹常成为同伴的嘲笑对象。至今他都不明白母亲当时怎么会嫁给一个酒鬼。母亲年轻时其实很漂亮,父亲说她14岁时被大风刮倒的电线杆打伤了头部,从此落下了阴天头疼的毛病。自他懂事起,就知道母亲是家里的顶梁柱。有时父亲醉了欺负母亲,他就抡着拳头帮忙。父亲这时借着酒劲常把他打得遍体鳞伤。让他感恩父亲的是他在如此困难的日子里,父亲却能从酒钱里省点下来或找姑姨借钱让他读完小学和中学。高考前夕,因误吃了变质的食品,染上了肠炎,肚子闹得厉害,人一下子消瘦下去,精力也不济。几场考试,都是迷迷糊糊地把卷子做完。结果是高考落榜。再复习来年参考,经济条件不允许,只好选择当兵。武警新兵连训练结束后,他所在班被派往当地一座百万级的火电厂站岗。这一站就是4年。在那4年里,他没有白费时间,电厂很重视员工的学历教育,与3个大学联合办了3个不同专业的在职大专班,丁宝非也挤进了学习班,顺利拿到了大专文凭。他想凭自己的努力,力争在部队提干,可他没有背景,也不懂得培植关系,最后还是离开了部队。回来后,他被安排在县农药厂,那是一个濒临倒闭的小厂。不到3年,他和刚结婚的妻子就双双下岗了。为了养家糊口,他来到芷都打工,心想凭自己当兵经历,有大专文凭,还会开车,找一个合适的工作应该没问题。可现实是不以人的意志为转移,不想干的工作岗位多的是,想干的工作岗位人家不要。寻来觅去,还是干回了老本行,在一家大酒店当了保安。后来,虹彩花园招聘保安经理,他报名参加,顺利应聘上。

回到家里,行李还没放下,满4岁的女儿扑了过来,爸爸、爸爸的叫个不停。他一把把女儿抱到怀里,络腮胡子扎在女儿稚嫩的脸上,弄得女儿咯咯大笑起来。他顿时备感亲情的快意,心里暖烘烘的。妻子李沁满脸笑容,拍了女儿屁股一巴掌,亲切地骂了句:"死女。"叫她下来。

妻子与他同庚,才32岁,皱纹就爬满了额头。在县农药厂,两人都是搞销售,虽然不同片区,但来往较多,一来二去,就好上了。李沁中等身材,貌不出众,话也不多,但为人诚实。父亲前几年病故,家里留下三代女人,全靠妻子撑持。

晚餐,妻子弄了几个好菜,还买了瓶剑南春犒劳丈夫。在家里喝酒,没酒桌上热闹,但裹着浓浓的亲情,慢慢品着更有韵味。女儿嘻嘻哈哈地与他抢着菜吃,妻子和母亲有说有笑。一家人其乐融融。他边喝边想着编织的梦,有朝一日定要把她们接到身边,让她们过上衣食无忧的生活。

母亲和女儿安寝后,他与妻子在房间里四目以对。妻子摸着他消瘦的脸,娇嗔地说:"在外辛苦,我不在身边,自己要照顾好自己。有时我半夜醒来,首先想到你衣服是否换了?肚子是不是饿了?我的心呀,全给你叼去了。"

他深情地望着女人过早苍老的脸,心里涌起阵阵爱怜。女人的心太善良,对他关怀备至,体贴入微,好像他就是她的全部世界。下岗后,为了这个家,她操碎了心,除了照看母亲和女儿,还在商场站柜台赚点贴补。其中的劳累和辛酸可想而知。他抓住她的手,感激地说:"谢谢你。为这个家,你付出了很多。对不起,以后一定要好好报答你。"

有这句话,女人就知足,幸福地笑了。她撒娇似的偎在他怀里,喃喃说了句:"辛苦没什么,就怕你不理解,怕你把我忘了。"

听了这话,他心里一惊,想起几天前在西北还与燕子风流了一夜。在离开西北前的晚上,他到当地最豪华的酒店宴请费波,以资答谢。就两个人,菜不宜多,要精。为显示诚意,他尽量拣最好的菜点,比如蜜汁鲍鱼、冰镇燕窝、木瓜鱼翅等。费波说,近来发了财?他说,你帮了这么大的忙,一点心意而已。费波笑笑,说两个光棍这样吃有啥味?点菜小姐马上答话:"叫两位小姐过来陪陪,这里的小姐好漂亮好美丽。"丁宝非早就听说有些高档酒店吃喝玩乐一条龙,让花心男人乐不思蜀、流连忘返,但他无缘体验。费波笑而不答,望着丁宝非。丁宝非没见过这种场面,一脸茫然。小姐十分老练和精明,忙对丁宝非说:"这位大哥莫非不好意思?出来就要潇洒一点嘞。"费波就给他做主,说放开一回吧。示意小姐去叫。

一会儿,来了两个如花似玉的妙龄女郎。稍胖的长得有点像香港影星梅艳芳,狐媚无比。稍瘦一点的身材苗条,面如桃花,美轮美奂。小姐说:"看,一个比一个水灵。"费波额首认可,让丁宝非先挑。丁宝非让费波先挑。看两人互为谦让,小姐笑着说:"我给你们安排。"就把稍胖的安排在丁宝非身边,稍瘦的就主动坐在费波旁。他们互相寒暄了一阵,知稍胖的叫燕子,稍瘦的叫梅子。酒菜上来,四人斯文地相互敬酒。几盅过后,话就多起来了。丁宝非斟满一大杯对费波说:"费哥,你的大恩大德小弟一辈子不会忘。你自便,我喝光。"脖子一仰,把酒杯喝个底朝天。

费波叫梅子给他斟满,豪气地说:"老兄从来不占便宜,一样喝满杯。既然老弟有胆量图大事,有什么要做的,尽管吩咐。"一仰脖子,也把酒杯喝干。他们这样一来二往,连干了三杯。燕子和梅子的情绪也被调动起来了,一边起哄,一边频频与他们碰杯。燕子喝酒上脸,满脸通红,媚眼四抛,更显风情万种,还嚷着要与丁宝非喝交杯酒。费波与梅子就鼓掌叫好。丁宝非有些忸怩。费波说:"小弟交上桃花运了。这里的风俗是喝了交杯酒就要同房。"梅子也说:"对,喝了就同房。燕姐是最讨男人喜欢的,不喝就错过机会喏。"丁宝非被他们一激将,红着脸与燕子喝了交杯酒。

闹了一阵子，费波在丁宝非耳边说了几句悄悄话。丁宝非点点头，叫小姐买单。买完单后，费波对梅子眨眨眼，说："我们先走，人家还有好事要做。"牵着梅子的手就往外走。丁宝非赶过去塞一千元钱他口袋里。费波假意推脱一下，笑着说："好好享受。"

他们一走，丁宝非就问燕子："今晚真的跟我走？"

燕子眉目放光："只要大哥不嫌弃。"

丁宝非把她带到宾馆。一进房间，燕子就双手吊在他的脖子上，嗲声嗲气地说："大哥酒量好大喔。"丁宝非点着她的鼻子："你也不差嘛。"燕子咯咯地发出一阵淫笑，说大哥好帅好棒。丁宝非已好久没与女人亲密接触，经她一挑逗，浑身的热血涌动起来，下身一阵燥热，呼吸急促，忍不住把她抱了起来……

那一夜，使他感受到了另一种激情，留下了永生难忘的回味，也给他点燃了征服女人和世界的野火。

想到这，他心里顿感内疚。女人为他持家操劳，自己却暗地背叛她。为了掩饰慌张，他一把搂紧她，拼命吻着。女人闭起眼睛，尽情享受男人的爱抚。一会儿，他激情大起，把女人的衣服剥光，接着把自己的衣服除净，用尽平生力气使劲抽插女人，好似以此来补偿和慰劳女人。女人感到今晚男人特别雄壮，在下面嗬嗬地大声欢叫。

完事后，女人赞扬他，别离一秋，雄风三春，了不得了。他就拍着她的屁股，玩笑道：为了补偿，只好拼命，怕你不理解。女人快乐地笑了起来，把男人搂紧。

丁宝非说："这次回来，给家里带了一万块钱。妈、你、芳芳该添点新衣服，也得吃点好的。"

"真的？"她猛然抬起头，大叫一声。一万块，以前对她而言是个天文数字。如今要变成现实，她不敢相信。

丁宝非伸手打开床头柜上的皮包，抽出一叠百元新钞。她一看，眼睛发亮，激动地坐了起来，抓住钞票左看看右瞧瞧，确信是真的后，沾着口水一张一张地数着。丁宝非拿件衣服裹住她裸着的上身，叫她别数，跑不了，明天再数也不迟。她哪里听得进，直到数完。"太好了，太好了，我们有钱了，有钱了。"她抱住丁宝非的头，兴奋不已。

丁宝非见状，心里不是滋味。作为男人，没有本事挣足够的钱交给妻子是丢脸的。

李沁见男人不吱声，突然瞪着他："哎，怎么一下弄到这么多钱？"

丁宝非一时语塞，不知如何回答是好。这还是从 10 万元中省下来的。

李沁把钱放到床头柜上,逼问他:"到底怎回事?你说啊。"

丁宝非知妻的牛脾气,就编排说:"我认识省电力公司老总,成了要好的朋友,向他借的。他还答应把我安排到芷都电厂。以后赚了钱还他就是,看把你急的。"

李沁松了一口气,认真起来:"我们人穷志不能穷,不义的事不能做。"

放在以前,或者还在小县城里,他的人生观和道德意识可能也与妻一样。在芷都打工这些年里,看到大都市的人腰缠万贯、锦衣玉食、披金挂银、香车宝辇、吆三喝四、灯红酒绿,心里就极不平衡。他们凭什么过着天堂般的生活,而自己为了糊口却疲于奔命?脱光衣服谁也不多什么也不少什么,为什么同样的人被分成三六九等?为了改变命运,他苦思冥想、问计觅谋,终难成效,不得已铤而走险。而以后能否成功,还是个谜。不管怎样,只要能有个稳定的工作,特别在电力系统,收入是有保障的,妻女也能过上稳定的生活。他劝她:"放心吧,只要一进入芷都电厂,不要说一万,就是十万也能赚回来的。你大胆地花,不要太寒酸了,过去是我没用,对不住你娘儿俩。为了这个家,以后即使拼了命也在所不惜。"

妻子用手捂住他的嘴:"不准说傻话。钱多钱少无所谓,我要你一辈子平平安安。平平安安才是福。只要有你在,我就知足了。还是那句话,你在外,不容易,照顾好自己。家里的事你放一万个心。"

丁宝非听了心里很受用,心头热乎乎的。妻子确实贤惠勤快,相夫教子,孝敬高堂,样样细到,庆幸当年娶妻没走眼。分到厂里不久,因他身材魁梧,肌肉发达,相貌堂堂,被厂长的千金看上,托人说媒。接触一段时间后,他发现那是一朵中看不中用的花,就与她拜拜。当时众多小伙子不解,别人使出浑身解数都追不到的厂花,他却不要,为他惋惜。在小伙们的唏嘘中,他娶了不打眼的李沁。事实证明他的选择是对的。后来这位千金嫁给了厂里另一小伙子,厂里破产后与一老板私奔,做了老板的二奶。望着厚实无华、善良淳朴的妻子,他脸上露出放心的微笑。

过了半个月饭来张口、衣来伸手的生活,他有点坐不住了,不停地给柏筱打电话,问进度如何。柏筱开始还耐心应付,后来就有点烦了,斥责他不要逼人太甚。她一斥责,他更加坐不住了,担心生变,翌日就离开了县城。

第5章 沆瀣一气

齐明松这段时间忙得焦头烂额,又是农网改造,又是几个集资电厂改制,又是电价调整,又是平河市停电安全事故处理,大小会议不断,晚上有时还要忙到八九点。接到柏筱交来的档案和调动函,他马上打电话把芷电总经理葛联军叫来,说丁宝非是一老朋友的孩子,推脱不了,请芷电安排一下,并压点担子,最好安排物资科长。并交待处理时要策略点,不要把他抛出来。葛联军感到有点为难,如果调进不安排职务还好,一来就要任物资科长没法操作。且又不能打他的牌子。现任物资科长谭加健工作兢兢业业、任劳任怨、认真负责、一丝不苟、把关很严、十分出色,是电厂后备干部,无任何理由把他移开。齐明松就说:"想想办法吧,也没要你办什么事。"葛联军看齐明松毫无商量的态度,只好闷声接过档案,说:"我尽力去办吧。"齐明松满以为葛联军会爽快应允下来,不料他磨磨蹭蹭、吞吞吐吐,好像会把他的位置给挤掉一般为难。他心里很不愉快,不想与他多说,夹起包,丢下他就往外走,说去向马省长汇报工作。

葛联军的前任冯华在齐明松上任总经理后被明升暗降,调任省电力公司副总工程师。这是个闲职,明眼人一看就知其中的奥秘。当时齐明松想提拔漆汉昆。漆汉昆头脑活络,应对自如,为人八面玲珑,做事行云流水,很得他的欣赏。但在民主推荐时票数比葛联军差了一大截,党组讨论时一边倒,他也只好默认葛联军。葛联军有些个性,对同级或上级从来是不卑不亢、若即若离,不搞亲疏,不结帮派,与人为善,一个老好人的形象。中层干部绝大多数对他有好感。葛联军能够得到提任,是民主路线的结果。其实齐明松不喜欢他,觉得他对任何人都是一副爱理不理的样子,性格阴阴的,说话办事不爽快。

一个星期后,葛联军打电话向他报告:"齐总,丁宝非的事班子商量了两次,大家的意见是先任物资科副科长,等熟悉一段时间后再当科长。您也知道,物资科长位置不一般,责任较大,弄不好会出纰漏。这也是您当年定的原则。开始大家意见还不一致,说齐总当年定的政策,凡从外单位调进芷电的干部,要一年后才可考虑提拔。这些年一直都坚持下来,不能因一个人破坏了连续多年的好政策。事后,我苦口婆心地做了许多工作,第二次会议才勉强通过这个方案。在讨论时,我又不好暗示什么,大家就这么七嘴八舌,什么意见都有。齐总,真的不好意思,没能说服大家,请您批评。"

葛联军话讲到这个份上,能说什么呢?当年他定这些政策,也是为了堵住各种说情风。芷都电厂的工作环境和收入够诱人,不少人挖空心思想挤进来,有些人胃口大得很,一进来就要当这个长那个长。为了减轻压力,他在进人和提拔上定了很多刚性政策,得到了省公司的支持。后任也自然把他定的政策延续下来。没想到当年的政策成为葛联军的托辞。他也有苦难言,想想这个丁宝非真他妈的不是东西,给他出一个这样的难题。葛联军没打他的牌子,说明他还是诚实守信。如果让班子成员知道其中情由,表面上容易通过,但背后将会引起诸多议论,甚至有损他的形象。也许葛联军已经尽力了,不应该责怪人家。他哦了几声,说:"知道了,谢谢! 我再看看老朋友的意见,如没意见,就这么定吧。如有意见,还得请你再周旋一下。"

放下电话,葛联军心里窝着的火蹿起来,骂齐明松他妈的不是玩意,要当婊子又不立牌坊,害得他里外不是人。第一次班子会,他一提出,就被大家否定掉。他只好背后一个个做工作,给他们低三下四求情。尤其是漆汉昆,早就盯上了他的位置,当面对他彬彬有礼,背后恨不得生吃了他。在芷电,除党委书记老陈外,葛的资格最老,提拔副厂长时与齐明松在一张任命书上。只不过他不善于吹牛拍马、阿谀奉承、迎来送往、投机钻营。齐明松走后空出的位置没有他的份,来了个冯华。冯华走后靠民主推荐才出了头。当然他得感谢齐明松的民主作风,放在前任领导,他这个位置恐怕就是漆汉昆的了。

齐明松将情况告之柏筱,要她做好丁宝非的工作,先干了再说,不要开始就那么高的要求。否则,以后他的处境将不妙。柏筱给丁宝非打电话告诉实情,说能安排这个位置已实属不易,看他的意见如何? 丁宝非思索片刻,回答可以,约好明天上午 9 时在丽春咖啡馆见面,将原件交给她。

晚上 10 时,柏筱与齐明松才相聚。他们已有好些日子没在一起。柏筱搬到另外一个小区——虹美花园。虹彩花园的失窃风波,特别是丁宝非的出现,使她感到那里没有安全又没有私密可言,已准备将这处房子出售。齐明松一进门,就接到刘好的电话,问他晚上回不回来。齐明松说网局领导带队来调查平河市停电责任事故,还在交换意见,晚上住宾馆。明天早饭后还得陪调查组到平河市去。刘好说了几句注意休息的体贴话后挂了机。齐明松当总经理后,刘好对他的行踪很少过问,偶尔打个电话问问情况。女儿面临高考,她一门心思在女儿身上。

南方的冬天干冷干冷,窗外北风呼啸,屋内寒气侵人。今年的寒流来得特别早,才进入冬季不久,就好像是大寒时节。柏筱将空调的温度调到最高,屋内依然寒气刺骨。他们干脆钻进被子里,拥着说说话。

柏筱说:"原件拿到手后,就没了后顾之忧。"

齐明松不同意她的看法,说:"事件没那么简单,我看这个丁宝非不是盏省油的灯。看他的设想,是要把我拴在他手里。以后他的胃口到底有多大?不得而知。"

柏筱担心起来:"那我们不成了他的木偶? 如果以后没完没了地提要求,可就麻烦了。"

齐明松说:"走一步看一步,尽量不惹毛他。"

柏筱侧过身,搂紧他,用手抚摸他的胸膛,口里却狠狠地说:"这是只蚂蟥。我看请罗正平想想办法,教训他一下。最好把他拔掉。"

齐明松身子抖了一下,感到震惊,想不到身边的女人这么狠。现在是什么年代了,过火的事一出现,马上会引爆社会新闻,事情反而会越弄越糟。他推开她的手,抬头逼视她:"不准胡来。用黑吃黑的办法解决问题是最愚蠢的。他不是说过背后还有阿雄?他早就防了你一手。你一旦头脑发热,弄砸了可是人命关天。绝对不行,知道吗?我早就说过,不要让罗正平知道。这种丑事落在他手里,我哪里有面子?"

"那他不是永远捏着你。"柏筱不服气,嘟着嘴,"我可是为你考虑。"

齐明松轻轻拍拍她的背,缓了口气,说:"我懂你的心,但要讲究方法。"

"好吧,明天你又要出差,不然的话,与我一同去。"柏筱抓住他的手,在脸上摩挲。

齐明松翻过来骑在她身上,说:"以后你去对付他,我相信你的能力。该硬的时候硬,该软的时候软,叫做软硬兼施。以我的身份与这种人打交道,让别人知道多丢面子。另外,想办法弄清这个叫阿雄的人的底细,没他帮凶,丁宝非也不至于那么猖狂。"

柏筱说:"后来我查了,阿雄几次打的是公用电话。到哪去找呢?"

"哦,不急,慢慢来。我只是说说而已。算了,不说这些。"齐明松端起她的脸,动情地吻着。这张脸是越来越生动妩媚了,修过的睫毛乌黑闪亮,一对眸子更像两潭秋水,似乎能把人的灵魂摄入其中,脸庞罩上了两朵彩云,像盛开的海棠花。多日不见,他心里早想得痒痒的,就露出一副馋相:"我们还是干正事吧。"柏筱点着他的鼻子笑道:"猴急了吧,我才不理你,憋死你。"他不接话,只是不停地吻。柏筱忍不住响应起来，一会儿吐出舌头让他衔着，一会儿使劲吸吮他的舌头。吻着吻着，齐明松浑身燥热起来，慢慢褪去柏筱的衣服……

第二天上午，柏筱驱车按时来到丽春咖啡馆。泊了车，看丁宝非已在门口等候，她与他简单打了声招呼，挺胸往里走，回头说："走吧。"丁宝非跟在她身后。阿丽热情地迎了过来，张开双臂拥抱她："欢迎欢迎，好久不见，想死你了。"柏筱也迎合她："也怪想你。看你生意是越来越红火了。"阿丽看看身后的丁宝非，意味深长地笑笑："今天带贵客来了。挑间档次最好的怎样？"柏筱使劲掐她的手臂，弄得她尖叫一声，说："多嘴。随便弄一间，谈点事。"阿丽早知她与齐明松的关系，只是与她开开玩笑，看她沉着脸，就收了笑容，把手往前伸，说："两位请。"带着他们进了一个小包间，问："喝茶还是喝咖啡？"柏筱答："咖啡吧。""行。"阿丽就大声叫小姐送咖啡来。

上好咖啡，阿丽说："两位慢慢用。"俯身退了出去。

一坐下，丁宝非从夹克里掏出一包东西，递到柏筱面前，说："全带来了，清点一下。"柏筱瞥了一眼，原件外面裹着旧报纸，再套上塑料袋。她不动声色，沉吟半天，用手拍拍包裹，眼睛逼视他："说实话，你是不是留底了？"

丁宝非一愣，露出一丝狡猾地微笑，说："哪能呢？有必要留底？"

柏筱毫不犹豫地说："如果是我，肯定留了底。"

丁宝非搓搓手，嘿嘿一笑："这是你的惯性思维，也是一般人的惯性思维。"

"你不是一般人？"柏筱晃晃脑袋，用挖苦的口气说，"世界上只有你一个人聪明，是吧。"顿了顿，她继续说，"其实，你不必遮掩。谁都会想到这个问题。"

"你得相信我，"丁宝非喝一口咖啡，藉以稳定一下情绪，说，"在这个社会，像你们这样的朋友，能攀上，是我的造化。你以为我会把事做绝吗？错了。其实我是一位很讲义气的人，做出让你们伤心的事，是迫不得已。不这样，能与你坐到一起？不可能。把我纳入江洋大盗，真冤枉了我。我干什么都有底线，尤其是关乎性命的事。"

"哼哼。"柏筱冷笑一声，"哪有绑架成朋友的？既然口口声声要成朋友，就得相互信任。"

丁宝非现出一副苦相，歪着头说："你怎么讲都不为过。我的行为是十分下作，但目的不是害你们，也没有必要害你们，请你务必相信这点。我是为自己的命运。不瞒你，如何改变命运，我想了很多办法，但无可奈何。所以才出此下策。我知道，这是流氓和强盗行为，害得你们坐立不安。那天晚上看到你惊慌失措、愤恨交加，说实话，我心里也不是滋味。在以前，我也是一个守规矩的良民，走出这一步,是下了很大赌注的。有时,冷静下来,我也在谴责自己。俗话说,开弓没有回头箭,现在只有一头走到黑了。以齐总的影响力,我去了芷电后,一定会有一个好的舞台。我会把握好这次机会,寻求发展。但我没有任何根基,以后都得依托你们。"

现代社会,什么样的病态心理和行为都有,追求浮华,急功近利,巧取豪夺,坑蒙拐骗,绑架勒索,黄祸泛滥,甚至杀人越货。而丁宝非以盗窃代替攻关,以要挟代替求职,一个典型的无赖。她无可奈何地说:"好吧,事已至此,望你好自为之。"说完,拆开塑料包,清点了一下存折和房产证,一件不少。她用力将这些东西抖了几下,仿佛要把他粘上去的灰尘和晦气拂去。然后一把塞进手袋,用劲拉上拉链。失去了3个多月的东西终于物归原主了。她身子靠在椅背上,舒了一口气,说:"丁宝非,存折和房产证的事到此为止。一定要兑现你的诺言。只要做到永远缄口,我会尽力帮助你。但有原则,办不到的,绝对不要提。"

丁宝非一脸灿烂,激动地说:"谢谢柏总。我不是那种得寸进尺、贪得无厌的人。请相信我,一定会成为你最忠实地朋友。"接着,丁宝非请柏筱介绍点芷都电厂情况。柏筱没有推让,尽她所知地把一些情况告之他。

第6章　跃入龙门

芷都发电厂位于芷都市东郊芷江的下游,两面环山,一面临水,一面连盆地。贯穿芷都全境的大动脉——京芷铁路在厂前跨江而过。两个冲天而起的大烟囱直插云霄,上面涂成红白相间的色彩格外醒目。高大的厂房、白色的办公楼和候班楼等建筑被错落有致的绿化林簇拥着。开关站中的线路密密麻麻,成散状向外延伸。办公楼前有一宽阔的广场,中央建有椭圆型音乐喷水池。每到上班和下班时喷水池就奏响音乐,随着音乐的节奏,水柱时而喷射冲天,时而波浪叠起,时而细流低旋。喷水池正前方矗立两根旗杆,高的是国旗,矮的是厂旗,江风拂来,旗帜猎猎飘扬。

丁宝非早早地来到电厂。他是骑别人的摩托车过来的。因还没有到上班时间,守卫不让他进。路边的树上挂满了晨霜,江风裹着寒气直往脖子里灌,他倒抽冷气,全身瑟瑟发抖。一会儿,陆陆续续来了几辆金龙大客车,进入厂区一停稳,车门就缓缓打开,职工鱼贯而下,三五成群,有说有笑地往不同的工作岗位走去。电厂生活基地在市内,一线职工三班倒,行政班的按时来往接送。待职工全部进入岗位后,守卫才让他登记进厂。这一套程序对他来说是再熟悉不过了。在电厂站岗的日子里,他也是一副铁面孔,凡事一切按程序办。也许是一种情结,也许是一种缘分,他对电厂怀有亲近感。当年虽说做警卫,但与厂里不少层面的人混得很熟。这得益于他的老乡常水生。常水生时任物资科长,异地遇老乡,两人很快打得火热。从那时起,他就感到电厂物资科科长权力大得不得了。常水生的办公室和家里经常车水马龙、应接不暇。到他家里做客,就像走进了一家高档物品店。夫妻俩都好客,不光让他喝好吃好,走时还大包小包地让他带些烟酒等。有时常水生兴致来了,带他参加各种应酬,使他开阔了眼界,也洞晓了商业圈内的秘密。多年来,他对这位老乡敬佩有加、追慕不已。他选择电厂作为自己的人生舞台,于过去的那段经历不无关系。

到了劳动人事科,室内只有一女士在埋头写东西。他轻轻敲门。女士头也不抬,叫道:"请进。"他在她面前虾一下腰,说:"同志,我是来报到的。"接着把省电力公司干部处的介绍信递过去。"你是?"她抬头望着他。他欠欠身子,回答:"丁宝非。"

"噢,丁宝……不,丁科长。"她满脸堆笑,忙接过介绍信,招呼他坐,起身给他倒水,"我叫李蔓,劳人科科长。葛总一上班还打电话问你来了没有呢?"李蔓殷勤的态度让丁宝非吃惊不小,也受宠若惊、诚惶诚恐。

"谢谢!"丁宝非接过水杯。

李蔓扯扯红毛衣的下摆,用手撩开额前的几缕秀发,端张椅子坐在他面前,笑吟吟地望着他:"几天前就知道你要到我们厂里,任命文件都起草好了。你是我们厂里引进的人才啊。"

"哪里,哪里。"丁宝非忙掩饰,听了"人才"两字如芒在背,两颊发烧。好在他的档案来历天衣无缝,否则会闹出天大的笑话。他心一紧,脸一烧,背膛就冒出了汗。

李蔓说:"我带你去见葛总吧,说不准他还在等你呢?"

丁宝非不停地点头:"好的,好的,麻烦你了。"

李蔓带他坐电梯到8楼。到了801门口,李蔓轻轻敲门,里面应道:"请进。"推开门,李蔓对丁宝非做了个请的姿势,然后自己先进去,"葛总,丁宝非同志来了。"坐在硕大办公桌后的葛联军站了起来,走过来与丁宝非握手。丁宝非既紧张又兴奋,伸出双手使劲握住葛联军的手摇了几下:"葛总,您好!丁宝非来向您报到。"

葛联军慢慢抽出手,说:"好,好。请坐,请坐。"

李蔓把丁宝非引到沙发上,给他倒了杯水,接着把葛联军的茶杯端到茶几上。丁宝非一落座就打量起葛联军来。葛联军中等身材,偏瘦,头上轻染雪霜,慈眉善目,五十七八年纪。葛联军坐下后对李蔓说:"小李,你先忙吧,我与小丁聊两句。"李蔓始终笑吟吟地,回答:"好,好。"飘逸而去。

"小丁今年三十一二吧。"葛联军抽出一支烟点上,亲切地问。

"32了。"丁宝非正襟危坐,认真回答,眼睛不敢离开葛联军的左右,脑子高度紧张起来。

葛联军吸了几口烟后突然问:"你吸烟?"丁宝非今天带了一包红塔山,本想抢在前面递烟,一看葛总抽的是大中华,就觉得包里的烟档次太低,不好意思拿出来。他吞吞口水,摇摇头:"谢谢葛总。"

葛联军又问:"家属也在高堧电厂?"

丁宝非迟疑一下,赶紧把想好的故事讲出来:"不在。她不愿到大西北,一直在老家化肥厂工作。另外,家里老小还得靠她照看。"

"哦!"葛联军露出赞许的目光,不断地点头,"是该这样,是该这样,万事孝为先。"他停了一下,把烟蒂掐在烟缸里,"你认识齐总?"

丁宝非胸口堵得慌,不知他何故追问这些。心想必须与齐总的说法一致,否则会露馅。他故作轻松状,回道:"是我叔叔早年与齐总相熟,我从小就过继给了叔叔。父亲去世早,叔叔也就我这么一个儿子。"

葛联军若有所思地望着窗外,江风刮在玻璃上发出回响。这可能触动了他的神经,他老家特重男轻女,续香火视为家族第一大事。妻子只给他生了两个女孩,父亲为此事常与他斗嘴。因他是单传,到他这里就断了香火。父亲也提过要他抱养一男孩,被他断然拒绝。既然传香火是自己的血脉,养别人的又有何意义?如今父亲已作古多年,料他在九泉之下也难以瞑目。也许没了好心情,葛联军已没兴趣与他深谈,简单地问了些他在高堧电厂的工作情况。末了叫他好好干,不要辜负齐总的期望。说完后,葛联军站了起来,和他握手道别,叫他到劳人科去等,李蔓会请漆总带他去物资科宣布任命。

离开葛联军办公室,丁宝非长长松了口气,背上早湿透了。下到4楼,他赶紧到洗手间,痛快淋漓地把"包袱"放掉。他感到从未有过的畅快,拉完后还把那物使劲抖几抖。看来这个葛联军厉害得很,似乎要挖地三尺,把他的来历弄清。以后一定要小心应付,决不能露出半点破绽。

走进劳人科，李蔓说漆总马上会下来。在他惊诧之余，漆汉昆大步走了进来。李蔓一介绍完毕，丁宝非就伸出双手紧紧握住漆汉昆的手。漆汉昆长得一表人才，粗眉大眼，脸膛放光，声音洪亮，让丁宝非猛然觉得有一种敬畏感。

漆汉昆昨天才知道丁宝非是齐明松介绍来的。昨晚他与谭加健宴请客户，下班时在电梯里碰到李蔓，就叫她来作陪。几杯酒下去，漆汉昆就忍不住大发葛联军的牢骚，说葛联军要拿掉谭加健，安排叫什么丁宝非的来当物资科科长，他才不买账，与大家一起生生顶掉了，让姓丁的就要矮在谭科长的下面。谭加健也略知一二，自然十分感谢漆汉昆的仗义，连敬漆汉昆三大杯。李蔓怕漆汉昆喝多了又说出什么不利的话来，就悄悄把他拉到一边，告诉他丁宝非是齐总介绍来的。漆汉昆一听，两眼瞪得铜钱大，问："真的？从哪听来的？"李蔓轻声说："葛总老婆前几天亲口告诉我的，她叫我保密。这事没人知道，你得注意点。"漆汉昆一听出了一身冷汗，连连向李蔓拱手三次，表示感谢。回到家里，漆汉昆忍不住打电话向齐明松赔不是，说："齐总，对不起，我真不知道丁宝非是您介绍来的，否则我哪会打横炮？不过，您不该把我当外人，这么重要的事该先向我吹点风，好让我有思想准备。这老葛也不够意思，好人都他做了，让我们当了傻瓜。您批评我吧，齐总，这次多包涵，以后的事全包在我身上。"齐明松听后心里咯噔一下，随即爽朗一笑，说："小漆，这样说就不对了，我介绍的人就要特殊吗？老葛是对的，他就很有组织原则，你得向他学习喏。"齐明松一说完就把电话挂了，令他想了好多话没机会说。一晚上，漆汉昆心里灰灰的，恨葛联军这次把他给涮了。一上班，漆汉昆打电话给李蔓，交待丁宝非来了告之一声。

漆汉昆握着丁宝非的手摇了摇，说："好啊，物资科来了员猛将。欢迎，欢迎。走吧，先到物资科认个门。"

物资科有 20 多号人，接到李蔓的电话，谭加健将全科的人召集来恭候新的副科长。昨晚在回家的路上，漆汉昆特意交待谭加健要和丁宝非搞好关系。谭加健心里马上明白其中的奥妙，否则，漆总不会一下子来个一百八十度的大转弯。

漆、李、丁 3 人一到物资科，谭加健带领全科的人站起来鼓掌欢迎，气氛煞是热烈。李蔓宣读完任命，漆汉昆接着就发表了热情洋溢地讲话，不外乎是赞扬丁宝非思想解放，工作能力强，业务水平高。说丁宝非的到来加强了物资科的领导力量，要求全科人员在两位科长的领导下，卓有成效地开展工作，为芷电的发展多做贡献。丁宝非、谭加健作了表态性发言。会后，漆汉昆把丁宝非请到办公室。

单独与漆汉昆在一起，丁宝非心里还是紧张。尽管刚才漆总的讲话对他评介很高,但他清楚这是官场上的客套。

漆汉昆给他泡了杯茶,请他坐到沙发上。他搓着双手,请漆总先坐。漆汉昆拍拍他的肩,亲切地说:"宝非,在我这里就不要拘束。以后咱们就是同事加朋友,如有缘分,还可成哥儿们。乍看我很威严,实则很随和,时间长了你就知道。"

丁宝非嘿嘿地笑笑,挺挺胸,给自己定定气,说:"漆总,早就听说您的为人,现在有缘在您手下工作,是我祖上修好的福。我一定努力工作,报答知遇之恩。"

漆汉昆听了心里很受用,挨着他坐下,说:"宝非,话不能这么说,我们不是为哪一个人工作,不存在报谁的恩。我们干任何事,要对得起良心,要对得这份工资,更要对得起栽培你的人。齐总愿意把你介绍过来,说明你不一般。我们都知道齐总,他是不轻易安排人,除非是他信得过的。能得到齐总的信任,一定是大智大勇。你的到来,我感到十分高兴啊。"

丁宝非受宠若惊、百感交集,不知如何回答是好,只说了句:"谢谢漆总。"

漆汉昆继续说:"物资科是芷电最重要的部门之一,物资采购权很大,能进物资科的多多少少有点关系或有点本事,可以说是藏龙卧虎。就拿谭加健来说,他是芷电中层干部中最有能耐的一位,连续几年获得芷电先进工作者称号,去年还被评为省电力系统劳模。我相信,你能与他搞好关系,互相取长补短。当然,我更希望你能超越他。"说到这,漆汉昆意味深长地笑笑,用手轻拍他的膝盖,表示对他更亲近。

丁宝非听柏筱说过,芷电几位领导中齐明松最器重漆汉昆。也许是这层关系,漆对他如此亲切。他顿时热血沸腾、心潮澎湃,激动地说:"漆总,感谢您对我的信任。我一定不辜负您和齐总的期望,以后需我效力的,请领导交待就是,我一定披肝沥胆,在所不惜。"

听了丁宝非的表白,漆汉昆十分满意,连说好好。接着,漆汉昆问了他的家庭,得知情况后,马上表态帮他要套房,尽早将妻女接过来。丁宝非感动得说不出话,满眼泪花。

第 7 章　初试锋芒

丁宝非适应能力很强,不久就进入了角色,对电厂物资采购的流程很快就烂熟于心,对厂情厂貌也有了大致的了解。开始他还小心谨慎,生怕说错话做错事露出马脚,毕竟是来路不正,心里虚得很。后来发现身边的同事一个个对他毕恭毕敬,也就放宽了心,大着胆实现自己的梦想。

经省电力公司技改处批准,3 号机组将要进行大修。为了不让肥水外流,芷都电厂早就成立了检修公司,所有机组的大修中修小修业务均交给检修公司。每到机组大修期间,则是物资科最忙的时候。电厂有个内部规定,所有的设备材料和物资采购均归于物资科,各部门年初和年中都要拿出采购清单,列入物资科采购计划。未列入计划的就进入不了财务预算,如遇特殊情况就得总经理办公会特批。根据检修公司提供的清单,3 号机组大修采购量达到 3000 多万元。

碰上机组大修时,物资科就要全部上阵,用谭科长的话说是要打好大修采购攻坚战。战前,谭加健都要召开动员会,并提出若干要求。当然,这次也不例外。会前,谭加健到他办公室与他商量开会的主题,并请他在会上也讲讲话。谭很讲究工作方法,开会和布置任务从来不搞突然袭击,与他商量好了才动作。与这种上司共事,丁宝非觉得很踏实,也倍感幸运。

会上,主要是谭加健唱主角,讲完采购的重要性和重大意义后,提出了三点要求:一是在这段时间里任何人不得请假;二是要遵守组织纪律,不得擅自表态,重要事项必须先请示汇报;三是不得以权谋私、权钱交易,一经发现严肃处理。

为显示班子团结,也为了显示对谭加健的尊重,丁宝非讲了些附和的话,表示带头遵守三点要求。

一些设备材料经销商,像逐臭的苍蝇,闻风而至,科里的骨干成了他们围堵争抢的对象。为杜绝发生不正常现象,谭加健下令科里任何人不得接受经销商的请吃和安排的各种娱乐活动。丁宝非觉得谭加健过于敏感、小题大做。他是搞过销售的,面上的应酬起码也该敷衍一下,有必要弄成神经兮兮吗?当然,想法归想法,谭的命令还得一丝不苟地执行。通过这段时间接触,他发现谭加健是个工作狂,凡事都爱较真,一点一滴抠得紧,处处小心谨慎,给人的印象是刻板、不灵活。如此,谭的威信却很高,科里科外不少人对他敬佩有加。

他还暂时住在芷电宾馆一间普通房间里,要房的报告经漆总签字后交给了行政科,听说要过一段时间才可腾出一套两室一厅来。他倒不着急,办事还是踩着节拍好。晚上进房间不久,外面响起了叩门声。他以为是经销商,这些天常有人不期而至。由于不知底细,不便表态,应付一下就打发走。次数多了,就觉得有点烦。他打开电视,选自己爱看的节目,不理会门声。电视声音响起后,引发了更大的叩门声，他只好无奈地去开门。

"哦，是你，方梅，请进。"丁宝非颇感意外。

方梅是芷电数一数二的美人，身材小巧玲珑，明眸顾盼生情，秀发飘洒逸飞，皮肤嫩白泛红。她是数年前电力学校毕业后找关系安排到电厂物资科的，凭着她的美貌和两片薄嘴，很快成了物资科的骨干。

"丁科长，半天不开门，还以为你金屋藏娇？"方梅妩媚一笑，很得体地开了句玩笑。

丁宝非把门关好，也玩笑道："如知你来，还不早准备好八抬大轿？"

方梅接过丁宝非递来的茶，很优雅地坐在单人沙发上，打开茶盖轻轻吹了吹，一股清香飘溢。她吸吸鼻子："哦，好香啊，好像是乌龙。"

丁宝非赞叹道："真厉害，闻闻味道就知茶品。"他在另一张沙发上坐下，"这茶还是谭科长送的。"

方梅喝口茶后把杯子放在茶几上，身子往他这边靠了靠，两只生情的眼睛扑闪扑闪地望着他，问："你认为谭科长这人怎样？"

丁宝非听了身子一震，不知她的用意。隐约听说方梅厉害得很，自己想要办的事非得办成，如有谁影响她，必与你没完。他知道谭加健对她有看法，处处防着她，但又奈何不了她。他不想卷入这种无聊的纷争中，期望所有的人都能成为他的好朋友。他的目标是物资科长甚至更高一个层次。他躲开她的眼睛，敷衍道："不错啊，能力挺强。"

"哼。"方梅吸溜一下鼻子，牢骚道，"就那样，谁在这个位置上也不会比他差。不就是嗓门粗、脾气大、装正经？好像全世界就他马列，动不动拿大话训人压人。凭什么？他有这个资格？漆总都没那样。好像电厂是他自己开的，多花一点钱，就像割了他的肉；与客户近一点，就像动了他的包。我看他心里不正常，狭隘，多疑。"

丁宝非点燃一支烟，猛吸几口，眼睛望着天花板，轻描淡写地说："他这个人嘛，就那个性格，见怪不怪，你也不必放在心里。"他不想附和她，人各有志，支持谁反对谁都是不明智的。心想她今晚来未必就是向他发发牢骚吧，肯定还有其他用意。他发现她这几天似乎在找机会与他套近乎。

方梅两片薄嘴就像加足了马力的汽车刹不住，上下左右飞了起来："时间长了你就知道，他容不得人，老拿脸色给人看。看人看事哪有一个标准呢，为什么非得按他的意见办？他又不是葛联军。我是不怕他的，该说的还是要说，就不信他能坐一辈子科长位置。我来厂里七八年了，开始还好，没两年就对我横挑鼻子竖挑眼。看不惯你就直讲呗,动不动就阴阳怪气地数落人。科里哪个人不受他气?就说你的前任刘一权,一个多好的人啊,与科里任何人都处得好,能力又强,业务也精。他还时不时地到葛总面前去打人家的小报告,多缺德。他为什么那样,怕人家挤了他呗。不过,你来了就好,我发现他对你和对刘科长的态度大不一样,他这人挺精啊。"

"哦,不会吧。"丁宝非瞥了她一眼。漆总与他说过,谭刘对不上劲,何因不清。所以漆总反复交待他要与谭搞好关系。

方梅意味深长地笑笑,说:"你是有背景的,他当然不傻哟。换一个人看,他可就没这么好的耐心了。"

丁宝非哈哈一笑,摇晃脑袋,爽朗地说:"方梅啊,话不能这么说。我劝你换个角度思考问题,也许谭科长心是好的,他不是怕科里出事吗?严一点未必不好。只不过在批评人的时候得方法一点,不必弄得双方难堪。你不知道谭科长已是厂里的后备干部?可不敢和他过不去啰。"

方梅脸上刷地惨白起来,沉吟良久,叹息一声,说:"我哪敢与他过不去呢,只不过向你诉诉苦。初次见面,我就对你有好感,你是属于那种通情达理的人。以后还得请丁科长多多关照啊。"

第一次听到异性同事的盛赞,丁宝非顿觉心花怒放、脸上放光。他欠欠身子,高兴地说:"互相关照,互相关照。以后有什么苦闷尽管向我倾诉,有什么要求尽管提。"

方梅听了好感动,声音黏黏地:"谢谢,今后免不了要常来打搅丁科长。"

丁宝非马上应道:"欢迎打搅。"随后,他们聊起了电厂最近一些新情况。方梅神通广大,知晓不少内幕消息。在其滔滔不绝、眉飞色舞中,时间不知不觉地过去了两个多小时。离开时,方梅面带羞涩地说:"丁科长,过去采购都是分成两个组,两个科长各带一个组。我希望跟着你干。"丁宝非当然高兴,巴不得有美女常陪身边,满口应承。

次日一上班,谭加健腋下夹个夹子来到丁宝非办公室,丁宝非马上递支烟给他。谭加健点燃吸了一口,说:"丁科长,与你商量个事。过去有大的采购活动,科里就分成两个组。今年想改进一下,不再分组了,有事我们好一起商定。再说,有关部门要求大宗物品采购要实行招投标。昨晚我搞了个方案,你先看看,然后议一下。如没意见,就报漆总审批。"说完,把腋下的夹子递给他。

丁宝非听了心里一沉,不知谭加健葫芦里卖的什么药。过去好好的一套,在他到来就要改掉,是谭加健标新立异,还是对他的不信任?他接过夹子,闷声闷气地说:"行,我好好看看。"送走谭加健,他给自己泡杯茶,坐下来慢慢翻阅。

谭加健还真动了不少脑筋,第一部分谈了采购招投标的意义和作用;第二部分提出了设备厂商的资质条件;第三部分设计了招投标的程序;第四部分明确了招投标领导小组成员。按照谭的设想,这次设备采购完全公开化了,物资科的人员包括科长没有任何决策权,等于自己把自己的手脚捆住。如此,大家干得还有啥劲?他想起昨晚方梅对他概括,真是一点没错,大概属于那种一根筋的人物。按常理,谭加健的方案不无道理,但在目前这种社会环境中,是不能以常理来衡量和行事的。谭加健现在正处在上升阶段,想弄点政绩来装点和炫耀一下很正常。不管怎样,无论如何不能让这一方案实现。思索良久,他悄悄给方梅打了电话。

方梅在电话里大叫起来:"丁科长,他又在玩小聪明,你一定要阻止他。让他得逞,我们啥事都没得做,还不如到沙滩上晒太阳去。"

挂了电话,他计上心来,收起夹子,来到谭加健办公室。谭的办公桌上堆满了各种设备文档资料,正在埋头对型号。谭见他进来,笑眯眯地问:"看完了?"

丁宝非把夹子递给他,玩笑道:"谭科长学富五车啊,一晚上弄出个大家伙来。"

谭加健不习惯开玩笑,收起笑容,问:"有什么意见?"

丁宝非说:"我看是不是再斟酌一下。这么大的事,又直接影响全科人员的工作积极性,把方案交给大家讨论一下吧。"他不好直接反对,只好搬出全科员工,让方梅他们与他唱对台戏。

谭加健坚持自己的观点:"没必要交大家讨论,我俩定了报漆总审批就行。"

丁宝非也不退让:"大家的事,一起商讨商讨未必不好。"

谭加健不吭声,背起双手在屋内转了几圈后说:"也许这个方案不成熟,你有不同意见,更不好交大家讨论了。"他停一下,用商量的口吻说,"我们去向漆总汇报,由他定,好吗?"丁宝非没有任何理由反对,只好同意。

他俩来到漆汉昆办公室,漆靠在座椅上听电话,偶尔爆发出阵阵大笑。他俩知趣退出,被漆汉昆用手叫住,他们只好坐在沙发上等待。丁宝非从漆总断断续续地回话中听出是有关设备采购的事,猜想一定是朋友在介绍业务。漆汉昆接完电话坐到他俩面前,说:"你们来得正好,刚才一位老同学推荐一家公司,下午过来,你俩接待一下。我的观点是,不管谁介绍来的,主要还是看设备的质量。"他俩同时点点头,但不显爽快。丁宝非本想在漆总面前表现一番,但毕竟物资科还不是他说了算,怕风头过劲弄得谭不愉快。漆汉昆好像感觉到一点什么,问:

"有困难？"

谭加健忙说："没，没，一定接待好，来者都是客，多几个客户，多几分比较。"一边说一边打开文件夹，"漆总，我有个想法，今年的设备采购想实行招投标。昨晚我拟了个方案，给漆总汇报一下，请漆总审定。"

听完谭加健的整体汇报，漆汉昆若有所思地说："其实我也想过，但什么事都应有个比较。"

丁宝非从刚才漆总接电话和交待任务时就已经明白其思绪脉络，他小心谨慎地说："漆总，谭科长的方案应该说是个好方案，确实动了不少脑筋。如果是普通物资采购完全行。可我们是精密度高的电力设备，质量可靠的就这么几家，公开招标也好，议标邀标也罢，还不是在这几家转？"

漆汉昆点点头："我懂你的意思。"转眼望着谭加健，"谭科长，这是你的最后意见？"

谭加健合起文件夹，回道："只不过是我的想法，还是漆总定。"

漆汉昆办事从来是干脆利落、毫不含糊，马上拍板："宝非说得对，公开招投标和议邀标意义一样，且招投标耗时间，还是邀标吧。"

晚上在皇朝酒店设宴款待漆汉昆的两位客人，男的叫左兵，40 多岁，膀大腰圆；女的姓华，年轻漂亮，楚楚动人。谭加健心里清楚，今晚的客人只要礼数到而并非特殊关照。以前遇上重要客人，漆总往往会亲自作陪，这时就得格外重视了。见对方来个女的，丁宝非提议把方梅带去。碍于丁宝非的面子，谭加健只好默许。左兵是个性情中人，酒杯一端，笑声多话也多，和谭、丁称兄道弟。谭不胜酒力，和客人碰了两杯就躲到后面去了。丁宝非、方梅都是一斤以上的量，轮流与左兵推杯换盏。华小姐偶尔上阵助威。丁宝非看这位华小姐喝酒挺有意思，右手端杯，左手遮杯，轻轻送进樱桃小嘴，活像古装戏中佳人喝酒的扮相。

席至中途，谭加健接了夫人电话，儿子跟邻居小孩打架，把人给打伤了，要他赶紧回家。他只好与客人提前道别。左兵说，我去送送。起身随在谭加健的后面，不一会儿就回来了。

谭加健一走，方梅活跃起来，叫服务小姐再拿两瓶五粮液来，说今晚喝他个一醉方休。华小姐搂着她的肩，玩笑道："方姐，先生出差，独醉卧榻，可没人呵护了。"方梅用小拳捶她，开心笑道："丽萍，就你嘴贫，叫左总今晚撕了你。"丽萍忙低了头，满脸羞红。

"哦，你们原来熟悉啊！"丁宝非不由得惊讶起来。

"不好意思，丁科长，没早告诉你。"方梅忙赔不是，"其实左总是我们的老客户了。"

丁宝非胸口像被什么东西堵了一下,心里不是个味,有种被愚弄的感觉,一边是漆总介绍,一边是老客户,蒙谭科长可以,但不该蒙他啊。"妈的,你方梅玩花样也不该这样玩呀。"他心里这样骂着,生出一丝恨意。

方梅早看出丁宝非的情绪变化,端起酒杯,走到他面前,嗲声嗲气地说:"丁科长,敬你一杯。喝了我才敢把话讲出来。"丁宝非不知她葫芦里卖的什么药,只好依她举杯。

"生意场上的朋友难交,大都是唯利是图。尽管我和左总认识时间不长,但觉得他讲信用,讲义气,讲朋友。我接触过不少经销商,唯独他的行事风格让人放心。丁科长,左总这人你可以大胆地交,我不会骗你的。"方梅这样怂恿他。这确实是她的心里话,去年,她与刘科长跟左兵做过2号炉空预器冷热端换热元件包及密封件的业务,结果是存折上多了几万。左总为人豪爽,行事不张扬,与你交了朋友,让别人看不出。在目前这种环境中,应该说是一种独特的风格。

左兵弓起身,接过方梅的话说:"是的,是的,丁科长,我这人做朋友就要做割肝换胆的铁杆朋友。听方梅说,你很义气。我就愿意交你这种朋友。漆总交待过,有什么事直接找你。这次免不了要给你添麻烦,请多关照。"他要过酒瓶,给自己杯子斟满,又给丁宝非斟满,"来,丁科长,干了这一杯。千言万语,尽在杯中。"

听到漆总交待有事直接找他这句话,丁宝非暗自高兴,喜上眉梢。他相信漆总会说这种话,也庆幸漆总没把他当外人。出来混,不就是图个领导器重和办事方便吗?他爽快地端起杯,豪气喧天地说:"好,左总,你这朋友我交了,关照不关照是其次,关键是交上好朋友。干了。"丁宝非兴致来了,说再与左总喝上三杯。方梅喜出望外,扭着腰肢上前抢过酒瓶,给两位倒满。喝着喝着,双方免不了恭维一番。

借着酒兴,左兵说:"我给大家说个段子。"

方梅忙接口:"好啊,我最喜欢听左总的段子。"

左兵向方梅送去浅浅一笑,以示感谢。他清清嗓子,慢条斯理地说:"有一个最新哈佛营销案例,一男赶集卖猪,天黑遇雨,二十头猪未卖成,到一农家借宿。少妇说,家里只一人不方便。男说,求你了大妹子,给猪一头。女说,好吧,但家里只有一床。男说,我也到床上睡,再给猪一头。女同意。半夜男问女,我到你上面睡好吗?女不肯。男说,再给猪两头。女同意,要求上去不能动。少顷,男忍不住,央求动一下。女不肯。男说,动一下给猪两头。女同意。男动了八次停下。女问为何不动？男说猪没了。女小声说，要不我给你猪。天亮后，男吹着口哨赶着二十头猪赶集去了。哈佛评论，要发现用户潜在需求，前期必须引导、培养用户需求，因此适当的前期投入是符合发展规律的。"

方梅首先捧腹不止，丁宝非接着哈哈大笑。方梅一边擦泪一边说："左总，精彩，真精彩。你不会把我们当成这种用户培养吧。"

左兵笑道："像你这样的超级美女，哪个男人不想培养你？"他侧头望着丁宝非："是吧，丁科长。"丁宝非不敢接话，只是红着脸望望左兵望望方梅。

方梅本想听听丁宝非的应答，虽是酒话，也很愿意听。不承想丁宝非脸皮薄，无言以对，她只好陪着红脸。

华丽萍怕弄得方梅丁宝非难堪，就岔开话题，对方梅莞尔一笑，假装愤愤不平道："方姐，时下凡涉黄段子，都把我们女性描述成金钱的奴隶，这是偏见。"

方梅说："是啊，都是这些混账男的编排的。不过话说回来，哪个不爱金钱？恐怕男的比我们女的更恋钱吧。我这里也有一个段子，说给大家听听。"丁宝非3人齐叫好。3人一叫，方梅更来劲，也学着左兵的样子，一字一顿地说："叫我不想你，红红太阳西边起；叫我不爱你，茫茫大海没有鱼；叫我忘掉你，喜马拉雅成平地；叫我离开你，除非世上没有你，我最最亲爱的——人民币！"这个段子其实一点都不好，不含蓄，不幽默，不深刻。但为了不扫方梅的兴，3人还是敷衍地笑笑。左兵还夸奖说："好，很形象。"

逗趣寒暄了一阵，大家甚是高兴。左兵还趁兴大谈特谈了他的生意经，让丁宝非印象最深的是这四句话：有钱敢赚是枭雄，有钱会赚是英雄，有钱怕赚是狗熊；有钱不赚是死熊。

"丁科长，我的信条是有钱大家赚，有赚大家用。老哥我以后在丁科长手下讨事做，好处是少不了你的。"左兵举起杯，"来，丁科长，喝了这杯，咱们就是亲兄弟了。"方梅凑热闹，也举起杯："好，你们喝兄弟酒，我赞助。"丁宝非被方梅推波助澜得只好举杯。

大家喝得差不多，左兵脸庞成了猪肝色，丁宝非、方梅也满脸绯红。左兵摇摇酒瓶，说："第三瓶也剩不多，丁科长，你看，是不是再拿一瓶？"

华丽萍推推左兵，提醒道："下面还有节目，酒就留到下次喝吧。"

左兵忙说："对，对，丁科长，方梅，今晚咱们分头去轻松一下。大冷天，蒸蒸去。"

丁宝非想起谭加健定的规矩，推脱说："我和方梅还有任务，以后再说吧。"转头对方梅，"你去买一下单。"

左兵伸出双手:"别,别,丁科长不是小瞧我吗。单已买了,以后有机会再喝丁科长的酒不迟。到时若丁科长忘了,老哥我还会厚着脸皮讨酒喝哩。"

丁宝非不明就里,都在喝着酒,说买单就买了单,难道左兵有分身术吗?他眯起眼道:"你是漆总的客人,谭科长有交待,客是我们请,别叫我交不了差。方梅,快去啊!"方梅没有挪身的意思,只望着他哂笑。左兵右手扶在丁宝非的肩上,很夸张地说:"丁科长真是大实人大好人,我为有这样的好朋友感到高兴。"说着,从口袋里掏出一张餐饮发票给方梅:"有了这张发票,谭科长那里就好交差了。"丁宝非拿过发票一看,果然是此店此时的。他陡然想到中途左兵送了趟谭加健,"左总,你啊,比猴精。"说完哈哈大笑起来。

出了酒店,寒风像冰刀割在脸上,连往日耀眼的各色路灯也被寒流裹得像鬼火一样闪烁,夹带着另一股寒气向你身上扑来。左兵叫了一辆的士,把丁宝非方梅送上车,扔一张50元票子司机:"请师傅好好把客人送到家。"司机问:"到哪?"听说是到芷电生活区,司机马上爽朗地大叫:"好嘞。"

街上人行稀少,凛冽的寒风把热闹深藏,大多数商店已打烊,只剩下酒吧歌厅桑拿门前人头攒动。在车上,丁宝非忍不住问方梅:"华丽萍是左总的什么人?"

方梅觉得丁宝非问得奇,反问一句:"你认为是什么人?"

丁宝非也觉得自己问得荒唐,自嘲地笑笑,说:"人家是商人嘛,很自然。"

方梅轻轻一笑说:"你也不蠢啊!"

第8章　朋友圈子

黄蜂山雄居于芷都市的西面,因主峰像一欲飞的黄蜂而得名。峰顶有一斜插天穹的长形巨石,恰似黄蜂舒展的翅膀。长形巨石下有一块平缓的斜坡,斜坡上奇松林立,古樟参天。南华寺就隐在奇松古樟中。坡的北侧危崖耸立,沟壑纵横,怪石嶙峋,虬松攀壁,溪水淙淙,翠竹摇曳,雨雾过后,云蒸霞蔚,风光旖旎。给南华寺增添了许多遐思和幻景。

齐明松为了兑现承诺,一早开车带着柏筱到南华寺祭拜。公路只修到山腰处,他们只好下车步行。越山两里,方到寺院。齐明松和柏筱已是气喘吁吁。柏筱嗔怪世人为何不把路修到寺院门口,让香客轻松一点?齐明松说:"这是佛要考验你的诚心。藏民拜教还要长叩数十公里哩。"

进了院门,是一条鹅卵石铺就的山路,沿山路上去,在奇松古樟映掩下,露出一座寺庙。这座寺庙其实不大,但因雄踞在斜坡上,仰视上去,凸显巍峨庄严。庙门的牌匾上写着"南华寺"3个遒劲的金色大字,门两侧镶嵌两付对联,右联是:身从无相中受生犹如幻出诸形象。左联是:幻人心识本来无罪福皆空无所住。齐明松驻足凝视良久,只觉古人把世道悟得如此洞透,今生活着也不知是幻出还皆空?他一时无法品味,只得随柏筱步入殿堂。殿内两边四大金刚面目狰狞,形威势猛。正中盘坐的是大仁大善的普贤菩萨。佛前灯烛荧煌,炉内香烟缭绕,幢幡不断,宝盖相连,佛音袅袅,令人心境空灵,俗念顿消。

柏筱把带好的3炷高香点燃后插在香炉内,拉着齐明松双双跪倒在佛像前。两人微闭双眼,顶礼膜拜,各自许着心愿。拜毕,齐明松从口袋里掏出两张百元大钞丢进功德箱内。这时,过来一个双手捧着签筒的中年和尚,对齐明松轻轻道:"施主,大福大贵,抽根好签吧。"齐明松环视一下普贤菩萨,颔首同意。中年和尚摇了摇签筒,伸到齐明松眼前。齐明松俄顿一下,有点迟疑不决。柏筱鼓励他:"抽吧,相信自己。"齐明松与她相视一笑,用手在签筒里搅了两下,抽出一根。柏筱凑近一看,只见上面写道:宛如仙鹤出樊笼,脱得樊笼路路通。南北东西无阻碍,任君九霄自在行。

中年和尚要过签,解道:"这是一支上上签。此签有仙鹤出笼之象,凡事先凶后吉,可能会遇到一些波折,但有神明保佑,你定会财运亨通,谋事有成。"

齐明松听后疑雾顿消,心情大悦,慌忙道谢,又抽出两张百元大钞丢进功德箱内。柏筱抬头凝视普贤菩萨,心里默默祷告,祈求大贤大德的普贤菩萨永远保佑明松平安无事,仕途发达。

中年和尚两眼直勾勾地望着柏筱,说:"小姐是华贵之人,鸿运当头,也抽支吧。"柏筱看中年和尚两只贼眼有点邪,又听他说到"鸿运",就觉得有点偏离主题了,今天主要是陪齐明松,不想冲淡气氛,就向中年和尚摆摆手。不料齐明松扯扯她的袖子,叫她也卜卦。柏筱向他送去温柔一笑,软软地说:"你的签就是我的签,没必要重复。"齐明松听了百感交集,无论何时何地,她都是把他摆在第一位。心里就想,这辈子可以欠别人的,唯独不能欠她的。士为知己者死,此生得她是三生有幸。他想罗正平这小子一辈子就为他做了这件没齿不忘的大好事。旁边敲木鱼的老和尚似乎看出了他的俗念,向他重重地咳声嗽。他幡然醒悟,在清静之地还是去不了俗气,自己就在肚子里放声笑。

这时，来烧香朝觐的人渐渐多了起来。齐明松怕在佛门之地碰到熟人，就推推柏筱。他俩穿越大殿，从后门拾级向峰峦爬去。耀眼的太阳穿过云层照在云雾缭绕的松林上，雾气随着徐徐而来的北风渐渐散去。背阳处古松老干如鳞，虬枝偃蹇，势如盘龙。初春的芷都，早已万物复苏，放眼望去，到处是春意盎然。远处错落有致、形状各异、色彩纷呈的高楼大厦尽收眼底。面东绕城而过的芷江像一条白练系在美女的胸脯上，连绵起伏的原野上闪耀着片片粉红色的桃花。一群山燕掠过浮云向丛林中飞去……

因那支上上签带来好心情，齐明松触景生情，忍不住念出了一首诗："迟日江山丽，春风花草香。泥融飞燕子，沙暖睡鸳鸯。"

柏筱望着他，满脸堆笑："看不出你还会来两句子诗啊，江山丽，花草香，飞燕子，睡鸳鸯，排比得蛮好的。"

齐明松忙解释："误会了，我那有这水平？是杜甫的诗，借来抒发胸意。"

柏筱哦了一声，也感叹起来："原来芷都还是挺美的！"来芷都多年，她还是第一次登高望远。

齐明松把她揽在怀里，无限爱怜地说："只要以后想登高望远，就陪你来，哪怕是天涯海角。"

柏筱偎在他的怀里，心里暖暖的，相信这是他的心里话，虽然他挺忙，只要一有空，就会与她联系。这段时间，危险真的已经过去，看来丁宝非还是一个说话算数的人。漆汉昆与齐明松说过两次，丁宝非在芷都电厂干得挺不错。丁宝非也给她来过几次电话，无非是讲些感激和报答的话。她不求图报，只要不坏齐明松的大事，就谢天谢地了。这时手机响了，一看是罗正平的，就接了。罗正平要她转告齐明松，晚上的安排别忘了。柏筱觉得好笑，老同学相约还要她来转达，就呛了他一句："罗总啥时把我当成小秘书了？"罗正平在电话那头哈哈大笑，老不正经地说："估摸着齐总昨晚被你掏空了，手机也忘了开。"柏筱脸倏的红了，骂道："猪嘴巴。"昨晚他俩的确在一起，齐明松不知咋的特别雄壮，要了她好几次，使她兴奋和爽了一夜。柏筱问齐明松："你手机没开吗？"齐明松哦了两声，说为了拜祭佛门，要显心诚，以免手机声音影响普贤菩萨显灵，就关了。柏筱默然，觉得明松想得周全，清静之地自然要有清静之心和清静之情。她说罗正平提醒你不要忘记晚上的聚会。齐明松嘟囔一声："像个婆娘。"

晚上聚会是罗正平宴请女同学黄婷两口子。黄婷干了多年华流县农业局长，学理工的竟阴错阳差和五谷六畜打起了交道。丈夫叶好龙是该县县长。他俩刚参加完省农业厅召开的农业产业化工作研讨会。罗正平不知从哪探听到叶好龙来了省城,非要安排这桌特别的宴席。罗正平这几月来往华流县 N 次,想打两个小水电站的主意。在计划经济年代,华流县利用华河的水能资源,建了三座四至八千千瓦的水电站,专供县城和几个乡的照明。由于小水电的投资和管理体制属地方,省电力公司对其并网缺乏积极性,以致这些小水电长期在大网外徘徊,经济效益无从谈起,一直处于半死不活的状态。为了盘活这块资产,也为了解决人员的出路,叶好龙提议将三个小水电拿出去招商引资。消息一出,浙江和福建的民商接踵而至,最后都望洋兴叹而去。有一个敢吃螃蟹的闽商收购了其中最小的即 4000 千瓦的电站,结果是大网不愿购电而开开停停,以至于负债累累。为了解决大网购电这一难题,叶好龙在黄婷的陪同下找了齐明松多次,最终还是利益问题搁了浅。罗正平知道其中的奥秘,与齐明松探讨几次后获得了支持。齐明松也希望罗正平在这个节点上下功夫,以较低的价格将这两个小水电收入囊中。罗正平与叶好龙和主管水利的乐副县长接洽了几次,最后获得了支持,只等县长办公会同意后签字。当然,罗正平知道时下办事的潜规则,功夫不深,未必想得到的就能得到。

罗正平先带柏筱在皇朝酒店恭候。6 时,黄婷夫妇准点到达。黄婷当时在班里算得上班花,身材苗条,面容姣好,微翘的臀部滚圆滚圆,走起路来一扭一扭,风骚无比,不知有多少男生为她魅力无限的臀部而倾倒。已至中年的她风采依然,只是眼角多了些鱼尾纹,一身职业装特显其华雍富贵。叶好龙身材魁梧,声如洪钟,气势逼人。

罗正平向他俩介绍柏筱:"我的副总,柏筱。"柏筱向他们伸出手,甜甜地说:"早闻大名,今后请多关照。"

黄婷握着她的手,侧头笑眯眯地对罗正平说:"罗正平,好你个兔崽子,有这么漂亮的副总,早不带来看看?"

罗正平眨巴几下眼,说:"她是想去啊,早就说要见见你这位女杰。她有一摊事,几次都没抽出空,说不准以后会成为你们那儿的常客嘞。"

柏筱说:"惭愧,听说黄局在大学时是大美人,早就想专程拜访,一睹芳容。今天一见,果不虚传。"

"是吗?"黄婷高兴地搂搂柏筱,"别听罗正平瞎说。"

叶好龙乐了,对黄婷说:"咋不知道你还有灿烂的过去?别人肯定怀疑我摧残了你。"

罗正平哈哈大笑,拍拍叶好龙,说:"黄婷可是我们班里一枝花,那时候可把不少男同学迷死了。叶县长不可花下不识香啊!"

正热闹时,齐明松进来了。齐明松和叶好龙熟悉,礼节性地握了握手。伸手与黄婷握手时,黄婷潇洒地拍开他的手,"谁跟你握?"齐明松玩笑道,"这可是带电的手,机会难得哟。"黄婷怪笑道,"不稀罕。"

看他俩的热乎劲,明眼人马上能猜到两人关系不一般。其实,黄婷在大学期间曾疯狂地暗恋过齐明松,也上过不少心。那时候正风靡日本电影《追捕》,男主角高仓健刚毅、深沉、冷静、睿智的形象迷倒了一代女青年。齐明松就具有高仓健的性格特点,男子汉性格特别鲜明,平时话语不多,肚里窝藏风云,尤其是他那双炯炯有神、力透肺腑的眼睛,让黄婷见了春心荡漾、思绪奔涌。黄婷毕业后未圆留省城之梦,神情沮丧地回到老家华流县,被安排到县政府办公室当了小科员。郁闷的她不间断地向他打电话和写信倾诉思念,直到与叶好龙恋爱后,她才渐渐平静了那颗驿动的心。

服务小姐次第送上茶、递上热毛巾。罗正平招呼大家沙发上坐,并叫服务小姐上水果拼盘,说等等黄金河。齐明松用热毛巾擦擦手,拉叶好龙坐在长沙发上聊天。

"费省长来了?"齐明松问。费省长是分管农业的副省长。

叶好龙说:"自始至终参加。书记省长批了字,他敢不重视?"

齐明松转头对黄婷说:"省里是越来越重视农业,你的位置自然是越来越重要喽。"

黄婷撇撇嘴,发起牢骚:"我感到省里的战略思维和指导思想有问题,在工业化和后工业化时代,谁还认真把农业放在首位?这样做就等于把自己摆在了落后的地位,看看沿海几个发达的省份,发展和致富靠的全是制造业和加工业,只有靠工业才能强省,才能崛起。这样简单的道理,我们的省委书记却熟视无睹,大讲特讲他的生态农业、生态经济、农业产业化;大讲特讲他的农业文明、农业辉煌、农业前景。我看,书记要么是短视,要么是弱智,这样折腾下去,我省又要被人家拉下好几个点。"

叶好龙政治敏锐性强,赶紧喝住黄婷:"你瞎操哪门子心?这是中央定的调,省委书记能不讲政治?"

黄婷瞪丈夫一眼,啐道:"讲政治也不能一根筋呀,得结合省情民情,就不可以提两个为主,双向发展?面上重视农业,实际重视工业。齐总,你搞电的,工业上不去,看你的发电机组和电网不晒太阳才怪呢。"

齐明松哈哈一笑,说:"精彩。黄局长屈才了,当个县长、市长那是小菜一碟。古人怎么说?治国如烹小鲜。如果让黄婷去烹这小鲜,形势可能会大不一样。不过话说回来,到现在还执意强调以农业产业为主导,就有点背离现实了。以用电量指标来判断,我省的工业发展水平永远落后于周边省份。这是一个严肃的政治和经济问题呵。不过,省委书记提出这一思路,自然有他的道理。再说,是不是中央布的局? 我们不要轻易过早下结论。我党这么多年,都是在争论中长大的,有不同的提法太正常了。当然,我们也只是议论议论,在正式场合,千万不要与省委唱反调呵。"

黄婷叫道:"伪君子,党内有你们这些人,气氛就不正常了。说点实际,还要遮三隐四。反正我这个农业局长当得也窝囊,上面天天讲农业是基础,是根本,耳朵都听出茧来了,也没见那个菩萨给农业发善心,多投资。省委书记反弹琵琶,工业不输血,纸上谈兵哟。"

罗正平趁机插科打诨:"叶县长,局长给你提意见了,还不赶紧在夫人面前好好表现一番,回去给她批个千万百万,别后院起火,弄得我们这些酒囊饭袋断粮喽。"

柏筱对这些场面上的话插不上嘴,只能用一双水灵灵的杏眼在谈话者之间瞟来瞟去。她敏感地注意到了黄婷对齐明松的暧昧态度,猜想他们过去关系肯定不一般,心里就生出丝丝醋意。

黄金河人未进,接电话的声音就进来了。罗正平赶紧给他开门。他边打电话边用左手与各位握手,活像歌星边唱边与观众握手的动作。黄金河接完电话后,对大家双手打恭,说:"对不起,让大家久等了。"然后转身介绍尾随而来的佳人:"市政府办公室副主任韦玉琼。以后有事找她联络,我实在太忙了,怕在什么地方怠慢大家。"

韦玉琼赶紧伸手一一与大家握手,连说:"多联系,多联系。"招呼完后,大家蓦然发现她美丽惊人,气质高雅,还有一副妖娆的水蛇腰。

齐明松前几年与她同过行,那时她还是接待科长:"喔,多日不见,当上主任了啊!"

韦玉琼甜甜地一笑:"托市长的福,托市长的福!"

罗正平催大家上座。谁坐头席? 黄金河与齐明松谦让了几回。两人都是正厅级干部,虽是同学,但在公众场合,主次还是要分的,这是官场不成文的规矩。还是黄婷有点子,说市长管的人多,该坐头席。黄金河哈哈大笑,就顺势坐了头席,嘴里还嘟囔道:"那我就不客气了。"并拉齐明松坐在右侧,这是主宾的位置。叶好龙被安排在黄金河的左侧,其他的就自己找座。

黄婷挨齐明松坐下,玩笑道:"我与电霸坐一起,找一下被电的感觉。"

齐明松回敬道："五百伏的电,会电死人的。"

黄婷嘻嘻一笑："死不了咋办? 要找你的麻烦哟。"齐明松不再接她的话,在叶好龙面前贫嘴总不太好。

韦玉琼坐在叶好龙旁边,用热毛巾轻轻拭着嘴唇,眼睛不停地望着黄金河,在揣摩市长的表情与动作。对下属来说,陪领导出席宴会是趟苦差事,要做到眼勤嘴快。眼勤是:领导的一个细小动作、一个眼神表示,要在刹那间完全领会,为领导掌握好喝酒新动向,把握好喝酒的战机。嘴快是:代领导喝酒嘴要快,一口一杯,绝不拖泥带水;有时领导要恭维某人,需你添色带彩时,要恰到好处地嘴快。

罗正平落座在韦玉琼旁,说："我来陪大美人,到时多讨几个关照。"韦玉琼侧头给他抛个眉眼,浅浅一笑,算是表示了感谢。

柏筱只有挨黄婷坐下了,虽然心里装满醋意,但这时无论如何是不能有半点唐突,公司以后还要到她的地盘上找饭吃。再说,这是哪门子事,过去的与她有何关系?这样想着,心里就阳光起来,还恰到好处地夸了黄婷几句："黄局长说话好有水平,好风趣,好幽默。"黄婷听了心里舒服至极,友好地在她肩膀上拍拍。

菜很快上来,有南非六头鲍、法国鹅肝等高档菜。罗正平问："喝什么酒?"眼睛盯着黄金河。作这样的决定,应该是主人位的权力。黄金河望望齐明松,望望叶好龙,最后对叶好龙说："听好龙的。你说喝啥咱喝啥。"叶好龙忙推脱："听市长的。"韦玉琼发挥了眼勤的作用,跟罗正平咬了咬耳朵。罗正平点点头,叫道:"上茅台。"

服务小姐一下子端来五瓶茅台,估计是罗正平早交待好的,刚才那番礼让只不过是他的小聪明而已。每个人的酒杯斟满后,罗正平请市长开张。黄金河望望齐明松,说："开始?"齐明松就说你吹号吧。黄金河举起杯子,说："今天这酒没任务,不讲礼节,大家悠着点。第一杯怎喝? "

黄婷说："当然喝光,不是你市长的酒,还小气什么? "

"耶,将军了。"黄金河眯起双眼,看着黄婷,"真脱光?"华流县的方言"喝光"叫"脱光",在酒桌上早已成为人人皆知的段子,他故意逗她。

黄婷在酒桌上对此话习以为常,还提高八度说："脱光,下面每杯都脱光。今天谁也别装熊。"

黄金河笑着对叶好龙说："你老婆还真敢脱光,我们就不好意思了。"叶好龙笑而不答。他知道夫人在酒桌上就爱闹酒,在华安早已名闻遐迩。

"好吧,第一杯,脱光。"黄金河首先仰了脖子。大家也一一喝光。

酒过三巡,气氛渐浓。黄金河不停地向大家出击,其他人也不示弱,弄得高潮迭起。齐明松酒桌上没黄金河活跃,主动出击少,只是来者不拒。他端杯回敬黄金河,说:"金河,难得你今天这么高兴。我们在一个城市里,又是你的子民,平时在一起坐的机会不多。今天,借罗正平的酒,敬你一杯,在你地盘上的事,请多多关照。"

黄金河说:"明松,有些事真是说不清,当年请你投资整治芷湖,费了多大的劲?要是现在,不知有多少人想捞这个大便宜。你看,一不小心,送给你一个金娃娃。"

"那是那是。"齐明松不停地点头:"当时谁也想不到房地产会好起来。不过,现在芷湖开发公司还不赚钱,丢进芷湖10个亿,不是那么简单就能捞回来。我还是看预期,现在房地产市场刚刚兴起,估计得过三四年,才可能赚到钱。倒是便宜了你市长大人,芷湖一变绿,周边的地价哗哗地涨起来,你的财政口袋早已鼓起来了。"

黄金河哈哈一笑,说:"你呀,得了便宜还卖乖,我口袋里的钱早用在市政建设里了。日子难过,吃饭财政,管两百多万张嘴,有你一半好日子就谢天谢地了。"黄金河说的是实情,芷都市会生金蛋的大企业不多,产值上百亿的就那么一二个。民营经济也不发达,所占比重不到30%。国有老企业大多半死不活,下岗分流、重新安置的压力很大。

罗正平端起酒杯走到他面前,说:"市长,你是北斗星,几百万人靠你罩,什么时候也洒点余晖过来,让我们这些讨饭者沾点老同学的光。老同学方便的时候召唤一声,到市长办公室求见一下。来,干杯。"

黄金河想起他打过几个电话,求他找块地,因太忙,推了几次。他举杯与罗正平碰碰,说:"你小子心比天高,什么都想插手,钱能赚完?哎,玉琼,罗总要地的事你给他跑跑。但听清楚,决不能给我惹麻烦。"还是几个月前,罗正平想弄块地盖写字楼,除自用外其他用来出租。那时手头有几个闲钱。现在不一样了,他改变了投资方向,要在小水电上下功夫。

韦玉琼响亮地应了声:"好嘞!"对罗正平喊道,"罗总,市长这杯酒我代了。"

黄婷板着脸说:"我说罗正平,市长讲了今天喝酒没内容,你倒好,跟生意联系起来,好像我们都成了什么的。"

罗正平装成委屈:"市长,你要给我平反,话是你挑起的,我什么也没说,是吧。"

黄金河呵呵一笑:"好呀,玉琼,记住,我什么也没说。"

韦玉琼捂着嘴咯咯笑起来:"是的,市长什么也没说,什么也没说。"

"别,别,我说错了,罚酒,罚酒。"罗正平忙从小姐手里抢过酒瓶,拿过大酒杯,给自己斟满,说,"我连罚三大杯。"柏筱一直处于观战状态,看罗正平要豁出来,就走到他身边,抢过罗正平的杯子,谦恭地说:"各位错爱,我代罗总喝这三杯吧!罗总酒量有限,谢各位了。"一口气喝了三大杯,惊得黄婷啧啧称奇。

在黄婷的啧啧声中,齐明松心里可不好受,但又不能有丝毫表现,只是用眼光默默地劝慰她,叫她没必要认真。柏筱已注意到了他的表情,扭头对他灿烂一笑,算是对他的回答,请他放心。

齐明松觉得有必要帮罗正平说几句话,他说:"罗正平自从下海后,活得也不容易,我们能帮的帮他一下,为同学出点小力。"

黄婷听了这番话后不干,嚷道:"咦,好像好人就你齐总,我们倒是隔岸观火。"

黄金河接过话说:"是呀,明松,你这话啥意思呢?我黄金河就六亲不认了?正平,你说,什么时候要地,马上批给你。"

罗正平双手合掌作揖:"谢谢各位老同学,都帮了大忙。我罗正平没各位的帮助,就没有今天。来,喝酒,喝酒。"

大家一边起哄一边喝酒,五瓶酒不知不觉地喝完了。罗正平说再来两瓶。黄金河不同意,说喝高了回去不好交待。大家就轰然大笑。黄金河这时电话响了,是秘书来的,说书记请他8点钟到办公室商量个急事。黄金河站起来向大家告辞。齐明松就说大家都撤了吧。

罗正平给每人准备了一套名牌西服提货单,说辛苦大家亲自到商场试装取货。黄金河、叶好龙忙推脱。罗正平说不要也没法退,又不能去做二道贩子,权且帮帮忙。大家也就不好再说什么,各自收了提货单。罗正平请黄婷夫妇包厢里等等,说送完市长再来送他们。齐明松说:"市长我去送。你送叶县长他们。"他知道罗正平后面还有事。

等黄金河他们一走,柏筱上前拉住黄婷的手:"黄局长明天不走吧,我陪你到商场转转。"黄婷说:"明天上午办完事就回去,下次到华流咱俩单独喝一杯。"柏筱拱拱手:"不敢不敢,肯定是局长手下败将。"罗正平从口袋里掏出一张银行卡塞到黄婷手里,说:"以后,你出差到上海、北京,自己去商场选点喜欢的服装。"黄婷推掉不要。柏筱说:"黄局。你同学一点小意思,收下吧。"黄婷埋怨罗正平:"你把我看成什么人?"罗正平拉下脸说:"把你看成贪官,好了吧。老同学一点心意,被你当成什么呀!真是的。如果你还认我这个老同学,就什么也别说。"黄婷见此摇摇头,无奈地说:"好,我收下,要不,你还不生吃了我。"柏筱亲热地搂搂她,高兴地说:"黄局,这就对喽。老同学就要像老同学样。"

第9章 权谋商机

芷都正天电力工程有限责任公司的业务越做越大,有各类电线杆的设计和制造,有电力设备零部件的销售等,收益相当可观。进入小水电行业,对罗正平来讲比较陌生,但有齐明松的支持,他相信小水电会成为他们新的利润源。

与叶好龙约好了时间,罗正平和柏筱同车赶到华流县。叶好龙告诉他们一个消息,县委书记可能要调走,市里有可能让他接任县委书记。市委陈书记暗示他最近要低调点,心里就有了谱。他要罗正平去找分管水利的乐副县长,由乐副县长在会上提出,到时他会抓住话语权,促成此事。罗正平懂他的苦心,官场险恶,如走钢丝,稍有不慎,就会踏空。问题是叶县长不正面表态,乐副县长乐庆就会打太极拳,在前几次接触中,罗正平已完全摸准了乐庆的脉搏。可叶好龙已把话说死,就不好再提什么要求了,在这关键时刻能有这种态度也是对他们的信任和支持,过分依赖人家也太不懂世风。罗正平与柏筱交换了一下眼神,互相鼓了鼓劲。

叶好龙想了想说:"看来此事还得快点,如我真到了县委那边,就不好直接插手了。"

罗正平点点头:"是的,我会加快进度。不过,在关键时刻,能否请您给乐副县长打声招呼?"

叶好龙望着天花板,没有回答,手里拿支铅笔不停地转动。他这种神情实际上已表明了态度,就是想回避,有夫人同学这层关系,一旦传出去,没风也会捉出影来,官场上的种种气味,他想罗正平和柏筱不会闻不出来。

柏筱小心翼翼地说:"中午想请县长和乐副县长共进午餐,不知县长能否赏光?"

叶好龙在女士尤其是在漂亮女士面前是很绅士的,回望她一眼,会意地笑笑,点了点头,嘴里却说出了一句截然相反的话:"你们还是单独请乐副县长吧。"

罗正平、柏筱不好再说什么了。叶好龙对自己的前程太看重,连再平常不过的小事也谨慎三分。这只能说明华流县官场复杂,弄得一县之长也诸事小心。看来县太爷未必像人们想象的那么风光。罗正平说:"谢谢县长的指点,用下你的座机行吗?"柏筱知道他要打乐庆电话,对方一接自然明了他们找了县长,剩下的事就比较有路数了。叶好龙迟疑一下,还是把座机推到罗正平面前。

乐庆一接通电话,马上叫道:"叶县长。"罗正平忙纠正:"乐县长,是我,罗正平。对,芷都正天公司的罗正平。不好意思,打搅您了,中午请您赏光,到天朋酒店坐坐。"乐庆问:"叶县长去吗?"罗正平说:"叶县长有个接待,专请您乐县长。"罗正平这话说得没水平,在县长办公室说出专请副县长的话来,借给乐庆几个胆也不敢应承。果然,乐庆半天没吭声。罗正平未意识到哪里出了问题,还大声喂了几句。过了一下,传来乐庆蚊子般的声音:"中午就免了吧,下午到办公室谈。"

乐副县长的办公室就在叶好龙办公室楼下,几步路就到了。罗正平的自作聪明,反把事件弄僵了,再去面请吧,人家已经把话说死。出了叶好龙办公室,柏筱怪罗正平说错了话。罗正平一拍脑袋,骂自己情商不高,不是做生意的料。

中午,罗正平把黄婷请了出来。分别月余,黄婷似乎清爽和精神许多,浑身散发出中年妇女成熟的气质和韵味。柏筱仔细一瞧,原来是名牌西装扮靓的效果,难怪古人说,人配衣裳马配鞍,高级服装给人的美感就是不一样。黄婷热情地拥抱了一下柏筱,说:"柏总比上次见面更漂亮。"回头对罗正平咧咧嘴,"罗正平你小子艳福不浅。"

罗正平哈哈一笑,不置可否。他是男人,当年录用柏筱时曾有过这方面的念头。她是让成熟男人见了怦然心动的优秀女子,如果不是为了拓展芷都的业务,柏筱可能就是他的如意佳人。割舍给齐明松,也是迫不得已,正所谓鱼和熊掌不可兼得。走出这一步是对的,否则,就没有今天的大好局面。世界上的事就这么怪,你的生活,你的事业,你的命运,就像一盘棋,其中有个棋子对你十分重要,走对这步,可能就改变你的整个人生。柏筱天生注定是他事业当中的重要棋子,也注定是齐明松生活当中的重要棋子。事业这盘棋,他算下对了。对齐明松而言,生活这盘棋,齐明松下对了。齐明松自有了柏筱后,对他的态度来了个一百八十度的大转弯,事业随之蒸蒸日上。柏筱是女人中的精品,做女人是一流,做生意也是一流。她这个副总绝不是摆饰,只要她认真起来,魄力和能力远超过他罗正平。

黄婷见他走了神,使劲拍他一下,大声说:"你小子还在美啊!"罗正平呵呵傻笑,还只能这样装憨下去,一旦让黄婷知道其中的秘密,不在同学当中掀起八级风浪才怪呢!他清楚齐明松在黄婷心中的分量,至今心里没放下,初恋的风筝似乎随风飘走了,可那拽着的线头却难以轻松放开。现实是一回事,生活是一回事,情感又是另一回事。

柏筱满脸飞红,不好应对,只羞涩地勾了头,让黄婷揣摩去。上次聚会后,柏筱忍不住问了齐明松与黄婷的过去。齐明松呵呵一笑,在她额头上轻轻一吻,说:"你们女人啊,就爱串针眼,是牛年马月的事,八字没一撇,两人彼此有过好感而已,只知道她很上心。我挺感谢她,让我这么受用,也满足了虚荣心。在她苦闷难挨的日子,我给过她一点慰藉,言语的慰藉。听清楚,是言语的慰藉。她是说过,这一辈子忘不了我。同学嘛,难以忘怀是正常的。"柏筱很信任他,相信这一事实,听后心里顿时释然。女人就这么怪,要占有一个人,就要百分之百地占有他的心。

菜上齐了,3人各自坐好。柏筱提议:"中午来瓶白酒。"黄婷摆摆手,说:"下午还要开会,把脸喝成猪肝,影响不好。现在老百姓对我们这些公务员喝酒议论太多,上升到了党风。不像你们,喝酒不分场合地点时间,自由潇洒得很。"

罗正平哦了几声,说:"是呀,现在行走官场,生活中自然少了些乐趣,人民群众在盯着你。说到喝酒,我这里有个段子,念给你们听。"他打开手机,一字一顿地念道:"喝酒像喝汤,此人在工商;喝酒像喝水,此人在建委;喝酒不用劝,肯定在法院;举杯一口干,必定是公安;喝掉八两都不醉,这人肯定在国税;天天醉酒不受伤,老弟八成在镇乡;白酒啤酒加红酒,肯定是个一把手;酒后啥子都不怕,领导必定在人大;成天喝酒不叫苦,哥们高就在政府;喝酒只准喝茅台,这位领导中央来;喝酒讲情意,绝对是兄弟;喝酒不认真,可能是医生;喝酒教育人,绝对是酒神;酒后耍酒疯,多半是民工。"

"你看看,你看看,太不像话。"黄婷用食指敲着桌子,愤愤不平地说,"这些无聊之徒,就这么编排我们的干部队伍。喝酒又咋的呀,有些也是为了工作嘛,叫他们来试试,没准他们还会把长江黄河喝干哩。"

罗正平觉得黄婷太较真,一个段子,笑话而已,何必敲起桌子?这就像《围城》里描写的情节,城内的不知城外的感受,城外的亦不知城内的心情。他狡黠地笑笑,说:"看看,又没说你,你是农业局长,你犯哪一出?行,咱们中午不喝酒,就便餐,把肚子填饱。"没酒,桌上的气氛冷清许多,只听到嚼饭的声音。黄婷吃饭的速度绝对像她的性格,风卷残云,三下五除二就解决了。她擦擦嘴,说:"中午几个菜不错嘛。"柏筱灿烂一笑："只要局长高兴就好。"当然,柏筱点的是她最喜欢的麻辣菜,可就苦了柏筱,她讨厌死了麻辣味。

黄婷一边剔牙齿一边说话,问他们上午办事顺利?在同学面前,罗正平据实相告,这次来的目的早就在电话里与她明说了。他忧心忡忡地问:"华流政界复杂?"他曾想,如果在这关键时刻为难老同学,还不如早点撤兵,以避免不必要的损失。当然,从一个商人的期望而言,是不轻易言败。记得几个月前刚与叶好龙接触时,县招商办的人热情有加,恨不得他马上把白花花的银子打过来。但随着谈判的深入,县里各方渐渐热度减退。横在双方面前的障碍有两个,一是员工安置;二是价格。两个水电站共有员工150名,大多是闲杂工,都是当时县里头头脑脑的七大姑八大姨,真正能干事的不多。县水利局、劳动局的意见是全部将人员转入新公司,身份可以置换。罗正平与柏筱算了算账,觉得这笔账怎么也算不过来。150号人至多只能留下七八十号人,剩余的70多号人都是些供香的主。每年光这笔费用就两百多万,到时还有大病小病,额外的支出就没法算得清,林林总总加起来,没有三四百万是拿不下来。三四百万啊,是那么容易挣的?想想头都大了。但为了这块诱人的蛋糕,再难的问题也得想办法解决,这是罗正平的性格特点,否则,就不配出来混。与水利局、劳动局谈不拢,他就找乐副县长谈。乐庆态度暧昧,涉及不深,只与他谈了几个原则性的意见。

乐庆说:"有几个问题一定要明确。一是人员问题。这是绕不过去的坎,必须要有个两全其美的方案,甩包袱和卸包袱都是不可取。你要甩包袱,甩给谁?说实话,政府背不起,否则也不会拿出去招商引资。卸包袱?也不是政府的目的,政府想卸,但不敢卸,再说又能卸给谁?老百姓的政府,不为老百姓着想为谁着想?二是价格不能太低。虽然都是亏损,没有一点肉,骨头总还在。都知道老虎能卖个好价钱,骨头价可是肉价好几倍。你来买水电站,绝对是冲着骨头来的,没错吧。三是人员应该与价格捆起来谈。人员不能全部接受,价格应该高点。人员全部接受,价格可以低点,这是一对双胞胎,没办法拆开来。四是购买方案要经得起推敲。怎样推,怎样敲?你应该比我清楚。"

乐庆实际上给他打了一组太极拳,而且打得十分高明,让你找不出半点破绽。传到叶好龙耳朵里,估计也挑不出毛病。你说他不同意?没这个意思。你说他没做水利局、劳动局的工作?看不出他与两局一鼻孔出气。你说他有意找岔刁难?还鼓励你把方案做好。

是罗正平把乐庆的意见传到叶好龙耳朵里。叶好龙听后半天不吱声,乐庆和两局的意见不能说没道理,让他无法反驳。问题是理论上的分析无法代替事实上的残酷性,你不打破常规,就解决不了实际问题,大话套话一大箩,问题还是问题,矛盾还是矛盾。他不想再拖延,现在,两个水电站工资都发不出去,银行无法贷到款,靠政府东拼西凑过日子不是长久之计。他把乐庆叫到办公室,问他有什么好的解决办法?乐庆当然是黔驴技穷,哼哈半天,着不了边际,最后说听县长的。叶好龙心里来气,又不便发火,一人定调拍板不是不可,但工作程序和工作方法还得讲究。再说国有资产变卖本身就是件复杂的事,弄不好会被政敌泼一身粪水。他知道,一件事做好未必十分顺畅,哪个环节出错,引发的负面影响足以致人死地。他耐心地说:"总得有个结果吧,把人家请来了,推来推去,说得过去?我们的形象往哪摆啊。"

乐庆沉吟半晌,抬起头说:"要不我和罗总再谈谈,在人员和价格上,双方再做些让步。"

叶好龙点点头:"行,好好谈谈,这事就交给你。至于两局的意见,你看着办吧。"

得到了县长的授权,乐庆兴奋异常。这件事本来就是他分管的,只是叶好龙一插手,就不好唱主角了。他喜爱玩权术,有时会把一桩事弄得错综复杂,再趁机塞点私货进去。在这方面,他轻车熟路,得心应手,有了这次机会,又可玩点花样出来。当然,这谈谈,意味着一笔新的交易开始。最后,双方都作了大的让步。在叶好龙的主持下,罗正平与乐庆草签了意向协议。

这些过程,黄婷略知一二。老同学的忙,她愿意效犬马之劳,只要不违反原则,会通力协助。罗正平把此事上升到政治斗争,就有点让她无法接受。她反问一句:"你认为里面有权力之争吗?"

罗正平把茶水递给她,说:"一种感觉而已。"

黄婷做沉思状,连续喝了几口茶,慢慢把茶杯放到桌子上,悠悠地说:"旁观者清,当局者迷,恐怕这是一种现状。其实,我们早已对官场有哈哈镜般地透视,只是视角不同而已。你能说哪里平静?除非你离开中国。书记要走,老叶有可能接替,把握性有多大?不到尘埃落定,始终充满变数。在这关键时刻,老叶唯有谨小慎微,藏头缩尾,容不得半点闪失。你们要理解他的难处,他不是虚与委蛇,更不是故意推脱。只要他态度积极,就能力压千斤。下午好好与乐副县长沟通,估计问题不大。当然,乐副县长不是盏省油的灯,要把握好分寸,相信你们的愿望能实现。至于其中是否掺杂权力斗争,不是你们考虑的,商人的目的就是利益最大化。即使卷入某种权力漩涡,也要借力巧取成功,对你们而言,结果比过程重要。"

柏筱听得认真,不停地点头,一双眼睛扑闪扑闪地,黄婷的话一停,就大力赞美叶好龙:"叶县长聪明能干,睿智过人,淡定从容,接任书记该是铁板钉钉。他当了华流县老大,我们心里更踏实。"

黄婷拍拍柏筱的肩,会心一笑,说:"谢谢!但愿如此。"

罗正平想着下午会谈的事,问黄婷:"你知道乐庆有什么爱好?"

黄婷摇摇头说:"不了解。不过,我提醒你们,不要玩过头,别弄巧成拙。否则,大家没有好日子过,知道吗?"

罗正平清楚,黄婷这是对他们的提醒,也是一种暗示。当然,罗正平对官场之事烂熟于心,自然明白其中曲直。他马上应允道:"放心,我罗正平的人品不是吹的,天下可能找不出第二个。"说完,自嘲地笑笑。

下午一上班,罗正平、柏筱早早的来到乐庆办公室,没想到乐副县长早已在恭候他们。一见面就伸出了双手,热情地说:"欢迎你们,叶县长交待的事,我百分之百地执行。这样吧,咱们到小会客室谈,办公室来往人多,电话也多,不接待又不行,接待了又影响我们谈话。"他叫办公室秘书先带他们到小会客室,自己回个电话就过来。

小会客室只摆了几张真皮沙发,四角各放了一盆品种不同的花,东面墙壁上挂着华流县的地形图,华河穿越了整个西部的山区,三个水电站被红色小图标标示出来。罗正平驻足地图前,仔细观看起来。最北边的名叫鸡公坪水电站已被闽商一年前买走,因当时谈判不彻底,留下了许多后遗症,加上电站无效益,欠发职工工资,欠缴职工社保金,少数职工不间断地上访闹事,弄得水利局和劳动局很被动。叶好龙在签订意向协议前,要罗正平保证正式接管洪坩、隆垤两个水电站后做到平稳过渡。当时他信心十足,把胸脯拍得山响。后来的事态发展,曾使他产生了动摇。此时,一看到洪坩、隆垤两座水电站的图标时,那股强烈的占有欲又重新回填整个心田。

乐庆端着茶杯推门进来,"不好意思,让你们久等了。"看罗正平望着地图发呆,哈哈一笑:"罗总想沙场点兵,运筹帷幄吗?"乐庆脸庞棱角分明,皮肤白皙,戴一副金边眼镜,十足的美男子。

罗正平回过神来,接过话说:"没有县长大人的引领,敝人想运筹帷幄也做不到啊。"

"哈哈,坐,坐。"乐庆招呼他们坐,自己在中间的沙发上坐下,说,"其实罗总很不简单,3个战场,被罗总一口气连扫两个,勇猛。"

柏筱身子斜靠在沙发的左扶手上,左手托着香腮,眼睇乐庆,说:"罗总本来是雄心勃勃,想一鼓作气,手到擒拿,可临门一脚,泄气了。"

两个男人顿时哈哈大笑起来。罗正平递支烟给乐庆,并给他点燃,眯着眼说:"乐县长,你看看,还是柏总懂我们男人。光有斗志不行,还要有巧力和借力,其中借力更重要。"

乐庆猛吸几口,把烟蒂掐灭在烟灰缸里,眼睛望着柏筱,说:"柏总说话很有水平,不动声色地批评了我。"

柏筱忙摆右手,满脸通红地玩笑道:"哪里,哪里,县长大人不可欺负小女子呵。我们的事还不是你一句话,岂敢批评您大人。到时罗总清理门户,柏筱就只能赖在乐县长家里不走了。"

"好呀!"乐庆叫了起来,"天上掉下个林妹妹,乐某艳福不浅,金屋藏娇。罗总,舍得吗?"

罗正平笑逐颜开,说:"没有舍得不舍得,现在是市场经济,优良资产重组是大势所趋。"

柏筱经过这些年的历练,开得起玩笑,在有些场合,还必须逢场作戏,这样你才能与人与景融合,才能左右逢源。她撩开额前的刘海,脸上始终笑吟吟的,说:"罗总,这就不对了,乐夫人就不是优质资产?乐县长一表人才,风流倜傥,早就是才子佳人绝配哩!"

"是的,是的。"罗正平称赞道,"我见过一回乐夫人,这才叫如花似玉,出水芙蓉。这样的优质资产还真是不多。"

乐庆的脸上顿时堆满了笑,每当有人盛赞他夫人时都是这种表情。但他嘴里却说:"惭愧,惭愧,夫人已是残花败柳,不比柏总,秀色可餐。"

柏筱妩媚一笑,说:"乐县长不可以这样说夫人哩,小心她把你踢到床底下。做女人的就喜欢男人的奉承话。要知道,女人是靠奉承话活命的。乐县长的奉承话本女子爱听,还有什么?说来,我照单全收。"

乐庆吐吐舌头,说:"果然厉害。要不,我把心奉出来,你收?"

柏筱毫不犹豫地说:"照收。"两个男人同时哈哈大笑起来。

他们有一搭没一搭地扯了阵淡,气氛十分轻松,不久就转入正题。乐庆问:"上午,叶县长跟你们说了什么?"

罗正平心咯噔一下,知道他开始打"太极拳"了。他清楚叶好龙已给他交了底,要他尽快将方案提交县长办公会讨论,其中涉及的一些小问题可以拿出来再修改一下。而乐庆总以方案不成熟拿来说事,并以鸡公坪电站部分职工不断上访作案例。在这种情况下,叶好龙就不好催得过急。罗正平记住了中午黄婷的交待,告诫自己小心应对乐庆,尤其不能将叶好龙刻意回避的态度告诉他,免得节外生枝,就反问道:"叶县长没跟乐县长交待?"

乐庆说话做事是那种滴水不漏的人,中午下班前,他给叶好龙打过电话,主要是探探叶的最后意见,他知道在这敏感期讨论和决定任何一件事,都必须要考虑叶的情绪。而叶好龙却没有给他明确的答复,还是叫他看着办。这样,他心中就有数了,也愿意担这个责任,只是不愿意这么轻易地让罗正平成交。他狡黠地笑笑,说:"罗总与黄局长是同学,就这个面子,我理应大力支持,但有些事做到尽善尽美对双方都有好处,是吧,罗总,柏总。你们也许听说了,叶县长马上要接任书记,在这敏感期,我总得为叶县长多担当一下,千万不能给他惹是生非,我想,你们是能理解的。"

罗正平没理由反对,何况是在为叶县长考虑,为长久合作考虑。他看了眼柏筱,柏筱一脸的阴云。他说:"其实,我们谈得差不多了,有些细节可以再斟酌,比如人员接受,只要有一技之长的,我们都愿意留下。价格应该不成问题,已达到你们的基本要求,再叫我退,我们就只好放弃。"

柏筱接过话说:"乐县长,古话说,好事多磨,有些事未必多磨好,人的耐心是有限度的。如果我们换换位,你就知道彼此的感受了。"

乐庆扬扬手,说:"你们的心情可以理解,政府办事,有些程序必须要走。你们知道,两局的意见总得平衡吧。叶县长为什么不直接拍板?也是有所顾忌。我跟你们讲个故事,我有个大学同学在某县当交通局长,当地有座桥要修,拿出去招商多年未成。有天,一港商找到他,表示愿意承建此桥,条件是除收费以外桥两头的地优惠给他用于商品房开发。本来这是一桩极平常的招商活动。我同学为了完成任务,做通了上上下下的工作,准备签合同时,遇到了麻烦。当地有个暴发户不知受何人唆使突然发难,到书记县长处游说,要求把建桥任务交给他领导的商会。见没反应,就告到市纪委,说我同学在里面得了什么什么好处,书记县长又怎么歧视民营企业等等,弄得满城风雨。后来,这一暴发户不知通过何渠道找到市长,市长发下话来,给一个平等的竞争机会。有了尚方宝剑,暴发户更狂,上蹿下跳,志在必得。我同学只有掉头与他谈判,谈来谈去,总说不到一处。他开出的条件比港商差一大截,汇报到书记县长,指示动员他退出,争取早点与港商签订合同,早日开工。暴发户看大势已去,口头表示同意退出,但内心不服,私下派人暗盯。最终的结果是,桥是建成了,而我同学却为此付出了沉重的代价——免职处理。"说到这里,乐庆打住,给罗正平递支烟,自己也点燃一支,默默吸着。

罗正平、柏筱听了这个故事后心里添堵,也不知道乐庆要表达什么意思。这些故事,这些道理,言商言官的人无不清楚。可他们目前还没到这一步,也没遇上竞争对手呀。虽然有几家公司与县里打过照面,但一看到罗正平出的条件,都知难而退。凭罗正平和柏筱的直觉,乐庆所要表达的意思有两层,一层是咱们按正常程序走;另一层是咱们慢慢培养感情,待瓜熟蒂落,成了哥们时,啥事都好办。经过几次接触,罗正平估计他属于后者,是那种慢慢钓鱼的人。见他们不言语,乐庆接着说:"当然,这个故事只能说明一个问题,凡事得慢慢来,你们说是吗?也许在我们身后盯上了无数双可怕的眼睛。我猜叶县长是这种心情。我呢,也自然是这种心情。"

罗正平掐灭烟头,顺着他的话说:"感谢乐县长给我们说了心里话,我们在商场混,自然知道其中的游戏规则。红楼梦有两句话,一荣俱荣,一损俱损,这是我们最高准则。我们追求的是双赢,而不是单赢。到华流县投资,真的是看好叶县长和您乐县长。什么叫投资环境?说到底就是朋友环境,没有朋友就谈不上所谓的投资环境啊!是吧。乐县长,您对我们这么热情和真诚,让我们充满信心。有您作我们的坚强后盾,没有过不去的坎。我们等,慢慢地等,但条件不能再变,如果中途生变,就不够朋友了。您说呢? 乐县长。"

"是的,是的。"乐庆赶紧应道:"你们放一万个心,两局那边我会再进一步做好工作,不会让你们久等。"

"谢谢! 我们相信乐县长。但……"罗正平没说完,乐庆的手机响了。乐庆一看号码,说:"夫人来的,不好意思。"打开手机盖"哦"了起来。接完电话,他无奈地笑笑,说:"真没办法,我丫头又犯事了。"

柏筱能感觉出来乐庆说犯事的意思,如果真犯事,乐庆不可能笑。他的笑,有一种炫耀的味道, 只能说明他女儿成了众人争宠的对象。她问:"你女儿多大? "

乐庆说:"15 岁。"

柏筱笑着说:"一定是水灵灵的花朵,美得让男孩子神魂颠倒,追慕者为此闹得不可开交,老师告状过来。乐县长,我没猜错吧。"

乐庆喜形于色,用略带低沉的腔调说:"没错。我女儿是太抢眼,可也让人放心不下。"

柏筱莞尔一笑,说:"有什么放心不下? 她身边的护花使者会替你看好的。"

乐庆叹了口气,忧心忡忡地说:"问题就出在这里,她相貌太出众,不少男孩子围着她转。让我最棘手的是组织部长和公安局长的儿子。这两小子不知中哪门子邪，一有空就缠着我女儿，为此两人多次大打出手。我劝女儿，远离他们，咱惹不起躲得起。看她说的，老爸，你没搞错，我躲什么呀，他们打得厉害我才高兴呢，说明他们对我是真心的。她妈也劝她，小小年纪，懂什么情呀爱呀，学习才是第一位。她顶撞说，妈，猪脑子吧，这是动力啊，你看哪个漂亮女孩子身后不尾随几个跟屁虫？有的还跟人家那个了呢。几句话把她妈吓晕了，伸手要打她。她躲到我身后大叫，妈，你把你女儿当傻子？我才不会那样。你们有本事找他们父母说去，叫他们不纠缠我不就得了。想想也是，我就分别找了组织部长和公安局长，最后我们结成统一战线。可事实效果并不理想，我们家长不可能一天到晚跟在孩子后面。你看，今天下午，两个兔崽子又为我女儿一句话大打出手。老师也为难呀，都是县领导的孩子，责怪谁都不行，只好找家长去领人。唉，现在的社会风气太糟糕了，教育好一个孩子太难太难。马上面临中考，我真担心她的前程。"

柏筱听出一点名堂，感到有戏了，就说："乐县长，孩子中考后可以换个环境，不然真会毁了孩子。"

乐庆点点头，又叹口气，说："是呀，我们早想过给她换个环境，她二姨在芷都，也有这个意思，让孩子到她那里上学。可是，进一个好学校谈何容易？现在的教育体制害死人呐。"

柏筱一下发现了他的花招和心思，原来想借助他们的力量把女儿弄到芷都去。但他又不直接说，让你捉摸出他的心思后主动提出。这种事，你提出和他自己提出意义和效果大不一样。她说："乐县长，如果信得过我的话，这件事交给我去办。我有个好朋友的丈夫是芷都一中的校长，我找找她，也许会有希望。"

乐庆立即眼睛放光，满脸企望，却又勉为其难地说："柏总，那怎么行？不能给你添这么大的麻烦。"

罗正平说："我看行，柏总向来办事稳重，乐县长你就信她一回吧。你的任务就是督促孩子中考考好，以后的事交给我们来办。"

第 10 章 情火初燃

丁宝非终于拿到了一套两室一厅的房子。他很幸运，赶上了福利分房的末班车。当时房改政策是夫妻只能买一套房，双方有房的必须退出一套。经过摸底调查，芷电有十几对夫妻有两套房，最后有五位选择了将芷电福利房退出。那时排队要房的一大串，因为有漆汉昆帮忙，加上有齐明松作后台，他享受了特殊照顾。

他给李沁打电话，两口子在电话里高兴得不得了。李沁说，打扫一下卫生就把孩子和母亲搬过来。他说不行，原住户搬家时把瓷砖破坏了，窗户和门框也坏了几个，不装修没法住。他还告诉李沁，最近比较忙，3 号机组要大修，设备采购任务重。等这一阶段的工作忙完后就开始装修，争取在下半年把她们接过来。李沁高兴得不得了，同意他的想法，只要能与丈夫团聚，晚点早点无所谓。李沁说孩子和母亲一切均好，要他放心。并反复交待他要把工作做好，让领导满意。丁宝非嫌她啰嗦，答应几声后就把电话放了。

按照分工，丁宝非与方梅等 4 人负责 3 号机组气轮机和锅炉维修采购，实际上也是这次采购的主要任务。谭加健想以公开招标为由控制这次采购行为，但无奈得不到漆汉昆的支持，他只好任其自然。再说，他在物资科能呆多久还是个未知数，丁宝非本来就是来接他的班，如不是节外生枝，物资科长的位置已经是丁宝非的了。如还像以前那么认真，未必就有什么好结果，他干脆思想上提前让贤，把丁宝非摆到前置位置，由他捣腾去。因此，他就把这次采购的主要任务交给丁宝非。但他是个责任心很强的人，现在还在这个位置，就要负起该负的责任，不能当撒手掌柜。他知道，只要他还是物资科长，一旦出了任何问题，板子还是打到他身上。他交待丁宝非，在签订采购合同前一定要他过目，要他确认后才可实施。否则，出了问题他一概不负责任。这对丁宝非来说，已经是有很大的运作空间，也有很大的权利了。这种结局，最高兴的莫过于方梅，谭加健一宣布这个方案，她心里就窃喜了好几天，好像接手这次主要任务的是她本人。这些天，丁宝非带着方梅接待了好几拨来谈业务的人员，上面没打招呼的，应付一下就打发走，有领导交待的就认真对待。

晚上，丁宝非与方梅接待完一个客户，正准备步行回住处时，方梅叫住他，说今晚皓月当空，春色佳美，请他到一品咖啡屋坐坐。丁宝非还沉醉在刚才喝酒的亢奋中，恣意地摆摆手，说有话到住处说去。方梅显得有点不高兴，呛他一句："没情调的人。"丁宝非回头咧嘴笑笑，说哪里不是一样说嘛。这些日子，方梅有点黏糊他，有事没事总爱往他办公室跑，到哪得带上她，与客户谈业务时，她总是抢先把住谈话的节奏和主动权。丁宝非也无奈，只得让着这位"老资格"，加上她又是那样的热情和主动。方梅紧走几步，挡在他前面，红着脸很不高兴地说："丁科长，你是真醉了还装糊涂？不想喝咖啡就算了，再见吧！"

丁宝非打个饱嗝，眯着眼认真看起她来，发现她真的生了气，忙拽住她的手：“好，好，我去，但要换个说法，我请你，行不？”

方梅噘噘小嘴，回眸一笑，说：“小样。行，你请我。”

一品咖啡屋装修得温馨和充满小资情调，房子的面积和开间不大，但所有的装饰品和用具都极其夸张，咖啡杯是彩陶制品，成小兔形状，大头细腰粗腿，灵巧的动物憨态可掬，忍俊不禁。每张小桌子的漆烤图形都是活泼可爱的松鼠、百灵、花猫等小动物，椅子的造型也各具特色，颇具匠心。灯具均是描摹童话、神话和传说中各种鸟及宝器的抽象性的艺术品，灯泡隐在器具中透露出色彩斑斓的光线，恰似无数条色彩各异的绸缎轻柔飘散到墙壁和地上，让人感觉像置身于绸缎彩霞里。

在迎宾小姐的引导下，他俩选择靠近窗口的卡座坐下。桌子上一个透明的玻璃杯中摇曳出暗红色的烛光，头顶上的音箱里流水般地泄下曼妙的轻音乐。周边的卡座里坐着一对对情侣，在柔和的灯光和舒缓的轻音乐摩纱中情语哝哝、笑声喁喁。这种氛围和情调，一下子使丁宝非的心房装满了绵绵欢娱和丝丝惬意。他望望四周，赞赏地说：“这个地方挺不错嘛！”

这时，服务小姐过来问：“两位，喝点什么？”

方梅说：“先上两杯铁观音茶吧，给这位先生醒醒酒。再来几碟果蔬。”小姐哦了一声，踩着高跟鞋走了。丁宝非笑笑说，“我醉了？”方梅说：“跟醉差不多。”丁宝非说：“小心眼。”方梅瞪他一眼，说：“我就小心眼。”

一会儿，茶水和果蔬上来了，小姐说了声：“请慢用，有事请吩咐。”扭着腰肢离开了。

刚沏的铁观音，浓香四溢。丁宝非端起茶杯很响地呷了一口，味酽香醇，舒畅肺腑：“真不错，这茶太地道。”他轻轻把茶杯放下，问方梅：“你常来？”方梅说：“偶尔来。主要看情绪。”丁宝非说：“看来，你很会生活！”方梅莞尔一笑，露出一对浅浅的小酒窝，满脸阳光，用纤纤细指夹了颗话梅放进嘴里，轻轻嚼了几下，说：“谁像你，土老冒。其实，人的活法有很多种，就看你选择一种什么样的心态。”

丁宝非憨厚地笑笑，没有吱声。她的话引起了他诸多联想。是啊，以前他就是缺乏好心态，缺乏好心境。社会底层的人，忙忙碌碌终日，只能求得基本的生存空间，没有更多的生活方式让你去考虑和选择。这是没有办法的，上帝早就把人分成了三六九等，你只有在三六九等中争得一个好席位，才有条件去考虑其他要素。人生起点本来是一样，赤裸裸来到世上，一样的哭声笑声，一样的懵懂思维,谁也比不了谁。可到了成年,差距就大了,活法就千差万别。他想起了过去,那是一种怎样不堪回首的生活呀!从今以后,不能向任何人提起,只有默默地埋藏在心隅一角。现在的丁宝非就应该是方梅式的活法,甚至还要高于方梅式的活法。应该说,他完成了彼丁宝非到此丁宝非的蜕变,已经是在芷都电厂有头有脸的人了。生活的大幕,徐徐拉开来后是丰富多彩的人生画面。而这个画面,永远不应该有为生存法则而弯腰的墨点,永远不应该有为酒瘾而囊中羞涩进不了好酒店的窘态。他想起了孙在兵,当时他们为了过过酒瘾,咬咬牙才进了一家路边小店喝喝啤酒,想来一瓶好点的白酒,摸摸口袋,只好放弃。对了,孙在兵现在还在做保安?有空的时候给他联系一下,有机会时,别忘了帮他一把。也许,这是一个生死之交的铁杆兄弟。人的一生,可以缺酒缺烟缺富贵,唯独不能缺朋友。当今社会,朋友是财富,朋友是靠山,朋友是天,朋友是地。财富,让你不贱;靠山,让你踏实;天,让你飞翔;地,让你安稳。他需要朋友,需要对自己可靠和有用的朋友。面前的方梅,能成为朋友?他想,能,还能成为不一般的朋友。丁宝非一走神,目光也就漫无边际的游移。

方梅看他发呆,拿手在他面前晃了几下:"嗨,在想什么啊,没劲。"

丁宝非回过神来,点燃一支烟,惬意地吸了几口,向方梅脸上吐去一个个圆圈,说:"想你呗。"

方梅忙用右手扇开,嘻嘻笑骂道:"讨厌,净说瞎话。"

音箱里响起了张杰的"往事随风"。你的影子无所不在 / 人的心事像一颗尘埃 / 落在过去 / 飘向未来 / 掉进眼里就流出泪来 / 曾经沧海无限感慨 / 有时孤独比拥抱实在 / 让心春去 / 让梦秋来 / 让你离开。歌曲委婉动听,像在沉静的湖水里投进了无数颗珠子,声脆音转。方梅也跟着哼起来:"人的心事像一颗尘埃 / 落在过去 / 飘向未来……"哼罢就说:"莫非你的心事也像一颗尘埃?"

丁宝非仰头把烟圈向上吐去,头上顿时形成一层层云雾缭绕的弧线。他故作深沉地说:"我的心事像层烟圈,已随风飘去。尘封过去,追赶未来。"

方梅咯咯笑了起来,说:"耶,看不出来,还蛮浪漫嘛。"

丁宝非晃晃脑袋说:"那当然,中学时我就写过散文诗。"

"哇噻。"方梅惊讶起来,"不简单呐,还是个才子。能谈谈你的过去?卢梭说,要认识一个人,了解他的童年少年十分重要。"

丁宝非忽然警惕起来,怕走漏嘴,就挥挥手:"清汤寡水,不值一提。要不,说说你的往事。你这么年轻、聪明、漂亮,乐趣的事一定不少。"他要转移目标,不能让她掏出半点东西。

方梅听到丁宝非的赞赏,兴奋起来,满脸绯红,灿若桃花。她呷了一口茶,咂咂嘴,侧着头问:"你真认为我漂亮?都30了,皱纹都有了。你不是故意夸我吧。"

女人30和40是两道槛,30岁的女人最怕别人说不年轻,不漂亮,有皱纹。谁都知道,花季时光就那么几年,过了二十七八,女人的皮肤就开始松弛、退光,想留住青春也无回天之力。这时的女人就很在意别人的评点,只图个心理上的年轻漂亮。40岁的女人则最怕别人说没风度。一过四十就成为老妈子了,青春漂亮的词汇远离而去,风度就成为40岁女人的专用词。腰粗臂壮脸胖皮皱统统降临,能保持苗条细腰皱少是这档女人的最大追求。只有身材均匀、气质颇佳、装妆得体才能显示出风度来。方梅正是到了别人会说不年轻的年龄,她现在又很在意丁宝非,所以就缺乏自信。

丁宝非知道她的心理活动,就拼命地给她堆砌赞美的词汇:"你是我见过的最漂亮的女人,双眼皮,丹凤眼,樱桃嘴,白皮肤,细柳腰,丰满胸。和你在一起,我都找不到北了。"

方梅听得心跳加速,脸颊发烫,热血沸腾,一会儿低眉弄眼,一会儿抬眼热对,等丁宝非说完,就向他扔去几粒葡萄干,娇嗔地说:"讨厌。"接着嘻嘻一笑,"想不到你的嘴还蛮甜,蛮会讨女人欢心嘛。"

丁宝非眨巴几下眼,坏笑一声,说:"还不是你调教的。我以前在这方面迟钝得很,今后变坏了,你得负责任喽。"

"去你的。"方梅伸手过去打他一下,咯咯笑了起来。因笑声过大,引来旁边不少诧异的目光。丁宝非见状嘘了一声,方梅四周望望,吐了吐舌头。

服务小姐过来问:"两位,还加点什么?"方梅说:"来两杯咖啡。多加点糖。"

一会儿,咖啡送来了。丁宝非双手摸着兔形杯子,彩陶表面光洁滑腻,手感舒适,造型可爱极了。丁宝非忍不住说:"现在的人真会琢磨,很会迎合消费者的嗜好。"

"是呀!"方梅说,"市场经济嘛,创意、智慧、风格、品味、环境等都是顾客选择的条件,谁吸引了顾客眼球,谁就占领了市场的先机。"

丁宝非啧啧几声:"不错,不错,蛮有思想,有机会时,向漆总推荐你去干点大事,省得埋没你的才干。"

方梅埋头喝了几口咖啡,抬头说:"拉倒吧,哄哄小孩子,我能混个人样出来就不错了。在芷电,要成事一定要有背景。如果我像你一样跟上层有关系,他谭加健敢跟我吹毛求疵吗?一边去吧。说实话,以前的日子我都快憋死了,看他那个霸样,真希望老天爷开车撞死他。"说到这里,她狠狠地咬咬牙,停顿一下,接着说："你来了，解放了我，他知道你不讨厌我，就不敢那样了。这些日子里，我的耳根清静了许多。说实话，我们图个什么，不就图个实惠？他老是拿你过不去，让你过得不舒心，有这样当领导的吗？"

丁宝非不想议论谭加健，她对他的成见太深。其实，谭加健人不坏，只是原则性太强，缺乏应有的灵活性。她老是拿他说事，次数多了，他就有点烦。谁知道以后她会对他持何种态度？当官久了，难免不得罪人，时时刻刻计较恩怨，就让人喘不过气来。他岔开话题："不说谭加健，说点别的，行吗？"他双手捧起咖啡杯，"喝咖啡吧。这咖啡他妈的真不赖，味纯，味浓。还是谈谈你的生活，我挺喜欢听。"说完，慢慢地啜了几口，完了用纸巾擦拭嘴唇。

方梅双眼挑逗地看着他，说："最讨厌你这点，一点原则也没有。想听我的过去？哼，你还没告诉我呢，等你哪天告诉我，我才告诉你。"

丁宝非说："今天请我喝咖啡，不就是聊天？当然要你先说哟。"

方梅纠正道："是你请我。"

丁宝非拍拍脑袋："噢，对对，是我请你。不过，话说回来，我挺欣赏你的生活方式，年轻人嘛，是不应该作茧自缚，要活得自在，活得潇洒，活得有品味。"

方梅莞尔一笑，认真地说："是呀，比如说，常出来喝喝咖啡，聊聊天，听听音乐，放松自己。特别是听听歌，最能舒缓心绪。我最喜欢叶倩文的《何不潇洒走一回》。"刚说完，音箱里就响起了这首乐曲，真是太巧，仿佛放乐曲的与她有感应。她微闭双眼，顺着曲调轻轻哼了起来，头随着乐曲的节拍一晃一晃的，"天地悠悠／过客匆匆／潮起又潮落／恩恩怨怨／生死白头／几人能看透／红尘呀滚滚／痴痴呀情深／聚散终有时／留一半清醒／留一半醉／至少梦里有你追随／我拿青春赌明天／你用真情换此生／岁月不知人间多少的忧伤／何不潇洒走一回。"乐曲停了，她接着说："人生是短暂的，青春更是短暂，到了不想动的年纪，生活的内容恐怕是另一番景象了。活着就要痛快，活着就要出彩，就像歌曲里唱的，潇洒走一回。否则，就别活着。你说呢？"

丁宝非轻轻点了点头，露出一丝赞许地笑，说："有道理，得向你学习，以后不要把自己弄得太累。想喝咖啡的时候，别忘了叫上我。从今以后，是得改变自己的生活方式，该闹的时候要闹，该乐的时候要乐，不枉活一回，不枉走一遭。"

方梅打个响指说："行啊，只是别傻样。我和朋友经常泡咖啡屋，每次都有不同的感受。"

丁宝非突然想起一件事，上午在去漆总办公室的过道里碰到李蔓。李蔓告诉他，厂里最近商定中层管理人员在职工持股会里的股权多增加5万股，要他近期将钱交到工会。李蔓兼了工会副主席，经办所有职工股金的账号和分红事宜。可他手上不宽裕，一时拿不出5万，问她能否晚点交。李蔓笑笑没有回答。丁宝非清楚，芷电的职工持股会运作得相当好，在主业里挣大钱。比如说尾水发电，本来是主业投资建的，在漆总的运作下，划到了辅业公司的名下，发的电全部上了大网，年终直接去省电力公司结账。别看主业年年亏损，可辅业公司年年赢利。这是厂里给职工搞的第二份福利。他小心翼翼地说："方梅，有件事想求你。"

方梅咧嘴笑笑："丁科长还有难事？"

丁宝非低下头，不好意思地说："能否借点钱？"

方梅不解地看着他，好像不认识似的，惊讶地说："不可能吧，你还会缺钱？说，借多少？高垅电厂效益不至于这么差吧，哪个电力企业会亏待职工？"

丁宝非愣了一下，赶紧编排说："当然，钱是没少发。可是，我母亲这几年常住院，钱都给她用掉了。"

"噢。"方梅点点头说，"你也过得不容易，以后会改变。行，要多少借多少。"

丁宝非感动万分，发现她真够意思，把手伸过去，在她的手背上轻轻拍拍，说："方梅，谢你了，可能缺得不少。到时，利息是要算的。"他突然想到还要装修房子，鹅顿一下，不好意思地接着说，"还要装修房子，就多借点吧。"

方梅乖巧地说："没问题，把我这个人借给你都可以。另外，房子装修的事，我早给你想好了，今天晚上约你就是为这事。"

丁宝非瞪大眼睛看着她，不知道她葫芦里卖的什么药。房子到手后，他兴奋几天就发愁了，估算一下，简简单单装修也得好几万。他给李沁讲等忙完这几个月后开始装修，实际是在等这几个月的工资。这些日子里他省吃俭用，攒的钱全交了房款。记得前几天方梅问过他房子装修的事，还说有时间带她去参观一下。他以为她是随便说说而已，也没在意，简单地应付了几声就忙别的事去了。想不到她这么上心，就忍不住抓住她的手，深情地望着她，心里澎湃不已。

方梅对他嫣然一笑，把手抽回来，看见丁宝非的眼神有些异样，心里一阵慌乱，赶紧低了头，端起咖啡喝了几口，等情绪稳定后继续说："先把你的设想告诉我。我先生是搞装潢设计的，到时给你设计一套方案出来。现在的装修风格很多，你喜欢中式的还是欧式的？喜欢简约的还是喜欢优雅的？比如现代中式：在设计上继承了唐代、明清时期家居理念的精华，同时去掉了过于繁复的木雕装饰，把现代感十足的玻璃制品如吊灯等与古典家具融合。又比如现代欧式：品味高雅、简洁和实用是现代欧式风格的基本特点。再就是造型、结构简练大方，整体配套自然和谐,色彩淡雅,与其它色彩搭配有很大的相容性。这种立体感和艺术感给人品味超群的印象。家具用料一般采用中密度板,体现出设计者和生产商的环保意识,贴近实际生活,有浓厚的人情味。再比如中式古典:华丽古典的风格,讲究从容稳重、华贵内敛,现代中渗透出浓郁的古典气息,具备古典与现代的双重审美效果。一些细节的处理非常耐人寻味,如窗帘上的中国结、沙发上的中式靠垫,雕花的门等等。还有东南亚风格:东南亚风格的装饰中,室内所用的材料多直接取自自然,木材、藤、竹成为室内装饰首选。色彩以宗教色彩浓郁的深色系为主,如深棕色、深紫色、黑色、金色等,令人感觉沉稳大气并带有神秘色彩的异国情调。跳跃的色彩、轻薄的纱帘、靠背椅的竹篾质感、还有柜体表面的简洁纹饰都是现代居住空间中的传统点缀物,散发出东南亚热带雨林的湿热气息。再说简约风格:当前在装修的业主中,青年人占有很大的比例。这些追求时尚的新新人类,不愿将居室局限在一种固定的模式中,喜欢按照自己的意志装扮自己的居住空间。因此,现代式的简约风格是最为合适的,它能让空间狭小的居室显得简洁、精致。简约主义风格突出的特点是简洁、实用、美观,兼具个性化展现。以北欧的家具和设计为代表,同时很强调从功能观点出发,这两年在国内为大多时尚家庭所喜爱。独具新意的简化装饰,设计简朴、通俗、清新,更接近人们生活,装饰特点为由曲线和非对称线条构成。使用铁制构件,将玻璃、瓷砖等新工艺,以及铁艺制品、陶艺制品等综合运用于室内。注意室内外沟通,竭力给室内装饰艺术引入新意。"

　　方梅像背书似的滔滔不绝地说了一大通,仿佛她是一位多才多艺的装饰设计师,一下子把丁宝非镇住了。他久久地望着她,无法回答她的提问,脑袋里一片空白。真的,他从未想过房子装修的风格,在高档小区当保安时,看见各类业主花大价钱把房子装修得富丽堂皇,还有点不理解。不就是三斗居室一张床吗,有个歇脚的地方就可以,有必要把钞票贴在墙上和地上吗?看来,不同档次的人生活需求和生活方式就是不一样,入了流就要随风逐浪。他觉得以前自己白活了,满面惭愧。不过,一个大男人再怎么着也不能在女人面前犯傻,他故作思考状,半天才回答:"我还是喜欢简约风格。所谓现代中式、现代欧式、中式古典、东南亚风格,从本质上来说还是花哨了点,与喜好不符的装饰会让人别扭。如果你装修,会选哪种风格?"他反问一句,想看看她的品位。

　　方梅不假思索地说:"喜欢现代欧式,比较时尚,也好配家具。不过,人的爱好不同,对品味的选择也就不一样,关键是自己感觉好就行,追求无限也不现实。实际上,我早就猜到你会选择简约风格,因你的性格决定了你的爱好。"

"是吗？"丁宝非直视她，"你还会看相？"

方梅调皮地笑笑，说："你看我有这项功能？瞎猜呗。这样吧，如果信得过我的话，装修的事全交给我，你只要在每个环节点点头就行。过两天叫我先生给你弄个图纸出来，你过个目，没意见，下个星期就可动起来。"

丁宝非再次把眼瞪得大大的，想不到她如此热心，心里那个感动劲是没法形容，只不住地点头示好。让他更吃惊的还在后头，只听她继续说："装修费不用你管，我想办法给你解决。到时把家搬过来就得了。"

丁宝非不是那种爱占朋友便宜的人，何况这笔费用不小，叫方梅垫上会让他一辈子不安，忙摆手："不行，不行，怎么能让你垫上呢？"

方梅扑哧一笑，说："你呀，真是高垴电厂的西北风把你吹傻了。告诉你，不是我出，也不要你出，到时自然会有人出，人家还巴不得找机会为你效劳？"她拍他一下手，"都落实好了。前几天，左总电话请我们去上海考察，谈完事后，我把你的情况一说，人家是什么态度你知道？他兴奋地叫起来，说一定要给他一次机会，叫我务必做通你的工作。你看，人家多够意思啊。不瞒你说，我就做主答应下来了。"她歪着脑袋看着他，眼里透着妩媚，"你不会让我为难吧，这可是天大的好事呀。当然，我会巧妙处理这件事，不会让谭科长知道，也不会让任何人知道。你得相信左总，他绝对可靠，为朋友的事他会两肋插刀。另外，他也是漆总的好朋友呵。"

丁宝非听了心剧烈跳动起来，马上明白其中奥妙。他想起老乡常水生，家里的高档物品应有尽有，想必都是这样来的。想起齐总，存款1200万，还有六七套房子，不玩点名堂能有这么多资产？想起众多腐败官员，不搞权钱交易，能购数套房和养几个二奶？在这个私欲膨胀的社会里，谁不在变着法儿拼命捞钱发财？真所谓马无夜草不肥，人无外财不富啊！自己玩疯狂弄到现在这个位置，不就是图个出人头地吗。这出人头地靠什么支撑呢？必须靠资产呀。现在机会来了，必须抓紧，好好利用手中的权力为自己多办点事。权力这东西真是魔力无限的外套，还没穿多久就开始让你金光闪闪了。不然，会有人为你鸣锣开道，为你扶云搭梯，为你鞍前马后？尤其是他面前的侍者还是位如花似玉的美人，这是那辈子修好的福？他内心一阵狂喜，马上表白："方梅，感谢你想得这么周全。我完全相信你，相信左总。装修的事就交给你了，以后有机会，一定重谢！"

方梅含羞一笑，娇柔地说："谁要你重谢？到时别给我小鞋穿就行啦。"

丁宝非内心涌起一阵冲动，充满爱意地望着她，目光久久不愿离去。方梅被他看得不好意思，羞涩地低了头。丁宝非向她伸出双手，说："把手伸过来。"方梅抬头说:"干嘛?"丁宝非近乎命令道:"伸过来。"方梅惊恐地望着他,慢慢把手伸过去。丁宝非猛然把她的双手抓紧,全身热血沸腾起来,两只手心刹那间渗出了许多汗,弄得方梅双手湿漉漉又隐隐作痛。好一阵,他才吞吞吐吐地说:"方梅,有你这样的知己,是我的造化。以后,在工作中我们同舟共济,携手齐进,不管遇到什么挫折,都和你站在一起。"方梅欣喜地点点头,感激的目光与他热烈的目光碰在一起。过了会儿,方梅轻轻说:"你把我的手弄疼了,下这么大劲干吗? 我又不会跑掉。"丁宝非不好意思地笑笑,慢慢松开,右手托着她的左手轻轻摩挲。

第 11 章　利男色女

　　方梅的先生叫沈阅,身材颀长,眉清目秀,留一头长发,很有艺术家的派头,一口标准的普通话,音色富有磁力,初步接触,让你感到是位素养极好的年轻人。当方梅把沈阅带到丁宝非面前时,他心里五味杂陈,想不到方梅有如此优秀的夫君,还会与他在咖啡屋里调情,发现这人真不简单。

　　沈阅在房间里来回丈量几次,简单地标了尺寸,问了丁宝非的一些要求后就说:"放心吧,两天后给你图纸。"方梅叮嘱:"仔细点,拿出你的最好水平。"沈阅点点头,头发一甩,说:"OK,保证让丁科长满意。"

　　沈阅的设计水平果真不错,丁宝非挑不出半点毛病,满口称赞。第二天,方梅把一个小平头带到他面前,说:"丁科长,这是装修公司的小郑,以后与他直接联系,有什么想法和要求就找他。其他的事我会处理好。"说完就走了。丁宝非清楚,她只能做到这步,不可能成天往他的房子里跑,让别人看见不知会编出多少故事来。小郑是位脑子灵活和腿脚勤快的小伙子,现场指挥和采购材料都是他。丁宝非开始去了几趟,看看施工质量,后面就去得少了,有事给小郑打个电话。

　　3 号机组大修设备采购邀标工作基本就绪,按漆汉昆的要求,锅炉和汽轮机的维修配件分成两个大包。每个包选择了 3 个资质较好的公司,这也是邀投标文件规定了的。邀标项目不得少于 3 个投标者,否则就不得开标。开标前,漆汉昆要求物资科对 6 个入围投标单位的资质和实力情况了解清楚,以避免滥竽充数。现在市面上的皮包公司如过江之鲫,为了取得入围资格,什么牌子都敢打，大不了花几万或十几万买张大公司的介绍信来。按招投标法，人家具备了资质条件，就不得拒之门外，否则，告你一状，以后的招投标活动就会不平静。谭加健、丁宝非接到指示后马上行动起来，两人商定，谭负责北京和哈尔滨片区，丁负责上海和江浙片区。其实，去实地考察的作用到底有多大？只有天知道。这些人能在商场上混出名堂，自然是神通广大，你在两三天里摸清人家的家底无疑是缘木求鱼。漆汉昆不管这些，认为程序得走，到头来即使出了问题也有个交待。第二天上午，丁宝非带着方梅登上了去上海的飞机。

当飞机升到芷都的高空时，丁宝非的心情十分轻松和愉悦。第一个大的物资采购活动基本是在他的主持下按部就班地进行，而且百分之百地按他的意图运转，既符合招投标的要求，又照应了关系户。后面的主要工作就是在开标的技术上把握好，让两个主要关系户如愿以偿地中标。漆汉昆已多次暗示，务必要保证左兵拿下锅炉组件的采购包，因这个包在三号机组大修中占的比重最大。他清楚其中的曲直，况且又有方梅的力挺，相信自己有能力促成左兵拿下这单业务。如果不出意外，他的"周密部署"定会如期完成。在这次邀标活动中，漆总对他信任有加，谭加健也对他另眼高看，使他感到莫大鼓舞。他微闭双眼，头靠椅枕，令身心浸入即将成功的喜悦中。

他和方梅一走出上海虹桥机场，左兵和华丽萍就飞奔过来。左兵紧紧握住丁宝非的手，连说谢谢，接着又在他的肩膀上亲热地拍拍，满脸讨好的笑。华丽萍很激动地与方梅拥抱一下，放开，双脚跳了跳，接着又用脸贴在她的脸上，说想死你了。而后，左兵和华丽萍提起他们的行李，带他们到停车场乘车。这是一辆黑色的奔驰600轿车，车身烤漆乌黑铮亮，丁宝非看得十分晃眼。左兵一按遥控，尾箱盖就无声地轻轻翘了起来。左兵和华丽萍依次将他们的行李放进车箱。左兵扬手又一按遥控，车盖又无声地轻轻合了起来。一切是那么流畅和自然。坐进车内，一股馥郁而清新的薄荷香味扑鼻而来，真皮坐垫柔软舒适，令丁宝非心里顿感熨帖和惬意。方梅惊叹："左总，这车好高档呵。"华丽萍在副驾驶座上回眸一笑，"这是左总的专用坐骑。才买的。"方梅说："很贵吧。"左兵发动车子，回头道："还行，百把万。全靠你们这些朋友帮忙啊。"方梅又是啧啧几声，表示十分羡慕。奔驰轻缓地驶出车场，很快就淹没在车流中。

左兵开车的神情很专注，双手把着方向盘，身子端正挺直，眼睛一眨不眨地正视前方。虽然他全神贯注地开车，但没耽误说话。"丁科长以前来过上海？"他语调和缓地问。

丁宝非迟疑一下，口里含糊不清地哦了一声。其实他不愿直接回答，说没来过,显得老土,说来过,显得不诚实,干脆搪塞过去。这方面可能是他的心病,以前的经历使他没有机会也根本不可能有机会走南闯北,在视野和见识上比起谭加健、方梅他们就落差太大。他琢磨着以后在这方面要加快补课。方梅反应敏捷,马上代他回答:"丁科长早就是老上海了,不是你左总盛情邀请,他才不来哩。"这一夸张的回答把左兵弄尴尬了,空出右手拍拍脑袋,连说:"对对对,看我这人,猪脑子。"说完哈哈大笑起来。

华丽萍出来调节气氛,细语浓浓、深情款款地说:"丁科长,方姐,你们可是魅力无限,把我们左总给勾住了,这些天里他可是望穿秋水呵。"说完,禁不住自己先嘻嘻笑起来。方梅右手越过椅背扯住华丽萍的秀发,逗着说:"左总有你还敢望穿秋水?"华丽萍尖着嗓子叫道:"方姐,把我的头发扯疼了。"两个美女的俏皮话,一下子把车内的气氛搅热闹了。两个男人跟着笑了起来。丁宝非没心思说话,两眼忙不迭接地望着窗外鳞次栉比、错落有致的高楼大厦。他为上海的高速发展而惊叹,为上海的蓬勃景象而折服。

左兵把客人安排在波特曼丽嘉酒店,开了两间套房。这是上海最豪华的酒店之一,地处南京路,逛街购物游览极为方便。宽敞明亮的套房极尽奢华,让丁宝非为之瞠目。这是他平生第一次入住如此高档的酒店,第一次享受如此高贵的礼遇,真有点受宠若惊,期期艾艾地说:"太奢侈了,让左总太破费。"左兵挥挥手,十分潇洒地说:"丁科长是我最高贵的朋友,在下如有不敬之处请多包涵。这里环境不错,就条件差了点,今晚将就一下,明天再换个条件好点的。"丁宝非忙摆摆手,说:"不必了,这里已经够高档,不就是睡个觉嘛,太高档了说不定会做恶梦,因为梦是反的呀。"左兵笑笑,说:"丁科长很幽默。"接着就用手压压双人床的席梦思,说硬度还可以。摸摸被子和枕头,说不潮湿,还干净。试开床头柜上的开关,房顶灯和壁灯都亮了起来。用遥控器打开电视机,图像音质都不错。走到窗前,拉拉窗帘,很滑畅。到卫生间试开盥洗和浴缸的龙头,水清温热。左兵的一切眼神和动作是那样熟稔、认真细致,让你感到他的体贴和关心是自然由衷,出自内心。检查完后,他说:"丁科长,先洗洗,去去疲劳。我去餐厅订间包房,等下叫你。"离开房间时轻轻带上门,到隔壁叫了华丽萍。

午餐比较简单,左兵只点了4只六头南非鲍、法国鹅肝、尖椒牛柳、日本豆腐,没有上酒。左兵说:"中午随便吃点,晚上好好喝喝。"

丁宝非说:"这样挺好,下午还有任务。"他心中有数,虽说简单,但价格不菲,光这4只南非鲍就费两千多,还有法国鹅肝,都是价格贵得离谱。

饭至中途,左兵往前伸伸脑袋,万分诚恳地说:"丁科长,方梅,这次行程有何安排？我好早做准备。丁科长第一次到我公司视察工作，我不敢有半点懈怠，得给丁科长留点好印象喽！"

丁宝非抿抿嘴，望望方梅，对左兵说："时间较紧，下午就去贵公司和有关设备厂家看看，明后天还得去江苏和浙江，3个地方都得跑到。否则，不好交差。"

左兵晃晃脑袋，声音升高一度："丁科长，来了不多住几天？得给我一次接待机会。我看，江浙那两个公司去不去无所谓，不是老哥吹牛，他们叠一起还没我公司实力强。在上海多留点时间，明后天陪你们到周庄走走，那地方很值得去。"说完，他用目光向方梅求救。

方梅嫣然一笑，放下筷子："左总，放心吧，丁科长会多留几天的。"她向丁宝非歪着头，嗲声嗲气地说，"丁科长，你说呢？我想去周庄看看。"

方梅一发嗲，丁宝非就没了主见。其实他内心也想在上海多呆几天，毕竟是第一次来，总得走走马观观花吧，加上这次目的性很明确，去江浙两家只不过是走走样子而已，因此就乐得顺水推舟，马上回道："好嘞，就听左总安排吧。只要不把我们卖到非洲就行。"左兵爽朗地笑了起来："对喽，反正有美女相陪。"

午饭后，说好不休息，直接去了左兵的宏达机电贸易公司。在车上，华丽萍介绍："宏达公司1993年成立，现有员工60多人，业务遍布全国各地，火电厂是我们的主要业务对象。目前，宏达公司成为国内几家大的锅炉和电机设备制造厂的销售代理商，同时，我们还是美国富尔顿、德国西门子等火力发电设备组件销售代理商。近几年的销售量直线上升……"华丽萍把宏达公司的各项业绩和信誉描绘得尽善尽美，把丁宝非说得一愣一愣的，不住地点头和"哦"个不停。

宏达公司在徐汇区一高档写字楼里租了28层的整整一层，给人的感觉是实力雄厚。左兵的办公室装潢得典雅、大气、明亮。地下铺的是土耳其奥斯曼宫廷地毯。据说拥有土耳其地毯是财富和身份的象征，早期常常会在欧洲皇室贵族的财产及遗产记录中出现，如今它仍然是最精美、最古朴的艺术品。凡到过土耳其的人对它总是念念不忘。它既继承了土耳其的古老传统，又吸收了民间艺术精华，是土耳其民间艺术最值得骄傲的奢侈品。左兵在办公室里铺上土耳其地毯无疑也是在炫耀自己的财富和实力。一张硕大的大班桌几乎占了办公室五分之一的面积，桌面上摆了不同本本的各类发电机组图案的画册，说明主人平时酷爱研究发电机设备组件。一艘精雕细镂的白玉风帆船斜放在桌子的左角，意喻事业一帆风顺。不知从何时起，有身份的老板开始讲究办公桌的大小和木质。左兵这张办公桌就是上等花梨木加工而成，桌面是一块整板，很显气派。要在大都市上海弄这么一张高档办公桌，不知得花去多少精力和代价？大班桌的后墙上挂了一幅用绢裱糊的精湛书法——诚信致富。4个遒劲的篆体字骨感极强,其势有如蔡邕所状:扬波振撇,鹰跱鸟震,延颈胁翼,势欲凌云。丁宝非觉得这四字挺有意思,现在都说勤劳致富,他却写成诚信致富,不失为一个好创意。当今天下诚信缺失,奸商横行,趋利避德,为富不仁,难得有如此儒雅之念了。当然,挂挂几个书法字,未必就能体现你的私行私德,还得看实际呵。南面是一排落地大玻璃,大上海的繁华和美景尽收眼底。靠西一侧的落地玻璃旁摆了几张高档精致的红木沙发,红木茶几擦得人影可鉴。

左兵招呼他俩在红木沙发上坐下,早已侍候在侧的小姐赶紧给他俩送上普洱茶。华丽萍从左兵的办公桌上和书橱里搬来各式各样的锅炉设备组件图册放到丁宝非面前。左兵按采购清单一件件的给他俩介绍。丁宝非虽不懂这些设备的型号,但对价格却问得仔细。方梅与华丽萍则一边聊工作一边聊服饰。期间,方梅要了丁宝非的身份证与华丽萍出去了一趟。时间过得飞快,一会儿就到了下午五时。左兵说:"还去设备厂家?我看算了,看实物和看图册效果一样。你们放一万个心,老哥我若能中标,肯定是价廉物美。"方梅旁边敲边鼓:"丁科长,我同意左总的意见。要相信他们,不是第一次与左总打交道,左总的诚信是有目共睹的。"丁宝非站起来,扭扭有点酸痛的脖子,说:"行啦,看左总的家当,也不是皮包公司。"他心想,到此一看,好歹也能在谭加健面前说得过去。至于漆总,一切都好交待。

晚餐安排在上海最好的黄浦江酒店。左兵拣最好的菜上,有鱼翅、燕窝、三纹鱼、驼掌等。丁宝非来了兴致,说:"好菜得配好酒,我就不客气,小姐,上瓶30年茅台。"左兵拍拍巴掌:"要得,要得,小姐,来两瓶。"一会儿,小姐用红绸缎覆盖的托盘端了两瓶包装精美的茅台酒来,小姐迅速拿出酒瓶说:"打开?"左兵说慢点,叫小姐拿过来看看。左兵慢慢转着酒瓶眯起眼仔细检查。小姐说:"大哥,上海一流的酒店还会有假酒?"左兵瞟她一眼:"现在除了人的眼睛不玩假,什么都玩假。"小姐抿嘴一笑说:"大哥真会开玩笑,人也玩假?"左兵瞪着她:"你敢说不玩假?花两百块钱,全是处女。"小姐脸腾地红了起来。丁宝非嘴里正喝着茶,扑哧一笑,把茶水喷到自己裤腿上。华丽萍用小拳头使劲擂左兵的胳膊,骂道:"狗嘴,狗嘴。"方梅也被左兵的玩笑逗乐了。丁宝非接过小姐递过来的毛巾擦干茶水后说:"听说市面上的茅台80%是假的。小姐不会是假洋鬼子吧。"小姐一脸的委屈,泪水在眼眶里打转,信誓旦旦地说:"我敢赌,假一罚十。"左兵拍拍小姐的肩膀说:"小姐,你是罚不起的。识别假茅台,最好的办法是用茅台酒厂提供的专用识别器观察,可以清楚地看到米黄色及背景中绿色的MOUTAI反光水印和中有 MT 亮黑色流动状的圆点，转动角度时绿色的MOUTAl 变为红色 MOUTAl,中有 MT 的亮黑色的圆点会消失。你有专用识别器？"小姐一脸茫然，不知识别器是何物,无声地摇摇头。方梅有点同情小姑娘,对左兵说:"左总,别难为人家女孩子了,拿不准真假,换成五浪液吧。"左兵马上反对:"那不行,丁科长到我这里来,茅台都喝不上,不是寒碜我吗?行,小姐,信你一把,打开是假酒,罚十。"小姐脸上终于阳光灿烂,打开瓶盖给每人斟满一杯。

左兵端起自己的酒杯慢慢抿了口,咂咂嘴巴,说:"他妈的,还真不假。来,丁科长,方梅,第一杯干了。感谢你们把我当朋友。"4 人举杯一口喝干。倒第二杯时,丁宝非用手盖住酒杯说:"左总,讲好来,今晚怎么喝? 难得交上左总这样好的朋友。我意见,后面换成大杯,一人一杯,杯大情意重,如何?"左兵领教过丁宝非的酒量,放开来喝自己必定会先倒在桌子底下。醉酒误事,他是有过惨痛的教训,有一次谈完生意喝酒,一高兴就控制不了,和对方吆五喝六,推杯换盏,都喝到差不多时,对方挂出免战牌。他借着酒兴不肯罢休,要喝出高低。对方只好在倒酒时玩花样掺水,被左兵逮个正着,较起真来,弄得对方下不了台。第二天,酒醒后去签正式协议,对方躲着不见了。从此以后,他规定自己在酒桌上喝酒要掌握好一个度,避免乐极生悲。今晚,酒后还安排了唱歌的节目,务必要让客人既吃得尽兴,又玩得开心。"好啊,咱们得喝出一定水平来,两位美女的意见? 要喝4 人一块上,光两个大老爷们喝没劲。"他说出来的话却委婉得多。

方梅首先反对:"喝差不多就行啦。我的意见,总量控制,就两瓶。"华丽萍已经把晚上的安排告诉她。她对唱歌兴趣挺浓,希望早点到歌厅去一展歌喉。她知道丁宝非酒喝多了就喜欢窝在房间里,这是她极不愿看到的。华丽萍双手赞同,说:"丁科长海量,放开来喝,我们都不是他的对手,留点空间到歌厅去喝吧。"两位美女一表态,丁宝非只好松开手,让服务小姐斟满酒杯。说好总量控制,喝酒的速度就自然放慢,两位男士反倒绅士起来,和两位女士细斟慢饮,聊趣逗乐,浪漫气氛渐浓。华丽萍趁机时不时赞美丁宝非几句,让丁宝非听了心旌摇曳,乐不可支。方梅也不忘帮腔,盛赞丁宝非为人谦和,古道热肠,不事张扬。左兵更是力夸丁宝非大将风度,前程远大。一顿饭,变成了为丁宝非吹鼓抬轿,涂脂抹粉,令丁宝非飘飘欲仙、驾云腾雾起来。3 人一边吹一边频频向他举杯敬酒,两瓶酒起码被他喝掉了一瓶,脸庞成了猪肝色。

黄浦江酒店吃喝玩乐功能齐全,1 至 4 楼餐饮,5 至 6 楼 KTV,7 至 8 楼桑拿浴。买完单,服务小姐把他们引致电梯旁,向他们长鞠一躬,脸上山花烂漫,嘴里甜甜地说:"先生小姐慢走,欢迎下次再来。"左兵没忘开玩笑:"下次再来假一罚十,把你带走。"服务小姐依然甜甜地:"欢迎带走。"两个男人哄然大笑。丁宝非趁着酒兴忍不住在小姐水蜜桃般的脸上摸一把。小姐不怒反而赧然一笑。方梅见状脸上愠怒,狠狠地瞪了他几眼,张开嘴想说什么又被强压下去。华丽萍把这一切看在眼里,悄悄地与她耳语:"找机会收拾他。"方梅被华丽萍一说,愠怒的脸转而绯红。

走出 5 楼电梯,站着两排袒胸露背、亭亭玉立的漂亮小姐,齐刷刷地向他们4 人鞠躬,异口同声地说:"欢迎光临。"其中一位十分可人的小姐跟了来,问左兵:"先生几号包厢?"左兵报了号吗,小姐就伸手一步一回头地带路。

这是一个大号包厢,装潢十分考究,地上铺了厚厚的印花地毯,沿墙摆了一排真皮沙发,沙发对面墙上挂了一个硕大的液晶电视,里面正放着杨钰莹甜甜的歌曲"我不想说……"沙发与电视之间辟为小舞池,灯光被调到柔和色微的程度。待大家进了包厢,小姐来个九十度的鞠躬,说:"欢迎各位,我是这里的 DJ,姓云,很高兴为大家服务。"说完就单腿跪地,为大家摆盅放盏。一会儿,进来一位职业装女士。小云说:"这是我们的经理。"经理笑着给大家打招呼,派名片:"请多关照。"望望左兵,又说:"老板发财,要叫两位小姐来吗?"左兵咧嘴笑笑,指着方梅对经理说:"嗨嗨,你能找到比她更漂亮的小姐就带来,多多益善。"经理扫一眼方梅,被她的气质和靓丽慑服,不敢吱声。华丽萍用力扭扭左兵的胳膊,左兵疼得"妈呀"地长叫一声。经理见状,满脸堆笑地退了出去,嘴里还热情地说:"祝大家玩得开心。"

小云问:"喝什么酒?"左兵望着丁宝非:"丁科长,你看,白的,红的,还是黄的?"左兵说黄的是指啤酒。丁宝非说:"红的吧。"左兵对小云说:"听到了吗?红的,来两瓶拉菲。"一听要的是高档红酒,小云脸上放光,就欢快地"嗯"了声。丁宝非头脑还清醒,说:"拉菲,太贵了吧。"左兵说:"凭你丁科长的身份,喝白马、木桐、滴金等都不贵。"丁宝非以前听说过法国红酒的品牌,但未曾品尝。今天左兵隆重推出,让他心里十分受用,也着实感动。

方梅点了一首梅艳芳的《一生爱你千百回》。乐声响起,方梅忍不住翩跹起舞,然后用黄莺清脆般地声音说:"把此歌献给左总、丽萍,祝你们相爱千百回。"丁宝非用力鼓起掌来。左兵华丽萍也跟着鼓掌叫好。

梅艳芳把这首歌唱成了经典,其情感表达极为细腻,就像与恋人对话般,款款深情毫无掩饰,让你领悟相思苦、离绪愁。方梅点它,明显要传导梅艳芳那款情。乐声响起,方梅很快进入角色:"管不了外面风风雨雨 / 心中念的是你 / 只想和你在一起……一转眼 / 青春如梦 / 岁月如梭不回头 / 而我完全付出不保留……我要天天与你相对 / 夜夜拥你入睡 / 要一生爱你千百回。"歌声低婉倾诉，表达了恋人间的一夜拥抱，爱意绵绵，不管心中多少苦和愁，便烟消云散。歌曲中的这般情怀，那般梦境，被方梅把握得准确无误，丝丝入扣。她唱得相当投入，时而仰首，时而低眉，时而挺胸，时而收腹，一招一式，一举一动，在悠扬的音拍中体现得舒展流畅、蝶翅飞扬。一曲唱罢，满场喝彩。左兵端杯红酒给她，说："方梅，唱得太精彩，情丝如风，梦意如绸，把我的小魂儿也勾走了。"方梅接过酒杯，兴奋地说："谢谢！"与左兵轻轻一碰，一饮而尽。

华丽萍说："下面该丁科长唱了，点首《心雨》，和方姐一起唱。"左兵笑着说："丽萍，你讲错了，丁科长怎么能在下面唱哩，应该在上面唱呀！"华丽萍脸红起来，说："去，老不正经。"丁宝非笑笑，也不推迟，拿过麦克风，做了个扩胸动作，清清嗓子，说："唱得不好，见笑。"华丽萍说："丁科长的声音浑厚，歌声肯定具有极强的杀伤力。"其实，他是唱歌爱好者，在学校，在部队，都是文艺队的骨干。他唱腔浑圆，音调准确，富有感情，有些歌曲还能唱出原声态，很有模仿秀的天赋。果然，《心雨》中的男声被他唱得声情并茂，情感饱满，跌宕起伏。方梅与他配唱似天然巧成，珠联璧合。唱毕，左兵华丽萍鼓掌起哄，捉对碰杯敬酒，好一阵热闹。接下来，左兵唱的是《爱拼才能赢》，用蹩脚的闽南话唱得倒还有那么点味道。方梅鼓掌叫好，回敬一杯酒。华丽萍点了《我找到了》，因歌曲旋律平淡，给人的韵情乐感也就一般。丁宝非方梅礼貌性地鼓掌叫好。

4人都进入亢奋状态，轮着持麦，真有点你方唱罢我登场，不唱的就邀伴跳舞，缺女伴时就把小云叫上场。方梅在唱《真的好想你》时，华丽萍邀丁宝非来到小舞池里，和着深情悠扬的乐曲翩翩起舞。舞至中途，华丽萍与丁宝非轻轻耳语："方梅很性感。"一句没头没脑的话让丁宝非听了打个激愣，不知其何意，再等待她下面的话。华丽萍却不吱声了，抬头意味深长地对他一笑。丁宝非从她含蓄的笑意中悟出了一点意思，打趣道："华小姐身材一流，更加性感。"华丽萍咯咯地笑了起来，用搭在他肩上的手拨了一下他的耳垂，轻轻说："是吗？丁科长，你蛮有意思。"丁宝非经她一撩拨，心里就有点痒痒的。看左兵跳舞，使劲搂着小云，两人脸贴得紧紧的，慢慢走着三步，慢慢转圈，慢慢摇晃，至于是否踩着节拍全然不顾，享受的是相互体味、相互气息和浪漫情愫的浸淫。他心想，左兵就不怕华丽萍吃醋？他回望华丽萍，她竟没什么反应，却对他浅浅一笑，说："你也想跳贴脸舞？要不我们也试试。"美女提出跳贴脸舞，是他求之不得的，只是有所顾忌，否则他肯定将华丽萍搂入怀中。他对华丽萍笑笑，不好回答，拿眼望着方梅，似乎在征求意见。方梅一边唱歌一边睨视他俩的舞姿，和他的目光一碰，就缩了回去。华丽萍见状,抿嘴笑了笑,细声耳语:"丁科长还不习惯,跳多了就自然,方姐应该不会见怪的。"丁宝非又是一笑,没有回话,眼睛却一直望着方梅。

方梅唱罢。左兵对小云说:"把灯光电视关掉,放《蓝色的多瑙河》圆舞曲,专心致志地跳舞。"舞厅瞬间暗了下来,优美的圆舞曲像流水一般响起。左兵牵华丽萍步入小舞池,搂在一起,慢慢摇晃着。方梅过来牵了丁宝非的手,走到小舞池的另一侧。丁宝非已经进入想入非非和情绪暧昧的状态,握着方梅软软的细手,心里像撞着万头鹿,激动地一下把她搂入怀中,和着圆舞曲的节拍轻起舞步。跳着跳着,丁宝非就不老实了,吻她的耳朵,吻她的额头,吻她的眼睛,吻她的鼻子,最后和她的嘴唇粘在了一起。开始,方梅还只是缓缓地应吻,像蜻蜓点水,一下一下的喂吻,不一会就激动了,喘起粗气,把舌头伸进他的嘴里,疯狂地上下翻卷。弄得丁宝非热血沸腾,使劲搂紧方梅,恨不得把她塞进心胸里。不知过了多久,舞曲终了,他俩迅速分开。也许是左兵的刻意安排,他俩一松开,灯光就亮了。

回到房间,已近凌晨。左兵说:"丁科长辛苦了,早点休息。明早10点我们过来,饭后去周庄,路程1个多小时,很轻松。"

华丽萍送方梅进了房间,交待完后过来与丁宝非告别,走时还给他挤眉弄眼,并潇洒地飞个吻,动作很夸张很优美。左兵玩笑说:"留下来陪陪丁科长?"华丽萍嘟着嘴说:"你愿意我就留,这年头谁怕谁?"左兵狡黠地说:"愿意,愿意,我乐得再去找个比你嫩的。"华丽萍用脚踢他,"你敢,我撕了你。"左兵做投降状,说:"不敢,不敢。"丁宝非狂笑一声,赶紧捂住了嘴,生怕吵了别人,高兴地催他们早回,挥挥手,目送他们进了电梯。

关了门,他没有休息的意思,想叫方梅过来,又想自己过去,左右不决。舞厅里的亲密接触,已使他无法控制自己。他拿起电话,想问方梅的意见,估计她也是欲火烧身。刚摁了方梅房间电话号码,他的门铃就响了。他放了话筒,打开门,是方梅。丁宝非一阵激动,迫不及待地把她抱了起来,用后脚跟把门关上,把她放到长沙发上,身子轻轻压在她身上,双手捧住她的脸,认真地欣赏起来。这张被欲火焚烧过的脸格外生动迷人,满脸绯红,眉如远黛,双目含秋,呼气如兰。方梅被他看得不好意思,微闭双眼,尽情享受被人爱抚和欣赏带来的快感。过了会儿,他右手抱着她的腰,将她搂起,左手托着她的后脑,将嘴唇慢慢贴向她的嘴唇。当他的嘴唇快要贴到她的嘴唇上时,她睁开眼睛凝视他的瞳仁,互相发射出炽热的光芒,双方的身子都不约而同地抖动起来。两人的嘴唇一粘合,就翻江倒海起来。他粗重的呼吸不停地喷到她的脸上,在她的脸上、耳根、颈勃、胸口使劲地舔舐着。她感到他那种味道好野性、好迷人,拼命地迎合,倾力地将舌头伸进他口腔的每一个角落,感受和品尝着他特有的体味和香味。丁宝非抽出右手在方梅的上身漫游,隔着衣服揉搓她丰满的乳房。方梅娇喘粗气,嗫嚅道:"轻点。"丁宝非停止动作,解开她的上衣纽扣,扯下她的胸罩,在她雪白和坚挺的乳房上狂吻。方梅口里发出"嗬嗬"的兴奋声,胸脯剧烈地上下起伏,用双腿紧紧绕着他的腰。丁宝非松开她的裤子,伸手至三角地带,里面温热潮湿。方梅已是激动不已,满脸潮红,双手环抱丁宝非的头,往自己嘴边拉,狂热地吻他的鼻,吻他的嘴,激动地说:"我们去床上吧。"丁宝非说:"好,好,我受不了了。"方梅也说:"我也好难受。"丁宝非把她抱到床上,三下五除二退光了她的衣裤,接着给自己脱个精光,饿狼扑食般地压了上去……

一阵狂风暴雨过后,两人像被浪潮摔打在沙滩上,无力地静静地依偎在一起。好一阵,方梅才说话:"你好棒,刚才差点把我爽死了。"丁宝非说:"是吗,我恨不得把你整个吞下去。"方梅抬起头来:"那就吞吧,只要你想。"丁宝非轻轻拍着她光洁的背说:"谢谢你,方梅,可能我会一辈子忘不了你。"方梅甜甜一笑,摸摸他蔫巴巴的那个说:"这东东真好。"丁宝非说:"喜欢吗?"方梅脸红地点点头。丁宝非问:"和沈阅的相比,哪个更强?"方梅用小手打他那个一下,说:"讨厌。我们去洗洗吧。"

清洗完后,方梅四平八稳地躺在床上。丁宝非用手在她的乳房、小腹、三角地带、大腿等处抚来摸去。她的皮肤真白,光洁嫩滑,小腹处没有一点妊娠纹,乳房丰满高耸,仿佛还是一个未曾生育过的少女。丁宝非说:"你好会保养。"方梅说:"是吗? 谢谢夸奖。"丁宝非说:"摸你的皮肤真舒服。"方梅说:"想摸就天天摸吧,到时不要厌倦就行。你们男人个个是喜新厌旧。"丁宝非说:"你怎么没自信?"方梅说:"看对谁。"丁宝非说:"你高看我了吧。"方梅说:"与你相比,我算是丑小鸭吧。"丁宝非笑笑说:"你是白天鹅。华丽萍都讲你很性感。"方梅突然坐了起来,拍拍自己的脑袋,说:"看我这人。我的手袋?"说完就跳下床,光着身子跑到客厅去。丁宝非不知就里,也光着身子跟了出来。原来方梅进屋时手里提了手袋,被丁宝非激情一抱就把手袋掉在了沙发旁。方梅弯腰拣起手袋,拍了拍,对丁宝非妩媚一笑,扑进他的怀里:"把我抱进屋里,有好事告诉你。"丁宝非顺势抱起她,热烈地吻她的脸。两人坐在床上,丁宝非手还不停地扯着她的乳头。方梅从包里掏出一张储值卡,递给丁宝非,说:"你的,10万。我也一样。左总说,事成之后还有提成。"丁宝非想起下午她和华丽萍出去了一趟,原来是办这个东西。他拿着卡正反两面看了看,惊诧地说:"一次这么多,能拿?"方梅点了点他的鼻子，"你啊，怕谁吃了你不成？这是行规，放心吧，我会害你？左总这人你尽管放一万个心，到时我们一定得保证他能中标。再说，有漆总罩着，你操作得当，事一定能够办成。现在人们都是这么干，只要不被别人抓了辫子就没事。以后我们办这种事小心点就行。"丁宝非把她拥入怀里，不知说什么好，用手在她脸上轻轻抚摸，用嘴唇吻她的耳朵。过了好一会，他才说："方梅，你是上天派来帮我的，给了我太多，真不知如何谢你。"说完，又把方梅放倒在床上，从头吻到脚。方梅被吻得性起，把丁宝非推倒在床，骑在他身上，从他的颈脖、胸脯、腹部一直吻到私密处。她好像对他那个特别感兴趣，用手搓搓，扒着看了半天，然后就吻了起来。一会儿，丁宝非那活在方梅嘴里膨胀起来。丁宝非起身抱住她的腰，从背后插了进去，折腾了半天，直到两人都筋疲力竭……

　　方梅在他怀里很快进入了梦乡。他毫无睡意，近来发生的一切像电影一样在他脑海里播放。和过去相比，简直是天上地下两人间，现在地位有了，金钱有了，美女有了，这样的生活是多少人向往和为之终生拼搏的呵。他想起了《红与黑》中的主人公于连，这个欧洲中世纪的小人物，把个人的命运玩得风生水起。综观他极其短暂却充满波折动荡的年轻生命，流淌着的是太多矛盾和复杂的血液。不管你对他作出何种评判，说他是个个人主义野心家也好，说他是个追求幸福而又不幸走上歧途的人也罢，终究是以他自己的冒险行为博得了立足社会的一席之地。他的经历其实很简单，平民出身，较高文化，任家庭教师，与女主人发生恋情，然后凭借自己的聪明才智在社会这根"竹竿"上攀登，以诱惑和征服贵族女人为手段，逐渐挤进上流社会，最后他成功了。如果不是恋情败露后枪杀恋人，被判死刑，他应该完成了自己的人生定位。他幸福吗？他曾得到过，拥有过，不管是短暂的还是过眼烟云，终究体验了上流社会的荣华富贵和超现实生活的真谛。他用超毅力的意志表现出了对阶级差异的反抗是一种近乎"英雄"的气概？还是一种梦幻的抑或是一种病态的虚荣心追求？丁宝非没法正确判断。他知道，当人屈辱于社会底层时，就会迸发出各种思维方式和非道德的行为准则。于连的人生经历就是一面活生生的镜子。丁宝非心想，自己绝不会走于连的路子，自己的人生旅途是事业、家庭、情爱三丰收。斯丹达尔说过，一个人的幸福不取决于智者眼中的事物的表象，而取决于他自己眼中的事物的表象。自己的幸福孰轻孰重，只有自己清楚，比如一双鞋合不合脚，别人是评判不了的。他想，红与黑是象征赌盘上的黑点与红点，而轮盘则象征人生的游戏等，他认为红色还可以象征于连追求人生的意义，而黑色就代表社会中形形色色为了自己的利益而拼命奔波却不理解自己存在真正意义的生存状态吧！想到这，他长长地吁了口气,仿佛要把长久郁在心中的闷气彻底从肺腑中排出。他从方梅脖子下抽出手,转身从床头柜上拿起银行卡,翻来覆去地看个不停。10万块钱,放在过去,要多少年才能积赚得到?而现在,不费吹灰之力,别人还讨好似的求着你收下。他想起妻子李沁,此时可能已进入了梦乡,一旦把10万元钱交给她时,不知她要兴奋多久?她看过这么多钱?没有。可能连梦都不敢做,前年底给她1万元时还差点把她吓坏了。妻子是位勤劳朴实的小镇女人,没见过大世面,欲望和追求不高,只图个平安实在,很容易满足。以后发达了,不知她能否承受得起?女儿芳芳快6岁了,1年后就得上学。她应该像大城市的孩子一样,穿最好的衣服,上最好的学校。他猛然发现,原来生活还这么丰富多彩,人生旅途还这么阳光灿烂。他禁不住会心地笑了。

第 12 章　暗度陈仓

柏筱找到阿丽,开门见山地说,有个外地朋友的小孩中考后想到芷都一中,要她校长老公帮帮忙。阿丽知道这是一道难题,每年中考前后,她家里就车水马龙,应接不暇,老公这时就只有东躲西藏,害得阿丽疲于应付。阿丽面呈难色,吞吞吐吐地说:"这,这,好像现在越来越难。听他说,外地进城控制很紧。"

柏筱定定地看着阿丽,脸上始终微笑。她知道外地中考生进城的难度,但夸下了海口,必须要拿下。否则,无法面对乐副县长,华流县小水电收购项目就要受到影响。作为生意人,能成功的项目是不轻易放弃,必须要以十倍或百倍的精力去面对去争取。她说:"阿丽,我知道难度很大。否则,不会求你。我这是没有办法啊,在芷都,我只有你这么一个能交心的姐妹,不找你又能找谁呢?这里,我先准备了两万块钱。"她拉开手袋链,从里面掏出两捆大钞,放在阿丽面前:"给你喝喝茶,事成以后,还有重谢。"

阿丽推开面前的两捆大钞,说:"柏筱,你这是做什么呢? 我说的是大实话,能行的话,还不是一句话的事。我们认识多年,彼此谈得来,又是要好的朋友,你这样做不是将我置于不仁不义的地步啊。"

说起她们的深交,还有一段往事。4年前的一个雨天,柏筱从外地开车回来,在一段崎岖不平的路上,有辆旧桑塔纳陷在了沟壑里。阿丽满身湿透地站在车旁，向柏筱招手求助。柏筱在她身旁停下，打开车窗，请她进车内说话。阿丽钻进副驾驶室，一边抹着雨水，一边气喘吁吁地说："好妹妹，求你帮帮忙，把我带到芷都一中，叫我老公来把车子弄回去。"柏筱看看陷了半边轮子的桑塔纳，说："就你老公一人能把车子弄起来？"阿丽说："那怎么办？只有找他，我一个女人有啥办法？"柏筱问："你给他打了电话？"阿丽气愤地说："真他妈的倒霉，今天在路上碰到一个哑巴挡路，指着轮胎叽里呱啦的不知说什么。我下来看看，哑巴突然不见了，等我上车一看，包不见了。哑巴提着我的包跑到老远去了。我下车追了一阵，哪是他的对手？早不见人影了。手机，钱夹，证件全没了。心里窝火，又突然下起大雨，车子开着开着就开歪了，弄得我狼狈极了，唉。"这种事在芷都老发生，柏筱听过不少大同小异的故事。她安慰道："别气，算是遭了次抢，钱是身外之物，破财消灾嘛。"这样的安慰是起不了多大作用的，阿丽还一个劲地骂哑巴不是人。柏筱起了同情心，给公司打了电话，叫几个身强力壮的小伙子来。不一会，来了一辆商务车，下来6个棒小伙，连抬带推，终于把桑塔纳弄了起来。从此，她们一来二往，渐渐成了无话不说的好朋友。

柏筱把钱推回去，认真地说："阿丽，我们之间不存在行索之分，彼此都是生意人。生意场上讲什么？讲诚信，讲合作，讲竞争，讲双赢，讲友情，讲帮助。我遇上难处，请姐姐援援手，这是应该的吧。你出了力，就意味着付出了劳动，就该得到报酬。这是点小意思，算我的一点心意。择校费该收多少就收多少，不打折扣。你在校长面前多美言几句，事一定能成。你阿丽姐的办事能力谁不知道？"话说到这个程度，已让阿丽不好回绝了。她苦笑几声："我好像前世欠了你的，真拿你没办法。好吧，我试试。"

10天后，阿丽传过话来，说已经搞定，要小孩考出中等以上成绩。这当然是最基本要求，一塌糊涂的成绩谁也不敢收，学校的声誉明摆在那里嘛。乐庆接到电话后十分高兴，连说三句谢谢。柏筱不好催问小水电的事，这种时候，聪明人心里早就有了谱。电话里两人扯了一阵当代年轻人的世界观，共同的观点是理解不了性早熟现象。柏筱在这个年龄段时见了男孩子就害羞，遑论玩三角恋。她想，假如乐小姐转到芷都一中还是老样子，可能会玩更出位的游戏。因为，大城市里诱惑更多。当然，这是后话，到时，乐小姐把芷都一中闹得天翻地覆，跟她又有何干？她最现实的是尽快把两个小水电收购的批件拿到手，完成收购任务。最后，她笑着说："乐县长好福气，生了一个美若天仙的女儿，世界都亮堂多了。"乐庆在电话里打哈哈："过奖，过奖。请柏总多多指教，到时免不了常打搅。请转告罗总，请他放心。"

搁了电话,柏筱走进罗正平办公室,把情况告之。罗正平无可奈何地摇摇头:"这家伙,不见兔子不撒鹰,那就再等吧,反正是煮熟的鸭子。"

"是否把情况告诉你同学黄局长?"柏筱提醒。

罗正平摇摇头:"不必了,这种事只有搁在我们自己肚子里,弄不好鸡飞蛋打。现在的人啦,精得很,手上有点权,不得了,左算计,右琢磨,不捞点好处不罢手。这种潜规则谁也改变不了。我们是行走在夹缝中的小爬虫,走好自己的路,千万不要与别人争道,更不要坏了别人的道。否则,别人断你一只脚,你还不敢哭,还得笑着去舔别人刀口上的血。唉,人心不古,世风日下了。不过,我们这些人也在作孽,与狼共舞呀!前几天,我看了一篇文章,主要是剖析生活中的地带现象。文章归纳现代社会有六条地带,一是红色地带;二是白色地带;三是绿色地带;四是黄色地带;五是灰色地带;六是黑色地带。人们为了生存,纷纷根据自己的特点走入不同的地带。我们属于哪种地带?应该属于灰色地带。在安静时,我认真想过,我们不择手段地掠夺财富,会不会受到佛陀悉达的惩罚?有时梦中会莫名其妙地恐惧起来,好像有千万双怪异的手伸进我的口袋,把所有的东西都给掏走了。人的心也真是不可思议,就像一条巨大的沟壑,丢多少东西进去也无法填满。按说我有了现在的财富该知足,可就是刹不住车,总想把事业做大做强。经常梦中醒来茫然得很,不知这是为了什么?唉!人啊,活得真是累。"

柏筱笑笑,说:"罗总,你的心怎么忽然苍老起来了?这不是你的性格呀。"

罗正平给她倒杯水,示意她坐下,今天难得有闲,想与她好好聊聊。柏筱也觉得好久未与他畅叙,就在老板桌前的转椅上坐下,抿着嘴直视他。罗正平话匣打开,索性沿着刚才的思绪说下去:"昨晚我读了一则蛇与绳索的佛教故事。有一个胆小鬼叫杰克,他对蛇有恐惧症。杰克走进一个幽暗的房间,看见一条蛇盘曲在墙角,顿时惊吓不已。事实上他看到的是一条花纹领带,但由于惊慌,他的误认严重到可能把他吓死的程度——被一条不真实存在的蛇给吓死。当他认为那是一条蛇的时候,所经历的痛苦和焦虑,即轮回就重复出来,那是一种心理障碍。幸而杰克的女朋友姬儿走进了房间。姬儿沉稳、正常,而且知道杰克以为自己看到一条蛇。她打开灯,跟他解释这儿并没有蛇,事实上只是一条领带。当杰克知道自己是安全时马上获得了解放。但杰克的解放是基于一个虚假威胁的消除,本来就没有蛇,本来就没有任何能够伤害他的东西。这则故事,引发了我许多思考,人该不该有无端的恐惧症?现实生活告诉我们,人有恐惧症未必是坏事。比如你恐惧财富,你就会正道致富,就会远离不义与无良,就会鄙视那些昧着良心赚黑心钱的人,就会收敛贪心,就会视金钱如粪土,就会止住走向孔方兄深渊的脚步,就会干干净净做事。金钱是魔鬼,是利剑,是毒药,用之得当,可带来欢乐;用之不当,可致人死地。所以,如你恐惧财富,反倒会救你一命。目前,这些绳之以法的腐败分子,如能恐惧财富,也不至于身陷囹圄呀!"

柏筱用怪怪的眼光看着他,不知他何时变得崇高起来。"但是,钱是好东西,你对它会恐惧?你能拒绝?"她用生硬的话语顶噎他。

罗正平自嘲地笑了笑:"我只不过是发点感慨而已,最近读了些书,有了点感悟,想和你分享一下。当然,这都是些无聊的念头。实际上,人的财富积累到一定阶段,就会产生各式各样的想法。就说我吧,当时创业时整天为钱而愁、而狂、而疯、而迷,现在小富了,就时刻会想,要这么多钱干吗?再伟大的人,也一样是一日三餐,夜宿一床,生不能带来,死不能带去。给后代吧,反会误事。唐朝名臣张说有篇《钱本草》的文章,写得挺有意思,说钱,味甘,大热,有毒。能利邦国,污贤达,畏清廉。你知道古代的铜钱为什么中间铸一个方洞?就是意喻钱里有个深不可测的深渊,警告世人不可过贪,否则会跌入深渊。你说得很对,钱确实是好东西,谁也不能拒绝,这就是钱的魔力呀。本来,我可以凭现在的钱过着悠闲的生活。可是,钱的魔力太大,让我欲罢不能,一味想让其滚动增值,让其无限膨胀,看到增长的数字,心里就有无限的快慰。我这样是不是成了金钱的奴隶?所以呀,人还是摆脱不了一个贪字。"

柏筱哼了一声,表示对他观点的不敬。她说:"你现在算哪根葱?和李嘉诚、曾宪梓这些巨贾相比,你只不过是小沟里一条小虾。人家赚钱是当事业来做。成功看什么?看个人财富的积累呀。凭你现在这点实力,就大谈特谈感慨,是不是欺人之谈?"她知道罗正平的性格弱点,他不是那种目光远大、胸怀大志、觊觎世界商机的枭雄。他似乎很容易满足,每当取得一点成绩就沾沾自喜、自我陶醉,缺乏干大事业的魄力。

罗正平脸呈愧色,说:"是啊,我身上具有典型的知识分子狂想症和忧郁症,尤其是一看那种书,就容易产生各种各样的念头。唉,也罢,不谈这些了。柏筱,我们公司能做到现在这个水平,你是功不可没。下一步怎样发展?你可得多动动脑筋呀!"

柏筱想了想,说:"除了现有的发展思路外,我认为原来的电煤业务还是要跟进。这块利润颇丰,是任何业务无法比拟的。"

罗正平点点头:"是呀,当初放弃这块太可惜,但也是迫于无奈。"

柏筱说:"我想想办法吧,待有机会的时候再进入。不一定限止在芷电,可以放宽思路,其他电厂也可以做。"柏筱清楚,芷电的燃煤采购大权还掌控在方成手里。也不知方成施了什么魔法，前后两任老总都对他信任有加。她是忘不了与芷电合作做燃料生意的好光景，那时每月的进账都在6位数以上，这样好的赚钱渠道到哪里去找呢？若不是方成从中作梗，当然，主要还是冯华的伎俩，那他们现在生意不知要做成多大呀！存折里的数字也不知增加了多少呵！齐明松为了维护自己的形象，始终不愿在这方面多说句话。她给他提醒过几次，都被他一口拒绝。他说，作为省公司一把手，干预下属电厂的具体业务是很愚蠢的。叫他们开辟其他业务渠道，比如小水电，比如房地产。她清楚，他的性格决定了他的谨慎态度，有些事不到万无一失时不会轻易出手。燃料领域是电厂最引人注目的地方，谁都盯上这一块。她也听说，电力系统目前有不少人栽在上面。齐明松不想染指也是对的，特别是失窃事件发生后，他更加谨慎。可是，没有他的招呼，要做成电厂的燃料业务谈何容易？但这一愿望始终占据了她的心，这一段时间里她一直在思考这个问题。她在寻找也在等待新的机会来临。

罗正平说："好啊，那就拜托你了。"

乐庆的千金中考考出了一个好成绩，转学的事办得挺顺利。当然，一笔可观的转学费柏筱自然得出。报到的那天，乐庆执意要在芷都皇朝酒店请罗正平、柏筱。罗正平和柏筱千说万说由他们来做东，乐庆就是不依，反复说是夫人的意思，否则就让他没面子。罗正平和柏筱只得依从。乐庆小姨一家三口也来了。八个人，刚好围了一桌。乐庆夫人真是美丽非凡，穿一件贴身的米色真丝套裙，显得娉娉婷婷，已近四十的人，还那么楚楚动人。乐小姐长得太美了，用什么漂亮的词汇来比喻和形容她的美都不过分，尤其是那双勾魂的眼睛，像是嵌了蓝宝石，流光溢彩；又像是一泓泉水，清澈透明。难怪她那么招惹男孩子。

由于有小孩在场，又是家庭宴席，酒桌上显得沉闷，都是讲些言不由衷的客套话。几杯酒下去后，柏筱免不了赞誉一番乐小姐的美。乐小姐兴许是听多了类似的话，不以为然，淡淡地一笑以示回谢。乐庆小姨一家话语不多，只举杯时说两句子应酬话。乐庆夫妇每碰次杯就谢一次，其他的话也不便多说。罗正平和柏筱只好讲些某某小孩在芷都一中如何刻苦学习，如何考上了名牌大学的故事。这一话题立刻引来了他们的兴趣，气氛一下子活跃起来。

饭后，乐庆把罗正平、柏筱拉到一边，低声说："过半个月你们过来吧。"罗正平握握他的手，故作兴奋地说："谢谢！还望乐县长多费心。"柏筱微笑着说："感谢乐县长给我们带来了好消息。"乐庆摇摇手，说："不言谢，只要你们不误解我就行。说实话，现在基层办点事其实很难，方方面面都要照应到，否则弄巧成拙。小孩子的事还真多亏了你们。你们够朋友，以后华流的事用得着我的时候我会尽力帮忙。叶县长黄局长那边还得请你们多说说好话。噢,对了,叶县长马上要当书记了,你们知道吧。"罗正平回道:"略知一二,叶县长当了书记,县长非乐县长莫属了。"乐庆一脸地失望,叹口气,声音嗫嗫的:"我家祖坟上还没冒出青烟。现在官场啊,你们清楚得很,朝廷没人水不响。听说市委组织部一副部长过来任县长。"罗正平哦了几声,不便多言。柏筱则夸张地惋惜几声,表示对他的同情。其实,乐庆没必要懊恼,官场游戏规则谁都心知肚明,关键时刻,就看你有多大能耐。罗正平想:凭乐庆你这种德性,能当上副县长已是老天开恩,要当上县长,恐怕得修炼几年。他要是真当上县长,我罗正平恐怕要逃离华流县了。与这种人打交道,一个字,累。

半个月后,他俩驱车前往。叶好龙刚走上书记岗位。罗正平、柏筱首先去拜见他。叶好龙握着他们的手,愧疚地说:"怠慢了,你们的事前几天才上县长办公会通过。应了一句老话:好事多磨。过去的就过去了吧。我已交待乐副县长,后面的工作要讲点效率。这可是我们华流县的形象呀!"叶好龙这番话说得很有艺术,让罗正平、柏筱心里舒坦起来。罗正平无限感慨地说:"哪里,哪里,我们感谢都来不及。华流的工作效率蛮高,形象很好啊。"

叶好龙苦笑一声,拍拍罗正平的肩:"还是黄婷了解你,说你是个厚道人。现在商场上,像你这样的人不多。以后成了我们的纳税人,就是我们的衣食父母,有什么意见和要求尽管提出来,帮助我们政府提高工作效率。"

罗正平摇摇手,忙说:"不敢当,不敢当。在您叶书记的地盘上讨饭吃,是我们的造化,一定要为书记争光。"

和乐庆成了朋友,他们的事办得出奇地顺当。这些天里,乐庆亲自召开了多个会议。每次会议上,他都大讲特讲招商引资的重要性,大讲特讲出让洪坩、隆坕两个小水电的股权是华流县经济发展和改革的需要,是华流县社会稳定和解决困难企业职工生活出路的需要,是保护国有资产少流失和少缩水的需要。有主管水电工作的副县长助威呐喊,各职能部门即使有什么想法,也只好选择沉默,为罗正平和柏筱接管两个水电站扫除了一切障碍。

收购工作初定后,齐明松带着省电力公司农电处的要员来到了华流县。

齐明松名义上是来检查华流县的农电工作,其真实目的只有叶好龙和黄婷清楚。市电力公司和县电力公司的头头脑脑和叶好龙、新县长、乐庆齐聚在齐明松下榻的宾馆会议室里,一边汇报工作,一边听取齐明松的指示。叶好龙在谈完小水电改革和出售股权后,要求省电力公司对县里的电网改造给予大力支持,要求对几个小水电的发电并入大网,并给予大网水电电价的待遇。叶好龙表面上是代表县委县政府提出要求,实际上是受罗正平之托提出的请求。这出戏早就预演好了,只不过是在众多演员兼观众面前正式亮亮相而已。三个小水电,罗正平、柏筱占据了两个大的,容量达五分之四。闽商要知道会有这样好的消息,不乐死才怪呢!到现在,闽商收购的电站还是开开停停。已经有出售这一烫手"山芋"的想法了。罗正平曾找过闽商,试图用较低的价格接手过来。闽商算算账后大摇其头,他有一个信念,要坚守到底,不到"生命"终结时决不罢手。齐明松告诉柏筱,还是让闽商生存下来更好,以后做起工作来多个理由。在这种不经意地操控中,却让闽商获得了新生。

齐明松很快做出了决定性的表态:"对华流县委县政府的请求,我完全支持。水能是我省的稀缺资源。我们要对子孙后代负责,浪费珍贵的水能资源是犯罪呀!要知道,弃两方水,就是浪费了360多克煤。把全省未并入大网的小水电弃水情况算算,可能是一笔吓人的数字。我们再也不能做这种糊涂事了。"他转头对农电处负责人说:"刘处长,你们回去好好研究一下,拿出一个切实可行的方案。可以以华流县为试点,然后逐步推开,争取在一年内把全省的小水电并入大网。至于电价嘛,"他用征询的目光望着叶好龙,"是否请你们以县政府的名义向省物价局写个报告,我们再去做做工作。相信前景是光明的。"接着,他滔滔不绝、如数家珍般地谈起了这些年全省电力发展的概况,展望了后五年电力发展的美好前景。对各地政府对电力事业的关心和支持表示了诚挚地感谢。还敦请华流县委县政府对当地电力公司的发展一如既往予以关心和支持,共同为我省的电力事业大发展做出贡献。

晚上,县委县政府宴请齐明松一行。叶好龙把罗正平柏筱安排在主桌。这一安排,可谓意味深长。新县长胡开发自然懂了其中奥妙,把他俩当作上宾不停地敬酒。乐庆在这种场合始终不敢抬头正视罗正平、柏筱,敬酒时一直勾着头。罗正平大度地拍他的肩,大声赞扬:"乐县长是个好领导,务实,亲商,护商,是我们的贴心人。"听了这话,叶好龙望着乐庆笑笑,说:"乐庆同志确实是个实干家。来,倒上酒,为我们过去的合作愉快干杯。"乐庆满脸通红,忙与叶好龙干了杯。接着,不胜感激地望了罗正平几眼。

席散,胡县长提出安排活动,被齐明松谢绝。叶好龙说:"你们都回吧,我陪齐总聊聊天。"大家就只好各自打道回府。齐明松、叶好龙、罗正平、柏筱刚走进齐明松的套间,黄婷就不请自到,大大咧咧地对齐明松嗔道:"好你个齐明松,太过分了吧,过去求爷爷告奶奶地请你们大网购我们小水电的电,你倒好,拿一箩筐话来搪塞我。罗正平一来,你就又吹喇叭又抬轿。今天不给我解释清楚,明天叫你出不了这个门。"

齐明松哈哈大笑起来："你呀，什么话从你嘴里出来就变了味。这不明摆着嘛，那个时候农网还没改造啊。"

黄婷望着罗正平，玩笑道："罗正平，你用什么招把齐明松搞定了。这一来，你小子发大财了。等哪天我失了业，打你这个大土豪。"

罗正平哈哈一笑，双手在黄婷面前拱了拱："多谢你和叶书记的鼎力相助，我罗正平今生今世没齿不忘。没得说，有汤大家喝，有肉大家吃。"

齐明松对罗正平说："黄婷可不愿喝你这碗汤。打土豪是什么意思？土豪的豪下里是一个家，上面是一顶官帽子，官帽子坐在家上，就是说要坐掉你的家。懂了吧，到时乖乖地把你的家产送给黄大人。"说完，大家一阵大笑。

服务小姐进来递次给大家上茶，大家分头在沙发上坐好。齐明松与叶好龙聊了会儿时政，接着又谈起了小水电。

叶好龙说："这次两个小水电的出让多亏了你的支持。"

齐明松说："主要是罗正平下了决心，我不过是走了回龙套。"

叶好龙说："没有你的支持，谁也下不了决心呀。"

齐明松摆摆手："这话只能说到这儿，同学之间的事不说为好。以后，罗正平他们还得靠你大力扶持。现在，要在一个地方发展，没有一个靠山很难生存。中国这种经济环境任人担忧。"

黄婷不同意他的观点，反驳道："没那么严重吧，看你走的是何种道？"

罗正平赶紧附和："是呀，叶书记这里的环境就很好。"

齐明松理解罗正平话的意思，笑了笑，把话题转到各自的孩子身上。他和黄婷都是女孩，一个今年高考，一个明年高考。说到孩子，黄婷自然兴奋，几乎所有的话都被她包揽了。

送走了叶好龙夫妇，齐明松对罗正平、柏筱说："趁全省小水电纳入大网的政策未出台之前，你们要想办法多收购几个小水电。我了解了一下，华河下游陈山县有 3 个 6 到 8 千瓦的小水电来水量不错。我已与陈山县的县长打了招呼，你们去接洽一下，估计问题不大。价格上不必太计较，多个几十万和少个几十万无关紧要，只要电价定好，很快就能收回成本。我已布置省公司的多经公司着手收购各县的小水电。到时，小水电就成了香饽饽了。"

罗正平兴奋得击掌叫好，说明天就分头行动，要柏筱留在华流县办理未完的事，他赶过去尽快把收购协议签掉。

齐明松认为可行，又简单交待了一些事，并要柏筱盯紧县里报送电价相关材料,争取早日把电价批下来。应该说,这趟华流县之行,他的作用和目的达到了,为罗正平、柏筱在华流的发展扫平了障碍。

晚上,柏筱留在齐明松的房间里。

第13章 一心二情

3号机组大修设备采购招标工作终于完成,一切如丁宝非所愿。

漆汉昆对丁宝非的表现十分满意,在不同的场合好好地表扬了一番。谭加健也附和漆汉昆的话赞赏了多次。丁宝非听了心里得意非凡,欣喜若狂,就像体育比赛获得了金奖一样。左兵如愿以偿,自然兑现了承诺。丁宝非口袋里一下又多了10万元。

丁宝非利用休息日开着科里刚买的桑塔纳把妻子接到芷都,要她对房子装修进行把关。工程已完成了一大半,有什么想法和变动还来得及修正。他知道,女人对家的要求较高,只有让她心满意足才会得到安宁。李沁看到属于自己的房子,异常兴奋,东看看,西瞧瞧,嘴里不停地叫好。她活到这个岁数,还是第一次拥有这么大的房子,而且是在大城市里。她住惯了矮小阴暗的平房,对房子装修没什么讲究,只对厨房吊柜和灶台位置作了点变动。这是她以后要常呆的地方,什么都要以自己方便和实用为主。她很欣赏厅堂和房间的设计风格,对丈夫的选择赞不绝口。李沁问装修公司的小郑:"还要多久装修完?"

小郑说:"个把月吧。"实际上,他是希望早点完工,无奈这是老板特意关照的工程,有几处被老板责令返工多次。他知道,业主出的价钱比较高,装修质量就得保证。

李沁摇摇头,自言自语:"大城市里做工真是慢。"丁宝非笑笑说:"急啥呢,细工慢活出精品。你看看,小郑多心细,监工监到了家。有些地方发现瑕疵立马返工。"小郑苦笑一声:"只要领导满意就好。"丁宝非听了心里很高兴,对小郑表示了感谢。李沁只是望着丈夫笑,一脸的满足。

晚餐,丁宝非把她带到酒店,特意点了鱼翅。他知道妻子久居小县城没见过世面,不要说吃,就连鱼翅的形状是啥样子都不清楚。小姐把鱼翅端到她面前,一股浓浓的膏汤味扑鼻而来,她吸吸鼻子,"哇,好香呀。"说完,用匙子在汤碗里搅了搅,有点不相信地问:"这就是鱼翅?"丁宝非说:"是呀,就是鱼翅。"女人茫然地望了丈夫一眼,又低头仔细看了看,嗫嚅道:"怎么看起来像粉丝?"丁宝非笑道:"我们平时也这么开玩笑称粉丝。你知道是怎么做的?价钱多少?"女人摇摇头。丁宝非告诉她,这是黄焖鱼翅,做工有7道程序,用时六七个小时,配料有母鸡、鸭子、干贝、熟火腿、绍酒等十几种。一般人是做不出来的,只有香港和广东人擅长此艺,其营养价值极高,有益气、清神、去痰、利尿、开胃、润肤、养颜、补五脏、长腰力、解肝郁、活气血、润肌理等效用。在芷都,招待上等客人才会上鱼翅。别看它就那么一小碗,价格200多块。女人两只眼睛瞪得铜钱大,像受了惊吓似的叫了起来:"两百多啊,我的妈呀,管我们家一个多星期的伙食。这么糊条条的几根粉丝能塞几口牙?这不是糟蹋钱嘛!"丁宝非听了心里不是味,像下起了一阵毛毛雨,淅淅沥沥地滴在他的胸窝里,并顺着五脏六腑往下流,一直流到他的膀胱里,并在那里积聚得发胀,整个下身像要爆炸一般,令他十分难受。他使劲揉揉肚子,低声说:"别大呼小叫,这那哪能跟那比哩。这不是芷都吗?县里最好的菜就甲鱼,红烧啊,清蒸啊,水煮啊,做来做去,就那么几种吃法。现在是什么价吃什么菜,人家工序多少?技术多少?成本多少?你知道吗?这还算是便宜的,高档的要五六百。现在城里吃什么?吃派呀,还要我像以前一样?烟抽低档的,酒喝劣质的,菜吃便宜的,房子住差的,一整个流浪汉的形象。我知道,你是穷怕了,我心里难受。以后哪,你要精神一点,大气一点,不要老是小家子气。人啊,不可能永远背气。"

李沁瞪大的眼睛收不拢,不认识似的盯着他,半天,才撇撇嘴,嘟囔道:"老话说,有了好日子别忘穷日子。你刚走上顺路,就大手大脚,就是拣了座金山银山,不划算好,也会吃空。"

他怎么跟她解释呢?越讲"大道理",她越与你犟着来。不是她思想不开窍,而是她太现实。在她身边,有多少人为了尺床斗居和孩子上学而节衣缩食,有多少人为了御寒果腹和平淡度日而忙碌奔波?他知道,穷人的日子要掰指头过。否则,咋有那么多的小偷和汪洋大盗?咋有那么多的亡命之徒?又有谁会像冉阿让那样为了一片面包而陷入苦役场?而他自己不也是为了摆脱困境被迫铤而走险吗?想到这,他心里像烙铁烙了一下,生痛生痛的。他紧锁眉头,把头转到一边,避开她的目光,轻轻应道:"不要想那么多,吃碗鱼翅就算大手大脚,太夸张了。"

李沁心里像有股气没地方发泄,猛地把鱼翅推到他面前,狠狠地说:"这么贵的东西,吃不下,退了吧。"

丁宝非知道,女人是心疼钱。按她的思维,这么一点点东西耗去200多块钱太不值。以前，她是恨不得把一分钱掰成两分花，那见过这么大把花钱？其实，她哪里知道，丁宝非现在有了买单权了，不用说1碗鱼翅，就是10碗鱼翅也不需自己掏半个子。他笑着跟她解释："你就张开肚皮吃吧，花的不是自己的钱，可以报销。我已经是厂里的中层干部了。现在手上有一点权的人，谁会自己掏腰包呢？看把你急的。"

李沁脸上愠色渐褪，露出一丝微笑，把鱼翅挪回面前，低头一边用匙子舀着往嘴里送一边说："那个时候，我们科里请餐饭都得厂长批准。你们厂里给中层干部这么大的权？大家都这么吃，不把厂里吃穷？"

丁宝非说："那个破农药厂能跟电厂比吗？你知道我们电厂有多大？光投资建设就花了五十多亿。现在每天的业务量很大，开支动则数万上百万，每个部门都有独立的业务经费，大家都是这么花。如果每笔开支都要厂长审批，厂长纵有三头六臂也忙不过来。吃能吃去多少呢？算是毛毛雨喽。像我们电厂，吃是吃不穷的，怕就怕耗子在暗地里挖墙脚，几百上千万地挖走。你看现在的国企，哪个是吃垮的？不是，是歪门邪道整垮的。噢，一定记住，以后千万不要说起我的过去，切记，切记，懂了吧。"

李沁哦了一声："我知道，你都说过几百遍了。都说电力企业是最好的企业，我真希望越来越好。只有企业好，你才稳定，我们娘儿俩才会有好日子过。"

菜上齐了。丁宝非要了瓶五粮液。服务小姐打开瓶盖给他们斟满。丁宝非端起杯子跟妻子的酒杯碰了一下："喝酒吧，不说这些，不是我们能管得了的。"李沁有些酒量，当年在县农药厂跑销售那会儿还敢与人对着喝，只是没有瘾。喝完一杯酒，李沁说："今后酒少喝点，酒喝多了伤肝伤胃。年纪慢慢大了，不像20多岁那会儿。我不希望像你爸那样成为酒鬼。"

女人的担心多余，如果没有一点自控力，还能在社会上混吗？他拍拍她的手，亲昵地说："老婆，放心吧。爸是什么人，我是什么人，你还不清楚？我怎会走爸的老路？"女人放心地点点头，相信他的控制力，只不过是有点担心而已。吃完了最后一匙鱼翅，李沁还用匙子把碗边的汤汁刮干净，送进嘴里啧啧几声。丁宝非问："好吃？"李沁点点头："这汤落肚子里半天还香着呢。难怪价钱这么贵。"丁宝非把面前未动的那碗鱼翅推给她，"这碗你吃了吧。"李沁推回给他，"有这么好的营养，你要多吃。"丁宝非又推回给她，"这东西我吃得多，你难得吃，吃吧。"李沁说："要么打好包，带回去芳芳吃。"丁宝非笑了，"傻瓜，汤汤水水好带？等你们搬来了，给她吃个够。"李沁憨笑一声："是呵，还以为在县里哩。"说完，拿起匙子把这碗鱼翅吃了。

出了酒店,热浪迎面扑来。春天才去,芷都就早早地进入了盛夏。丁宝非把空调调到最大,车内一下就凉爽起来。趁着酒劲,他要带女人逛逛芷都的夜景。夜色渐深,到处是灯火辉煌。沿江的马路上人头攒动,车流如梭。江水在两旁的灯光映照下波光潋滟,恰似一条彩练披在上面。李沁还是第一次流连在芷都的夜景里,脸上溢满兴奋和憧憬的喜色。"以后芳芳也能生活在这样美丽的环境里了。"她禁不住自言自语。丁宝非放慢车速,空出右手抓住她的左手,轻轻地揉着,什么也不想说,让女人独自沉溺在陶醉中。看到妻子如此钟情芷都的夜景,他心里顿时渗出丝丝愧疚。这些日子里,他独自逍遥在方梅的温情中,享受从未有过的情感刺激和肉体快乐。当然,这种别样的情怀是妻子给不了的。也许,在以后的岁月里,他将徘徊在两个女人之间。

回到住处,两人洗漱完后坐在沙发上看电视。电视里正在播一部言情片,两人一边看一边说着话。女人已好久没与男人亲近,头埋在丁宝非的怀里拱了拱,满脸潮红,嗲声嗲气地说:"这些年里,想你想断了肠。以后天天在一起,就没这么苦了。"

丁宝非使劲搂了搂女人,摸摸她的脸说:"我知道,你吃了不少苦,现在苦日子快到头了,再熬上几个月,把你们接过来,我也少了份操心。到时,找找漆总,帮你安排个事做。"

李沁仰着头问:"漆总是厂里的老大?"

丁宝非说:"漆总虽不是一把手,但说话很管用。他分管的部门最多。"

李沁问:"我能做什么?"她以前只跑过销售,站过柜台,对自己没信心。

丁宝非说:"人的适应能力很强。过去,你是很有本事,不然,我哪会看上你呢?"他诡秘一笑,"我放着一个大美人不要,就要了你,为什么?"

李沁坐直身子,打他一下:"好在你娶了我,否则你成光棍了。听说她现在披金戴银,出有皇冠,住有高楼,二奶生活过得挺滋润的。"

丁宝非取笑她:"你羡慕?"李沁一脸的鄙视:"哼,这种人天生贱骨头。谁稀罕。"过了会儿,突然又问,"哎,你后悔了吧,还在想那个妖精?"丁宝非一脸得意,笑了笑说:"想她能怎样?又不能把她夺过来,人家不是坐有皇冠,住有高楼?就是她愿意,也得看我愿不愿意啊。"两人哈哈大笑起来。

说实话,在个人问题上她是很感激丁宝非的。那个时候,她嫉妒死了这朵厂花,人家要脸蛋有脸蛋,要身材有身材。看见他俩花前月下,出双入对,她心里十分羡慕。后来不知何因,两人分了手。当弄清是丁宝非甩别人时,还傻乎乎地为人家惋惜。过了不久,丁宝非倒对她感兴趣,经常向她暗送秋波。她哪敢往这档事上想,只当是一场游戏,当发现他是真心实意时,感动得不得了,很快投入他的怀抱,发誓要一辈子为他做牛做马。

丁宝非站起身,在抽屉里拿出一个10万元的存折和1万块钱交给她。叫她带回去把过去的债还清,并把父亲的坟墓重修一下。当时父亲下葬时家里捉襟见肘,只草草地堆了个土包。如今,他想把父亲的坟墓好好修修,给宗族显显脸。李沁很诧异,说在装修房子,要大把地花钱,哪来这么多的余钱?丁宝非不愿与她解释,就应付道:"发的奖金。"李沁听了心里像装满了蜜,把存折翻来覆去看了几遍,确信是真的后就激动地吻起男人来。她认为自己的男人开始有出息了,过去受了这么多的罪,终于苦尽甘来。"太好了,我们终于有钱了,能干大事了。"吻完后就使劲地搂紧男人,好像要把他塞进胸膛里。丁宝非感觉女人心跳得特别快,身子也在激烈地颤抖。已好久没在一起,女人能不盼望甘露?自有了方梅后,丁宝非对妻子的性渴望已降到冰点,但他还是提起精神与女人把那事做完。他不想让妻子失望。

第二天,丁宝非把妻子送回县城。

在回芷都的路上,丁宝非接到方梅的电话,问他在哪里?方梅现在很在乎他,隔天不联系就会生气。他去老家接妻子的事没告诉她,就顺口编了个理由,说与几个老乡出城兜风。她在电话里大声说:"快回来,有急事要去办。"问她什么事,她说:"回来就知道,办事的人在等我们。"丁宝非只好应允,说个把小时到,叫她耐心等等。他知道没两个小时进不了城,唯有如此应付,否则,她电话会催个不停。好在路上车子不多,丁宝非把油门踩到最大,桑塔纳像离弦的箭向城里射去。一路上他在想,方梅这样急切地叫他过去有什么好事?可能是房子装修的事吧。厨房的设计被李沁作了小小的变动,她去现场发现了,有不同看法。自从上海回来后,她对房子装修质量和进度十分上心。看她去得勤,怕影响不好,他就劝她注意点。她却振振有词地说:"让别人说去,你是我的直接领导,帮点小忙算什么?"这话说得也在理,时下哪个领导装修不是部下跑上跑下?莫非女下属多跑几次就沾上暧昧味?丁宝非不好打击她的积极性,只好顺其自然。他想房子装修的事一个电话就可解决,何必这么急?想想又不对。继而又想,可能是买房子之事。他想起前几天晚上,两人在宾馆里激情完后,方梅深情地对他说:"我想买套房。"丁宝非不解其意,回道:"你不是有房子?"方梅拿手点点他的鼻子,娇柔地说:"不是我,是我们。"丁宝非不敢吱声,默默地望着她。心想,不是买斤肉,说买就买,这可是二三十万啊。他哪敢想呵。方梅看他没反应,就逗他:"你就向左兵借点嘛。"丁宝非眼睛瞪得铜钱大,生气地说:"开国际玩笑。"方梅见状哈哈大笑起来，用手拍拍他的胸脯，"其他的不说，只问你，这里面装进了我?"丁宝非不知她葫芦里卖的什么药，点点头。方梅继续说："说真话，你爱我吗?"这给他出了难题，两人在一起的日子不长，没什么感情基础，谈不上什么爱。讲了真话，会伤她的心。为了讨好她，还是爽快地说爱她。方梅要他发誓。他就信誓旦旦地发了誓。说实话，他是十分需要她的，无论是精神上还是肉体上，无论是物质上还是工作上，现在是无法离开了。丁宝非说："今天发哪门子神经，你已经是我的人了，还疑神疑鬼。"方梅红着脸说："人家想听心里话嘛。我问了这句傻话，你会笑话我?"丁宝非在她脸上亲几下："喜欢都来不及，还敢笑话你? 我知道你的意思，可我现在没这个能力，等以后有了条件再提不迟。"方梅说："钱，不用你管，我有办法，只要你的态度。"丁宝非想了想，说："当然高兴，可我心里不好受，本该是我考虑的，却让你费心。"方梅喜出望外："放心吧，过几天就去办。"当时丁宝非也没在意，床上的甜言蜜语当不得真。看她刚才火急火燎的，断是这事。当然，他也想置一个安乐窝，两人在一起时就方便多了。他想起齐明松和柏筱，人家的幽会条件多好呵，自己何时也能像他们一样就好。这样想着，不由得羡慕起来他们来。

一路上，接到方梅好几个催问电话，他总说快到了，快到了。

方梅带着一个 40 岁左右的胖女人在约定的地方等，眼睛不停地向前方张望。丁宝非在她面前一停车，立即跳下来给她们开车门，讨好地解释："不好意思，路上堵车。"

方梅脸上闪过一丝不悦，但没责怪，只介绍身边的胖女人："陈姐。"

丁宝非微笑着跟陈姐握手，连说："你好你好。"

到了车上，方梅说："陈姐帮我找了一套二手房，想请你参谋参谋。"

丁宝非听了心里暗喜，果然是买房好事，心想这鬼东西考虑周全，话说得滴水不漏。他故意装憨："行呀，小事一桩。不带你老公来? "

方梅说："给我父母买的。他从来不管这种事。"

丁宝非哦了一声，嘻嘻一笑，"那我一定好好参谋。"

陈姐说："小方太挑剔，已看了好几套，没一套满意。天香花园这套房是我一位朋友的，才装修半年，两口子调到深圳去了。昨天接到电话，要我帮助找个买主。上午我去她父母处取了钥匙。她有个条件，要一次性付清款，所以价格出得比较合理。我看过房子，好得不得了，应该合小方的意。"

天香花园位置不错，绿化率很高，只是房子老旧些，规划和布局也不太好。陈姐带他们绕了几个弯才走进 9 号楼 1 单元。爬上 5 楼，陈姐打开房门。他们跟了进去。首先映入眼帘的是色彩明亮和款式新颖的红苹果牌家具,室内装修格调也十分典雅,各种家电一应俱全。虽是小两室一厅,但结构很好,加上恰到好处的装饰,厅堂和房间并不显得拥挤和局促。

丁宝非看了赞不绝口,心想在这样温馨的环境里做爱,情绪不知有多好。方梅也颇满意,不停地点头称赞。

陈姐对方梅说:"没骗你吧。这样好结构的房子到哪去找?"

方梅点点头,说:"陈姐,还可以。看价格能不能再跟房主商量一下,降几个点?"

陈姐说:"好吧,我再跟房主说说。估计很难,人家其实没赚你的钱。人家说了,除柜子里的衣服拣走外,其他的全给你。你看,你父母带点衣被就可住进来。"

方梅环顾卧室里的床和衣柜说:"有些东西是不好用的。我是买他的房子,东西叫他拿走吧。"

陈姐笑笑,说:"也是。我也有个坏毛病,不喜欢别人用过的东西。可能你父母不在意这些吧。"

在回家的路上,丁宝非慢慢开着车。方梅眼睛默默正视前方,思绪还在房子的结构和布局上。丁宝非问:"你完全想好了吗?"方梅偏过头来,反问:"你没想好?"丁宝非发现她把他的意思弄反了,也不纠正,只嘿嘿一笑。方梅没好气,"笑什么?"丁宝非马上说:"笑我们以后做爱不用担心警察查房了。"方梅用小拳擂他:"讨厌。"丁宝抓住她的手,说:"这套房子我喜欢,价格降不下来就算了。况且这些家具全是新的,估计人家也没用过几次。钱你就先垫着吧,到时弄到钱再给你。委屈你了,真不好意思。"方梅把头靠在他的肩膀上,一脸甜蜜,柔情地说:"只要你有这份心,其他的不在乎。"丁宝非动情地说:"谢谢!你给了我太多。我今生今世会加倍还你。"方梅说:"这句话我爱听。"

第 14 章　鞍前马后

芷都电厂开始酝酿改制。按原始投资比例,省电力公司占 40%,芷江省建设投资公司占 60%。改制方案正在磋商过程中。

消息传出,芷电上下引起很大震动。改制后虽然还由省电力公司代管,但嵌入了非电公司尤其是地方政府的管理理念,不少员工担心以往的管理模式会变,既得利益会受影响。

芷电管理层面临一次大考。建立股东会、董事会、监事会,其角色要随之改变。漆汉昆首先想到的是班子可能要进行调整。这是中国特色下的一种惯例。他借汇报工作之名去了趟齐明松办公室,委婉表达了自己的想法。齐明松对他始终是含而不露,劝他安心和好好工作。因齐明松电话不断,谈话效果很不理想。漆汉昆只好悻悻离开。

晚上,漆汉昆把丁宝非叫到家里,想请他暗助一把。

漆汉昆住的是一套大3室2厅,房子装修得不错,厅堂铺的是金色玛瑙大理石,显得雍容华贵。漆汉昆一副纡贵屈尊的样子,亲切地拉着丁宝非坐到真皮沙发上。漆夫人美丽大方、和蔼可亲,给丁宝非端了一杯热茶后就礼貌地退到房间里去了。漆汉昆先是表扬了一番丁宝非,接着问了家里的近况,然后大谈特谈即将面临的改制,最后说起了班子可能要进行调整。"你看,书记已经到点,葛总年龄也不小。在这敏感时期,谁出任老总将影响芷电的未来。处理好两个股东的关系,是我们芷电生存和发展的关键。凭葛总的犟脾气,能协调好两个老板的关系?应该由一个更合适的人出来担当重任。你想过没有,谁更合适?"漆汉昆直视他。丁宝非毫不犹豫地回答:"当然是您漆总。"漆汉昆点点头,抽出两支烟,递给他一支,点燃后猛吸几口,说:"是呀,这次对我来说是个机会。我把你当兄弟,有的时候,你的事就是我的事,我的事就是你的事。如能像你所愿,我当上总经理,也有你的好日子。你喜欢哪个岗位就挑哪个岗位。在中层岗位上干到一定年限,有了资历,还可助你走上副总位置。就这几天,你去找找齐总,把你的想法告诉他,好吗?"

丁宝非被漆汉昆说得飘飘欲仙,有点找不到北了。他出生至今,从没受过如此尊重,他的顶头上司,往后前程不可限量的堂堂副总,竟然把他当回事了。看来,人生大舞台已完全妖魔化,谁沾上权贵点滴光芒,谁就能成别人仰望的神灵。想想自己以不正当方式抢来的神灵,想想漆汉昆把升的希望寄托在自己身上,他心里就焦虑和诚惶诚恐起来。齐明松是那么好打交道的?那双鹰一般的眼睛不把你的心脏刺穿才怪呢?可是,人家就是把你当成齐总线上的人,人家就是冲着这层神秘的面纱巴结你。唉,已没有退路了,硬着头皮也得把这出戏演好。否则,一切努力将付之东流。他暗暗做了个深呼吸,使劲握紧拳头,给自己打气壮胆,然后信誓旦旦地说:"漆总,感谢您看得起和信任我。我说过,为了您,愿上刀山下火海。行,这事我一定努力去做成,明天就去找齐总。"其实,丁宝非敢如此表态是有一点心理准备的。他早就从柏筱处知道齐明松对漆汉昆的态度。凭漆汉昆的能力,主政芷电是迟早的事。当然,他也希望漆汉昆能早日当上一把手。这样,实现自己的梦想也就指日可待。

漆汉昆听了丁宝非的表白由衷地高兴,很亲热地拍拍他的肩膀,说:"宝非,这才像兄弟说的话。我相信你,等你的好消息。"对下属,这类话不能说得太多,漆汉昆赶紧把话打住,站起来给丁宝非杯里续了水,然后话锋一转,"房子装修得怎样? 该把家搬过来了吧。"

见漆汉昆转了话题,丁宝非心里也轻松起来,忙答:"快了,打算9月底把家搬来。感谢漆总的关心! "

漆汉昆恣意一笑,摆摆手说:"应该的。一个大男人,女人不在身边,日子不好过啊。"

丁宝非莫名地敏感起来,想起与方梅的事,脸蓦地红了半边。漆汉昆还以为他不好意思,打趣道:"我是过来人,饱汉知道饿汉饥。"见漆汉昆是另一层意思,丁宝非马上释然,轻松一笑:"漆总真是以人为本。"

漆汉昆呷了口茶,向丁宝非描绘起他的发展思路:"以后,成立了有限责任公司,公司的自主权就大多了。凡是改制了的电厂,管理模式都有巨大的改变。不像现在,省电力公司垂直管理,一竿子插到底,自己想要发展还受到控制,什么都得报批。以后啦,等自己有了自主权,我们要好好筹划一下,在主业以外搞点大动作。"

丁宝非还不明白漆汉昆"大动作"的含义,但觉得一定是对职工有实惠的惊人之举。凭漆汉昆的性格,要么按剑不发,要么利剑出鞘如风,直指苍穹。他听说有些电厂除发好电外,辅业搞得红红火火,每个职工都有双份收入。也许,这就是漆汉昆的大动作。

漆汉昆又说:"以后发展了,需要大量人才,你们这些年轻人大有用武之地啊。"

丁宝非不停地点头:"是啊,是啊!有漆总的领导,芷电一定会迎来大发展。"

也许漆汉昆比较兴奋,思维变成了跳跃式,刚说两句工作,又转到其他话题上来。丁宝非的思维只有跟着他跑。漆汉昆的谈锋甚健,饶有兴趣地谈起了芷电过去的人和事,谈齐总主政芷电时如何器重他;谈他为芷电所做出的贡献;谈他如何受到葛联军的排挤;谈他在工作中敢说敢干得罪了不少人;谈他中学、大学时的趣事,等等。从这些杂乱的谈话中,丁宝非知道漆汉昆大学毕业后在另一电厂工作,在技术员、组长、值长、副科长、科长各个位置上干过。芷电新建时提拔过来任工会主席,后改任副总。在副职位置上干的时间最长,达 9 年之久。丁宝非心想,漆总这辈子活得也不轻松,承受了巨大的压力。看来,人人都有一本难念的经。只是需求不同而已。丁宝非看看手表,已过去了两个多小时。他说时候不早了,请漆总早点休息。漆汉昆哦了一声,起身送他。刚走到门口,漆汉昆又叫住他,折进房间拿了两条硬中华香烟出来,塞到他手里。丁宝非吓得往后缩,哪敢接领导送的礼?漆汉昆说:"也是别人送的,你会抽,拿去抽。不嫌什么吧。"后面这句话说得够重的,带有命令的意思。丁宝非一时尴尬起来,颤抖着双手把烟接了,连说:"谢谢,谢谢,谢谢。"把头点得像啄米的鸡。

出了漆汉昆家,丁宝非直觉背上湿透了,不知是刚才兴奋还是紧张冒出来的汗?

第二天下午,丁宝非给柏筱打电话,问她是否有空接见一下。柏筱问他有事?他说有要事报告。柏筱在电话那头愣了一下,随后答应到丽春咖啡馆见面。这段时间里,丁宝非不断与柏筱保持联系,主要是汇报他的工作情况及对电厂人和事的看法,关键还是想保持和拉近彼此的关系。这次他还想把上次借的 10 万元还给她。

柏筱这段时间对他老打电话很反感,但又不敢不接他的电话,生怕他惹出其他麻烦,只好虚与委蛇。后来接的电话多了,发现他并不讨嫌,也就慢慢消弥了对他的敌对情绪。从现在看,他不是那种无赖地痞式的人物,还懂得江湖规则,还守信用。到电厂两年多的时间,就与漆汉昆打得火热,还掌握了很大的物质采购权。也许如他所说,以后会成为利益链上的另一种朋友。她时刻这样想,在当今社会,各式各样的朋友多了不是坏事。军事上,外交上,没有永恒的朋友和敌人,只有永恒的利益。商场上何尝不是如此?只有把握和操作得当,坏事可以变成好事。这就是生活的辩证法。

丁宝非早早地来到丽春咖啡馆,订了一个安静的包间。他要做个姿态,让柏筱知道他是心诚的。阿丽已认识丁宝非,问他是在等柏筱?丁宝非吃惊地望着她,不知老板娘何以清楚他的动向,问:"你咋知道?柏总来过?"阿丽诡秘一笑:"猜的呗。"丁宝非说:"老板娘太厉害了。"

阿丽在他对面坐下,轻轻地问:"你对柏筱有那种意思吗?"

丁宝非发现老板娘误解了,皱起眉头,没好气地说:"别瞎猜。"

阿丽舒了口气,忙解释:"看来我是多心。我太了解柏筱,她心境很高,一般人是不理会,能多次与你约会,说明她认可你。只是你不清楚她的生活,怕你误闯人家的禁区。我看你也是个老实人，担心你浪费时间。没有这档事就好，算我瞎操心。对不起。"阿丽说完向他伸出手。丁宝非与她握了握。阿丽又说："以后就是朋友了，欢迎常来。先生贵姓？"

丁宝非有点嫌她嘴碎，但想到她是柏筱的好朋友，只好欣然应道："免贵姓丁。"

"哦。丁先生。在哪发财？"阿丽满脸堆笑地问。

丁宝非突然转念，觉得跟她混熟点，也许能通过她取得柏筱更多的帮助。想到这，他脸上放光，欢欣地答道："芷都电厂。你去过电厂？"看对方摇了头，马上邀请，"老板娘给个机会，请您陪柏总到电厂视察，那将是我的荣幸。"

阿丽哈哈大笑起来："丁先生真会开玩笑，我平民百姓一个，有资格去视察？"

丁宝非也大笑起来："你是老板呀，资格大得很啊。我随时恭候你和柏总的光临。"

"谈什么？笑得这么开心。"柏筱身挎香奈儿包优雅地走了进来。

阿丽站起来跟柏筱拥抱一下，做个鬼脸："谈你呀。"

柏筱脸蓦地拉了下来，显得有点不高兴。她不想让阿丽瞎掺和，尤其不能让她熟悉和了解丁宝非。一旦让她捕风捉影了点滴事因，是很难堪的。阿丽是个鬼精灵，马上看出柏筱的不悦，知道犯了忌，就很自然地向她微微一笑，用手轻轻抚摸一下她的脸，既表示劝慰又表示了道歉。柏筱接受了她的道歉，用力和阿丽握了握手，轻轻说："你忙吧。"阿丽点点头，"好的，我马上吩咐送咖啡和果点来。"也不看丁宝非一眼，退了出去。

这一切，丁宝非看在眼里，知道柏筱还在防着他。他心想，这是没有办法的，要让齐明松和柏筱完全认同自己，还需一个漫长的过程。能有现在这种效果，已经很不错了。他赶紧站起来与她握手，把她身边的凳子移了移，用手做了一个请的姿势。待柏筱坐稳后，丁宝非才慢慢坐到自己的位置上。一会儿，咖啡和果点送上来了。小姐说了声："两位请慢用。"然后轻轻退出，把门关上。

丁宝非笑容可掬地说："柏总，感谢您的光临！"顿了顿，解释起来，"其实，刚才和老板娘什么也没谈。生意人嘛，总想多揽一些客源。您得相信我，对您和齐总的事我决不会露半点。我不是傻瓜，泄露出去对我有啥好处？今后，我会像保护生命一样来保护你们的声誉。"

柏筱用手指甲相互磨着，听了解释，哦了一声，抬头认真地望着他。半晌，回了句："行啦，我相信。"她清楚，对他的示好只有迎合。有些事她是没法左右的，只能是走一步看一步。末了，她轻描淡写地补了句，"说吧，什么事？"

丁宝非依然是满脸堆笑，把一个开链的手提包放在她面前，里面露出10捆大钞。他说："柏总，感谢您当时的帮助。10万还有利息一起还您。"

柏筱为他的举动而惊讶。当时借他钱压根儿就没指望还，没想到他还这么守信用。她立刻有点刮目相看了，伸手把包的拉链拉上，并将包搁在脚边。"你赚钱的速度蛮快嘛。"柏筱用嘲讽的口气逗他。

"哪里，哪里，其中有些钱还是借的。"丁宝非谦虚起来，并编了句假话。

"哦，借钱还我，与欠我的有什么区别？"柏筱眯起双眼盯着他。

丁宝非说："我有过承诺，不早还您，心里不踏实。借别人的钱算朋友帮忙，借您的钱总有犯罪感。毕竟……唉，不说了。以后我会以实际行动来报答您和齐总。"

"是吗？"柏筱轻轻嘟了句，听了这番话心里不是味。她欠了欠身子，说，"这些话以后不用再说了。没事我就走了。"说着就去提钱袋子。

丁宝非忙制止她："柏总，对不起，以后不再说了。这次，我真是有要事相告，请您谅解。来，喝杯咖啡。"起身将她面前的咖啡递到她手上。

柏筱只好接过咖啡，吹吹上面的浮沫，慢慢呷了几口。心里告诉自己，既来之则安之，看看他葫芦里卖的什么药。

丁宝非伸手在口袋里掏出一支烟，放进嘴里又拿出来。看着柏筱漫不经心的神态，他心里不免紧张起来。"是这样，柏总。"丁宝非打起精神，认真地说，"我们厂里马上要改制，以后控股权就在别人手里。虽然还是省公司代管，但毕竟多了一个婆婆，如果省公司还想把芷电紧紧抓在手上，一把手的配备至关重要。您说是不是呢？"

柏筱不以为然地笑笑："与你我有何干？"

"有。"丁宝非加重语气说，"我说过，以后有机会一定为您效劳。我认为这是一次好机会。听您说过，齐总对漆总很器重。在改制的前夜，领导班子一定会重新配备。如果把漆总放到一把手的位置，以后，对您在芷电开拓业务一定有帮助。"

柏筱有了兴趣，很自然地点点头，问："有什么帮助？"

丁宝非看柏筱脸上露出了喜色，马上兴奋起来，滔滔不绝地说："柏总，漆总是位敢说敢干的好领导，很有魄力，很有思想，也有很多好点子，是一位全方位的管理人才。芷电要有大发展，非他莫属。您也知道，葛总为人总是阴阳怪气，连齐总都拿他不住。再说，葛总倚老卖老，谁的话也听不进去。如还是他在这个位置上,芷电就没什么希望。漆总不一样,他对齐总忠心耿耿,脑子也活络。假如他到了一把手位置,会在主业外来一个大的动作。我理解漆总的大动作,就是把辅业发展起来。辅业发展就意味着有许多好机会。我也听说过,柏总几年前曾参股过芷深燃料公司,后来是方成坏了事。如果漆总当上一把手,我找漆总运作一下,兴许您能重入芷电燃料公司。托您和齐总的福,漆总对我很信任。有这层关系,我会把握好每一次机会,给您创造条件。说实话,我现在是想以百倍的感恩之心来报答你们。好了,这话不该说。不过,这次对漆总来说是一次机会。我求您在齐总面前多做做工作,让漆总顺利走上一把手的位置。"

柏筱蓦然发现丁宝非还真是个人物,在她面前布了一盘大棋。而这盘大棋名义上为她柏筱,实际上是为他自己,也是为漆汉昆。这盘棋的赌注也不大,仅仅是把漆汉昆扶上一把手的位置。前天晚上,她听齐明松说过,芷都电厂改制在即,漆汉昆来找过他,拐弯抹角地表示了扶正的意思。当时她没在意,听了后就随便问了句:"漆汉昆能行?"齐明松也没正面回答,只说漆汉昆沉不住气。柏筱对芷电的班子情况还是比较熟悉,就问他是不是还想留用葛联军?齐明松摇摇头,说想把省公司总经办主任胡训派下去任总经理。柏筱哦了一声,不再吭气。这是他工作上的事,不便过问。过了会儿,齐明松又改变了想法,说派胡训下去漆汉昆肯定有很大意见。柏筱看他犹豫不决,就随口说了句:"那就用漆汉昆呗,你不是老说他脑子灵活吗?"齐明松沉默良久,叹了口气,"这人呀,政治上欠成熟。不过要在内部产生,还只能算他合适些。只是他群众基础不理想,又过分张扬。"当时齐明松也是随意说说,柏筱也没上心,简单说了几句后就把话题转到其他方面。柏筱用手轻轻把散在耳边的头发往后拢了拢,看了一眼丁宝非,心里想,把漆汉昆扶上总经理的位置应该没问题,只是不知道这主意是丁宝非的还是漆汉昆的?就问:"今天找我,你是带了使命来的吗?"

丁宝非不敢撒谎,如实相告:"是的。您应该知道,漆总找过齐总,齐总没给他交底,心里很不踏实。要我找找齐总,我哪敢去见齐总啊,只有求您了。我想,这也是一件多喜的事。漆总对齐总忠心耿耿,用他对电厂有一百个好处。"

柏筱眉毛轻轻往上一挑,认真地说:"知道了。我会做齐总的工作。有几句话带给漆总,叫他低调点,注意尊重葛总和班子成员,缓和好电厂中层干部的关系。齐总再怎么着,也得他好好配合啊。"

丁宝非不住地点头:"好的,好的,我一定带给漆总。漆总也知道自己的不足,说以后得处理好厂里方方面面的关系。不过,我有个感觉,葛总为什么深得人心?关键是他上下做老好人。漆总吃亏就吃在个性上,什么都爱较真,这样难免不得罪人。"

"是吗？"柏筱说，"他有这个态度就好办。"对电厂的人事纠葛，她不便议论。葛联军是芷电的元老，齐明松对他另眼相看。而漆汉昆与葛联军暗中较劲，齐明松对此非常感冒。如果漆汉昆能够意识到自己的不足，改变自己的个性，也许会成为一个不可多得的人才。尤其是她在芷电拓展业务方面能够开辟一条快速通道。她对芷深燃料公司的成倍收益难以忘怀，记忆犹新。而重入芷电燃料业务也是她近期所着重思考的，想不到丁宝非给她带来机会，使她重新找到了进入芷电燃料业务领域的契机。最近，正天公司的股权结构作了调整。她名下的股权已调整为 49%。罗正平专任董事长，她任总经理。对她而言，这是质的飞跃，也许不久就能成为富豪。想到这，她脸上露出了满意的微笑。

丁宝非看到柏筱欣喜的笑容，心里得意非凡，明白目的基本达到。他清楚柏筱在齐明松心中的分量，只要她敢应承，说明此事十拿九稳。为了加深印象，他再码上一些颂辞："柏总，在市场经济的大潮中，电厂不再是金凤凰了。谁还守着传统观念，谁就要被市场经济大潮击退。光靠发电创造效益，已是难以为继，必须要多条腿走路。国家电力公司主张大力发展辅业，就是引领电厂甩掉亏损的帽子。漆总已绘制了芷电全方位发展的蓝图。也给您这样的企业家准备了搏击的领地。"

柏筱哈哈大笑，说："想不到，你丁宝非肚子里还有些东西。老话说，士别三日，刮目相看。真不能小觑你了。行啊，你的意思我全懂，我会全力做好说服工作，争取给你和漆总一个满意的答复。"说完，她站起来，有了离开的意思。丁宝非马上提起钱袋子放在她手里，恭恭敬敬地把她送出咖啡馆。

3 天后，柏筱传来消息，齐明松已同意让漆汉昆出任芷电总经理，可能这几天就会开党组会确定下来，并叫漆汉昆务必沉住气。当丁宝非将这一好消息告诉漆汉昆时，漆汉昆眉头反而皱了起来。丁宝非一时弄懵了，怀疑自己是不是听错了柏筱传来的话。可仔细一想，柏筱说的是千真万确呀。过了会儿，漆汉昆舒展眉头，使劲和丁宝非握握手，说："宝非，谢谢你。"本来丁宝非想好了小范围约几个人聚聚，提前对漆总表示祝贺。可看到漆总波澜不惊、患得患失的态度，无法捉摸他的心情，只好默默告退。

漆汉昆不高兴吗？高兴。只是不愿在下属面前急切地表现出来。再说目前仅仅是意向，只有走完考察程序，任命下来，才算尘埃落定。到时在下属面前好好高兴一番也不迟。

过了一个星期，省电力公司人力资源部严主任带着 3 个人到芷电进行考察，由于事前有传闻，漆汉昆的民主推荐票超过了半数，个人谈话也没出什么意外。

该走的程序都走了，半个月后，齐明松带着严主任来到芷都电厂。严主任在全体中层干部大会上宣布了新的任命：漆汉昆任总经理，葛联军任党委书记。两位新任领导表态后，齐明松对原班子成员所做的成绩作了充分的肯定。对新班子提出了新的要求。尤其要求新班子注重加强团结，求同存异，在新董事会领导下，开拓芷电新局面。会后，齐明松和严主任单独与漆汉昆进行了一次谈话。主要是希望漆汉昆在改制后要保持与省电力公司的密切联系，要以省公司的大局为重；要在管理中引入市场竞争意识，把芷电各项工作搞活、搞精；要拓展新的业务领域，开辟新的创收渠道。要加强管理，在省内同行业内争创多个第一。漆汉昆对齐明松作了深度表态，表示百分之百地完成齐总交给的各项任务，不辜负齐总和省电力公司党组的殷切希望。谈话结束后，漆汉昆把齐明松拉到一边，悄悄地说："齐总，今后有什么事尽管吩咐。过去这里是您的基地，现在和未来永远是您的基地。不管什么事，我一定尽善尽美地为您办成。只要您一声令下，我漆汉昆敢为您趟地雷。"齐明松听了心里舒坦至极，用宽厚的大手拍拍他的肩，亲切地说："汉昆，我们都是党的干部，不至于歃血成盟、炷香誓死。好好干吧，我拭目以待。"漆汉昆用力地点头，眼里充盈了感动的热泪。

第 15 章　弹冠相庆

漆汉昆征得齐明松的同意，任命后的第二天下午就去拜访省建设投资公司的崔总。

崔总名叫崔燕。也许是岁月沧桑和苦涩生活的浸淫，她过早地跨越了自身的年龄，脸相和心态显得比同龄人老气许多。3 年前，一个春风和煦的夜晚，身居林业厅厅长的丈夫在出差回来的路上遭遇车祸当场身亡。由于丈夫原则性过强，令公权私用者的市场渐失。待听到他升天的消息，这伙人立即鞭炮齐鸣、弹冠相庆。一时，丈夫视之如命的名誉被这伙人践踏，并演绎成了颇具争议的人物。丈夫的灵堂冷冷静静，遗体告别会上也稀稀拉拉。她立时体会到了社会的冷漠和生活的炎凉。最可气的是丈夫与单位一单身少妇长期保持不正当关系的消息不胫而走。少妇受不了冷嘲热讽,向单位递交了一份辞职报告,带着幼女南下打工去了。可少妇的离去反而引起更多的妄议。传得最多的是丈夫在南方某城买了一幢别墅,少妇带着孩子去过隐居生活,孩子长得活脱脱是丈夫的翻版,等等。反正能够想象到的故事情节被不断创新。她当时在某地级市任副市长,长期不在丈夫身边。当听到这种议论时如万箭穿心,如坠深渊。她相信丈夫的品德,可现代社会诱惑太大,丈夫出众的外貌和冷峻的性格使不少熟悉他的少妇着迷。她有几次旁敲侧击地提醒过丈夫,要他远离活跃的年轻女性。他听后不以为然,骂她神经过敏。以后她陆续听说丈夫对某单身女子格外关照,时不时有人躲着她窃窃私语。这种事,不逮个正着是不可相信的。何况丈夫为人处事呆板,不少人对他敬而远之,为此编排绯闻来臭他也是常事。那天,少妇南下前到她家里,眼泪婆娑地对着丈夫的遗像鞠了三躬,接着又向她鞠一躬,哑着嗓子说:"崔市长,人言可畏,请多保重。"不等崔燕反应过来就昂首挺胸地走了。当时她的情绪十分复杂,默默地注视飘然而去的少妇,眼泪顿时怆然而下。不知是为丈夫,还是为自己,或是为少妇感到悲哀。丈夫已作古,少妇也离去,流言蜚语本应随轻烟逝去,可流言像打开的潘多拉魔盒,霎时变成了瘟疫,她只有拥着女儿萍萍哭泣。在猛然没有丈夫的日子里,她的心成为飘浮不定的风筝,整日无法平静,整夜无法入眠。短短半年,她两鬓染上了白霜,两眼出现了黑圈,额头爬满了皱纹,背也凸显佝偻,整个人像老了十岁。在以后的岁月里,她除了教育萍萍外,把所有的精力都投入到工作中,藉以掩盖和抚平受伤的心。萍萍自爸爸离去后,学习成绩一落千丈。由于不在身边,她教育的作用有限。外婆的话对萍萍毫无效果。为了萍萍,她硬着头皮找到省委组织部长,要求调回省城。她是数年前从省妇联选调下去挂职锻炼的。由于她性别、年龄和学历的优势,很快在众多县级干部中脱颖而出,被选为副市长。省委组织部长也是女同志,对她的境况动了恻隐之心,当即表示相助。在组织部长的运作下,她于半年前调到副厅级单位的省建设投资公司任总经理。

　　漆汉昆向崔燕作了自我介绍。崔燕热情地握着他的手,把他引到沙发上。办公室主任马上进来给他倒上茶水。崔燕说:"你来得正好,我正准备去一趟芷电,前些天,齐总向我通报了你的情况。我相信齐总,他考虑的干部一定是过得硬的。大概一个星期左右有限责任公司就可以挂牌了。不管怎样改,不管谁控股,不管谁管理,你们这些经验丰富的管理人员是不变的。芷电的生产、安全、稳定、发展还得靠你们这些人呵。还是你说吧,我想听听电厂最近的情况。"

　　漆汉昆端起茶杯喝了几口,详细介绍了电厂的资产结构、管理水平、人员状况、赢利能力。当谈到电厂现在还处于亏损状态时,他认真分析了原因:一是发电量不足,机组发电小时太低;二是冗员过多,开支过大,效率不高;三是管理水平有待进一步提高,成本核算不精;四是开源不够,收入渠道单一。最后,他谈了下步工作设想,着重提出了两个改革思路,一是全面开展人事改革;二是大力发展辅业,开辟新的创收渠道。两个改革相辅相成,发展辅业,是为人事改革安置富余人员,实现创业性分流,让辅业为主业分忧解难。人事改革方面,他设计了几套方案。主推方案是:除少数生产岗位不动外,所有岗位拿出来竞聘,实行真正意义的全员竞聘,能者上,庸者下,充分调动每个员工的积极性。

听完漆汉昆的介绍和改革思路后,崔燕蹙眉深思熟虑起来。应该说这是个好的改革思路,下岗分流,减人增效,是目前中央和省里大的改革方向。绝大多数国企因历史原因都存在人员过剩、效率低下、负债累累的痼疾。虽然电力行业的企业借助垄断地位保护了自己特有的优势,但冗员过多影响企业效益确是不争的事实。漆汉昆想以激进的方式变革芷电的旧貌精神可嘉,问题是在改制完成后大动干戈地对顽疾进行开刀,会带来何种蝴蝶效应?她最担心地是负效应多于正效应,让外界生出许多不必要的歧义。改革是趋势,发展是道理。无论进行何种改革,最后的落脚点还是在发展和稳定上。如果生出许多是非或埋下隐患,她宁愿保持现有格局。否则,即将到任的董事长位置会让她背负沉重的负担。她已没有接受任何风险挑战的信心和动力了,保证手中这艘航船顺利到达彼岸就是胜利。漆汉昆有这一腔热血难能可贵,应该鼓励他这种敢想敢干的精神。她用赞赏地语气充分肯定了他这一改革思路,表示以后会全力支持他的工作。然后话锋一转,说:"中国的国情特殊,有些事不可能一蹴而就,改革是个渐进地过程,要在保持稳定地基础上逐步推开。对这项重大的人事改革,到时在董事会上提出来让大家讨论定夺。不过,我的观点还是要以人为本,无情管理,有情操作。创业分流的设想挺好,我个人认为可以在这方面逐步展开。"由于她还没到董事长任上,今天只不过是非正式地交换意见,不便把话说得太直,只好浅显地表达自己的观点。

从崔燕办公室出来,漆汉昆感到一身轻松,哼着小曲向省电力公司驶去。在齐明松办公室,漆汉昆汇报了与崔燕谈的一些情况。齐明松听后没什么反应,只"哦"了几声,然后指示他这几天全力以赴地做好新公司挂牌工作。

芷都发电有限责任公司是在一个骄阳似火的日子里挂的牌。省发展计划委员会、省经济贸易委员会的分管领导参加了挂牌仪式。齐明松在主持词里盛赞了芷电这些年来管理和发展的业绩。崔燕代表控股方对省电力公司给予的支持表示衷心地感谢,并要求新公司在省电力公司行业指导下一如既往地做好各项管理工作,多发电,发好电,争创一流。接着召开了芷都发电公司第一届股东会和董事会。会上按程序宣布了人事安排:崔燕任董事长,省电力公司副总经理裴杰任副董事长;经营班子按原任职务重新予以聘任。第一次股东会和董事会是程序式的,没讨论什么实质性的内容就散了会

新官上任三把火,漆汉昆第一把火就是调整了部分中层干部。其中谭加健任总经理助理,丁宝非任物资科科长,方成与工会副主席熊长远对调。除方成外,所有被调整的中层干部皆大欢喜。据说方成转任工会副主席后一个星期没来上班,整天躲在家里喝闷酒。由此,方成心里埋下了仇恨的种子。

丁宝非在宣布任命的当天晚上,邀请科里所有骨干到皇朝大酒店喝酒。丁宝非这一举动在物资科成立以来还是第一次,所有人员为此欢欣鼓舞,都夸丁宝非是体贴民意、与民同乐的好领导。一开席,大家轮流向丁宝非敬酒,都说着祝贺高升、多多关照的话。丁宝非心里高兴,来者不拒,应承每一个人的良好祝愿,还拍着敬酒者的肩,说以后大家都是兄弟,兄弟不说两家话。席上友好气氛甚浓,每个人的脸上都笑成一朵花。一轮下来,丁宝非起码喝掉了一瓶。

方梅坐在他旁边,开始也跟着起哄,看到一边倒的喝酒架势,就有点担心了。如果再敬一轮,他那能招架得住?于是,她站起来对大家说:"各位,我们都敬了丁科长,下面就不能再敬了。我提议,大家举杯共同敬丁科长,表示我们在丁科长领导下团结一心。"大家响应叫好,用手拍打桌子,气氛热烈起来。方梅带头把杯举得高高,大家一起举过头顶,异口同声地说:"团结一心。"齐刷刷地喝干。

丁宝非被大家的情绪感染,叫小姐拿大杯来,倒个满杯,举起杯说:"各位兄弟,感谢大家的信任和支持!我丁宝非能有今天,完全是托大家的福。来,我用大杯敬大家,表示我真诚地谢意。"有人问:"丁科长喝了这杯还单独回敬大家?"丁宝非迟疑起来。方梅马上接口说:"老刘,丁科长已喝了不少,大家的心意早已表达。我看回敬大家就免了吧。"老刘嚷着不干,说喝兄弟酒就要互敬。丁宝非借助酒兴说:"老刘,行,依了你。"他换回小杯,叫小姐把酒瓶拿过来。方梅在底下用脚踢他,叫他克制。他哪会理她呢,豪气喧天地说:"不就是多喝几杯酒嘛,兄弟情谊比天大。来,我一个个喝过去。都不准撒赖。"老刘带头鼓掌,大家装疯卖傻地嚷叫:"喝,喝,喝。"丁宝非离开座位,一个个碰杯喝下去。等回到座位时,酒瓶已空。两瓶下肚,丁宝非已有醉意,伸着双手吆喝大家喝。方梅狠狠地瞪他一眼,又伸手在他腿上使劲扭一把。丁宝非对她嘿嘿一笑,马上转移话题,对大家说:"以后啦,请大家多多支持我的工作。不要有意见搁在肚子里,说出来,大家

都做明白人。"他这话是有所指的,之前,不少人对谭加健有意见,就是不对谭说,私下却议论纷纷。传出去还以为物资科人心不齐,科长领导无方呢?他不愿在他任期重现这种现象。大家相视会笑,相互点头。老刘说:"丁科长,放心吧,有你这种态度,大家就是想有意见也生不出意见来啊。"这话虚是虚,但得到大家心思不一地赞同。换了新头儿,谁都想能有个轻松的环境。在国企里,谁还愿意使出十倍的劲头?当头的一味从工作考虑,整天把弦绷得紧紧地,就约束了部下的自由空间。即使你再有能耐,也不可能讨得百分之百地满意。大家见丁宝非喝得差不多,就左右隔壁互相敬起来。

散席后,丁宝非已有八分醉。几个小伙过来扶他。他向他们挥挥手,说:"没事。你们回吧。"老刘说:"丁科长,让他们扶你回住处吧。"丁宝非坐到沙发上,招手叫小姐倒杯浓茶,语无伦次地对老刘说:"你叫他们都回吧,我喝杯浓茶醒醒酒,没事的。这几杯酒能打倒我吗?笑话。你知道吗?二十几岁时,我一口气喝过三瓶。这点酒算什么?笑话。"方梅过来说:"老刘,让丁科长坐坐也好,我知道他的酒量。一杯浓茶就解决问题。这样吧,你们都回,我陪他坐坐,说说话。如有什么情况打你电话。"老刘做个鬼脸,笑笑,打趣道:"要得。有美女作陪,丁科长酒醒得快。"他向大家一招手:"走吧。"大家就东倒西歪地笑着拥出包房。

方梅靠到他身边,用冷毛巾擦他额上的汗,嗔怪地说:"就你傻,一点都不知道保护自己。"丁宝非捉住她的手,傻傻地笑,含糊不清地说:"不是有你保护吗?等会去哪?"方梅红着脸说:"讨厌。明知故问。"待小姐转身收拾碗筷时,丁宝非在她脸上猛吻一下。方梅打他一下,轻轻说:"没名堂。"丁宝非嘻嘻笑起来。

半小时后,估计大家走远了,他俩拥着出了酒店,打车向天香花园驶去。

自上次看房后,方梅很快将房子买了下来,家具和家电一样不落地保留。当时说叫房东将家具拿走,那是策略。看着全新的家具,她哪舍得放弃?数天后,她请装修公司对阳台、卫生间等处作了维修,并请保洁公司扎扎实实地清洗了两天。接着请了几天假到商场大包小包地将床上用品、餐具等买回,并将房间的装饰作了精心布置。采购东西时本想叫丁宝非同去,但她怕遇到熟人,一个人来来往往,即使碰上熟人也好搪塞。这段时间,丁宝非帮助漆汉昆跑上跑下,也没空与方梅热乎。只通过电话了解她办事的过程。方梅有时在电话里诉苦,他就甜言蜜语地夸奖和奉承,把她捧成花仙玉女。

进入屋内,方梅将所有灯光和空调打开,并将窗帘一一拉上。家具还是那些家具,电器还是那些电器。被方梅重新摆布装饰一下,格调和品味上了一个档次。在厅堂和房间的显眼处,井然有序地摆置了石竹、紫薇、郁金香、玫瑰等各种鲜花,让人仿佛置身花团锦簇中。丁宝非赤着脚在厅堂和房间走来走去,一边看一边摇头晃脑,啧啧称奇。方梅向他张开双臂,嗲嗲地问:"怎么样?我的丁大人。"丁宝非已是热血沸腾,兴奋不已,上前把她抱起来,在原地转着圈,喘着粗气说:"太好了,太美了。"方梅怕他酒醉站不稳,忙叫他放下来。丁宝非哪听得进?借着酒力一边吻她一边加速转圈,直到把两人弄出一身汗,才把她放到沙发上。接着,丁宝非双手捧着她的脸,深情地说:"你真了不起。这么短的时间里弄成这么好。"方梅一脸满足和自豪,甜蜜地说:"这是我们的安乐窝,当然得弄好点。"丁宝非问:"总共花了多少钱?"方梅说:"28万。"丁宝非点点头,说以后还。方梅用手点他的鼻子,说:"傻瓜,谁要你的,以后想办法弄回来就是。你已是物资科长了,以后办事方便多了。"丁宝非一边连说好好,一边用手往她的下身插。方梅推开他,"急什么?洗洗去吧。今晚住这里,有你的时间。"丁宝非摇晃着,拉着她的手:"我们一起洗。"

两人裸体走进浴室,互相擦洗。洗完后,丁宝非把她抱到床上,两人急不可耐地滚在一起。完事后,方梅将灯光调暗,头枕在丁宝非的胸脯上,用手轻轻拨弄他那软东西。丁宝非醉意渐退,觉得每次完事后她都喜欢拨弄那东西,就忍不住问:"你喜欢那玩意?"方梅头在他胸脯上动了动,算是做了回答。丁宝非又问:"与沈阅比,谁的好?"方梅猛地坐起来,不高兴地说:"以后不准说这种话。"丁宝非抱紧她,说:"我感觉,我和沈阅之中肯定有一个人有故事。"方梅眼睛望向窗帘,目光有点迷离,神态有点恍惚。丁宝非摇摇她,"方梅,说呀,肯定有什么,我想知道。"方梅目光慢慢暗淡下去,脸上喜色渐褪,一丝愁云笼罩过来。丁宝非发现自己猜对了,不便逼她,用嘴舔着她的耳朵,呼出的酒气在她耳边缭绕。他想,问题肯定出在沈阅方面,也许她有难堪。但一股好奇心又促使他想了解,要与她保持长久,彼此透明些更好,省得在心底留下疑团。他松开手,躺在床上,双手枕着头,双眼直直地盯着天花板,脑子里飞转着各种猜测。方梅呆滞了半天,向丁宝非俯过身来,目光无神地盯着他,问:"你一定要知道?"丁宝非点点头。方梅叹口气,说:"其实,这种事说出来够丢人的。因为是你,也就无所谓。说实话,我已经很在乎你了。你给我带来了做女人的快乐,跟你在一起,我很幸福很满足。请不要把我看成是个坏女人,父母从小对我教育很严。背叛婚姻,也是迫于无奈。别看沈阅一表人才,可他是个废物。"停顿片刻,她几乎是用悲怆的声音讲起沈阅和她的不幸。

沈阅家在北方农村。农村的孩子从小就是放养,只要能走路,父母就把他丢在外面野跑。3岁时的一天下午,他蹲在屋背后的草坪上屙屎,几只小狗在他周边争抢粪便。这种现象在农村是常事，谁也不会想到会发生什么。可这天他偏偏遭遇不测，几只小狗争着抢着互相咬起来，突然一只小狗张开大口把他的小东西咬去了大半截。他痛得哇哇大哭起来。待母亲闻声赶来时，他的大半截东西成了小狗的美食。母亲赶紧把血流如注的他送到医院。血是止住，小命也保住，可他永远失去了男人的雄风。他在自卑中慢慢长大，男孩子在一起玩耍时，恶作剧地拔出自己的东西与他比。他知道，这些无忧无虑的小伙伴是在逗乐和嘲笑。他无法还击，只有流着眼泪默默地回家。他唯有努力和发奋学习，以此来掩盖内心的惆怅。大学毕业后，他不敢回故乡，漂流到芷都。之前，他谈过两个女朋友，因为不小心被对方发现了秘密，自然告吹。和方梅谈恋爱时，他吸取了教训，把自己捂得严严实实，除了与方梅接吻外，不发生任何身体接触。方梅还以为遇到一个真人君子，如此守住彼此的私密，让她好感动。婚前体检，他跑上跑下安排得极其妥当，和医生打得火热。方梅还以为他人缘好熟人多。殊不知这是他花了大价钱取得的效果。当然，他也就顺利通过婚前体检。新婚之夜，当丈夫露出真相时，她几乎晕了过去，穿好衣服想逃跑。他紧紧抱住她，跪在地上死死相求。沈阅的眼泪像水一样哗哗流下来，说一定会给她幸福，愿一辈为她做牛做马，只要不离开他，她爱怎样都行。她曾为他自豪过，两人谈恋爱走在一起时，他的帅气和殷勤让多少少女为之艳羡。想不到他空有一副漂亮的皮囊，真是中看不中用。方梅看他可怜兮兮的样子，心肠顿时软下来，和他抱头痛哭。哭累了，就互相擦拭眼泪。平静后，沈阅把童年的不幸一五一十地告诉她。听后，她为他的不幸心酸难过、痛楚不已。夜，渐渐深了，疲劳袭了过来。她只好与他同睡。不管怎样，名义上还是夫妻，有什么事明天再说。沈阅虽然男根过短，但男性荷尔蒙还是很强，一碰到她的身体就激动起来，不管三七二十一扒光她的衣服，在上面折腾半天，终于把她的处女身破了。第二天，她把沈阅的情况告诉母亲。母亲半天没缓过气来，唉声叹气了好一阵，眼泪像串线一般没完没了。母亲抱着她说："孩子，你们已经是夫妻，过一段日子再说，如果怀不上孩子就散伙吧。妈帮你再找一个。"每到晚上，沈阅都很卖力，尽量能让妻子满足。可是，他再怎样使劲也是枉然，东西够不着边，她哪能有快感呢？半年后，在他的努力下，她终于怀上了孩子，而且是个男孩。沈阅那个高兴劲没法形容，整天乐呵呵，把方梅像宝贝般地伺候。做了母亲后，她的心安稳些，一心扑在孩子身上，其他的也就不去想。孩子到了 4 岁，提前退休的母亲把孩子接走了，在另一个城市帮她抚养和教育。身边没有孩子的日子并不好过，思念一天比一天重。可母亲说为了多给她一些空间，重新思考自己的未来。母亲是过来人，知道没有性的日子倍感煎熬。晚上，沈阅依然是那么卖力,可她已经厌倦了。他越卖力越使劲越会使她受不了。在丈夫身上,她已经体会不到做女人的快乐,书上说的高潮,从来没在她身上出现过。她想过出轨,可身边没有让她心动的同龄男性。在工作生活圈外寻觅,她又没勇气主动出击。丁宝非的出现,使她眼前乍现一条彩虹,春心荡漾起来。

听完她的诉说,丁宝非把她拥紧,用脸摩挲她的脸,温情脉脉地说:"方梅,我们已经相融,以后你需要什么,我一定给你。我会让你快乐和幸福。"

方梅眼里闪动泪花,默默颔首。过了会儿,方梅羞涩地说:"宝非,我把丑事讲了,你不会轻看我吧。"

丁宝非为她拭干泪花,动情地说:"看你想的,感谢都来不及。你给了我很多,我会永远珍惜我们的爱情。"

方梅把头埋进他的怀里:"宝非,谢谢你!"

丁宝非用手在她洁白光滑的背上轻轻抚摸,眼睛望着灿烂的紫薇。紫薇的花瓣在空调微风吹拂下,微微颤动,美不胜收。他想,方梅就是朵姹紫嫣红的紫薇,让你赏心悦目、情思绵绵。宋代诗人杨万里有诗云:"似痴如醉丽还佳,露压风欺分外斜。谁道花无红百日,紫薇长放半年花。"方梅已被露压风欺了数年,但依然是丽还佳。他同情她的过去,沈阅害她不轻,剥夺了一个正常女人的性生活。她正是需要男人用心呵护和滋润的年龄,可她却像一株被人置于阴井中的紫薇,得不到阳光的照耀。好在现在有了他,姹紫嫣红的花朵终于见到了阳光。现在,他终于清楚了她的别样喜好,沈阅的残缺在他这里得到弥补。这本是她的创伤,不应该让他知道。可他却顽固地侵袭了她封存许久的伤口,好奇心使他做了不该做的事。他顿感内疚,想给她道歉,却又说不出口,只好温情地吻着她。

方梅慢慢应允,却是程序式的。她此时心里勾起了无数遐思,生出了无数担心,最怕丁宝非从此轻看她。有些不该做的动作在不经意中表露了,这种下意识的行为,恰恰透露了一个女人内心世界长久压抑的性渴望。而这种渴望,在男人那里有时会视为轻佻。丁宝非现在不这样看,以后呢?难保他始终如一。

两人想着自己的心事,觉得接吻无味,就索性无声地平躺着,无声地望着天花板。

过了许久,还是丁宝非打破沉默:"方梅,物资科缺副科长。你想过没有?"

方梅思绪回到现实中来,侧头望着他:"想也是空想。你能把副科长的帽子给我吗?谭加健早把我的名声臭翻了。你不知道他有多损,在外面说了我不少坏话。漆总这关能过?他对我可不太感兴趣。算了吧,跟着你喝点汤吃点肉吧。要这些干什么?我只要你。"说完拿头顶顶他。

丁宝非说:"要有自信,谭加健几句坏话就把你吓倒了?以后碰到麻烦,你跳楼?只要你有信心,我可以运作一下。作为科长,应该有推荐的权力。有句话我得提醒你,以后不要跟人斤斤计较。你最大的毛病就是爱占小便宜。"

方梅不高兴起来:"你说我爱占小便宜,我占了谁的便宜?你怎么能这样看我?"

丁宝非发现自己表达有误,忙纠正:"不是我说你占小便宜,是别人背后这样议论你。"

方梅更加不高兴,提高嗓门叫起来:"我知道,这是谭加健的话,别人都跟着他学,你不应该听他的。我清楚自己的毛病,就是得理不饶人,钻牛角尖。谭加健嫌我缠事,缠他个头,不刺点,他不把我生吃了才怪呢?我缠事?是他逼的。妈的。"

丁宝非摇摇头,无法给她解释。她对谭加健的成见太深。同事告诉他,自他来后,方梅的脾气好多了,之前常与谭加健斗气。谭加健几次向漆汉昆提过调走方梅,都被挡了回来。漆多次对谭说要处理好同事之间的关系,闹点矛盾就赶人走,显得当领导的没能力。谭无可奈何,只好把她晾在一边,由此矛盾越闹越深。丁宝非喜欢身边的女人,当然希望她能填补空缺。如此就像"夫妻店",以后办事不就方便多了吗。当然,她没这份念头也罢,就像她自己说的跟着喝汤吧。丁宝非不再提这事,向她谈起上任后的打算。方梅兴致勃勃地给他参谋,提了不少好的建议,毕竟她在物资科呆的时间长,业务熟悉,问题也看得准。他琢磨,等有机会还是把她推上来,自己在哪方面都需要她。

第 16 章　渐入权境

早晨醒来,已是 8 点。丁宝非摸摸身边,方梅不在。厨房里传来丁当声。丁宝非起来,光着膀子走进厨房。方梅穿身蕾丝低胸吊带小衫,像主妇一样正在准备早餐,听到声音,回眸一笑,说:"起来了,去洗漱,准备吃早餐。"

一会儿,餐桌上摆好了牛奶、面包、鸡蛋、炒青菜等。两人面对面坐着。丁宝非很惬意地享用美味,心里甜丝丝的。来芷都这些年,第一次有了家的感觉。而这家的感觉很特别、很温馨、很浪漫、很刺激。

吃完后,丁宝非抹抹嘴,拍拍肚子,说:"天天有这样的日子就好了。"

方梅妩媚一笑:"你想有就有。如有真心,把我娶过来得了。"

丁宝非过去搂搂她:"好啊,明天就把酒席办了。"

方梅推开他:"别逗了,赶紧上班去。沈阅早晨来电话,他那边的事没完,一星期后才能回。这个星期,我全交给你了。下午下了班早点回。等会儿我去办公室打个卯。晚餐想吃什么?我给你准备。"

丁宝非嬉皮笑脸地在她脸上亲几下,兴奋地说:"什么都不想吃,就想吃你。"方梅一脸幸福,拍他一下:"死样!快走吧。提拔第一天就迟到,要注意领导干部形象啰。"丁宝非夹起公文包,自嘲道:"在你面前哪有形象?"打开门,挥挥手:"拜拜。"

出了天香花园,他打的士到住处,然后开桑塔纳到电厂。走进物资科,看到老刘带着几个小年轻在谭加健办公室帮助清理东西。谭加健埋头在整理文档,很认真很仔细的样子。丁宝非径直走到他身边:"谭总助,清东西呀,不急嘛。"

谭加健抬头对他灿烂一笑,应道:"早点把办公室腾出来,不能鸠占鹊巢啊。漆总也要我尽快过去。"

丁宝非发现谭加健今天的心情分外好,竟然还开了句玩笑。他当然希望谭早点离开,那张大桌子,那把大椅子,那枚印章子,是他一直觊觎的,早一个小时坐过来,就早一个小时拥有了权力。他也给谭加健回个灿烂的笑,假心假意地说:"这里永远是谭总助的家,搬不搬都一样。那好,你忙。"退出办公室后又折回来,"谭总助,中午请你吃个便餐,想讨教一些问题。可以吗?"谭加健迟疑一下,愉快地点点头。

中午,他们在电厂周边找了家安静的小酒店。丁宝非点了几个特色菜,问谭加健是不是喝点红酒。谭加健没什么酒量,碰到重要的场面,只能端几杯红酒。看丁宝非如此盛情,谭加健只好豁出来,颔首同意。开始上菜,丁宝非给谭加健斟了半杯,自己则满杯。丁宝非举起杯子说:"谭总助,感谢你的关心和帮助。这杯我喝了,你自便。"

喝了几杯后,谭加健发现丁宝非没有讨教问题的意思,只谈些不咸不淡的事,讲些奉承和一如既往给予帮助的话。说到高兴处,还过来搂搂肩,表示两人关系既友好又亲热。这种做派,谭加健不习惯,为不扫兴,只得顺情应付。他说:"其实,我这人毛病很多,不世故,不通情理,不转弯,不圆滑,马列腔过重,与现代社会格格不入。"

丁宝非说:"哪里,哪里,我就欣赏你的品格,叫出污泥而不染。你就像朱自清《荷塘月色》中的荷叶，在清雾、雷雨、污泥中独显风骨和雅致。正因此，你在芷电鹤立鸡群。"说到此，他压低嗓音："漆总很器重你，齐总对你印象也不错。说不准下次调整领导班子就有你的份。"漆汉昆对谭加健器重倒是不错，齐明松对谭有好印象却是他临时编的。

谭加健释然笑笑："我心态坦然，有，感谢组织；没有，顺其自然。至于把我比喻荷叶，实在不敢当。"他清楚，自己早就是芷电的后备干部，漆总也给他透过底，下次班子调整，让他出任总经济师。当然，他不敢盲目乐观，没有到手的东西不算数。官场上风云变幻，谁都把握不准。

丁宝非向他举举杯："谭总助，在这里，我提前祝贺。小弟以后要靠你呵。"

谭加健也举举杯："谢谢！丁科长的背景深，前程不可限量。"放下杯子，他锁紧眉头，做思索状。丁宝非觉得他有要紧话说，就眯起双眼望着他。过了会儿，谭加健展开眉头说："丁科长，有句话我考虑了很久，不知该不该说？"

丁宝非说："谭总助的话就是指示，我洗耳恭听。"

谭加健吞吞口水，说："是这样，刘洋昨晚找了我，要我跟你说说，物资科目前缺副科长，他有这个念头。他是物资科的老同志，快40了，要学历有学历，要资历有资历。以前，我推荐过多次，机会总是与他擦肩而过。这次对他是个机会，请你帮他一把。我呢，再助助他。"

刘洋即老刘，酒桌上是个活跃分子，工作中却有点沉闷。听了谭加健这番话，丁宝非心里有点不爽，你老刘有什么想法不可以直接说，何必绕圈子？看来还是一个信任问题。丁宝非此时有再大的牢骚也不能发，只得忍耐。他说："没问题，有你谭总助的力挺，我一定配合。老刘也该上个台阶了，毕竟是正牌大学毕业，像他这种正儿八经的本科生芷电还真不多。谭总助爱惜人才，我得好好向你学习啊。"

这餐饭，本来是想与谭加健套近乎增感情，也代欢送，没料到冒出一桩棘手的事来，弄得丁宝非整个下午没心情。昨晚他还谋划了许久，想为此讨好一下心爱的女人，可这下全乱了套。

下班前，办公室门被轻轻推开，冒出刘洋尖尖的头，继而是一张巴结的笑脸："丁科长，我想耽误您几分钟，汇报汇报思想。"没得到丁宝非的准许，他虾腰闪进来，把门轻轻掩上。丁宝非只好招呼他坐到办公桌前的转椅上。

刘洋腋下夹了包破报纸包的东西。在他面前一坐下，就把纸包放到办公桌的右手边，包边刚好碰到了他的右手指。刘洋神情有点紧张，结结巴巴地说："丁科长，听说您在装修房子，本想送您一套红木家具，怕挑不到满意的。还是请科长自己辛苦去家具市场选吧。谭总助跟我说了，谢谢您。如我到了副科长任上，一定唯您是瞻，全力以赴协助您做好物资科的工作，不辜负您和谭总助的期望。"

丁宝非伸手触触包，感觉是钞票，起码有两万元，心想这老兄出手够大方，脸上立即闪过一丝不易察觉的微笑。他压低声音说："你老刘工作兢兢业业，小弟我援援手是应该的。不过嘛，要个过程，我和谭总助说了不算。我会向漆总汇报的。"这时电话响了，丁宝非一接，是小郑打来的，装修已完工，要他去验收。他回道，"好的，好的，下班就过来。"

刘洋见状马上站起来，伸出双手。丁宝非跟着起来，把右手伸过去。刘洋一把握住他的手，使劲摇了摇："丁科长，谢谢，快下班了，不耽误您宝贵时间。我走了。"

丁宝非把他送到门口，关上门，随手把锁扣扣死，然后莫名地围着办公桌转了一圈，重新坐回椅子上。他把纸包挪到面前，左右看看，觉得刘洋用破报纸包钱主意奇。你想，谁看见他腋下夹个破纸包进办公室，断不会怀疑里面藏有贵重东西。看来刘洋这人精得很。丁宝非打开纸包一看，哇，三万元，内心一阵狂喜。想谭加健早就收过"破纸包"了，否则，他哪会这般卖力？这刘洋啊，为了个副科长，舍得花6万，甚至更多，真难为他了。其实，他对谭加健只是臆测，谭在这方面硬气得很，从未收过别人送的现金。他把三捆大钞装进公文包，将破报纸卷成一团扔进废纸篓里，夹起包就往外走。刚打开门，突然想到鼓鼓的公文包定会遭到方梅询问，到时没法遮掩。这种钱是不能让她知晓，该防的还要防。他又折回来，将钱锁进文档柜里，心想明天抽空去银行存掉。

丁宝非开车出了厂区，直接往生活小区奔。小郑在房子里等他，看他进了门，迎了上来，满脸堆笑地说："丁科长，好好检查一下，看哪里需要重做和补修。"丁宝非在厅堂、房间、卫生间、厨房、阳台的角角落落看了个仔仔细细，没发现什么遗漏和不足，很满意地对小郑说："谢谢，挺好的。"小郑舒了口气，像卸下一付重担，递过一张表，要他签字。丁宝非溜了几眼，从包里拿出笔刷刷地签下了自己的大名。小郑接过表，把装修钥匙交给他，说："今后有什么问题，随时打我电话。"

送走了小郑，丁宝非把所有灯光打开，在厅堂、房间、卫生间、厨房里走来走去，心里泛起欣喜和得意的涟漪。心想，等透干了装修材料的异味，买齐了家具，就把她们接过来。过去，想到与老婆团聚，心里会涌起一股冲动。现在，却心事重重，方梅在他心中的分量越来越重，她给他带来无与伦比的浪漫和快乐。但为了女儿,为了母亲,为了妻子付出的爱,这个家还是要团圆的。手机响了,是方梅打来的,问他到了哪里?他回答说在生活小区的房子里。方梅就说早点过来,等他回来炒菜。

方梅的厨艺真是不错,菠萝咕咾肉、啤酒炖鸭、猪肉炖粉条、酸菜焖鲫鱼,几个菜做得色香味俱佳。丁宝非吃了赞不绝口,胃口大增。本想上瓶酒,被方梅制止,说喝酒伤身。

吃完饭,两人相拥坐在沙发上边看电视边说话。方梅问:"房子装修得还好?"丁宝非点点头:"挺好,谢谢你!总共花了多少钱?"方梅说:"别管它,左总会处理好。"丁宝非说:"现在反腐风声紧,叫他注意点。"方梅嫌他啰嗦,啐道:"去。就你小心。"丁宝非嘻嘻一笑,在她脸上吻一下,表示理解。方梅用胳膊顶顶他,问:"哎,真打算9月底把她搬来?"丁宝非说:"是呀,她们在县里太苦。没办法啊。"方梅不吱声,把头偎在他的怀里。他知道她的心思,用手拍拍她,说:"不会影响咱们。"方梅叹口气:"我心里好苦。"丁宝非扳过她的脸,发现她的眼睛潮湿,傻傻地问:"哭啥?"方梅摇摇头:"你不懂女人。"是的,女人的情感需求有别于男人,一旦爱上男人,会倾注整个身心,甚至付出生命。女人在情爱上还执迷女权主义,容不得别人分享自己的男人,会以各种智慧和手段阻击别人的侵袭。占有和拥有在女人的字典里永远是一个意思。丁宝非哪能解出女人这些密码?只一味地劝她:"别想这么多,我会好好待你。"方梅干脆闭起双眼,陷入无声世界里。丁宝非曾有过和她过日子的念头,但无法越过李沁,只好放弃。李沁心地善良、温柔贤淑,用生命呵护和撑起这个家。如果此时走出这一步,芳芳和母亲绝不答应。那样,他将面临亲朋好友的谴责和唾弃,对他的仕途也会产生负面影响。孰轻孰重,他心里明白得很。他不去劝她,让她自念自释。电视里尽是广告,他调到湖南台,看看娱乐节目。大兵的相声让他忍俊不禁,失声大笑。方梅被他的情绪感染,慢慢睁开眼,望着他叹气,幽幽地说:"我自作多情。犯贱。"

丁宝非见状赶紧把电视调到无声,捧起她的脸,用鼻尖顶着她的鼻梁,就像逗小孩样逗她:"小乖乖不犯贱,犯傻。"方梅被他的怪腔怪调逗得扑哧一笑,说:"算了,不想这些,怪自己命不好。"看她情绪不佳,丁宝非把电视关掉,说早点休息。

第3天下午,丁宝非下班晚点回来。打开门,看方梅撅着嘴坐在沙发上,抑郁寡欢的样子,饭也没做。丁宝非把公文包放在饭桌上,蹲在她面前,问:"怎么啦?谁跟你过不去?"

方梅瞪他一眼,没好气地说:"你。你眼里到底有没有我?这么大的事也不跟我说声,把我当成什么人?"

丁宝非被她没头没脑地数落一通,弄得丈二和尚摸不着头脑。他抓住她的手,问:"我哪里招惹了你?"

方梅甩开他的手,声音提高八度:"好会演戏。都传开了,你和谭加健推荐刘洋当物资科副科长。前天晚上,还假惺惺说帮我运作,让我当副科长。我真傻,把床上的情话当真。你们这些男人,在做爱的时候,什么好话都说得出来,什么假话也编得出来。这几天,天天晚上睡在我身边,情话说了一箩筐,唯独这件事瞒住我。你说,你把我当成什么人了?别人早就知道,就我聋子。"说着说着,眼泪哗哗流了出来。

怎么跟她解释?他不是有意要瞒她,却是无法告诉她。谭加健和刘洋联手设陷阱,逼他就范,他是有口难言。但一想到刘洋送的3万块钱,心里就打起了鼓,有了防她的念头。再说,此事还停留在嘴上,没到漆总那儿,八字还没一撇?但此时,他心里来了气,气谭加健,气刘洋。前天,只附和了谭加健几句,他就到处说开了,这样做,显然是有点要挟的味道。也许,这是他们两人的计谋,做好圈套,叫他往里跳。"妈的。狗娘养的。"他心里大声骂道。当然,气归气,骂归骂,面前的泪人还是要安抚好,即使现在骂上一晚也解决不了问题。况且科里已传开,谭加健在前面摇旗,他不呐喊也不行了。他用纸巾给她拭去泪水,和缓地说:"你不是说当不当这个副科长无所谓吗?还说跟我喝喝汤。"

方梅更加生气:"你猪脑子呀,谁不想当官?人家为了芝麻点的官,不惜用几万甚至十几万去买。你倒好,轻飘飘一句话,我死心塌地地跟着你,眼看有好处还送给别人。你安的什么心?"

丁宝非被她的话噎得无语,原来她不是这种心态。看来,他还真是不了解她。他起身,踱了几步,心平气和地说:"方梅,不是说你,有想法不说出来,怪谁?我又不是你肚子里的虫。我真以为你不想呢?"

方梅站起来,跺着脚发狠地说:"人家说两句气话,你就当真?"

丁宝非上前把她按在沙发上,耐心地说:"我的姑奶奶,算我不识庐山真面目好了吧。我们在一起的时间不长,彼此还不完全了解。以后,我会认真琢磨你说的每句话,一定做到深刻领会、认真吃透。这次呢,别去想了。谭加健已经把工作做在前头,我说出去的话也无法收回。实际上,我一直在琢磨此事,想法子把你推上去,算作回报。谁想到谭加健会先下手?人家是总助,下步还要进领导班子,我能得罪他?他已经推荐过好几回了,这次他是铆足了劲要把刘洋推上去。"

方梅不是那种一根筋认死理的人,知道见好就收。丁宝非已经把话说得如此明白,再闹已毫无意义。她也清楚刘洋的情况,盼星星盼月亮盼了多年,有时候还同情他,一大把年纪,仍是个科员。但同情归同情,官场竞争不相信怜悯和眼泪。她想,凭自己的能力和水平,当个科长绰绰有余,在组织和协调方面比刘洋强几倍。别看他是男人,性情上却像个女人,瞻前顾后,优柔寡断。可是,官场不是以能力和水平来说话,是一个复杂因素的综合体现。她叹口气,说:"早告诉了也罢,只气你瞒我。"

丁宝非搂紧她,讨好卖乖地说:"好,以后再不敢瞒你了。"方梅脸上阴云慢慢散去,摔开他的手:"你把我弄疼了。"丁宝非赶紧松开,揉揉她的手臂:"疼了就好好歇息,晚餐到外面吃。"方梅推开他:"不嘛,在家里吃。我去做。"

看她什么没发生似的换衣、拣菜、洗菜、切菜,丁宝非心里突然泛起五味杂陈,不清楚这个女人以后会给他带来何种影响?4号机组小修要开始了,从明天起物资科又要忙一阵子,这对他是个考验,以前有谭加健顶着,现在诸事要靠自己,心里轻松不起来。

第17章　另辟蹊径

柏筱改任正天公司总经理后,罗正平与她有个明确分工,罗主抓小水电的收购和管理,她主抓电线杆的制造、电力设备购销及开拓燃料业务。电线杆制造业务基本平稳,她交给一副总去打理,自己则全力扑在电力设备购销和开拓燃料业务上。

近期,她与平山电厂老总蒋松耗上了,想在燃料采购方面分杯羹。蒋松是那种见钱不眨眼,见色不乱怀的人。约了他几次出来坐坐,都以工作忙为由委婉拒绝。可柏筱看不出他忙在哪里,坐在办公室里也不过是打打电话、批批文件、发发指示,偶尔戴顶安全帽到车间转转,有时为发电量到省公司跑跑。她跟踪了几次,发现他下班后没什么应酬,一头栽进家里。有段子说,一等男人家外有家,二等男人常不回家,三等男人下班回家,四等男人回不了家。看来他是个典型的三等男人。对这种不上酒桌难套近乎的老总,准备好的红包也无法送出。你想想,人家不吃你的,不喝你的,还会拿你的吗?她还没见过这种油盐不进的人。

她的助手单蓉说:"得用法子让他了解和熟悉我们,消除其顾虑。"单蓉是经济学院物流专业毕业的大学生,在她手下干了多年。她现在成了柏筱的心腹和左膀右臂。

柏筱瞟她一眼,点点头。是呀,得让他相信我们,现在做生意不是件轻松的事,不熟悉谁会理你呢。有些人看他表面一本正经,实际底下男盗女娼,典型的两面人。莫非蒋松也是这类人?这次,齐明松不愿为她的事给蒋松打招呼,还是要避嫌。没齐明松的招呼,这些老总根本不正眼瞧她。不过,她不气馁,相信没有攻不下的堡垒,就大胆采取近距离战术,逮住机会贴上去硬磨软泡。可蒋松似一尊出土兵马俑的样子,始终对她冷冰冰。

在平山电厂呆了十几天,没取得一点进展。设备部邱经理给她出主意,说最好请省电力公司关键部门的头儿或是老总级的人物给蒋总打个招呼,事情定能成功八九分。一想到要请齐明松出面打招呼,她心里就灰暗起来。齐明松已跟她说过,只要是她单独经手的事,别叫他出面。柏筱清楚他的良苦用心。以前,在某单业务搁浅时,他会以隐蔽的方法帮助化解。但现在要他毫无顾忌地为她直接出面,打死他也不干。她给罗正平打电话,埋怨不该把总经理的担子交给她,不该让她独当一面。罗正平在电话里哈哈大笑,说羽毛已丰的鸟迟早要单独展翅高飞。柏筱握着电话半天不吱声。罗正平的话太有道理,她是不可能长期跟在他的屁股后面晃悠,兄弟大了也要分家,何况他们是股份有限责任公司?再说,公司大了也要有多人打理,她不担当重任谁担当?第一次单兵作战就受阻,令她心里添堵,怕罗正平瞧不起。

单蓉对蒋松冷冰冰的态度义愤填膺,说没见过如此冷酷无情的老男人。俗话说,英雄爱美女。再吝啬的男人见了美女也会多看几眼,可他就不正眼瞧这两位美女。看老板愁眉不展、心情沉重的样子,她恨不得上前臭骂他。当然,气归气,她还是冷静面对和认真分析,劝柏筱回去再找找人。她归纳说:“现在做生意只有三条路,一是权平路,二是钱开路,三是色挖路。钱开路,还要有门道,现在的人鬼精,不是随便接受你的礼物,送礼和受礼已成一门技巧和艺术,否则,弄巧成拙。色挖路,我们做不出来,也不屑于此道。权平路,平时不联络政要培植关系,就应了那句老话,书到用时方恨少。以前,你培植了一些官场人脉,现在不妨用用。邱经理讲得对,请省电力公司关键部门的头儿或是老总级的人物给蒋总打个招呼。把时间耗在这里,不如在上层活动一下,兴许能达到事半功倍的效果。”

听了单蓉的分析,柏筱感慨良多,这些年一路走来,何尝不是如此?若没有齐明松的权力荫蔽,恐怕就没有正天公司现在的辉煌。她望着蒋松办公室的窗户叹口气,狠狠地说:"我就不信敲不开你的门。"

在回芷都的路上,她给齐明松打电话,问他晚上有没有空?齐明松哼哈两声,没说什么就挂了电话。她想,他一定是在开会,否则,不会随便挂断她的电话。她出来十几天了,难道他不想她吗?前天晚上,她在电话里向他诉苦,说蒋松工作不好做,问他有什么好主意? 他哈哈一笑,说谈不拢就算了,大不了不做这单生意。柏筱在电话里叫起来:"不嘛,这块硬骨头一定要啃下。否则,在罗正平那儿交不了差。"齐明松依然是哈哈大笑,说做业务是为了赚钱还是为了争面子? 柏筱说两者都要。齐明松安慰了她几句,就说:"回来再说,办法总比困难多。"

8 月的天气,正是南方太阳最热最毒的时候,阳光像火舌一般向每个角落舔去,空气就像被燃烧过一样滚烫滚烫。单蓉将冷气调到最大,车内还是滚动着股股热浪。柏筱轻轻扯着蝉纱上衣透气。自单蓉来后,出远门都是她开车,有时在市内,只要是方便的时候,车子就交给她。柏筱不想把自己弄成劳苦命,有条件享受还得好好享受,到了这个地步,不能再亏待自己了。

单蓉心细耳尖,听见身后老板抖上衣透凉,就说:"柏总,把窗玻璃上的遮阳布扯下来,心里就没这么躁。"

柏筱说:"没关系,你好好开车吧。"

单蓉问:"放点音乐吗? "

柏筱说:"算了吧,听腻了。说点开心的事。对了,你什么时候结婚? "

车后喇叭响个不停。单蓉将车速放慢靠边,让后车超过去。她车技不错,像一个高超的老司机,干练稳重,从不违章抢道超速。别看她是女流之辈,还会两下子维修,比如换个轮胎,整个线路,小毛病难不倒她。有次去电线杆制造厂,半路上轮胎被扎破,单蓉不急不忙地取出千斤顶,冒着烈日卸胎装胎。等车子整好后,她一身湿透。对她吃苦耐劳的精神和一丝不苟的工作态度,柏筱打心眼里赞赏。待车子平稳后,单蓉回答:"不结了。"

"怎么不结了? 为什么? "柏筱感到吃惊,不久前,还听到她与男朋友商量购买婚房。

单蓉晃了几下头,说:"唉,现在的男人啊,没几个让你放心。"声调中充满忧伤和无奈。

柏筱见过她的男朋友,人高马大,脸庞黝黑,一副憨厚相,第一眼给人的感觉是忠实可靠。柏筱还暗自庆幸单蓉找到了一个可以托付终身的人。想不到,不该发生的事在单蓉身上发生了。但她不愿是真的,忍不住追问一句:"他背叛你了？"

单蓉长叹一声："不好说，这些日子里，他过去的女友老给他打电话，还找过他几次。有次听到他们吵架，女的叫着要补偿，否则回头结婚。我质问他，他躲躲闪闪。有天晚上吵到深夜，他终于承认了事实。原来她为他做过两次人流，只因劳燕分飞，各奔一方，斩断情丝。如果不知他的过去，这婚结了也就结了。可现在我心里就像吃了只死苍蝇。这种状态，婚还能结吗？"

柏筱拍拍单蓉的肩，劝道："想开点，男人的过去是本烂账，不要去翻，着重看现在和未来。如果现在没有背叛你，多想他的优点。找一个好男人好难好难呀！"

单蓉专注打着方向盘，躲过了一辆拖拉机后说："有些事真是不好说，谈了两年，什么都给了他。为他的过去赌气有什么意义？可就是心里难受。唉，冷静一段日子再说吧。"

柏筱说："也好，让时间去沉淀杂质。这种事摊到谁身上都是个坎，越过了，天地宽，越不过，从头来。可从头来对我们女人来说耗不起。女人的青春呀，太短暂，世界对我们不公平。不过，你年轻，还可以耗几年。"

单蓉摇摇头说："不行呵，柏总，比起十七八岁的女孩子，我感觉自己老了，尤其是心老了。以前还会去唱唱卡拉 OK，现在下班回到家就想睡觉，已没有玩的心情了，脑子里整天想些现在和未来的柴米油盐。"

柏筱向后靠了靠，问："你们一直在同居？"

单蓉点点头，说："没办法，两人的父母都不在芷都，租住在一起，起码省点租金。说来不好意思，我也为他做过人流。现在时兴先同居后结婚，我们也算在赶时髦。不发生这件事，我一直感到很幸福很知足。说实话，他人不错，也很疼我。他跟我解释，不是他的错，是对方首先放弃。现在又回过头来找他的麻烦，算倒了八辈子霉。我给他点时间，让他妥善处理。如果选择了对方，我自然退出。如果选择了我，再重新安排下一步。"她放慢速度，叹了口长气，沉默会儿继续说："我已经想通了，世事没有恒常永久的，天下也没有不散的筵席，就算你真的能跟一个人白头到老，最终还是有告别的那一刻。爱，真的像流星，在人生长河中闪烁即逝。其实，不必企求爱到地老天荒、海枯石烂一般的境地，只要抱着'就算分开，重逢时依然无愧'的心情，你就领悟了爱与婚姻的真谛。在当今人心浮躁的社会里，最现实的是不求天长地久、只求曾经拥有。当一份爱逝去后，能做到用宽容的心记取过往的美好，让爱成为永恒的珍藏，就算真正解脱了自己。再说，婚姻是两人的事，由不得你如何梦想和筹划。"

柏筱沉默起来,心里涌起一股莫名的涟漪。不管怎样,单蓉还有期望,而自己仅有奢望。齐明松不可能带她走进婚姻殿堂,也不可能给她一辈子爱,到了颤颤巍巍的岁月,还能偷偷摸摸地与她幽会?她的梦想是与他执手长久,直到先他而去。但如此简单地向往却像梦幻一般,可她还在坚守。这坚守到底是对还是错?她已感觉迷茫和麻木了。生活常和人们开玩笑,越期待什么,什么就会离得越远;越执著谁,就会被谁伤得最深。两年前,她为他做过一次人流。当时,她是在悲愤交加和心里滴血的痛楚中走上手术台的。她多想把孩子生下来,作为两人爱的见证,作为自己生命的延续。可是齐明松冷峻和严厉的"不"的语气,使她精神崩溃。对齐明松来说,名誉比生命和孩子重要。为了他,她只有放弃。她发现自己怀孕的几率很低,那么长时间在一起,从未采取防范措施,就像中彩一样难得碰上。好不容易有了又被他残忍地扼杀了。不知为什么,她的心被他装满了,容不下任何新的填补。当时公司聘用了一位与她年龄相仿的男士,其英俊潇洒的外貌和风流倜傥的气质迷住了几名如花似玉的少女。可他偏偏对她感兴趣,大胆地、不顾一切地向她发起了进攻。她对他炽热的激情熟视无睹,多次委婉拒绝。他却贼心不死,愈挫愈勇,有次干脆跪在她的办公室不起来。为了给他面子,她假意应允。事后他到处吹嘘。罗正平听到后问柏筱实情,当摸清情况后立即把他辞退。罗正平不允许破坏现有格局的人存在,正天公司的发展刚进入良性轨道,平衡一旦打破,多年的努力将付之东流。走的这天,他眼泪滂沱地向她道歉。她把头扭向一边,不敢看男子汉的眼泪。直到他的身影消失在视野外,她还没缓过气来。不管对方出于何种动机,能抛弃男子汉的尊严给她下跪,着实让她感动一番。几天后,她发觉如此冷酷的做法有些不妥,给他打电话说了些安慰的话,劝他好自为之。对现在的生活,她已经习惯了。

见柏筱不吱声,单蓉改变了话题:"柏总,有句话我心里搁了好久,想问问您,行吗?"

柏筱从沉思中回过味来,答道:"行啊,话搁在肚子里久了会发馊。"

单蓉说:"柏总,您长我六七岁,生活经历一定丰富,这么漂亮,又有实力,为什么不趁年轻成个家?"

柏筱伸手拍拍她的头,笑骂道:"你这丫头,这话该搁在肚子里发馊。没大没小的,管起我的事来。我一大把年纪了,谁会要我这种老女人?再说,我活得挺好挺滋润的呀,弄不好找个讨气包来不烦死才怪呢!家的概念是什么?非得要有男有女配对才是家?把家字拆开来看看,宝盖下面圈养头猪。有套房,把自己这头猪圈起来不就是家吗?"

单蓉嘻嘻一笑,说:"柏总的生活哲学有个性有特点,看得准,看得深,我支持,等哪天我没人嫁时搬来跟您同住,就做您的生活秘书或仆人。您不知道,我烹饪水平蛮高嘞,包您吃得舒服,活得滋润。"

柏筱在后座伸伸懒腰,打着哈欠说:"不说这些。好好开你的车,我睡会儿。"

单蓉说起俏皮话:"好嘞,柏总,安心做个鸳鸯梦。"

柏筱发出一声笑,没理她,闭起了双眼。

下午4点回到芷都,单蓉在公司门口下了车。柏筱自己开车到菜市场买了些菜,接着去了虹美花园。一来检查住处的安全;二来想做几个菜叫齐明松过来好好聚聚。离开十多天了,她已很想他。虹美花园与虹彩花园虽然是同一个老板开发的,但小区环境和管理水平比虹彩花园好得多。在车库停好车,她直接坐电梯上到29楼。这是一套顶层复式结构的房子,面积260多平方米。整个房子的装修完全是欧式风格,显得典雅、高贵。全部配饰和家具也采取同样的风格,沙发、茶几、椅子、水晶灯等尽显浪漫的欧洲风情,给人感觉舒适而华贵。极具艺术风格的油画装饰将主人的高雅艺术品位、文化素养及生活品质表现得淋漓尽致。暖黄的色调与配饰和家具协调、统一,热烈而又真挚,高雅而又含蓄,让心情可以收放自如,并得到彻底地放松。

柏筱打开所有空调,对保险柜等地方检查一番后径直来到屋顶花园,拿起花洒给各种盆景浇水。热浪炙烤得她全身湿透,忙完后赶紧冲个凉,并洒上法国香奈尔香水。她给齐明松打电话,问他在忙啥?说自己已在家里等他,下班后早点过来。齐明松答应后就挂了机。他整天都这么忙,现在单位里的一把手成了工作机器,大大小小的事都要汇到这里来,似乎不经过一把手的过目签阅就没有法律效力。最近,齐明松碰上件挠心的事,女儿齐珊珊高考发挥失常,刚过二本线。珊珊的脾气很偏,还有点跋扈,活脱脱刘好脾气的翻版。她在家里庄严宣告,进不了重点大学就拜拜。刘好知道女儿拜拜的意思就是南下打工。决定一宣布,吓坏了夫妻俩,堂堂省电力公司老总的女儿竟然走上打工之路,这无疑是在世界面前出他的洋相?刘好性子急,托人找门路,有人答应帮忙搞定,条件是要在第一批录取完后单独操作,并出一笔可观的费用。齐明松对此渠道没信心,钱对他来说不是问题,关键是否能操作成功?消息不知如何传出去了,省电力公司有两个讨好者找到他,神神秘秘地说有办法帮助解决。一个说省高招办的主任是他的亲戚,一个说有个专做补录公司的老总是他姨父。这种无把握的允诺他不指望,想想还是找了省教育厅分管招生的副厅长。副厅长够朋友,一口承诺下来,前提是要他自己找接收的学校。他动用了各种关系,最后在某重点高校获得了一名补录的名额。当然,钱花出去不少,但最终结果还没出来。

下班时间过了许久,还听不见齐明松的脚步声。夜幕将最后一抹晚霞遮去,小区里的路灯渐渐明亮起来,一丝凉风轻轻从窗边吹过,继而向下拂入景观树中,把树摇得沙沙地响。虹美花园空置率很高,每栋高楼里只透出零零星星的光块,尤其在漆黑的风雨中,远看就像是一座座死寂的坟堆。芷都的高档房都被有钱人用来投资,绝大多数平民百姓只能望着这些坟堆兴叹。柏筱早已把饭菜做好并端上了桌,坐在沙发上拿着电视遥控器不停地选台,两只耳朵竖得老高。好不容易门外传来了钥匙声,她跳过去立即把门拉开,接过齐明松递过来的公文包,送去一个甜蜜的笑,并轻轻地问:"怎么这么晚回来?"

齐明松换好拖鞋,摇了摇头说:"没办法,事太多。下午开了三个会,不是我抓紧时间,开到晚上十二点未必开得完。"

柏筱给他让好座,舀了一碗紫菜蛋汤放在他面前,望着他笑。他问:"笑什么?"柏筱说:"老开会,有效果?我想起下午罗正平说过的段子。"齐明松好奇地问:"什么段子?"柏筱笑着说出来:"据专家研究论证,开会的行政效能与嫖娼基本相符:上面的人认认真真,下面的人敷衍了事;上面的人激动万分,下面的人麻木不仁;上面的人竭尽全力,下面的人糊弄差事;上面的人心满意足喊舒服,下面的人心烦意躁等结束;上面的人激动嗷嗷乱叫,下面的人无奈昏昏欲睡;上面的人瞪着眼看下面反应,下面的人闭着眼胡思乱想;上面的人高呼深入深入再深入,下面的人嘀咕扯淡扯淡真扯淡。"

齐明松皱皱眉头:"什么乱七八糟的。这是工作方法。不开会,能把精神和任务落实下去?不过,现在中央三申五令,能不开的会尽量不开。可是,谁也执行不了,现在人们习惯靠会议来贯彻上级精神和布置工作。"

柏筱取笑道:"怪谁呀,你是一把手,政治得你讲,别人放屁没你响。你不伸头,别人都是缩头乌龟。"

齐明松刚喝口汤,听了这话扑哧一笑,把蛋花溅到她手上。他忙用纸巾给她擦去污渍,说:"耶,不简单嘛,把政治看透了。但是,问题有两个方面,第一,一把手的确能掌握主动;第二,一把手的确会被体制制约。现在的关键不是取决谁放的屁响,而是取决谁把屁放得巧。响,是普遍规律;巧,是特殊规律。哲学家说,普遍规律影响特殊规律,特殊规律决定普遍规律。一双筷子撬不动这座房子吧。"他用筷子做个撬的动作,"我明明知道其中的奥秘,会去傻撬吗?这就是真正的政治,懂吗?"

柏筱莞尔一笑,点了点头,盛碗饭,夹菜细嚼慢咽起来,眼睛不离开齐明松。

齐明松继续说："所以说，这不是一把手二把手的问题，而是整个政体环境问题。有些事小，绝对的权力办不成；有些事大，一般的权力反而能办成。这为什么，知道？"

本来是一个简单的问题，被齐明松折腾一下成了弯弯绕。柏筱摇摇头，接着又点点头。

齐明松紧盯不放："不能模棱两可。"柏筱有点急了，拿脚踢他一下："故弄玄虚。"齐明松喝完了汤，动手添饭，被柏筱抢去添了。齐明松接过来："谢谢！其实，这还是政体问题。比如说……"柏筱不想听这些无趣的话题，夹块肉片塞到他嘴里："谁愿意与你谈政治，留着跟你的同行去谈吧。哎，我问你，珊珊的事办妥了？"

齐明松轻叹一声，说："这家伙，尽出难题。学校倒答应爽快，关键是迟迟没消息。一会儿说快了，一会儿说还有点技术问题。快把刘好急疯了。"

柏筱用嘴咬着筷子："珊珊也真是，上个二本有什么不好？四年用把力，考个研究生不就得了。"

齐明松用手拍拍她的胳膊："谢谢，让你操心。这孩子被刘好惯坏了，脾气大得很。我也没办法，随她去。好了，不说这些。"

吃完饭，两人依偎着看电视说话。柏筱把这次出差情况一股脑儿地告诉了齐明松。齐明松说此业务一定要做吗？柏筱亲他一下，点点头，说不能让罗正平小觑。她已经是总经理了，要做点成绩给他看看。齐明松爽朗地大笑起来，说人不能升官，特别是女人不能升官，除了烧三把火外，还要争面子，弄得心态变形。柏筱就用头顶他，喃喃地说他不会体贴人，还来嘲笑她。齐明松顺手搂紧她，说过几天蒋松会到省公司汇报工作，到时安排见个面。柏筱听后欣喜万分，叭叭地在他脸上猛吻几下，说好好慰劳他。他说怎样慰劳？她格格地笑起来，拥着他到洗浴间去。

两人前后有二十多天没在一起，久旱逢甘露，免不了又是一场欢战。刚结束战斗，齐明松的电话响了，是刘好打来的，齐明松接了说还在商量工作，过一个小时才能回。齐明松一放电话，柏筱就不高兴地撅起了嘴，抱住他不让走，说已有一个多月没在一起过夜，今晚一定要陪她。齐明松在她耳边轻轻吹气，说改天吧，珊珊的事弄得刘好挺烦，等过了这阵子，陪她出趟差，在另一个城市好好呆上几天。

柏筱今晚特别脆弱，看齐明松铁定要走，眼泪哗哗地流了下来。齐明松赶紧用纸巾帮她擦干，使劲搂紧她，嘴里不停地叫着："亲爱的，亲爱的……"过了许久，柏筱才平静下来。一小时刚过，柏筱就帮他穿上衣服，轻轻推他出去："你去吧，你去吧。"

过了几天，蒋松果然来找齐明松汇报工作。汇报完后，蒋松小心翼翼地邀请齐明松晚上到富豪酒店坐坐，说无论如何给他一个面子。看蒋松心诚意切的样子，齐明松满口应承。蒋松走后，齐明松马上给柏筱打电话，告之她如何如何。

齐明松赴宴只带了胡训，蒋松则带了一位副总，司机被安排在大厅。一个偌大的包厢里只坐了四个人，显得空空荡荡。蒋松拣最好的菜上，鲍鱼、鱼翅、海参、驼掌等上了不少。齐明松问："蒋总，还叫了客人？"蒋松说："没啦，就我们四人。"齐明松指着一大桌菜，笑着说："这么多菜，撑死我们啊。"蒋松忙给齐明松斟上酒，又给自己斟满，端起杯子，与齐明松碰一下，一脸讨好地说："齐总，这次能给我面子，太谢谢啦。这么多年，我在芷都请了无数次，就这次给了面子。来，我敬您，感谢齐总的信任和关心。我喝干，齐总随便。"齐明松也站起来，与他一同喝干。接着副总上来敬齐明松酒。胡训看程序走完，就拿着酒瓶与蒋松两位喝开了。

正喝得热闹时，门被推开。罗正平与柏筱各端着一杯酒进来，径直走到齐明松身旁。柏筱说："齐总，听到您的声音，就过来给您敬杯酒。"齐明松推开椅子站起来，满面堆笑地说："罗总柏总耳朵蛮长嘛。"接过服务小姐递来的酒，与他俩碰碰杯，一口喝干。两人接着与胡训碰杯，三人老熟人样，嘻嘻哈哈的，煞是亲热。柏筱转身看见蒋松，像突然发现似的，惊呼一声："蒋总，您也在？"叫小姐斟满酒，走到蒋松面前，哈下腰："蒋总，感谢关照。不成敬意，干一杯。"看柏筱在齐总和胡训面前如此随意，蒋松马上明白就里，故作热情友好地与她碰杯。杯干后，蒋松眨巴一下松泡眼，歉意地说："柏总，不好意思，下次到了平电，一定请你喝酒。"柏筱恣意一笑，说："好呀，蒋总的酒一定比别的酒好喝。到时我还有事向蒋总求援呢，蒋总会给面子吗？"蒋松尴尬地笑笑，吱不出声。柏筱转身对齐明松说："齐总，说不定我还要求您帮忙呢？"齐明松哈哈一笑："只要不违反政策，我乐意玉成。"柏筱向齐明松鞠个躬："谢谢齐总。"罗正平上来给蒋松碰杯敬酒，接着和柏筱礼节性地与副总敬酒。敬完酒后，两人礼貌地退了出去。

三天后，柏筱给蒋松打电话："蒋总，在平电？我明天过来，有空接见一下吗？"蒋松口气热情得很："在，在。我等你。"

翌日，柏筱带着单蓉如期而至。蒋松亲自给她俩倒茶续水，满腔热情地给她们介绍平电的基本情况。两人像小学生似的认真听着介绍，柏筱时不时地问点问题，蒋松均毫无保留地做了回答。最后，蒋松问："柏总这次来，还是上次的事？"

　　柏筱点点头，说："蒋总，不好意思，给您添麻烦了。我们公司几年前就做过煤炭业务，有几个进货渠道，至于煤质，您放一万个心。我不会给您丢脸，更不会给齐总丢脸。其实，我做的量不大，给多少都行。如果满意，长期合作。如果不满意，马上解除合同。"

　　蒋松点点头，表示理解，顺手拿起桌上的电话，叫燃料部经理过来。一会儿，燃料部陈经理敲门进来。蒋松把她俩介绍给陈经理，叫陈与她们谈谈供煤事宜。陈经理一一与她们握手，对蒋松说："蒋总，是不是把两位请到燃料部去谈呢？"蒋松说："这样最好，互相谈细点。柏总，中午我请你喝酒。"柏筱很优雅地与蒋松握握手，说："谢谢蒋总，这次定要多喝蒋总几杯酒。"说完，和单蓉尾随陈经理而去。

第 18 章　同流合污

　　柏筱这次可以说是满载而归。蒋松很爽快地与她签订了年供煤 15 万吨的合同。这是什么概念呢，1 吨煤轻轻松松赚它 30 至 50 元不在话下，15 万吨净赚 500 万至 700 万元，操作得好的话，可以赚八九百万元。离开平电时，她送给蒋松一个红包，里面装有一张 50 万元的储值卡。蒋松死活不收，推了半天，只好接下，说这张卡迟早会转回去的。柏筱不在意对方说什么，只看重对方是否能收下她这份诚意。罗正平老告诫她，有钱大家赚，细水长流才是真功夫。现在做大生意的，其手段都很灵活，没哪个抠门的能成大气候。签完合同不等于成功，后面的车皮进场、采样、制样、化验、结算等哪一个过程都马虎不得，还需蒋松的大力照应。她认为，蒋松收与不收，不是姿态问题，而是态度问题。收了，证明他愿意交你这个朋友，以后办事就好说；不收，证明他虚与委蛇，心里提防你，以后求情就无门。

　　在回的路上，柏筱向罗正平报告好消息。罗正平听了自然十分高兴，大夸她的办事能力。柏筱听到赞扬后心里美滋滋的，成就感就像冬天里的阳光裹住了全身。一回到公司，她就调兵遣将，把以前跑过燃料业务的人员召集起来，一一布置任务，并安排一位副总负总责。此时，煤炭市场还是买方市场，原来一些老供煤商接到电话后马上飞到芷都,纷纷争着与正天公司签订供煤合同。柏筱经过筛选,确定了几家信誉好、实力强的公司为合作伙伴。这几天,她与单蓉天天晚上泡在酒桌上,免不了觥筹交错,笙歌凤舞,彻底放松了一回。

待这项业务安排好后,柏筱脑子里又在想着另外的事。

她首先想到的是丁宝非。

漆汉昆如愿以偿地当上了总经理。丁宝非也如愿以偿地当上了物资科长。这两人兴许是她下一步行动的阶梯。丁宝非的承诺算不算数?不妨试一试,成与不成无所谓,本来就不指望什么。可他那信誓旦旦的表白,又让她抱有幻想。天下化敌为友的事多的是,商机没有是非界线,赚钱不讲礼数谦让。只是失窃风波的恐惧感让柏筱思之心惊肉跳,在情感上对丁宝非唯恐避之不及。但想到无法预测的商机,柏筱还是给丁宝非打了电话。

一听到柏筱的声音,丁宝非兴奋起来,在电话里大声叫道:"柏总,您好!好啊,欢迎您来。我在芷电恭候您。"

柏筱感觉丁宝非的态度真的好真诚,心里顿时舒畅起来,叫上单蓉直奔芷电。她对芷电怀有纤纤情愫,那是她与齐明松牵手之地,留下了众多美好的回忆。当然,也有不堪回首的往事,好在时间已把旧慷拂去。

柏筱对芷电轻车熟路,很快就找到了物资科。

丁宝非在办公室接待了她们。方梅过来帮助沏茶倒水,完后悄悄退了出去。

柏筱端起茶杯抿了口,笑着揶揄道:"丁科长还真是个科长啊。"这句话的话外音单蓉听不懂,只有他俩心中有数。接着,柏筱双眼扫视一下办公室,看到墙上挂了中国和世界地图,桌子两旁摆了几盆剑兰,书架里摆了经济管理、历史大全、文学精选等多套丛书,忍不住夸了句:"办公室装饰得不错嘛。看样子你挺爱学习。"

丁宝非对她的揶揄一点也不恼,反而感到高兴,说明她开始把他当朋友看了。他睃着柏筱嘿嘿笑了几声,接过后面的话说:"感谢柏总夸奖。"侧身指着书架上的书,"有点拉大旗作虎皮,见笑,有空时,偶尔翻翻。不像您柏总,学富五车呀!"

单蓉插话:"丁科长蛮了解我们柏总,她最爱学习,现在还在读在职博士哩!"

"是吗?"丁宝非显得无比艳羡,"堪称现代商儒。我一定向柏总学习,有空也去拿个硕士文凭。在电厂,拿文凭已成风,反正是厂里出钱,不拿白不拿。"

柏筱说:"还是国企好,什么都包办。就像莫尔《乌托邦》描写的一样,人们充分享受制度供给的各种免费福利、学习、生活。如果莫尔还在,见证了国企的制度,一定会为他的预言得到实现而感到高兴。"

丁宝非没读过莫尔的《乌托邦》,只知道这是空想社会主义的鼻祖。他清楚这是柏筱对国企大锅饭体制委婉的指责,也只有体制之外的人,才会对国企存有微辞。丁宝非对她显得很虔诚,对这番话表示赞赏,不停地点头叫好。不过,他明白这只是笑谈,若没有这种体制,她也不可能在商海中得心应手。丁宝非现在清楚齐明松和柏筱六七套房和一千多万元存款的真正来源了。他暗中发誓用十年左右的时间达到这一水平。

"柏总,您快成批评家了,一针见血,犀利。"他恰到好处地奉承她。

柏筱没接他的话,把话题转到厂里的改革上:"漆总的改革开始了?"

丁宝非站起来给她们续水,说:"还没呢。可能有什么顾虑吧。上次说一到任上就组建辅业集团公司,来个大动作。可是,时间过去一个多月了,还是老样子。三把火只烧了一把火。"

柏筱说:"是呀,这把火把你推上了物资科长的位置。看来你是漆总改革的第一个受益者,应了一句成语:凤鸣朝阳。"

丁宝非被说得不好意思,向柏筱告饶:"柏总,别挖苦我。我哪是凤呀,就一只雀,只会雀吱低枒。"

柏筱哈哈笑了起来:"丁科长蛮谦虚嘛。依你的判断,什么时候会启动改革?"

丁宝非摇摇头:"不好说,前天我去汇报工作时委婉地问了漆总,他没吭声。葛联军是党委书记,两人统一意见可能要一段时间。葛书记当总经理时,一切从稳考虑,漆总要在他的基础上搞点大动作,肯定会遇到阻力。"

柏筱点点头,认为丁宝非分析得对。至于芷电搞何种改革,与她无关。她只关心以后的商机,关心燃料采购这块蛋糕。想到他多次信誓旦旦地表白要报答,就问:"我想在芷电开辟一块业务,你有办法?"

丁宝非挠挠头,说:"目前,我手头上只管物资采购,在设备采购方面可以考虑。至于燃料等其他的,容我慢慢想办法。办法总比困难多。"

柏筱半个月前就听说芷电四号机组要小修,只是当时没打芷电的主意,就问:"听说四号机组小修开始了,设备零部件采购什么时候招投标?"

丁宝非沉吟一下说:"已经搞完了。如柏总有什么考虑,我可以想点办法。"

柏筱哦了一声,站起来走了几步,瞅着丁宝非说:"看不出,丁科长工作效率蛮高嘛。"

丁宝非知道柏筱是在讥讽他，无奈地摇摇头，说："没办法呀，漆总抓得紧。如果柏总早半个月提出来，形势就不一样。不过，以后有的是机会。"

"是吗？"柏筱重新坐下，优雅地甩甩秀发，眼睛逼视他，"丁科长犯了健忘症吧，才表白不久，就打起官腔来了。机会当然会有，可能性大小就难说啊。"

丁宝非还真没细想过在生意上与柏筱进行何种实质性的合作，以前也就是说说，动起真格来确实得费不少心思。他不好意思地抓抓耳朵，说："柏总，我说过的话一定兑现，只是时机未到。你看，我手上权力不大，以后尽我所能，碰上什么机会，一定事先告诉您。如果这次设备采购想做点业务，是不是给点时间，我找宏大公司谈谈，分点业务出来，先起个步。"鉴于上次与左兵的成功合作，丁宝非把四号机组小修的零部件采购业务全给了宏大公司，3天前才签完合同。

柏筱说："依我猜测，宏大公司应是你的老客户吧。"

丁宝非说："是呀，他们与芷电合作多年，很讲诚信，是一家有实力的上海公司。"

柏筱说："哦，是刚谈好？还是已签完合同？"

丁宝非抽出一支烟，点燃后吸几口，说："刚签完合同。不过，应该没问题。左总是个很好说话的人，完全没上海人那份过分的精明。"

柏筱问："对方会同意修改合同？"

丁宝非掐灭烟蒂，点点头："我做做工作，为了柏总的事，这点面子他应该会给吧。况且我们还要长期合作呢，他不会为这点小事伤了和气。"

"是吗？看来丁科长蛮有办法嘛！我就等好消息喽。"柏筱向他送去一个满意的微笑。接着，他们聊了会儿芷电的情况。柏筱从谈话中发现了丁宝非的精明和老到，看来他是一个不同凡响的人物。一个采取不正当手段走上"特殊岗位"的人，在短期内能获得一把手的认同，除了特别原因外，他个人的潜质也发挥了相当重要的作用。时候不早了，柏筱和单蓉站起来告辞。丁宝非赶紧拦住她们，说请都请不到，既然来了就要给个面子，晚上一起喝杯酒。他大声叫方梅。方梅应声过来。丁宝非交待到皇朝大酒店订个好点的包间。方梅微笑着点点头走了。

丁宝非问柏筱："要不要见见漆总？"

柏筱蹙紧眉头，沉思会儿说："怎么个见法？"她其实很想见漆汉昆，虽然以前彼此了解，但并不熟悉。只是齐明松"要注意方法"的话让她有些踟蹰不前。这是齐明松的发迹之地，稍有不慎会掀起轩然大波。不到万不得已时，他是不愿再次染指。这次她到芷电没告诉齐明松，就是不想让他背上不必要的思想负担。

丁宝非发现给自己出了道难题，由他牵线与漆总见面时怎么介绍？他发过誓,决不泄露他们之间的事。如果哪个环节处置不当,这个天大的秘密从他这里泄露出去,他的梦想就前功尽弃。他思索了一下说:"那就不见吧,以后再说。"

单蓉不知就里,打着横炮:"柏总,还是见见吧。有丁科长帮忙,早点与漆总搭上关系,芷电的业务就有望早点开展。"

柏筱望着单蓉那张单纯的脸,心里不由得颤动了一下,有些事情是绝对不能让她知晓的。她想了想,瞅着丁宝非说:"如果能见上,还是见见吧。早几年就认识漆总,只是没单独打过交道。"

丁宝非顿感诧异,原来她早就认识漆总,不知为什么她在芷电开辟业务不直接找漆总,而要拐个弯?他眼睛直直地望着她,脑子里一片茫然。柏筱知道他的心理活动,对他释然一笑,有些话不宜说得太白,让他去琢磨。这时,办公桌上的电话响了,他过去一接,立即毕恭毕敬起来,大声叫了句:"漆总,您好!"就仔细聆听对方的讲话。听完漆汉昆的工作交待后,他小心翼翼地问:"漆总,晚上有空?"对方问有事?丁宝非说:"齐总一位朋友来了,想见见您。"漆汉昆一听是齐总的朋友,马上爽快答应下来。

方梅过来报告说包间已订好,问什么时候过去?丁宝非请柏筱、单蓉与方梅先去,他去陪漆总一块过来。柏筱起身说好,叫单蓉与方梅先走一步,说要单独与丁科长说句话。方梅不高兴地瞪了眼柏筱,很不情愿地带着单蓉先离开。

柏筱沉着脸对丁宝非说:"丁科长,以后见面的机会多,有些话可要把紧。否则,你我都没有好日子过。懂吗?"

丁宝非头点得像啄米的鸡:"知道,知道。柏总您不用交待,我心中早已有谱。我没这么傻,没有你们,哪有我的今天?你们的安全就是我的前程。我说过,打死我也不会漏出半点。柏总,放心吧,我一定会相机办好您要办的事。"

柏筱的脸舒展开来,放心地点点头,离开丁宝非快步赶上方梅和单蓉。

在等漆、丁的空档里,柏筱与方梅攀谈了一会儿,主要是问了燃料方面的一些情况。柏筱发现方梅对芷电的情况十分熟悉,介绍得也十分具体,使她基本上了解了现在芷电燃料采购的详情。尤其让她高兴地是方成离开了燃料部门,漆汉昆给她报了一箭之仇。她想,以后还要在跌倒的地方爬起来。

"不好意思,有点事耽搁了一下,让柏总久等了。"漆汉昆进来后紧紧地握住柏筱的纤纤细手,声音洪亮地说,"柏总还是那么年轻漂亮。"

柏筱抽开手,满脸堆笑地说:"应该说我们是老朋友了,离开芷电六七年后还是第一次见面。你漆总是越来越风光和潇洒了。人发福了,权也发福了,祝贺你啊!"

漆汉昆一边请柏筱坐一边自嘲："虚福啊,成了三高,害得嘴巴肚子三餐意见大得很。"

柏筱把单蓉介绍给漆汉昆,漆与单握了握手,说："柏总的爱将,肯定一个顶俩。"单蓉忙鞠个躬:"感谢漆总欣赏。"待她们坐定后,漆汉昆在她们对面的沙发上坐下,问:"罗总还好?"柏筱莞尔一笑,说:"承蒙漆总关照,罗总挺好。"

漆汉昆回忆说:"当年你们给芷电燃料管理带来了一种全新的经营模式。当时我是工会主席,对经营不了解,但知道你们硬是把价格给降下去了,扭转了亏吨亏卡的局面。后来,因冯厂长的观念不同,你们退出。不管怎样说,你们还是给芷电留下了特殊的记忆。"

柏筱意味深长地说:"是呀,那个时候,齐总敢为人先,在省电力系统燃料管理体制方面开了个好头,可惜好景不长。改革嘛,总是有阻力的。我们进来后,好在在价格和热值方面取得很大成效,每年至少为芷电节约资金约三千万元吧。现在回过头来看,我们没有功劳,至少也有苦劳啊。"

漆汉昆说:"是啊,所以,我对你们还是有所念叨的。"

柏筱说:"谢谢漆总的信赖。这次我来,就是想重新回到芷电,看漆总能否再给我们一次机会?"

漆汉昆笑而不答,像有所思索似的,过了会儿说:"这样吧,让我好好琢磨一下,芷电下一步肯定要有些改革动作,至于你们怎样进来,是有讲究的。我一直推崇齐总当年的改革思路,现在电厂经营还是沿袭传统地管理模式,你看,人满为患,僧多粥少,像国外类似机组的电厂,有一百多人足够了,而我们容纳了近千人,整整超过八九倍。如果任其发展,到时不关门才怪呢!所以,下一步应该有所突破。"

柏筱一边认真听一边点头,漆汉昆话音一停,她就接着说:"这是国有企业的通病,芷电出现这种现象不是内生性的,而是带有普遍性。所以,中央和省里一直把国企改革作为重点,并视为一项长期性的改革任务。事实也说明国企改革不能一蹴而就。当然,有些事是早改革早主动,晚改革晚主动。漆总,你的想法十分正确呵。"

漆汉昆笑道:"看来柏总对国企颇有研究嘛。事实远远超出了我们的想象,国有企业的通病还在于管理混乱,现在提倡所有权和经管权分开,《公司法》也出来多年,可是,谁能在一夜之间改变传统的经营模式?所有权与经营权能分得开?只要资产所有权属于国有,这两权就没法分得开,两者都是代表国家在行使权力,谁能监督得了谁?这只不过是一种权力的再分配而已。当然,话说回来,这种改革对我们管理者未必不好。过去,在省电力公司一家管理下,什么都要报批,成为主管部门的车间。现在可不一样,上面虽然有董事会,但我们的经营权相对比较灵活。这就给了我们一个比较宽松的经营环境。不过,有权力也必然有压力啊,我们得对董事会负责。你看,我们是一手托着三头,一头是股东,一头是企业,一头是职工。所以啊,现在一到任上,我才知道自己肩上的担子不轻呀,每走一步都要回头三看。"

柏筱赞赏道:"漆总是有大思想的人,什么问题都能看到骨子里去。自古磨难出英雄。在这攻坚克难时期,给了漆总一个展现雄心壮志的大舞台,凭漆总的魄力与能力,一定会干出一番惊天动地的大事业。"

"哈哈……"漆汉昆大笑起来,"柏总很会说话。齐总朋友的水平就是不一般。"

这时,第一道菜上来了。丁宝非过来请漆总、柏总上席。漆汉昆向柏筱做了个请的姿势,柏筱也向漆汉昆做了个请的姿势,两人谦让着。漆汉昆又是哈哈一笑,说:"女士优先。"柏筱笑着摇头,只好起身坐到主宾位上。漆汉昆在主人位上落座后,叫单蓉坐在次宾位上。待单蓉坐好后,他忍不住开了句玩笑:"我今天好幸福,左拥右抱两位美女。"柏筱、单蓉同时嬉笑一声。丁宝非坐在柏筱旁边,笑着补了句:"而且是大美女。"方梅狠瞪丁宝非一眼,闷声坐在单蓉旁边。

丁宝非问:"漆总,喝什么酒?"漆汉昆侧头问柏筱:"柏总,你说?"柏筱回道:"客随主便。"小姐一旁建议:"贵客最好上茅台。"漆汉昆瞟了眼小姐,对丁宝非说:"就上茅台吧。"小姐应声飞奔而去。一会儿,小姐端了两瓶茅台来,给丁宝非检验后就打开其中一瓶,很麻利地给每个人的酒杯斟满。

漆汉昆眼睛一直盯着小姐倒酒的动作,待小姐忙完后就笑着问柏筱:"柏总知道现在酒店里什么事做到了极致?"柏筱被这没头没脑的话问蒙了,茫然地摇摇头。漆汉昆爽朗一笑,说:"倒酒。"柏筱不置可否地笑笑,觉得漆汉昆这话在暗喻什么。漆汉昆接着说:"酒水是酒店利润最大的来源,也跟服务员的收益挂上了钩。你看,客人一落座,小姐第一句话是问喝什么酒,接着把最贵的推荐给你,理由有一大堆,直到你接受为止。如你上的是高档酒,小姐的热情和精神面貌一定是极其夸张的,让你倍感温暖和感动,让你高高兴兴地掏钱。这在销售学里叫什么来着?"单蓉抢着说:"让客人快乐地享受高消费。"漆汉昆赞许地瞟了单蓉一眼,说:"对。现在的商家是在比着给人快乐。这里面包含了巨大的学问。有时我想,怎么把这门学问引进到我们的管理当中? 也让每个员工像小姐一样做到双赢?"

柏筱发现漆汉昆是个爱思考的人,连酒桌上小姐一个小动作都被他赋予了生动的想象。她莞尔一笑,称赞道:"漆总是个很有思想的人。这个问题的提出对我们公司的管理会有很大的借鉴和启发。"

"过奖了。"漆汉昆会心一笑,把杯举起来,"柏总,欢迎你常来。齐总的朋友就是我的朋友。今后有什么事,就与宝非联系。"柏筱举杯与漆一碰,说:"谢谢漆总!以后免不了常来麻烦您。"漆汉昆笑着点头,转身与单蓉一碰,"欢迎单小姐。"接着对丁宝非、方梅说:"都举杯,为柏总的到来,第一杯喝干。"说完,对着柏筱一仰脖子。柏筱等4人也痛快地一口喝干。看漆汉昆兴致蛮高,等柏筱敬完酒后,丁宝非方梅轮流上来敬酒。漆汉昆把脸拉下来,"宝非,方梅,你们有没搞错,今天主客是谁?"柏筱笑着说:"漆总,他们没搞错,应该多敬您。"漆汉昆拿手指着丁宝非说:"好你个宝非,一会儿你们就结成了统一战线。"丁宝非红着脸说:"您是领导,得先敬了您才能开张啊。"漆汉昆哈哈一笑,对柏筱说:"你看,我的这些部下,乱了礼仪。你不见怪吧!"柏筱灿烂一笑,说:"强将手下无弱兵。您管理有方啊!"漆汉昆很舒畅地摆摆手,劝柏筱多吃菜。

柏筱一边吃一边问:"漆总,听说您准备对现有管理方式进行改革,是吗?"漆汉昆看看丁宝非和方梅,欲言又止。柏筱马上明白他有难言之隐,就忙改口:"管理变革是个渐进的过程,尤其是观念的转变需要花更多的时间,国企沉疴太多,慢慢来。"漆汉昆说:"理想与现实有很大差距,每走一步,都要付出巨大的努力。不过,我有信心走出这一步,只是时间问题。齐总问起,就说正在酝酿方案。"柏筱点点头,拿起酒杯与他一碰:"祝您早日成功。"漆汉昆笑笑:"谢谢!"

第 19 章　左右逢源

送走了柏筱,丁宝非给左兵打电话,问他在哪里?左兵回答已回到上海。丁宝非说:"左总,有件事和你商量一下,你一定得同意喽。"

左兵哈哈大笑:"我说丁科长,什么事还没说就要我同意。你说吧,想在上海办什么事,只要我左兵有这个能力,一定给你办成。"

丁宝非说:"不是我要办事,而是要你让事。直说了吧,我有个朋友今天找到我,我强调一下,这不是一般的朋友,也想做四号机组设备零部件的采购业务。

这是道难题呀！你看，我只有求你了，让出一半业务量来行吗？"

左兵在电话里急了起来："丁科长，这咋行？你看，合同都签掉了。你给对方说清楚了？"

丁宝非说："我知道合同签掉了，这不是求你了吗？这个忙你可一定得帮哟。不然的话，我可没面子。"

左兵沉默了会儿，带着哭腔说："丁科长，你放了我吧，这种事我从没碰到过。对你我又不能认真起来，签完合同是不能毁约呀。我可是受法律保护的啊。电话里一下说不清，丁科长，我明天飞过来，当面好好谈谈，行吗？"

丁宝非心里冒出一股无名火，觉得这位老兄太不给面子，没好气地说："来就来吧，我恭候你。"

翌日下午，左兵一下飞机就直奔丁宝非办公室。门虚掩着，左兵推开门，不见人影，就自个儿坐在沙发上等。等了一会儿还没来，就拨他的电话，响了半天没反应。左兵就打方梅的电话。方梅一接通就大声叫左总好。左兵问她在哪里？她说在财务科办点事。左兵说他在丁科长办公室，叫她过来一下。方梅连说好好。一会儿，方梅清脆的声音飘了进来："左总，怎么来了呢，不是签完了合同，遇到麻烦？"

左兵起来握了握她的手，一脸无奈，说："怎么好好的要我让出一半业务来？"

方梅瞪大两眼，不解地问："让什么业务？"

左兵说："你不知道？丁科长昨天打电话要我让出一半业务量给他的好朋友。你看，合同签了好几天，我们已按合同要求开始采购设备零部件了，毁约是要赔偿人家呀！"

方梅一听，脸上冒起了青筋，心里直骂丁宝非发哪门子神经？她突然想起昨天柏筱的光临，漆总还专门请她吃饭，这可不是一般人物啊。莫非是漆总要丁宝非这样做吗？她问左兵："他说过是漆总的意见？"

左兵摇摇头："丁科长说是他的好朋友。"

方梅顿时气愤起来："不理他。昨天那样子，我都为他面红。在柏总面前唯唯诺诺，好像前世欠了她似的。"左兵就详细问明了昨天的情况，知道所谓的柏总是漆总的座上宾，心里就有几分不爽，感觉以后生意遇上了一位强劲的对手。方梅给左兵打气："左总，不用担心，我来制止他，哪有这种理呢？至少要讲点信用吧。"左兵感激涕零，不断地点头："谢谢！谢谢！谢谢！"

过了约40分钟，丁宝非的身影出现在走廊里。左兵快步迎了上去。丁宝非说去了趟分管副总那里,很亲热地搂着他的腰,一起走进办公室。方梅很不高兴地把门一关,横在丁宝非面前,满脸不悦地说:"你犯傻呀,刚签完的合同就翻牌,天下没这种理。你给我说清楚,这个柏总是你的什么人?否则,我跟你没完。"

丁宝非知道她的醋劲来了,拍拍她的肩,若无其事地说:"她跟我能有什么关系?人家是齐总的朋友,即是我有这个胆,人家未必会卖我的账呀!我算哪根葱呢?"转身对左兵做个鬼脸,嬉皮笑脸地说:"不好意思,后院起火了。"

方梅喝住他:"我告诉你,跟左总签的合同一个字也不准改。"

丁宝非发现她在较真,有些事不宜让左兵知道,就轻轻对左兵说:"左总,不好意思,请你暂时回避一下。"上前打开门,让左兵到外面候会儿。丁宝非脸上挂着霜:"方梅,你有没有点政治头脑,齐总的朋友,我能得罪?人家提出要求,多少得满足一下吧。你看,漆总亲自为她摆席,一般的人有这个待遇?我知道,你是看重那些回扣。钱不是一下子能赚完。与齐总的朋友搞好了关系,还怕以后没金拣吗?你就不要给我拆烂污了。左总来了,帮我做做工作,好歹能让我交这个差。"

方梅发现他说得在理,撇撇嘴,埋怨道:"为什么不早告诉我呢?再说,我也不是蛮不讲理的人。"丁宝非在她屁股上拍拍,"好了,下次有什么事一定早点告诉你。这次是我不对,你去皇朝酒店订个小包厢,好好款待一下左总。"方梅应声离去。

丁宝非重新把左兵请进来。左兵笑眯眯地说:"丁科长改了主意吧。"丁宝非夸张地搂搂他,讨好地说:"左总,还得请你帮我解解这道难题呀。"左兵问:"方梅的意见?"丁宝非掏出烟,一人一支点燃起来,慢慢吐口雾说:"她同意我的意见呀。"左兵一脸不悦,头耷拉下来,闷声坐到沙发上。

丁宝非挨他身边坐下,慢慢解释:"左总,我也为难呀,你我成了铁杆朋友,有什么话不好说呢?可人家提出这个要求,我无法拒绝。如果她早打招呼,这单业务恐怕就不属你了。我们来日方长,匀出点给她,对付一下吧,以后有的是机会,钱还赚得完吗?你知道我的性格,不到迫不得已时,不会出此下策。你说是吧。"

左兵抬起头来,很不情愿地说:"我是不怕没好事,就怕没好人。碰上你这个好人,我不气短也得气短呀!行啊,你说让多少?"丁宝非说:"一半。行吗?"左兵讨价还价:"三分之一。"丁宝非沉吟一下,"最好一半,给三分之一,对她来说意义不大。"左兵问:"她给你多少回扣?"丁宝非说:"一分也没有。"左兵惊诧起来:"你雷锋呀!如此对你是个不小的损失啊。"

丁宝非说:"遇上她是钱解释不了的。这是潜规则中的潜规则。"

左兵想了一下，说："丁科长，在商言商。我有个想法，她不外乎也是为钱而来，整个业务还是我来做，一半的利润给她。你想想看，两个公司选择的品种肯定不一样，出了问题谁来负责？"

丁宝非点点头，觉得此话有理。如果柏筱采购的零部件达不到标准，对他来说影响可就大了。丁宝非背着手在房间里踱了几步，说："是个好主意。可怎么对她说呢？据我所知，她是个很要面子的人，能接受此方案吗？"

左兵说："今晚把她请过来一起坐坐。我来说，行吗？"

丁宝非一拍巴掌，叫声好，拿起手机就拨了柏筱的电话。接通后，丁宝非高声说："柏总，今晚有空？"柏筱在电话里问："有事？"丁宝非说："上海宏达公司左总来了，他同意拿出一半的业务量给您，过来一起坐坐，商量一下具体操作方案。"

柏筱兴奋地笑了起来："丁科长还真有两下子。今晚我另有个重要接待，左总明天不走吧，明天上午我过来。好吗？"

丁宝非有点不悦，心想再重要的事晚点过来不就得了。但他又不敢冒犯她，只好耐着性子说："行，行。要不，在电话里与左总先通个气，明天商量起来就快。"柏筱说："好呀！"左兵接过电话，热情地叫了声柏总，就把他的想法告诉对方。

柏筱听完后半天没吱声，过了会儿轻声说了句："左总，谢谢你。叫丁科长接电话吧。"

丁宝非接过电话说："柏总，我认为这是个好方案。您考虑一下。"

柏筱说："你有个好朋友，左总的豪爽大气，让我佩服。这单业务我不做了，谢谢！以后有机会早点告诉我。"

挂了电话，丁宝非松了口气，和左兵击击手掌，说："左总，还是你厉害，几句话把人家撂倒了。行呀，安心做你的事了，今晚睡个好觉，明天早点回吧。"左兵高兴地说："谢谢丁科长，今晚饭后我们去轻松一下。"丁宝非说："好呀。"

酒桌上，左兵万分高兴，不停地给丁宝非、方梅敬酒。方梅说："左总，你给柏总说了什么？她就这么轻而易举地放弃了。"左兵擦擦嘴唇说："也没说什么，可能是丁科长的潜在影响力吧。"方梅嘟囔一声："他有什么潜在影响力？我看不出来。"

左兵看看丁宝非，又看看方梅，用赞叹的口气说："这个柏总，虽然没见面，听声音一定是个非常女子，儒商啊！"丁宝非端起酒杯，与左兵碰碰，说："喝酒，不谈这些，人家是放长线钓大鱼。"左兵感叹一声，音调低沉起来："现在生意越来越难做,背景越来越重要。"眯起眼睛望着丁宝非,"好在我有丁科长、方梅这样的好朋友,否则,我只有喝西北风了。"方梅给他鼓劲:"左总,凭你的能力,生意可以做遍天下。"左兵晃了晃脑袋:"也就是表面风光,得靠你们支持呀。"丁宝非知道左兵精明老到,任何时候都不会高调张扬,看他表情凝重,其实内心十分得意。

边吃边谈,时间过得很快。方梅接到沈阅电话,问她何时回来。方梅不耐烦地说快了快了,收了电话就对丁宝非说:"我先走了,孩子今天过来了。"丁宝非拍拍她的手,说:"你去吧,我们再坐会儿。"方梅起身与左兵告辞。左兵拉着她的手,不停地摇晃起来,满口酒气地说:"方梅,丁科长是个好人,你有福气。"方梅阴着脸说:"再好也是人家的老公。"左兵哈哈大笑起来,怪腔怪调地说:"方梅想横刀夺夫了。"方梅啐他一口:"臭嘴。"转身离去。

两人接着喝了几杯,觉得索然无味。左兵说:"收场吧,转入下一个战场。"

丁宝非开车来到五星级酒店燕岛宾馆。左兵带他径直进入桑拿浴中心。丁宝非第一次来这种娱乐场所,心里有点忐忑不安。左兵在过道里拥着丁宝非,嘴里呼出酒气:"今晚给你找个靓的,好好消受一下。"丁宝非左右张望,问:"你常来吗?"左兵说:"要陪客,每到一地,首先要熟悉娱乐场所呀。"丁宝非哦了一声,直觉左兵会来事。

服务生把他们带到一间大房里。里面睡床、水床、吊床、浴房等一应俱全。左兵对服务生说:"带几个靓女来。"服务生应声而去。一会儿,门打开,进来六七位三点式如花似玉的美女。一个个洁白如玉,胸脯高突,笑容可掬,把丁宝非晃得眼都花了。左兵说:"怎么样?刘老板,选一个,要丰满的还是要窈窕的?"左兵把他叫成刘老板,显然是在帮他打掩护。丁宝非走近逐一细看,选了一个较妖媚的。左兵拍着他的肩:"好眼力。"挥手叫其他的到隔壁房间等。左兵对小姐说:"好好侍候刘老板。"小姐脸上笑成一朵花:"好嘞,放心吧。"左兵捏了小姐脸上一把,淫笑而去。

丁宝非上前把门插住。小姐说:"大哥。这里很安全。"丁宝非马上想起了燕子,眼前这位小姐就像燕子一样迷人性感。他坐到床上,把她拉过来,手在她身上漫游,问:"小姐贵姓?"小姐挽住他的腰,笑道:"免贵姓蓝。"丁宝非说:"在这行干了多久?"蓝小姐嘟起嘴:"刘老板查户口呀?"丁宝非用手点她的鼻子:"了解一下嘛,以后好交个朋友。"蓝小姐嘻嘻一笑,推他一下:"做了以后不就交了吗?"说完就帮他宽衣解带。丁宝非觉得这位蓝小姐没燕子风趣调情,好奇心一下没了,只默默地望着她解扣松衣的动作,心想这位蓝小姐不知放倒了多少男子,把这档事当成一桩纯粹的买卖来做,只想尽快完事走人。蓝小姐帮他脱光后,把自己身上仅有的三点式褪掉。两个大奶子就像两只大白兔一样上下跳动起来。丁宝非忍不住上前摸几把,一脸淫笑。蓝小姐把他牵到水床上,开始了她的全套服务……

完事后,两个大男人在休息室的躺椅上躺着抽烟聊天。直聊到后半夜才意犹未尽地离去。

刘洋副科长的任命终于下来了。宣布任命后,刘洋兴致勃勃地来到丁宝非的办公室谈了半天,不外乎是表忠心、提建议、谈设想。丁宝非程序性地勉励了几句,他不希望姓刘的能担当什么,只要不多事就行,物资科的天下应该是姓丁的。刘洋走后,他打电话叫方梅过来。宣布刘洋任命的时候,他看到方梅眼里噙满了泪水。她不应该出现这种状态,已经给她打过招呼,在关键时刻,却控制不住自己。

方梅坐在他的老板桌前,脸扭向一边。丁宝非说:"你今天怎么啦,叫人看见多不好。"方梅不说话,鼻子一吸一吸的。丁宝非继续说:"你不是已经想通了吗?怎么又犯糊涂?我当时只是说说而已,决定权又不在我手里。"方梅瞪他一眼:"我自闷不行啊。"丁宝非耐心劝道:"不要给自己过不去,有些东西不属于你的,少想为好,多想了徒添烦恼。刘洋年龄一大把,也应该上个台阶,跟人家争什么呀。以后有的是机会,只要我说话管用,肯定会为你争取。你这个状态,别人还以为你出了啥问题?好吧,打起精神来。晚上我们到天香花园去?"方梅舒了口气,摇摇头:"孩子来了,过了这段时间再说吧。"丁宝非说:"也好,你就安心陪好孩子吧。过十来天,我也准备把老婆孩子接过来。"方梅愣了一下:"不是九月底过来?"丁宝非说:"李沁急得死,天天电话里嚷。"方梅情绪又一下子低落下来,眼睛阴郁地望着他。丁宝非笑吟吟地说:"放心吧,我会处理好的,不会让你失望。"

丁宝非如期将家小接来。搬来的家什不多,家具全部是新添置的。李沁把老小舍不得扔掉的东西都搬了来,一来不让老人扫兴,二来不让小孩难过。拣拣摆摆,花去了一整天。有新房子住,老人和小孩特别高兴。芳芳在房间厅堂厨房穿来插去,一会儿蹦,一会儿跳,乐得不得了。老人弓着背,这里摸摸,那里望望,满眼放光。看到老人小孩高兴,丁宝非心里甜甜的,觉得自己冒险走出这一步值,心想这仅是开始,好日子还在后头哩。晚上,李沁做了几个好菜,一家人欢欢喜喜地吃了顿团圆饭。

夜深了,李沁安顿老小休息后,头枕在丁宝非的大腿上,憧憬未来:"以后,我们就可以过上好日子了。芳芳明年下半年上学,成了大城市的学生了。我呢,也可以正常上班了。哎，漆总答应安排我什么工作？"丁宝非说："先在芷电宾馆做仓库保管员，待以后有好点的岗位再说。"李沁叹口气，"唉，吃了没学历的亏。要不我也可以下车间或坐办公室。"丁宝非拍她一下："慢慢来吧，相信以后有机会。凭你的能力当个科长绰绰有余。"李沁翻身坐起来，啐道："哎，不要讽刺我。有办公室坐就知足了。"丁宝非笑笑，搂搂女人："知妻莫如夫呀。"李沁扑在他怀里，撒起娇来："还知道我什么？"丁宝非说："贤惠，善良，厚道，俭朴，勤劳。"李沁被夸得心花怒放，哈哈大笑。笑声止后，她突然想起一件事，问："你还记得马小四？"丁宝非说："记得啊，中学同学。怎么啦？"李沁声音沉重起来："他出事了。"丁宝非一惊："车祸？"李沁说："不是。抓起来了。经济问题，已经查出他贪污二十万。副局长职务给免了，可能要判刑。"

丁宝非为马小四惋惜，在高二时他们两人同过桌，学习成绩与他相当。高考时他发挥超常，考入了外省一所名牌大学。大学毕业后本可留校，可为了爱情，跟着女友回到了老家。通过准岳父的关系进入了交通局，凭着他的聪明才智和工作能力很快当上了副局长，成为县里最年轻的副科级干部。当时，丁宝非十分羡慕他，也为他的灿烂前程感到骄傲。想不到，多年不见，竟然成为阶下囚。

李沁幽幽地说："想起来好可怕，好好的一个人，要在班房里蹲七八十几年。出来时，头发也白了，不值。"

丁宝非身子一颤，心里阴沉起来，想到自己的所作所为，比起马小四来不知要邪乎多少倍。李沁把头靠在他的肩上，继续说："以后你要注意，不该拿的东西不能拿，不该要的东西不能要。我不希冀你给我带来荣华富贵，只希望你平平安安。知道吗？"丁宝非把她搂紧点，言不由衷地说："知道。你要相信我。"

李沁哪里会知道呢，也无法知道，丁宝非已经不是过去那个丁宝非了。她的期望在男人那儿已经是五彩气泡。男人的野心是李沁无法想象的，他不仅要给她带来富足，更要圆自己的梦想。而这梦想就像是一个巨大的漩涡，随时都有可能把他带入无法预测的深渊。

他们程序式地做完"功课"后，李沁很快就进入了梦乡。丁宝非却辗转反侧，无法入眠，脑子里一会儿是马小四的身影，一会儿是柏筱和齐明松的豪宅，一会儿是左兵奔驰600高档轿车。他理解妻子的担忧，也深知以后路途的艰险，但心里有一个强烈地声音在说，既然走上了这条路，就没必要犹豫了。

他强迫自己进入梦乡，用数数的方法催眠，但效果仍不理想，只好起身坐到厅堂沙发上，不开灯，静静地坐在漆黑里，点燃烟一支接一支地抽。他指令自己全面疏理工作和交往中的点点滴滴，看哪些方面有漏洞。想来想去，未发现丝毫纰漏。唯一担心的是阿雄。这个无赖和流氓式的人物,时刻是他的心病。与他相识,是一次偶然的奇遇。有一天休息,他上街溜达,在一条胡同里碰上了群殴,3个刀棍齐全的恶小子围攻一个与他年龄相仿的壮年人。壮年人凭着身技,仅用一块木板抵挡来自三方面的攻击。这种街斗场面他还是第一次碰到,有点惊悚和恐惧。壮年人抵挡一阵后渐渐有点招架不住,手臂上挨了几棍和几刀,血滴四溅。丁宝非觉得不出面制止可能会出人命,就大喝一声:"别打了,警察来了。"几个恶小先是一愣,发现只是一个赤手空拳的他,就毫不在乎地嘲笑几声,继续进攻对手。壮年人被逼到了墙边,没空隙躲避了,只好用木板挡住头。其中一人用棍使劲猛敲了一下他的膝盖,他痛得哎哟一声,扑倒在地,木板掉在了地上。接着一人又用木棍狠击了一下他的头,他痛得哇哇大叫,用双手死死地护住头盖。持刀的人扑上去就往他的肩膀上刺,说时迟,那时快,丁宝非迅速拣起脚下的石块,对准举刀人猛掷过去。丁宝非当兵时是位优秀的掷投手,无论是训练时掷投教练手榴弹还是军事比赛掷投真手榴弹,他对目标掷投的准确率达到百分之九十五以上。他掷去的石块准确无误地击中了举刀人的手臂,对方痛得手松刀落。另一持棍人见同伙受击,举棍向他扑来。他又迅速拣起石块向持棍人猛掷过去,石块重重地击在了对方的胸脯上,痛得哇哇大叫。其中一人见状吹声口哨,三人丢下刀棍落荒而逃。丁宝非走过去扶起壮年人,看他满头鲜血,就说报警吧。对方却大摇其头,说帮助送医院既可。丁宝非扶他出了胡同,拦了辆的士直奔医院。在车上,丁宝非知道他叫阿雄。问阿雄为何与三位恶小交斗,阿雄却三缄其口。阿雄头皮破了一个大口,给缝了六针,手臂上的刀伤也作了处理。丁宝非因休息无事,一直陪在阿雄的身边,帮他跑上跑下。从医院出来,阿雄非要拉他到酒店喝一杯,以表谢意。阿雄要了一瓶白酒,炒了几个好菜,两人对着喝了一阵。阿雄一边喝,一边骂:"他奶奶的,想跟老子抢生意,没门。要不是昨晚熬夜,三个臭小子不是我的对手。下次见着了把他们的筋给抽掉……"从阿雄骂骂咧咧的口气中,丁宝非发现阿雄与那帮人是为了争收保护费的地盘而发生斗殴。几杯酒下去,阿雄卷着舌头说:"大哥,你是我的救命恩人,以后有什么事,招呼一声,老子拼着命也要报答你。"分手时,阿雄与他交换了电话号码,豪气地说:"有事打电话,到我这儿,没什么摆平不的。"丁宝非发现阿雄满口胡言,一整个阿混混的味道,也没放在心上。一年后,当丁宝非在实施自己的图谋时突然想起了阿雄,打电话过去,对方一听是他,高兴得连叫了几声大哥。丁宝非约他出来坐坐,阿雄满口应承。在酒桌上,阿雄吐着烟说:"你说吧,大哥,要杀人还是绑架人?一句话。"丁宝非用手势把他的声音压下去,轻声说出了自己的想法。阿雄果然爽快,把胸脯拍得嘭嘭响,连说:"小事一桩,小事一桩。"为了万无一失,丁宝非请一急开锁的师傅训练了阿雄几次,直到他放心为止。他以察看安全为由,早已对柏筱的房屋结构和家具摆设摸透。在他的精心策划下,一桩盗窃案就这样发生了。事后,丁宝非拿出一千元酬谢阿雄。想不到阿雄却十分义气,骂道:"妈的,把我看成啥人了?"丁宝非再三叮嘱保密。他脸上横肉一拉,恶狠狠地说:"妈的,你不配做大哥,咱们各走各的道。以前,大哥救了我的命,是债。这次,我帮了大哥忙,是还债。咱们债债两清,谁也不欠谁的。下次大街上碰着,谁也不认谁,行了吧。"说完,拂袖而去。想到阿雄这种态度,丁宝非心里七上八下,总担心东墙事发,心里像搁了只小虫子。久而久之,这只小虫子还在慢慢长大。马小四的遭遇,使他心里的小虫子张牙舞爪起来,抓挠得他心里生痛生痛。他想起阿雄这时候说不准还在夜总会里猫着呢,就有了与他联络的念头。他给自己下赌,如果联系上了,阿雄就是颗定时炸弹。如果联系不上,阿雄真的就是说话算数。他忐忑着把号码拨过去,只听到录音女声:你拨的号码是空号。他啪地把手机关掉,舒了口长气,心想阿雄也许游走四方,也许人间蒸发,凭他的痞性,迟早是要出事。想到阿雄出事,他却莫名地为他惋惜起来。这种人如果留着,也许什么时候还能用得上,这也是一个不可多得的人才呀。丁宝非看看表,已经深夜三点。心里的小虫子飞走了,沉重的石头也就落了地,情绪一松弛,瞌睡虫也爬了过来。他索性侧躺在沙发上,很快打起了呼噜……

第 20 章　平步青云

这段时间,漆汉昆一直在与葛联军沟通。国有企业总经理与党委书记分设,从某种意义上说,还是能起到权力制衡的作用。但是,作用有多大?还是值得深思。漆汉昆抛出了一个全面改革的方案,实行主辅分离。即主业(发电)实行定员定岗,人员尽量少而精,其他的作为辅业全部分离出去,成立辅业集团公司,实行市场化运作。集团公司的名称就叫芷都明天电力集团公司,意喻明天的日子会更好。进入主业的人员全部竞聘上岗,一岗一聘,不多设一岗,不多安置一人。未竞聘上岗的人员,全部进入明天电力集团公司,人事关系与主业完全脱钩,档案移交人才交流中心,一应实行代理制。如主业缺员补额,则从辅业公司招聘。

这一方案未经党政联席会研究公布,就已经在厂内流传开了,一下子引起轩然大波。不少老芷电员工纷纷致电或到葛联军办公室探究竟,围绕传开的方案不断提出质疑,并强烈要求葛书记阻止这一方案出台。

葛联军在芷电属稳健派人物,人缘关系特好,新老员工有什么要求和想法都会找他聊聊,不管他采纳不采纳。一般情况下,他尽量给对方一个满意地回答,能解决的尽量解决,不能解决的解释清楚。如此,新老员工对他的积怨不多。看到和听到这么多员工对漆汉昆的改革方案不满,葛联军心里像打翻了五味瓶。作为党委书记,不能让这些新型工人阶级对社会主义产生不满。撇开职工群众的意见不说,作为一个芷电老职工的他,心里也无法接受这一脱胎换骨的做法。芷电冗员过多是事实,可哪家企业不是这样人满为患?中国什么都缺,唯独不缺人。这不是哪个伟人能解决得了的现实呀!现在经济发展了,人民生活水平提高了,职工的稳定和保障就成了首要。本来是相安无事,一池静水,你这样来个天翻地覆,不捅破马蜂窝才怪呢?他不希望芷电发生不测,至少在他任期内不要产生地震。至于减人增效、扭亏为盈的目标,说说也就行啦,何必这么认真?

漆汉昆和葛联军谁也说服不了谁,来来回回交换了几次意见,都是不欢而散。漆汉昆本来想请齐总出面做做葛联军的工作,最终还是打消了念头。他不想让齐总知道班子人心不齐,怕领导误认他协调力不强。漆汉昆有种不屈不挠的性格,一旦方案形成,不管遇到什么阻力,硬是一往直前。他私下反复与其他班子成员沟通,获得程度不一的认同,但在设定改革的政策上还是作了较大的修正。如工资总额还是在主业中以现有人员进行核算,所有人员的社保、医保及补充养老保险还是主业给予支付。就这个修正案也没获得葛联军的同意。葛联军的意见很明白,不管辅业怎样分离出去,总是离不开主业的支撑,所有人员干的都是发电工作,对其他行业十分陌生,尤其让辅业侵占主业,还不如主辅煮在一起,反正肉再怎么烂还是烂在锅里。

漆汉昆不愿与葛联军耗下去,提出召开党政联席会,让大家投票表决。葛联军只好妥协,同意民主决策。他不相信这个方案能获得多数支持,私下里曾与班子成员通过气,都说难操作。在党政联席会上,漆汉昆详细地将方案解说一遍,最后请大家举手表决。结果是四比三通过。葛联军看到这一结果沉默良久,最后说了句:"我服从决定。但得提醒,决不能做出有损主业利益的事来。"漆汉昆当众表态:"请大家放心,我的原则是三个有利于:有利于股东;有利于企业;有利于职工。只要是符合三个有利于的事,就可以大胆地试,大胆地做,大胆地干。我的底线是决不能让职工吃亏,在我的任期内,让职工的口袋鼓起来。"他这一简短表态,令与会人员怦然心动,热烈地鼓起掌来。

　　进行如此大的改革,必须要让董事会知道。漆汉昆第二天专程向董事长报告。崔燕听了漆汉昆煽情和夸张的描述,眼睛亮了起来。尤其是三个有利于的提法让她十分欣赏。三个有利于把股东放在第一位,正是她所期盼的。末了,崔董事长紧紧握住他的手,鼓励他好好干,工作中有什么难题,尽管提出来,一定做好服务和协调工作。接着他又向副董事长作了报告。副董事长裘杰却紧锁眉头不吱声,最后问:"齐总知道?"漆汉昆说:"事先通过气。等会去向齐总详细报告。"裘杰又沉默起来,递支烟给漆汉昆,自己点燃后慢慢吸着,眼睛却不看漆汉昆,弄得漆汉昆背上透汗。过了会儿,裘杰慢吞吞地说:"既然崔总认可,我就没什么好说的。不过,以后要多与葛联军沟通好。"漆汉昆愣了一下,接着忙点头称是,并表示感谢。

　　齐明松对漆汉昆可就热情多了,给他沏茶递烟,嘘寒问暖。让漆汉昆着实感动了一把。听完漆汉昆的汇报,齐明松作出三点指示:第一,改革不是革命,不能让职工有恐惧感。第二,改革方案要让大家接受,否则劳民伤财。第三,改革的成果首先要惠及广大职工,并确保国有资产保值增值。漆汉昆在笔记本上恭恭敬敬地记了下来,并表示坚决照办,不辜负齐总的期望。最后,齐明松问了一些操作细节,漆汉昆如实作了汇报。讲到明天电力集团公司组建方案时,齐明松问得特别认真,尤其是对总经理人选更为关注。

　　漆汉昆说:"总经理打算让分管辅业的副总苟政出任。"齐明松知道,苟政是冯华提拔的人,是个典型的势利小人,能力一般,别看平时卖弄嘴皮一套一套,真让他办点大事马上成了缩头乌龟。齐明松断定苟政挑不起这副担子,建议漆汉昆另选他人。漆汉昆趁机向齐明松讨主意,问谁合适?齐明松摇摇头,说这是你当老总的事。过了会儿,齐明松又改口道:"如果一时物色不到,不妨让他试试。"漆汉昆连忙点头称是。接着,齐明松问了安全生产方面的一些问题。听完漆汉昆的介绍后,齐明松交待他要把安全生产放在首位,树立安全第一的观念。

　　谈完工作后,漆汉昆向齐明松靠近点,压低声音说:"齐总,燃料这块还是像您当年一样组建公司实行市场化运作。我想把罗正平和柏筱他们请回来。您看呢?"齐明松心里暗暗窃喜,脸上却毫无表情,不咸不淡地说:"你看着办吧,我与他们就一般性的朋友。"漆汉昆马上领悟到了齐明松的意思,加重语气说:"请齐总放心,我会处理好。前些天,柏总找过我,有这个意思。我当时不敢承诺,现在可以请齐总转告她,芷电欢迎他们回来。"

　　齐明松不知柏筱瞒着他去过芷电,心里飘过一丝不快。近期,他们没在一起,由于工作忙,也没给她打过电话。"兴许她还来不及说呢。"他这样自我安慰,觉得没必要与她计较。在办公室谈柏筱,他觉不妥,就会声一笑,搪塞过去,把话题转到葛联军身上。一谈到葛联军,漆汉昆就忍不住发起牢骚,说与他共事闹心。

齐明松笑着说:"尺有所短,寸有所长。你们各具特点,可互补长短。上下牙齿还会打架哩,你不是已有宰相肚嘛!"说完还拍拍自己的将军肚。

漆汉昆知齐总的喻意,不好意思地红起脸来。为了掩饰窘态,漆汉昆递支烟给齐明松,帮他点燃,然后用诚恳地态度说:"我会处理好之间的关系,请齐总放心。"

过了会儿,漆汉昆谈起了丁宝非,说丁宝非是个很不错的人才,想把他放到明天电力集团副总的位置?问齐总行不行?

齐明松心里恼怒丁宝非,但表面又不能显露出来,只好佯装没听清,含糊不清地"哦"了一声。柏筱给他说过多次,丁宝非在芷电干得如鱼得水,很受漆汉昆的赏识。他清楚,这是他的影响力在起作用,如此下去,若这个痞子成了气候,见了面肯定很尴尬。他想阻止事态的发展,但苦于没有好办法。当时叫芷电好好安排,现在又让人家压压,传出去,不讲他脑子有病才怪呢。当然,关键还是怕弄毛丁宝非,逼其反目。他问柏筱对此事的看法,柏筱说静观其变,任其自然发展,也许到时还能用得上。齐明松告诫她不得与他接触过多,小心疯狗咬人。柏筱笑笑,说心里自有分寸,叫他不必担忧。

漆汉昆继续说:"丁宝非很稳重,说话做事滴水不漏,让人放心。"齐明松抬眼看了漆汉昆几眼,用手势把他的话题压住,说丁宝非只是受朋友之托作个安排而已,不必看得过于认真。齐明松这种无所谓的态度,在漆汉昆看来是谦虚的表现,越发感到要为齐总分忧,在以后的工作中多给丁宝非压担子,让齐总在朋友面前有面子。

有了股东方领导的支持,漆汉昆就分别召开了两个大会,一个是中层干部大会,主要是讲清这次改革的动因和必要性,要求大家正确对待,以高昂的政治热情积极参与其中,并做好所在科室员工的思想工作;一个是职工大会,主要是以市场案例来阐述这次改革的重要性,让大家清楚不改革企业就没有出路,不改革职工的收入就上不去。在这两个大会上,他以饱满的激情描述了一番改革发展的美好前景,赢得了一片掌声。

作为党委书记,葛联军还是从大局出发,在大会上配合漆汉昆谈了改革的意义,要求大家提高思想认识,共同完成这次改革任务。其实,葛联军清楚漆汉昆修改的改革方案意义不大,职工的身份和收入与原来的没有两样,只不过是偷换了概念。当然,对于离开主业的人员来说还是有个思想接受过程,好在收入上没有什么落差。从大家窃窃私语中,葛联军感到还是有不少人心里惴惴不安。

会后,葛联军办公室人员来往不断,主要是发牢骚和请求书记在人员分流中帮助说说话。葛联军只好耐心劝导并做好解释。漆汉昆办公室和家里更是川流不息,来者都想在这次改革中分杯好羹和换个好位。漆汉昆对每一个造访者都给予不同程度地表态,并要他们安心工作,准备竞聘,接受组织的安排。

这几天,丁宝非急得像热锅上的蚂蚁,看别人不停地到漆总和葛书记家里串门,动了几次念头总是迈不开步。他不知道两手空空地去找漆总是否有效,想与方梅好好商量一下。可方梅带小孩到上海看病迟迟回不来。也怪,小孩好好的脚上忽地长出了一个包,不痛不痒地疯长。芷都医院的诊断是横纹肌肉瘤,开刀取掉即可。外婆多了一个心眼,打电话问上海朋友,对方告诉不能轻易下结论,最好切片看看。说现在的肉瘤怪得很,都是环境污染和饮食不洁惹的祸,弄不好就是恶性肉瘤,要她带外孙到上海仔细检查一下。这一说,把方梅吓坏了,慌忙带着小孩去了上海。他给方梅打过电话,只讲了两句就被她说有事挂断了。这天,他硬着头皮到银行取了五万块钱,用一个大牛皮袋装好,放在纸提袋里,按约好的时间敲开了漆总的家门。

漆汉昆热情地握住他手,说:"来就来了,还送什么礼?"丁宝非红着脸说:"听说乐乐期末考试成绩特别优秀,早就想来祝贺,不好意思,拖到现在。也不知道乐乐喜欢什么,只好烦请乐乐自己去选购。"乐乐是漆汉昆的宝贝女儿,正在读高二。丁宝非以这个借口送礼可谓一石二鸟。漆汉昆很高兴地接过纸袋,笑着说:"谢谢你对乐乐的一片好心,我代乐乐谢谢你!"

丁宝非在沙发上坐下,问:"嫂子不在家?"漆汉昆给他倒水,丁宝非赶紧跑过去自己端水杯。

漆汉昆说:"这几天家里人来人往,她嫌烦,带乐乐到娘家去住了。"

丁宝非卖乖弄巧:"漆总日理万机,有多少工作要做,连正常的休息都没有。都是我们这些人不懂事,这么晚还来打搅。"

漆汉昆挥挥手,轻松地说:"没什么,这也是正常工作。这次改革会有些调整,有些人心存担心,也很正常,到我和书记处亮亮思想,可以理解。前几天,我到齐总那里,说起你,他很重视。先给你吹吹风,组建明天电力集团公司后,你去当常务副总,好好发挥你的长处,要给齐总争光,让他在朋友面前不失面子。"

丁宝非听了心潮澎湃,万分激动,满眼泪花,不停地点头:"谢谢漆总,谢谢漆总,我一定努力工作,不辜负齐总和您的期望和栽培。只要漆总用得着,我永远是漆总手上的一粒小棋子,甘愿为漆总赴汤蹈火。"

漆汉昆听了很受用,亲切地拍拍他的肩,动情地说:"宝非,很好,相信你。"接着,漆汉昆谈了组建明天电力集团的设想及运作模式。丁宝非听得很认真,把漆的脉络和思路弄得清清楚楚。

从漆汉昆家出来,丁宝非心花怒放,踌躇满志,得意忘形,沿着小区的林荫道蹦跳起来。入秋了,晚风中透着丝丝凉意,树影婆娑,蟋蟀啾啾。他找了张石凳坐下,点燃烟,望着天空,惬意地吐着烟雾。今晚月亮特别明亮,把周边的树木和远处的高楼照得熠熠生辉。天空布满了星星,一个个赛着劲似的眨巴着眼睛,好像都在向他祝贺。他想,如果方梅在身边多好,把美人拥进怀里,尽情享受成功的喜悦。他睁大眼睛,数着星星,看哪一颗属于方梅。又想,方梅儿子应该没问题吧,怪她不来个短信,他忍不住给她打电话,一问情况,二把天大的喜讯告诉她。电话里传来已关机的提示音。一看时间,已经是晚十一点了。他心里立时有点灰,心想这女人到底还是像天下母亲一样把儿子看得最重。他突然感到自己心胸太窄,竟然与女人的儿子争风吃醋起来,就自嘲地摇摇头,在心里放声笑。过了会儿,他起身拍拍屁股,准备回家,要把这一喜讯尽快告之李沁。这才是他真正的家。

李沁早已睡下,听到他的声音,喃喃地说:"回来了。"丁宝非抑止不住兴奋的心情,凑近她的耳边说:"漆总准备把我安排到明天电力集团公司任常务副总。"李沁睁开眼睛看他一眼,嘟噜几句:"什么明天后天的,这么晚了,早点睡吧,明天还要上班。"丁宝非觉得妻子太没情趣,与他没共同语言。在这段厮守的日子里,他发现她头脑特简单,甚至有点俗,一天到晚张口闭口柴米油盐,仿佛她这一辈子只有围着柴米油盐转,除此没有他求。他似火的心如浇了一盆冰水,降到了零点,就悻悻地到卫生间洗浴,心里呼唤方梅早点回来。

三天后,方梅终于回来,一安顿好儿子后就打车到厂区,径直来到他办公室。丁宝非让座后怪她不与他联系。方梅解释说:"儿子和沈阅一天二十四小时不离身边,不方便。"丁宝非问她儿子的情况。她说:"都是我妈妈神经过敏,吓得我们虚惊一场。其实就是普通的肉瘤,简单手术就解决了。孩子也没受什么苦。"丁宝非替她妈说话:"老人小心没错。古话不是说,小心驶得万年船。查清了,就永远没有担忧。毕竟外孙是她的心头肉呀。"方梅点点头:"是这个理。如此,我也放一万个心。"

而后,丁宝非把近期情况通盘告诉她。方梅听后眉开眼笑,起身把门关紧,跳起来扑到他怀里，兴奋地说："太好了，你的舞台大了，我也有发展机会。"丁宝非把她抱起来转了几个圈，捧着她的脸不停地吻，喘着气说："这些日子想死你了。"方梅娇柔地说："我也是，孩子一睡下，脑子里全是你。"丁宝非笑着说："可你身边还躺了个活男人啊。"方梅用小拳捶他："讨厌。你才好坏，一边想我，一边跟别人做爱，多呕心。有时气得恨不得把你给撕了。"丁宝非捉住她的手，说："跟她是应付，跟你才是身心相融。李沁要是知道，她才该急哩。"方梅张嘴轻轻咬他耳朵一口，沉下脸说："你别激我，说不准哪天我与她论理去，不许她占我的便宜。"丁宝非赶紧捂住她的嘴："我的好人儿，别乱来。"说完就扒她的上衣。方梅用手制止他，假装生气地说："昏了头，不看这是什么地方，晚上到天香花园去。"丁宝非涎着脸说："难道你不知道我是急性子？"

闹了一阵，方梅将他推到转椅上，把门打开，然后坐在老板桌的对面，一副下级向上级汇报工作的样子。临离开时，丁宝非轻轻说："晚上我们一起吃吧。"方梅摇摇头："不行。才回来，家里什么也没有，说好了晚上一家人出去吃。你早点过去把卫生整整，我吃完饭后就过来。"

丁宝非给李沁打电话，说晚上有应酬，晚点回来。李沁哦了几声，就挂了电话。她已习惯丁宝非的生活方式了。下了班，丁宝非磨蹭了一会儿，等大家走后才夹着公文包步出办公室，开车来到天香花园。泊了车，找到一家面馆店要了份牛肉面，三下五除二就解决了肚子问题。然后到房子里清理起来。多日没来打理，紫薇、郁金香、玫瑰已经凋谢，丁宝非见了甚是惋惜，只好把它们挪到角落里，待方梅见过后扔进垃圾箱。

刚清理完毕，方梅开门进来，见到凋谢的花，脸色立即大变，没好气地质问丁宝非："你咋回事，好好的花侍候成这个样子？"丁宝非压根儿没把她"三天给花浇一次水"的交待当回事。一种摆设的花，见过鲜就行，没必要这么上紧。方梅走后他就没来过，窗户也一直紧闭。鲜花缺风缺水，不凋谢才怪。丁宝非不以为然地笑笑："谢就谢了呗。"

方梅把自己扔到沙发上，气鼓鼓地说："什么意思，嫌我？"丁宝非一腔热情和万分兴致被方梅没头没脑地数落弄蒙了，瞪大双眼望着她，张张嘴又不知说什么好。方梅大声说："你不在乎花，可我在乎。你根本不把我当回事。"

丁宝非终于醒悟，她把自己比作花，不在乎花就是不在乎她，这一逻辑甚是荒唐。如果生活中老拿人与物相比，不被物累才怪呢。不过，方梅有这等心思也可理解，林黛玉为宣泄自己的寂寞，竟独自黄昏葬花，弄得后人都为林妹妹唏嘘不已。他觉得自己犯了一个大错，没从骨子里认识女人，到了这步，只有道歉了。

他蹲在她面前,故意捏着嗓子说:"对不起。我这个错误犯得不轻,不该不爱惜你的花。花是什么? 是你心灵的附丽,是你情愫的寄予。不怜惜你的花,就是不怜惜你的爱。我彻底知错了,下不为例,这次就原谅我吧。明天给你买更鲜艳的花,以后就捧着花和你一起睡,行了吧。"

方梅破涕为笑,斜他一眼,语气和缓地说:"我怕这是不好的兆头。"

丁宝非挨她坐下,紧搂她,亲昵地说:"别想这么多。"

方梅在他怀里拱了拱,嘤嘤地说:"我也不知为什么,自与你好上了,性格里就多了份忧愁。碰到什么事,老会联想自己。我也知道这样不好,就是控制不了自己,等哪天失了态,不许嫌弃我。反正我已赖上你了,除了孩子,你就是我的唯一。"说完,眼睛潮湿,泪水花花。

丁宝非不吭声,从纸盒里扯过几张纸巾,帮她把泪花擦干,接着端起她的脸,慢慢吻着。这张脸本来是红润妩媚,可上海之行使其失色不少,疲惫取代了娇艳。他轻轻说:"你瘦了。"方梅问:"心疼?"他幽默一句:"脚痛。"方梅咬他耳朵一口:"讨厌。"他嘻嘻一笑,用力吻她的鼻子。方梅用手吊在他的脖子上,极力迎合他的激吻,并伸长舌头,在他嘴里慢卷。丁宝非说:"我们去洗洗吧。"方梅撒起娇:"你抱我去嘛。"

洗浴出来,他们在床上免不了一阵激情。完事后,他们相拥着聊天。方梅说:"这次改革力度大,机构调整多,位置自然不少,应该有机会,要帮我争取一个位置。"

丁宝非拍拍她:"放心吧,我会努力争取。但要给点时间,有些事是急不得的。"

方梅点点头:"我知道,只要你诚心诚意做了,即便没有,也不怪你。"

第21章　利益同盟

明天电力集团公司的班子终于搭起来了。董事长和总经理由漆汉昆兼任,丁宝非任常务副总经理,另外任命了两名副总。苟政不愿出任总经理,原因是想留在主业。漆汉昆也不勉强,提议让工会主席出任,却遭到葛联军的反对。漆汉昆知道葛联军是在看笑话,一气之下自己兼了起来。在确定辅业业务重组时,由于有不同意见，检修公司、尾水发电两个老公司独立于明天电力集团公司之外，并由原分管的副总出任董事长。明天电力集团公司下设燃料公司、物资公司、物业公司、粉煤灰综合利用公司。这4个公司均是新公司，准备在燃料科、物资科、后勤服务中心、煤灰中心的基础上组建。

经过多轮竞聘，主业岗位只保留了300人。其他的600多人都要安排到辅业公司。检修公司和尾水发电公司安排了近两百人，还有四百多人需在明天电力集团公司安排。

这天，漆汉昆把丁宝非叫到办公室。丁宝非一进门，漆汉昆就示意他把门关上，并说："宝非，你自己倒水。"丁宝非先给漆汉昆的杯子里续满水，然后才给自己倒上，满脸堆笑地坐到漆汉昆的老板桌对面。刚坐下，他又站起来，抽支烟递过去，并给漆汉昆点燃。漆汉昆深吸几口，说："宝非，这次给你压了重担，你可要争气，要对得起齐总啊。"

丁宝非不停地点头："谢谢漆总！我一定不会辜负齐总，更不会辜负漆总。请漆总放心，我会以百倍的精力把您赋予的工作任务完成好，一定给您交上满意的答卷。"

漆汉昆满意地点点头，而后严肃起来："你也清楚，这次改革阻力不小，我的要求只准成功，不准失败。这潭水能否蹚过去，就看你的作为了。董事长、总经理虽然是我，只不过是挂挂名而已，大量的工作要靠你们三个副总，尤其要靠你来做。芷电的情况复杂，以后葛联军不会给我好脸色，说不准随时会找我的茬。我不是没原则，在背后不该说他的坏话。可现实就这个样子，到底是我们观念不同，还是另有原因？现在也分辨不清。中国的改革，实质上就是利益重新分配。在这次利益分配中，确实是几家欢乐几家愁。得罪了谁？现在看不出来，时间是最好的裁判员。为了防患于未然，需要把各项工作做在前头。要保持稳定，要安抚人心，说穿了，就是利益要平衡好。所以，我们要把职工的利益放在首位。三个有利于，前面两个是摆设，关键要把第三个即有利于职工的事做好。如何做好？这是篇大文章，你要多动脑子。而且要做得漂漂亮亮、滴水不漏。现在的管理体制有利有弊，关键是我们如何用好有利的体制机制。用活了，一顺百顺。齐总指示我们要用市场手段配置好管理资源，你好好捉摸一下，在这种背景下，有些话应该由你们来说而不是我来说。这不光是技巧问题，而是一种策略，懂吗？"

丁宝非点点头，说："懂。漆总，您放心，我会按您的要求办妥。第一步改革很成功，基本按漆总的设想运行。至于葛书记，漆总您大人大量，不要与他一般见识。齐总自始至终站在您一边，估计葛书记不敢不给您面子。"

　　漆汉昆笑笑,说:"是呀,有什么必要较劲? 随他去吧。不过,你们要多几根弦,要做好打硬仗打大仗的准备。万事开头难,一定要把头开好。比如,组建燃料公司,引进战略合作者,引进谁合适? 又比如,组建物资公司,是独资还合资好呢? 都要拿出有说服力的论点论据出来。方案出来后,还得事先做好相关工作,不要弄得半途而废。"

　　丁宝非说:"好的。有您漆总强有力的领导,一定会有好的开局。引进谁,和谁合作? 这是大事,请漆总指示。"

　　漆汉昆沉吟一下,说:"我问你,燃料公司引进谁合适?"

　　丁宝非想都没想,脱口而出:"柏总的公司。"

　　漆汉昆点点头,又问:"物资公司?"

　　丁宝非眼睛盯着漆汉昆,不知如何回答。漆汉昆仄视他,"有人选?"丁宝非对此没考虑,平时没见漆总透露过什么,不敢冒昧,只好说:"没人选。听漆总的。"漆汉昆用手点点他,"好你个宝非,变得圆滑起来了。"丁宝非试探着说:"要不左兵左总。"漆汉昆含而不笑,说:"就这么着吧。你去与他们细谈一下。原则上由我们职工持股会控股,他们想参多少股?叫他们提个数。我看不要超过百分之三十,最好百分之二十。如果他们占的比例过大,不好给班子和职工交待。"接着,漆汉昆对两个公司的机构设置和物业公司、粉煤灰综合利用公司的组建事宜作了一番交待。

　　从漆汉昆办公室出来,丁宝非立即给柏筱打电话,告诉她这一重大利好。柏筱听到消息后欣喜万分,说晚上到皇朝酒店一聚,商量一下具体细节。丁宝非客气地说由他来安排。柏筱电话里大声说不行不行,这客非得她来请。丁宝非要的就是柏筱这个姿态,说明他现在能够与她平起平坐了,在她面前有了自尊,成为了她的座上宾。放了电话,他吹起了口哨,慢慢朝办公室走去,自我陶醉的云彩在脸上飘荡。

　　下班后,丁宝非带着方梅按时赴宴。柏筱和单蓉早已在包房里恭候。柏筱今天穿身洁白的镂花蕾丝长裙,显得分外迷人。丁宝非一进包房,柏筱就快步上前握住丁宝非伸过来的手,摇了摇,说:"丁总言而有信,不错,不错。"

　　丁宝非笑着说:"只要柏总不见怪,我丁某就要给您拱手了。"

　　柏筱哈哈大笑起来:"有趣,有趣。丁总有如此情怀,我们的合作一定是阳光灿烂。"

　　丁宝非满面春风地回道:"那是,那是。与柏总合作是我们芷电的荣幸。"

　　柏筱与方梅拉拉手,上下打量了她一番,赞赏道:"小方今天的打扮美到家了。"其实柏筱与方梅年龄相当,这样称呼是为了讨好她。

"是吗?"方梅低头抚摸印花套裙,一脸满足。这件典型的民族风格套裙是她生日丁宝非送的礼物。生日那天,丁宝非带她逛商场,要她选一件心仪的服装。方梅转了半天,最后站在了这件具有独特民族风格的套裙旁。丁宝非发现这款民族风格的印花套裙特显风情,既有印花的妩媚,又兼时尚的色彩。方梅试穿上身,他眼睛一亮,小露性感的大方领设计,胸前褶皱的波纹图形,让她丰满的胸部更具视觉冲击效果,仿佛在向世界昭告她的青春能量。

柏筱回头望望丁宝非,莞尔一笑,说:"是丁总的眼力吧。"丁宝非笑而不答。方梅却红了脸低下头。柏筱瞟了方梅一眼,啧啧几声,一语双关地说:"丁总现在出息了。"这句话隐含的意思让丁宝非心里震了一下,发现柏筱觉察了他们两人的秘密。他知道,柏筱是位不平常的女子,凭她的经历和眼力肯定能看出他与方梅的关系。也怪,柏筱前后只见过方梅两次,仅从方梅对丁宝非专心的眼神里就捕捉到了两人浪漫的电码。当然,丁宝非也希望柏筱知晓他俩的关系。说明他丁宝非不是往日贫困潦倒的穷小子了,除了靠不正当方法争得的地位,还有一位美丽非凡的情人。在当今社会,能拥有一位美貌情人,就是身份和实力的象征。

单蓉今天穿了件V领雪纺印花连衣裙,也把自己打扮得清清爽爽。她递次与丁宝非、方梅握手问好,把他们引到沙发上,并招呼服务小姐上茶。

落座后,柏筱对丁宝非说:"漆总很有魄力嘛,在这么短的时间里就完成了改革。你也如愿以偿地实现了梦想。按照漆总的布局,你的权力不小啊,以后可得多帮忙。"

丁宝非爽快地说:"没问题,您柏总的事就是我的事。我说过,有机会一定会全力以赴为您效劳。只要您用得着我,我会以十倍的努力来回报你们。"

方梅和单蓉弄不懂丁宝非为何说这么一番话。本来是柏筱来求助丁宝非,反倒被丁宝非说成报答。柏筱用手势把丁宝非的话压下去,怕他一时激动说漏了嘴。她赶紧说:"丁总,真的很感谢你,给我提供了这么好的一次机会。"

丁宝非说:"我要纠正一下,是漆总给您提供的机会。"在柏筱这里,他不敢把功劳记在自己头上。

柏筱灿烂一笑:"是啊,漆总很不错,特讲义气,也很有思想。丁总能遇上这样一位好领导是你的福气。"

丁宝非忙不迭地点头:"对,对,漆总确实是位难得的好领导。但更要感谢齐总,没有齐总就没有我的今天。"

看到丁宝非对明松如此敬重,柏筱心里仅存的一点芥蒂一扫而光,欣喜地说："知恩图服是国人的品格。只要永久承传这份品格，上帝什么时候都会眷顾你。丁总真是有心人啊。"

丁宝非嘿嘿一笑："柏总说话总是那么高远。以后成了合作伙伴，我就可以随时向柏总请教了。"

柏筱端起茶杯抿了口，说："互相学习。到了芷电，你和小方就是我的老师。"她转脸对方梅一笑，"是吧，小方。"

方梅回个笑，说："柏总谦逊了，我们得向您学习。您是齐总的朋友，视野和思路比我们宽阔。我们常呆在青蛙井里，眼光就这么高点。"说着还用手比划了一下，"听丁总说，你是走南闯北的人，生意做得很大，是大老板了。今后有什么发财路子，也让我们沾沾光。你看，我们就靠这点死工资，买套房子，还得计算半天。现在呀，是八仙过海，各显神通。"

柏筱心里咯噔一下，方梅话里明显透露了暗机，觉得以后与丁宝非打交道还要过好方梅这一关。她说："你们工资虽不高，但各项福利特别好，没有后顾之忧。不像我们自由业主，得死劲攒钱，说不准那天失业，只有喝西北风了。当然，有你这些朋友帮忙，我们会好起来的。俗话说，喝水不忘挖井人，以后有什么好事自然不会忘记你们。"

丁宝非狠瞪方梅一眼，急忙向柏筱摆手："此话差矣。柏总的事，我们会尽最大努力，千万别讲其他。我们绝不是那种人，请柏总放心。"丁宝非心里清楚得很，为柏筱做事，绝不能图利。否则，他的好日子就到头了。他赶紧把话题岔开，转入正题，"柏总，您看，我们还是谈正事吧。我电话里跟您说了，这次组建燃料公司，就您公司和芷电职工持股会，股比呢，漆总的意思是二八开，最大不能超过三七开，选择什么股比？听您一句话。"

柏筱不假思索地回道："如果能三七开最好。以前，我们合作过一次，股比和现在不一样。当然，那时形势和现在也不同。我清楚芷电的内情，漆总刚上任，还没完全把握局面。葛书记凭借自己的资历和人缘，时不时地与漆总摆谱，给漆总平添了烦恼，能有这个股比，已经是很不错了。"

丁宝非说："好的，就三七开，明天我就向漆总报告。董事长一职，漆总的意见由我兼，副董事长由您兼。总经理由现燃料科科长熊长远出任，您公司派一名副总过来，我们这里再配一名副总，总会计师由我方派出，还是由您方派出，到时再定。"

柏筱沉吟一会儿说："按出资比来配备管理人员符合公司法的要求，我基本赞成。总会计师一职，我的意见应由我方派出。当然，如果为了组建顺利，暂时由芏电派出也可以,待运行稳定后更换也不迟。"

丁宝非点燃烟,深吸几口,说:"我把您的意见带回去,相信漆总会同意。与您合作,放一万个心。待漆总定后,我们就把合作协议签掉,然后起草章程,注册公司。公司的名称,漆总说叫芏都新远燃料公司。柏总您的意见? "

柏筱说:"我同意,名称只是一个符号而已。关键是章程要早点拿出来。另外,注册资本金定多少? "

丁宝非回道:"5000 万。"

柏筱心里算了一下,5000 万,30%就是 1500 万。公司账上的资金仅有 300 多万。她问:"资本金能否少点? 比如说 3000 万。"

丁宝非摇摇头:"不行,燃料采购资金量大,这您是知道的。再说,资本金少了会影响以后的融资。如果柏总资金不够,可晚点到位。"

柏筱一拍大腿,高兴地说:"太好了,谢谢丁总。就这么定了,我们会尽快凑齐资金。不瞒丁总,本来我们拿出这点资金没问题,就是年前收购了 3 个小水电,挤占了不少资金。"

丁宝非哦了一声,心想她的存折里不是有 1200 万? 只不过是舍不得拿出来而已。到了关键时刻,她还是公私分明的。他隐约知道正天公司的生意做得不错,柏筱在里面的股权不少。都说生意大了人越发精明,擅长以小搏大。莫非柏筱也在玩资本杠杆放大效应? 这些且不管,最关键的是要以合作方式笼络住柏筱和齐明松。他又想,漆总对柏筱这么上心,难道也知道齐与柏的关系? 但从漆与柏的交谈中,似乎没看出漆洞悉之中的奥妙。当然,漆总知道了又能怎样? 这种事是和尚头上的虱子,明摆着的,大家见怪不怪了。不过,有了这种格局,自己也会在里面占便宜,对他来说,这是天大的好事。他把烟掐灭,优雅地笑笑:"理解,理解。柏总做的是大生意,区区 1500 万对正天公司来说小菜一碟。我完全相信你们的资金会尽快到位。不过没问题,即使真的不能按时到位,我也能理解。"

单蓉说:"丁总大将风度,善善从长,真君子也。"

丁宝非向单蓉投去友好一瞥,说:"单小姐过奖了。"

柏筱哈哈一笑,赞赏道:"丁总不简单,说话行事总能让人热度不减。这个朋友,我交定了。"说完,伸出右手,与丁宝非使劲握了握。

这时,菜陆续上齐,服务小姐过来请各位上座。柏筱站起来伸手礼让丁宝非。丁宝非也不谦让,按柏筱的意见坐了主宾席。此时,他心里快乐极了,第一次享受到了柏筱如此礼厚的款待,感到自己人生达到了辉煌。如果说之前有了一定地位和一位情人,让自己体验到了做上等人滋味的话,那么现在能获得柏筱的青睐,就是他人生最大价值的体现。以前,柏筱是何等的高傲,何等的逼人,何等的耀眼,尤其是她那气度不凡的美貌,压得他抬不起头来。有时她在他身边飘过,那不可一世的轻蔑态度,让他觉得活在世上简直是受罪。那时他想,如果哪一天能征服她,就不枉在世上走了一遭。而现在,他已做了高傲公主的座上宾了,还成为她共同利益的朋友,算是彻底把她征服了。

柏筱在主人位坐好后,靠近他轻轻地问:"丁总,你看,喝什么酒?"

丁宝非感觉她贴得很近,她口里的香气吹在脸上舒服至极,心里痒痒的。她身上淡淡的名牌香水味熏得他还有点晕,以至于忘了回答对方的问话。坐在旁边的方梅发现他失态,用脚在桌子下猛踢他一下。丁宝非一惊,一脸窘态,含含糊糊地回道:"随便吧,柏总的酒都是好酒。"

柏筱恣意一笑,叫小姐上茅台。方梅提出总量控制,只上一瓶。柏筱看看丁宝非无语的表情,大声说:"小姐,拿一瓶来。"开酒后,免不了又是一阵热闹……

饭后,柏筱把他们送上车。丁宝非和她们招招手,一踩油门,车子很快混入了车流中。方梅坐在副驾位上,脸上布满阴云,显得很不高兴。丁宝非问:"我表现不好吗?"

方梅嘴巴撅得老高:"色鬼一个,看见漂亮的女人,眼睛变成了一条直线,就差涎水没流出来。"

丁宝非乐了,在她脸上摸一把,一脸坏笑,幸灾乐祸地说:"有人吃醋了,我特高兴。如果我有这个本事,非把她做掉不可。"

方梅用手不停地打他:"你敢,你敢,你敢,我发现了,把你撕成碎片。"

丁宝非赶紧把车停靠在路边,双手挡住她的拳头,做俘虏状:"好,好,不敢,不敢。"待方梅停止进攻后,他说:"你真蠢,她是什么人?我敢有非分之想?再说,我有你了,会做这种事吗?人家是齐总的朋友,谁有胆量打她的主意呢?你也真是,白活了30多年。"

方梅把自己身子坐正,歪着头问:"柏总是齐总的情人?"

丁宝非吓得赶紧纠正:"别胡说,齐总这么大的官,哪会有情人呢?人家是朋友而已。以后不许胡说。否则,我不理你。"

方梅看他怪怪的,眯起眼望着他:"你急啥?人家是情人又碍你什么事。现在哪个当官的没情人?有本事的都爱好这一出。你看,连你这个小不丁点的官,不也拥有情人?我看柏总八成是齐总的情人。否则,她哪有那么大的能量?上次漆总亲自请她,现在又乖乖地给她优质股权。这样好的事,能轮上谁呀,没背景的想都不敢想。看你今天的态度,差点没叫她姑奶奶了,多奴卑,多恶心,多肉麻,还说她的事就是你的事。如果不是齐总的情人,你犯得着这么上心?漆总犯得着这么重视?凭我们女人的直觉,柏总肯定和齐总有一腿。当然,人家能当上齐总的情人,是人家的本事,我又不会嫉妒,你何必为她遮遮掩掩?即使我知道了,也不会在外面说,让别人知道是我说的,有什么好果子吃?"

丁宝非愣了愣,对方梅认真地说:"猜就猜着呗,决不能露半点风声。你我的小命可是捏在人家手里。想想看,齐总往漆总那里撂句话,我的前程全没了。你呢,也别想跟着喝汤了,知道吗?我的宝贝儿。"说完,探过身子在她的脸上亲几下。

方梅推开他,不耐烦地说:"你早就知道他们的关系,是吗?"

丁宝非迟疑片刻,解释道:"我哪知道?也像你一样猜的呗。好了,不说人家的事。要保护领导干部的形象。"

方梅点点头:"好的,我会烂在肚子里。为了你,为了我,不会惹事生非。俗话说,病从口入,祸从口出。闭紧嘴不就得了呗。"

丁宝非点点头,问:"今晚去天香花园?"方梅说:"算了,来洪水了。过几天吧。"丁宝非哦了一声,对她邪笑一下,发动车子,缓缓向芷电小区驶去。一路上,两人不说话,快到小区门口时,丁宝非在树影下停了车,说:"这次组建物资公司,漆总让我兼董事长。我想提议让刘洋出任经理,你出任副经理。你看呢?"

方梅激动起来,抓住他的手,高兴地说:"可以,一定要做好漆总的工作。过去谭加健说了我不少坏话,不知漆总现在有没有改变看法。"她思索了一下,然后摇摇头,"我认为漆总不会把刘洋放到经理的位置上,说不准会从其他部门选派科级干部过来。刘洋充其量会被任命副经理。让我当副经理,难度很大,就看你的工作力度了。"她把头靠在丁宝非的肩上,"我做梦都想上个台阶。这不是当不当官的问题,而是收入问题。现在薪酬动不动就跟官位挂钩,弄得人人都想做官。这种导向害死人呀,不是逼着人人跑官要官、卖官买官吗?这种体制总有一天会把官场风气弄得乌烟瘴气、你死我活。你以前说我不要斤斤计较,在这种体制下,你能不斤斤计较?不斤斤计较,就没有超额的收入,就要被别人踩在脚下。除非像你一样,上面有靠山。"

丁宝非无言以对,与她相处这么久,第一次听她说出这么鞭辟入里的话。是呀,他所做的一切,不正是为了获得这种结果吗?只要是人,无论你是男是女,无论你能力强弱,都希望出人头地,都希望别人成为自己的垫脚石。达尔文说,在竞争社会,人人都像乌眼鸡,恨不得你吃了我,我吃了你。这就是竞争法则,这就是残酷人生。丁宝非拍拍她,悠悠地说:"我们已经找到了生存法则。相信我,我有这个能力让你过得愉快,有这个能力让你变得富有。漆总这次让我挑这么重的担子,不仅是我的造化,更是我展现才华的机会。我会珍惜这次机会,更会用好这次机会。"

方梅听了这番话心里五味杂陈,眼里噙满了泪水,探过身子扑到他怀里。这时,远外一束灯光射了过来,方梅赶紧坐直,说:"我们走吧。"

第22章　改革风潮

"丁总,我已到了芷都,住在富豪宾馆908。你看,是我现在过去,还是请你过来?"左兵在电话里大声说。昨天,接到丁宝非的电话,他兴奋得一夜未睡,与华丽萍赶了个头班机飞了过来。

丁宝非正在与刘洋谈话,告诉他这次物资公司组建的构想,并要他找找漆总,运作运作一下。说实话,他是愿意刘洋出任物资公司的经理,原因是刘洋人老实,好操纵。还有一个主因是刘洋没野心。刘洋与他说过多次,他谋个官位是为了给妻子一个脸面,给父母争口气。他的同学一个个飞黄腾达,妻子争强好胜,眼里馋得慌,一天到晚在他耳边唠叨。听了丁宝非的构想,刘洋脸露喜色,但心里没把握,喃喃地说:"谢谢丁总。我试试看,试试看。"丁宝非暗示:"你不是很有办法嘛。"刘洋眼皮耷拉下来,轻轻地说:"谢谢丁总指教。我会努力的。"刚说完,丁宝非的电话响了。刘洋马上站起来,说:"丁总你忙。"退了出去。

丁宝非在电话里对左兵说:"你在宾馆里等,我最近事多,忙完后过来。"他已约好了贺小妹、陈歌两位副总九点半听熊长远的汇报。燃料公司的组建是重中之重,这摊事他还不熟悉,想及早掌握这方面的情况。听完汇报已是十一点半了,他收拾好办公桌上的文件材料,叫上方梅直奔富豪酒店。

左兵热情地拥抱了丁宝非、方梅,拥抱方梅时还赞美一句:"方梅在爱的滋润下越来越漂亮了。"方梅含羞地笑了笑,表示对他赞美的感谢。华丽萍先拥抱了方梅,然后很夸张地扑到丁宝非身上,快乐地拥抱在一起,眼睛挑逗似的盯着他说:"丁总,你太迷人了。"丁宝非自嘲道:"我只不过是一坨牛粪。"华丽萍嘻嘻一笑,"我就喜欢你这坨牛粪。"转头对方梅说,"方姐,嫉妒死你了。我不管,我要吻下可爱的丁总。"说完,不管丁宝非愿不愿意,踮起脚在丁宝非的脸上叭叭吻了几下。丁宝非不好意思红了脸,用手摸摸被华丽萍吻过的地方,手上立即沾上了一抹口红。左兵见状放肆地哈哈大笑起来。方梅却追打华丽萍,"好啊,沾别人的便宜,讨厌。"热闹过后,华丽萍招呼两人坐在沙发上,给他们各端上了一杯热茶。

左兵和华丽萍并肩坐在转角沙发上。左兵一边微笑,一边从鳄鱼包里掏出两张银行卡,递给方梅。丁宝非伸手假意推挡:"上次已经给过了。"左兵说:"上次是上次的。这是这次合作的见面礼。"丁宝非不好意思地说:"哪能无功受禄?"华丽萍说:"这是左总的一点意思。方姐,收起来吧。"方梅毫不客气地接了过来,笑道:"谢谢左总、丽萍。你们的事宝非会努力办成的。再说,还有我督着哩。"左兵爽朗一笑:"还是方梅痛快。"

丁宝非抽出两支烟,丢一支给左兵,自己点燃一支,吸了几口,向头上吐出一圈云雾,抖了抖二郎腿,慢吞吞地问:"你们去过漆总那儿?"

左兵回道:"还没呢,我们准备下午或晚上去趟。你看,不与你见上面,心中没底呀。"

丁宝非说:"漆总下午没时间,有两个会。"

左兵耸耸肩:"那就晚上吧。本想晚上与你们一起乐乐,只好改期喽。"

丁宝非轻轻弹弹烟灰,加重语气说:"这次你无论如何要去漆总那儿一趟。我给漆总一提出与你合作,漆总马上赞成。没有漆总的认同,就没有你这次机会啊。我们乐不乐无关紧要。"

左兵掐灭烟头,说:"那是,那是。我心里明镜似的。和芷电合作了,以后的设备零部件采购就方便多了。现在搞什么招投标,费劲得很。一个公司了,自己采购备件,名正言顺,效率也会高很多。"

丁宝非点点头,说:"股比?漆总的意思是二八开。你二,芷电八。"

左兵想都没想,连说好好好。他知道,股比占多大无关紧要,关键是要取得长久经营权。接着,丁宝非说了机构设置的想法。左兵一一赞成。最后,左兵提出一个要求,就是以后电厂的所有采购都由物资公司承担,并由物资公司自己决定采购方式和途径。丁宝非说会向漆总报告,力争向这一目标靠近。工作谈到这里,基本有了眉目。两人似乎已有默契,有些话并未说透,但彼此心里有数,关键是以后的运作要靠灵犀。左兵的大气,很得丁宝非的欣赏,使他感受到了权力的魅力。丁宝非的信任,也让左兵看到了占据芷电设备采购市场的希望。左兵清楚,若能全部拿下芷电设备采购的全部单子,他以后的日子会好过得多。

已到午餐时间,左兵请两位吃便餐。说是便餐,实际极为丰盛,上了鲍鱼和鱼翅,左兵力劝喝点白酒,被丁宝非推掉,说下午两个会都要参加。左兵就说来瓶高档红酒。丁宝非只好默认,因怕误事,就随意地应酬了一下。离开酒店时,丁宝非不忘叮嘱左兵,一定要去漆总那儿。左兵双手握着他的手,连说:"一定一定。"

出了酒店,方梅埋怨丁宝非,说他傻到家了,三番五次地劝左兵到漆总那儿,不是给人家出难题?现在做这档事,生意人精得很。你说多了,人家反而不便行事。这不是此地无银三百两吗?丁宝非顿时醒悟,重重地拍打自己的脑袋,连说傻瓜傻瓜,并龇牙裂嘴地对她傻笑,说以后再也不会如此傻冒了。

下午第一个会是漆汉昆主持召开的明天电力集团公司第一次工作会议,主要是商定物业公司组建事宜。原后勤服务中心、芷电宾馆、生活区与厂区周边的店铺、车队等都划归物业公司。漆汉昆明确贺小妹分管物业公司,出任董事长。贺小妹在会上谈了她的工作思路,说第一步就是把后勤服务中心和宾馆的临时工清退,空出位置安置富余人员;第二步把好的位置拿出来竞聘;第三步实行定岗定责,一岗一薪,用绩效和绩薪调动人的积极性。

丁宝非发言完全同意贺小妹的意见,说两百多人要在物业公司安排,难度很大,每步都涉及职工的切身利益,对芷电改革是个考验,对明天电力集团公司起好步开好头更是个考验。他建议贺小妹在操作过程中要稳步推进,认真做好思想政治工作,要告诉大家,有些岗位是暂时性地安排,以后会给大家创造更好的工作机会。我们会在市场竞争中求发展、求生存,实行创业性安置。以实际行动贯彻漆总职工利益第一的思想。

漆汉昆听了丁宝非的发言露出了赞许的微笑,在充分肯定贺小妹的工作思路后,对丁宝非的观点给予很高的评价,要贺小妹按照这一思路尽快开展工作,并交待丁宝非要抽时间过问物业公司的工作进展情况,对重大事项要亲自把关,及时反映。最后,漆汉昆对粉煤灰综合利用公司的组建事宜作了指示,要陈歌牵头拿出一个优选方案。

因三点半还有一个廉政工作会,漆汉昆看时间差不多,就宣布散会。走的时候,漆汉昆用力握了握丁宝非的手,眼里投出一束信任的目光。丁宝非看到漆总对自己如此器重,顿时心花怒放,发誓一定要为漆总分忧解难。

丁、贺、陈 3 人按时来到会议室,找靠后的位置坐好。在家的中层以上干部全部参加了会议。公司班子成员坐在主席台上。会议由葛联军主持,纪委书记传达省电力公司廉政建设工作会议精神。纪委书记已到退休年龄,讲起话来依然声如洪钟、铿锵有力。谁将接任纪委书记?芷电上下都在议论猜测。有的说谭加健希望最大,因漆总和葛书记都看好。有的说可能是李蔓,因李蔓为人处事圆通,与漆总关系不一般。丁宝非倒希望李蔓接任,谭加健太原则死板,而李蔓既原则又灵活。纪委书记太原则对企业发展不利,现在搞企业谁不玩点偏的邪的?纪委书记在这个时候就得顺势而为,护航为主,不能动辄就上纲上线。否则,谁还会为企业多创利而拼命?

说到李蔓与漆汉昆的关系不一般,仅是一般传言。丁宝非也隐约耳闻。漆汉昆身材魁梧,威风凛凛。李蔓身材曼妙,端庄秀丽。两人眉目传情、暗送秋波、彼此吸引也有可能。但谁也没发现两人在哪双双对对出入过。漆汉昆有应酬时倒是喜欢带上李蔓,有时出国或出远差回来会给她带些礼物。如此,让人见多了就免不了生出些许是非。好在两人听到流言蜚语时毫不在乎,漆汉昆大不了摇摇头,李蔓却是嗤之以鼻,一笑了之。

纪委书记传达起来很认真,念到精彩处激昂不已,时不时插上一段话,并作详细解释。比如说要常去三个地方看看:一是常去殡仪馆看看,二是常去监狱看看,三是常去贫困地区看。又比如说要过好六关:一是过好思想关,二是过好名誉关,三是过好权力关,四是过好金钱关,五是过好美色关,六是过好亲情关。再比如说要算好七笔账:一是算好政治账,二是算好名誉账,三是算好经济账,四是算好家庭账,五是算好亲朋账,六是算好身体账,七是算好自由账。每到脱稿讲话时,下面就鸦雀无声,一个个认真聆听。传达结束,会议室里响起了热烈的掌声。丁宝非也举起双手跟着大家用力鼓掌,并对贺陈两人说,卢书记有水平,讲得真好。贺、陈两人一边鼓掌一边点头赞同。

葛联军简单地点评了纪委书记的传达和讲话,然后高声说:"下面,请漆总讲话。"接着掌声四起。漆汉昆站起来用双手压压,向大家鞠了一躬,坐下来打开已写好的稿子抑扬顿挫地念了起来。漆汉昆声音洪亮,音色浑厚,听起来很有感染力,讲完后同样博得了热烈的掌声。葛联军拿过话筒,归纳了漆总讲话的要点,要大家会后认真学习,贯彻执行。接下来,葛就目前芷电的实际,谈了几点意见:一是在改革中要高度讲政治,提高廉洁意识;二是要加强自律,管好自己的手和嘴;三是要严肃财经纪律,堵塞资金漏洞;四是要维护职工的正当权利,严防侵占职工利益的行为发生。

散会后,丁、贺、陈3人走在一起,悄悄议论。贺小妹说:"葛书记讲的第四点好像是针对我们来的。"陈歌说:"是啊,改革哪能维护好职工的正当权利?显然是一对矛盾。要么不改,要么就得牺牲职工的利益。"贺小妹摇晃着头:"这么多人重新安置,肯定要牺牲部分职工的利益。"丁宝非说:"还是尽量按书记的意见

办吧,到时再说。党委书记不这么讲就不是党委书记。这是中国特色语言。"贺
陈两人相视一笑,称赞丁宝非理解力强,吃透了中国特色精神。

丁宝非回到家,已经很晚。饭菜早已摆上了餐桌。李沁和母亲一边陪芳芳看
电视剧《西游记》,一边等他。本来今晚有个应酬,他觉得有些累就推掉了,打电
话告诉李沁晚上回来吃。李沁听后十分高兴,说再晚回来都等他。李沁已经把他
晚上回来吃饭当作一种奢望了。最近一段时间,他天天晚上在外面应酬,各种吃
请应接不暇,有些应酬推都推不掉,你不去,人家会说不给面子,不够朋友。为了
多交朋友,为了搞熟各方关系,他有请必去。当然,来而不往非礼也,回请的次数
自然不少。

李沁关掉电视,招呼大家上桌吃饭。芳芳看到红孩儿火战孙悟空,兴趣正
浓,吵着还要看。丁宝非上前帮孩子打开电视,对李沁说:"让她看吧。"芳芳高兴
得拍小巴掌,"还是爸爸好。"母亲给芳芳盛碗饭,夹上一些菜,端到她手上。芳芳
接过饭碗,坐在沙发上一边吃一边看。丁宝非知道,李沁平时管教女儿较严,从
不让小孩子的任性得逞,把芳芳训练得乖巧顺从。母亲则端着菜在餐桌和芳芳
之间走来走去,成了芳芳的运输队长。

李沁帮丁宝非盛好饭,夹些菜到碗里。丁宝非端起来慢慢扒着,说:"还是家
里的菜好吃。合口味。"李沁嗔怪道:"说得好听,没见你回家吃几次。"丁宝非苦
笑一下:"这也是工作呀。"李沁说:"知道,工作应酬。嗳,下午的会听说开得很
好。葛书记提出这次改革要保护职工的利益,要维护职工的权利,要稳定职工的
人心。你说,都是一样的领导,咋就不一样的思想感情?"

丁宝非停下筷子,吃惊地问:"刚开完,你咋知道会议内容?"

李沁不高兴地说:"就兴你们当领导的知道,不兴我们老百姓知道?人家老
公一开完会就打电话告诉了老婆。人家老婆马上就告诉了我。"她得意洋洋地看
着他说:"怎么样,你老婆不迟钝啊。"

丁宝非明白,肯定是发电部黄明明的老婆告诉她的。黄明明是华北电力学
院毕业的高才生,因业务精通,很早就提任了发电部副主任,是当时芷电最年轻
的中层干部。有一次,他自己驾车带老婆孩子回老家看望患病的父亲,快到家门
口时,被一辆迎面而来的货车撞个正着。他本能地往左猛打方向盘,自己虽然重
伤却躲过了灾难,老婆孩子却永远离他而去。伤好后,他的脸上和胸部上留下了
残疾。一年后,同事帮他张罗再婚。一见他的容貌,女方都打了退堂鼓。还是省
外一电厂的大学同学得知情况后,把他西北乡下的表妹介绍过来。表妹长相一
般,但人老实,心地善良,听了他的遭遇后动了恻隐之心。当然,还有很大的成分

可能是想借此跳出贫瘠的农门。黄明明见面后还挑三拣四,嫌长相一般,嫌没学历。老同学就讲他,你这个破相有人要就不错了,别癞蛤蟆想吃天鹅肉,老老实实找个女人过日子吧。几个要好的同事也力劝。黄明明终于在同学同事的劝说下娶回了现在的老婆张蕙。黄明明多次找葛联军,把张蕙安排在宾馆做保管员。李沁来了以后,两人成了无话不谈的好朋友。黄明明前几天找过丁宝非,说临时工在改革中面临解聘,要他想想办法,把张蕙和李沁一起留下来。丁宝非满口应承,说活人不会被尿憋死,总会有办法的。

丁宝非瞥了眼得意洋洋的老婆,说:"小样,这点内情值几个钱,还得意?"

李沁不服气:"噢,你有能耐,咋不像黄明明一样马上告诉你老婆呢?你知道,你老婆天天急得像热锅上的蚂蚁。好不容易有个事做,没多久就要解聘,人家心里好受吗?"

丁宝非夹块肉送进嘴里,嚼着说:"知道你不好受,急又怎样?俗话说,兵来将挡,水来土掩。到时自有办法的。"

李沁发牢骚:"谁知道你有什么办法?你又不是漆总,说话管用?电厂这样不是好好的吗,搞什么改革?弄得人心惶惶。吃饱了撑的。"

丁宝非嘘了一声,交待她:"这种话只能在家里讲,在外千万说不得。否则,会要了我的命。知道?"

李沁说:"晓得,还用你交待。我没这么傻。听他们讲,葛书记当总经理的时候,大家心里踏实,不用担心下岗、减员、降薪,员工之间关系挺好。漆总一上任,就闹腾起来,什么减人增效,下岗分流。一个好端端的电厂,有必要这么变来倒去?我真看不懂。不知漆总安的什么心。有人私下说,漆总这么大面积的折腾,有不可告人的目的,想借改革之名捞一把。"

丁宝非心里一惊,问:"听谁说的?"

李沁说:"有次上厕所,听到两个不太熟悉的声音在议论。想看看是谁,等了半天不见人出来。我想,无风不起浪,出现这种议论,不会空穴来风吧。"

丁宝非马上驳斥:"尽是瞎说。改革,总会引起某些人的不满,总会触动个别人的既得利益。有不同意见,才正常,没有不同意见,反而不正常。芷电现在人浮于事,冗员过多,不减人,何以增效?不下岗分流,何以调动人的积极性?漆总那是站得高看得远,未雨绸缪,防患于未然。如果还像葛书记那样维护现状,到时候电厂濒临破产,大家哭鼻子都来不及。下次碰上这种事,千万不能掺和进去。这是落后观念在作祟,不满因素在捣乱。"

李沁放下碗筷,抹抹嘴,叹口气:"唉,反正我心里堵得慌,起码我是改革的牺牲品。以后的事,谁去想呀。哪些受到冲击的职工,更多的是考虑现在,眼看自己要被分流,心里能踏实?俗话说,饱汉不知饿汉饥。饱食思淫欲,饥饿盼干露。稳定了职工的心,才能得人心。"

丁宝非进一步解释:"企业求生存,求发展,不是靠几句大话套话,要靠实力,靠效益,靠大家的奋力拼搏。没有活力的企业就没有生命,没有效益的企业就没有动力。这些年,年年亏损,快把资本金亏掉了。除了机组出力不足外,更主要的是开源不够。你想想看,一年发电不到3500小时,没有电量,哪能盈利?职工的福利水平从何提高?漆总发动这场改革,就是要让职工的口袋鼓起来,要让大家过得比别人好。总有一天,职工会理解漆总的良苦用心,会为他的长远设想喝彩。"

李沁撇撇嘴:"行啊,不用给我讲大道理了。画的饼再好也不能吃。就问一句,我和张薏的事你能落实好?张薏可是指望你帮一把呀。她老公是个老实坨子,一天到晚只晓得钻自己的专业,加上车祸后不愿与人交往。她说,她就跟着我,愿意与我搭帮干活,说我人好心好脾气好,愿意与我交一辈子知心朋友,成为最好的姐妹。我呢,也特喜欢她,好像前世有缘。反正,你要把她当我一样对待。"

丁宝非呵呵笑了,玩笑道:"干脆你们同性恋得了。"

李沁用筷子打他:"讨厌。人家说真的嘛。你们开完会不久,她就给我来电话,说了好一阵子。她说听了葛书记讲的话,心里特别感动,真希望老总还是葛总,让我们这些小老百姓稳稳当当一些。"

丁宝非答应了李沁的要求,说会好好考虑,叫她们以后少发牢骚,交谈时不要涉及领导,不要让人逮到话柄。尤其在这个时候,更要体现大局意识。

吃完饭,李沁忙着收拾碗筷。丁宝非泡了杯龙井坐在沙发上与女儿一起看《西游记》。这时电话响了,一接,是刘洋打来的,问他在不在家,想和老婆过来拜访。丁宝非清楚刘洋来的目的,就说好呀,在家等他。

过了半个多小时,刘洋夫妇敲门进来。李沁见过刘洋,热情地叫了声刘科长。丁宝非关掉电视,叫母亲带芳芳进房间玩去。芳芳很懂事,虽不情愿,但见客人来了,还是甜甜地叫了叔叔阿姨,与奶奶一起进了房间。丁宝非握着刘洋的手说:"老刘,有话在办公室说不好吗,还这么认真地到家里来。不好意思,家里乱,沙发上坐吧。"刘洋四周望望,说:"房子装修得挺好,有风格。丁总搬了家,本该早点过来看看。"刘妻接过话说:"是啊,丁总,我家老刘说过几次,要到丁总家里看看。"她把手上提的几盒礼品递给李沁,"给伯母带了点补品,一点心意。"李沁双手接了过来，说："礼重了。"三人落座，李沁上了三杯茶，说你们谈，微笑着退身进了房间。

刘妻先谈了会儿芳芳，然后望着丁宝非说："丁总，老刘的事得感谢您呀！他一个老实坨子，从来不晓得走动。要不是您和谭总，他永远出息不了。能在您手下做事，是老刘的福气。这次改革，丁总能想到我家老刘，我们会一辈子记好。还得请丁总您多上上心。"

丁宝非望望刘妻，望望刘洋，最后眼睛定格在刘妻脸上："这种事，还得靠你们自己努力。我呢，只不过推荐一下。漆总采不采纳？就得看老刘的造化了。"

两人忙点头。刘妻说："话是这么说。当然，只要丁总力荐，漆总会看您的面子。漆总那边，我们会找的。这几天就去找找他。"

丁宝非似笑非笑地点了点头："说心里话，我是很愿意与老刘共事，两人搭班子虽然时间不长，但配合默契。"

刘洋吹捧道："那是，那是。丁总从善如流，虚怀若谷，这样好的领导不多。我真心实意愿在丁总手下做事。"刘妻抢过话说："老刘在家老是夸丁总好。这次有机会，丁总能想到我家老刘，说明你俩有缘分。老刘说了，如果能到物资公司经理任上，一定好好配合丁总把工作做好，为丁总争面子。"

两人一唱一和，丁宝非听了十分舒心，免不了回些勉励的话。刘妻是个话匣子，见丁宝非看好自己男人，就巧舌如簧般的吹丁宝非、夸刘洋，把两个男人捧上了天。丁宝非在她面前无法许诺，只不停地应付。他第一次发现，女人捧起人来的劲头真不一般，简直能把死人吹活。从刘妻的态度中，丁宝非发现刘洋说的没错，在权力上，女人比丈夫更在乎更积极。

送走了刘洋夫妇，李沁把礼品袋打开，是一盒一斤装的冬虫夏草，一支东北野参。李沁惊讶起来："这么贵重的东西，能收？"丁宝非打趣道："不敢收，你送回去。"李沁把冬虫夏草和野参装进袋里，推给他，"你的事，我才不干。"丁宝非笑着说："看把你急的。这点东西算什么，收起来吧。以后你想还礼，买点别的。如你真的送回去，这朋友就没得做了。"李沁点点头，"是呀，人家一片真心，以后记得还上。妈最近身体不好，正好给她补补。我说，人家求的事一定得办好，不能亏欠人家。"丁宝非哦了一声，说女人最好不要管这种事。

第 23 章　曲径通幽

罗正平经过一段时间的运作，终于将华流县两座小水电收购工作顺利完成，并在两座电站的基础上组建了华流正天水电公司，罗正平为董事长，柏筱为副董事长，总经理由原洪坩电站站长阮从军出任，原隆垤电站站长出任副总经理，保留的员工身份全部置换。他用一个月的时间把水电公司各项管理制度制订出来，明确了各个岗位的职责，真正实行了权力制衡，决策权完全控制在他手上。人还是这些人，电站还是这两座电站，一改变身份，积极性和效率就空前高涨起来。员工们知道，现在端的是老板的饭碗，不像过去，干多干少一个样。现在则不同了，弄不好即刻会被老板炒鱿鱼。另外，陈山县一个 8000 千瓦装机的小水电也被他收入囊中，并装进了华流正天水电公司。经过齐明松的运作，上网电价也得到妥善解决。

接到柏筱的电话，罗正平从华流县往芷都赶。一路上，罗正平心里异常兴奋，近期几项业务开展得极其顺利。三个水电站发电已走上正轨，电价定得比较合理，如果来水量达到设计值，1 年下来，3 个水电站肯定攒它个盆满钵满。五六年工夫，银行贷款就可完全还清，以后的日子就是净利润。这种来钱的渠道恐怕以后不会再有了。当然，如果没有齐明松的指点和暗助，这等好事不可能轮到他。让他最兴奋的还是柏筱开辟的煤炭业务渠道。他永远忘不了当年与芷电合资组建的燃料公司。两年多点时间，就让他完成了原始积累。经过柏筱的努力，现在又有了进入芷电燃料公司的机会，虽不控股，但能拿到如此高的股比实属不易。他清楚，只要踏上了芷电这艘燃料业务的航母，来钱的办法就多多。

刚打开办公室的门，柏筱贴着后脚跟就进来了。办公室主任赶紧给他俩泡上茶水，悄悄地退出去。柏筱把手上的合作协议递给他："罗总，你是法人代表。里面的内容得你审阅。"

罗正平接过协议，用手示意她坐到沙发上，自己则站在桌子旁仔细地翻阅起来。看完后，他慢慢踱到沙发边，在柏筱的对面坐下，眼睛盯着柏筱说："我看没什么大问题，就是总会计师不应该由芷电派出。"柏筱解释："当时芷电的意见是双方商定，不承想他们提出还是由芷电派。漆总意见是怕芷电班子有不同看法。"罗正平说："要么外聘。这样最公正。"柏筱笑笑："我看算了吧，不要为了这点小事影响了协议签订。我与丁宝非交换过几次意见，他说会聘任一位脑子灵活的总会计师。先这样走，如果出现不顺，到时再换不迟。"罗正平沉默片刻，说："也好，按他们的意见办。料他们不会亏待咱们。什么时候签字？"柏筱说："丁宝非是希望早点签掉，并把股东会开完，早点将公司运作起来。"罗正平点点头，兴高采烈地说："柏筱，这次你立了大功。晚上请明松一起喝几杯，庆祝一下。"柏筱受到表扬，很是得意，爽快地答应，掏出手机就给齐明松打电话。齐明松电话里说晚上有个应酬，改日相聚。柏筱不依不饶，撒起娇来："不嘛，不嘛，今晚一定要来。"齐明松只好妥协，答应赶场子，晚点过来。

罗正平笑着说："柏筱，你是越来越厉害，我们班里的硬汉子最终被你征服了。我很羡慕明松呀，得到了你这个十分可人的大美女。闲时一想，屈得很，我为什么就不知道下手呢？"柏筱顿时红起脸来，啐道："不正经。噢，把我当成什么人了。"罗正平调侃道："当成美食啊。不是有句成语，秀色可餐。"

以前，罗正平从未在她面前这样无拘无束地开玩笑，在她眼里一向是个正人君子，难得今天有这份雅兴。看来，他真的是为柏筱开拓了这一业务渠道而高兴。柏筱诚恳地说："罗总，我能走到今天这一步，得感谢你呀。"罗正平问："说心里话，有没有委屈？"柏筱叹口气："怎么说呢，没想法不可能。其实，我的心是越来越像风筝，不知道会飘向何方？"

罗正平说："我知道，女人到了这个份上，最盼望的是什么。可是，齐明松做不到。人啊，总是有得有失。生活中，我们总会面临很多选择，这在带给我们很多机会的同时，也无时无刻不在分散我们本来就很有限的注意力。也许生活会因为这些选择而变得丰富多彩，可是这一切的背后，却需要我们以身心两方面的疲惫作为交换的代价。而这种疲惫有时是短暂的，有时是长久的，就看我们如何面对罢了。在当今物欲横流的社会，选择现实应该是明智之举。"

柏筱喝口茶水，苦笑一声，说："罗总，说这些有什么意义？对我来说，也许这是命。能得到明松的真爱，我备感知足。在实际生活中，谁能保证不会碰上无赖？现在的男人有几个靠得住？他要了你的色，要了你的青春，最后连句道歉的话都没有，好像是我们女人亏欠他的。与其成别人的玩物，不如成至爱的珍藏。我已经想通了，不求天长地久，只求曾经拥有，过好自己的每一天。如果哪天风筝断了线，就随风飘荡吧，至少在天堂有自己一隅乐土。"

罗正平站起来，上前拍拍她的肩："柏筱，有时我会为当年的荒唐而内疚。其实我不懂女人，只想利用你完成一桩生意。我的目的达到了，可把你陷进去了。

齐明松呢,也无法自拔。你们两个都是有情有义的人呀!齐明松跟我说过,会呵护你一辈子。"

柏筱甜蜜地笑了,眼里闪动泪花。齐明松与她多次说过类似的话,想不到还会在老同学面前表达出来。她说:"这个人呀,这种话也告诉你。好了,不说这些,还是谈工作吧。协议签完后,马上要把资本金打过去。账上的资金不够,你看咋办?"

罗正平挠挠头,想了一下说:"是呀,现在我们的摊子越铺越大,资金占用过多。要不,再到银行贷些款。"

柏筱仰头看着他说:"贷款来不赢,光担保手续就得折腾几十天。再说,我们已没资产拿来担保,收购小水电让我们背了太多的债务。现在银行审查是越来越严,况且我们的负债率已超过了警戒线。银行未必会同意。"

罗正平背起手在办公室踱着方步,自言自语起来:"是呀,一不小心,我们掉进了资金链短缺的窟窿。放弃吧,太可惜。不放弃吧,哪来资金?"他在柏筱面前停下来,问:"缺多少资金?"

柏筱站起来,回道:"1200多万。"

"不少啊。"罗正平重新踱起方步,低头思索。过了会儿,他又停在柏筱面前,说,"有两个方案,一个是与漆总商量一下,资本金晚一年半载交,待账上有了资金再补交,利息一分不少;另一个是请齐明松帮忙,请省电力公司帮我们担保。"

柏筱心中没底,担心地说:"能行?芷电把这么好的股权给我们,却要一年半载缓交资本金,到哪里也说不通。另外,请省电力公司担保,给明松的压力太大,我不忍心。现在官场明争暗斗,最好不要给他出难题。如果他出了问题,我们的公司办得下去?可不能因小失大啊。"

罗正平使劲拍了拍自己的脑袋,说:"哎呀呀,柏筱,你说得对,我们绝不能给齐明松出难题。罢了,罢了。看来只有找漆总了。等会明松来了,看他有什么好主意。他呀,满脑子点子,肯定会有办法的。"这时,他的手机响了,一看来显,就左手捂着嘴巴轻轻地说:"现在有事,等会打给你。"

柏筱见状吃吃地笑了,猜想一定是他那位的电话,就大声说:"我走了。"说罢就打开办公室的门,径直回到自己的办公室。柏筱知道罗正平有了新相好,对方是位中学老师,长得小巧玲珑,脸容姣好,皮肤白皙。他们是在朋友的聚会上认识的,一来二往,慢慢成了红颜。有次柏筱在商场里碰上他俩手牵手,罗正平大大方方地介绍:"我女友,小鞠,中学老师。"小鞠有点羞涩,马上松开手,红着脸向柏筱点点头。柏筱颇感尴尬,向对方微微一笑,连说你们忙,快步离开。罗正平妻子在原籍,为了填补空虚,已经换过多个女友。柏筱一本正经地与他探讨过感情问题,劝他不要滥交女友。他却笑她年少,说两人相处的时间长短不完全取决男人,关键还是看女人的魅力。柏筱无言以对,只好摇摇头。她慢慢悟出道理,男人和女人在感情上的需求永远不一样。

晚七点,两人驱车前往皇朝酒店。柏筱点好了菜,与罗正平一边喝茶聊天一边等齐明松。快近八点,齐明松才挺着个将军肚进入包间。罗正平上前拥着他玩笑道:"齐总呀,想见上你一次不容易啊。今晚可是沾你红颜知己的光,不然的话,我是没福气见上你哟。"

齐明松白他一眼,没好气地说:"你这张臭嘴,没遮没拦,是不是还要像以前一样绑架我?我告诉你,姓齐的现在过河拆桥了。"说罢呵呵一笑。

罗正平贫起嘴来:"行呀,你齐明松敢过河拆桥,我就敢策反你的红颜。我还正为以前成人之美的愚蠢行为后悔呐。"

柏筱在一边叫起来:"罗总,看你说的什么呀。"

罗正平哈哈大笑:"怎么样,齐大人,有人急了吧。前三个小时,我还跟柏筱聊着,看到你们如此甜蜜,羡慕死了。我就想,我怎么就没你齐大人的福气?"

齐明松在主人位上坐下,拉柏筱坐在他的左边,罗正平则在他的右边坐下。齐明松看看柏筱又看看罗正平,感慨地说:"正平呀,说实话,你这辈子,就帮我做过一件好事,把柏筱介绍给我。这确实是我的福分,自有了她,才觉得生活有意义。人生苦短,有一二个闪光点人生就丰富多彩起来。别看我手握重权,前呼后拥,指东道西,随心所欲,静下来的时候,心里照样空空如也。柏筱给了我心灵慰藉,成了我的定海神针。"

柏筱听了这话不高兴,撅起嘴:"你这没良心的,把我当物品了。"

齐明松搂她一下,补充道:"当然,更是我的知己、至爱。"服务小姐这时进来,问:"上菜?"柏筱应道:"上,快点。"齐明松说:"我吃过了,菜上少点。"罗正平不让:"点的都上,都上。再怎么着也得陪柏筱吃好。"并要小姐拿瓶茅台来。

罗正平拣起刚才的话题说:"老同学,只要你永远记住这点就行。当年还烦我绑架你,现在懂得其中个味吧。柏筱快成人精了,不光人越来越妩媚,生意做得也越来越好。要为我们的合作伙伴庆功呀!你看,我的生意从她开始发达,你的生活从她开始变得有意义。她是我们的福人呵。"

齐明松觉得在理,点点头,用手在柏筱头上爱抚几下。柏筱向他弄弄眼:"别听罗总瞎说,我几斤几两,心里清楚得很。"齐明松把嘴贴在她耳边,轻轻说:"不管正平如何评判,我心里就是这般感受。你是我的强心剂!"柏筱嘻嘻一笑,把他推开："去你的。哎，明松，你见过罗总新的女友？"齐明松眯起眼睛看着罗正平："什么时候又换了。真潇洒，不带来看看。"罗正平歪着头说："真的想看？一个电话就来了。"齐明松说："行啊，马上叫过来，漂不漂亮？"罗正平吹了起来："当然漂亮，我老罗什么时候会走眼？"齐明松笑了起来："那是，那是，正平是什么人呀。"罗正平望着柏筱："你看，我就叫了。"柏筱劝阻道："这个时候叫，不是折磨人吗？算了吧。"说心里话，她不希望罗正平以外的朋友知晓她与齐明松的关系。罗正平理解柏筱的苦心，说："柏筱做事谨慎。我不会让小鞠知道什么。与她能相处多久？难说。放心吧。"齐明松明白两人说话的含义，就拍拍罗正平的肩，表示感谢。

逗了一会儿，菜开始上了。罗正平吩咐小姐倒酒。齐明松用手捂住酒杯，说就一杯。罗正平同意，说柏筱代喝。柏筱今晚高兴，拿开齐明松的手："好歹得祝贺我一下，第一杯是罗总的，第二杯是我的。"为了让柏筱尽兴，齐明松只得依了。

罗正平端起酒杯说："明松，这段时间，柏筱为了开拓芷电燃料的业务，做了不少卓有成效的工作。这是她出任总经理以来做的第二笔大业务，而且是十分精彩的一笔。当初，她提出这一动议，我还顾虑重重，觉得难度挺大。没想到，她身手不凡，马到成功。以后，这块利润应是相当可观。来，祝贺她。"齐明松满眼含笑："好呀。祝贺功臣。"端杯与罗正平一起向柏筱敬酒。柏筱满心欢喜，一口喝干。

放下酒杯，齐明松问："资金缺口怎么解决？"他清楚，为收购3个小水电，柏筱把他们存折上的资金全部用上。前天晚上，柏筱向他透露过，参股芷电燃料公司的资金缺口较大，正在与罗正平想办法解决。这些年来，齐明松一直不主动过问他们公司收益状况及账上资金。最早在罗正平公司里的干股，经过几次扩张和发展增加了多少？他不去理会。他只知道柏筱名下的权益已相当可观。随着公司不断壮大，柏筱的财富占有欲也越来越强，老在他耳边嘀咕公司的发展前景。当描绘自己未来会成为一名大企业家时，她眼里放出无限荣耀的光芒。当然，柏筱所期望的也是他的梦寐，只是不轻易表达出来而已。他目前注意力更多还是放在仕途上。

罗正平叹口气，说："黔驴技穷了。我俩琢磨半天，就是没招。请你喝这杯酒，不是白喝呵。你点子多，给我们出几招吧。"

齐明松呵呵一笑："轿子抬多了，未必管用。你的智慧到哪去了？"

罗正平一脸愁相："这可是柏筱弄来的好项目，你不管，只有放弃。你看，3

个小水电挤占了所有资金,把我个人的积蓄搭进去了,也把柏筱的积蓄搭进去了。"他看了一眼柏筱,见柏筱点了头,又转头对齐明松说:"公司负债率这么高,靠自身的实力,银行贷款肯定无望。本来想通过你找其他公司担保,柏筱怕给你添麻烦,就打消了念头。找朋友借吧,谁敢借你这一大笔呢?"

齐明松皱起了眉头:"是呀,这是个问题。"他左右望了望,沉思片刻,舒展眉头说,"想过其他办法吗?"

罗正平反问一句:"还能有什么办法?"在资本市场上,他向来主意不多。上市、发债根本不可能;银行贷款程序严格,且难度较大;企业间相互拆借,信用度不够;现在民企的融资路是"蜀道难,难于上青天"啊。

柏筱给齐明松碗里夹块红眉鱼,轻轻地问:"你有好办法?"她看齐明松刚才轻松的表情,断定他想出了办法。

齐明松夹起红眉鱼送进嘴里,嚼了几口说:"办法谈不上,但可解燃眉之急。"他放下筷子,端起酒杯与柏筱的杯子碰碰,"这杯酒是为你喝的。"一口喝干。柏筱正竖起大耳朵听好主意,却见他买关子,就嚷起来,"快说嘛,人家急死了。不说,这杯酒我就不喝。"齐明松爽朗一笑,"喝不喝是你的事,别怪我没祝贺你。"柏筱只得喝了,把杯倒过来给齐明松看,"可以了吧。说呀。"齐明松问:"丁宝非怎么说的?"柏筱答:"如果资金暂时有困难,可缓点时间交。"齐明松敲敲桌子,"这就是办法啊。"罗正平没弄明白,不解地说:"缓交,是给柏筱面子。拖一二个月,还得交,要注册呀。"齐明松笑而不答,一副高深莫测的样子。柏筱抓住他的手臂摇了摇,提高嗓门说:"讨厌。快说呀!"

齐明松不直接回答,拐了个弯,讲起故事来:"古时候,有个精明人想做生意,可又没钱。有一天,他忽发奇想,决定做一单无本生意。桃子早熟时,他骗桃子主人,说家里要他去相亲,想送桃子给女方做聘礼,先借几筐,等家里桃子熟了再还。他做了好多家的工作,结果借到了一大批早熟桃子。早熟桃子量不多,市场卖价自然较高。他把早熟桃子卖掉后,大量桃子上市了,就用其中的钱买了同等量的桃子还给各家。结果一算,小赚了一笔。"

罗正平听完后眼睛一亮,把筷子往桌上一放:"对呀,羊毛出在羊身上。"他冷静一想,觉得不现实,"漆总有这么好说话吗?能把这样好的股权给你已经不错了,还要向人家借钱。不可能,不可能。"说完,连摇几下头。

柏筱把筷子咬在嘴里,思索一会儿,自言自语起来:"找漆总借钱,然后注册。注完册后,把注册资金抽回,再还给漆总。利息呢,一分不少给他。"罗正平听到她的自言自语,接过话说:"有没搞错,抽逃资本金是违法呀。"柏筱微笑着说："暂时嘛。先注完册，让公司运转起来。然后呢，我们慢慢想办法筹资。"罗正平拍拍脑袋说："这样救急，倒是个办法。后面怎么筹资？一旦筹资失败，怎么交待？"柏筱狡黠一笑，说："走一步看一步呗。"

齐明松看看柏筱，望望罗正平，嗫嚅道："我什么也没说，是吧，都是你们的馊主意。只要你们行得通，我可以出面帮忙。"罗正平心里放声笑，觉得齐明松太在意影响，忙点头，"是呀，齐总什么也没说，是我们的主意。只要齐总支持，什么也不用说了。来，柏筱，再与齐总喝杯酒。"柏筱怕他喝过量，不同意，说："罗总，酒就不要再喝了。明松赶了一个场子，在那边也许喝了不少。我们自己就别闹。"罗正平做个鬼脸，"行呀，你俩一条裤子。什么时候请齐总给漆总打个招呼？"齐明松看看手表，说："时间还早，我给漆汉昆打个电话吧。余下的你们去做工作。"罗正平用手拍拍齐明松，兴奋地说："还是齐总爽快。"

齐明松拨通漆汉昆的电话，语调亲切地说："汉昆啊，在忙啥？"漆汉昆在电话里说："齐总，刚结束应酬。您在哪？"齐明松说："我还在饭桌上。"漆汉昆说："饭后有空的话，我请您喝茶，有事向您汇报。"齐明松想了一下说："喝茶就算了。要不，你到皇朝酒店301来，我在这里等你。"漆汉昆说："好的，齐总，马上过来。"

半个小时左右，漆汉昆满身酒气进来。看来他是喝了不少酒。罗正平早把座位让出来了，并添好了碗筷。漆汉昆和齐明松握完手，和罗、柏两人握了手。齐明松把他拉到座位上，问："还能喝点？"漆汉昆拍拍胸脯，豪气喧天地说："没问题。齐总的酒怎么着也得喝。"齐明松竖起大拇指，"不错，汉昆好汉子。"罗正平忙给漆汉昆斟满一杯。齐明松举起杯子，"来，汉昆，敬你一杯。"漆汉昆像弹簧一样蹦了起来，双手握住杯子，向齐明松鞠了一躬。齐明松赶紧把漆汉昆按下去，"汉昆，自家人，不用这一套，坐着喝。"漆汉昆卑恭一笑，"谢谢齐总。"端坐在椅子上一口喝干。罗正平、柏筱依次向漆汉昆敬酒，都说漆总少喝点。漆汉昆在酒兴上，哪会谦让，来者不拒。柏筱加了几个菜，用公筷夹了不少菜到漆汉昆碗里。吃了几口菜后，漆汉昆要回敬齐总。齐明松按住他的杯子说："汉昆，你成关公了，礼数就免了。"漆汉昆不让，说齐总小看我。齐明松就说意思一下吧，晚上跑了几个场子，吃不消。漆汉昆看齐总是认真的，只得拱手说得罪了。

齐明松说："汉昆，什么事？你说吧。罗总、柏总两位是朋友，不见外。说完后，他们还有事找你。"

漆汉昆接过罗正平递过来的烟，点燃吸了几口，慢条斯理地把近期芷电改革的进展情况作了详细汇报。末了，他说："齐总，芷电新远燃料公司有罗总、柏总进来，以后的管理会上新台阶。马上要签订协议，工商注册，公司很快就能运转起来。公司挂牌时您一定得抽空莅临指导。"

齐明松很认真地听完了漆汉昆的汇报，在听的过程中不时地点头称赞。按惯例，听完汇报后都得讲几点指示。今天当然不能例外，虽然是在酒桌上，但领导的架子还得摆。他首先肯定了漆汉昆的近期工作，接着提出了几点要求：一是减人增效要照顾职工的利益；二是不要引起波动；三是要注意生产、资金、廉政三个安全。最后，他特别强调："要搞好稳定，稳定压倒一切，这不光是中央、省里的政治要求，也是省电力公司的基本要求。"漆汉昆立即表态，说坚决按齐总的指示办，百分之百地保证改革稳步推进，保证做到"三个安全"。谈完工作后，齐明松对罗正平、柏筱说："漆总来了，你们的事当面给他说说。"他又对漆汉昆说："汉昆，他们虽然是我朋友，有些事你看着办，千万不能违反原则。好，你们谈，我去洗手间。"说完，推开椅子，站起来往洗手间走去。

罗正平拖着椅子往漆汉昆身边靠了靠，诚恳地说："漆总，十分感谢您对我公司的关心和支持。以后我们就是一家人了，您的大恩大德我们永远不会忘记，到时一定厚报。"

漆汉昆伸手打断他的话："罗总，报答的话不谈。齐总朋友的事就是我的事。"

罗正平连忙点头："那是，那是。我和柏总早就知道漆总讲朋友、讲义气、讲友情，是一位不可多得的国企精英。我和柏总想了好久，有件事想请漆总帮忙。您看，协议快签了，接着就要注入资本金。近期，我公司收购了3个小水电站，挤占了不少资金。协议签完后，资本金一时到不了位。漆总，在资本金的问题上想请您关照一下。"

漆汉昆眯起醉眼，问："怎么关照？"

罗正平说："漆总，我有个想法，不知是否可行？能否请您帮助拆借1200万，利息按银行同期利率支付，时间1年。如果时间长了，就1个月或3个月，等资金注入后，抽出来还给您。"

漆汉昆说："怎么不去银行贷？"

柏筱说："漆总，不瞒您说，我们民企到银行贷款总受歧视，左一个咨询，右一个审查，贷点款难上加难。除非有像芎电这样的大国企担保，否则，比登天还难。如果漆总愿意帮助担保，我们则感激不尽。另外，我们可用3个小水电作为反担保。"

漆汉昆用手托着下巴，做思索状。这时，齐明松回到座位上，问罗、柏两人：

"跟漆总谈了吗？"柏筱说："谈了,漆总挺关照我们。"

"是吗？"齐明松拍拍漆汉昆的肩,"汉昆,他们的要求是有点难。你觉得可行?"漆汉昆不好意思地笑笑,"齐总,我一时还回答不了。我个人没意见,主要是看财务能不能办。不过,我会努力的。刚才谈到担保的事,也是一个方案。"停顿一下,他又讨好似的向齐明松表态,"齐总,您放心,活人不会被尿憋死。过两天,请罗总、柏总找丁宝非接洽一下。"

齐明松哈哈大笑,高兴地说："汉昆啊,你办事爽快,帮他们解决了大问题。正平、柏筱,还不赶快谢谢漆总。"

罗正平、柏筱异口同声地说："谢谢漆总！谢谢漆总！"

第24章 商女初会

在芷电小会议室里,罗正平与丁宝非将合作协议签完。

罗正平握着丁宝非的手说："丁总,谢谢你的信任！我们的合作就算正式开始了。请你以后多多关照。你这么年轻有为,前程不可限量。我想我们合作的前程也像你一样不可限量啊！"罗正平第一次与丁宝非见面,觉得他直爽义气,就借机大加赞扬。

丁宝非乐得合不拢嘴,笑着说："那里,那里,能引进你们,是我们的荣幸。柏总的能量不用说。罗总你呢,久经商场,可谓商场宿将。有你们做坚强后盾,今后燃料公司定会兴旺发达。"

柏筱在一旁打趣道："丁总,你是越来越通达老练了。"

陈歌、贺小妹、熊长远也走过来一一与罗正平和柏筱握手,庆祝合作协议成功签订。

丁宝非招呼大家坐下,用征询的语气问罗正平、柏筱："罗总、柏总,今天趁大家有空,是不是议议公司组建事宜,比如说起草章程,公司机构搭建,经营班子配备,等等。为早点召开股东会、董事会做准备。"

罗正平与柏筱相视一下,微笑着对丁宝非说："丁总,我们完全同意你的意见,公司得尽快组建起来。时间就是金钱。我们都是搞企业的,一切按《公司法》操作。你们是国企,更会注重程序。原来草议的方案,我们完全同意,就在公司章程里列上。我看,公司章程还是你们起草吧。"说完,把信任的目光投向陈歌、贺小妹、熊长远。接着又说:"有丁总、陈总、贺总、熊总这样精明能干的团队,我们是放一万个心。"罗正平知道,陈歌和贺小妹在燃料公司里不担任什么角色,但该说的话还是要说上。

熊长远接过话说:"按丁总的交代,我早已将章程起草好了。"他从文件包里取出一叠 A4 纸打印的文稿,递给罗正平,"请罗总、柏总斧正。"

罗正平接过文稿,顺便翻了几页,然后递给柏筱,说:"写得不错,我们拿回去仔细看一下,会马上反馈给你们。"

丁宝非点点头,说:"好吧,既然罗总、柏总对机构设置和经营班子配备方案没异议,我们就按此方案尽快做好工作,力争两个月后开股东会和董事会。"

大家起身,互相握手道别。

出了小会议室,罗正平和柏筱跟着丁宝非来到办公室。他们要与丁宝非谈借款和担保事宜。

丁宝非把办公室的门关上,请两位沙发上坐。方梅早已看见他们过来,敲门进来给两位倒水泡茶,并与柏筱打了招呼,然后微笑着退了出去。罗正平的眼光一直跟着方梅的举止转,待她的身影离去后心里才想,芷电这样的国企也藏有美女?按他的逻辑,现在有几分姿色的美女都是不安分的。

丁宝非在他们对面坐下,递支烟给罗正平,并给罗和自己点燃。丁宝非吸了几口说:"漆总跟我说了。柏总电话里的意见,我仔细考虑了一下,还是给你们担保为好。"

罗正平说:"不好意思,丁总,我们第一次见面,就给你出难题。我们的困难柏总跟你说了。其实,走这一步,我很没脸面。好在有漆总和丁总这样好的朋友帮忙,让我们渡过难关。担保的时间不会太长,至多两年。丁总放心,这笔担保,我们绝不会出问题。"

其实不用罗正平解释,只要有漆汉昆的首肯,即使有什么不确定因素,他丁宝非也会爽快予以办理。他笑着说:"没什么,都一家人,罗总和柏总的公司有多大?我清楚得很。谁都有困难的时候。况且罗总还是齐总的同学,我们放一万个心。"本来他还想说柏总是齐总的好朋友,看柏筱瞪他一眼,就打住了。

柏筱端起茶杯喝了一口,语调有点生硬地说:"丁总,我们之间的事,不要与齐总扯在一起。你们做下属的,要多为领导担待点,不要动不动就说是某某的意见,某某的关系,传出去对领导会产生不利影响。你说是吗?丁总。"

丁宝非把烟掐灭,赶紧点头认错:"是的,是的。柏总,我心中有数。只不过是在你们面前,别人面前,我绝不会说这种话。"

罗正平不知道其中的奥妙,眼里充满了对柏筱的责怪,觉得在这关键时刻,唯有小心应付才是,断不可得罪对方。但他一时又想不出用什么话来制止她,就不停地对柏筱眨眼睛。柏筱望他几眼,懂他的意思,却不理他的茬,顺着自己的思绪说下去:"我相信,丁总是聪明人。这次能这么顺利合作成功,丁总出了很大的力,以后还得靠你帮衬。在今后的运作过程中,不管碰上什么难题,我希望不应把齐总、漆总牵扯进来。有丁总的智慧和罗总的机敏,就在我们这个层面解决好。"

丁宝非听了这番话心里犯起了嘀咕,但嘴里却硬不起来。在柏筱面前,他始终抬不起高昂的头,"放心吧,柏总,我会尽力搞定一切。生意场上,你们是老手,公司运作起来后,还得借你们的力啊。"

柏筱爽心一笑,说:"谢谢丁总信任。丁总,你看,什么时候签担保合同?"

丁宝非应道:"听你们安排。"

柏筱说:"行。现在吧。"随手将手袋里早已备好的担保合同拿出来,铺在丁宝非面前。

丁宝非咧嘴笑笑:"柏总啥事都考虑超前。"说完,埋头仔细审阅担保合同。这是一份格式化的担保合同,只不过单位名称作了修改而已。丁宝非之前签过若干个担保合同,看没有什么漏洞,就拿起笔,刷刷地写上自己的大名,开门交给办公室主任去盖章。

用这种方式、这种速度找人办事,罗正平还是第一次遇到。想不到柏筱入道不久,竟有如此魄力,让他惊叹不已、高看三分。当然,他们之间的曲直罗正平是毫不知晓。罗正平拿到盖好章的担保合同后紧紧握住丁宝非的手,不停地说谢谢,并提出晚上宴请他们一干人员。丁宝非却不依,说晚上他来请客,庆祝合作协议圆满签订。罗正平哪里肯让,非得要他做东。丁宝非只好同意,说选个远一点的酒店,省得芷电的员工看见生出是非。罗正平连说好好。

第二天,柏筱带着单蓉跑贷款。银行看芷电有实力的辅业公司出具了担保函,又加上丁宝非给银行负责人打过招呼,贷款手续就办得出奇的顺利。不到半个月,1200万就到了账。公司章程也很快修改完毕,然后就由熊长远和单蓉一起跑工商登记注册。

在办注册登记之前,漆汉昆与丁宝非密谈了一次。要求丁宝非对新远燃料公司的股权登记彻底明晰,必须与主业脱钩,让人一看就知是一个清爽的民营合资企业。开始,丁宝非还不清楚漆总这种设计的深远意义。一年后,丁宝非就发现漆总真是太了不起、太有想象力，能在一件事的起步阶段把未来谋划好、布局好，充分显示了漆总的过人之处。

熊长远和单蓉的办事效率非常高，在很短的时间里就办完了新公司组建和登记工作。不日，在芷电办公楼小会议室里召开了新远燃料公司第一届股东和董事会。

漆汉昆抽空参加并主持了会议。股东会通过了双方选派的董事和监事人选，通过了公司章程。董事会鼓掌通过了董事长和副董事长人选，并聘任了总经理、副总经理和总会计师。各项议程结束后，漆汉昆做了重要讲话。他在分析了当前芷电经营形势和改革进程后说："新远燃料公司的成立，是芷电改革迈出的第一步，也是芷电辅业完全走向市场化的良好开端。国有企业到了攻坚克难的时候，如何消除历史遗留问题，如何提高投入产出比和经济效益，如何提高员工的劳动生产率和调动员工的积极性，如何提高员工的生活水平等，是我们必须要面对的。所有者把这块资产交给我们管理，是对我们的器重和信任。因此，我们有责任对这块资产负责，让这块资产保值增值，力争让社会满意、股东满意、员工满意。做到这些，就必须要有新的举措和办法。原来的老路，实践已检验走不通了，唯有改革和创新才有出路。这几年，芷电还没走出亏损的大门，资本金所剩无几。如果不改变现有管理和经营思路，说不准芷电哪天就会陷入恶性循环的境地。如此，作为这届总经理的我有何面目见江东父老？要脱掉亏损的帽子，就要在生产成本上做文章。煤炭，是电厂的主要成本，占了百分之七八十。怎样将煤炭成本降下来？我思考了许久，只有让市场元素来说话。当年，齐总在芷电当家时，就把煤炭采购交给了市场，把罗总、柏总引进。结果，煤炭成本当月就下来了。不是罗总、柏总有三头六臂，也不是他们神通广大，而是市场机制的作用，是民营企业管理机制的魔力。现在，我们又把罗总、柏总请进来了，也是把民企管理机制请进来了。相信新远燃料公司会薪火相传，创造独特的具有芷电待色的管理模式和管理体制，扎扎实实地把燃料成本降下来，为芷电降本增效、扭亏为盈做出贡献。"

漆汉昆的讲话博得了经久不息的掌声，让所有参会人员受了很大教育和启发，更让罗正平和柏筱脸上增光添彩。

丁宝非首先表了态，说了一通大话，比如坚决按漆总的指示办，做好明天电力集团公司组建工作，把主业转移过来的人员安置好，以稳定促发展，以改革促提高，开创芷电改革发展的新局面。最后，他保证一定把燃料公司各项工作做好，创造最好成绩，让各位股东放心，让芷电各位领导放心。

作为副董事长的柏筱，自然没放过向漆汉昆表忠心的机会。她知道，在这种场面上，该说的话一定得说上。她先赞扬了一番漆汉昆勇于改革、敢于实践的智慧和胆略，然后表示全力以赴协助董事长做好燃料公司市场开拓和相关工作。

漆汉昆因有事提前走了。会议接着研究了一些具体事项，比如机构设置，办公地点，车辆购置，办公用品采购等，都进行了比较详细地研究和布置。

会议开得很成功。完全体现和贯彻了漆汉昆的市场化原则。

新远燃料公司很快在市区一写字楼里的 8 楼挂了牌。电厂燃料科的原班人马全部转到合资公司来了。选择市区而不选择电厂厂区办公，完全是漆汉昆的意见。今后，他要将辅业所有公司逐渐搬离厂区，让这些人从地理上与主业割断。漆汉昆有个设想，待明天电力集团公司积蓄了实力，在市区盖一幢辅业大楼，名称就叫"明天大厦"。

丁宝非和柏筱在新远燃料公司里安排了办公室，一个在西，一个在东。东边这间办公室风景和采光较好，丁宝非让给了柏筱。柏筱也不谦让，知道丁宝非以后在这里待的时间不多。由于董事会和经理层有分工，两位董事长只管些大政方针，具体的经营完全交给了经营班子。

总经理熊长远长不了柏筱几岁，但人十分精明活络，办事又十分老练。他是同济高才生，也是漆汉昆的老乡，能进芷电完全是漆汉昆的力荐和帮助。当然，能当上原燃料科长和现在的燃料公司总经理也是漆汉昆的"慧眼"。对两位董事长他是百般敬重，漆汉昆给他交了底，两位都是通天人物，叫他以后为人处事多几个心眼，不可莽撞。虽然董事会赋予他日常经营管理权，但大事小事都会向两位董事长报告。

柏筱这方派单蓉出任副总经理。单蓉这些日子里为柏筱出了大力，也得到很大锻炼，已成为她十分倚重的猛将了。

燃料公司完全把民营企业的管理机制移植过来。为了尽快转变电厂转入人员的思想观念，熊长远组织这些人员培训了 3 天。

柏筱协助熊长远对原来供煤的客户梳理了一遍，并对保留下来的重新签订了合同。不到半个月，燃料公司完全走上了机制灵活、自主经营的路子。

一天，熊长远带了一位亭亭玉立、恬静柔美的少妇到柏筱办公室。没等熊长远介绍，她就主动向柏筱自我介绍起来："鄙人姓邹，有幸拜见柏总，不胜荣幸。"声音还没落地，就给柏筱派去一张精美的名片。柏筱接过名片一看，上面写着：大世界贸易有限责任公司，副总经理，邹雅琴。柏筱心想，又是一位策马商场的脱俗女人，从她的气质和衣着来看，一定有着非凡的事业。柏筱慢悠悠地从自己名片夹里抽出一张名片双手递过去,"请多关照。"邹雅琴恭恭敬敬地接了过来。

熊长远招呼两人在沙发上坐下后就退了出去。

两位丽人凑在一起,免不了互赞一番对方的打扮。邹雅琴寒暄过后就介绍自己的公司。

大世界贸易有限责任公司的董事长是省政协委员,公司的业务很广,除了做煤炭业务外,还做房地产、医疗器械等业务。柏筱后来才知道,董事长是芷江省刘副省长的大公子,凭着其父的网络关系,认识了铁道部运输局某副局长,也结识了山西、陕西煤业集团的老总。要知道,电煤购销的关键在火车运力,谁能搞到车皮计划,谁就能赚大把的钞票。加上有保障的煤源,大世界贸易公司的电煤业务是远远超越其他公司。有的公司需车皮,还得求助于大世界贸易公司嘞。说到大世界贸易公司的实力,邹雅琴是一脸的自豪和自信,不停地夸耀说,只要与大世界贸易公司签订了长期供煤合同,保证芷电的燃料质量和价格永远优于别人。吹了一通后,邹雅琴从手袋里拿出一张银行储值卡放在柏筱面前,说:"里面50万,密码6个6。你放心,丁总、熊总都是这个数。业务做稳了,后面还有一定比例提成。我们董事长的生意经是有钱大家挣,绝不会亏待你们。我知道柏总不缺钱,这只是一点点心意。当然,也是我的见面礼,请柏总千万别嫌少。以后交往多了,再弥补不迟。"

柏筱被邹雅琴的豪爽和大方所折服,以前听说大公司的"面礼"和"返点"很高,但不知高到什么程度,今天让她大开了眼界,仅仅见个面,探下路,就打出50万,以后还有返点。这趟生意做下来,大世界贸易公司不知能从里面赚多少?丁宝非、熊长远,也包括自己,又能进账多少?柏筱向她投去赞赏的目光,收起储值卡,笑着说:"邹总非同凡响,礼重,情重,让我一见如故。作为二股东,我完全同意和大世界贸易公司合作。有贵公司给我们撑腰,相信新远燃料公司会越做越好。"

邹雅琴握紧柏筱的手说:"谢谢柏总的支持,一见面,我就知道柏总是爽快人。以后合作一定会很愉快。"

3天后,双方董事长在新远燃料公司的会议室里正式签订了购销合同。晚上,大家免不了又是一番觥筹交错,推杯换盏。

饭局快结束的时候,柏筱接到齐明松的电话,说刘好下午去上海看女儿了,待他应酬完后就去虹美花园,叫她早点回去。柏筱听后高兴极了,爽快地"嗯"了一声。她知道,两人又有机会厮守一些日子了。珊珊在明松的运作下,终于如愿以偿地上了上海一所重点大学。刘好过分溺爱女儿,以至女儿离开羽翼后老放心不下其生存能力，常把自己弄得魂不守舍，过不了多久就会突然买张机票飞到女儿身边去。

在虹美花园8号楼前泊好车，柏筱抬头看看29楼，窗户一片漆黑。她拨通了齐明松的电话，齐明松压低嗓子说还在酒桌上，估计还得个把小时。她知道，齐明松今晚是与分管工业的马副省长在一起。马副省长是性情中人，唱起酒来，话特别多，情绪也特别高涨。在这种场合，作为省电力公司的老总是没有话语权的。

秋天的初夜，景色特别迷人。银白的月光洒在院子里的地上和景观树上，熠熠生辉。暮霭弥漫在空中，织成了一个柔软的网，把所有的景物都罩在里面。眼睛所接触到的都是罩上这个柔软的网的东西，任是一草一木，都不像在白天里那样实际了，它们有着模糊、空幻的色彩，每一样都隐藏了它的细致之点，都保守着它的秘密，使人有一种如梦如幻的感觉。她徜徉在树径花丛里，一边呼吸桂花的幽香，一边等待齐明松回来。也许是工作顺利，也许是今晚夜色特别迷人，她此时的心情特别愉悦。她想，如果有明松陪伴左右漫步在秋的夜色里该是多好！可这样的奢望只有两人在陌生的城市里才可实现。大概过了半小时，齐明松打来电话，说马省长要他陪同打会儿牌，叫她先睡。

柏筱只有孤身回家，把厅堂和卧室里的灯光全部打开。这是她的坏毛病，凡一个人时，要把活动场所的灯打到最亮。她给自己沏了杯茶，慢慢呷了几口，然后脱掉衣服走进浴室。洗浴完后，她竟然自恋起来，裸体走到卧室的穿衣镜前，双手在胸脯、小腹处游来游去。她发现，乳房没原来那么紧了，乳头也开始变褐了。她心里抽缩一下，不愿见到的身体变化开始在身上显现。这些变化，不知明松发现了没有？他对她的双乳如痴如醉，每次看到明松如饥似渴地吸吮她的乳房时，她的心里就像灌满了蜜。坚挺的胸脯，是她的骄傲，是她自信的源泉。单蓉对她的胸脯羡慕死了，每次在桑拿房里，忍不住要摸她几把，说会迷死爱上你的男人。可是，任人骄傲的东西开始异样，有什么办法？这就是自然规律呀。她忍不住叹起气来。尤其令她心灰的是小腹微凸，不知从何时起，小腹竟然长了一寸，最近淘汰了好几条高档裤裙。有天激情过后，她跟明松撒娇说："那天成了水桶腰，会嫌我？"他一脸坏笑地说："不会的。有我在，你就肥不起来。"再过一个月，她就33岁了。时下都说男人三十一枝花，女人三十豆腐渣。女人过了30岁，即使保养得再好，粉涂得再多，油抹得再厚，也难回到少女时代的巅峰状态。尤其是皮肤，渐渐失去水灵灵的光泽。保持姣好身材，是30多岁女人保健的重点，否则，你就没有了优势。她琢磨，小腹里的脂肪，断是这些日子应酬的恶果。现代人的三高,都是海吃海喝出来的。她暗暗发誓,从今往后,减少应酬数量。她想起一个黑色段子:乡下人谈城里人的生活观,1.打的、乘电梯到健身房锻炼;2.深夜上网失眠了再吃安眠药;3.叫儿子"小兔崽子",叫狗"儿子";4.围在餐桌上胡吃海喝大谈肥胖对身体的危害;5.手机里有几百个电话号码,没有一个是邻居的;6.眉毛是描的、眼皮是割的、鼻梁是垫的、嘴唇是纹的、胸脯是填的;7.坐高级轿车、上高级饭店,患高血脂、得高血糖、有高血压;8.用鱼肉喂狗,吃乡下野菜;9.在外拍裸体写真,回家穿衣服睡觉。现在的段子,戏谑、幽默、犀利,既让人捧腹,又让人深思。对照一下段子,还真能摊上几点。

自怨自叹了一阵,她穿上睡衣,打开电视,躺在沙发上,用遥控器翻来覆去地选播节目。也许是心绪紊乱,没有一个节目让她顺眼。她干脆将遥控器扔在一边,闭目遐想。

不知过了多久,齐明松拖着疲惫的身子回来了。她跳起来给他接过公文包,送上一杯热茶。

齐明松问:"还没睡?"

柏筱�‌起嘴:"等你呗。你不回,睡得着?"

齐明松拍拍她的头调侃道:"都老夫老妻了,还浪漫?"

柏筱用小拳头擂他:"去你的,谁稀罕你。"然后到浴室帮他调好洗澡水。

躺在床上,齐明松眼皮有点打架。柏筱不让他入梦,摇着他叨唠这些日子的生意经。其实,这些事他知道大概,工作忙得屁颠屁颠的,哪有时间掺乎其中呢。生意做大了,女人的心也跟着大了。没办法,是人就有梦想,就有欲望。他不能压抑她,况且,事情起因还是他和罗正平引发的,是他们点燃了她心中蛰伏的欲望之火。看来,女人不把心中想说的话说完是不会罢休的。他只好强打精神,右手搂抱她,左手在她光洁高耸的胸脯上摸来抚去。

聊着聊着,她突然翻过身压在他身上,轻声说:"哎,问你,如果有人送我50万,拿了以后对我们会有影响?"

齐明松双手捧着她的脸,认真地问:"你拿了?"

刚把这件事说出来,柏筱就觉得后悔。他们仅是情人,不该让他知道的就不该告诉他,相互留点秘密,各人空间就大些。看他认真的样子,她迟疑了一下,摇摇头。

齐明松不放心地追问:"说实话,拿了没有?"

柏筱从他身上滑下来,底气不足地说:"没有。"

齐明松侧身,吻了吻她的脸颊,说:"亲爱的,你还年轻,缺乏经验,现在社会太复杂,可以形容为乱象丛生。有人要送你 50 万?凭什么,你手中有啥权力?要防止别人设陷阱。对不知底的人,一定要敬而远之。即使朋友间的帮忙,也要仔细甄别其可靠性。"

　　她清楚,齐明松在收礼方面是十分谨慎,表面上铁面无私,只有十分了解后,才会半推半就收下。也正是这一原则,使他树立了清正廉明的好形象,以至于政敌找不到他的缝隙。她搂紧他,动情地说:"亲爱的,放心,我会把握好自己。"她已经想好了,过些日子把这张卡退给邹雅琴,不要落什么把柄在她手里。

第 25 章　歌厅浪情

　　在丁宝非的督促下,物业公司、粉煤灰综合利用公司完全按漆汉昆的想法顺利组建,接收和安排人员也最多。这次改革采取的是双向选择,最后剩下30多个青工没有安置。原因是多方面的,主要还是多数青工不愿屈就宾馆等服务岗位。原来都在科室和车间舒适岗位上,一下形成如此大的反差,心里接受不了。这种结果是在漆汉昆的预料当中,他通过党政联席会商定,在明天电力集团下另设立一个培训中心,由陈歌兼主任。培训中心的任务有两项,一是组织这些待岗人员进行技能培训,待主业和辅业岗位缺人时参加竞聘;二是推动市场意识强的人员到全国各地企业去应聘。无论是参加培训和走出去的人员,都给基本生活补贴。这一招还真管用,尤其是走出去的人员,一边在外打工,一边享受补贴,乐得两头拿钱。

　　在李沁的坚持下,她和张薏还留在原来的岗位上。两人好得形影不离,无话不说。丁宝非开玩笑说:"可能八百年前你俩是双胞胎,后来投错了胎。"李沁不服气地回敬:"怎么着,吃醋?就让你看着眼红。"李沁确实是容易满足的人,现在的日子比以前好几十倍,已没有什么担忧了。到这把年纪还能遇上真情以对、心心相印的好姐妹,令她倍感舒心。丁宝非不理解,老婆已是中年妇女,竟还有少女般的情怀,能与密友如此难分难解。当然,这也是他希冀的,有事牵扯她的注意力,就不会老盯住他。否则,他哪能与方梅从从容容地幽会呢。

　　物资公司是在燃料公司成立后不久组建的。刘洋、方梅如愿以偿地当上了经理和副经理,董事长、副董事长分别是丁宝非和左兵兼任,华丽萍也兼任了副经理。左兵、华丽萍只是挂个名而已，不愿直接参与管理。靠股权分红不是左兵的目的，他看好的是这块渠道，采购中的差价能让他赚得脸热心跳。

在召开物资公司股东会和董事会时，漆汉昆到会听取了意见并作了重要指示。他要求物资公司认真研究市场、分析市场、把握市场，敏锐了解市场动向，迅速获得市场商机，全面收集国内市场经济环境、国内政策环境及国际贸易环境的变化信息，在激烈的市场竞争中发掘新的市场机会。要充分运用现代信息手段，大幅度提高采购工作效率，广泛收集供应商有关招投标信息，有效降低采购成本。现在，电力设备采购程序和要求越来越规范和严格，因此，要熟悉现行电力设备采购招投标和评标方法，要充分了解和熟悉电力各类设备质量和性价比。为芷电降本增效做出应有贡献。他还要求物资公司从现在起逐步与主业断奶，通过市场化运作，自己养活自己。当着漆汉昆的面，丁宝非、左兵、刘洋、方梅纷纷表了决心。虽然有不同想法，但谁也不敢说真话。

为了贯彻漆汉昆的指示精神，第二天，丁宝非召集物资公司部门副主任以上的干部开了一天研讨会。大家争先恐后献计献策，最后形成了一个工作方案。

当天晚饭后，左兵和华丽萍邀请丁宝非方梅到芷都最好的五花歌舞厅唱歌。

这些日子，丁宝非一直处于高度紧张状态，几个新公司组建，人员分流，处理突发事件，除了晚上六七个小时睡眠外，其他时间均耗在工作上。电力企业一直以来吃惯了大锅饭，这样大幅度地改革在芷江省也为数不多。好在芷电是一个新企业，没有历史欠账，人员均是从省内外电力企业和大专院学招聘来的，绝大多数没什么背景，素质比较高，观念也比较新，对新生事物接受也较快。因此，人员分流、安置和培训相对较顺利。真正难缠的只有3人，比如有个叫阮素芹的，原是劳资科的统计员，双向选择时被成了多余人员。她性格暴戾，行为极端，平时常为一点小事与同事大动干戈，以致原科室人员敬而远之。分流到辅业后，她多次找丁宝非，要求安排到物资公司或燃料公司。刘洋和方梅一商量，坚决不接受。她知情后，到刘洋办公室和家里闹。别看刘洋一副老实相，但在大是大非面前毫不胆怯，任其死缠烂打，就是不松口。她又找到方梅，方梅可就没刘洋的耐心，劝一阵无效后就发脾气，撩得阮素芹破口大骂，反成了理直气壮之人。如此，方梅每次见到她只有脚底抹油。她又去找熊长远，得到的回答是沉默再沉默。阮素芹见明天电力集团推三阻四，又返回去找漆汉昆。漆汉昆一直为此人头痛，不愿见她。阮素芹又去找葛联军。葛联军善于做思想工作，不是马上许诺给什么安排，而是与她分析自身存在的原因，要她克服不足。她当时表示虚心接受,力争在工作中改正。葛联军当着她的面给丁宝非打电话,要他妥善安排。丁宝非岂敢有半点懈怠,一口应承。为了落实葛书记的指示,丁宝非请来陈歌、贺小妹商量。之前,熊长远和刘洋向他陈述过不接受的理由。他清楚,燃料公司和物资公司是漆总倾注心血的地方,决不能让这种蛮野之人掺和其中。陈歌和贺小妹哼哈半天,表示粉煤灰综合利用公司、物业公司也无法安排。陈歌建议暂放在培训中心,待以后有了岗位再说。丁宝非大摇其头,知道葛书记这一关不好过。再说,阮素芹也不会同意。她放过狠话,不安排好岗位,就鱼死网破。丁宝非思索半天,劝贺小妹接受下来,让她在宾馆里做出纳。见丁宝非作出决定,贺小妹只好默认。谁知阮素芹不卖丁宝非的账,坚决不去物业公司。丁宝非只好硬着头皮三番五次地做阮素芹的思想工作,最后承诺半年后再调岗。阮素芹才勉强上了班。诸如此类的工作,弄得丁宝非身心疲惫、焦头烂额。因此,当左兵一提出到歌厅唱歌,马上得到丁宝非的热烈响应。

在歌厅包间里,方梅支走了DJ和服务生。她觉得今晚需要一个清静和温馨的环境。也许是心里有事,每人唱了几首歌后就安静下来。

左兵说:"还是喝酒吧,酒能滋情散心。"

丁宝非响应:"好呀,刚才吃饭时没喝过瘾,现在没外人,咱们4人一醉方休。"

左兵建议喝红酒,说白酒容易喝沉,没气氛。华丽萍和方梅连声叫好,丁宝非也颔首认可。左兵叫服务生端来一箱拉菲红酒。他起身打开红酒,给每人杯中倒满,玩笑道:"最好喝得互相上错床。"

丁宝非点燃烟,吸了几口,向左兵眯起眼,打趣道:"好游戏,互换可换口味。"

"好呀,这主意不错。"华丽萍接过话嘻嘻笑了起来,并使劲推了方梅一把,"让方姐开开眼界,换换思想。"

方梅在网上看过此类报道,现在已成时髦,少数成功人士乐此不疲。她觉得此种行为不可思议,两个陌生男女在一起谈何性欢?多尴尬啊。看他们3人谈得起劲,方梅不觉脸红,扯了扯华丽萍耳朵,骂道:"你贱呀,亏你说得出口。"

华丽萍不恼,反而哈哈大笑,扑在方梅肩上说:"方姐真可爱,开开玩笑罢了。不过,真玩起来,我还真敢,不是说越新奇的事越刺激吗?就他们男的玩刺激,我们女的不也可以玩刺激?你看,丁总是越来越有魅力呀,哪个美女不爱?"

方梅拿小拳捶她:"你真要使坏,我杀了你。"

华丽萍双手护头,做告饶状:"不敢,不敢,我还想多活几年。"

闹了一会儿,他们聊起了工作。主要是针对漆汉昆提出物资公司今后要自己养活自己的观点发表不同看法。

方梅摇晃手中的酒杯说:"哪有这么容易呀!60多号人,哪个都不是省油的灯。原来物资科20多人,现在一下增加了四十好几。这些人原来在各科室养尊处优惯了,到这儿又不熟悉业务。漆总一句话,要传帮带,怎么个带呀。他又不是不知道,物资采购不是人多力量大,弄不好反添乱。"

华丽萍接过话说:"关键是平白无故地增加了不少人力成本。现在设备采购竞争越来越激烈,利润空间越来越小。要养活这一大帮人,还真得多想办法哟。"

左兵碰碰丁宝非的酒杯,轻描淡写地说:"没有过不去的坎,这算什么?是吧,丁总。"丁宝非转转酒杯,微笑着对他点点头。左兵继续说:"漆总进行的改革是大思路大手笔,改革的难点就是冗员过多。芷电能顺利趟过改革关,实属不易。现在起步不错,芷电大有希望。物资公司多安排几十号人也应该,不就是挤出一块成本来发工资嘛。漆总为什么这样谋划?自有他的考虑啊。"

华丽萍不同意他的看法,拿脚踢他:"就你嘴乖,大道理谁不会讲。你知道电厂员工的工资结构?到了这里,你敢少他一分钱?弄不好把我们剁了包饺子吃嘞。"

方梅呼应道:"是呀,这些人干不了什么活,还得给他们满发工资福利。这就是国有企业的特色。虽然现在是合资公司,但换汤难换药。漆总说引进民企管理机制,名义上把你们引进来了,实际上很难操作。你们民企的资本属性决定了机制灵活,人多了,可随时减人,谁出工不出力,谁工作出色,薪酬可随时调整。国企呢,员工的奶酪可不是那么好动的。"

左兵把酒喝干,咂咂嘴说:"要换位思考。人员分流没出口,改革不就失败吗?大锅饭,过去大家吃得香,现在还得让大家吃得香。否则,漆总就没有平安日子。如果你们是漆总,会让自己不好过?这就是国企的特点。我们民企也有难处,不是什么机制都好,都有一本难念的经。"

"还是左总思想觉悟高。"丁宝非站起来,端杯碰下左兵的酒杯,喝干。然后挨左兵坐下,搂着他的肩,感慨地说,"只有把社会看透,才知人间是非曲直。感谢左总的理解。漆总选择左总作为合作伙伴,真是选对了。只有充分了解国企特征,才能和国企的管理思路保持一致。是不是这样,左总?"

左兵意味深长地笑笑,和丁宝非击了一下掌,奉承地说:"主要还是丁总信任我,没有丁总的力助,和芷电的合作未必能这么顺利。当然,这种合作模式并不影响我们的关系,以前怎么样现在还怎么样。"

丁宝非听了心里很舒服，完全悟出左兵话里的含义。他心里就是这种期望值，这几年与左兵打交道获利不少，当然希望这种方式能永续。他用力拍拍左兵的肩，深情地说："左总的大气和效率让我佩服，和不少商人打过交道，没有一个能像左总那样讲义气，讲诚信。左总刚才一番话，把芷电的改革难点说透了，不这样想问题看问题，芷电改革就要受阻，漆总的改革预期就要落空。现在大家共乘一艘船，只有戮力同心，才能渡过险滩。至于物资公司多安排几十号人，算得了什么呢？"他望着方梅，埋怨地说，"你呀，目光短浅，要向左总学习。左总的眼光是敏锐和超前的。"

方梅瞪了丁宝非一眼，没回答。她自然知道其中的奥秘，国企改革，真能改出名堂来？恐怕没那么容易。她不想讨论这理不清的话题，端起酒杯，说："不说了，喝酒吧。白天忙了一天，晚上还找烦。一伙傻瓜蛋。"

丁宝非和左兵相视一笑，一起端起酒杯，不约而同地道："对，喝酒。"本来是来找轻松，却没头没脑地讨论起沉重的话题。丁宝非清楚，即使明天电力集团公司所有管理人员对漆总的观点无法接受，他也得要不折不扣地执行。

华丽萍说："这样喝闷酒没意思，来点刺激的。"

方梅问："来什么刺激？"

华丽萍找来骰子说："掷骰子，输一次，罚一杯；连输两次，脱一件衣服。"

"好呀。"左兵首先响应。他们老玩这种游戏，最后总有一半人脱得精光，在羞涩和轰笑中寻取不一样的乐趣。他怕丁宝非和方梅不适应这种大尺度的游戏，就建议："女的剩文胸和裤衩，男的剩裤头就不能再脱了。"

华丽萍不同意："不行，得脱光。这样才有刺激。"

方梅扯住华丽萍的手，红着脸说："丽萍，到你输得脱光时你羞不羞？"

华丽萍大大方方地说："怕什么？你没见过男的这一坨？他们没见过女的三点？又没外人，就我们四个，还怕啥？有一次，十几人，我输了，还不爽爽快快地脱。"华丽萍眼睛望着丁宝非："丁总，敢不敢？"

丁宝非看看方梅，看看华丽萍，又看看左兵，笑而不答。这种游戏不要说做，连听也没听过。不过，玩起来可能蛮刺激。至少现在他有这个贼心，没这个贼胆，方梅这一关恐怕过不去。

果然，方梅跳了起来："不玩，不玩。"

华丽萍对这种游戏有点迷恋，只要是特别熟的朋友，多会闹起来。她有姣好身材和乳白皮肤，很受游戏者的热捧和赞美。左兵笑她患了裸露癖，她反而得意地讥他，吃醋？我喜欢，怎么着？开始，左兵还有点耿耿的，次数多了，也就无所谓,不外乎是一种游戏罢了。为了让华丽萍高兴,左兵建议:"折中一下,我和丽萍输了一脱到底。丁总和方经理输了保留该保留的。先这样,等以后习惯了,再玩彻底的不迟。"

方梅见他俩执意要玩刺激,就由他们,只要自己和丁宝非不彻底露就行。她和丁宝非交换了一下眼色,点头同意。

华丽萍定好游戏规则,每人掷两次,点数最少的算输者。方梅问:"碰上两人一样少?"华丽萍说:"加一局。"开始前,华丽萍特意到门外叮嘱服务生,没她的吩咐,不准进来。

谁先掷? 推让了半天。左兵说,还是董事长开局,谁叫他是领导? 丁宝非只好领命,拿起圆盒子,摇晃几下,往茶几上一掷。华丽萍抢先数数,点数加总28。接着是方梅,点数是18。左兵的点数是23。华丽萍的点数是24。方梅点数最少。

华丽萍逗着说:"方姐赌场失意,情场肯定得意。"

方梅开心地笑笑,二话不说,端起酒杯一口喝干。第二轮下来,又是方梅输了。华丽萍大笑起来,说:"脱。"方梅嘟起嘴:"这个游戏不适合我。"华丽萍说:"慌什么,够你脱的。"深秋了,每人身上都穿了好几件。方梅想想还早呢,就爽快地把外衣脱了。

过去了两个小时,红酒喝掉了6瓶,还没决出输赢来。而气氛是越来越浓,丁宝非和方梅斗志也越来越旺,只要谁脱下一件衣服,就会招来掌声和尖叫。到了后面,形势对华丽萍不利。她连输几次,脱得只剩胸罩和裤衩了。

方梅乐得手舞足蹈,指着华丽萍说:"再几轮,你就一丝不挂了。"

丁宝非看见华丽萍曼妙的身材和洁白的皮肤,眼睛像被勾了去,久久离不开。华丽萍还特意回他一个灿烂的媚笑。这一切,被方梅看在眼里,她抬起巴掌照着丁宝非的脑门拍了一下。丁宝非被打回到现实中,对方梅歉疚地一笑。又几轮下来,华丽萍输了。方梅兴致很高,叫道:"脱、脱。"华丽萍扮成苦脸,手慢慢解着胸罩扣,对方梅说:"真脱?"方梅激起了兴趣,说:"这是游戏规则,当然脱。"华丽萍犹豫一下,松开胸罩扣。突然,她又将胸罩扣扣上,摇了摇头说:"真脱了就不雅了,还是跳舞吧。"说完,她把灯打到昏暗,调响音乐,上前牵了丁宝非的手。左兵则牵了方梅的手。在优雅和曼妙的舞曲中,他们双双跳起了贴脸舞。摸着华丽萍细腻如绸、洁白如瓷的皮肤,丁宝非满身燥热,趁着昏暗将她使劲搂紧。不一会,下面那东西生生顶了起来。华丽萍吃吃一笑,轻声说:"丁总好棒。"丁宝非这时再怎么雄壮,也不敢胡来,毕竟怀里的女人是朋友的。左兵搂着方梅跳贴面舞却是程序式的,两人身体接触还留了点空间。他知道方梅还没到完全放开的程度。

已过深夜 12 点,服务生敲门进来买单。他们还兴犹未尽。左兵嘟嘟囔囔:"这么早赶人走,还叫夜生活? 这店咋开的。去去,叫你们老总来。"

方梅想早点与丁宝非缠绵,就帮服务生说话:"不管人家小伙子的事,到了打烊时间。等下次去上海,我们再来玩个通宵。"

左总睐了方梅一眼,看她是认真的,只好接过单子。

左兵在锦华酒店 15 楼给他俩开了间套房。锦华是芷都市较好的五星级酒店。左兵和华丽萍把他俩一直送到房门口。丁宝非打开门,和方梅转身与左兵华丽萍打招呼道晚安时,走廊里突然闪了一道白光。4 人不约而同地往四处张望。方梅警觉地问:"什么光?"华丽萍随意地说:"好像是相机闪光灯。"左兵往 20 多米开外的拐角处跑去,没发现什么,踅回来对他们摇摇头说:"没事的。可能是走廊里哪盏灯出了毛病吧。"丁宝非毕竟是当兵出身,凡事多往坏处想,抬头对走廊里所有筒灯检查一遍,没发现什么异样,就带着左兵对消防通道仔细寻查,还把耳朵贴在墙壁上听通道里的动静。忙了一阵,什么隐情也没找到,就放心地送走左兵和华丽萍。

进了房间,方梅撒起娇来,扑在丁宝非的怀里,要他抱着去洗浴。两人已有多日没在一起,自然是干柴烈火。方梅是越来越贪欲他的身体,每次和他在一起,都会激动不已。她感觉离不开丁宝非了,在一起能获得无穷快乐和幸福。过去,她就像一丘荒芜的土地,长期闲置在旮旯里,没有雨露,没有肥料,没有暖风,没有关爱,没有笑声。丁宝非就像快乐的使者,辛勤的园丁,在她这片荒芜的土地上开垦、施肥、灌溉。汗水和琼液使土地变绿、变美、变得更具生气。她做梦都想完全占有他,过正常人的生活。可是,现实又让她无法实现,她知道,要完全得到他谈何容易。李沁不会放手,她的冤家沈阅也不会放手。如此,只有努力保持目前这种既刺激快乐又提心吊胆的生活。

洗完浴后,两人在床上免不了又是一阵激战。完事后,方梅一手支着头,一手摸着丁宝非的小弟弟玩,然后煞有介事地说:"以后不准你单独与华丽萍见面。"

"为什么?"丁宝非笑着问。

方梅哼了一声:"狐狸精一个,这双眼睛会勾人,怕你抵不住。"

丁宝非哈哈大笑:"妒忌人家? 要相信自己的魅力。"

方梅不屑地说:"我才不妒忌呢。她算什么? 不就是敢说,敢做,敢脱。还说在十几个人面前脱光过衣服,不要脸。"

丁宝非点了点她的鼻子说:"人家输了,还起哄要脱光,你也好不到哪里。"

方梅用小拳擂他的胸,娇滴滴地说:"你才不要脸,人家三点式,眼睛都直了。"

丁宝非涎着脸说:"她的身材十分妖娆,皮肤白得耀眼。与她跳贴脸舞时,快控制不住了。"他说的是实话,当时华丽萍在他怀里很不老实,趁着丁宝非搂紧,不停地用两个硬突突的奶子挺他胸脯,腰部以下像水蛇一样扭来滑去,擦得丁宝非下体的东西涨得快要炸了。丁宝非几次想抽出手捏她的乳房,但理智控制了念头。华丽萍还悄悄咬他的耳朵,说单独去次上海,让她有机会单独接待,快乐一下,弄得他神魂颠倒,晕头转向。其实,他心里明镜似的,华丽萍也就是这么一挑逗,来真的也未必。她如此浪漫多情,身怀风花雪月绝技,是在生意场上多年摸爬滚打锻造出来的。否则,她也不可能成为左兵的左膀右臂。

方梅跃身骑在他的肚子上,用双手掐他的脖子,狠狠地说:"你要是敢和她乱来,我宰了你。"

丁宝非笑着推开她的双手,吻她白晃晃突突跳的乳房。一会儿,两人又滚在了一起。闹了一阵,丁宝非说:"其实,人家关键时候不是没脱嘛,给了你面子。人家很在意你的情绪呵。"

方梅依在他的怀里,款款细语地问:"你很喜欢这种性格的女人?"

丁宝非说:"你们两种性格,其实我更喜欢你。她太张扬和放肆,还只有左兵受得了。"

方梅放心地笑了:"这还差不多。"说完在他身上摸来抚去。过了一会,她坐直身子,侧头对他说:"哎,告诉你,你在唱歌的时候,华丽萍塞给我一张银行卡,说里面有20万,给我俩,理由是祝贺合作成功。明天我就打10万到你卡上。"

丁宝非也坐直身子,回道:"留着吧,上次买天香花园的房子都是你掏的钱,我不是那种吃软饭的人。"

方梅嘟起嘴:"说什么呀,谁说你吃软饭?以后不准说这种难听的话。在钱的问题上,我对你没半点要求。再说这房子是我的资产,与你无关。只求你以后多陪陪我。"

丁宝非把她揽在怀里,吻她的耳朵,心里充满了感激。在与她交往的日子里,她什么都考虑周全,唯一是情感索取过高。有时因事误了约会,她会莫名地大发一通脾气,好在事后却没事一般,照样对他深情款款。他动情地说:"依你。我会好好待你。"

第 26 章　皆大欢喜

芷电的改革平稳过渡，人员分流安置基本完成。尤其是明天电力集团及所属公司组建十分顺利，各公司运转也很正常。丁宝非、陈歌、贺小妹没辜负漆汉昆的期望，把几个公司打理得井井有条。让漆汉昆最为满意的是新远燃料公司，独立运行几个月后，账上多出一千多万，照这样下去，一年后就可让燃料公司职工脱奶，自己发自己的工资。成立辅业企业，初衷是为主业减负，安置富余员工，为股东创造更大效益。但理想与现实总有差距，传统国企，尤其是电力企业，人们的思想观念不是那么容易改变。老职工讲，凭什么让我下岗分流？谁有权力砸我的饭碗？凭心而论，漆汉昆进行的这场改革，充其量是一次改良，实质内容一如既往。如职工的身份没变；如芷电过去工资总额是多少，改革后工资总额还是多少。所以，有的职工说漆汉昆的改革是换汤不换药。不过，话说回来，这次捣腾，确实将芷电职工的思想观念搅活了。职工已经开始意识到了今后的日子不好混，大锅饭不那么好吃。"今天工作不努力，明天努力找工作。"竟成了不少人的口头禅。尤其是那些阿混混，被淘汰下来，让辅业公司挑三拣四，心里哪个滋味没法形容。由此，职工的工作热情空前高涨，工作效率也出奇地高。对漆汉昆来说，改革能有这一效果，多少挣回一些面子，给了一些安慰，也加了不少分，让葛联军反对的声音高不起来。

接下来，漆汉昆对芷电管理层准备进行微调。纪委书记到了退休年龄，他打算让李蔓接任。总经济师一直缺位，早就有意提携谭加健。他和齐明松汇报想法后，马上得到支持。董事长崔燕那头，就没那么顺畅，对谭加健，崔不反对，对李蔓却有不同看法。还是在漆汉昆出任总经理之初，她接到一封匿名举报信，反映漆汉昆和李蔓有不正当男女关系。对这种无实质内容的匿名信，她内心很是反感，只交给纪检部门存档而已。不过，李蔓这个名字她记住了，心里也打了个结。后来，有次在会议上认识了李蔓，觉得庄重不足，妩媚有余，没留下多少好感。

崔燕说："纪委书记候选人至少要有两名。这个位子不同于副总，政治素质和政策水平要求较高，特别要敢于坚持原则，敢于碰硬。"现纪委书记，崔燕比较欣赏，敢说敢当敢做，原则性较强，只要他发现了问题，决不轻饶。

　　漆汉昆内心无法完全认同崔燕的观点,纪委书记只讲原则、不讲灵活绝对跟不上时代的步伐,尤其是国有企业,按纪律要求严抓死管,迟早会整死。为什么民企起步低,发展却很快? 关键是机制活,没有那么多条条框框和政策规定,没有扳着脸孔指手画脚的人碍事。现纪委书记不是他喜欢的类型,动不动上纲上线,按其观点,最好是什么事也不做。有时比葛联军还一根筋。好在他还识时务,碰上漆与葛在大是大非面前僵持不下时,干脆三缄其口。李蔓虽然是女流,在坚持原则、敢于碰硬方面略显不足,但在敬业、负责、认真、细心、吃苦方面毫不逊色。为了达到目的,漆汉昆只好顺着崔燕的思路说下去,大谈特谈纪委书记思想正、作风硬的必要性,大谈特谈国企加强廉政建设的重要性,还举了两个国企因腐败问题破产的案例。俨然成了两人反腐防变的探讨会。末了,漆汉昆话锋转到李蔓身上,说她是个工作认真、敢担责任、一丝不苟、大胆心细、毫无怨言、严于律己、作风严谨、团结友爱、乐于奉献的好同志,在劳人科长位子上工作出色,是纪委书记的最佳人选。

　　崔燕比较从善如流,见漆汉昆力荐李蔓,就不再坚持自己的看法,问:"葛联军书记的意见?"

　　漆汉昆说:"与他议过,完全同意。"葛联军在李蔓的提任上倒是与他保持高度一致。主因是李蔓的父亲曾是葛联军的领导,有恩于他。加上李蔓工作能力、思想作风等方面均不错。

　　崔燕点点头,说:"既然如此,就作为人选之一吧,待民主推荐结果出来后再说。"

　　有了这句话,漆汉昆心里的石头落了地。他有把握,民主推荐这一关绝对好过。为了答谢,他热情地邀请崔燕晚上出去坐坐。见崔燕摇了头,漆汉昆韧劲上来:"董事长,晚上务必请您赏光。我还没单独请过您。如果拒绝,我太没面子。您可不能让我去跳楼。"

　　崔燕被他的憨态和幽默搞笑了,说:"没这么严重吧。"

　　漆汉昆继续黏糊:"今天我是赖上领导了,不让我请,就让您请。否则,我就不出领导的门。"

　　崔燕见他如此执著,只好应允。说实话,她很不情愿参加各类应酬,能推的就推,能躲的则躲。

　　漆汉昆高兴地说:"谢谢领导。晚上我来接您。您的车就不去了。"出了崔燕的办公室,他马上给丁宝非打电话,叫他准备一份厚礼,叫上李蔓,晚上一起陪崔董事长吃饭。

丁宝非接到任务后很为难,不知准备什么厚礼。他问方梅。方梅似乎更在行,想了想说:"送物,麻烦。送钱,少了没意思,多了不敢接。要么送购物卡。"丁宝非觉得在理,吩咐方梅马上去办两万元的购物卡。

丁宝非在皇朝酒店订好座,接了李蔓往市内赶。

李蔓在车上问:"我要不要给董事长表示一下?"漆汉昆早把消息告诉了她,只是不知为何得不到崔燕的信任,心里着实有点悬。

丁宝非似乎不认识地看了看李蔓,心想她好幼稚,到这个节骨眼上还在犹豫。这是什么年代了,这么大的事,还不及早出手,若不是漆总关照,哪有她的好事哩。其实,他对李蔓一直心存好感,觉得她是个大好人,更主要的还是漆总的红人,琢磨这个时候该助一把,在她天平上加点分。他马上应道:"当然要表示喽。"

李蔓又问:"表示什么?"

丁宝非想说她书呆子,话到嘴边溜了回去,出主意道:"女同胞喜爱什么?你最清楚。她官居高位,送的礼自然要与其身份匹配。"

李蔓不好意思地说:"在这方面,我不在行,从没给别人送过礼。做这种事,心慌。"她说的是实话,大学毕业后直接进了芏电。不久,父亲在中层岗位上退休。父亲的影响力有限,完全靠自己努力,从普通员工一步一步走到现在。期间,漆汉昆曾暗助。后来,两人有那么点意思,慢慢走得近了。

丁宝非想起方梅说过的话,女人的打扮靠四件,一是发型;二是时装;三是项链;四是挎包。前三样,别人无法替办。挎包,除了自我喜爱,别人欣赏更为重要。他说:"我建议,送高档挎包。"

李蔓想想同意。除此,别无选择。

离晚饭还有一个多小时,两人匆匆赶到春光广场。春光广场是芏都最繁华的购物天堂。在高档女式包柜前,各式各样的名贵挎包晃得李蔓眼花。她在爱马仕铂金包前端详了半天,感觉这款包贵气、豪华、超级、经典、诱人。一看价格,她立时吐吐舌头,抵自己一年的工资。

丁宝非说:"就这款吧,相信崔董事长会喜欢的。"高声叫服务员开单。李蔓忙摆手,下不了决心。丁宝非清楚她的意思,轻轻说:"你只点个头,剩下的我来办。"李蔓顿悟,向丁宝非投去感激一瞥。国企官员,泊的码头很重要,比照公务员,两人都是正科。李蔓几乎无职务消费,丁宝非就有,而且职务消费权很大。

近距离和董事长坐在一起,李、丁两人还是第一次。崔燕并不像传说中的那么严肃,一头灰白头发,一身庄重打扮,显得温文尔雅,端庄秀丽。李蔓走得匆忙，未施粉黛，素面朝天，加上身着司服，显得朴素大方，铅华褪尽。也是歪打正着，简装素面的李蔓，倒给崔燕另样印象，距离顿时拉近。

崔燕酒量不大，碰杯也是浅尝辄止。4人一边慢斟细饮一边喁喁低语，更多的是漆、李、丁3人轮流汇报工作。李蔓汇报工作时条理清晰，颇具见地，获得崔燕另眼。聊完工作后，从女性的角度，李蔓询问了崔燕女儿的近况。谈起女儿，崔燕的话语多起来了，相互交换了孩子教育问题。两人越谈越融洽，有点相见恨晚之感。

这种形式的工作餐最单调乏味，不闹酒，不讲段子，哪有气氛？好在两个女人谈了会儿孩子，否则，早收场了。

饭后，漆汉昆、李蔓一直把崔燕送到家里。漆汉昆悄悄把购物卡压在茶几上。李蔓送上包时，崔燕死活不收。漆汉昆说："崔总，小李一点心意，不要看得太重。你和下属隔这么远，谁还会为您拼命？"崔燕听了沉默起来，许久才舒展眉头，伸手爽快地接了。末了，他们又聊了些时政和省建投其他行业的情况。看时间不早，漆汉昆和李蔓就起身告辞。到了门口，崔燕握着李蔓的手说了句："小李还是不错的。"

李蔓顿时感动得热泪盈眶。以前经历了高考、婚考，这次算不算官考？在国企，能从中层干部进入高管，是件天大的事。有多少人在挤这条狭窄的"华山道"呵。心想，这次官考可能没有悬念，剩下来的，漆总会帮她搞定。

不出所料，民主推荐、考察谈话、任前公示等环节，李蔓顺利通过。

人逢喜事精神爽。对李蔓而言，自是欢喜无比。有趣的是，此时的丁宝非也欣喜万分。之前，他心里怵纪委书记。不是怵纪委书记这个岗，而是怵纪委书记这个人。有段子说：组织部长：谁关心我，我就关心谁；纪委书记：谁不关心我，我就关心谁；宣传部长：谁关心我，我就关心他的正面，谁不关心我，我就关心他的反面；市委书记：谁关心我，我就让组织部长关心他，谁不关心我，我就让纪委书记关心他。现在好了，有了李蔓这个纪委书记，心里踏实多了。

宣布李蔓任职的第二天，丁宝非召集明天电力集团所属公司的班子成员在皇朝大酒店隆重宴请李蔓。丁宝非要了一间最大的包房，硕大无比的圆桌气度非凡。24人座被撤成18座，大家坐得宽松舒适。主位自然让给李蔓。李蔓谦让半天，终拗不过丁宝非。吃饭排座是很讲究的。同级的，一般是主人坐主位。上下级关系的，下级主人一般是求次。也有不懂事的按常理坐了主位，但上级的心态就很微妙。李蔓刚上任，自然不较锱铢。丁宝非是越发明事晓理，处处小心翼翼，不会放过尊恭领导的任何机会。

上好菜，斟满酒，丁宝非站起来，满怀深情地说："各位，有幸请到李书记与我们共进晚餐，这是我们的荣幸，更是我们的福气。我建议，让我们以热烈地掌声欢迎李书记与我们同乐。"大家站起来鼓掌。

李蔓也跟着站起来。掌声响后，她双手往下压，说："都是同事，坐，坐。"

待大家坐下后，丁宝非继续说："开桌之前，我说几句。这不仅是我想说的，也是大家想说的。第一句，衷心祝贺李书记高升。李书记不仅貌美，心更美，精明能干，清风明月，事勤业精，出类拔萃，是我们年轻人的榜样。有两件事我终生难忘。一是报到的时候，第一次见面，她就像老朋友样，热情周到，跑上跑下，短时间为我办妥一切手续。还不厌其烦为我介绍芷电概况，提供详细资料。我能有今天的进步，与她的热心帮助分不开。二是低调做人做事。她父亲是芷电功臣，曾是葛书记的老上级。按时风，有这层关系，早该进班子。可她一不找，二不跑，三不送，默默做好做精本职工作，靠自己的努力，一步一步走上领导岗位。有这样好的纪委书记，是芷电的福音，是我们的骄傲。因此，我们要真心祝贺。第二句，请李书记以后多关照我们。明天电力集团是改革的产物，是主业的累赘。当然，也是芷电的希望。漆总把辅业的担子交给我们，我们就有责任把辅业工作做好。要知道，辅业的路子不是那么好走，靠我们自身努力肯定有限，还得靠领导的大力关照和支持。辅业工作要搞活，难免打点擦边球。纪委书记的火眼金睛和通融理解同样重要。希望李书记对辅业工作多给点通融理解，多洒点阳光雨露，多给点支持鼓励。第三句，要积极支持李书记的工作。纪委书记的工作是为企业保驾护航，确保国有资产保值增值，防范企业各级领导出现廉政风险。我们每个人身兼一官半职，要严格遵守纪委的规章制度，不得在职权范围内以权谋私，做到慎思、慎初、慎微、慎行、律己，按李书记的要求管好自己的一亩三分地。只要我们集团上下不出任何廉政事故，就是对李书记工作的最大支持。我相信，有李书记的大力支持和爱护，明天电力集团一定会越来越好。"

大家热烈鼓掌，表示同意。

丁宝非举起酒杯，示意大家站起来。待全部起来后，说："来，一起敬李书记。这第一杯，都得干。"大家齐声："谢谢李书记。"先后都喝干。

李蔓听了丁宝非以上一席话，很是感慨。放下杯子后，示意大家坐下。她左右扫视一遍，激动地说："我也说几句。第一句，表示感谢。感谢大家对我的信任，感谢大家把票投给我，感谢大家支持我的工作。第二句，相互支持。无论在什么岗位，我一定以诚待人，以心换心。大家支持我，我一定支持大家。第三句，努力工作。纪委书记对我而言是新岗位，我会努力去适应、去开拓、去完善。丁总刚才的话很对,廉政工作靠大家来做。大家给我面子,是对我的促进,也是对我的考验。我会牢记在心,不辜负大家的期望。谢谢各位。"说完,面向大家鞠躬,并举起酒杯,"再次表示感谢,敬各位一杯。我干,各位自便。"

陈歌说:"书记干了,我们都得干。"

接下来,一个个轮着向李蔓敬酒,气氛煞是热烈。酒过三巡,还没有打住的迹象。李蔓已有三分醉了。丁宝非高声劝阻:"改变方式,李书记酒量再大,也对付不了大家呀。这样吧,敬酒的喝干,书记表示一下,心意到了就行。"

熊长远不让,吼着嗓子说:"不行,不行。就你丁总怜香惜玉,好像我们尽是山头土匪。李书记的酒量谁不知呀,津巴布韦。段子怎么说的哩:领导干部不喝酒,一个朋友也没有;中层干部不喝酒,一点信息也没有;基层干部不喝酒,一点希望也没有;纪检干部不喝酒,一点线索也没有;平民百姓不喝酒,一点快乐也没有;兄弟之间不喝酒,一点感情也没有;男女之间不喝酒,一点机会都没有。李书记给不给机会呀。"

男的一边倒起哄:"喝,喝。给机会,给机会。"

李蔓酒量比较大,这种场合,是不会退缩。大家都是来抬她的轿子,岂能扫兴?她向丁宝非投去感谢一瞥,端起酒杯,对走过来的熊长远挑战:"熊经理,你说,怎样喝?要不要换大杯?"

熊长远是性情中人,经不起女人挑战,大声道:"好,换大杯。死在石榴裙下值。死在美女领导石榴裙下更值。"

李蔓本想吓吓,哪知这浑蛋瞎起劲,真叫服务员换了大杯。李蔓被逼上梁山,捋捋袖子,豪气干云地说:"喝,大不了在医院躺一回。"

两人端杯相碰。

这一大杯,足有三两,下肚后,李蔓脸上立时泛红,额头渗出细细汗珠,鼻翼翕动,微喘粗气。丁宝非见状,喝住前来敬酒的,说:"悠着点。喝倒了书记,拿你是问。"

酒性闹开,兴致高涨,丁宝非再怎么制止,已没人理会。这是成立集团以来第一次聚会,难得有这么好的机会。与李蔓喝不上,就左邻右舍对喝起来。最后把目标转向了丁宝非,高潮一浪接一浪。直到大家喝不动了,才散席。

车是不能开了,丁宝非叫来司机,与方梅一起送李蔓回家。李蔓喝得有八分醉,话也多起来,直夸丁宝非人如何好,工作能力如何强,领导水平如何高。丁宝非清醒得很,听得心里爽极了。

到了李蔓家楼下,方梅先下车,帮李蔓打开车门,一手挡住车顶,一手搀李蔓下车。丁宝非从车后座拿出一个包装精美的爱马仕女包,递给李蔓。李蔓接过一看,立即塞回丁宝非手里。

丁宝非轻轻说:"书记,与董事长的不一样。放心,不撞车。"给董事长送的是咖啡色,给李蔓买的是古铜色,式样、价格、大小也都不一样。

李蔓其实很喜欢这款包,听了丁宝非解释,就笑纳了。道声谢谢。

三天后,丁宝非又考虑宴请谭加健。

在他的天平上,谭加健的分量不如李蔓。不仅是位置的区别,心里接受和认可程度也不同。李蔓心肠热,人缘好,待人善。谭加健呆板,认理不认人,难以深交。但他毕竟是班子成员,怠慢不得。对班子成员,不少没关系的还千方百计找关系靠近,况且过去他们还是老搭档,不维护好就犯傻。如何请?还真犯愁。宴后送点礼物,不知买啥好,关键还是他一般不受礼。弄不好拍马屁拍到蹄子上。丁宝非清楚,谭加健历来对他谨慎设防,似乎两人是政敌。谭加健工作能力和工作态度没得说,就是心胸小了点。丁宝非本与他不在一条起跑线上,谭加健不知何故老提防他,弄得他心里很不爽。加上他对方梅又是那个态度。另外,他和陈歌关系也不咋的。陈歌与谭加健是老乡。老乡见老乡,两眼泪汪汪。又有一说,老乡见老乡,背后开一枪。他们就属于背后开一枪的那类。两人电力学校毕业后一起进芷电,一个在物资科,一个在燃料科。几年后,两人都成为骨干。后来物资科副科长位置空缺。当时齐明松是芷电厂长,把副科长拿出来竞聘,几轮下来,两人进入一二名。齐明松确定在一二名中考察。谭加健本来就有优势,又是第一名。但他底气不足,生怕意外,就在背后搞了点小动作,寄了封匿名信给分管人事的葛联军。匿名信说陈歌在学校与一女生谈恋爱,搞大了人家肚子后马上翻脸,害得女生寻死觅活。葛联军行事风格严谨认真,又疾恶如仇。陈歌自然遭淘汰。

事后,匿名信内容泄露出来。陈歌心里马上明白。学校这点烂事芷电谁清楚?他不说,谁吃饱了撑的去调查?两人为此吵了一架。谭加健这时只有死扛,一口咬定绝不会干这种伤天害理之事。陈歌哪里信?早不告,晚不告,关键时刻放一枪。而这一枪,却是致命一击。

谭加健为了开脱罪责,帮他分析:高丽也在电力系统,兄弟电厂,大小信息互通。她为此事早就怀恨在心,免不了关键时刻报复一下。

陈歌清楚,她早就放过狠话,说君子报仇十年不晚,不搞臭他不姓高。陈歌是那种头脑比较简单的人,想想也有可能。再说厂里老乡就两人,抬头不见低头见,弄僵了关系对谁都不利。也怪自己当时年轻,一时冲动干了不该干的事,苦果还得自己吃。

后来,有一次参加电力系统燃料工作会议,陈歌与高丽相见。高丽似乎早把往事忘光,握着他的手久久不愿松去,还与他拥抱一下,并不断询问毕业后的境况。陈歌很是感慨,觉得自己太小家子气,心中怨气立时散去。会后,专门约她吃饭,送了件贵重礼物表示歉意。碰杯之中偶尔说起匿名信之事。高丽一听,肺都气炸了,大骂谭加健王八蛋、小人、伪君子。高丽认真给他解释,当年年轻,做了傻事,事后想想荒唐。俗语说,强扭的瓜不甜,何苦呢。缘分尽了,好聚好散,没必要撕破脸。看看现在,起初甜甜蜜蜜,结果?闹得鸡飞狗跳,斗得鲜血淋漓。人一辈子有多少时间?不想着过好每一天,斗来斗去,最终什么都失去了。有些人呀,就是傻。一通话,说得陈歌瞪大了眼,后悔当初傻冒,把这么好的女人丢掉了。陈歌由此断定,写匿名信的,谭加健无疑。重与谭加健计较,毫无意义。他在副科长的位置上干得如鱼得水,奈何不得。但心里,从此结了梁子。

如此,谭加健和陈歌就难以坐到一起。丁宝非琢磨半天,干脆小范围宴请,只叫上刘洋,他俩关系较深。礼物嘛,送1万元购物券,意思一下,收不收,顺其自然。

事实证明,丁宝非分析正确。谭加健接到邀请电话后,首先问哪些人去?听说包括他只有三人,就欣然应诺。

地点自然是芷都最好的皇朝酒店。丁宝非要了间10人位的包房。人少,派不能少。这里面大有学问,小包间,怀疑你轻视;大包间,说明你浪费;中包间,显派也适中。

谭加健酒量一般,喝起酒来漫不经心,气氛闹起不来。一瓶红酒,也是细斟慢饮。酒喝得沉闷,话场却活跃。谭加健上了台阶,心情自然极佳,一边品酒,一边大谈过去。丁宝非还是第一次如此完整地了解了他的历史。

谭加健身世远不如他。家里有六兄弟姊妹,他是老五。父母文化水平不高,老实厚道,一辈子没出过深山。到现在,村里还没通公路,回趟家,让人想起二万五千里长征。在县道旁下车后,弯弯曲曲,七上八下,要走两三个小时,遇上风雨天,起码得四五个小时。上高中时,1个月才回趟家。为了贴补学费,3年高中的寒暑假全用在打工上。打工干的是重体力活,给工地挑送砖块。现在个头不高,就是高中期间营养不良,过早透支体力落下的。上电校之前,未穿过一件新衣,均是大小兄长留下的。身上的补丁横一块竖一块,同学们嘲笑是世界地图。人穷志不穷,越挫锐且坚。终于凭自己的努力,走出了穷山沟。对来之不易的生活和事业,他是百倍珍惜,视如生命。

　　至此,丁宝非完全理解了他的性格成因。逆境中长大的孩子,除了有一股韧性,还有一股倔性,更有一股拼劲。为了完成自己人生跳跃,会不择手段达到个人目的。谭加健的人生轨迹还是比较清晰,完全靠自己的努力实现了人生跳跃。他认真负责,一丝不苟,扎实严谨,实际上是在保护来之不易的工作位置和人生舞台。只是,他过于追求自我,以至于被认为是踩着别人尸体往上爬的人。丁宝非既佩服他的敬业精神,也讨厌其六亲不认的古怪脾气。

　　刘洋一向崇拜谭加健,待他话语一停,立即大加称赞:"谭总,了不起,能在逆境中奋起,又在逆境中成长,是我学习的榜样。我说呢,谭总身上总有一股使不完的劲,原来是来自逆境中锻造的内在动力。这内在动力好像一团火,永远在燃烧。现在的年轻人,也包括我这个中年人,就缺乏这股内在动力。看来,从小养尊处优惯了,性格就不完整,思路就存在短板,毅力就不够强。但凡伟人,都有过逆境经历。大企业家,也逃不了窠臼。正如古人所言,艰难困苦,玉汝于成。更让人敬佩的是,谭总从善如流,爱兵如子。我能有今天,是谭总培养的结果。当然,也是丁总提拔的结果。"

　　别看刘洋平时话不多,捧起人来,还真有一套。不过,丁宝非心里还是有点不爽。好像他丁宝非就没谭加健那么爱兵如子。要知道,他能有今天,没他丁宝非,光谭加健顶个屁用。心里这么想,嘴上却不能说。毕竟现在不是论功比劳的时候。今天的主题是宴请谭加健,话题还得围绕他转。他顺着刘洋的意思说:"是呀,谭总永远是一台工作发动机。我一直把谭总当成一面旗子,向谭总看齐。谭总的工作作风、工作态度、敬业精神、自律意识,深深影响了我。可以说是我的良师。现在是公司领导,我们永远是您的兵,还得靠领导罩着、带着,今后有什么不对的地方,请及时指正。有用得着我们的时候,尽管说;有什么事要办,打个电话。领导的事,就是我们的事。再说……"

　　谭加健用手压了压,打断丁宝非的话,端起酒杯与他碰碰,呷了一口说:"丁总,别寒碜我了。我知道自己几斤几两。这些年里,得罪了不少人。没办法,就这个死心眼,犟性子,丑脾气。吃亏就吃在刚直上。俗话说,泰山能移,本性难改。别再像我这样活,有时自己都觉得累。丁总,你是前途无量,上有靠山,下有支撑,又有能力,过不了多久,也许就成了我的领导。到时候,你这番话该我来说。"

　　丁宝非赶紧站起来向他作揖:"谭总,折我寿也。这话万万说不得。再进步,也永远在谭总后面。"

　　谭加健把丁宝非按在座位上,继续说:"我说的是心里话。通过这几年接触,觉得丁总聪明能干,业务熟悉快,协调能力强,尤其有股韧劲,加上具有较强的亲和力,很容易打开局面。为什么漆总敢把这么重要的担子交给你呢?说实话,你有资格和能力让领导放心。开始,我对你有些看法,随着时间的推移,越来越认同你了。我们合作 3 年,基本没闹过矛盾。漆总为此还表扬过我。"

这倒是实情。谭加健和前两任副科长都闹过别扭,和他共事 3 年,还真没红过脸。有时因观点不同,争几句后,要么丁宝非退让,要么谭加健沉默。

三人话机投缘,虽细斟慢饮,还是喝掉三瓶。时间也不知不觉过去三个小时。丁宝非第一次发现谭加健还是蛮健谈,思想也十分活跃。至此,丁宝非完全洞晓了谭加健的心态,也让他半悬的心落了地。散席时,谭加健有点醉。可能是有生以来第一次喝这么多酒。正所谓,人逢喜事精神爽,酒逢知己千杯少。丁宝非把购物卡塞给他,说是两人一点小心意。谭加健眨巴几下眼,看看丁宝非,又看看刘洋,把卡推回去。刘洋知谭加健的性格,对丁宝非说:"丁总,谭总没这个习惯。要不,我去给他买个公文包。"丁宝非像不认识似的望了谭加健半天,心想过去完全把他看错了,就无可奈何地点点头:"好吧,老刘可得要把这事办好。"从此,丁宝非对谭加健多了一份警惕,觉得与他无法深交。

第 27 章　会议争锋

星移斗转。时间过得真快,元旦刚过,转眼就到了二月。再过半月,就是春节。在新年交替之际,芷电第二届股东会和第七次董事会会议如期召开。

国有企业有限责任公司股东会和董事会会议实际就是一种形式。大量工作,已经在平时汇报和沟通中解决。比如人事安排,若有动议,董事长和副董事长碰头或电话形成一致意见后,由控股方牵头组织考察。各股东方如无异议,就由控股方按程序公示、任命或推荐。党委口干部,如党委书记、纪委书记、工会主席直接由控股方党委下文任命。行政口干部,如总经理、副总经理、三总师,由控股方行文向董事会推荐。无论是任命还是推荐,只要一经宣布,就算到任。推荐的干部,到下次董事会会议确认即可。又如临时有重大采购、技改、投资活动,公司与各股东汇报认同后,直接报控股方审批。所以,除了工资总额外,董事会会议上所列议程都容易通过。

丁宝非第一次参加董事会会议。被通知参会的原因是需在会议上作燃料采购工作报告。

今年的会议安排在芷电宾馆三楼会议室召开。以往董事会会议多半在芷都最好的宾馆开。原因很简单,股东方派出的董事、监事、代表需要一个舒适优雅的环境。1 年也就是 1 至 2 次股东会和董事会会议,不能让代表寒碜。参会的代表,不仅吃好喝好,在会议结束时还能拿上一个红包。凡此会议,参会的代表数额肯定不少。漆汉昆为什么安排在只有二星级的芷电宾馆开?他跟两位董事长报告说:芷电宾馆 3 楼会议室最近新装修,音响设备不错。关键是肥水不外流。两位董事长当然不会为这点小事驳了漆汉昆的面子,欣然同意。

会议由董事长崔燕主持。

会议分两个阶段,先开股东会。股东会的议题就一个,由监事会主席作监事会年度工作报告。主席由省建投分管财务的副总兼任。监事会聘请会计事务所对芷电去年会计核算和经营状况进行了年度审计。会计事务所审计完后出具了无保留意见。现代企业制度实施后,国企对审计工作十分重视,内容有:年中审计,年度审计,任中审计,离任审计;方式有:外部审计,内部审计。外部审计指聘请会计事务所审计,审计机构审计;内部审计是国企内设审计部门的审计。外部审计真实,但完整性不强,企业财务总有猫腻,不会完整地将财务报表交出来。内部审计知底,但严谨性不够,都是同事,认真不起来。会计事务所进芷电后,漆汉昆安排分管财务副总全程陪同,白天查账,晚上去卡拉 OK。由于财务报表已经整理,只查出了一些小问题。这完全是出于技术上的考虑,一个大企业,来往资金及账单很多,不可能百分之百的无误。给中介整出点小毛病,说明人家工作认真负责,也好交差。时下哪有中介查账查出了大问题?年年被中介提出无保留意见的企业,有些经不起纪委和检察院审查。这是题外话。监事会报告依据中介的意见,对芷电去年的工作做出了中肯的评介。尤其是充分肯定了改革的成果,认为下岗分流、创业安置解决了主业冗员过多和工作效率不高的问题。从近千人减至三百号人,不能不说是一个奇迹。通过大幅度地改革,最直接的效果是降本增效显著,燃料成本每吨下降了 20 元,仅此一项,节约费用近 8000 万元。报告对年度亏损做了客观的评价,认为主要原因是发电量不足,年发电不足 4000小时,离赢利设计值存在较大差距。报告总结说:亏损是政策因素造成的,经营班子深入改革和加强管理卓有成效,比预计减亏幅度较大,给股东方创造了较大效益,应该给予一定的奖励。报告最后提出了几点不足:一是固定资产租赁费用偏低;二是主业人员已经分流,工资总额没有降;三是主业费用与辅业费用须厘清,避免辅业占用主业;四是主业为辅业贷款担保过多,留下隐患。

监事会报告完后，按程序应展开讨论。崔燕为了节省时间，说董事会议程结束后一块讨论。同一件事，没必要分开讨论。

会议接着转入董事会议程，有五项：一是漆汉昆作年度工作报告；二是分管经营副总作经营工作报告；三是丁宝非作燃料采购工作报告；四是分管财务副总作财务工作报告；五是财务科长作新的年度预算报告。丁宝非第一次在如此高规格的会议上作报告，心里紧张至极。报告完毕，衣背已完全湿透。

接下来进入讨论发言阶段。现在会议发言都有固定模式，先是肯定成绩，后提建议。讨论发言比较踊跃，大家充分肯定了芷电改革发展和加强管理的成绩，提建议也毫不含糊，有的还比较尖锐。比如谈到固定资产租赁问题，省电力公司经营管理处刘处长说："固定资产是主业资产有效组成部分，据我所知，占的比重不轻。当时设计时，过多地考虑了附属工程、后勤、候班、维护、休闲等因素。花的钱不少，有些设施和场所，现在看都不过时。附属工程中的尾水发电，本来是主业的延伸，据说改革后划入了辅业，收取多少租金？账上没有体现。相信大家和我一样，对此是一笔糊涂账。改革是好事，是芷电发展的大势所趋。国家电力公司鼓励多元发展，但明确主业和辅业账目要明晰。芷电辅业发展较快，成立了集团，这是好事。据说，成立集团后，主业的资本渐渐在退出。如何退出？应该有个交待。"

刘处长谈租赁，不谈租赁费，而是谈产权问题，与监事会的意见不吻合，也与他的发言主题不一致。当然，谈什么？是人家的权利。经营管理处，管的就是这些事。漆汉昆听后心里很不爽，心想，平时待他不薄，何以釜底抽薪？他的设想，成立辅业集团，就是要把职工的蛋糕做大。前些年，在全国发电形势一片哀鸿之声时，国家电力公司提出走多元化发展之路，侧重点就是保证或提高职工的福利。难道这有错？你刘处长站着说话不腰痛，把芷电职工福利降下去，不抽了你的筋才怪呢？为了实现职工的梦想，当然更是自己的梦想，他苦心经营，夜不能寐，正渐入佳境。想不到关键时刻，你刘大处长背后举刀，而且刀刀见血。为了不让这种观点形成市场，漆汉昆马上以委婉的语气予以反驳："刘处长是爽快人，明白人。平时，我没少向刘处长汇报，不该健忘。刚才刘处长说的几个问题，早就作了说明。电厂建设时，多建了一些附属工程，有些早就成为闲置资产。国有资产晒太阳，职工心痛呀。闲置也是闲置，不如让其活起来。于是，职工持股会动起了脑筋。为职工办好事，能不支持？我们提出了三个有利于：有利于股东，有利于企业，有利于职工。只要是三个有利于的事，就大胆地去做。发电出力不足，职工有劲没法使，企业年年亏损，职工难受呀。收入上不去，不少骨干，特别是值长,这几年流出去二十几个。等于我们帮人家培养人才啊。我那个急呀,没法形容。不另辟蹊径,只有等死。董事长、副董事长,还有齐总,深知企业困境,给我们政策,给我们出路,给我们支持,才有了当今来之不易的大好局面。闲置的固定资产,不流动,到时肯定一钱不值。发挥职工的力量,既盘活不良资产,又为职工办好事,何乐不为?请大家放心,主业附属工程资产退出,完全符合法定程序,都有审计报告。如果还有疑虑,再派中介或内审人员审计。"

漆汉昆这番话偷换了概念,回避了主要问题,如尾水发电只字不提。改革,其实就是利益调整。没必要事事解释清楚,有些东西就该糊里糊涂。不过,参会者心中都有一本账,单位利益永远是第一位。在电力改革渐进过程中,辅业不侵占主业,休想立足潮头。碰上电力形势滑坡,不用点非常手段安抚职工,队伍就不好带。面对现实,谁又能出招把芷电带出困境?恐怕没一人敢正面回答。漆汉昆话语虽然委婉,却显咄咄逼人。俗话说,拿人手短,吃人嘴软,对此议题,大家三缄其口了。况且,董事长、副董事长早就首肯,说两句痛快话能解决问题?还是多一事不如少一事。

会场沉静下来。

崔燕鼓励大家继续发言:"说吧,都说说,各抒己见。有不同意见,很正常。"

受到鼓动,发言又热闹起来。担保问题,财务问题,工资总额问题,培训问题,党建问题,廉政问题等等,无一漏项。谈到工资总额时,讨论最为热烈。言辞最尖锐的是省建投人力资源部张主任。他说:"芷电改革还是很成功,主业分流很顺利,这是好的一面。但是,人员分流,工资总额却没减少。改革的目的是什么?减人增效,节支增收,企业脱困。从财务和预算报告中,看不到改革的最终成效。改革前和改革后的工资总额几乎一样。现在主业人员比原来少了三分之二,人员精干了,工作热情提高了,而管理成本降了?答案是:没有。这就纳闷,折腾了一年,改革成果一大摞,而最关键的管理成本没降,工资总额没减。试问:这样的改革有何意义?当然,我无意否定芷电的改革。改革是大势所趋,人心所向。如果仅仅是为改革而改革,就失去真实意义。通过改革,把管理成本降下来;通过分流,把工资总额降下来,真正为企业降本增效,摆脱困境,改革就赋予了生命。我建议:为了体现芷电的改革成果,工资总额至少应减去三分之一。分流到辅业的人员,通过市场运作和市场创收养活自己。"

张主任的观点得到不少人的赞同。有人说;辅业或多或少占了主业资源,理应为主业成本核算分忧。又有人说:工资总额不减,主业固定资产租赁费偏低,变相造成国有资产流失。还有不同观点一一冒了出来。

漆汉昆坐不住了，拿着手机在会议室进进出出。

葛联军也坐不住了，烟一支接一支地抽。在改革大方向上，他与漆汉昆基本保持一致。通过一年来的改革，芷电的形势大有好转，职工的收入大有提高，有些不同观点也渐渐趋同。他忍不住站起来反驳："大家谈问题不要脱离现实。国有企业的痼疾是什么？机制不活，僧多粥少，奖罚不严，干多干少一个样，工作效率不高。改革，就是要把这些弊端改掉。芷电的改革就是朝着这个方向走的。下岗分流，减人增效，不是简单地加减法。国企的大锅饭不是那么容易端掉。如果在办公室纸上划划，就能把冗员裁掉，不用你说，我们早就干了。同志们，不能借改革之名把职工一脚踢开，不能借改革之刀把职工收入砍下来。我们常说，要让改革的成果惠及广大群众。怎么惠？这是检验我们管理者是不是真正心系职工的试金石。我想，每一个与会者，不希望背上老百姓的骂名。说实话，当时推行改革，我还一时转不过弯，总怕损害员工利益。搞创业分流，话好说，做起来就未必。职工都是搞电的，离开电，在其他河流里能掀起浪花？事实证明，我们的员工是好样子，我为他们的拼搏精神所折服。但是，刚离开主业，就让他们断奶，恐怕不现实。总得有个过程吧。"

漆汉昆坐回原位，待葛联军发言一结束，就抢过话筒大声说："对以上一些发言，我持保留意见。芷电改革，是得到了崔总、齐总、裴总大力支持和认可的。我郑重告诉大家，不是我漆某或芷电班子几个人随意所为。改革一揽子计划，事前都向双方股东相关部门作了汇报，也得到了你们的认同。可是，你们得出的结论，让我心寒。葛书记说得好，我们搞电的，搞三产属半路出家，能否成功？谁也没有把握。说得不好听，我们是拿着政治生命搞改革。能走到这一步，也是靠领导和各部门的大力支持。在改革中，我们是摸着石头过河，比如监事会提出的担保问题，主业和辅业账目厘清问题，能改的我们一定改。但工资总额问题，却不是一件小事。开始，大家都不愿意离开主业，主要是担心工资降低。如果工资总额减去三分之一，分流的职工马上就会回来，改革就失败。芷电的工资水平与同机组电厂比，差了一截。再降工资，技术骨干马上就会流失。靠辅业收入补充，谈何容易？辅业集团刚刚起步，还没在市场中站稳脚跟。对没学会游泳的人，就让他呛水，是极端不负责任的。当然，既然走上了改革之路，就要有所作为。我的意见，给辅业集团员工三至五年的过渡期，让他们学会了走路之后再断奶。使三个有利于真正落到实处。"

与会的几个副总也忍不住纷纷发言，有诉苦的，有发牢骚的，有请求理解的。丁宝非也想发言，谈点感受，但觉人微言轻，话到嘴边忍住了。

两种观点，两种意见，相持不下。大家齐刷刷把眼睛投向会议主持者。崔燕觉得两种意见都有道理，从股东方来说，当然希望严控成本，减少工资总额；从管理者角度考虑，面对低迷的电力形势，让缺乏其他技术的人员到市场中找饭吃，恐怕是操之过急。作为董事长，她要平衡效益与稳定的关系，更要考虑芷电职工的情绪。倾向性的意见，她不想过早抛出，笑着对裘杰说："裘总，还是你先说说吧。"

裘杰思考了一下，慢条斯理地说："工资总额问题，比较复杂，不能简单地加加减减。电厂搞三产，主要是消化富余人员。辅业功能定何位？是安置富余人员，还是为主业增效？这需要客观分析。省电力公司的控股电厂，办三产，主要是为主业分流人员，至于增效，倒是其次。现在电厂效益普遍不行，职工薪酬上不去，靠三产补贴一点收入，也在情理之中。芷电三产分流富余人员，功劳不小，应该鼓励，但账本要清。明天电力集团组建才1年，还在呀呀学步阶段，应允许他们缓冲一下。我同意汉昆的意见，给辅业3年过渡期。"

崔燕一边听一边点头。裘杰话一停，她就表态："我同意裘总的意见。3年一过，再算细账。漆总给我汇报过几次，芷电员工的收入明显落后周边省份同类机组电厂，再不提高员工收入，技术骨干恐怕留不住了。工资总额不减，3年之中也不再增加，辅业集团应该为主业做点贡献。"

有了两位董事长的明确表态，大家不好说什么。

崔燕最后作了总结发言。先是肯定了芷电的成绩，然后逐条归纳了发言者的意见。崔燕的总结精辟简要，记录整理后作为会议纪要鼓掌通过。

会议结束后，丁宝非还一直沉浸在讨论发言的各种观点中。他发现一个有趣的现象，董事会就像是两大阵营在进行拳击比赛，股东方为甲方，经营层为乙方。甲方直拳出击，乙方摆拳阻挡；甲方猛出钩拳，乙方振拳闪挡。甲方始终处于主动，直拳、摆拳、钩拳、刺拳、振拳等全都用上。乙方在频频出击面前，不断用阻挡、格挡、闪躲、潜避等进行防守。甲方招多拳猛，未占便宜。乙方左闪右避，没失一分。十二回合下来，不分胜负。最后，两位裁判吹哨裁定，乙方险胜。这场博弈，充分显示了芷电经营班子的智慧和高度统一。平时偶与漆总闹别扭的葛书记，关键时刻出了一记重拳，挽回了颓势。葛书记的形象一下子在丁宝非心里高大起来。假如，让甲方的观点大行其道，他手下几百号弟兄的口袋马上会瘪下来，本已分流稳定的员工又会像阮素芹一样上蹿下跳。如此，漆总的日子不好过，他自然跟着遭罪。时下，所有电力企业办的三产，不从主业输出利益，靠这些无市场经验的富余员工瞎折腾，断是喝西北风。

第二天上午，漆汉昆把丁宝非叫到办公室。

丁宝非刚坐下，漆汉昆就发起牢骚："昨天的董事会，真他妈的开得憋气。这些喂不饱的饿狼，一个个红了眼似的。妈的，平时个个称兄道弟，会上却捅起了刀子。全是伪君子。好在崔总、裴总主持公道，否则，我们的改革泡了汤。经过这次较量，发现这些人不是省油的灯。昨晚，我通宵未眠。"

丁宝非抬起眼，看见漆总眼里果然布满血丝。俗话说，人言可畏。漆总纵然洒脱，还是抵不住人言的侵袭。平心而论，漆总一系列改革思路和行为，均是围绕"三个有利于"，特别是围绕"有利于职工的利益"而展开的。不清楚这些不同政见者的动机如何？如果真是为了保护国有资产，他则另眼相看。如果是暗藏心机，那他只能嗤之以鼻。

漆汉昆抽出一支烟，丁宝非马上帮他点燃。漆汉昆吸了几口，继续说："以后，明天电力集团与主业的每项业务来往，一定要账目清晰，方法隐蔽。从现在起，必须做好几件事：一、燃料采购资金往来手续要齐备；二、物资采购形式上还得招投标；三、固定资产租赁费根据残值评估认真核算一次，注意分寸；四、主业为辅业的担保清理一下，该解除的解除；五、收集一下其他电厂粉煤灰综合利用的办法，把政策用足。另外，3天之内，给我拿出一个集资方案。我想，辅业的发展，还得把省公司、省建投的头头脑脑及部分职工引进来，给他们百分之十五的回报。他们进来了，就可以把他们的嘴堵上。否则，时不时地找茬，让人心烦。注意，对外不能称集资，叫增资扩股。给他们优先股，我们职工的股份统统改为普通股。"

"给他们优先股，我们不是吃亏了吗？"丁宝非不清楚优先股与普通股的区别。

漆汉昆瞪他几眼："吃啥亏呀，孤陋寡闻。"看他脸红，只好解释，"优先股只享受固定回报，不参与管理和分红。普通股则反之。"

丁宝非不好意思地低下头，轻声认错："对不起。以后一定加强学习。"

漆汉昆把烟头熄灭，向他挥下手，表示理解，然后继续说："过去职工内部持股的规则要修订。另外，这次职工也增次股，仍以职务职称按比例增。职工增股还是交给李蔓来办。我会交待，你知道就行。待新的集资款来后，把辅业集团中主业的股权全部置换出来。你先找家可靠的中介，把辅业中主业的股权评估一下。注意，不必大张旗鼓，让纪检、职代会知道就行。班子成员我会通气。好吧，你去忙。"

出了漆汉昆办公室，丁宝非陡感身上压力增大，头脑发胀。理清主辅关系，集资,置换股权,样样是大动作。稍有不慎踩了地雷,自己被炸还得向职工赔罪。问题是,他还弄不清漆总的真实想法。如果真的厘清主辅关系,辅业日子肯定难过,也与成立的初衷大相径庭。回到办公室,他把方梅叫来,想讨点主意。别看她是女流,复杂问题上,见地和主意还特别多。

方梅把门反扣,扑到他怀里想温存一下。丁宝非无此心情,慢慢推开她,叫她坐到大班桌对面。听完丁宝非的介绍,方梅思考片刻,果然有了主意。她说:"有些事光说不做,有些事光做不说,有些事又说又做,有些事不说不做。集资,光做不说;厘清主辅关系,光说不做;物资采购招投标,不说不做;置换股权等几项,又说又做。"

丁宝非豁然开朗,右手桌上一拍,叫声好,身子越过大班桌,在方梅脸上猛吻几下:"真可以,越来越聪明了。"

方梅得意起来,嗲声嗲气地说:"怎么谢我?"

丁宝非说:"要怎么谢都行,你说。"

方梅轻抿嘴唇,低声说:"这个礼拜都得陪我。"

丁宝非诡秘一笑,问:"是不是沈阅出差了?"

"对。这个礼拜只属于我们俩。不管你行不行,一定得陪我。"方梅霸蛮起来。

当然,丁宝非也希望长时间与她厮守,可现在是非常时期,一来事件多时间紧;二来压力大,性兴致不高。为了不扫兴,还得满足她的愿望,于是讲条件:"陪,一定陪。可能有时加班加点,做不到整晚在一起,不要有意见。"

方梅嘟起了嘴,心里老大不高兴。他确实很忙,不便说什么,只好点头。这些日子里,沈阅不知听到什么风声,盯她很紧。两人逮到机会,简单温存一下,就匆忙离去。

丁宝非懂她的心事,劝道:"来日方长,以后有的是机会,不在乎这几天。等忙完了这阵,我们单独出次长差,过过瘾。"

支走了方梅,他深思起来。尽管方梅出的主意不错,未必就能这么做。如果把漆总的意思弄错了,那不误了大事?得把漆总布置的任务一件件理出来,然后逐一落实,该快的快,该慢的慢,该放的放。当然,最紧迫的是集资方案。他拿起电话,叫陈歌、贺小妹过来商量,力争在最短的时间内把最紧迫的事搞定。

第 28 章　酒屋猎情

邹雅琴是个十足的大忙人，柏筱去了 N 个电话，都说在外地出差。一会儿说在陕西，一会儿说在河南，一会儿说在北京。弄得柏筱怀疑她是在躲猫猫。邹雅琴能量挺大，供煤合同签订后，马上按合同要求保质保量保卡运来了煤。结算方面，又比别人优惠，待煤炭采样、制样、化验合格后，才将款打过去，充分显示了大公司的实力和诚信。

自重新介入燃料业务后，柏筱对其他生意已索然无味。平山电厂的燃料生意，蒋松让她轻松赚了几百万。有了基础，她和平山电厂又续签了两年供煤合同。蒋松对她已不设防，每次"孝敬"坦然收下。进出蒋松办公室，就像走大路一样方便。燃料部陈经理经常与她和单蓉泡在酒桌上和歌厅里。陈经理有点好色，喝高了就要与单蓉交杯。好在单蓉放得开，只要不突破底线，怎么闹都奉陪。有一次，进的本省煤出了点问题，热值达不到合同要求，按规定要罚款，算下来不是一笔小数。柏筱和单蓉马上赶到平山电厂，单独把陈经理请出来。两人轮番向他敬酒，不到 1 小时就把他放倒。酩酊大醉的陈经理紧紧抱住单蓉不放，口里不停地说晚上陪他睡，两个女流见状很是尴尬。柏筱忽然想起在歌厅认识的黄小姐，打电话叫她过来救急。一会儿，亭亭玉立、丰满漂亮的黄小姐喘着气过来，柏筱塞给她一沓钞票，拜托帮忙。她是场面上的老手，马上明白柏筱的意思，挽起手就去扶陈经理。3 人把陈经理弄上车，到高档宾馆为他俩开了房。第二天下午，柏筱、单蓉到陈经理办公室，双方见面，意味深长地相视一笑。单蓉不声不响地递一个"大信封"过去。陈经理默默接了，迅速放进抽屉。陈经理给她俩沏好茶，说等一会儿，出去处理一下。不到半小时，就回来了，说罚点款吧，否则不好交代。柏筱问，罚多少？陈说，十万。柏筱松了一口气，向陈经理千恩万谢。有了这样的小插曲，陈经理对她的进煤和结算总是网开一面。

特别令柏筱兴奋的，是新远燃料公司的赢利能力非常强，按比例分红，她能进账 800 多万。加上平电赚的 500 万，账上应有 1300 万。等新远燃料公司的分红一到，就把芷电辅业担保的 1200 万的贷款还掉。如此，正天公司的财务状况就步入良性。前几天，她与罗正平商量，鉴于电线杆制造业务竞争激烈，干脆将该公司卖掉,腾出精力财力分头搞好小水电和燃料两块业务。罗正平同意她的意见,迅速安排一副总操作此事。

大忙人邹雅琴终于回来了,晚上约柏筱到玫瑰酒屋会面。玫瑰酒屋是芷都单身成功女性或寂寞富婆喜欢光顾的地方。柏筱听说过不少玫瑰酒屋发生的风流逸事,欲去那里的女人多半有点那个意思。

柏筱不想与此屋沾边,怕别人产生联想,在电话里对邹雅琴说:"换个地方,行吗? 今晚我做东。"

邹雅琴在电话里哈哈一笑说:"其实那里挺文雅,清静。不瞒你说,我特喜欢。去吧,我都安排好了。浊者自浊,清者自清,不要人未去,心自浊了。"

柏筱无语,依邹雅琴意思,去,心自清;不去,心自浊。想想也是,为什么别人趋之若鹜,自己却敬而远之? 看来,不是自己心清,而是源自心念不正。

玫瑰酒屋隐在芷湖东面几棵古樟下。据说这里原是国民党某师的师部,解放后作为植物研究所一基地被保留下来。上世纪九十年代初,植物研究所发展三产,将房屋租出去弄点外快。先是办小厂,后办酒店,几易其手。自玫瑰酒屋落户后,这里才真正名声鹊起。

玫瑰酒屋果然名不虚传,不仅环境一流,装潢和布景也十分考究。柏筱驱车到达时,夜幕已经降临。映入眼帘的是火树银花,仿古建筑四边翘角和屋脊上的七彩光流,像彩练一样向四周的空间流淌而去。古樟树上挂满了彩色雨灯,五光十色的光雨倾泻而下。步入大厅,仿佛进入红色世界,红地毯,红壁挂,橘红灯饰灯光,戴红色贝雷帽和穿红色制服的英俊帅哥,让人顿生无限遐思。

柏筱被帅哥引至3楼紫薇包房。这里的包房都以名花命名,以显女人的纯洁和高雅。每间包房的装潢也以被命名花种的颜色和特点为主,并把花的内涵、文典、故事融合一起。如紫薇间,把赤薇、蓝薇、银薇、翠薇四种颜色用上,并以蓝薇颜色为主,让人感到格外温馨。吊顶的造型,是蓝紫薇的花瓣,在灯光映衬下,栩栩如生的花瓣像蓝宝石般地闪耀。正墙壁上张挂紫薇夫人荡秋千的画像。紫薇夫人是明朝末年辽东总兵李成梁将军的宠爱,有倾城倾国之貌。努尔哈赤当时是李成梁的近身侍卫,紫薇夫人经不住引诱,两人暗中来往。后私情事发,努尔哈赤逃跑,紫薇夫人跟着遭殃。英雄与美人的凄美故事,任何时候都让人津津乐道,引发无限遐想。柏筱推门进来,邹雅琴正望着紫薇夫人的画像发呆。

听到响声,邹雅琴赶紧上前和柏筱拥抱一下,歉疚地说:"不好意思,几个月来都在外面奔跑。偶尔回来,又抽不出空。"

"没关系,大忙人。找你也没啥事,就想聊聊。"柏筱发现她今天特别漂亮,认真欣赏起来。好一个美人儿,秀发飘逸,芳泽无加,穿一件束腰翻领唐纳·卡兰短皮上衣,显得风情万种,腰如约素,有如瓠犀发皓齿,双蛾颦翠眉;红脸如开莲,素肤若凝脂;绰约多逸态,轻盈不自持;尝矜绝代色,复恃倾城姿。

邹雅琴被看得不好意思,说:"不认识? 坐呀。"

柏筱矜持地笑笑,逗趣道:"这一身打扮,用两句话形容:'一顾倾人城,再顾倾人国。'"

邹雅琴快乐地大笑起来:"柏总真会说话。我若能像你,会迷倒多少男人?"

这时,帅哥服务生敲门进来,递过菜谱:"琴姐,您再看看。"

柏筱诧异,一般服务生都知她的大名,说明她是这里的常客。第一次到这里,果然发现此处奥妙。服务生百分之九十是18—25岁的俊男,个个英气逼人,精神勃发。寂寞少妇除了能养眼,说不准还能"磁"一下。

邹雅琴把菜谱递给她:"你看看,合不合味?"

柏筱接过一看,尽是燕窝、鱼翅、鲍鱼、驼掌等高档山珍海味,且量不少:"就我们俩,吃不了。"

"放心,会有人帮你吃。我叫了两个帅哥,到了这里,就得好好放松一下。"邹雅琴对她会心一笑,把菜谱交回帅哥,说,"就这样吧。"

帅哥向她埋下头,微笑着出去。

柏筱想到今天的使命,趁两帅哥未来之前把卡退还。她从包里掏出银行卡,放在她手里,诚恳地说:"邹总,我们都是生意人,不好意思收你的。你的心意我领了。一回生,二回熟,我们能成为最好的朋友。"

邹雅琴似不认识地对她瞪大杏眼:"柏总,不懂你的意思。嫌少?"把卡塞回她手里,"我说过,这是见面礼,以后还会有分成。"柏筱推了几下,被她挡住。"你不找我,我还得找你呢。"她从钱夹里拿出另一张卡,塞到柏筱手上,诚恳地说:"柏总,不要推了,这是你该得的。里面还是50万,这段时间生意的分成。"

柏筱一眼茫然,不知如何是好。原卡没有退掉,还加了一张卡,要是齐明松知道,该怎么解释? 看柏筱还在犹豫,邹雅琴在她手上轻轻拍拍,压低声音说:"怕心上人知道,是吗? 别傻,不说,齐总是你肚子里的虫?"

柏筱大吃一惊,她怎么知道明松? 忙辩解:"你说啥呀,什么齐总、果总的?"

邹雅琴诡秘一笑:"电力行业里的事,没有我不知晓的。不过,你们的事,知道的人微乎其微。我羡慕你呀,有一个这么优秀的男人爱你,死都值。"

柏筱出了一身冷汗,死不承认,拉下脸说:"邹总,真不懂你的意思。是不是搞错了? 别咒我了,弄不好会害死人的。"

邹雅琴面部僵硬一下,继而舒展开来:"行,不说这些没盐没油的事。这些日子忙?"柏筱不与她计较,点点头:"生意人,都一样,一个字,忙。不过再忙,也没你忙啊!"

"是呀,我现在是赌着一口气,为了自己的尊严,拼命挣钱。"邹雅琴叹了口气。

柏筱认真地看着她:"邹总,你这么能干,也有难处?"

邹雅琴又长叹一声:"是呀,女人最倒霉的事让我碰上了。"

柏筱马上明白她的意思,轻轻问:"是他负心?"

邹雅琴把头发往后一甩,用略带忧伤的语气说:"你是位可深交的妹妹,说说也无妨。我的男人,也是前夫,原是同班。他无数次跪在我面前,喊着哭着非我不娶。那时年轻,糊涂呀,什么甜言蜜语,什么山盟海誓,全是屁话。等我做了他妻,给他生了孩子,给他支撑了家,他却变了心。原因是我不会挣钱。其他妈的不是男人,女人为什么非得挣钱?他父母多病,每月要寄大把的钱回去,没有,就跟我吵。后来,他傍上了一个比我大一岁的富婆。父母开始有钱治病了,还给父母盖了房子。等我知道内幕,他就提出离婚。为了孩子,我不同意。结果,他把我告上法庭,孩子的监护权也被剥夺了。那个富婆,不知用什么招数,骗得我儿子甜甜地叫她妈。那时,家没啦,孩子没啦,连死的心都有了。有一次,就在这个酒屋,碰上了我现在的董事长,听了我的叙述,把我拥在怀里。当时,那是多温暖的怀抱呀。当晚,我就跟他走了。不久,在他的劝说下,我辞职下海,在他手下跑生意。现在的男人,有几个靠得住?我也知道,这是不可能,就跟他谈条件。结果就有了现在的结局。"说到这里,她眼睛开始潮湿。柏筱扯一张纸巾塞到她手里。她轻轻擦拭,"也许,这就是命。"

柏筱走过去拥抱她,在她肩上轻轻拍几下,幽幽地说:"红颜多薄命,古今成规律;唯有自珍重,方能看破天。"她似乎在劝别人,实际是在劝自己。邹雅琴的过去触动了她麻木的神经。目前,与齐明松这种关系,完全是一种无奈。虽然爱得刻骨铭心,但人生一片茫然。现在,她越来越有一股强烈的渴望,这种渴望,像一块巨大的磁石,强烈地把她吸附在爱的归属里。她明知,这是不可能,而内心又在寄予希望,并强烈地等待。她确实比邹雅琴幸运,齐明松是个负责任的男人,只要有可能,他会把太阳摘给她,把月亮捧给她。他会为她永远坚守。这世界,好男人还是有,就看你有没有运气。邹雅琴说得对,有这样的好男人,死都值。

邹雅琴向她投去感激一瞥,把她按到椅子上,见卡还握在手上,假装生气地说："还防我？你呀，定是被人洗过脑。实话告诉你，丁总、熊总都是这个数。他们能拿，你怕啥？与他们比，你个体户一个。放一万个心，出不了事的。相信我，我们是绑在一起了，一荣俱荣，一损俱损。"说完，把卡塞进她的包里。

恭敬不如从命，人家如此诚恳，总得给点面子，况且是生意中的提成。心想以后不再告诉明松，留点私密，毕竟未来不明。柏筱深情一笑，道声谢。

邹雅琴拍拍她的手，说："这就对了。"这时，门被敲响，帅哥进来问："喝什么酒？"邹雅琴不耐烦地摆摆手，"老牌子。不急，在外候着，有事叫你。"帅哥一脸通红地退了出去。她接着刚才的话题说，"红颜多薄命？我就不信，凭自己的努力，打出一片天地，让这些狗男人看看。所以，我要挣钱，要让他知道，我比那个富婆强。还要把我的儿子要回来，要让儿子知道，老妈是世界上最有本事的女人。"

柏筱发现她的人生观严重偏位，与不值得留恋的人赌气，弄不好会走入死胡同。她说："最近我读《七笔勾》，有这么四句话：'多少枉驰求，童颜皓首；梦觉黄粱，一笑无何有。'言简意赅，让我悟出不少道理。感情这东西，真实的，才珍贵；虚假的，即黄粱。年轻时，有过不少追求，都成为梦。情感生发时，才知世界大，茫茫人海，寄托难付。该是自己的，抢也抢不走；不是自己的，争也争不来。活着，是为自己。赌气，比高低，意义有多大？即使争回了面子，幸福能争回来？只有成就自己，充实自己，才活得有意义。"

邹雅琴哈哈一笑，说："人各有志，理论万千种，只有自己才知道自己该怎么做。书上说的，当不得真。我就是不服输，绝不在他面前低头。"

柏筱一时语塞，无法沟通。感情上的滑铁卢，彻底把她打懵了。她在为面子而战，为羞辱雪耻。

邹雅琴继续说："都说女人是水做的，水不值钱，所以就贱。现在的女人，尤其是女孩子，有如过江之鲫傍大款，做二奶，甚至做三奶、四奶。这，已然成了职业。悲吗，从道德讲，悲；从生存看，又不悲。像流浪狗一样活着，更屈辱，要么进收容所，要么饿死。前不久，一个小不点女孩告诉我，最高境界的享受是省略爬山的过程，直接坐电梯到山顶。一比较，感觉落伍了。可我到了背气的年龄，无资本坐别人的电梯直接到山顶，只能自己爬山。当然，我也不屑于坐别人的电梯。这样，就不犯贱。"说到这里，她问，"你说，就女人贱吗？"

柏筱摇摇头。

"对。男人也贱，他就贱。一个大男人，自己没能力挣钱，反而迁怒老婆。这是什么逻辑啊。最终，他选择犯贱。他有男人的骨头？没有。女人的骨头也没有，只有狗的骨头。那个女人,要学历没学历,要长相没长相,就有几个臭钱。他的灵魂,被她轻易用臭钱勾走了。当时,我心里那个堵啊,你不知道,有多难受。他犯贱,再怎么着,也不能犯在她手上呀。凭什么,人不像人,鬼不像鬼,巫婆一个。"邹雅琴有点愤愤然起来。

柏筱问:"是不是还放不下他?"

邹雅琴用鄙夷的口气说:"谁稀罕他。"

柏筱微微一笑:"这不结了,不稀罕,还堵啥?他,当是你啃过的骨头,扔了,被那个女人拣了就是。弃了就弃了,有啥值得留恋?要懂得舍弃。记住这三句话,懂舍弃乃智慧,会舍弃乃本事,真舍弃乃境界。"

邹雅琴扼腕一叹:"是呀,做到真舍弃,不容易。其实,我心里就是有一个死结。对他,早死了心。就是不服气败在一个没品味的女人手下。女人走进婚姻,等于走进战场。在这场战争中,败在优者手上,认了;败者劣者手上,冤。"

柏筱伸过手去,握着她的手说:"女人,其实绕不过去的是自己。我问你,情感上,结果重要,还是过程重要?"

"这问题我早想通了。现在,我更注重过程。人生苦短,当快乐时且快乐,没必要再亏自己了。"这时,她的手机响了,接通后回了句"紫薇。"合上手机盖,轻轻说:"来了,给你带来了一个。"

柏筱懂她的意思,忙摆手:"不行,我不要。"

邹雅琴说:"反正小费已付,退是退不掉。坐坐,聊聊天总可以吧。"

"跟这种人交往,安全?"柏筱出于好奇,小心翼翼地问。

邹雅琴暧昧地一笑,说:"熟悉了就知道。其实,与他们交往,反而没有顾虑。如果固定交往,反而难以把握。习惯了一个人对你的好,习惯了他的体贴,你会越来越离不开他。如果突然失去,那种难受会如同戒毒一样,让你宁愿饮鸩也要止渴。没办法,正是需要这种情爱的年纪,选择合适的方法,即不亏待自己,也保护了自己。"

难怪玫瑰酒屋火爆,正是有这样一批寂女怨妇,才使得这里车水马龙。

不久,门被推开,进来了两个阳光男孩,一个稍胖,一个稍瘦。稍胖的俊逸挺拔,眉毛如墨,面如冠玉;稍瘦的容貌轩昂,丰姿俊爽,脸庞放光。

邹雅琴立即招呼稍胖的男孩坐到自己身旁:"阿平,把你朋友给柏姐介绍一下。"

阿平瞟了柏筱一眼,指着稍瘦的男孩说:"他叫阿明,我铁哥,挺能。"

邹雅琴向阿明笑笑,叫他坐到柏筱身旁。阿明点点头,望望柏筱,大大方方地紧挨她坐下。柏筱身子像触电一般,立即躲闪开来。阿明一脸尴尬,坐得离柏筱远点。阿平脸上也不好看,叫了声:"琴姐。"邹雅琴拍拍阿平:"没事的。他们熟了就自然。"

柏筱刚才是本能反应,心里并不排斥。与俊男交往,应是件快乐的事。为了消弥尴尬,她侧头对阿明解释:"我不习惯。别见怪。"

阿明释然地笑笑,向柏筱靠拢点,轻轻地问:"柏姐第一次来?"

柏筱优雅地点点头,想说点什么,又嘎然而止。心想,既然来了,就放松些,权当见见世面。当然,该把握的还得把握,不能把自己卖了。邹雅琴与阿平头贴得很紧,在说悄悄话,两人都很兴奋。柏筱看得出,两人的关系不一般。也许,阿平是她的小情人。显然,她是这里的常客,阿平可能就是在这里被她"磁"上。不知阿平的身份,如果是所谓的"鸭子",邹雅琴就太不值。与这种人混在一起,不光掉身份,也不安全。现在网上常贴出"小白脸"谋财害命的爆料,叙述富婆一夜风流成本高的故事。依邹雅琴的个性,不可能这么乱性。也许,是哪个大学里的另类,出来癫狂蹭白食。为了证明自己的猜想,她想问阿明,又不知如何开口。

邹雅琴大声叫门外帅哥上菜。一会儿,菜依次上来。酒上的是人头马。阿平很活跃,频频向邹雅琴和柏筱敬酒。两位女士要开车,不敢多喝。阿平叫了起来:"没劲。不如不来。"邹雅琴摸摸他的头:"不可以斯文一点?喝醉了,你背我回去?"阿平嗔她一眼,"不是没背过,不欠这一次。"邹雅琴朝柏筱笑笑,"让他们闹去,我们边吃边聊。"阿平讨个没趣,只好与阿明对喝。不知阿平是过度兴奋还是心有块垒,连续与阿明喝了两瓶。想必阿平酒量不大,不久就喝倒了,头歪在一边。邹雅琴看看醉酒的阿平,摇摇头,叫帅哥埋了单,对柏筱说,"我先走。你俩再聊聊。印象深了,以后就有机会成双成对出来开开心。处顺了,挺浪漫挺刺激的。"

阿明帮邹雅琴把阿平扶出酒店,重新回来,坐到柏筱对面。柏筱叫帅哥撤了残席,上了两杯绿茶。房间少了两人,一下子清静许多。柏筱本想与邹雅琴一块走,但她临走一番交待,怕怠慢阿明,就硬着头皮留下来。不过,她心里有了一份好奇,想从阿明嘴里了解点什么。阿明可能缺乏场上经验,两人面对时,多了一份青涩,少了一份练达。为了掩饰内心慌张,阿明埋头不停地喝茶。

柏筱问:"你常来?"

阿明抬起头,羞涩一笑:"偶尔来来。都是跟阿平来的。"

"不介意话,能否告诉我,你是……"柏筱拖长声音不好说下去。

阿明懂她的意思,马上回答:"我还在读大三。请别误解,我不是这种人。玫瑰酒屋里的男孩有三分之一来自大学。我也解释不了这种现象,反正就是一种新潮,一种好奇,一种刺激。当然,也不排除有以色相挣钱的,可能这是少数。阿平一年前就与琴姐熟悉。琴姐很喜欢他,给他买衣服,买电脑,买手机,还给了不少钱。我跟阿平是好朋友,几乎无话不谈。他鼓励我走进玫瑰酒屋,去碰碰运气。我想,我是男人,怕什么?就稀里糊涂地跟他来了几次。但运气不好,碰不上顺眼的。今天上午,阿平说有一个漂亮姐姐要见我。就带着希望来了。"

柏筱矜持地笑笑:"让你失望了。"

阿明说:"没什么,本来就是逢场作戏。如能交上女朋友,就算真有造化。"

柏筱说:"你没想过,一旦与女人上了戏,既影响学业,又影响谈恋爱。"

阿明摇摇头:"唉,没想这么远。大学毕业后,到哪落根都不知道。玩一次姐弟恋,丰富一下生活呗。如有运气,还可为毕业找工作打通人脉。有些师哥就是在这里铺好了路,毕业后成了小老板,或成了大公司的职员。"

柏筱感觉恍如隔世,年轮飞转,年轻人的前卫观念让她瞠目。也许,这就是现实,这就是人生。在这五彩缤纷和乱象丛生的世界里,有多少春心萌动的男女,在红尘中寻觅,在情感中行脚。纳兰性德说:"情知此后来无计,强说欢期;一别如斯,落尽梨花月又西。"是呵,滚滚红尘,漫漫花路,湮没了多少情思,消弭了多少渴求。一时的柔情,半刻的甜蜜,虽有缠缠绵绵,却无天长地久。如此,繁华落尽,明月又西,落得此情无计可消除,才下眉头,又上心头。想到这,柏筱自嘲一笑,杞人忧天,多此一举。但嘴里却说出了另一番话:"我不这么认为,人生路广,多走崇山峻岭,更能锻炼意志。有道是:不到断崖处,走好每一步。"

阿明眯起双眼,不解情怀,以艾怨的语气问:"既无意思,叫我来干吗?"

柏筱苦笑一声:"我们都是被绑架。不过,还得谢谢你陪我。我们第一次接触,不可以谈点别的吗?比如学校里的趣事,社会的认知,等等。我们都是年轻人,生活方式应是多种多样,若趣味相投,还可成为好朋友哩。"

阿明脸上马上阴转晴,兴奋起来,放开思路与她聊起人生,聊起对现实的看法。阿明还健谈,谈了不少校园内外的趣闻,谈了不少对社会的看法。让她多了一份对社会的认知,多了一份对现实生活的理解。柏筱看看表,已过十点,说:"不早了,以后有机会再聊。我送你回去吧。"

阿明站起来,拍拍手:"算了,还是我自己走吧。柏姐若还信得过我的话,能否把电话号码告诉我?"

"行呀。你还诚实,值得交往。"柏筱与阿明互相交换了电话号码。

阿明伸出手,用力与她握了握,说了声再见,转身走出房间。望着阿明离去的背影，柏筱怦然心动一下，接着被莫名袭来的惆怅所掩盖。原来，女人的活法有多种，只要你愿意，什么浪漫和刺激都会有。可她不能，底线永远不能突破。邹雅琴乐此不疲，是甜是苦？只有她自己清楚。

第 29 章　暗中活动

回到虹美花园，泊好车，抬头一看，家里灯火通明。柏筱心中一喜，知道齐明松今晚不打招呼自来。这可不是他的风格，以前每次来时，都要提前告之。她加快步伐，一路小跑往电梯里奔。

打开门，看到齐明松跷着二郎腿，喝着茶，悠闲地在看电视剧。见她回来，转头对她微微一笑。柏筱换好鞋，放好包，小孩般地扑到他身上："今天太阳从西边出来，没打招呼就来了。说，是不是想我了。"

齐明松伸手拍拍她，玩笑道："袭击查岗啊，看有没有背着我养小白脸？"

他从来不开玩笑，今天难得有好心情。柏筱吻他一下，调皮地说："干脆大方一点，天天来查。不查是小狗。"

齐明松哈哈一笑，"给你梯子，马上爬到天上去了。今晚是啥应酬？"

柏筱回道："和大世界贸易公司的邹总坐了坐。"

"是这个叫邹雅琴的？"齐明松问。

"你认识她？"柏筱瞪大了眼。

齐明松皱了皱眉，"这个女人像只大头苍蝇，遭人嫌。今后少与她接触。"

"是吗，怎么不早告诉我呢？"柏筱嘟了嘟嘴，不知就里。

"你在我面前说过她吗？她打着刘副省长的牌子，老在电力公司大楼里窜来窜去。我担心她会腐蚀我们的干部。据说她出手大方，很有诱惑性。省里多数火电厂的燃料业务都被她染指。对此，我无可奈何，她的董事长就是刘副省长的公子。"

齐明松的担心不是没有道理。作为资深美女，邹雅琴凭姿色，凭关系，凭阔绰，硬是笼络了一批关键岗位上的要员。别人办不到的事，只要她一出马，一顺百顺。她曾经找过他多次，在别人身上使过的招数，在他这里一招都不灵。邹雅琴倒知趣，从此不敢与他打照面。

"哦。"柏筱脸上很夸张地露出一个惊叹号,"说明人家很有能耐。什么腐蚀干部,亏你说得出来。这是啥年代呐!老八股。"

齐明松剐她一眼,不吱声。与她探讨此类话题无任何意义。一个在官场,一个在商场,观点断然不一样。她毕竟不是同僚下属,冠冕堂皇的话就像是皇帝的新衣。他抽出一支烟,在茶几上戳来戳去。

柏筱看他陷入沉思,抢过他的烟,点燃后塞进他嘴里,嫣然一笑,说:"看把你急的。以后不见她就是。"当然,这是应付的话,朋友以后还得要做,只是不能让他知道而已。现在已是生意伙伴,不是说断交就断交。再说,收了人家的好处,该说的话要说,该做的事要做。利益链是个巨大的漩涡,进去了就没这么容易出来。

齐明松瞅她一眼,还是不吭声。他隐约有点预感,柏筱似乎被邹雅琴套进去了。否则,不会出去坐坐。现在的坐坐,意味成了朋友。如果真成了朋友,他与柏筱的秘密恐怕难保。这些商人,尤其是邹雅琴,具有鹰一般的眼睛,权要人物的一举一动,一言一行,均在她的窥视之中。不具备这种本领,就不是一个驰骋疆场、搏击厮杀的商枭。

柏筱推推他:"好了,不说她了。"然后撒起娇来,"今晚住这里?"

齐明松边吸烟边调侃:"想要我住就住,不想要我住就不住。"

柏筱挤挤眼:"不想要你住。"

齐明松熄灭烟:"好呀,现在就走。"说完起身。

柏筱一把抱住他:"不准走,人家开句玩笑嘛。"

齐明松笑着说:"我也没打算走呀。"

柏筱用粉拳捶他,讨厌讨厌地叫了起来,然后像只温顺的小猫依偎在他怀里,口里喃喃地说:"今天像泡在蜜里,心里甜腻腻。多希望以后一进屋,就能看到你悠然自得的样子。每次开门进来,冷冰冰的,经常被孤独、寂寞裹挟,像冰库,像地窖。"

齐明松能说什么呢,劝吧,已无力;承诺吧,又不可能。他知道这样对柏筱不公平,但无周全之策,如果人能掰成两半,一定把最好的一半给她。女人的要求不高,不求多少荣华富贵、锦衣玉食,希望有足够的时间陪伴,仅此而已。她跟他这么多年,想要个孩子,女人的最低要求也是终生希望亦被他残酷地扼杀了。这辈子,欠她的太多,除了以命相抵,任何甜言蜜语都显苍白无力。他只好沉默,用力相拥,在她白皙的颈脖、耳垂、脸颊上反复点吻。

好一阵,柏筱抬起头来,幽幽地说:"对不起,又给你出难题了。我太不知足,现在的生活,已够幸福。"

齐明松喉头一股热流顿时涌动起来,直往胸腔里窜,眼眶跟着潮湿。而后,用热辣辣地嘴堵住她的红唇,生怕她再说出肝肠寸断的话来。柏筱被堵得喘不过气,推开他,"想憋死我啊。"齐明松双手搓搓她的脸,笑着说:"憋死了才好,省得剜我的心。"

两人玩笑一阵,看时间不早,进卫生间洗漱。

躺在床上,齐明松向她谈起近况。这段时间里,他蓦然有一股强烈的冲动和欲望,想在仕途上再进一步。近期,有两个省的电力公司老总得到提拔,一个为副省长,一个为省人大副主任。论资历,其中一个还不如他;论能力,两人均在他之下。他清楚,现在当官不是看资历和水平,而是看关系和运作能力。如果相信资力和水平会被慧眼识中,会被组织推荐选拔,那就到教堂或大雄宝殿慢慢祈祷吧。市场经济是竞争经济,大鱼吃小鱼,小鱼吃小虾,残酷到白刀子进红刀子出。而官场竞争比市场竞争更残酷。官场实际就是战场,无硝烟的战场,战斗打得惊心动魄,打得神出鬼没,打得眼花缭乱,打得扑朔迷离,打得云谲波诡。无休无止的战争吸引了众多好战者参与,每次战役下来,胜利者只有一个。齐明松在官场好战,不为封妻荫子,不为钱财满箱,不为光宗耀祖,而为自我价值,满足虚荣。权力是根魔杖,其吸引力远大于牛顿定律,有多少人为此赴汤蹈火、粉身碎骨,齐明松就是其中之一。最近,他与老同学黄金河频繁接触,不断探讨官场之道。黄金河近期终于媳妇熬成婆,当上了市委书记。按成律,省会城市市委书记应是省委常委,可他就差这一步。不知是省委书记有意考验考验,检验其耐心,还是功夫没到家?每当两人把酒持螯时,黄金河免不了扼腕感叹。这时,齐明松就耐心劝释,展望前景。他知道,黄金河这一步迟早会走上去,只是时间而已。而他,如果不去运作,仕途可能就在省电力公司总经理位置上停止。他正当年华,政治生命不应就此终结,必须努力一搏。黄金河跨上这步后,两人级别拉大,就不在一条对称线上,除了仰视外,还能咋样?官场无兄弟,只认上下级。假如真到了称兄道弟的份,肯定是利益链或政治同盟。舍此,别无他论。他羡慕黄金河占了好码头,也妒忌其好运气。如果当时不到电力系统,进入行政机关,也许,他的政治前途又是另一番景象。后悔药是没得吃,只有想方设法弥补失当。

毕竟是同学,黄金河尽可能给他分析可行性。他说,省委彭书记到省里已一年,掌握了绝对的话语权,这一头至关重要,没有老大力荐,纵有十八股武艺,等于白搭。能不能和彭书记搭上线并成为干将,是决定能否上台阶的关键。陈省长的作用不可忽视,从业务考虑反复推荐,书记为了平衡,多有几分希望。这些道理谁都懂,问题是如何打通书记和省长的关节?说实话,这一年除了会议外从未单独和彭书记打过交道。和陈省长照面也仅限于工作会议及偶尔陪同考察,见面时交心不多。倒是和分管工业的马副省长联系密切,要其助力上台阶恐怕勉为其难。此时此景,他倒希望黄金河尽快进入省委常委,到时帮他搭上桥,和彭书记套上近乎,上台阶的盖头就有希望掀开。

本来,他有次晋见彭书记的机会。有一天,接到孙秘书的电话,说书记请他到办公室来一趟。他正在北京开会,很不凑巧,除了遗憾,就是激动,口口声声说对不起,提出马上买机票赶回。孙秘书哦了几声,说报告后再说。彭书记当然不会叫他赶回来。孙秘书拖了半小时才回电话说算了。那天晚上,他几乎失眠,反复猜想彭书记找他的目的。第二天早晨,他忍不住打电话问孙秘书彭书记找他有何事?孙秘书轻描淡写地说:"不清楚,好像了解什么吧。"他已没心事继续开会,提前回来。一下飞机就给孙秘书打电话,回答说不用来了。晋见的机会就这样擦肩而过,让他郁闷了好几天。一星期后,马副省长把他叫到办公室,当面交给他一个信封,说是彭书记交办的。还特意加了句,办漂亮点。信封里装的是一张大学毕业生求职表。这点小事,秘书打个电话,求职者过来即可。书记如此重视,说明此人与书记关系密切。他向马副省长拍胸,说办不好提脑袋来见。马副省长笑笑,什么话也没说。回到公司,他马上把推荐表交给人力资源部主任,交待尽快办好。人力资源部联了几次才把推荐表中的小姑娘请来。小姑娘叫邬美丽。人如其名,有模有样,身材修长,瓜子脸粉白红嫩,像嫩葱一样可挤出水来。他客客气气地把她请到办公室,问愿到哪个部门?总经办、人力资源部、所有业务部门,由她挑选。小姑娘见多识广,头脑灵活,反问:"齐总认为哪个部门好?"他不恼反笑,说应该看自己的喜好,看自己学的专业。专业对口,当然去专业部门好。反之,可先去综合部门,待熟悉整个业务流程后,再作选择。小姑娘歪头想想,提出到总经办。后来,他了解邬美丽与彭书记关系并非密切,只因其母与书记夫人是大学同窗。拐弯抹角的关系办办小事可以,官场大事就未必管用。他马上对她失去兴趣。看来上次叫去是其他事,不可能为这点小事叫他专门跑一趟。究竟何事?后来一直没弄清。

黄金河知道邬美丽的来历后给他继续出主意:"夫人路线不妨走走,打好邬美丽这张牌。彭书记能给她递求职表,本身就意味深长。不错,叫孙秘书打个电话,或走一趟,针点大的事,举手投足之间就能办好,有必要通过马副省长转吗?这里面有个信任问题,也有个人情问题。如对你十分信任,孙秘书出马即可。如直接交给你,就欠了你一个人情,你就有理由不断地与彭书记联系。作为省里最高长官,不愿意落个人情在下属手里。假如碰上个快嘴油嘴,到处吹嘘,会弄得书记很没面子。通过马副省长这么一转,就成了工作关系。马副省长再转给你,与彭书记不搭界,就是你和马副省长之间的事了。看来彭书记不想给你任何见面或交流的机会。再说,你毕竟是央企,是国家电力公司直管的干部,哪些该亲哪些该疏的名册全在他心里。如果邬美丽母亲和彭书记夫人在大学里是好得互穿裤子的闺密,邬美丽母亲上上心,彭书记夫人多吹吹耳边风,你再找机会使使劲,也许能推开这扇天窗。当然,这仅是可能,官场变数太大。"

这里面的奥妙倒是被他忽视,弃用身边现存的关系,本身就意味他对中国官场内生外相不熟。他向黄金河投去感激一瞥,觉得在官道上自愧弗如。过去,自己自视清高,疏于往来,以至于未能优势互补,双雄并进。他采纳黄金河的建议,对邬美丽另眼相待,凡有出差机会,必带上她。开会剪彩视察发的礼品,一概送她。

邬美丽不知他的良苦用心,以为是在讨好献殷勤。她认为天底下的男人都好色,官居高位的齐总亦未能免俗。在学校,她后面跟了一个排,笑脸媚脸涎脸哭脸、百合玫瑰康乃馨,接踵而至,目不暇接,弄得她心猿意马,眼花缭乱。不是嫌这个没档次,就是嫌那个无品位,左挑右拣,朝三暮四,终是芳叶飘零。齐总却与众不同,器宇轩昂,风流倜傥,温文尔雅,玉树临风,魅力四射,卓尔不群,权高位重,实力雄厚。如不是年龄差异,却是绝配。年龄还不打紧,关键不是单身。她打听到刘好是个超级醋罐子,一般女子不敢与之抗衡。不过,她却有这个自信和勇气,豁出来与他玩玩猫戏老鼠,或老鼠逗猫,到时自有无穷无尽的好处。有了此种想法,她就常找机会向他释放信息,输送温情,施展魅力,暗送秋波。齐明松剑有所指,目的明确,心无旁骛,根本未把这个丫头片子放在心上。直到有天把她叫到办公室了解母亲与彭书记夫人的关系时,她才知道他的用意是借船摆渡,曲线救国。顿时让她羞愧难当,巴不得脚下裂条缝,钻到地底下去。他想通过母亲的关系坐上彭书记的宝车,直说了不是,何必绕来绕去?要请母亲出来坐坐,聊聊天,熟悉一下,还不是一句话的事。母亲说过多次,要当面谢他,有这么好的机会,求之不得呢。

她母亲是复旦大学最后一届工农兵学员,毕业后回老家,分配到芷都市某机关,现在是副处长。听说齐总请她,高兴得不得了,为买礼品的事折腾得两晚睡不着觉。邬美丽说:妈你老土呀!省电力公司的老总,看得上你这点东西?母亲执意要买,人家帮了大忙,不表示一下,会被瞧不起。争不过母亲,她就建议母亲带几条好烟,意思意思一下。

　　豪华包厢里，就3个人。他点了最好的菜，上了最好的汤。母亲姓部，比他大好几岁，外貌比实际年龄小，看得出年轻时十分漂亮，现在还风韵犹存。开席前，部处长直唠叨感谢的话。他说彭书记交待的，小事一桩，接着说邬美丽的好话，大夸她生了一个懂礼貌、聪明能干、有孝心的好女儿。邬美丽呢，也跟着赞扬他体贴关心、有权威、有水平，是不可多得的好领导。他不想在这种无关痛痒的话题里绕来绕去，就招呼母女俩喝酒。

　　几杯酒下肚后，他问："部处长，听说你和朱局长在复旦是好姐妹？"朱局长是彭书记的夫人，在南京市某机关任副局长。

　　部处长点点头，嫣然一笑："是呀，我们一直是上下铺。"

　　在大学里能住上下铺，既是缘分，也是特殊情谊。你看，你踩一脚下铺床，我顶一下上铺板，久而久之，关系处理不好就会成冤家。他相信这个道理，细说自己在大学里如何与下铺成为至交。邬美丽却不赞成，诉说自己的委屈，说四年大学与上下铺换了几任，有一个至今不说话。他俩对视一笑，说年代不一样，为人处事风格大相径庭，隔代人的生活哲学迥异。经旁敲侧击和漫无边际的交谈，他基本摸清了她和朱局长的关系。散席时，他提出朱局长来芷都，拜托她请出来坐坐。部处长爽快地答应下来。握手道别时，两人交换了礼品，他送的是价值2万多元的18K白金0.3克拉纯正珍珠项链。部处长打开一看，惊呆了，觉得太贵重，死活不收。推了半天，还是邬美丽懂理，"妈，这是齐总的心意。记住，朱阿姨来了，一定要安排好见面。"部处长骂了句，"死丫头。"并说，"恭敬不如从命。"高高兴兴地收下来。

　　听完了齐明松的叙述，柏筱无法判断其可行性，觉得有点悬，两个女人，有这么大的能量？不是所有的枕边风管用，男人往往会根据自己的喜好行事，女人很难左右。她虽然不在官场，但耳濡目染了不少官场故事，对官场潜规则略知一二。比如提个厅长、市长、市委书记什么的，省委书记可能就是一句话的事。进入省级干部，那是多难的事啊。越到尖字塔上，位置越来越少。多少人在虎视眈眈，搏击厮杀，如愿以偿的只是凤毛麟角。再说，省里只有建议和推荐权，中组部这一关能不能过？得做多少工作呀。

　　齐明松说："谋事在天，成事在人。天下没有任何事唾手可得，姜太公钓鱼在官场永远没有市场。不怕没行动，就怕没念头。像一个挂得高高的苹果，你想都不想，还有冲动去跳着摘吗？凡事得试，败了，浪费万千个脑细胞而已。男子汉战时不去征战沙场，和平年代不去征战官场，活着有何意义？你战斗了，胜了是王，败了也是荣誉。所以，官场搏斗，不必担心名誉，担心面子。怕战和观战的，反而是弱者。敢于参战的,永远是强者。"实际上,他在鼓励自己也在鼓励柏筱。这次搏击,需要她的支持,更需要她的精神慰藉。

一番话,果然激起了她的士气。她趴在他的胸脯上,眼里是温情脉脉,嘴里却斩钉截铁:"好,百分之百支持你。胜了,给你祝贺;败了,也给你高歌。"

齐明松拍拍她光洁的背,缓慢地说:"话说回来,有没有可能,胜算到底有多少?一点把握也没有,只是想一试。你给我准备一张50万元的卡,不给朱局长留下深刻印象,门都没有。官场水太深,潜规则太多,不这样不行呵。"

柏筱点点头:"好的,明天就办好。"想了一下,她又说:"唉,不能把注全压在她一人身上,还有没有其他路子?"

齐明松摇摇头,说:"先试试枕头风吧,不行再说。"他相信夫人路线比较妥善,古今中外,概莫能外,屡试不爽。

柏筱坚持自己的观点:"不能吊在一棵树上,多走几条路。到北京找找人,上下互动。我再给你准备100万,该打点的地方一定要打点到。"

齐明松好一阵感动,使劲搂搂她。他也曾想过走北京路线,但迟迟下不了决心,关键是没信赖之人。他告诉她,胡训有个表哥叫曾可,其大学同学是中央某首长的秘书。他们在北京见过几次面,印象不是太好。曾可一副马脸相,性情中人,端起酒杯,天上地下,云里雾里,吹得天花乱坠。和他吃饭,一定得准备足够的耐心,陪酒陪时间。曾可反复说首长秘书是他的铁哥,有事吱一声,全包在他身上。他有过念头,总担心这张油嘴坏事,不敢贸然行事。胡训却说表哥是热心人,只是嘴巴好酒好唠,有什么事就交给表哥去办。有一次他试着请曾可把首长秘书请出来吃顿饭,曾连说没问题。结果呢,一直没消息。一会儿说忙着哩,一会儿说出差了。唉,不管有没有用,权且当一条路,死马当活马医,大不了赔进去一些钱。他说:"明天就叫胡训去趟北京,给曾可送点贵重礼品,约好首长秘书,先接触一下,待熟了,再请他疏通疏通。"

柏筱马上赞成:"这条路可以走,现在的秘书当半个家。搞定了首长秘书,至少有四成希望。你看上届省委书记的秘书,帮了多少人的忙。书记一走,自己还当上了平山市市长。据说现在还有人走他的路线,虎威不减啦。"

齐明松笑着说:"你快成组织部长了。经你这么一说,北京这条线一走通,副省长就当上了。"

柏筱拍拍他的胸脯:"这不是你所想的吗?"说完,脸色突然阴沉起来。

"咋不高兴?"齐明松发现她的情绪变化。

柏筱舒口气,幽幽地说:"最近,网上盛传一个故事。某县委书记提拔到省城当副厅长，半年后疏远了多年的情人。情人忍受不了相思，多次到省城找他，结果是躲着不见。情人给他发短信，说某日不见，就死在宾馆里。副厅长怕出事，按时到了宾馆，又是哄，又是骗。情人轻信了他，3天后回到县城。半个月后，一个陌生人找到她，给了20万，说是副厅长的分手费。情人拒绝分手，也不收这20万。陌生人就恐吓情人，如果再纠缠，她和家人将失去安全。一逼一吓，情人就疯了，一天到晚只念叨一句话：他不要我了，他不要我了……原来副厅长占据了一个好码头，前途一片光明。为了攀登官位，副厅长选择了抛弃旧爱。"

齐明松明白她的心事，安慰道："不要一叶障目，你选择的男人会是这种人？放一万个心。"

柏筱点着他的鼻子说："那我问你，在爱情和官位二选一的情况下，你选择哪种？"

齐明松毫不犹豫回答："两者都要。"

"只能选一项？"柏筱逼视他。

"没有这种可能。"齐明松哈哈一笑，"别自找烦恼，即使出现此种情况，凭我的智慧，定能将其化解。"

柏筱打破砂锅问到底："不，不能假设。前提条件是一定存在，你如何选择？"

齐明松发现她今晚较上劲，不直接回答是过不了关，就顺着她的期望说："若是这样，毫无疑问地选择你。官位再高，终有一天落地。至爱无限，可遇不可求。既然求上了，就不能轻易丢失。"

柏筱听后全身颤动起来，眼泪婆娑，死死地把他抱紧，口里嘟囔道："我就知道你会这样。有你这份心，我死也值。"

齐明松此时除了感动还是感动，这个尤物已把他的心牢牢钳住。高山流水，知音难觅；生命之魂，红颜难系。当今，物欲横流，人心不古，尔虞我诈，鲜有脱俗清欲之人。难得她一片痴情，一腔挚爱。不过，这个话题对他来说未免太沉重，不能再说下去。过了一阵，他转移话题，问起了正天公司的事。

柏筱从他身上滑下来，和他平躺着，慢慢地将近期业务告之。罗正平顺利将电线杆制造厂转让出去，除收回本金外，另获得投资回报300多万。3个小水电赢利能力较强；平山电厂的燃料业务回报不错；尤其是新远燃料公司股权回报率预期较高；原先投资在省公司三产中的股金开始分红。目前正天公司的业务十分清晰，等分红到账后，还了银行的部分贷款，负债率可能会降10个点左右。现在，业务稳定了，罗正平又在打房地产业务的主意，他认为房地产利润很大，照这种比例和速度发展下去，到时可能会有百分之百的回报，这个机会不容错过。

齐明松问:"有富裕资金?"

柏筱说:"以正天的负债率,贷它个三四千万没问题。买地的钱绰绰有余,就怕以后土建缺钱。黄金河早就答应给罗正平一块地,这你是知道的。不利用他的影响力拿地,未免可惜。有权不用,过期作废。哪天黄金河一纸调令离开芷都,找谁要地去?"

齐明松笑笑:"罗正平算盘打得越来越精,你也成了一位名副其实的企业家。好吧,你们尽力去折腾,该我说话的时候,提前告诉一声。开拓房地产业务我不能成为旁观者。"

"当然哟,自己的事还能懈怠?真搞定了上下关系,你再上个台阶,正天公司的发展更有指望。"柏筱一脸期待。

第 30 章　自杀事件

经过 3 个月的忙碌,集资方案和股资入账工作尘埃落定。省电力公司集资了 2000 多万,省建投集资了 800 多万,职工内部增资扩股了 5000 多万。有了这大笔资金,丁宝非按照漆汉昆的要求开始运作股权置换。4 个月后,主业在辅业里的股权基本置换出来。名义上,辅业已与主业完全撇清了关系。实际上,两者已是千丝万缕,扯不断,理还乱。比如主业的资本金还留在辅业使用,只是账面上与主业不搭界,仅在手续上办了个借款协议。当然,这笔款是不可能归还,至少漆汉昆没这个打算,丁宝非更没这个念头。其他几件事,如主业为辅业担保,固定资产残值评估,粉煤灰综合利用等仅作了一般性的清理。丁宝非就这几件事向漆汉昆做了专题汇报,漆听后没作什么指示,只说做得很好。至此,丁宝非完全摸清了漆总的真实想法,正如方梅提出的几点建议所云,有些事确实不能完全当真。这就是管理学上的技巧与方法,也是官道经上的灵活与变通。董事会提出整改意见,管理层不响应绝对不行。你响应了,采取何种行动,效果如何?那是另一码事,检查人员可以理解。有些问题要解决总得给点时间,现在客观因素太多,有的问题不是凭主观良好愿望就能马上解决的。

新年开局喜人,芷江省上下一片热火朝天,经济形势日新月异,用电负荷直线上升,芏电发电小时一下窜到五千。这是建厂以来最好的指标,半年下来,主业账上赢利 1 个多亿。面对如此喜人的大好形势,存在的问题已成细微末节。漆汉昆对丁宝非发出新指示,辅业应借助东风,大力开拓新的业务,创造更多利润回报股东。

根据漆汉昆的指示,丁宝非召开明天电力集团工作会议,专门探讨第二次创业发展思路。辅业集团成立两年来,成效显著。燃料公司、物资公司效益直线上升;物业公司、粉煤灰综合利用公司形势看好。对这份成绩单,漆汉昆仍不十分满意。他的期望值是 30% 左右的回报率。这就给丁宝非传导了更大压力,只有另辟蹊径、开拓新路,才能实行新的突破。

会议开了一整天,与会者讨论激烈,新的观点、新的思路层出不穷。比如,有的提出利用煤粉灰优势建砖厂,有的提出开拓房地产业务,有的提出进入教育产业,有的提出建加油站,有的提出设立基金会进入资本市场……丁宝非从大家的讨论中受到很大启发,与陈歌、贺小妹仔细商量后决定选择建砖厂和加油站。理由是砖厂有低成本的粉煤灰,深度加工后有较大的增值;加油站可利用主业小型油罐及采购渠道,低买高卖赚取差价。房地产业务也值得考虑,待找到门路后再铺开。丁宝非就这几个思路向漆汉昆作了汇报。漆汉昆听后马上表态同意,并要他尽快操作。

丁宝非的组织协调能力很强,很快将砖厂建设方案拿了出来,相关手续在短期内获得了当地政府有关部门的审批。土建和设备购买接着就紧锣密鼓地进行。加油站建设倒是费了一番周折。他的小算盘是以个人名义报建,收益大部分用来分红,小部分作为小金库,让漆总和自己手头有些灵活钱,比如用于跑跑上级部门和相关领导。找谁作为股东代理合适?他推敲半天,拿出了几份名单,都被漆汉昆否定掉了。他找到李蔓,把想法告诉她,要她出出点子。没成想被李蔓一口否定。李蔓教训他,这种事你自己蒙头做就得了,让我这个纪委书记出馊主意,不是给我出难题?丁宝非恍然大悟,裁判员和运动员合计做点事,得隐蔽点儿。不过,李蔓还是给他指点迷津,说与漆总关系密切的不能出面,找到与葛书记关系较好又能把握的员工最合适。丁宝非想想有道理,和陈歌、贺小妹商量后提出了几个可靠人选,报漆汉昆审定并很快获得通过。这几个员工老实厚道、内向听话,听完丁宝非的介绍,一致同意,认为能为公司多做点事是件光荣的事。为了避免往后产生法律纠纷,明天电力集团与这几位员工签订了一份免责协议。股东一落实,公司很快注册成立。加油站站点的选择也是颇费心思,为了利用主业的储油罐,把加油站站点选择在油罐区不远的路边上,把围墙挖开,利用一块绿地建了四把加油枪。加油站与油罐距离不远,埋了3根管子将站罐直接连通,既省了土地又省了投资。关键还是以后可以从主业的油罐里捞取好处。这个思路,可以说是他的杰作。在以后的岁月里,加油站收益颇丰,每年巧妙地从主业转移利润好几百万。这是后话。

就在丁宝非一门心事忙于拓展业务时,物业公司发生了自杀事件。

自杀本没什么,你自己要死,公安局也无可奈何。可阮素芹自杀的性质就不一样,她不是因情、因财自杀,而是因对改革不满、对安排工作不满而自杀的。她在宾馆出纳岗位上干了半年就呆不住了。说实话,当时丁宝非特烦她,为了应付,承诺半年后换岗。阮素芹却当了真,半年一到,就找到丁宝非要兑现换岗。丁宝非只好玩躲猫猫,阮素芹就到处追踪,弄得他灰头土脸。见躲不过去,丁宝非只好兑现承诺,换到物业公司办公室做文档员。半年后,她又闹着要换岗。其实,文档员就是一个闲职,只一件事,归集来往文件。一个孙子公司,有多少来往文件?一个月的事,半天功夫就做完了。若换了别人,也许是件乐事,事不多,工资照拿,国企的优越性照样体现。可她不这么想,说是小看她,故意整她;说自己有能力做更多的事,有能力担当更重要的担子;说自己还年轻,在这种岗位上会荒废和虚度年华。丁宝非做她的思想工作,做了半天,无法做通。后来,丁宝非才发现阮素芹不停地闹换岗的意图是想回主业,她嫌辅业岗位掉价、失身份。这个要求是丁宝非无法帮她实现的,从此,无论怎样闹腾,他始终一言不发。

后来,她去找葛联军。作为党委书记,力所能及地做了许多思想工作,尽管同情她,并不可能在改革的问题上妥协。如果让她走回头路,他所支持的改革就会出现变数,他不想成为众矢之的。接着她又去找漆汉昆。漆汉昆早知她的用意,拒绝见她,多次被总经办秘书挡驾。这一闹,又闹了近半年。期间还到省公司上访,到省建投申诉。两个上级自然是把球踢回给芷电。也许是她的愿望没得到满足,也许是她的自信心受到挫折,也许是她过于自我的精神受到打击,也许是她要强和孤僻的性格遭到鄙视,也许……总之,她在多种因素压力下选择了自杀。自杀的方式极其残忍,先是用菜刀割脖子,后又打开液化气阀……等到她丈夫发现时,人已冰冷。书桌子上留下了一封遗书,发泄对改革的不满和谴责领导的无情冷漠,要求丈夫为她伸冤报仇。

改革出了人命,这是漆汉昆始料未及。他和葛联军立即召开班子会议,要大家统一思想,正确面对。在这一问题上,葛联军和他高度一致,让他十分感动。漆汉昆在会上主动请缨,由他出任事故处理小组组长,阮素芹是辅业职工,副组长则由丁宝非出任。葛联军和班子成员心里早已发毛,巴不得躲得远远的,经漆汉昆这么一说,一致举双手赞成。

漆汉昆提议由自己和丁宝非担任事故处理正副小组长是有原因的:一是改革动议由他而起并亲自操作,任何事件都脱不了干系;二是阮素芹多次找他和丁宝非解决问题,没满足其要求,引发了思想情绪;三是阮素芹丈夫曾向他送过礼,虽然推了几次,但最终没推掉。如果不亲自出面处理,让别人知道其中曲直,难免会引起不必要的误解。

阮素芹灵堂设在家里。漆汉昆带上丁宝非到她家里祭奠,并准备与其丈夫细谈。阮素芹丈夫是芷电所在区的街道办副主任,有点脾气,能量不大。

阮素芹丈夫情绪比较激动,与漆、丁没谈上几句就大声叫起来:"你们这些贪官,好好的企业被整成啥样?嫌我们送的礼少吗?你们就开个价呀,早点给阮素芹解决岗位问题,她就不至于死这么惨。是你们把素芹害死了,你们这些贪官,迟早不得好死。"

漆汉昆被骂得满脸通红,以前哪受过这般污辱?恨不得一走了之。丁宝非则恼怒得抬不起头,后悔收过其两次礼,都是中华烟和茅台酒。如果能料到有今日后果,打死也不收。他俩自知理亏,不得不忍气吞声。

还是阮素芹的妹妹通情达理,劝住姐夫:"姐夫,现在发脾气骂人有什么用?姐姐已经走了,人死不能复生。单位领导来看姐姐,就是认错的表现。你呀,冷静点,早点把问题解决,让姐姐死得瞑目呀。"

丁宝非趁机进言:"是啊,刘主任,漆总亲自上门看望阮素芹,看望你们,就是来解决问题,有什么要求尽管提,只要在政策允许范围内,我们尽力解决。"

阮素芹丈夫吼道:"解决什么?早不解决?人都死了,黄鼠狼拜年,安的什么心?"

阮素芹妹妹把姐夫推进另一间房间,出来与漆丁商量解决方案。她提出两个条件:一是等姐姐孩子大学毕业后安排到芷电,孩子才读高一,待大学毕业还有6年,现在要出具承诺书;二是补偿80万元。末了强调,这两个条件是底线。

看来这家人早就统一了意见,如果不解决问题,准备闹个鱼死网破。阮素芹丈夫见面发飙发威,可能就是预谋之一,目的是想给漆、丁来个下马威。见两人有点妥协,就狮子大开口。这下果然难住了漆汉昆,承诺孩子6年后大学毕业安排到芷电,道义上还好说,大不了与明天电力集团签个协议。6年后,什么不会变?况且是个成长中的孩子。如果有点出息,说不准孔雀东南飞了哩。赔偿80万元,可不是一笔小数,安全事故死亡也只有50万元。自杀再怎么着也不能与安全事故相比呀。如果突破国家规定,怎么向全体职工交代?漆汉昆不敢当面承诺,只说回去与班子成员商量,尽可能按规定办。

班子会上,大家你看着我,我看着你,没有一人主动表态。不是不想说,而是不知道怎么说。人死了,不满足条件,闹起来如何收场?满足吧,明显不符合政策规定。这口子一开,以后安全事故的赔偿势必跟着上涨。

还是李蔓先打破沉默。她说:"这是一起非典型、非意外人员死亡事件,在芷电上下甚至在电力系统影响巨大,处理不好,会产生很大负面影响。为慎重起见,我建议可承诺6年后安排其孩子。赔偿还是维持50万元的标准,尽量按此做好工作。如谈不妥,让丁宝非想想其他办法予以补救。千万不能让事态扩散,否则,会影响芷电的改革大局,也会影响芷电的稳定。"

漆汉昆用欣赏的目光看着她,一边听一边点头。

该葛联军表态了,否则就有失党委书记之责。他说:"我同意李蔓的意见。授权丁宝非全权处理此事。若处理不好,拿他是问。他管理的职工出了问题,要负全责。之前,我多次给他打电话,务必妥善处理,结果?还是出了问题,而且是出了大事故。上级要问责,板子不应打在我们班子头上,丁宝非必须要承受这个大板子。"

毕竟是党委书记,看问题站得高,转移视线高明,推卸责任老到。其他班子成员一致同意,问责的替罪羊非丁宝非莫属。

到了这个地步,漆汉昆不好说什么,只好把丁宝非抛出去。是死是活,让他自己去把握。齐总那头,多解释几句,相信齐总会理解,毕竟是在丁宝非手上出的事。他心里狠狠地骂道,笨蛋,这点事都处理不好,活该受罪。

会后,漆汉昆把丁宝非叫到办公室,气鼓鼓地批评了一通。批评他缺乏处理应急事件的能力,批评他工作方法工作态度不细致不认真,批评他没有把明天电力集团队伍带好,批评他前瞻性敏锐性不够强,批评他没有提前把问题和矛盾处理好。并把会议定的决定告诉他,要他务必按标准处理好。否则,再出了事,上级问责下来,要他承担全部责任,该处分就处分,该免职就免职。

受了这通批评,丁宝非心里很不服气,但又不敢辩解,只有打掉牙往肚子里吞。碰到这种极端人物,你有什么办法呢,只好自认倒霉。出了漆汉昆办公室,他身子像灌了铅,两条腿沉重得迈不动,脑子一片空白,心绪糟糕透顶。坐到办公桌前,他双手支撑脑袋,认真梳理这段时间发生的一切。阮素芹这一二年情绪时好时坏,送礼求情时低三下四,心情烦躁时大吵大闹。贺小妹多次说过此人不好侍候,请求调走,说出了问题承担不了责任。他还开玩笑堵她的嘴,女人的问题只有女人解决,一个大男人又不能强奸她。他记得阮素芹有一次在他办公室要无赖,发狠话说不解决问题就死在大楼里。他当时还鄙视一笑,心里说有胆量就死呀。想不到她真的走了极端。

晚饭后,他叫上贺小妹,带上一些礼物,来到阮素芹家。阮素芹丈夫开始还客气,当一听说公司开会定了标准,脾气一下就上来了。他吼道:"姓丁的,告诉姓漆的,两个条件必须满足。80 万一分不能少。否则,我就找省公司,找省建投,再不行,找省长。我不相信天下没有说理的地方。好端端的一个人,被你们逼上绝路。你们还是人吗?是人就要讲道理。"

贺小妹试用女性的温情劝道:"刘主任,不要生气,有话好好说,政府有政策,我们可是执行最高政策规定,并没有亏待你啊。"

阮素芹丈夫眼睛一横,骂道:"你算老几,闭上你这张臭嘴。"

没法谈拢,两人悻悻离开。在车子里,贺小妹忿忿地说:"丁总,我们碰上无赖了。干脆不理他,晾他个一星期半个月,不就是多出点冷藏费吗?"

丁宝非当然希望不理,但能这样做?责任现在全压在他一人身上,弄不好自己丢官丢职。真到了挨处分这步,自己还有好日子过?苦苦奋斗目的是什么?还不是为了现在和将来的荣华富贵,他可不能栽在这桩倒霉事件上。他对贺小妹说:"想想办法吧,他不冷静,我们不能不冷静。你也帮我再想想办法。"

贺小妹怪怪地看了他几眼,发现这不是他的性格,嘴上只好应付:"好吧,一起想想办法。大不了多给 30 万元。"

晚上他没有回家,告诉李沁要加班。和贺小妹分手后直接去了天香花园。他打了方梅的电话,说晚上很烦,要她过来陪陪。

方梅今晚心情特别好,一进门就搂着丁宝非吻个不停。丁宝非无此雅兴,慢慢推开她,说别闹了,烦死人。方梅扳过他的脸,问:"咋的?谁欺负了你?"当了解缘由后,她也乐不起来。自杀事件,早已闹得沸沸扬扬。这几天,没见面也没通电话,不知他竟遇上这么大的麻烦。厂内传说阮素芹自杀完全是冲着漆汉昆来的,怎么现在他倒成了主角?这让她百思不得其解。

丁宝非给她解释:"总经理办公会把所有责任压在我一人身上,找谁说理去?现在出了问题,动不动就要问责。漆总、葛书记,还有其他领导,早把自己撇得干干净净。倒就倒霉碰上个无赖。平时在小区与阮素芹丈夫打照面,发现人还不错,咋碰上这种事就变了个人?你都不认识了。"

方梅劝慰道:"不急,办法总会有的。"她帮他分析,"你看,症结就是 30 万元。公司至多只能给 50 万,按政策,硬杠杆不能突破,在管理上这是有道理的。公司账面上不能再给 30 万,咱们想办法在其他地方补足 30 万,而且是私下的,悄悄处理不就得了。"

丁宝非不是没想到这层,他早就与会计研究过,30万不是一笔小数,从哪出都要留证据。如此就与总经理办公会的决定相抵触,这一关无论如何是过不了。

方梅想想也是,只要走账,怎样绕都绕不开。她低头沉思良久,咬咬牙说:"干脆,30万就咱自己出,对阮素芹家里来说,什么钱不是钱呢?"

丁宝非望着她,觉得这是一策,虽然是臭招,却是没有办法的办法。他仰天一叹:"别人处理问题总是想办法往自己口袋里装钱,我处理问题却掏自己的腰包,冤啦!"

方梅劝道:"为了过这道坎,该出血时就出血。留得青山在,不怕没柴烧。"

丁宝非心里的结被她打开,顿时轻松许多。他一直没往这方面想,用自己的钱去处理公事,闻所未闻。但凡有些事被逼上墙角,改变一种方式未必不是良策。只是这种方式需要大价钱。如果出大价钱能保全更大利益,孰重孰轻?尺子一量就能分清。在这件事上,方梅的意见是高明的。他感到,关键时刻,方梅总能帮他逢凶化吉。看来,她确实是他的福星。

然而,事实并非他们想象的那么简单。当丁宝非把想法告诉阮素芹丈夫时,对方沉默一阵后断然否定。他说:"这与你个人无关。我就要芷电一个说法,大头都出了,不差这30万。你这样做,好像我们在干一件偷偷摸摸的事。什么规定不规定的,就不能能变通?扯他鸡巴蛋。告诉姓漆的,芷电少我一分钱,尸体就别想火化。甭再给我玩花样,一个星期后不解决,我就去找该找的地方。"

丁宝非很诚恳地解释:"何必呢,谁出都是钱,难道芷电给的钱就特别吗?说实话,我真心实意补齐30万,是对我工作失误的补救。"

阮素芹丈夫说:"完全是两码事,芷电出和你出的性质不一样。别再费功夫,必须按我的意见办。"

丁宝非不死心,反复做工作,对方油盐不进,最终无功而返。回到办公室,丁宝非把门锁死,将座机线拔掉,关掉手机,静静躺在沙发上,眼睛直直地盯着天花板,思考下一步行动。他觉得阮素芹丈夫是有意在找茬,跟他过不去,不快刀斩乱麻,一旦让他闹起来,后果不堪设想。为了避免意外发生,必须在短期内想办法制服对方,让其接受条件,尽快把事件处理完毕。既然以正常办法无法解决,就采取非正常手段逼其就范。如何出招?他一下陷入困境。再找陈歌、贺小妹商量,料他们也是黔驴技穷。再找方梅寻计,一样难出绝招。看来,只有铤而走险。要完成这步险棋,必须有铁杆死党配合。他想起了阿雄,如果能联系上,一切皆在掌握之中。可是，好几年了，音讯全无。他又想起了孙在兵，这么多年，不知是否还在虹彩花园当保安？一想到孙在兵，他心里猛地颤了一下。当年，还在孙在兵面前夸下海口，说哪天发达了，一定帮他走出困境。现在什么都有了，当年的朋友和信誓早忘得一干二净。他狠狠地猛抽自己一巴掌，算是对自己背信弃义的惩罚。心想，不管怎样，找他试试，碰碰运气。

说干就干，第二天，他驾车来到虹彩花园。刚停好车，碰上刘总。刘总对他当年辞职耿耿于怀，冷嘲热讽地说了句："宝非暴发了。"丁宝非傲睨自若，伸手与他握握。刘总问他在哪发财？丁宝非笑而不答，反问孙在兵在吗？刘总撇撇嘴，说一年前就走了。问去哪？刘总摇摇头，丢下丁宝非忙自己的事去了。他进去问其他人，一个熟脸孔也没有。真是铁打的营盘流水的兵。找不到孙在兵，他的情绪跌到了谷底，上了车，漫无目的在街上兜风。

也是天不绝人路，竟然在一群来去匆匆的人流中看到了孙在兵的身影。他来个急刹车，拉开车门直冲到孙在兵面前，抓住他就往车里推。孙在兵也意外惊喜，在车里紧紧抓住他的手，连问这些年过得怎样，在哪做事。丁宝非不正面回答，说先去喝几杯。

他找了家偏僻和寂静的小酒店，要了间小包间，上满酒菜后就把服务员支出去。几杯酒下去，他们才谈起了彼此别后的生活和工作。孙在兵没一技之长，离开虹彩花园后转了几家物业公司，还是干老本行。当得知丁宝非当上了明天电力集团公司的副总，孙在兵惊讶和羡慕得不得了，连碰几杯，以示祝贺。丁宝非劝孙在兵辞职到他这里来，还编排说找了他数十次。孙在兵求之不得，千恩万谢，满口应承。

酒足饭饱后，丁宝非提出要他帮个忙，事成后给 1 万元报酬。一听说开摩托车去撞人，孙在兵头摇得像拨浪鼓。丁宝非耐心地给他解释，说只把对方撞伤，过程和事后会处理得天衣无缝，绝不会出现后遗症。见孙在兵还在犹豫，丁宝非就不停地给他打气，给他展现往后的职业安排和前景。孙在兵终于经不起诱惑，点头同意。

接下来，他们去二手车市场买了辆旧摩托车，并多次踩好点。阴谋，一切在周密计划中进行。

离阮素芹丈夫通牒最后一天的中午，车祸发生了。

直接后果是，阮素芹丈夫右腿骨折，头脑轻度脑震荡。

第二天，丁宝非给阮素芹丈夫打电话，说期限到了，想到家里再次好好谈谈。阮素芹丈夫听后半天没吭声。还是小姨子接过电话说过几天再说吧。丁宝非装着口气急切,说一定要来,这面子一定得给。小姨子只得说出实情。丁宝非问清了哪家医院,带着方梅很快赶到。

阮素芹丈夫右腿打了石膏,上了夹板,头上绷了纱布,左眼角上还布满血渍。看见丁宝非进来,嘴角动了动,想说什么,却欲言又止。丁宝非转脸望着小姨子,问起车祸情况。小姨子说:"姐夫中饭后去上班,路上走得好好的,后面一辆摩托车撞了过来。等姐夫挣扎爬起来时,摩托车不知去向。"丁宝非问:"肇事者抓到了?"小姨子气愤地说:"王八蛋,到现在影子也找不到。交警找不到旁证,就没法找到线索。姐夫当时人晕过去了,又是从背后撞的,什么都不知道。你说,这人缺不缺德?"丁宝非假装愤怒:"是呀,这人太缺德,抓到后一定要绳之以法。"骂完后,安慰了阮素芹丈夫几句,留下一个大信封,说是买点补品,伤筋动骨一百天,好好补补。之后,每隔三天过来看看。阮素芹丈夫终于感动了,说就按丁总意见办吧。丁宝非松了口气,连说好好,并提出一个附带条件:他自己出的30万只有彼此清楚,不能透出半点风声,避免带来后遗症。到了这个地步,阮素芹丈夫已没精力纠缠了,只好认可,答应一切按丁总的意见办。为了体现高姿态,丁宝非还按正常死亡事故举行了遗体告别仪式,让阮素芹所有家属心悦诚服。

自杀事件被丁宝非处理得稳稳当当,芷电班子成员悬着的心终于落下。漆汉昆把他叫到办公室,高兴地在他肩膀上拍了几下,大力赞扬了一番,连说为芷电解决了一大难题,渡过了一道难关,是芷电改革发展中的大功臣。受到表扬的丁宝非自然是欣喜万分,百感交集。不久,丁宝非叫左兵把这30万元作了处理。他才不会傻到自己贴钱办公事,经过这么多年的历练,已经不是当年那个小心谨慎的傻小子了。

第31章　私情暴露

屋漏偏遭连夜雨。这话对丁宝非来说一点不假。刚刚处理完自杀事件,针对他营私舞弊、与人通奸的告状信接踵而至。

先是漆汉昆给他打招呼,说有人盯上你了,得小心点。盯上什么?漆汉昆没说,要他自己找李蔓。就在他纳闷的时候,接到了李蔓的电话,问他什么时候有空?如有空到她办公室来一趟。

当他气喘吁吁赶到李蔓办公室时，漆汉昆与李蔓正肩并肩站着谈话。丁宝非只好退出，在走廊外候着。一会儿，漆汉昆出来，丁宝非赶紧叫声漆总。漆对他点点头，说进去吧。进入办公室，李蔓笑吟吟地说："坐吧。"给他沏上一杯茶。丁宝非双手接过，向她鞠了一躬，说书记客气了。李蔓上前把门关上，在办公桌上拿起一信封，移张椅子坐在他对面。

李蔓打开信笺纸，说："这几天，漆总，葛书记，我，先后收到对你的举报信，内容都是一样。葛书记批示要我认真查处。漆总要我找你好好谈谈，有则改之，无则加勉。两位领导的意见基本一致，葛书记那儿我还得去个书面意见。今天找你，把举报信上反映的事核实一下。正式谈话之前，我们先聊聊。我问你，你与方梅到底怎么一回事？"说完，从信封里抽出两张照片，一张是丁宝非在开门，方梅双手挽着他的左臂，旁边站着相拥的左兵和华丽萍；一张是丁宝非与方梅手牵手，在商场高档服装前挑选衣服。前一张，丁宝非马上想起一年前锦华酒店闪光灯事件，当时他还生疑，和左兵追了去，结果什么也没发现。看来早有人在盯踪，谁在策划和主谋？其目的又是什么？他顿时不寒而栗，只因在李蔓面前，强压住了波动的情绪。后一张，半年前两人受左兵邀请去上海谈事，在左兵的安排下，两人亲热了好几天。他隐约记得这张是在上海友谊商厦购物的情景。不用解释，从照片上亲热的样子，谁都能辨别出两人不同寻常的关系。好在是李蔓，如果落到对立面手里，在小范围内一曝光，他立马无颜见人。在证据面前，抵赖或搪塞是不明智的，特别是男女关系，真真假假，假假真真，说一半隐一半，或许更能引开人的视线。他低了头，小声辩解："对不起，书记，那是过去的事。现在我们没事了。真的，书记，你一定得相信我。"他指着前一张照片，"当时，我和方梅送左总去房间。我记得左总喝多了，我帮他们开的房门。左总是我们的老客户，又是我们的合作伙伴，对他们客气周到一点，应该没错吧"

李蔓说："对左总客气是应该的，问题是你和方梅。"她指指照片上方梅挽他手的地方，又抖抖和方梅手挽手逛商厦的照片，"这就不是一般关系啊。"

丁宝非头点得像啄米的鸡，"那是，那是，我错了，下不为例。书记，你放心，以后决不会发生此类事件。"

李蔓讪笑一声，认真地说："你现在处的位置不一般，多少人盯着你，凡事多想几个为什么。现在男女之事虽然很普遍，被人盯上了就是问题。方梅那儿我就不单独谈了，你传个话过去，叫她好自为之。她这个位置也很特殊，弄不好会带来麻烦。好吧，这件事就谈到这里，其他的事等监察室主任来了再说。"说完，她站起来走到办公桌旁，用座机打了监察室主任的电话。

一会儿，监察室宋主任敲门进来。李蔓马上换成一副严肃认真的脸孔，跟丁宝非正式开始了诫勉谈话和了解情况。举报信里反映前几年丁宝非利用职权将芷电物资采购全给了左兵，剥夺了其他公司竞争的权利。左兵投桃报李，给了他不少好处，据说前后送了100多万，房子装修款也是左兵付的。还经常邀请丁宝非方梅到上海住超五星级酒店，给两人提供鬼混的优越条件。现在左兵成了芷电物资公司股东，一手遮天，完全把持了芷电物资采购和招投标大权，每次招投标都暗箱操作，设置条件，确保左兵中标。最后要求芷电放开物资采购市场，实行公开招投标，还其他公司一个公平竞争的机会。很显然，举报信完全是冲着芷电物资采购而来的。一个百万级电厂，每年大修小修好几次，设备和零部件采购量不小，多少公司都瞄上了这块肥肉，只要能分一杯羹，其利润相当可观。李蔓也很清楚举报信的意图，举报者对左兵独食芷电物资采购蛋糕意见很大，甚至于无法容忍，要让原来尝过甜头的他们重回芷电物资采购圈里。造成这一局面的是丁宝非、方梅，必须把他们清出物资采购管理队伍。对这种意图，李蔓当然不会采信和当真，经过股份制改造和运行后的物资公司势头挺好，利润十分可观，走到这一步，已是不容易，不可能让这些乱七八糟的公司进来搅和。问题是举报信里反映了丁宝非的受贿和房子装修款问题。受贿，对方仅是猜测，可以暂搁一边，等以后有实证再来查实。装修款问题却是不可忽视。

丁宝非对装修款问题很快做出解释。他说："当时装修房子我手头比较紧，就向方梅借5万块钱。方梅的钱存了定期，一时取不出，就出面向左兵借。左兵出于友情，马上答应。装修设计还是方梅老公无偿帮助的。"

李蔓问："装修总共花了多少钱？"

丁宝非答："六万八，我当时手头只有一万八。靠朋友帮忙，才把房子装修好。不信的话，马上打电话问方梅和左兵，过了时间，怀疑我们串供。"

李蔓和宋主任互相看了看，没什么反应。丁宝非主动走到座机旁，说："我给你们挂通。"他先拨了方梅的手机，直接将听筒递给宋主任。宋主任犹豫了一下，还是不情愿地接了。方梅回答的与丁宝非说的一模一样。而后，他又拨通了左兵的电话，左兵回答得八九不离十，后面还加了句："丁总好廉政啦。朋友一场，我说不用还，或者长期借他用。他不，1年后就连本带息一起还给了我。"

李蔓、宋主任接着问了物资采购招投标方面的情况，丁宝非一一作了详细回答。宋主任把丁宝非的解释和方梅、左兵的回答作了认真的记录，并让丁宝非签了字。丁宝非离开时，李蔓用力握了握他的手，暗示他放心，意思是说今天的谈话只是一道程序。

出了李蔓办公室，丁宝非后背湿透，赶紧到厕所放松，抖了一阵，才把废液放出。心想：好在当时有先见之明，与方梅、左兵统一了口径，否则，这次可就在劫难逃。他在厕所里磨蹭了半天，调整好心情和整理好衣裤，才慢慢步出厕所。

当头脑一冷静下来，他首先想到的是找漆总澄清。漆汉昆对他的男女之事不感兴趣，只问他的经济问题。他拍着胸脯保证，自己平时要求很严，绝没有做违法乱纪之事，举报信是无中生有，打击报复。他还说："我是严格按漆总您的指示办的，每次招投标都是经过您的批准。而且标的价格合情合理，这么多年来，质量一直很稳定，从没发生过一起责任事故。"

这些，漆汉昆一清二楚，他认为此事必有深层次原因。从表面看是冲着丁宝非，实际是醉翁之意不在酒，意在他漆汉昆。他深锁眉头，眼睛微合，不紧不慢地问："你猜是谁在捣鬼？"

丁宝非想了想，说："据我分析，有可能是东泰公司。他们丧失采购权后，曾威胁过我，说要告我。他们曾是葛书记的老客户。虽然葛书记表面没意见，底下未必服气。内部没人撑腰，料他们也不敢如此张狂。他们目的已经很明显，无中生有找我的茬，继而挤掉左总，然后重拾芒电物资采购权。"

漆汉昆点点头，表示认可，提醒他："往后注意点。只要你没把柄在人家手里，此事就好说。下次见着东泰公司的人，态度好点，打狗还得看主人，葛书记那儿得有个交代，可考虑切一小块采购业务给东泰公司，堵堵他们的嘴，省得捅出麻烦。好吧，忙你的去。不要有太大压力。上次布置的工作还得抓紧点。"

丁宝非连说好好，表示一定按漆总的指示办，请漆总放一万个心。漆汉昆还叮嘱他以后物资采购的程序和方法要规范和细致，杜绝出现纰漏。离开漆汉昆，丁宝非紧张的心立马松弛下来。他发现漆总对举报信反映的问题同样很恼怒，左兵是漆总的老关系，对左兵有意见，就是对漆总有意见。这说明，举报信并不是单单冲着他来的，而是另有情因。漆总为了自己的面子，一定会护着他和左兵。想到这，他仰起头，举起双手，长长地舒了口气，仿佛要把郁积在心里的恶气统统吐掉。

剩下来的问题就是照片事件，虽然漆总只字未提，并不说明领导会袒护。作为企业最高领导者，下属出现花边新闻一定会过问和追究，只是方式和形式不同而已。当然，也不排除领导是避轻就重，到时秋后算账。想到此，他刚轻松的心又沉甸甸起来。

整个下午，他已无心思工作，电话来了，任其响个不停，脑海里尽是方梅。说实话，方梅的出现打开了他人生世界的另一扇窗，不仅让他体验了丰富多彩的人生,更激发了他博取权力和财富的原动力。如果说当初是单打独斗,现在则是携手共进。有了今天的成就,方梅功不可没。正是有了她的助力,他才遇水渡船,逢河搭桥,如鱼得水。李蔓要他注意影响,要方梅好自为之。怎么注意影响?方梅又怎么好自为之?和方梅少接触或不接触,目前肯定做不到,两人如同干柴烈火,已无法熄灭。而方梅已把他当作生命的一部分,如果中断联系,断会要了她的命。她现在的胃口是越来越大,多次说过要他正儿八经地娶她。女人啊,很容易入戏,一上感情,就直接要结果。都说女人是胆汁型,把情感气泡吹得大大的,把理智气泡吹得小小的。玩跷跷板,小孩子的智商很高,女人呢,在这个问题上的智商远不如小孩。她们不知道平衡,只踩重情感一头。孰不知,不平衡的船会侧翻,弄不好鸡飞蛋打。俗话说,鱼和熊掌不可兼得。看来,要保证这个游戏长久,必须要有良策,不能一条道走到黑。

正在他胡思乱想时,办公室的门被拍得山响。他打个激愣,赶紧过去开门。方梅气急败坏地冲进来:"怎么回事呀,电话也不接?"他伸头出去看看走廊,见无人时,赶紧回身把门关死。他把她按在沙发上,没好气地数落:"你疯了,发脾气也要看地方,这是办公区呀,如果让人撞见,又要加上一笔。已经焦头烂额了,还在添乱,扯淡。"

方梅瞪大双眼,怒气冲冲地说:"什么添乱?打了无数电话,还以为你开会?一打听,躲在办公室。我家乱套了,你倒好,关起门来养闲心。"

丁宝非第一次发现她这么着急,一定是遇到大事,赶紧收起自己的心思,问明情况。

原来,方梅家里发生的事与他有关。昨天晚上,沈阅很晚回来,她已睡觉。沈阅故意把声音弄大,将她吵醒。方梅埋怨他不体贴人。沈阅借机大叫起来,说你会体贴人,就知道体贴野男人。方梅索性坐起来,要他说清楚什么意思。沈阅从包里掏出两张照片,摔在她面前,怒吼一句,你自己看吧。她拿来一看,顿时花容失色。沉默良久,方梅问照片哪来的?沈阅说,哪来的重要?就你们干得出来。事到如今,方梅反而平静似水,狡辩起来,你要怎么样?不就是挽个手腕,能说明什么问题?现在玩得好的朋友,不都是手挽手吗?你也可以和你喜欢的人手挽手啊。沈阅跳了起来,大骂她不知羞耻,再贱也不能不要脸面。方梅逐渐对他失去耐心和信心,如不是为了儿子,为了面子,早就和他分手。沈阅一通怒火,把她埋藏许久的怨气和不满踢爆出来。她跳下床,披头又腰,像一个泼妇尖着嗓,指着他的鼻子大骂。骂他是废物,是窝囊鬼,是可怜虫,是伪君子,是害人精,是王八蛋,反正能想到的词全被她用上。由于自卑,沈阅多年来在她面前低三下四,顺声顺气,从不敢高声嚷嚷。今天却不一样,像吃了豹子胆,迎着她的淫威发起飙来,上前扯了她的头发,把头往床上磕,嘴里怒道,叫你骂,叫你骂,废物怎么着?欠着你什么,你这骚货,你这骚货。两人互不示弱,扭打在一起。毕竟女人力小,逐渐失去了抵抗,倒在床上任他厮打。好在沈阅下手不狠,没伤筋动骨,只是手臂、大腿、右肩被他拧得生痛。沈阅打累了,一股脑儿坐在地上,气鼓鼓地望着方梅的脚趾丫。屋里暂时平静,只听见两人的喘气声。方梅想起过去的委屈,眼泪哗哗地顺着两鬓淌下。时间慢慢过去,谁也没力气说话。不知什么时候,沈阅无声无息地爬起来,提着包,往门外走去,接着大门"嘭"的一声,脚步声渐渐远去。

伤心够了,方梅重新钻进被子,身子蜷在一起,拿过手机,拨了丁宝非的号码,犹豫半天,始终没勇气按下去。这个时候,丁宝非肯定进入梦乡,即便接了电话,也没法说清。这一闹,睡意全无,脑海里杂乱无章,一会儿孩子的叫声,一会儿丁宝非的缠绵,一会儿父母的唠叨,一会儿沈阅的狰狞。她仔细梳理了一下与沈阅在一起的日日月月,除了他的性无能外,其他无可挑剔。表面看,他是一个有情有义、会痛会爱的好丈夫。可是,他再怎么着,也不是个完整的男人。无性的岁月,对于一个正当年华、渴望滋润的女人来说,未免太残酷,太不人道。他以前说过,只要有个完整的家,不在乎她的"另外"。当时她还苦恼了一阵,认为此话无比荒唐。可当"另外"真的来临时,他却翻了脸。每次与丁宝非激情过后,她都紧紧抱住他不放,恨不能永远这样拥抱下去。她多想他娶她,过真正意义的夫妻生活。可是,丁宝非却无法应承,丢不下原配和女儿。她认为,丁宝非不是真正爱她,真爱,就要拿出勇气和实际行动来。长期不明不白,这日子啥时能熬到头?又想,沈阅此时肯定到办公室去睡了,他能睡得着?他确实可怜,不是她收留,他永远不可能有家,谁看见他那个熊样,不吓得扭头跑掉才怪呢?怪只怪自己一时心软,没及时离他而去,害得还生了儿子,弄得牵肠挂肚。如真离了,最可怜的还是儿子,破碎家庭成长的孩子,心灵永远残缺。她这样漫无边际的想着,不知不觉又进入梦乡。

上午醒来,已是9点多。她刚下床,沈阅拖着疲惫的身子进来。他双眼充血,头发凌乱,面无表情地坐在床上,声音沙哑地对她说:"必须跟我讲清楚,你与丁宝非到底是什么关系?"方梅昨夜今晨,方寸已乱,不想与他计较,拔腿往卫生间走去。沈阅在后面扯住她的衣服,大声吼着:"你不说,心中就是有鬼,你这样做,对得起儿子?对得起这个家?"方梅扭过头,很平静地回道:"对不对得起儿子,不用你操心;对不对得起这个家,问你自己,你能给我带来什么?"沈阅鼻子哼了哼,底气不足地说:"除了这方面满足不了,其他的少了你什么?你把你自己当成什么人了？传出去多丢人。"方梅转过身，用挑衅的眼光看着他，说："你要搞清楚，传出去，是丢你的人，还是丢我的人？"沈阅逼视她，大声说："你要怎么样？"方梅把头一甩，说："不怎么样，大不了离婚。"一说到离婚，沈阅就急了，大叫："不可能，绝对不可能，永远不可能，除非我死了。"并不停地用脚踢沙发，踢凳子，踢门，继而乱摔东西，把家里能摔的东西摔得遍地都是。

听完方梅的介绍，丁宝非心乱如麻，不知是谁下如此狠手，让他两头着火。自己这一头，好在有漆总顶着。方梅这头，更让他乱了方寸，自己又无法直接插手。天塌下来，只能靠方梅独自撑着。若此时出面，反而添乱。他走上前，无声地将方梅搂在怀里，并在她背部轻轻拍打，算是一种安慰。

"乱了，一切全乱了。咋办？"方梅在他怀里拱了拱。

丁宝非叹了口长气说："已是乱上添乱。我还能怎办？"接着，将刚发生的一切告诉她。

方梅听后惊恐不安，连说完了完了。当时接宋主任的电话，她正在与沈阅吵架，没想这么多。

丁宝非说："装修和其他问题好在已掩饰过去，以后多注意一点就是。坏就坏在这两张照片上，怎么解释也解释不清。"

方梅气愤地说："沈阅手里的照片，可能也是这伙人提供的。对方目的很明显，就是要彻底整臭我们。"她恨死了东泰公司的人，有意见不当面提，却背后捅刀，巴不得他们家里人死光光。她现在很在乎丁宝非，很希望能长久相处下去。如此曝光，以后来往就极度不便。障碍不光来自沈阅，还来自上下左右的目光。李蔓要她好自为之，怎样好自为之？不偷不抢，两人情趣相投，心心相印，又没影响工作，碍她何事？当然，人家是纪委书记，有责任管中层干部的作风问题。但她自己不也是和漆总眉来眼去，暗渡陈仓？别人都说他们没这档事，可她就信。哪个漂亮女人不怀春？这样想着，就不在乎别人议论她和丁宝非的事了，反而担心沈阅那头。

丁宝非推开方梅，把她按到大班桌前的椅子上，自己则坐到靠背椅上。这个时候尤其要冷静，不要冒冒失失。

丁宝非分析说："你得赶快回去，必须稳住沈阅，后院千万不能起火。只要沈阅不去闹，我们的事一时坏不了。别人议论是议论，只是传说而已。后院起火，就彻底玩完了。莱温斯基事件发生后，克林顿后院没有起火，反对党再怎么闹，也没把克林顿怎么样。"

方梅不高兴："怎么把我比喻成莱温斯基了？"

丁宝非苦笑一声："我是说事,事事相通嘛。如果希拉里出来一闹,克林顿不就完了。所以后院千万不能起火。就是这个道理。"

方梅觉得有理,就说："行,我马上回去。我是被气出来的,说不准他还在摔东西? 他最怕我提离婚,一提离婚,就像要了他的命。"

丁宝非提示她："态度一定要诚恳,老老实实承认错误。沈阅有口恶气,让他出个够。好在他没抓到真实把柄,俗语说,捉贼捉赃,捉奸捉双。凭两张照片,说明不了实质问题。"

"好吧,放心,我有办法平息沈阅的怨气。"方梅站起来,"那我走了。"

丁宝非走过去搂搂她,无比惆怅地说:"这段时间,除了工作以外,我们尽量不单独接触。"

方梅哽咽起来:"好的。会想你的。"

第 32 章　违规理财

一个星期后,方梅打来电话,说问题解决了,沈阅已经原谅了她。丁宝非在电话里连说三个好字,叫她这些天在家多陪陪他,有必要的话出去旅游一趟,陪他散散心。方梅捂住话筒浪笑一声,说:"他没这么熊,这些天忙得死,公司接了一单大业务,都是他的事。"丁宝非问她如何做的工作? 方梅骄傲地说:"这点小事难得住我? 你们男人呀就是不经哄。你看,哄他几天,还赔不是。哪天,我们到天香花园去庆祝一下吧。"丁宝非压低声音说:"不行,暂时还不行,等风头过了再说。"方梅就说好吧,搁了电话。

丁宝非悬着的心终于落了地,打电话叫上孙在兵,晚上去喝杯酒,然后再去桑拿房放松一下。孙在兵被安排在物资公司做业务主管,而且是以左兵名义派过来的。辅业公司进人有严格程序,非得经漆汉昆的批准。以其他股东名义派过来,只需物资公司管理层碰个头即可。

叫孙在兵晚上去喝酒,还有另外几个原因。一是漆汉昆这个星期找他谈过多次工作,却避而不谈照片的事件。看来漆总根本未把此事放在心里,让他瞎惶恐不安了几天。二是前天他请李蔓吃过饭。李蔓在饭桌上除了安慰就是鼓励,让他着实感动。饭后送给她一串法罗湾珍珠项链,她推脱几次,最后还是高兴收下。三是昨天去拜访了葛书记。葛书记对他倒还客气，问了一些工作上的事。简单作了汇报后，他主动谈起了东泰公司，盛赞对方的服务态度，并说下次多与东泰公司打交道，让他们重新进入采购序列。葛书记听后没多大反应，只微微点点头，说不管是谁，都得按程序走。离开时，葛书记还站起来送了他。这三件事，对他来说都是好事。尤其是在特殊时期，让他有拨云见日之感。

在芷电，丁宝非是第二次与孙在兵单独喝酒。第一次是彻底解决阮素芹自杀事件后专门请的，那次他们喝了好多。酒醒了就去开房，就去洗桑拿，让没见过世面的孙在兵大开了洋荤。孙在兵现在已彻底拜倒在他的脚下，俨然成了他的心腹和左膀右臂。

这次他们没有去高档酒店，而是去了芷都一处新开张的会所。会所名叫"都市情"，听其名就会让你遐思梦想。里面吃喝玩乐一条龙，不管你有多少钱多少精力，只要舍得，就能让你耗尽。

两人拣舒适的卡座坐下。丁宝非叫服务生上两瓶年份茅台。

孙在兵瞪大双眼，说："丁哥，不，丁总，这酒太贵，咱不喝，心疼。"

丁宝非自豪地笑笑："在兵，咱今非昔比，丁哥变丁总了，今晚尽管往高处喝。我们相识相助是缘。以前我说过，等我发达了一定帮你。现在我做到了。以后我们就是生死之交。喝醉了就蒸，喝兴了就泡。这里有的是漂亮妹妹。"

丁宝非如此厚待孙在兵，不外乎有三重目的：一是炫耀。炫耀自己改头换面，再也不是过去那个惶惶不可终日的打工仔了。二是感谢。感谢孙在兵在需要时能两肋插刀。三是培植。在芷电，真正的朋友不多，除方梅外，患难与共的朋友几乎没有。孙在兵知根知底，有培植的价值。所以，他能放下身段，为未来的铁杆哈腰。

孙在兵很感动，说："丁总，你对我这么好，让我感激不尽。今后，要我做什么，再也不会像上次一样犹豫了。"

丁宝非拍拍他的肩："谢谢！相信你。"那一次，确实让他费了老鼻子劲。人嘛，总得有个成熟的过程。

孙在兵的酒量与丁宝非有得一拼。酒逢知己千杯少。两人细斟慢饮，不知不觉中两瓶见了底。丁宝非拍拍肚子，招下手："走，潇洒去。今天给你挑个靓的。"

两人进入预定的包房，孙在兵拿起遥控器漫不经心地选调频道。一会儿，妈咪带来了十几个三点式的靓妹子，在他们面前站成一排。妈咪说："最好的都带来了，看，喜欢哪一位？"丁宝非拿眼一扫，个个肌肤如雪，姿容美艳，体态丰腴。他叫孙在兵先选。

　　孙在兵丢掉遥控器,抬起眼来。这一抬,把队伍里的一位靓妹子吓得拔腿就跑。孙在兵叫了声"春娥",追了出去。丁宝非不知发生了什么事,叫妈咪带走所有靓妹子。妈咪暧昧一笑,说:"可能是碰见了同学或青梅竹马。"丁宝非走出包房,没看见孙在兵。妈咪劝丁宝非进包房里等,给了张名片,说有事打电话。等了二十多分钟,孙在兵才悻悻然回来。

　　丁宝非问:"同学?"

　　孙在兵摇摇头。

　　丁宝非又问:"老相好?"

　　孙在兵点点头。

　　原来,春娥是孙在兵姑妈家的邻居。姑妈十分宠爱这位小侄子,只要允许,常把他接去家玩。从小学到高中,寒暑假基本呆在姑妈家。春娥小孙在兵 3 岁,长得乖巧迷人。姑妈和春娥家走得近,春娥成了姑妈家的常客。两人也就顺理成章地成了好朋友。春娥初三时成为亭亭玉立、风姿绰约的大姑娘。姑妈当着春娥母亲面说,把春娥许配给我家在兵吧。当时两人脸霎地通红。实际上,孙在兵早就喜欢上了春娥,经姑妈一点破,心里那头鹿就天天撞起来。高中毕业,他没考上大学,走上了打工之路。春娥本应继续上高中,可家里没钱,辍学让位于弟妹。在当保安的日子里,孙在兵给春娥写去不少信,但回得少。打电话给她,语言珍贵得很,其心事从来不愿向他坦陈。后来从姑妈口里得知,春娥嫌他家里穷,不愿与他处对象。当时,他那个委屈绝望呀,恨不得去撞墙。不久,春娥也走上了打工之路。想不到,离别之后,竟在娱乐场所尴尬地见了面。

　　心里受到冲击,孙在兵没了兴趣。丁宝非兴致也大减,拿出手机打了妈咪的电话。一会儿,妈咪来了,丁宝非从包里撕张纸,把孙在兵的电话号码写上,递给妈咪,说:"麻烦你转给春娥,就说在兵想见她。"妈咪装成很感动的样子:"有情有义的人还有,春娥有福。"两人出了会所,坐在车内。丁宝非点燃烟慢慢地抽。孙在兵伸手讨支烟,点燃后大口大口地吸,一会儿就咳起嗽来。

　　因酒精在血液里流动,脸上通红,丁宝非干脆坐在车内醒酒。他望了孙在兵一眼,说:"那儿也不去了,就在车内聊天。"

　　孙在兵摇下车窗,丢掉烟头,垂头丧气地说:"唉,造孽啊。因穷,喜欢的女孩子不跟我。这是啥世道呀,现在的女孩子到底要啥哩?你看,到这种地方打工,她爸妈知道,不打死她才怪?"

　　丁宝非拍拍他的肩:"在兵,奇怪?一点都不奇怪。这就是现今的社会,这就是当代的清明上河图。到处是繁荣景象,到处是莺歌燕舞,这就是我们的壁挂图。可在百瑞呈祥之下,寻欢作乐,醉生梦死同样兴起。你看那些权贵富豪,哪个不在娱乐场所乐此不疲?这是社会发展的原动力,是权贵富豪的精神需求。等你上了这个层次,同样会汇入寻欢作乐的潮流。你现在可以痛恨它,谴责它,鄙视它,但你改变不了它。因为穷,你活得传统,活得清高,这有何意义?在过去,我们敢进这种场所?敢喝年份茅台酒?想都不敢想。一个穷字,扼杀了多少人的天性,扼杀了多少人的享受。凭什么社会要分成三六九等?凭什么社会要把阶层固化?你看,现在上流社会永远是上流社会,底层社会永远是底层社会。我们不傻,不缺拼搏的勇气和智慧,就缺一张社会关系网。这是为什么?就是因为缺钱、缺权。一个钱,一个权,把社会划成楚河两界。春娥也想涉过楚河,到另一界去啊。怎么去? 正常方法过得去? 做梦吧。她现在的选择,应该说是明智的。如果,她做一个傻妹子,等来的是你单薄的肩膀,是一间出租屋。她能高兴起来吗? 肯定高兴不起来。恐怕你也会为她的郁闷而痛苦。这个社会,笑贫不笑娼,只要能挣钱,你所从事的工作就光荣。为什么现阶段有几千万小姐活跃在各大娱乐场所? 道理就在这里。"

孙在兵叹息一声:"这社会全乱套了。不管挣什么钱,脸总得要吧。下次碰到姑妈,怎么说?"

丁宝非说:"为了她的名声,千万不能说真话,就当今天什么也没看见。她躲你,意思很明显。你在她老家一讲,等于捅了她一刀,叫她怎么活?"

孙在兵痛心地揪着头发,无奈地说:"罢了,罢了。我曾经喜欢的那个人死了。反正人家也看不上我,没必要为她难过。"

"这就对了。"丁宝非舒了口气,继续说理,"这是观念问题,换个角度想想,理就通了。春娥用自己的青春挣钱,你呢,是用自己的双手挣钱。两者目的一致,只是方式和手段不同而已。干的都是体力活。最后到手的钱,有什么区别?没有。这年头,钱就是大爷。认大爷,就认你的本事,而不是认你的方式。如果你还那样傻冒分什么干净不干净的钱,你就老老实实呆一边去吧。遭人欺,遭人讥,遭人踩,遭人弃,活该。为了改变自己的命运,必须要有非常手段。否则,你永远赶不上别人。过去,我们过的啥日子? 假如我不改变自己,到现在还是一个忍辱负重的小保安。在兵啊,你跟了我,必须要彻底改变过去的观念。只要能挣钱,不在乎什么手段和方法。"

孙在兵一直不清楚他的发迹史,顺着他的话题,好奇地问:"丁哥,你还没告诉我你是怎么发达的?"

丁宝非突然发现自己说漏了嘴,脸色沉了下来,顿了顿,口气变得严厉:"在兵，丑话再重复一次，过去我的一切，半个字都不准提。否则，我会要了你的命。至于我怎么走到这一步？不必好奇，等你成熟了，自然有所悟。"

孙在兵被他一训，心里惶恐起来，慌忙点头："丁哥，放心，一定烂在肚子里。"

丁宝非和缓地说："说实话，我看重过去的交情，更看重未来的合作。以后，做什么事，对标准的评判，着重看利益取向。对自己有利的，大胆实施；对自己不利的，敬而远之。有句老话：天下熙熙，皆为利来；天下攘攘，皆为利往。自古以来，人们都是围绕利字拼搏。希望你从春娥的生存法则中悟出道道来……"

孙在兵一时还绕不过弯来，观念的改变并非一朝一夕。但他相信丁宝非是对的，否则，丁宝非不可能在短期内当上副总经理。人的能量迸发需要理念支撑，更需要新思维燃烧。这几年苦苦挣扎，终究摆脱不了窠臼，其原因就是没有丁宝非的立世之道和非凡勇气。他侧过头，紧盯丁宝非，认真听他说的每句话。

丁宝非说完一通后把话题转到春娥身上："如果你心里还有春娥，忘掉她的过去。其实，她这样做无可厚非，只要她的心是纯洁的，就是一个好姑娘。这不叫堕落，为摆脱贫穷和为寻欢作乐做这种事是两个概念。若不计前嫌，她一定会属于你。"

孙在兵幽幽地问："她会找我？"

丁宝非肯定地说："不出两天，一定会找你。否则，她活不下去。这两天，她肯定痛不欲生。两天后，出现在你面前的一定是面容憔悴、不敷粉黛的春娥。她找你的目的，低头，认错，求情。"

孙在兵两眼突然迷茫起来，透过挡风玻璃，望着远处。不一会，几行热泪沿着脸颊流下。

这时，丁宝非的手机响了。一看来显，是漆总，赶紧接了。漆总要他去机场接一位重要客人，具体事项与他司机联系。丁宝非不敢耽搁，打发孙在兵走后，马上打了漆总司机小王的电话，约好了会面的地点。碰面后，丁宝非上了漆总的专车。这是一辆崭新的 A8—3.0 进口奥迪。

来客是上海兴达证券公司的老总步少成，随员是一位美貌惊人的芷都妹，叫燕萍。一上车，燕萍就问："漆总没来？"

丁宝非赶紧回答："漆总临时有要务，到时会到宾馆看望你们。"

"真是的，这个漆总，都说好了。"燕萍显然不高兴漆汉昆爽约。这是接待规格的问题，来之前，她反复交待过。步总是谁呀，是当今证券界的大腕。

丁宝非回过头，满脸赔笑："对不起，漆总本来是安排好的。省公司齐总突然召见,就临时变动。"

"没关系,丁总来接一样。"步总声音浑厚,中气很足,向丁宝非回个笑。还用手在燕萍的大腿上拍了拍,表示谅解。

一路上,丁宝非不敢多话。这个燕萍非一般人物,动不动就敢对漆总发牢骚,可见来头不小。心里又想,证券公司老总找漆总有何事?发电和证券八杆子打不到边。电厂上市?那是没影的事,再说也不是电厂管理层琢磨的。也许,人家是朋友来往。想到此,丁宝非忍不住回头问燕萍是芷都哪个区的?燕萍眼皮搭拉一下,没理他,转而望着车窗外。丁宝非自讨了个没趣,回身正襟危坐,眼睛平视前方。秋末时分,月亮高挂,高速公路两旁树影闪烁,偶尔还有夜宿的斑鸠被车声惊扰而掠过车顶。来往车辆的灯光交织闪耀,把道路两旁照得如同白昼。

奥迪在五洋大酒店晶莹剔透、五光十色的巨型拱顶下停住。丁宝非接过小王递过来的两张门卡,迅速从副驾驶上跳下,转到后厢打开步总的车门,用右手挡住车门顶,迎请步总下车。五洋大酒店是芷都最近开张的超五星级豪华酒店,其档次据说可与上海金茂君悦大酒店媲美。步总安排在 28 楼的一个豪华大套间,燕萍则安排在隔壁的豪华单间,两个房间还有一扇相通的门。也许,这是漆总的刻意安排,其用意很深。丁宝非马上明白其中的奥妙。看来,步总是漆总的座上宾,光这间豪华大套间,价格就贵得吓人,6666 元,超过他一个月的工资。

丁宝非打了漆总的电话,告之已安排好。漆汉昆要他向客人转告歉意,说过半个小时赶过来。步总听后连说没关系,还说时间不晚,让漆总先忙。丁宝非看看表,已十点半。这么晚了,漆总还要赶过来见面?关系真的不一般,抑或有什么要事商量。丁宝非让客人先洗漱,自己到大堂等候漆总。

果然,漆汉昆 11 时准时赶到。丁宝非引领漆汉昆到 28 楼,按了门铃。燕萍打开门,笑靥如花,蛾眉颦笑,对漆总娇嗔一句:"说话不算数。"

漆总轻握一下她的玉手,爽朗一笑:"不是我说话不算数,是领导不听我指挥。"

步总从里面走出来,早早的就把手伸过来。漆总赶紧跨上一步,两双大手紧紧地握在了一起。漆总说:"到 6 楼咖啡屋坐坐,边喝边聊。干脆今晚把事定了,明天我得陪齐总出差。真不好意思,把你们请来,又没时间陪。"

步总笑笑说:"好呀,漆总办事雷厉风行,我欣赏。只要把事办完,陪不陪无关紧要。"

丁宝非赶紧在前头带路,到 6 楼咖啡屋安排好后就退出。漆汉昆热情地招呼他:"宝非,别走,来,坐下,一起商量。"那一刻,丁宝非就像过去大臣受到皇帝的恩赐一样,满面春风和诚惶诚恐起来。丁宝非细步走回去,恭恭敬敬地坐在漆汉昆旁边。

丁宝非听了几句,发现他们谈论的是股票。原来,兴达证券公司在做自营商业务,从客户处融资后,以委托代理的方式签订合约,年固定回报率百分之五十,另有浮动分红。从约定的条款看,是一桩无风险的交易,吸引力巨大。

漆总与步总谈的是 1.5 亿元的标的。之前,可能已谈过多轮,现在到了实质性的阶段。

丁宝非不懂股票,但从报纸上网上知道不少股票惊心动魄的故事。成,一夜暴富;败,瞬间灰灭。1.5 亿,丁宝非听着脊背发凉,想提个醒,始终没勇气说出口。心想,一个门外汉,没资格谈论股票,尤其在证券大佬面前。况且漆总对资本市场也十分精通。步总谈起股票,口若悬河,思维缜密,情绪激昂,话语铿锵,把合作前景描绘得无限美好。步总还归集了不少成功的案例,故事被说得栩栩如生,感天动地。故事中的男女主角,一个个成了挣大钱的英雄,让丁宝非佩服得五体投地。

最后,漆汉昆就燕萍提供的规范文本提出了不少意见。步总一一予以解答,并同意作些调整。燕萍则在笔记本电脑上逐条进行修改。统一意见后,燕萍用微型打印机将协议打印出来。

步总抽出笔在两张协议的乙方栏下刷刷签上大名,并从包里掏出印章盖上,然后郑重地交到漆汉昆手上:"漆总,等你好消息。"

漆汉昆接过协议,递给丁宝非,高兴地说:"放心,一个星期后,派宝非送过去。"

时间已过凌晨 1 点,漆、步、燕 3 人依然情绪高涨。谈了一些股市花边新闻后,漆汉昆才依依不舍地握手道别。

漆汉昆果然守信,一个星期后,把丁宝非叫到办公室,交给他一个信封,要他尽快送到步总手里。丁宝非备感荣幸,兴奋异常,获得漆总如此重视和信任,说明已完全成了他的心腹。这是一个了不起的跨越,也是人生道路上再次亮起闪耀的绿灯。

当天下午,丁宝非登上了去上海的飞机。燕萍接上他后,在车内不停地与他开玩笑,兴奋之意溢于言表。丁宝非将了她一军:"你不会老乡见老乡,背后开一枪吧。"燕萍哈哈大笑:"你这个老乡很记仇哟。不过,你不男子,哪有一见面就打听女孩子的家庭住址?"丁宝非拍拍脑袋,连赔不是,说见笑了,下次罚酒。

到了兴达证券公司,燕萍带他直接去了步总办公室。步总正在审阅文件,见了丁宝非，赶紧站起来，双手与他握手，那态度即热情又谦恭，没有一点证券大佬的架子。步总打开信封，抽出签完字盖好章的协议，抖了抖，铺平后认真审核起来。丁宝非不解，协议是他们一星期前确定的，未改一字，只是漆总签了字盖了章，还有必要再一字一行地审查？

燕萍把他招呼到沙发上，递上一杯龙井，说喝茶，让步总慢慢看。

足有半个多小时，步总才抬起头来，目光越过大班桌，对他说："当时急了点，有几处不够严密。"

丁宝非慌忙站起来，走上前，急切地问："还要修改吗？"

步总也站起来，两手一摊："没关系，一点小问题。总的挺好。不错，丁总，谢谢您了。告诉漆总，按照协议，一星期内将1.5亿元资金打过来。这样，我们就奏响了双方合作的乐章。"他望了眼燕萍，"先安排丁总住下，晚上我们好好喝一杯。"

燕萍把他带到万丽大酒店，给他开了间套房，一看价格：3600元。心想，这些资本市场的腕儿都爱烧钱。也好，礼尚往来，好好享受他们提供的服务。晚餐安排在酒店的中餐厅，3个人坐在一个10人包间里，显得空荡荡。

由于互相不熟悉，酒喝不出气氛。彼此客套几句后就无话可说。步总其间电话不断，进进出出无数次。喝完一瓶茅台，丁宝非主动提出收场。步总、燕萍也不勉强，道了几句谢谢，说不好意思，怠慢了，把他送回房间。同时送到房间的还有两个提袋。燕萍指着小提袋说："丁总，这个给你。"指指大提袋说："这个请你带给漆总。麻烦你了。"丁宝非一边应着，一边表示感谢。

步总燕萍离开后，他急急忙忙打开属于自己的小提袋。一个精美盒子里装着一尊两百克的纯金马。他属马，对方何以知道自己的属相？这下，他吃惊不小。看来，这些证券界宠儿是人精。感叹一阵后，他把两个提袋放进柜子里。休息一会儿，他拿出手机打了华丽萍的电话。他记得华丽萍上次跳舞时说过的一句话，到上海时让她单独接待一次。他要试试她的真假。一听到他的声音，华丽萍在电话里尖叫起来："丁总，真的在上海？"丁宝非压低声音说："如果怀疑，到万丽大酒店1208房检查一下即可。"华丽萍兴奋地回道："等着，一小时准时赶到。"

一小时后，门铃响了。丁宝非打开门，华丽萍跳了进来，挥起粉拳在他胸脯上擂一通："好啊，到了上海不给我电话。说，带谁来了？"

丁宝非把门关上，做个鬼脸，玩笑道："带了个林妹妹。"

华丽萍四周望了望："人呢？"

丁宝非指着她说："你不是人吗。"

华丽萍上前扭了他一把:"好呀,你个骗子。方姐没来?"

丁宝非说:"这次给漆总办事,比较重要,就一人过来。再说,即使带人来,也不敢带方梅。这个东泰公司,乱咬我一通,差点被他们害死了。"

华丽萍知道他近期发生的一切,但爱莫能助。再说,也是因宏达公司业务竞争而起。东泰公司也是上海一家贸易公司,老板姓仇,与左兵有过多次摩擦。随着宏达公司业务发展加速,东泰公司沉不住气,暗暗与左兵较上劲,大有置之死地而后快。华丽萍为了安慰他,妩媚一笑,上前扳过他的头深情一吻,娇滴滴地道:"都是左兵害的。说,需要什么补偿?"

这一吻,让丁宝非六神无主,血脉贲张。尤其是她身上散发出来的幽兰清香,令他心扉入醉。虽近深秋,华丽萍的打扮却分外妖娆,下身穿浅色紧身牛仔裤,上身着粉红超短外套,里面束一件白底儿草莓花儿的胸衣,浅浅地露着如雪似酥的胸脯,若隐若现的两个丰乳,无时无刻不在牵引他的目光。丁宝非怕自己失控,赶紧把头扭向一边,颤声问:"左总在忙啥,他没来?"

华丽萍蛾眉颦笑,暧昧地说:"你希望他来?可惜,他陪客户出国了。"

丁宝非问得多此一举,左兵出国前曾给他打过电话。为了开辟西北一家电厂的业务渠道,左兵邀请其分管物资采购的副总和物资科长等到北欧旅游去了。丁宝非还跟他开过玩笑,说什么时候请我也去开开洋荤啊。左兵说,本来有安排,你这边出了事,只好往后推喽。其实,左兵早就邀请过他和方梅出国转转,只是丁宝非不敢应承,担心引来非议。"哦……"丁宝非夸张地拖了一声,又问,"你没跟着去?"

华丽萍嘟起嘴:"都是爷们,带一个女的,不方便呗。"

丁宝非马上想到,左兵此行,必定会把这伙人侍候得乐不思蜀。

华丽萍搓搓手,蹦了两蹦,从起居间转到卧室,一边走一边说:"这么好的房间,就你一个人住,不可惜?"

丁宝非跟在她后面,调皮地接过话说:"可惜。要么你来陪?"

华丽萍停住,闪动媚眼,挑逗地说:"行呀。这年头谁怕谁?不信你还能吃了我。"

自到上海,丁宝非就起了"贼心",老想到她在不同场合说过的暧昧话和做过的暧昧举动。只是脑子里一闪过左兵,就遏止了出壳的灵魂。丁宝非碰到她挑逗的目光,刚生出来的勇气又缩了回去,脸一下涨成猪肝色,低了头,嗫嚅着:"要不,咱们先去喝酒。"

"好呀。"华丽萍眉毛一挑,"咱们今晚喝个烂醉。"

"到哪喝？"丁宝非问。

华丽萍想了想："哪也不去，就在房间。起居间的牌桌正派上用场。打个电话，叫服务中心把酒菜送来。"说完，华丽萍拿起房间电话张罗起来。

一会儿，酒菜送上来了。丁宝非把两个大杯斟满，送一杯华丽萍面前："来猛的，一口闷。"说完，自己一口喝干。华丽萍也不示弱，端起杯子一口喝干。一来二往，一瓶酒就见了底。华丽萍酒量不大，几杯下去就有点晕眩。丁宝非还要开第二瓶，华丽萍用手挡阻："不喝了，再喝真要住这里。"丁宝非有点扫兴，看来以前她浪漫亲昵的举动是一种习惯行为。丁宝非干脆放下筷子，双手支头，两眼迷茫地望着她。

华丽萍使劲晃了晃头，也迷顿地望着他。两人对望了一阵，互相把酒气往对方脸上吹。过了一会，华丽萍说："我们跳舞吧。"丁宝非说："没舞曲。"华丽萍打开手机，放出内存的蓝色多瑙河圆舞曲。轻快悠扬的乐曲一响起，华丽萍就起身牵了丁宝非的手，随节拍轻舒慢舞。跳了两圈，华丽萍说，把灯关了吧，留夜灯就行。丁宝非上前关了灯。灯一暗，房间里的气氛就暧昧起来。两人先是托手扶肩搂腰，走着轻步。走着走着，两人就贴在一起了。丁宝非浑身的血液在燃烧，心里那头蛰伏的野鹿在狂奔，不断使劲把她搂紧，生怕她从手中溜失。华丽萍喘息道："想勒死我？"丁宝非俯下头去，"就想勒死你。"说着，把嘴巴贴在她的嘴唇上。两对滚烫的嘴唇一碰，就胶在一起了。华丽萍迎合他的狂吻，不停地用舌头在他嘴里翻搅。丁宝非感觉燃烧的每个部位都在爆炸，猛地把她抱了起来，走进房间，把她平放在床上，急速地剥去自己和她的衣裤。华丽萍微闭双目，大口喘气，胸脯起伏，任凭丁宝非折腾。当丁宝非硬挺挺的东西快要进去时，突然停下来。华丽萍睁开双目问："咋啦？"丁宝非一边喘气一边说："我这样是不是不仗义。俗话说，朋友妻不可欺。对不起左总啊。"华丽萍扑哧一笑："你还真够朋友。都这样了，还不欺？"用手点点他的鼻子，"你们男人啦，不知在外面吃了多少野食。左兵在外面干的那些，我清楚得很。有啥办法？这个社会就那样。较真，还不把自己气坏。"说完，屁股一翘，把丁宝非的那活顶了进去。丁宝非被她一激，突然像头猛狮狂奔起来，把华丽萍弄得浑身虚脱。

激战完毕，两人相拥而卧，聊着往事。聊着聊着，丁宝非突然问起委托炒股之事。华丽萍说："左兵有个朋友在证券公司，说这事挺玄，但返点不少，高的达5%，一般也在2%。朋友找过左兵。左兵没同意，自己的钱，投进去没啥意思。证券公司大都瞄准了国企，个人拿了返点，至于赚不赚钱，考虑不多。怎么，这次就是为漆总办这事？"

丁宝非忙摇头："不是,不是。随便问问。前天在网上看过消息,不知咋回事。"

华丽萍在他胸脯上摸摸,娇柔地说："建议你们远离股市。股市深似海,随时会被巨浪淹没。"

一晚上,丁宝非怀里拥抱美女,却无法入眠。不停地想,返点 2%,那是一个什么概念?一算,不得了,一下子漆总就可进账 300 万元。300 万元,要花多少功夫才能赚得到? 权力,这根魔杖,法力无边,只要你敢用,天下没有什么事办不到。就像齐总,多少年前就是千万富翁。他既羡慕又嫉妒他们,但更多的还是羡慕。人家就是有那本事。他呢,不靠齐总,不靠漆总,狗粪不如。又反复告诫自己,对漆总这单业务,千万不得露出半点风声,打死也不说。如此才不枉漆总的器重和厚爱。

第二天上午,丁宝非告别了华丽萍和燕萍,乘飞机回到芷都。

当漆汉昆听完他的汇报后,沉默许久。1.5 亿元,马上要打出去,说说容易,真的操作,还是有点难度。看漆总无任何指示,丁宝非只得轻轻退出办公室。40分钟后,漆汉昆打来电话,叫他过去。经过激烈思考,漆汉昆做出了决定,很果断地对他布置任务:"宝非,这事你来办。新远燃料公司以购煤款的名义向主业借 1.5 亿元,到账后尽快打给步总。记住,这笔款暂时挂在燃料公司账上。等 1.5 亿元回来后打回主业。账务处理我会想办法。再交待一句,此事到此为止,不得外传。"

丁宝非慌忙点头,拍着胸脯:"漆总,放一万个心,保险办得稳稳当当。"

在漆汉昆亲自操纵下,1.5 亿元很顺利转到了兴达证券公司账上。按漆汉昆的指示,丁宝非又单独去了一次上海。

第 33 章　缓急相济

柏筱并不常去新远燃料公司的办公室,具体事项都由熊长远总经理负责。作为小股东的副董事长,在公司正式运转后,要过问的事不是太多。再说,她也不想插手太深。熊长远这个总经理人选没得说,工作认真负责,兢兢业业,一丝不苟,界限分明,思路清晰,管理严格。燃料公司运转一年来,成绩突出,效益明显，在前不久开完的董事会上，正天公司获得分红980万元，达到预期。罗正平自然是十分高兴，单独奖励了柏筱100万元。柏筱死活不要，说这是大家的功劳，不敢贪天之功。罗正平悄悄对她说："奖你是名，奖齐是实。"如此，柏筱只得照单全收，因齐明松现在正是用钱之际。柏筱受到启发，建议燃料公司也奖励熊长远20万元，以褒奖他的政绩。丁宝非听后有点为难，奖吧，董事会已经开过，事后再补，不合程序。再说，奖给芷电正式职工这么一笔大数，不取得漆总同意，借他十个胆也不敢。不奖吧，拂了柏筱的美意，第二股东的正确意见，大股东不采纳，太小家子气。关键还是柏筱不是一般人，她的话，能不听吗？见丁宝非犹豫，她马上改口："不好操作就算了，当我没说。国企体制不一样。我们来想办法。"丁宝非立即表示感谢，说会向漆总汇报。3天后，丁宝非告诉她，漆总不同意。柏筱完全能理解，芷电上千号人，有业绩和政绩者大有人在，奖励了甲，还奖励乙。一碗水端不平，芷电上下就会炸锅。一星期后，柏筱代表正天公司给熊长远送来了10万元奖金。当熊长远双手接过这笔奖金时，心情久久不能平静。

虽然柏筱不常在燃料公司上班，心思可没少花。有时会随同熊长远、单蓉及业务人员跑煤矿、跑铁路，会与煤老板斗酒；有时会到办公室连续坐上二三天；有时还会到电厂煤库去察看煤质。总之，她这个二老板当得还称职。

有一天，她刚在办公室坐下，接到邹雅琴打来的电话。问她在哪？她心里咯噔一下，马上想起齐明松的交代，生怕邹雅琴再次请她出去泡巴，就骗说在外地。邹又问何时回来？说有急事商量。她一问，知是最近一单5万吨煤的煤质出了问题。煤炭采制化环节由电厂控制，并以电厂检测和计量出来的煤卡煤吨结算，其目的是互相制约，也是行内通行做法。无论什么煤，要达到合同要求是难上加难。这时，往往会造成双方口水战不断。要妥善解决，就看你的活动能量了。之前，邹雅琴进了上百万吨煤，基本达到了合同要求，获得了燃料公司和电厂的高度赞誉。这次因煤质问题找上她来，说明邹雅琴已遇上特大棘手难题。对煤质纠纷问题，柏筱从来不过问，有人求上门，躲得远远的。她不是不想管，而是不愿管。如果陷进去，会没完没了地耗去大量精力和时间，也会影响熊长远的正常经营管理。她建议邹雅琴去找熊长远。邹雅琴在电话里埋怨起来，说熊总真成了熊，非得要和她见面。柏筱不好推脱，只好顺着原来的话编，说今晚才能回来，明天上午在办公室会面吧。

关了电话，她叫来单蓉，想提前摸清情况。单蓉没接触这单业务，不知就里，只听说亏卡过大。单蓉把办公室的门关上，神神秘秘地告诉她："几天前，熊总和邹总大吵了一顿，邹总说，不让她好过，也叫熊总难过。邹总哪架势，可吓人呢。

一个女人,口气那么大,仿佛天下在她手里握着?"说到此,左右看了看,生怕隔墙有耳,然后把嘴伸到柏筱耳边,压低声音:"我看,熊总怕是被邹总捏住了。开始还牛皮哄哄,后面就沉着脸躲进办公室,任邹总敲门,就是不出来。"

邹雅琴这一鲁莽举动,叫柏筱心惊肉跳。熊长远岂止是被邹雅琴捏住?简直是掐死了他的七寸。老话说得对,拿人手短,吃人嘴软。要不,凭熊长远的个性,会在女流之辈面前低头吗?

单蓉沿着刚才的话题说下去:"这个邹总也真是,前面跟人吵,后面又低三下四地哀求,神经病一个。早知如此,何必当初?开始多求求熊总不就结了?这不,反把事闹大了。"

柏筱皱紧眉头,摇了摇头,叫单蓉少议论,然后提醒道:"碰到这种情况,股东之间一定要高度团结。不管熊总有没有理,都得支持他。内部千万不能乱。记住,这是生意场上合作伙伴成功的法宝。"

单蓉走后,她拿起座机打熊长远的手机,想问明情况。拨了几个号,又把话筒搁下,觉得此事并非那么简单。熊长远这人何等聪明,不放邹雅琴一马,必有无法绕开的原因。还是明天见了邹雅琴再说。

第二天上午,柏筱早早地到办公室等候。快 10 点,邹雅琴才不紧不慢地敲门进来。

"不好意思,有事耽搁,让你久等。"邹雅琴向她歉疚一笑,在大班桌前的椅子上坐下。然后哭丧着脸说,"妹子,这次得帮帮我,否则,我会死得很惨。"

柏筱帮她沏杯茶,望着她笑了笑:"邹总江湖老手,刀刀见血,还会失手?"

邹雅琴喝口茶,苦笑一声:"妹子,别开玩笑了。这次,我遇上魔头了。从朋友那里进了 5 万吨煤,他妈的,出事了。"

柏筱知道,今年全国经济形势回暖,各地用电量大幅攀升,电煤需求量扩大,不少煤矿和煤老板的态度来了个一百八十度地大转弯,孙子变大爷了。年初签的供煤合同屡遭毁约,为了兑现合同,只得另辟蹊径。这时,就得看你的造化了。柏筱明知故问:"出啥问题了?"

邹雅琴好一阵长吁短叹:"前几天,熊总告诉我,刚进的 5 万吨煤热值只有4600 大卡,我付给对方是热值 5000 大卡的钱,亏 400 大卡。天啊,太可怕了。我有对方的进货单,指标清清楚楚,明明白白,人家是国有大矿,不会使假吧。这不,熊总愣是不信对方的检验单,一口咬定以芷电的检测为准。"一边说,一边把对方的检测单摆在柏筱面前,"你看看,盖的是国有大矿的印章。人家检测有问题,你芷电检测难道没问题?差几十大卡也就算了,可这是 400 大卡呀,计算下来,得把我的小命赔掉。"

柏筱清楚其中的厉害,亏 400 大卡,换算下来,5 万吨得亏几百万元。一单生意亏几百万,任何人都承受不起。她看了几眼检测单,还给邹,心想,信不信,不是谁说了算。电厂有权否定矿方的检测数据,这是在合同里明确了的。现在出了事,想以矿方检测数据说话,恐难以推翻。她不好多说什么,凡牵涉到亏卡亏吨的纠纷,都离得远远的,自己毕竟是小股东。为了安抚邹雅琴,她只好表面应付:"邹总,先别急,这档事的关键在上家。多找他们做做工作,接受芷电的检测数据,或力争让双方的数据接近。"

邹雅琴摇摇头:"不行,现在电煤紧张,钱早打出去了。我的助手在那边磨了两天两晚,没用,对方一口咬定热值没问题。有争议,可上法院。人家已把路堵死。他们敢理直气壮上法院,说明热值方面靠谱,否则,也不敢这么牛。我早就听说,有些电厂为了多创效益,常在吨卡方面做文章。如此,可就害惨我们供煤商。"

柏筱也时有耳闻,多年以来,电厂和煤矿老在热值指标方面较劲,谁的话语权大,谁的检测数据就有效。买方市场,话语权在电厂;卖方市场,话语权在矿方。现在是买卖双方角力均衡,话语权应该过渡到数据上。可是,数据的出炉也存在多变,时间、气候、仪器、水平,都会影响数据的精确度。往往一列车皮到了目的地,两地的检测数据难以一致。有些电厂为了获取利差,免不了在热值上做点文章。这已成了潜规则。她想了想,说:"不可能吧,凭我的直觉,芷电不会这样做。我的意见,两边再做做工作,把对方请过来,重新做次检测。芷电呢,也请技术中心重做一次。煤摆在哪里,又没调包。"

邹雅琴还是摇摇头:"这个我想过,请不动对方呀。人家就是不买账。唉,钱进了人家口袋,真孙。这次,我他妈的傻瓜蛋,咋就打了全款?"

"打全款?"柏筱直视她,不相信。

"唉,只留了 5%,跟全款有什么两样?"邹雅琴呷口茶,又说,"熊总不同意重做检测,说芷电的惯例,都是以第一次检测结果为准。"

"去找丁总嘛。"

"丁宝非?"邹雅琴眼里充满愤恨,"滑头鬼。找他说了半天,没给一句好话,叫我找熊长远。你看,两人推来推去。没办法哟,妹子,只有求求你,帮我想想办法吧。"

柏筱沉思良久,回道:"我试试吧。不过,有句话我得提醒,以后可不能说过头话。过头话很伤人。"

邹雅琴慌忙答应，千恩万谢。

送走了邹雅琴，她独自躺在沙发上整理思路。煤质纠纷这道坎，能过去，大家平安无事；过不去，闹起来，大家不得安宁。又想，丁、熊两人得过她不少好处，为什么袖手旁观，坐视不管？如果此事处理不好，阴沟里翻船，丁熊两人出事，她也脱不了干系。现在，三人是一条绳上的蚂蚱，一损俱损。越是在特殊时期，越要同心应对。

晚上，她约了丁、熊两人出来坐坐，地点选择丽春咖啡馆。阿丽好久没见丁宝非，很是惊讶他与柏筱同来，故左右打量他，又对柏筱做个鬼脸。柏筱用手拍她，"神经过敏，快给我安排包间。"阿丽拥着她往里走，悄悄地说："好久没见齐总了。你们还好吧。"柏筱使劲捏她一把，轻声回道："求你，少说好吗？注意场合，我的公主。"阿丽回头望望，见两个男人落在后面一大截，妩媚一笑，"你呀，放心，他们耳朵没这么长，什么时候都这么小心翼翼，累不累？"柏筱也回头望望，岔开话题："你和毕勇咋样了？"毕勇是阿丽的情人，前不久两人闹过矛盾。阿丽说："还好。前天还在一起。他问起你，说什么时候请你一块坐坐。"柏筱推她一把，笑道，"去。我才不做你们的电灯泡。"

说笑之间，到了准备好的包间。阿丽安排好后躬身退出。

品过一杯咖啡后，柏筱直奔主题。她说："昨天才听说邹雅琴的事。本不该我管，出于责任和友情，还是出个面。邹雅琴透露了一点与你们相关的事，我觉得有必要引起重视。塞翁失马，焉知祸福。你们考虑过其中的厉害？"说完，她抬眼在两人脸上扫来扫去，观察他们的反应。

丁熊两人低了头，各自想着心事。邹雅琴给他俩分别送卡时，信誓旦旦地说天知地知你知我知。给柏筱时却透露了丁、熊两人，邹雅琴在他们之间玩了一个小花招。

丁宝非掏出烟，用眼睛征询柏筱的意见。柏筱点头同意。丁宝非丢根熊长远，自己点燃后猛吸几口，眼睛盯着熊长远："熊总，你说说。"

熊长远慢慢把烟点燃，边吸边说："其实，邹雅琴的煤出过几次事，多次亏吨亏卡，只是量不大，做了点技术处理。当然，她也挺配合。这次，与以往不同，亏卡太大，且挥发分指标不理想，按合同规定，应做出处理。她不同意，拿矿方的检测数据说事。谈了多轮，不通，和我大闹，一点都不配合。"

挥发分是煤中氢、氧、氮、硫和部分碳的气体产物，大部分是可燃气体。挥发分含量高，煤易于着火，燃烧稳定。因此，挥发分是煤燃烧性和分类的重要指标。供煤合同里，挥发分被作为一个重要指标明确下来，低于指标的要作相应价格调整。

丁宝非掐灭烟头,望着柏筱:"熊总跟我谈过几次邹总的事,都是技术方面的情况,故没有与您沟通。总的说,邹总进的煤还是不错,这次是例外。过去一些小问题,都处理得挺好。为什么这次就沟通不了?关键还是邹总的态度。不错,她找过我,这涉及许多技术问题,我无法给她一个满意的答复。"

柏筱说:"她要求复检,应该没问题吧。"

"不是不可以,按规定再走一遍程序而已。芷电的煤质检测水平很高,再检也是八九不离十。她的用意不是正常检测,而是要我们剑走偏锋。这能?问题已曝光,和尚头上的虱子,明摆着,谁敢?"熊长远用食指不满地敲下桌子。

丁宝非喝口咖啡,咂咂嘴说:"冲突,不是解决问题的办法。我的观点,邹总应该拿出一个次优方案,老在原地打圈圈,恐怕难办。柏总,既然她信任您,请您辛苦一趟,多做做她的工作,双方再退一步。办法总比困难多。"

柏筱直视他:"怎么个退法?据她说,矿方的检测报告非常准确。要说服她,你得推翻对方的检测报告。否则,她会退?"

熊长远说:"不是一张检测单能说明问题的,煤还搁在那儿,有实物说话呀。"

柏筱说:"对啊,就用实物说话,重新检测一次,不就堵了她的嘴吗?"

熊长远为难地望着丁宝非。重新检测是要冒个人风险,首先,工作量增加了很多;其次,结果出来,与原来差异较大,以哪次为准?丁宝非咬咬牙,斩钉截铁地说:"行。听柏总的。往前走,僵在这里不是办法。漆总那边我去报告。所有责任我来承担。熊总,你不用担心,大胆去办吧。"有丁宝非的担当,熊长远松了口气,爽快答应。

7天后,重新检测结果出来,指标比原来的稍好一点。这下,邹雅琴傻眼了。这次取样、制样、化验,她派人盯着,未发现差池。然而,她仍坚持己见,说芷电检测技术水平有问题。有关专家告诉她,煤质检验,关键是取样。几万吨煤,好几专列;卸在煤场,堆成一座小山。选点取样随机,取到好的,结果自然理想;取到差的,结果相差甚远。她要求请矿方到电厂再做一次检测,最终以他们的意见为主。

熊长远认为她是无理取闹,与她争论一番后甩手而去。她又哭丧着脸找到柏筱。柏筱无语,能说什么?按她的意见重新做了检测,再怎么着也不能跟着瞎起哄。就劝她,认了吧,以后慢慢补回来。邹雅琴两行眉毛一竖,歇斯底里地吼起来:"能认?妈的,几百万啦。我就不相信没地方申诉。我去找漆总,找齐总,找崔总。再不行,找省长。大不了跟他们拼了。"

柏筱发现她快成泼妇,不把她的怨气压下去,极可能闹出事来。她耐心安慰邹雅琴:"你找这总那总,最后还得到燃料公司来?冷静点,冲动是魔鬼。弄僵了,对谁都不利。这不是一笔小账,搁谁,都得掂量。我提个建议,双方都做些让步。丁总、熊总的工作我来做。当然,能不能做通? 不敢保证。你嘞,要有诚意,不要动不动就撒野。这年头谁怕谁? 得拿理说话。"

一席话,说得邹雅琴连连称是,高声:"拜托,拜托! "

柏筱叫上单蓉到电厂蹲了几天,大致摸清了情况。找了个天高月清的晚上,约上丁宝非、熊长远二进丽春咖啡馆。阿丽知道柏筱有要事商谈,不再开玩笑,安排好后就默默退出。柏筱说:"事情越来越复杂了。邹雅琴对两次结果都不认,发誓要找齐总、崔总,还口出狂言去找省长。这事处理不好,闹下去,是什么结果? 丁总、熊总应是心知肚明。"

熊长远黑着脸说:"胡搅蛮缠,到了这步,谁也没辙。"

柏筱提醒道:"电厂生产班的人说,这次煤的入炉指标还不错,比两次检测的指标值要高。如果邹雅琴掌握了这个情况,更有理由闹个鱼死网破。"

丁宝非说:"这几天,我一直在琢磨此事,邹雅琴敢如此嚣张,有一定的理由。她手里那张检测单,是矿方的,其权威性摆在那儿。如果到仲裁部门,可能会是另一种说法。"

"对。这就是我的意见。"柏筱马上接过话说,"说实话,我不好插手电厂的事,但不想让燃料公司为此事闹出不快。邹雅琴是通天人物,她的董事长是刘副省长的公子。跟这些人纠缠起来,谁胜谁负? 早已泾渭分明。"

丁宝非、熊长远一阵沉默。两人不约而同地掏出烟。实际上,丁宝非已有妥协的方案,只是不愿先提而已。他心里清楚得很,柏筱一而再、再而三地找他们协商,其目的就是要他们作出让步。

柏筱继续说:"我建议,双方商定一个折中价。或者到仲裁部门去仲裁,以显公正。"

丁宝非点点头,眼睛望着熊长远,希望他能爽快表态。熊长远思考良久,抬头说:"好吧。漆总和谭总的工作还请丁总去做,其他的我负责协调。"停顿一下,又补了句,"我是看柏总的面子。否则,决不向她低头。"

在柏筱的大力斡旋下,经过多轮商谈,最终以一个合理价敲定。邹雅琴虽不十分满意,但还是勉强接受下来。通过这件事,柏筱发现邹雅琴不是一个善主,印正了齐明松的说法,心想以后离其远点。然而,这个社会并不以个人意志为转移,想躲的躲不掉,不想躲的等不来。这不,半个月后,邹雅琴连打几个电话,约她出来坐坐。柏筱记住了齐明松的话,一推再推。可有天下午,邹雅琴直接找到正天公司,坐在她办公室不愿离去,天南海北的与她聊个没完。柏筱狠不下心赶她走,只好附和。聊着聊着,邹雅琴问:"最近与阿明联系过?"柏筱摇摇头。邹雅琴扮个鬼脸,数落她:"你呀,总是把自己裹得紧紧的。现在是啥年头?还这样老土。再说,为一个人坚守,值吗?人生苦短,尤其女人,就那么十几年。眨眼之间就成了黄脸婆,到时,想干点什么,也没人看得上。还不趁年轻,快乐一下?女人啊,想开了就那么回事。为什么男的可无拘无束,女人就不能?生意场上,女人活得更累,不给自己找点乐子,会闷死。"

其实,阿明给她打过一次电话,两人在电话里聊了好久。柏筱发现阿明挺不错,有思想,有理想,有善心,世界观相近。阿明问她什么时候出来坐坐?她刚好这阵应酬多,就推说过些日子。对邹雅琴的数落,柏筱笑而不答。像邹雅琴一般活法,她永远做不到。

邹雅琴继续说:"怎么样?晚上我们再去玫瑰酒屋坐坐。我把阿平叫来,你把阿明叫来。阿平说,阿明是个纯童男,诚实本分。小伙子帅,青涩,挺可爱,好机会不可错过哟。阿平还告诉我,阿明挺喜欢你。"

齐明松出国考察去了,这段时间她自由得很。被邹雅琴一忽悠,心动了。这几天,她思想一直在斗争,下不了决心给阿明打约会电话。与阿明接触,没别的意思,只感到与比弟弟大两岁的异性在一起感觉特好。捅开了窗户纸,什么秘密话都能说,心情特别放松。

"去吧。有什么犹豫?不就是喝两杯酒吗?就当是阿明请你,行呗。"见柏筱不吱声,邹雅琴站起来,绕过大班桌,走到她跟前,并顺手把一张银行卡塞到她手里:"感谢你的帮忙。一点心意。"

柏筱像触摸到了一颗炸弹,赶紧把卡塞回到邹雅琴手里,惊惶失措地说:"别,别这样。朋友之间,帮点忙应该的。"

邹雅琴不容分说,强行把卡放进她的抽屉,生气地说:"妹子,推来推去,是不是不想做朋友?"说完,双手扶在她肩上,情真意切地说:"你呀,对我还有戒心。上次说熊总的那些话,别介意,那是气话。我还没这么傻。这个社会,一旦成了利益团伙,就不能轻易打破。如要重新建立起来,得花多少时间和精力啊。我们都是生意人,其中的曲直不言自明。放心吧,做姐的不会害你。"

柏筱终于没能抵御住。她认为邹雅琴的话在理,站在不同的立场上,会有不同的理解。在官言官,在商言商。没必要完全听信齐明松的话。如果齐明松与她换位思考,就不会对邹雅琴有如此强烈的对比看法。思想一松,就很坦然地收下,还说了句:"行呀,恭敬不如从命。真不收,看来你这个大老总会把我生吃掉。"

邹雅琴高兴地双手搂抱她的头,欣喜地说:"这才是好朋友说的话。今晚去玫瑰酒屋,喝个痛快。不准说不。否则,把你绑去。"柏筱不知咋的,竟爽快地点了点头。邹雅琴很快订好了包房,又给阿平打电话,要他叫上阿明,说一会儿去学校接他们。

邹雅琴今晚很兴奋,酒一杯接一杯地喝,一会儿跟柏筱碰杯,一会儿跟阿平交杯。柏筱推说胃病复发,不宜多喝,请她谅解。邹雅琴侧头问:"真的?"得到柏筱肯定答复后,就说柏总自便,转身和阿平对喝起来。柏筱怕她喝醉,劝她适可而止。邹雅琴突然像个顽童,手舞足蹈起来,语无伦次地说:"小妹,今晚做姐的高兴。没你帮忙,他妈的姓丁的姓熊的不鸟我。真那样,可就惨了。还是小妹仗义。今晚,为了小妹的情义,我,喝醉了高兴。"

看到邹雅琴这份高兴样,柏筱心里打起了鼓,不知这次鼎力相助是否留下隐患?想想前因后果,又没什么出格的地方。愣了一阵后,她觉得没必要这么患得患失,怪就怪齐明松几句话,弄得自己神经过敏。她不再劝她了,侧身和阿明聊起天来。阿明今晚显得很斯文,阿平与他碰杯,只浅尝辄止,偶尔与柏筱碰杯,也只小抿一口。

邹雅琴今晚是彻底放松了,与阿平猜拳吆喝,连续喝掉了三瓶红酒。两人喝得东倒西歪后,才停止了碰杯。看时间不早,柏筱提议散场。邹雅琴大着舌头说:"行。小妹你送我们回。"柏筱叫服务员买单,服务员说琴姐提前把单买了。柏筱知邹雅琴的性格,不多说什么,和阿明各扶着一人离开酒店。把两人送至邹雅琴家后,柏筱就开着车送阿明回学校。

在车上,阿明活跃起来:"柏姐,琴姐和阿平好了1年多,你咋就没想法?"

柏筱放慢车速,回道:"人各有志。怎么?你不是说不学阿平呀,现在改主意了?"

"不。"阿明赶紧摆手,"纷扰世界,你如此淡定,我越来越敬重你。"

"是吗?"柏筱侧头瞟他一眼,"真实想法?"

"说真的,有时,很想成为你的相好。"阿明脸红起来。

柏筱哈哈一笑:"看看,不老实了吧。"

阿明也笑笑:"单相思不犯错吧。"

柏筱说:"不说这事了。早跟你表过态,我永远不会成为琴姐。你呢,也希望不要成为阿平。要做朋友,会和你处下去。毕竟我们谈得来,在一起也快乐。我问你,毕业后打算干什么?"

阿明答:"上的师范,当老师是正道,但没路子,谁会要?到时看吧,能找到一个吃饱饭的饭碗,就谢天谢地了。"

柏筱觉得他挺诚实,就出主意:"换个思路,不一定到事业单位、国有企业,比如自己创业,比如到民企打工。现在就业,是天下第一难,哪里能生存,哪里就是你的窝。"

阿明点点头,说:"阿平告诉我,你是一家公司的老总。如不嫌弃,毕业后就到你手下打工。行吗?"

柏筱玩笑道:"好啊,那我得好好考察。符合要求,到时就来呗。"

不一会,到了学校门口,阿明没下车的意思。柏筱问:"怎么啦?"

阿明红着脸说:"我想吻你一下。"

柏筱怪怪地看着他:"不可胡思乱想。"

阿明坚持说:"不让我吻,就不下车。你到哪,我跟到哪。"

柏筱看他是认真的,不好拂他的美意,就说:"你得答应,就一下,只吻脸上。"说完,把脸贴过去。阿明在她脸上猛吻一下,说声谢谢,拉开车门,迅速跳下车。

第 34 章　再度合作

罗正平这段时间把小水电的业务交给一副总去打理,呆在芷都,带着两个业务员专跑地皮的事。他多次找过黄金河,碍于同学的面子,黄金河不好推脱,也为了履行当时的承诺,把这事交给韦玉琼去办理。黄金河当上市委书记后,把韦玉琼从政府办带到了市委办,最近刚任命为市委副秘书长兼市委办公室主任。有领导交待,又是书记的同学,韦玉琼不敢懈怠,陪着罗正平跑上跑下,仅土地部门,来往不少于 30 次。那个时候,土地出让没强行规定招拍挂,只要领导画押,一般都能顺利搞定。仅用了 3 个月时间,罗正平就在芷都相对繁华的地带圈了一块 50 亩的地。打了部分土地款后,土地使用红线图很快拿到手。

为了庆祝圈地成功,罗正平多次约齐明松一起出来坐坐。齐明松总是抽不出身，一推再推。这些日子里，齐明松特别忙，国家正在启动电力体制大改革，大小会议格外多。更让齐明松上心的是跑升迁的事，该找的人找了，该送的送了，效果如何？他心中没底。官场上，变数太大，有的跑一辈子，一点影子都没有；有的埋头苦干，不跑不找，好事砸头的也有。命运命运，关键是命，其次是运。也有命好，运不好的，上下工作做通了，突然有个变故，运气擦肩而过。也有运好，命不好的，费了老鼻子功夫，官帽到手了，屁股还没坐热，忽然大病降至，或一命呜呼。不过，他始终相信事在人为，天上掉馅饼的事绝对没有。努力与不努力，结果永远不一样。只要自己努力了，即使事与愿违，也不会留下遗憾。两星期后，齐明松终于有了空闲时间，答应了罗正平的约请。罗正平马上在五洋大酒店订了座。

罗正平今晚特别高兴，把小鞠带了来。事先，他征求了柏筱的意见。柏筱未能阻止。罗正平告诉她，小鞠已经知道了她的情况。尽管她百般责怪，但已无任何意义，只好默认。实际上，柏筱的担心多此一举，小鞠根本不是那种爱管闲事的人，况且，她也是那种身份的人。

齐明松第一次见小鞠，握住她的手，很夸张地赞美道："清水出芙蓉，天然去雕饰。"扭头望罗正平，"正平，有艳福。"

小鞠不好意思地低了头，轻轻叫了句："齐总。"罗正平则做个鬼脸。

柏筱第二次见小鞠，上前与她拥抱一下，对罗正平说："以后不准欺负我们小鞠。"

罗正平爽朗大笑，知道她话中的含义。其实，他不是柏筱错怪的那种人。有感觉、有情义、知冷暖的好女人，他是会爱不释手的。小鞠可能就是他的真爱。罗正平的妻子张小玲性格暴戾，两人在一起时话不多。关键是罗正平不愿与妻子搭理，新婚之夜有一句话没说好，被妻子骂得狗血淋头。从此，他就落下恐惧症，在妻子面前小心翼翼，唯恐再说错话。事件就这么奇怪，越怕说错话，越说不到点子上，弄得妻子隔三差五动怒。他下海经商，躲避妻子应该是主因。说来也怪，分离后的妻子态度突然变好，有事没事打个电话嘘寒问暖。但是，罗正平已没有爱的感觉了，为了尽夫与父的责任，每月寄大把的钱回去，一年只回家两到三次，而且还是来去匆匆。柏筱多次问过他的家庭，总是三缄其口。柏筱不知，他情感方面的自尊心极强，对自己糟糕的婚姻从不轻易示人，哪怕是亲朋好友。为了填补空虚，他亲密接触了多个女性，长的两年，短的几个月。小鞠应该是他的第六个女人了。也许这就是缘分，两人在朋友安排的聚会上一见钟情。小鞠的婚姻其实比罗正平还糟糕，老公在一家大私企里做销售经理，经常在天上飞来飞去，一年难得落家。不落家小鞠倒不在意，关键是老公背着她在外养了一个比她年轻漂亮的二奶,还生了个儿子。公婆重男轻女,把二奶的儿子当成掌上明珠,对她的女儿却不闻不问。一个人忙里忙外,女儿无法细心照顾,瘦骨嶙峋。父母心疼她,把外孙女接到身边照看,现在已是小一学生了。她给老公打电话,问要不要这个家?老公不直接回答,只说女人做好自己的事。怎么做好?小鞠无法理解,一年不落家几次,年纪轻轻守活寡,任何有血性的女人都难熬。当然,小鞠有名无实的婚姻,罗正平同样不会告诉柏筱。

罗正平要了一瓶茅台,说:"今晚量化宽松,酒是次要,聚是主要,好久没跟大领导聊聊,不可冲淡主题。"

齐明松马上反对:"正平,啥意思?三番五次请我来,就这样打发?况且我还是第一次见小鞠,不让我跟她喝?"

罗正平从服务员手里抢过酒瓶,亲自给齐明松斟酒:"明松,我这样说是有讲究的。第一,听柏筱说,这段时间你特忙,又是出差,又是开会,忙得脚跟不落地,你不心疼她,我还心疼呢?今晚她还等你滋润,酒多会误事。第二,饭后我还有任务,小鞠父母明天去海南旅游,我得当车夫,把小鞠女儿接回来,之后?我们也要干活。"

罗正平一番俏皮话,把两个女人说得满脸通红。小鞠在桌子底下用脚踢他,柏筱则用目光狠狠地剐他。

齐明松哈哈一笑,用力擂了罗正平一拳:"就你多事。"瞅瞅柏筱,又望望小鞠,"两位女士还没表态?"

柏筱用肩顶顶他:"你天天泡在酒里,难得今晚让胃肝休息一下。少喝为佳。"

小鞠笑眯眯地说:"齐总,我不喝酒,劝你们还是少喝点。我的那些学生,都知道喝酒对身体不好,一个个成了家里的督察先锋。"

两位女士表态后,齐明松就不再起哄。其实,他哪里愿喝?不过是逗逗乐而已。这些日子里,他先后在北京呆了两个星期,首长秘书,中组部处长,国家电力公司相关领导,还有退位多年的老首长,几乎天天陪着他们在酒桌上转。在芝都,酒桌上多是以他为中心,喝多喝少由他定调。也有作陪时,副省长、厅局长就不好糊弄,舍命一杯接一杯地喝。尽管他酒量大,还是有打败仗的时候。胃肝长期在酒里浸泡,三高指数年年见长。刘好多次为醉酒的事与他大吵,但能阻止得了?不能。你在官场上混,就永远离不开酒。否则,你就混不下去。这是当今官场上的通用法则。不是有段子说:不会喝酒,前途没有;一喝就倒,官位难保;一半就跑,升官还早;长喝嫌少,人才难找;一喝九两,重点培养;全程领跑,未来领导。虽然段子幽默诙谐，描绘的却是实情。

罗正平给柏筱和自己斟满，到小鞠时，只意思了一下。齐明松侧头问："小鞠真的不能喝？"

罗正平替小鞠说："在首长面前，还能有假？当老师的，尤其是小学老师，说不得假话。"

齐明松轻松一笑，举起酒杯："小鞠不简单，把一个十分挑剔的正平收拾得服服帖帖。来，第一杯喝干。"

几杯酒下肚后，大家谈起了正题。齐明松问："下一步如何打算？"

罗正平说："今天主要就是向你汇报这件事。我和柏筱琢磨了许久，光有地不够，手头没钱开不了锅。第一次运作房地产项目，门都摸不到。比较紧迫的事有两件，一是尽快招聘一位懂房地产业务的经理；二是到银行弄点钱。第一件好说，第二件就有难处。"

齐明松望着柏筱："不是说贷款不成问题？"

柏筱嗲声嗲气起来："你又不是不知，现在银行嫌贫爱富。土地证没拿到，无法抵押。小水电为购地贷款作了担保，后面设计、建设需要大笔资金，账上资金不多，无法开工。"

齐明松用手指着罗正平："你呀，口口声声说不恋财，到了关键时刻，还是过不了这道关。一句话，酸腐。人哪，免不了俗，永远摆脱不了一个贪字。已走到这步，只有硬着头皮走下去。贷款的事，我来想办法。房地产项目看好，你们的选择没错。"

罗正平端起酒杯，兴奋地碰碰齐明松的杯子："齐总，你这个舵手没白当。谢谢！这杯我干了，你随便。"说完，一仰而干。

齐明松无奈地笑笑："你们哪，总给我设圈套。哪天把我卖了，还得给你们数钱。"柏筱推推他，嘻嘻笑："给我们数钱是你的福，就怕给别人数钱。"

罗正平转移话题，对齐明松说："听柏筱说，你现在正需用钱。要多少？提个数。我跟柏筱说过，即使砸锅卖铁，也得保证我们齐大人的急需。你的事就是正天公司的大事。"

齐明松听了很感动，养兵千日，用兵一时，当初冒着风险与罗正平合办公司，不正是在急需之时派上用场？这些日子里，他送出去了几笔大款。柏筱把能动用的款子全用上了。下一步，不知还要送出去多少？他觉得这是一个无底洞，但箭在弦上，不得不发。就好比架上了一口锅，肉烧得半熟，后续的柴不得添。否则，前功尽弃。他用力拍拍罗正平的肩："谢谢正平！有你的支持，我会努力争取办好该办的事。"

因小鞠有事，柏筱不想耗时间，看大家吃得差不多，提议早点结束。

回到虹美花园，两人相拥坐在沙发上。齐明松问："你把我用钱的事给罗正平说了？"

柏筱摇摇头："他只知道你急需钱，不知做何用。不过，罗总鬼精，你处在高位，突然大把用钱，估计能猜出八九分。说实话，你这位老同学够味，有一笔款就是他想办法挪用的。他说，你用钱，不分彼此，算公司业务开支。我们这样瞒他，是不是欠妥？"

齐明松叹口气："没办法，这种事见不得光，只得瞒他。最终，他会理解的。"

柏筱点点头，问："朱局长那头有反应？"

齐明松说："可能还得努把力。你再给我准备100万，再砸出点水花来。朱局长是位慢性子，上次她说会向老头子转达我的想法。你看看，50万，就这么一句够味的话。等哪天把我的想法变成她的想法，事就成功一半。"

柏筱把头靠在他的肩膀上，鼓励道："你一定会成功。钱的事，不用担心，需要多少，都会给你准备。"齐明松搂紧她，用无声代替了感谢。

齐明松在酒桌上答应帮罗正平贷款的事并非那么简单，首先，找谁担保？他想了半天，理不出头绪。找电厂？现在不同以往，国家正在启动电力体制改革，明文各电力企业除正常经营外冻结所有资金往来，当然包括担保。找省公司多经公司？一问情况，多经公司负债率高达80%，根本不具备担保资格。看来，酒桌上一时之兴夸下的海口无法兑现。他打电话给罗正平说明情况，请他另想办法。

罗正平听后半天缓不过神来。好不容易弄了块好地，却因资金问题动不了工，眼看着白花花的银子流失。苦闷了半天，他给柏筱打电话，告之情因。实际上，柏筱已比他先知道，只是不忍告诉他。柏筱听他诉完苦后说："我们到正天公司碰个头吧。"

在罗正平办公室，两人动了半天脑子，终是一筹莫展。柏筱说："要么，我们找丁宝非想想办法。漆总早就想单独盖栋明天大厦，但一直没找到好地。跟芷电合作，兴许能解决资金问题。"

罗正平紧锁眉头："倒是一个办法，可是，我们将失去主动权。"

柏筱摊开双手，无可奈何地说："失去的和得到的，已无关紧要，问题是能不能打破资金短缺的瓶颈？打破了，就能活，打不破，就死路一条。尤其等死，不如让其摇摇晃晃活下去。如此，能盘活占有的资金，还能让有限的资金效益最大化。"

罗正平两眼望着她,目光暗淡且无助,还夹杂丝丝痛楚。要知道,为了这块地,他想尽了多少办法,费尽了多少心机?如不是老同学帮忙,根本无法拿到这块黄金地段的地。半天,他叹了口长气,有气无力地说:"等等再说吧。不过,你可以放出风去,让他们先提。这个时候,主动与被动的砝码不一样。"

柏筱没按罗正平的思路出牌,她喜欢主动出击,在商场上,姜太公钓鱼的法则不可取。罗正平已失去信心,她必须担当重任,力挽狂澜。当晚,她约了丁宝非到丽春咖啡馆喝咖啡,先探探丁宝非的口气,更主要地是想通过丁宝非摸清漆汉昆的真实意图。早早地,她带着单蓉到咖啡馆等候。阿丽每次见到柏筱都很高兴,趁丁宝非未来之前尽情聊欢。由于有单蓉在,她俩不好畅谈私密,只聊些家长里短、明星花絮。阿丽是位乐天派,很大程度上影响了柏筱的生活观。当然,柏筱的情感方式也感染了阿丽。有一次,阿丽与柏筱谈起老公,将床第之事尽述之。自女儿出生后,老公对性生活渐渐冷淡,起初,一星期一次;后来,两星期一次;再后来,一个月一次。阿丽正是三十如狼的年华,被老公冷落得心烦意乱、郁闷苦恼。柏筱给她出馊主意,暗结情郎呀。阿丽说有贼心没贼胆。柏筱问有追求者不?阿丽不好意思地点点头,说对方是位小老板,多次约她出去吃饭,一直不敢去,担心受骗。柏筱一脸坏笑,说她是装纯情,梨不尝,怎知酸甜?鼓动她大胆走出这一步。在柏筱的鼓励下,阿丽终于走进了小老板营造的温柔之乡。有这等故事,两人岂能不结金兰之好?

快9点,丁宝非才风风火火赶来,对着柏筱拱手作揖,连赔不是:"柏总,对不起,真对不起,让您久等了,久等了。这帮客户赖着不让走,急死我了。下次喝酒认罚三杯。"柏筱欠欠身,连说没关系,请他坐。单蓉连忙把椅子推到丁宝非屁股底下,并给他递上一杯咖啡。阿丽和丁宝非简单打过招呼后就退出。丁宝非可能在那边烟酒过度,一股难闻的烟酒气随着他的嘴一张一合弥漫开来,让柏筱颇感恶心,因今晚有事相求,她只得忍耐。

品过一杯咖啡后,柏筱直奔主题:"丁总,听漆总说明天电力集团公司想在市中心盖明天大厦,现在进展如何?"

丁宝非摇摇头:"八字还没一撇?漆总要我去找地,谈何容易?前些日子派人去跑了一阵,边都没挨着。找地不同于其他,没路子,没关系,难啦。"

柏筱说:"我们再做次交易,地,我找,钱,你们出。如何?"

"好呀。"丁宝非双手一击,兴奋起来,"有您柏总出马,啥事办不成?"

柏筱问:"有何要求?"

丁宝非说:"最好在中心地带,最偏不能偏过老城区。面积嘛,四五十亩左右。"

　　柏筱向单蓉打个手势，单蓉马上从包里拿出一张图纸，铺在丁宝非桌前。柏筱欠身指着图纸说："怎么样？和你们期望的一模一样。前进中大道旁，交通四通八达，十足的黄金地段，盖写字楼再好不过。"

　　丁宝非双手摆平图纸，仔细观看，一会儿，眼睛放起光来，抬头说："柏总，这地真能拿到？听说是黄书记的朋友拿走了。"漆汉昆给他说过这块地，他派人联系过几次，土地部门每次都给顶了回来。后来，通过熟人了解到，此地市委书记打了招呼。

　　柏筱将将刘海，毫不掩饰地说："不是拿不拿的问题，已经是我们的了。只要你们愿意，马上可以谈合作。"

　　"是吗？太好了！"丁宝非满脸堆笑，问，"有何条件？"

　　"三个方案。一是合资，土地评估作价，你们控股；二是合作开发，写字楼我们得三分之一；三是土地溢价转让给你们。"柏筱和盘托出自己的想法。

　　丁宝非想了想，说："三个方案均可行，等我给漆总汇报后再定。"他端起咖啡，"柏总，太好了，给我们解决了一大难题。来，咖啡代酒，敬你一下。"

　　柏筱矜持地端起咖啡，与他碰了碰："好呀，等你的好消息。"

　　丁宝非收起图纸，有点不放心地问："这地你们怎么拿到的呢？"现在房地产市场形势看好，跑马圈地的人如过江之鲫。尤其在黄金地段拿地，不凭关系和权谋，谈何容易？

　　"怎么？怀疑我们的能力？"柏筱目光如炬，神色自豪地说，"八仙过海，各显神通。实话告诉你，罗总就是市委书记的朋友。为拿这块地，罗总脱了几层皮，费了八辈子劲。如果我们的资金转得过来，绝对不会拿出来与你们合作。傻子都知道，现在的房地产项目能赚大钱。"

　　"哦。原来如此。"丁宝非惊诧不已，十分艳羡，加重语气说，"柏总，放心，我一定做好漆总工作。"这时，他口袋里的手机蜂鸣起来，掏出来一看，是方梅，对柏筱歉意笑笑，"不好意思，有点事，先走了。"

　　柏筱点点头，站起来送客。两人走到大堂，碰到两男两女迎面走来。丁宝非诧异片刻，马上堆起笑容，叫了句："刘总。"伸过手去。柏筱认出了两男，一位是虹彩花园物业公司的刘总；一位是芷电的方成。多年未见，两人已发福。尤其是方成，胖得变了型。这两人都是她不愿见的，意外相逢，颇感尴尬。她窘迫地与两人打了招呼，就脱身找阿丽去了。

　　刘总握着丁宝非的手开起玩笑："宝非，不简单呀，把我的老业主、大美人柏总泡到手了。"

丁宝非往后瞧瞧,见柏筱不在旁边,慌乱的心才放下。他清楚,这种玩笑,在柏筱面前千万开不得。他马上黑下脸:"刘总,什么屁话。"

方成指着丁宝非问刘总:"你怎么认识丁总?"他和刘总是老乡,常在一起玩,是那种同过窗、扛过枪、嫖过娼的铁哥。

刘总回道:"他在我手下做过保安经理啊。"

"是吗?丁总,你还有这段经历,我咋不知道?"方成阴阳怪气起来。

丁宝非惊出一身冷汗,隐瞒多年的秘密,被这个方成撞破,恨不得把他撕成碎片。他早就听说方成对漆总意见很大,对熊长远耿耿于怀,对他也出语不逊。底下已有传闻,方成在收集反戈一击的材料。方成视调离燃料公司经理岗为人生滑铁卢,对挪他位和占他位的人怀恨在心。丁宝非脑子飞快地转起来,临时编了句:"噢,当年离开高垴,在联系调动工作时,在刘总手下做过事。"

方成眯起双眼,瞅了他半天,什么话也没说。

丁宝非拍拍方成的肩:"方主席,你们好好玩。对不起,我有事,先走了。"不等对方回话,风一般地逃了出来。

第35章 设陷解危

丁宝非打车来到天香花园,下车后,没急着上楼,而是在小区弯曲的人行道上慢慢散步。方成神经兮兮的目光和阴阳怪气的腔调让他心胸添堵,他不想把烦躁的情绪带给方梅。

初夏的夜晚,凉风习习。已近深夜,院子里很静。月光随树影的摇曳洒下如碎花般的斑点。在寂静的夜色抚慰下,丁宝非的心情慢慢平静下来,边走边梳理这些年的发展路径。这么多年,都顺顺当当地过来了,好在刚才应对自如,未露出破绽。改天,还得请方成喝酒,向他好好释疑一番,最好发展为好朋友。不是有名人说,消灭敌人最好的办法就是把敌人变为朋友?如果他不识相,只有痛下狠手,不是鱼死,就是网破。这时,手机响了起来,是方梅催他。他说到了院子里,马上到家。

打开门,方梅帮他接了手提包,埋怨回得太晚。方梅今晚一头高髻,一袭紧身白裙,显得风姿绰约,娇媚性感。丁宝非忍不住抱住她吻起来。

方梅推开他,娇嗔地说:"快去洗洗,一身臭气。"

两人好久没在一起,免不了又是一场激战。激情完后,两人躺在床上聊天。

方梅说:"前几天接到华丽萍的电话,她在电话里哭了半天,最近她和左总大闹了一场,想离他而去。"

丁宝非大吃一惊:"不可能吧。"前不久她还那么热情,那么执著,虽然背着左兵与他发生了一夜情,但丝毫不减对左兵的忠诚。

"我也这么认为。他们是多年的老情人,不是说分手就分手。"方梅用右手把头支起来,眼睛瞅着丁宝非,"华丽萍有时像个孩子,情绪化过重。左总是个多好的男人,华丽萍肯定离不开他。"

丁宝非问:"为啥闹?"

方梅道:"华丽萍说,左总自出国回来后,对她热情大减。凭着女人的直觉,发现他外面有人。经过几次跟踪,果然发现隐情。对方是位在读女大学生,有一次在宾馆的大堂里逮个正着。华丽萍无法容忍左总的背叛,当着女大学生的面和他撕打起来。"

丁宝非听后心里打了个结。华丽萍这次怎么啦?这不是她的性格呀!他们玩一夜情时,她对左兵的滥情满不在乎。想必左兵这次玩大了,女大学生年轻漂亮,他当起真来,华丽萍肯定拼不过。一对多好的情侣,被女大学生拆散了未免可惜。为了以后的合作,他真的不希望他们散伙。

方梅继续说:"一般女孩在这种场合不是吓呆就是吓跑,而女大学生却不同,帮助左总对付华丽萍。左总怕把事闹大,劝走了女大学生,并当场责怪华丽萍轻率。华丽萍一气之下跑回老家去了。左总也是,这次是他的错,低个头不就得了。他倒好,和华丽萍耗上了,互相不理睬。我真怕他们出事,就给左总打了电话。左总说丽萍就这臭脾气,晾她几天。并解释说和女大学生只是玩玩,在网上认识的,人家有困难,帮助一下而已。后来我劝丽萍,看开点。可她一口气顺不过来,不想和他好了。"

丁宝非锁紧眉头,幽幽地说:"华丽萍这是咋啦?男人嘛,偶尔玩玩女孩子,有什么大惊小怪的,非得要讨出个说法来?"

方梅听了这话不高兴,忽地坐起来,眼睛鼓得像金鱼,点着丁宝非的鼻子狠狠地说:"姓丁的,告诉你,不准有这种念头,否则,我阉了你。华丽萍的做法我支持,不给你们这些臭男人来个下马威,还真以为我们好欺负?"

丁宝非把她按下来,压在她身上,嬉皮笑脸地说:"有了你,什么女人也引不起我的兴趣。你是我的福星,我哪敢有非分之想?"说完,猛吻她的双乳。

方梅推开他,认真地问:"这是你的心里话?"

丁宝非举起右手:"我发誓,有半句假话,天打五雷轰。"

"那好,我信你。"方梅目光里透出期盼,"我不满足现在这种生活,还想往前走一步,你做得到吗?"

丁宝非听了打个激棱,这个期望无论如何满足不了她。他早就了解她的心思,女人和男人不同,一旦动了真情,就要占有对方全部。他多次问过自己,能走出这一步?内心回答是不能。李沁为了家,付出了全部,还有芳芳,是他永远丢不下的。他抱紧她,喃喃地说:"对不起,我做不到。现在这样,不是挺好?"

方梅从他怀里挣脱出来,眼里有一团炙热的火往外冒,胸部急促,语气强硬地说:"我再也不想这样偷偷摸摸了,我要正大光明地和你在一起。"

丁宝非对她的真情万分感动,慢慢劝道:"不急嘛,现在条件还不成熟。再说,你家沈阅会放过你?我这里,也不是那么容易解脱。我们还是现实一点好。"

"不要说他了。"方梅眼里噙满了泪水,"自照片事件以后,他不停地折磨我,明明知道那东西无用,却天天晚上纠缠我,再这样下去,杀他的心都有了。"

丁宝非帮她拭去泪水:"你呀,真不懂男人,他不到四十,正是猛虎阶段,那个东西不行,男性荷尔蒙正盛,就让他折腾一下呗。"

方梅用脚踢他,大叫:"你是男人吗?到底爱不爱我?人家受苦受难,还说风凉话。"

丁宝非双手捉住她的脚,玩笑道:"不敢乱踢哟,踢坏了我的东西,谁给你快活?"

这一说,还真吓坏了方梅,忙凑过来:"没踢到吧。"

丁宝非趁机搂紧她,认真地说:"亲爱的,我知道你的心。其实,我也和你一样,希望天天恩爱在一起。但是,你我都担当了一份责任,不是想怎么样就怎么样。幸福和快乐,有 N 个方程式,看我们如何去求解。这种事急不得,慢慢来,只要拥有,就拥有了幸福。"

"我真的不愿与他过了。另外,怕华丽萍的事在我身上重演。"方梅声音有点沙哑。

丁宝非拍拍她的背,温存地说:"放心,我绝不是左兵。这么久了,还不了解我?"

方梅担心地说:"华丽萍离开了左总,以后日子咋过?"

"你呀,杞人忧天。华丽萍绝对是一时冲动,过不了多久就会回到左兵身边。"丁宝非捏捏她的鼻子。

"但愿如此。"方梅点点头。过了会儿,又回到前面的话题,"我已想好了,今年或明年,准备和他离婚。这种有名无实的婚姻不想再存续下去。"

丁宝非吃惊不小:"你别吓我,好好的,怎么说离就离?"

方梅坚决地说:"对。早就有这个念头。碰上你后,离的决心越来越大。还和他在一起,要么我杀死他,要么我疯了。"

丁宝非推开她,心绪有点乱,最怕她逼婚。前不久才闹照片事件,这时她闹离婚,必定对他产生巨大影响?一旦让李沁知道,后院起火,好日子恐怕到头了。官场上,最忌讳婚变,尤其是第三者插足引发的婚变。如处理得当,好歹能摇摇晃晃渡过。如处理不当,说不定会遭灭顶之灾。想到这,他心里烦躁起来。几个小时前,方成撞破他的隐秘,现在又遭逼婚,教他如何应对?方梅的牛脾气他领教过多次,若是她认准了的理,八头牛也拉不回。离婚之事一定要阻止,否则,麻烦将缠身。他深思熟虑后说:"方梅,你的境遇,我感同身受。你想过没有?你现在已是芷电中层干部,考虑问题要周全,决不可意气用事,和沈阅过日子还没到你死我活的地步。前些日子闹了照片事件,现在又闹离婚,把沈阅逼急了,做出点过激行为,后悔都来不及。你一定要冷静呵,从儿子角度考虑,他将失去父爱或母爱,小小心灵里将埋下终生挥之不去的阴影。那种阴影,足以毁掉他的一生。这样的案例不知多少?我真诚希望你不要做出对儿子不利的事来。从你的前途考虑,婚变可是官场大忌,弄不好鸡飞蛋打,身败名裂,如此得不偿失。至于我,放一万个心,既然答应了你,就会一辈子爱你呵护你。人有感情,不在乎一张纸,只要永远拥有,才是真实。为了儿子,为了你的前途,也为了我的未来,你就忍让一下吧,行吗?"

丁宝非这番话,如电击一般击醒了她的大脑。沉默一阵后,她长叹一声:"唉,这种婚姻,生不如死啊!"

"你呀,得改变思维方式。"丁宝非双手捧着她的脸,温情地望着她,"把你的期望或欲望降低一点,遗憾伴随人的一生,即使伟人也不可能完美无缺。只要不是逼你到悬崖,一切均可通融,断不能和相关的人和事撕破脸皮。内讧,结果都是两败俱伤。慢慢等,也许到了该到的日子,缘分就来了。"

方梅扑进他怀里,娇柔地说:"好,我依你。那你得答应我,除我以外,不得与别的女人来往。"

丁宝非松了口气,警报终于解除。他清楚,这是权宜之计,也许哪天她脾气来了,说不准又犟起来。说实话,他也愿意与她长久厮守,两人现在不光是肉体和情感上的高度融合,更是利益上的密切联系。他应付道:"好,除你之外,不与任何女人来往,包括华丽萍。"

方梅扑哧一笑:"华丽萍除外,但必须我在场。"

丁宝非点着她的鼻子,玩笑道:"你个大醋罐子。下次我就背着你与华丽萍来次一夜情。"

方梅双拳擂他:"你敢,发现你跟别的女人胡来,我先杀了你,再跳楼。"过了会儿,她认真起来,"你们这些成功男,让人放心不下。你看左总,背着华丽萍玩了多少女人?我为她打抱不平。"

是呵,现在有多少不安分的成功男外面都不是彩旗飘飘?他也不例外,前不久还背着她与桑拿女疯狂了几夜呢。话还得从孙在兵说起。那天孙在兵与春娥在都市情邂逅后,心里不是滋味,但又想她来电话,毕竟是初恋,彼此见个面,说说心里话。可是,孙在兵等了一个多月,还没等到春娥的电话。丁宝非坚信自己的预言,不停地给孙在兵打气,叫他耐心等候。两个月后,春娥终于给孙在兵打来电话,约晚上在月亮湾酒店见面。去不去?孙在兵没了主见。两个月里,孙在兵经过深思熟虑,决定把她放弃。不是因为她的堕落,而是因为她的逃避。他觉得,成长中的人特别是女孩子,心理和生理变数很大,就像蚕蛹,蝶变的时候,让你无法辨别是蝶还是蛾?这么多年未见,她又是在那种场所厮混,可以说阅人无数,人生观和价值观肯定大变,过去尤其是孩提时代的情愫也许早已荡然无存,充满在头脑里的不外乎是当前最时髦最扭曲的人生观。虽然他不反对她的职业选择,但不容忍她对他的漠视。在犹豫不决之中,他向丁宝非求教。丁宝非鼓励他去,也许这是一个信号,通过沟通,或许能拂去以往的尘埃。见面的方式很奇特,不是春娥一人,她还带了个漂亮无比的女伴。她自己则素颜旧装,把自己整得像个怨妇似的。女伴叫小红,是她的铁杆。春娥说是为他准备的。孙在兵不懂她的意思,既然见面,还带个外人,多不自在。春娥今天似乎特别高兴,不停地为他斟酒夹菜。有小红在,孙在兵不便谈往事,只简单聊了些家乡事。春娥主动问起他的工作,听完介绍后半天没吱声。喝了几杯酒,春娥说:"那天对不起,失敬。这些天里,我想通了,只求你给我保密。我知道你们男人的心思,今天带小红来,就是给你赔罪。我呢,不做熟人生意。小红今晚纯粹帮我,陪你一夜,不收任何报酬。"小红向他嫣然一笑,点点头。孙在兵沉着脸望了小红一眼,对春娥说:"不说这事好不?"春娥有些生气:"你什么意思?跟我过不去?"孙在兵清楚春娥的意图,想用小红套住他。如果不从,她会一辈子不安。为了解这个结,孙在兵打电话请来丁宝非。小红的美貌和身材一下子吸引了他,这种极品女孩在大街上不多见。孙在兵把他拉到一边,嘀咕了一阵,惹得丁宝非心花怒放。在丁宝非的力劝下,春娥答应了孙在兵的要求。当晚,丁宝非在五洋大酒店开了两间房。孙在兵和春娥住在了一起。丁宝非则和小红则缠绵了一夜。之后,丁宝非又单独和小红约会了几次。

丁宝非右手握成拳,举过头顶,向方梅保证:"为了我们的阵地,绝不在外面插红旗。"

方梅右手抓住他的下身,浪声道:"要这个家伙保证才有用,你们男人呀,是用这个东西思考问题。它偏题了,脑袋就不管用。"

丁宝非哈哈大笑起来,重新把她压在身下。

第二天早晨,两人刚醒来,方梅的手机就响了。方梅一看来显,是华丽萍。丁宝非按住方梅的手说:"等下接,我们打个赌,是好消息,还是坏消息?"

方梅说:"肯定是坏消息。华丽萍说长痛不如短痛。"

丁宝非说:"肯定是好消息。华丽萍经过多日的思考,已决定重新回到左兵身边。"

"行呀,我们看结果吧。"方梅打开手机盖,按了免提。话筒里传来华丽萍兴奋和清脆的声音,"方姐,一大早在干啥?"

方梅开了句玩笑:"和丁总在做爱呀。"

华丽萍嘻嘻笑了起来:"方姐,妒忌死你了。什么时候把丁总借我用用,让我也快乐一下。"

方梅骂道:"找死呀,敢动他一根毫毛,把你剁成肉泥。"骂完后,问,"问题解决了?"

华丽萍大声说:"方姐,我想通了。谁叫我们是女人?在这个男权社会里,是女人就要承受羞辱和压力,有什么办法?脱光衣服,该多的地方不多,该少的地方又多。多的地方,是一种累赘,少的地方,天生给男人享用。悲哀啊,我们不过是男人的玩物而已。既然如此,与命运抗争有何意义?"

这是典型的悲观主义,女人就不是人吗?非得匍匐在男人脚下?方梅不认同这种观点,大声回道:"丽萍,要挺起胸膛,我们不是男人的玩物。左兵那种人,该治的时候要狠狠地治治,不能让他到处留情。"

华丽萍叹口气:"方姐,你有福呀,丁总是好男人。我既然摊上了左兵,只有认命,由他去吧。真离开他,下不了决心。没有他,我还能做什么?哪个男人不偷腥?我又不是他的正室,他老婆都不管,我操哪门子心?这辈子,注定和他没结果,暂且享受过程吧。等哪天他厌倦了,再谈离开的话题。"

方梅不好多劝,只应付性地祝福她幸福快乐。收了电话,方梅眼睛望着天花板,自言自语:"女人真就这么贱?"

丁宝非知道她受到华丽萍命运的感染,心事重了起来。他逗着说:"怎么样,你赌输了吧。华丽萍已经用情很深,不是说离开就能离开。"

方梅斜他一眼,没说什么,起身穿衣,然后到厨房准备早餐去。丁宝非重新躺下,思考今天一天的工作,上午有两个会,下午要去洽谈收购一家纯净水公司事宜,漆总想充分利用主业制水车间的资源,让辅业多一条赚钱的渠道。更主要的是要尽早向漆总汇报与柏筱合作事宜。这块地是漆总梦寐以求的,现在如变戏法般的突然呈现在面前,肯定能让漆总兴奋不已。如此,在漆总面前又立了一大功。他突然想起,漆总今天上午要去省公司参加电力体制改革会议,只有等漆总下午有空时再汇报。当然,最要紧的还是约方成吃饭。这餐饭晚吃不如早吃,晚吃一天,他当保安的事就会被方成多传几圈。如今小道消息像细菌繁殖一样迅速,若不控制,没几天时间,他在虹彩花园当保安的事就会迅速传遍整个芷电。弄不好,连带牵出档案造假事宜,如此,他的前程将终结。他决定,今天晚上必须把方成请出来,再大再重要的事都得为此让路。

上午一到办公室,他第一个电话打给方成,语气十分谦卑,请他晚上出来喝杯酒,地点由他选。方成自到工会后,难得有同事对他这么恭敬,心里自然十分高兴。但他知道丁宝非这餐饭的用意,就故意拉腔拉调,说晚上已有一个约会。丁宝非态度更加诚恳,请他把约会改改,要么把朋友一起带过来。方成假装思索片刻,以无奈的口气答应下来,说地点哪里都行。丁宝非感动得连说几声谢谢。

一天下来,原来安排的工作如期做完,只是漆总开完会后未回到厂里,打电话要他晚上八点到皇朝酒店,饭后听取汇报。他知道这次电力体制改革动作很大,省电力公司在芷电的股权划给 M 发电集团。离开了省电力公司,离开了齐明松,漆总的心情肯定不好。当然,他更不是滋味,以后,没了齐明松这张王牌,境遇如何? 不得而知。为了在电力体制改革中争取主动,漆汉昆断是去了省建投,向崔总及相关部室汇报工作去了。在这种状态下,向漆总汇报辅业工作,效果未必理想。再说,约请方成喝酒是当务之急,其他的能推则推。他给漆汉昆电话,说晚上有点私事,改到明天上午汇报,行不行? 漆汉昆回答说可以。

晚上宴请方成,丁宝非作了精心安排。为了显示心诚,他选择芷都最高档的五洋大酒店。五洋大酒店吃喝玩乐一条龙,住,不用说,五星级,档次摆在哪里;吃,有很多招牌菜,尤其是鱼翅和辽参,其品味和口味,堪称一流;玩,桑拿房里,年轻漂亮、丰满妖娆的女孩任你挑选。他的用意是今晚这餐饭不光要让方成吃好喝好,更要玩好。吃,倒不费思量,上几个高档菜即可;玩,可着实让他伤了一番脑筋。饭后直接带方成到桑拿房,他未必会去,毕竟两人没到不设防的地步。方成不中招,就套不住他,如此,这餐饭就算白吃。最后,他想到了小红。小红不光漂亮性感,身材妙曼,且乖巧伶俐,应对自如。几次缠绵,让他魂销魄散,有过收编在燃料公司的念头。小红习惯了流莺生活,不愿从事收入不高和受约束的工作,因而拒绝了他的安排。他开车去接小红。她以为又是去开房,兴奋得在他脸上啃个没完。丁宝非是她迄今为止遇到过的最棒的男人,且每次给的钱比别人多,只要他电话一来,什么事都得让路。丁宝非推开她,告诉她今晚另有安排。一听完,她就嘟起嘴,老大不情愿。丁宝非说:"帮帮忙,事办成了,奖励这个数。"他竖起一根指头。小红说:"一千?"丁宝非摇摇头。小红又说:"不会是一万吧。"丁宝非点点头。小红眼睛一下亮起来,大叫:"这么多呀,行,我去。"丁宝非如此这般地交待了一番。小红嘻嘻一笑说:"没问题,我是谁呀,把一个大男人哄上床,本来就是我的拿手戏。"

到了酒店,丁宝非叫小红在包房的洗手间将妆弄淡点,以显露少女固有的清纯。小红有点舍不得,那是她化了几十块钱在化妆店定的型。大凡选台的男人都喜欢她这张妖艳的脸和魔鬼般的身材。丁宝非告诉她这种场合不适合这种妆,必须得淡妆。无奈,小红只好悻悻然地进了洗手间。趁方成未到的空挡,丁宝非把菜点好,几个招牌菜全要了。

小红从洗手间出来,丁宝非一看,一个典型的清纯美少女呈现在面前。他忍不住在她脸上狂吻几下,说:"就这样,今晚好好表现。"

约半个小时,方成才不紧不慢地在服务员引导下走进包房。丁宝非上前握了手,把小红介绍给他。

方成右手握住小红的手,左手指着丁宝非打趣道:"丁总果真不一般,有一个如此美丽的小蜜。"

丁宝非笑道:"我们是老乡,有贼心没贼胆。三里之内,放个屁都听得到,还敢与小红玩感情?除非不想活。如方主席有兴趣,把我的小老乡收到帐下。美色可餐,这可是一盆精美大餐,我都流口水了。"

方成松开小红的手,哈哈一笑:"确实是盆美餐,我方某消受不起。"

小红不失时机地献上一个媚笑:"方主席怕小女子吃了不成?"

方成放肆地摸摸她的脸:"本人没丁总胃口大。等哪天胃口大了,再吃你这盆美餐不迟。"

开过玩笑,三人坐好位置。小红自然是挨紧方成坐下。干了几杯酒后,丁宝非开始了今晚的主题，这是他事先构思好的，他说："方主席，今晚您能给面子，我十分感动。有件事得请您包容，当年调芷电之前，我在刘总手下干过保安经理。这段经历，我是隐瞒了组织。您可能知道，高垴电厂因锅炉爆炸事件早就停止发电，无正常事做，加上人员分流，人心已乱，都纷纷自找出路。我呢，请了长假联系调动工作。那时，从西北小厂调芷江大厂不容易。在那段跑调动的日子里，闲着无事，就应聘到虹彩花园做了保安经理。您老乡刘总是个很好的人，对我十分关照。后来，是我叔叔找到齐总，才解决了问题。可时间却耗去了两年多。当然，高垴电厂对我也不薄，在请长假的日子里，没少我一分工资。如果当时如实告诉组织，也不算啥。可我隐瞒了这段经历，毕竟对组织不诚实。所以，请您包涵包涵。这事呢，就不要给我抖出去。我这人啊，挺讲究个完美，不愿别人在背后说三道四。现在呀，有些花边新闻一传播，很容易走样，会把人弄得灰头土脸。拜托了。"说完，端起酒杯，"感谢的话全在酒中。"一仰脖子，杯子见底。

方成笑笑，也一口喝干，用手抹抹嘴，说："放心，不是什么事。可以理解，可以理解。"

其实，今天上午，方成已经和工会办的人作了演播，还引发了一阵热议。芷电上下都知道丁宝非是齐总调进来的，乱议一番自然作罢。人家现在已是漆总的得力干将，怕说漏了嘴引火烧身。现在的人是多一事不如少一事。

办完了该办的事，剩下的任务就是喝酒。丁宝非向小红使个眼色，小红立马活跃起来，不停地向方成敬酒。小红酒量蛮大，喝得十分轻松，举杯就干。一瓶白酒喝干后，方成不干了。小红不罢休，叫服务员又开了瓶白酒，和方成喝起了交杯酒。方成要赖，小红就双手吊在他脖子上，娇滴滴地说："喝不喝？不喝，就吊你一晚。"弄得方成心荡神迷，方寸大乱。为防止冷场，丁宝非不失时机加入战斗，推波助澜。这酒喝了两个多小时，空了 3 个瓶。方成已然大醉，口里不停地说着牢骚话，一会儿骂齐明松，一会儿骂漆汉昆，骂完之后就号啕大哭。丁宝非买了单，和小红一起搀扶方成到 19 楼早已开好的房间。

到了房间，方成坐在沙发上，大着舌头说："这是哪？是我家吗？"

小红接过话说："是，是我们家，我们一起去洗澡吧。"

方成眯起双眼，指着小红说："我们去洗澡，你帮我洗？"

小红说："是啊，我帮你洗，我们一块洗。"说完，就进卫生间放热水。

丁宝非摇摇他："方主席，我走了，你们好好玩。"

方成向他挥挥手："好，好走，不送了。"

丁宝非到卫生间交代了小红几句，轻轻关门离去。

第二天下午,方成给他打电话,埋怨道:"丁总,这不是害我吗?"

丁宝非会声一笑:"方主席,放心,小红是我老乡,我会为你保密。过几天,等您有空,叫上小红,我们到外地散散心。"

方成听后半天没吭声,悄悄把电话挂了。丁宝非悬着的心终于落下,惬意地伸了伸手臂。过了会儿,他给小红打电话:"小红,你真棒,今晚犒劳你。地点待会儿发短信告诉你。"

小红在电话里嘻嘻一笑,调皮地说:"好啊!丁哥,再有这等好事,别忘了我呵。"

第 36 章　　体改浪潮

翌日上午,漆汉昆在办公室听了丁宝非的汇报,令他有点灰的心立马振作起来。这块地算得上黄金地段,明天大厦往哪一竖,芷电又多了一个形象。明天电力集团公司这几年发展速度让人刮目,效益增长成几何级。如果没有目前这场全国范围内的电力体制改革,他原来预定的目标一定会如期实现。山东W 实业的模式就是他的追求。在很短的时间里,W 靠主业支撑,辅业规模超过主业。这艘航母不光在业务上独步天下,还组建了自己的球队,在绿茵场上叱咤风云,任无数英豪向往。做企业家,尤其是做国企的企业家,不把企业做成行业老大,就算不上国企精英。自当上芷电老总后,他就暗暗发誓,一定要在最短的时间内迅速把芷电做大做强。当然,顺带也把自己的财富做大。这次电力体制改革的目的是实行厂网分开,省电力公司改为电网公司,原来管理的发电企业的股权统统移交到五大发电集团,只保留一家水电厂作为调峰。省电力公司在芷电的股权划给了 M 发电集团公司。M 集团实力雄厚,管理先进,其发展思路是突出主业,退出辅业。M 集团一进入,势必会重新审视正在强劲发展的明天电力集团,其发展路径很快就会浮出水面。当然,他不怕 M 集团提出质疑,前些年,在国家电力公司大力发展辅业的号召下,芷电应时组建了辅业公司。在特定的历史时期,哪一家火电企业不都是两条腿走路?好在控股权在省建投,只要崔总的管理理念一以贯之,料必 M 集团也不会强人所难。让他最烦的是从此脱离了省电力公司的管理序列,身受不到齐明松的恩泽了。这份感情,这份寄托,叫他难以割舍！改革，说到底是利益大调整，是人员重整合。在新的管理格局下，原来的发展思路毫无疑问会受到冲击。昨天下午，他接到通知，M 集团近期将派员过来进行尽职调查，摸清电厂资产状况。在 M 集团董事、监事入驻前，有大量工作需他竭诚配合。那时，可不能有半点闪失。明天大厦建设的设想是前年提出来的，趁 M 集团没进来之前尽快实施。虽然昨天大会宣布了电厂自今日起冻结除正常生产外的所有资金和人事安排，但辅业却不在其控制的范畴，这就给了他想象的空间。

"你尽快把柏总给我请过来。"漆汉昆给丁宝非下指示。他要亲自与柏筱商谈，合作方式、价格等必须是双赢。他心里清楚，正天公司有齐总的影子，越是在这关键时刻越要考虑齐总的感受。齐总待他不薄，知恩图报应是最起码的良知，要让齐总感到用他没错。正天公司能拿下黄金地段的地皮，说明柏筱能量非同一般，可作为以后建设明天大厦的依靠。

丁宝非哈下腰，答应后飞快地给柏筱打电话。

柏筱接到丁宝非的电话时正在美容院美容。人过三十，脸上的光泽渐渐失去，尤其是皮肤开始松弛，为了留住青春和美丽，她听信了阿丽的建议，每周做两次脸部美容。听说漆总马上要见她，她兴奋地从美容椅上跳起来，对美容师说改天来做，拿起手袋，快步走出美容院，用遥控器打开车门，发动车子，独自一人驾车前往。才和丁宝非接洽，漆汉昆就迅速做出决定，说明芷电多么渴望这块地啊。这两天，她和罗正平又认真研究了几次，基本想法还是自己开发，可琢磨来琢磨去，资金缺口终是无法解决。罗正平知道这块地的价值，如果转让出去，至少可翻一番。可他不能这么做，炒地皮不是他的初衷，否则难以面对黄金河。黄金河能把这块地给他，正是基于他盖写字楼的设想。按照规划，这宗地是商用写字楼。罗正平的意见，在与芷电谈合作时，应把价格抬高点，即不亏待自己，也不难为芷电。柏筱边开车边思索，这是考验她商业谈判能力和智慧的时刻，把握得当，正天公司能从中赚回不少。问题是对方不是一般性的商业伙伴，而是兄弟般的商业朋友，过于计较，势必影响现在和未来的合作关系。她希望漆汉昆能有这个雅量，自觉把价格抬上来。即使上涨一倍，芷电也不会吃亏，这个账，漆汉昆一定算得过来。

丁宝非早就在芷电厂大门口等她。车一到，黑白相间的挡杆就慢慢抬了起来。柏筱摇下车窗，冲丁宝非笑笑，叫了句丁总好！丁宝非回了句柏总好，并向她打手势，指示车子往里开。

柏筱泊好车，从车内刚跨出来，丁宝非的双手就伸过来。柏筱伸出兰花指与他握了握。丁宝非在前面引路，一边寒暄一边引着她往漆汉昆办公室走去。

见柏筱进来，漆汉昆马上从办公桌后面站起来，绕过桌子，伸出双手与她使劲握握，请她坐到沙发上。漆汉昆在她对面沙发上坐下。丁宝非泡好茶，在两人面前各摆上一杯，然后退出办公室，轻轻把门带上。

漆汉昆把丁宝非交给他的图纸摆到茶几上，指着图纸说："柏总不简单呀，一块如此好的宝地被你们拿到手。不瞒你说，我早就打过这块地的主意，叫丁宝非去谈了多次，总是空手而回。"

柏筱摆摆手，道："不敢夺人之功，这是罗总的功劳。虽然罗总与黄书记是同学，能拿下来，也是费尽心机，吃尽苦头。现在衙门里是菩萨好供，小鬼难缠。在跑地的几个月内，罗总脱了几层皮，瘦了几大圈。那些潜规则呀，说出来让人心惊肉跳。有啥办法？这个社会就是这么回事。假若没有过硬关系，想拿这块地只能是做梦。即使有黄书记批示，有韦秘书长引路，在体制面前，也是一路受阻。求爹爹呀，告奶奶呀，叩头呀，拼酒呀，陪桑拿呀，明要暗索呀，等等。罗总说，这次他真正体会了做孙子的苦衷，下辈子再也不干这种事了。"她来个欲擒故纵，把拿地的困难说成天大。

漆汉昆边听边点头："那是，那是。现在搞企业呀，一个字，难。政府大会小会都说要净化投资环境，净化来净化去，可办事效率越来越差，办事成本越来越高。不过，罗总最终拿下了这块地，脱几层皮，瘦几圈，值。"

"本来嘛，罗总费老鼻子劲拿地是想自己开发，谁都知道，现在搞房地产大有赚头。可是，没想到资金周转不过来。罗总的意思是把地卖掉，尽快回笼资金。我没同意，你想，黄书记冒风险把地批给正天公司，你不自己开发，炒地皮赚钱，外面一传，不是给黄书记难堪吗？再怎么着，也不能给黄书记抹黑呀。于是，我想到了漆总，想到了您明天大厦的宏愿。毕竟我们有过多次美好合作，罗总马上同意。怕您忙，先给丁总打了招呼，没想到漆总办事效率这么高，马上约见我。我代表罗总，对漆总的信任表示衷心感谢！"她刻意故弄玄虚和夸张了一番。

漆汉昆抽支烟，点燃后深吸几口，说："谢谢柏总，凡事都能想到彼此，说明我们的合作超出了商业伙伴关系，已升华为朋友关系了。这块地非芷电莫属，无论你提什么条件，我都接受。"

柏筱恣意地笑笑："漆总大度，谢谢厚爱。我和罗总不会漫天要价，为了感谢多年的关照，略低于市场价就行。关键是要选择合适的合作方式。"她十分了解漆汉昆的为人，对十分熟悉的人谈生意，向来是大度大方。这种豪爽的谈判方式，让你既感动又不好得寸进尺。

　　漆汉昆把烟捻灭,爽快地说:"我这人向来不绕弯,之前,我到土地评估公司询过价,这块地现在的市场价每亩值 400 万。不清楚你们拿下来花了多少,我想肯定会少于这个价。两个方案,第一,每亩 400 万转让给芷电,这个方案你前面说过不好操作,但可以名义合作;第二,40 亩转让给芷电,你们留下 10 亩作为参股。无论哪个方案,把款打过去后提 300 万给我们作活动经费。"

　　两个方案都很诱人,完成交易后能赚一倍多。全部转让不是罗正平的目的。第二个方案最优,转让 40 亩后,不光赚回 3000 多万,还保有 20% 的股权。她抑制不住内心的喜悦,搓搓双手,站了起来,痛快地说:"我同意第二个方案。款打过来后,增加 100 万,提 400 万给你们。"

　　漆汉昆愣了一下,没想到柏筱会给他多提 100 万。他说:"行。第二个方案,就这么定了。400 万打过来后返还你 100 万。"

　　柏筱推脱说:"给我个人的就算了,我不能瞒着罗总捞外快。"

　　漆汉昆笑笑:"这种方式最妥,不要多说。"

　　柏筱马上会意,漆汉昆怕她将提成消息外泄,用 100 万回扣把她的嘴封住。她只好同意,说:"行。我跟着漆总发财。"

　　是否双赢? 柏筱不清楚,她只知道正天公司从中赚了不少。而漆汉昆呢,比柏筱更高兴,这块地属黄金地段,出这个价,不亏。市场就是这个价,况且不费吹灰之力,几乎是天上掉馅饼。他感慨朋友的真情,伸出双手,对柏筱说:"给我解决一大难题,拥抱你一下,以示谢意! "

　　柏筱从没见过漆汉昆这么真情流露,感觉他是发自内心,就主动张开双臂,向他靠近。漆汉昆熊抱她一下,赞美道:"你是女人中的精品,谁拥有了你,谁就拥有这个世界。"

　　"漆总过奖了。"柏筱羞赧一笑,松开他,"听丁总说,漆总夫人德比长孙,貌赛貂蝉,是芷都第一美女。有机会,让我开开眼界哟。"

　　漆汉昆欢心地骂了句丁宝非:"浑小子,尽说瞎话。"

　　"今晚是否庆祝一下?"柏筱问。她真想与漆汉昆一醉方休,自认为是出道以来办得最漂亮的一件事。

　　漆汉昆皱皱眉:"下次找机会吧。这段时间分身无术,电力体制改革,大量的工作压下来。这不,为做好股权交接,省电力公司今天来了一拨人,要进行账目清理,晚上少不了作陪。过几天,M 集团又要派财务人员过来做尽职调查,我都快成三陪了。合作之事,我会交待丁宝非,力争在最短的时间内完成相关工作。以后大厦的规划、设计等,柏总你可要多担当喏。"

"愿为漆总效劳。"柏筱向漆汉昆鞠了个躬。

离开漆汉昆,柏筱给罗正平打电话通报好消息。有如此美好的结果,大大出乎罗正平的意料,他在电话里不断地赞扬她,令她飘飘然起来。接着她又给齐明松打电话。齐明松正在开会,捂着话筒说了几句好字就挂了机。她还兴犹未尽,又给单蓉报喜,单蓉也兴奋得不得了。

购地时罗正平多了个心眼,专门在正天电力工程公司下面注册了个独立法人的房地产公司——正天房地产有限责任公司。当时柏筱不解,认为没必要多设个层次。罗正平解释说为了区别正天公司原有业务,并留有和其他公司合作的余地。现在想来,罗正平这招真绝,真有眼光。如此一来,和芷电合作就简单得多了。明天电力集团公司和正天电力工程公司只签署一份正天房地产公司80%的股权转让协议,就完成了交易。协议签署半个月后,丁宝非将3000多万元打到了正天公司账上。后面的动作均按漆汉昆的设想进行。

就在丁宝非和柏筱紧锣密鼓地开展明天大厦建设前期工作时,芷电电力体制改革大幕也顺利落下。M集团接管了省电力公司所拥有的股权,派出了董事和监事,副董事长是M集团运营协调部张方总经理兼任。张方是芷江省人,漆汉昆前几年在国家电力公司企业管理培训班上与他同过3天窗。因是老乡,两人单独喝了一次酒。前年,张方奔父丧,漆汉昆妥善安排了芷江省内的行程。有了这些交往,漆汉昆与张方算是老朋友了。

在新一届股东会和董事会上,张方代表M集团发言,对芷电的成绩给予充分肯定,对发现的问题也毫不留情地给予批评。张方在场面上给人的感觉是那种公私分明、原则性强、仗义执言、秉笔直书的人,但也不失张弛有度、巧言善辩。M集团财务人员的尽职调查,提出了不少会计信息失真的问题,尤其是主业与辅业的账目往来过于复杂,表面看,辅业与主业已分离,实际上还是千丝万缕,许多历史老账难以一时理清,存在辅业侵占主业利润的嫌疑,如主业发放工资人数比实际人数多出30多人;又如主业购进燃油价高,卖给辅业加油站价低;值得注意的是,主业提前预付购煤款数额过大,仅利息一项每月就多付出几百万;还有主业为辅业融资担保。张方要求芷电管理层近期对这些问题进行有效整改,彻底厘清主业与辅业的关系。

作为董事长崔燕对此情况略知一二,但没M集团尽职调查这么详细。她要省建投副总也是芷电监事会主席谢华新作出解释。谢华新说会计事务所每年的审计报告略有涉及,但反映不全,可能是芷电提供的会计数据有误。他表示会后再组织力量进行全面审计,给两股东一个满意的交代。谁都清楚,现在有的会计事务所为了揽业务,什么真实性呀,公允性呀,均是一把弯曲的尺子。只要单位所需,审计结论可做到与单位领导的期望大同小异。你想想看,中介机构人员整天被所审单位的头头脑脑陪侍,算不上上马一提金,下马一提银,可天天晚上好酒好肉、歌厅桑拿,把你侍候得爽爽快快和晕头晕脑,不剑走偏锋才怪呢!这些人未必六根清净,难免脱不了俗。他们工作实际很简单,把单位提供的账本仔细审一遍,和单位领导一沟通,审计结论就出来了。M 集团财务人员为什么在短期内能把再简单不过的问题查出来? 主要是他们排除了单位陪侍人员的干扰,真正做了尽职调查。

能责怪芷电管理层在经营管理中未做到独善其身? 不能。那时候全国的火电厂都这么干,芷电也没另辟蹊径,只不过步伐大了点,漆汉昆等人借势为企业为自己扩大了路径而已。有这个土壤气候,柴藤毛地黄就会宜地生长,除非你采取排他措施。M 集团在全国自我救赎和警醒得比较早,为突出主业而勇敢地毫无保留地斩断了输出主业利润的链条,进而赢得了同行的喝彩和效仿。

漆汉昆毫不怀疑芷电为主业分流人员而大力发展辅业的行为有什么过错。他听完张方的批评和谢华新的解释后,在未得到董事长的允许下站起来作了如下辩解:

"自芷电新领导班子成立以来,就一直秉承三个有利于,即有利于股东、有利于企业、有利于员工的事就大胆去试、大胆去做。应该说,这些年来,我们在董事会的领导下,基本上完成了股东会、董事会下达的各项任务。一、在发电形势不利的情况下,我们积极探索减人增效的途径,精简了主业岗位富余人员,实行一岗双责,充分调动了主业人员的工作积极性,力争多发电,多创效益,确保国有资产保值增值,努力为股东创造最大回报。二、着力做大做强芷电,在大力发展主业的基础上,努力开拓辅业的发展路子。企业是员工之家,是员工成长的大舞台。作为员工的领头羊,我有理由,也应该从芷电的实际出发,多渠道、多路子开拓发展和不断壮大芷电的实业。三、共产党的执政理念就是要为广大人民群众谋利益,要让改革成果惠及大众。作为芷电的员工,有理由享受改革的成果。芷电自成立以来,员工的收入增长缓慢,与同行收入相比,一直处于下游。如何稳定这支队伍?是我们的头等大事,省内和周边省份新火电厂一建立,我们的骨干蠢蠢欲动,至今调出了 20 多名。难道是我们的发展环境差? 是我们的管理机制落后? 不是。是我们的收入上不去。这么多年来,芷电的工资总额一直保持不变,理由是主业岗位人员已精简。若要马儿跑得快,又要马儿不吃草,这是天方夜谭。为了留住人员,为了提高员工的收入,我们只好在现行政策内采取变通办法。如 M 集团尽职调查报告中提到的发放工资人数与实际不符,就是一种变通办法。表面上看违反财会规定,实际上呢,我们又没突破工资总额。在董事会核算的总额内,如何发放工资应该是我们的权利吧。所提出的燃油存在高进低卖现象,我想只是一种技术处理而已,可能手续上有些瑕疵,以后坚决按规定改正。至于燃料公司占用主业购煤款数额过大的问题,我会后组织人员认真疏理一下。不过,话说回来,今年我省工业形势看好,用电量急增,燃煤自然得跟上,省经贸委多次下文,要求各发电企业多备煤,多存煤,打好迎峰度夏这一仗。为此,购煤款不能拉后腿。当然,这有个技术操作问题,各位领导提的意见,我们一定按要求改进。"

漆汉昆这套理论对崔燕来说耳熟能详,虽有微词,也在可接受的范围内。她说:"M 集团的管理理念在行业内居先,有老大哥加盟,对芷电来说是重大利好。我们要把 M 集团先进的管理方式移植过来,发挥现代企业制度的作用,强化质量和安全管理,加强对标管理,节能增效,严控成本,主辅分离,充分调动员工的积极性,确保股东利益最大化,把芷电建成省内一流电力企业。张总刚才一番发言有水平,有实践,有真知,芷电一定要认真组织学习,并贯彻执行。监事会要加大财务监管力度,督促芷电尽快解决主辅分离问题。"接下来,她着重肯定了芷电这些年为发展和稳定所作出的努力和成绩,并勉励芷电经营班子要一如既往搞好团结,强化管理,关爱职工,为芷江经济发展作出应有贡献。

新的股东和董事会既是吹风会,又是整改会。说吹风会呢,释放了新的信号,以后辅业的发展将受到严重影响;整改会呢,过去那一套做法已经不能再用了,干什么都得按新股东的要求行事。

会后的当天晚上,漆汉昆抓紧做一件事,拜访崔燕和张方。离开了省电力公司和齐明松,以后的靠山主要是两位正副董事长了。有了柏筱返回的活动经费,漆汉昆底气足了点,给两人各准备了一张 5 万元的银行卡。本来想多给点,怕弄巧成拙。

他先拜访张方。私下里张副董事长态度好多了,像兄弟般亲热地把他按在沙发上,然后唠起了家常。说起主辅分离时,张副董事长友善得很:"汉昆,你根据情况看着办吧。辅业走到这步不容易,说断就断,可能不符合芷电实际。好就好在芷电前年就在账面上把主辅资金往来厘清了,所谓关联交易,慢慢理吧,进度你自己把握。但有一条,辅业承接主业各项业务必须走正规渠道,再也不能个人说了算。有些关联必须得有个说法,如租用主业固定资产,价格就不能像过去一样这样低了,让主业至少能赚回利息吧。总之,不要为辅业过度扩张所累,请你好自为之。"

漆汉昆边聆听边点头，表示坚决照办。走时把银行卡放在他面前的茶几上。张方推脱再三，拗不过漆汉昆的固执，只得苦着脸收下。

拜访崔燕时直接去了她家里。萍萍刚好在家，正与妈妈争论什么。小姑娘已是大四学生了，长得亭亭玉立，落落大方，美丽动人。见漆汉昆敲门进来，萍萍叫了句漆叔叔，勤快地端水泡茶。

漆汉昆夸奖说："萍萍越来越懂事，越来越漂亮了。"

萍萍莞尔一笑，像只快乐的小燕子轻轻跳进自己的房间，而后又转头对崔燕做个鬼脸，娇柔地说："反正你得好好考虑一下。"说完，门"哐"的一声关上。

漆汉昆刚才在门外隐约听到出国两字，估摸小姑娘闹着出国留学。现在有股时风，政府高官、大学校长、国企老总的孩子纷纷加入出国留学潮。国内教育体制已到了癌症晚期阶段，升学考试、课堂教学、课外实习、毕业论文等环节无不像癌细胞一样侵蚀着每个莘莘学子的创造力和开拓力。为了不成为癌症患者，有远见的家长和有志向的青年把发展的目光放在了美国、英国等发达国家上，去追寻那种开放和创造性的教育方式。

"如果没有猜错的话，萍萍想出国留学。"漆汉昆对崔燕说。

"这丫头不知抽哪门子风，今天一进屋就嚷着要出国留学。我这条件这境况，能让她去？"崔燕招呼他坐到沙发上。

"应该让她去，我支持。年轻人就要敢于出去闯，出去拼。当年邓小平16岁远涉重洋寻找革命真理，使中国多了一个伟人。如果没有这个特殊经历，邓小平可能具备不了世界眼光。有什么困难的话，包在我身上。要不，我认萍萍做干女儿，不知崔总舍得不。"漆汉昆望着崔燕，等待她的答复。

门被打开，萍萍伸出头来，忽闪着大眼睛说："我同意，今后有理解我疼爱我的干爹照应，不怕走遍天下。"

"好呀。"漆汉昆站起来，走过去牵了她的手，让她与自己并排坐在沙发上，"我能认上这么乖巧漂亮的女儿，是我前辈子修的福。崔总，女儿都同意了，您就点个头吧。"

崔燕骂了句："死丫头。"然后嗔怪地说，"什么都由着性子来，真没办法。也罢，这次就依了你。还不赶快叫干爹。"

萍萍转头甜甜地叫了句："干爹。"

漆汉昆痛快地应了句："哎。好女儿。"摸摸她的头，然后掏出皮夹，抽出一张卡，放在萍萍手上，"这是干爹的见面礼。今后缺什么，说一声，干爹第一时间保证送过来。"

萍萍毕竟见过世面，怕之中隐含其他目的，不肯接受，把卡放在漆汉昆膝盖上。

漆汉昆假装生气："萍萍，这就见外了，既然认了干爹，就要相信干爹的为人。"又把卡塞回到她手里。

萍萍眼睛盯着妈妈，看妈妈的反应。崔燕说："你自己决定吧。"萍萍见妈妈松了口，高兴地说："那好吧，干爹的东西不拿白不拿。"

崔燕把萍萍催回房间，说要与干爹谈点事。萍萍吻了一下漆汉昆的额头，嗲着嗓子说："好吧，干爹谈您的工作，干女儿走耶。"

两人接下来谈工作，其氛围就显得亲密无间了。崔燕说："主辅分离，是大势所趋，你要有心理准备。应该说，芷电的辅业发展相当好，势头挺猛，为主业分流人员作出了应有贡献。M 集团作为新股东，其治企理念一定会对芷电产生影响。况且他们突出主业、退出辅业的思路符合国资委的监管思想。照此下去，以后所有电力企业都得走这条路，晚分离不如早分离，把辅业推向市场，在市场大海中早日争得一席之地。张总同意你们主辅渐渐分离，是给你们一个缓冲期。我也同意他的意见，有些事还得讲点实际和辩证法。至于主业，争取多出力，越是满负荷发电，越要注意生产安全。"

漆汉昆说："董事长指示一定照办。主辅分离后，最大的问题是分流到辅业的人员人心不稳，现在有不少员工提出要重新回到主业。如此，改革就得走回头路。"

崔燕沉思片刻，说："你再想想办法，让分流到辅业的人员留下来，不外乎是收入和发展舞台的问题。如果留在辅业的人员前景和现状比主业好，问题就迎刃而解。"

漆汉昆满口答应："好吧，我试试。"

第 37 章　姐弟情谊

显然，明天大厦的建设没受到主辅分离政策的影响。在丁宝非、柏筱日以继夜地拼命工作下，明天大厦的规划和设计先后获得通过。因为有韦秘书长照应，规划部门一路绿灯。开工报告也提交到建设部门去审批，获准通过只是时间问题。前期工作完成后，柏筱就较少介入后续工程的建设。因为施工单位的选择基本是漆汉昆内定，丁宝非也只是具体实施而已。

当柏筱获得喘息之时，一个不利消息从平山电厂传来。平山电厂在这次电力体制改革中的股权划归 H 发电集团，并成为 H 集团的全资子公司。H 集团一接管后，立即对所有资产和经营合同进行清理。正天公司的供煤合同被摆到桌面上，新董事长要求解除合同，理由是以后的煤炭采购全由 H 集团燃料部负责。蒋松立时傻了眼，与正天公司的合同期还有一年，单方面终止合同，势必会引发法律纠纷。他清楚，此事经不起曝光，只能私下妥善解决，否则，他的官路将有麻烦，还会把齐明松拖累。这种结果，绝不允许出现。

柏筱带上单蓉很快赶到平电。蒋松在办公室接待了她俩。

"蒋总，难道一点办法也没？"柏筱屁股还没坐稳，气还没喘完就急着问。

蒋松给她俩沏上茶："先不急，喝口茶再说。"而后，自己端杯茶坐在她俩面前。

柏筱喝口茶，清清嗓子："能不急吗？真是的，H 集团难道不讲信用，不讲法律？"

俗话说，一朝天子一朝臣，一朝臣子一朝调。新董事长年轻气盛，居高临下，听不进别人的意见。蒋松在会上多说了两句，得到的是"不换思想就换人"的回答。人在屋檐下，怎敢不低头？只能按新董事长的意见行事。H 集团统一采购的管理理念绝对正确，问题是要正视现实，该有个过渡期。他相信，新董事长的意见并不代表 H 集团的经营理念，新官不理旧事，新规不纳旧约的做法绝对要碰壁。也许是新董事长经验不足，书生意气，待撞了南墙后才知回头。这些内情他是不能告诉柏筱的，只能按董事长的要求做好工作，他说："要相信 H 集团，相信董事长。堂堂大央企，肯定讲法律。据说 H 集团接管了全国各地一些电厂后，都实行了这个政策。平电当然不例外。这几天，我正在琢磨此事。既然你们来了，我们好好商量一下，力争妥善处理好。"

"怎么个妥善？"柏筱问。在来的路上，她已经想好了一个应急预案，如果平电的处理方案能和预案按近，就委曲求全。

蒋松说："中止合同，给予适当补偿。"

柏筱吃惊不小，斩钉截铁地说："不行。必须履行合同。"她心里清楚，放弃合同，就意味着放弃四五百万元的利润。适当补偿，离这四五百万肯定有巨大差距。为了保证这笔巨额利润，必须抗争到底。

蒋松脸色陡变，心里不悦，她的态度让他十分难堪。过去为了拿到合同，在他面前唯唯诺诺，毕恭毕敬。现在他遇到困难，她却寸步不让，十足的奸商性格。他站起来，在室内踱起方步，点燃烟默默吸着，思索应对方案。

柏筱又说："蒋总，这件事，讲低了，是利益问题；讲高了，是法律问题。现在是法治社会，所有经济活动必须在法制范围内运行，脱离了法律的轨道，社会经济无秩序可言。作为央企的 H 集团，难道这点道理也不懂？"

蒋松露出不满情绪："柏总，话不能这么说。作为一家实力雄厚的央企，依法治企是其基本原则。有些事，点到为止，真正上升到法律层面未必对你有利。有的时候，还是要侧重情面。我和齐总是体制内人，相信你会理解内义，真到了那一步，你能开心？"

单蓉忍不住插话："蒋总，柏总不是这个意思。其实我们心里明镜似的，谁都不愿中止合同，只不过是受到上面压力。新董事长如此行事，不光否认了蒋总过去的成绩，更是对蒋总以往决策的漠视。说实话，中止合同并不难，难的是输不起理，输不起法，更输不起情面。到了这时，不应责难，应共商对策。"

柏筱向单蓉投去感激一瞥，连忙向蒋松赔礼："对不起，蒋总，一时心急，没把意思表达清楚，让您心烦了。"

蒋松重新坐下，端起茶杯喝了几口，不紧不慢地说："其实我也有难处，哪有自己打自己嘴的事？早知电力体制改革会到这个程度，就不会与你们签下这份合同。当然，马后炮了，后悔也无用。有些事件，退一步天地宽。"

柏筱不可能轻易言退。她清楚，平电并入 H 集团，省电力公司以后难以插手。已经是嘴里的肉，吐出来多可惜。即使难为蒋松，也是迫不得已。这个时候，利益和情面，柏筱分得清清楚楚。商人的超级智慧，就在关键时刻体现。她说："蒋总，请理解我，我真的不能退。我们生意人，拿下一单业务不容易，当时，没您蒋总的大力支持，也不可能有这份合同。对您的关心和支持，我柏筱没齿不忘。在市场经济中，企业的诚信就是遵守经济法则，如果 H 集团，或新董事长一意孤行，损害的将是平电的信誉和未来。董事长不考虑这个问题，您总经理应当考虑。"

蒋松直视柏筱，无言以对。柏筱的话不无道理，董事长提出中止的合同不止这一份。如果其他公司跟着起哄闹事，或上诉法庭，影响的不仅仅是平电的形象和信誉，还有他以往的政绩。既然和柏筱谈不拢，只好把问题交给她自己去解决。他说："平电的燃料采购业务全部划给集团燃料部了，履行合同的权力在集团燃料部。你的合同中不中止，请你自己去做工作。要么请齐总出面与董事长沟通一下。听董事长说,两人七年前就认识,本来董事长上次想见见齐总,只是因家里有急事匆匆赶回了北京。"

柏筱心里骂蒋松王八蛋,把难题踢给她和齐明松。说心里话,她是不愿让齐明松在生意上介入过深,这也是齐明松的性格。她说:"蒋总,我想还不至于去惊动齐总吧,只要您蒋总再想想办法,没有过不去的坎。"

单蓉抢过话说:"是啊,蒋总,办法多的是。我提个建议,行吗?"

蒋松偏过头去:"愿闻其详。"

单蓉说:"我们可以给平电一份律师函。蒋总您拿着律师函找董事长再做做工作,假如董事长还执意不改,我们再请齐总出面。真打起了官司,董事长的面子也不好过。"

蒋松想了想,说:"试试看吧。不过话说回来,你们还得有个思想准备,多作几种打算。世上的钱嘛,是挣不完的。看在情意份上,能通融的尽量通融,没必然弄成这么僵。看在老领导齐总的份上,我再厚着脸做做董事长的工作吧。"

柏筱站起来,双手抱拳,向蒋松鞠了一躬:"谢谢蒋总,您的大恩大德,我柏筱永生不忘。"

蒋松摆摆手:"不用客气。"

柏筱问:"蒋总晚上有空? 能否赏个脸,请蒋总喝杯酒?"

蒋松再摆摆手:"不用,不用。以后再说吧。"

这时,办公桌上的电话响了,蒋松过去接了电话,嘴里"嗯"个不停,仿佛是谈项目之事。柏筱从包里拿出一张银行卡,悄悄走到蒋松身后,把卡放进他的衣服口袋里。蒋松有所觉察,转身掏出来,把卡递给她,用眼色说不行不行。柏筱与单蓉赶紧退出来,把门一关,撒着大脚跑了。

半个月后,蒋松传来消息,已做通了董事长的工作,原有合同继续保持。柏筱在电话里谢个不停,悬着的心终于落地。

电力体制改革同样打乱了邹雅琴的阵脚,在各电厂的供煤业务受到严重影响。这段时间她不停地约丁宝非、熊长远吃饭。鉴于以往教训,两人像躲瘟神一样地躲她。于是,她转头约柏筱吃饭。经过多次交往,柏筱对她已没有戒备了,只是一直瞒着齐明松。她觉得邹雅琴并没齐明松说的那样可怕,和这种热情大方、能力极强的同性交朋友,不光能提振自信,还能学到很多生意经。

晚饭还是定在玫瑰酒屋紫薇包房。邹雅琴要她把阿明带来。柏筱好久没见阿明,也想见见。她已把阿明当弟弟看待了,也不知为什么,只要一想到他,心里就会泛起漪澜。电话半天才打通,阿明告诉她在老家,3 天后回来。柏筱一时有点失落,阿明似乎感觉到了,电话里大声叫了声姐姐,说回来再在一起坐坐,有好多话要跟她说。这段时间,两人在电话里聊过几次,阿明面临毕业,一直在为就业奔波。开始他想到柏筱公司,觉得自己不是做生意的料,就放弃此想法。他向柏筱讨主意,她也没辙,叫他根据自己的特长把握机会。

柏筱比邹雅琴晚到半小时,推开包房时,邹雅琴和阿平正在搂抱接吻。柏筱见状赶紧往后退缩。邹雅琴松开阿平叫起来:"进来,进来,大惊小怪的,又不是没见过。"柏筱笑着说:"怕坏了你们的好事呀。"邹雅琴骂道:"坏你个头。"然后又问,"阿明没来?"

柏筱在他们面前坐下:"阿明回老家了。"

邹雅琴狠瞪阿平一眼,埋怨道:"咋不告诉我?害得柏总打单。"

阿平撇撇嘴:"阿明没跟我说呀,你也没要我叫他啊。"

"算了,算了,不像你们卿卿我我,我们只是普通朋友,见不见无所谓。"柏筱把包放在凳子上,问,"菜点好了吗?"

邹雅琴向门外大叫一声:"帅哥,上菜。"

菜陆续上来,烩鹅肝,焗蜗牛,生鱼片,鲜鲍菇,沙朗牛排,冰镇龙虾,一道道都是精品菜。柏筱望着邹雅琴:"你发财啦。"邹雅琴笑笑:"难得高兴。"阿平眼睛发亮,啧啧称奇,拿起筷子大快朵颐,连说:"好吃,好吃。"邹雅琴要了一瓶拉斐,每人倒了小半杯。

柏筱端起高脚酒杯慢慢摇晃,轻呷几口,咂咂嘴,柔和清香,余味绵长。然后放下杯子,漫不经心地问:"生意还好?"

邹雅琴把杯中酒喝完,叹口气:"真是世事难料,这电力体制改革,把我多年培植的关系毁了。又要花大力气重新布局,真不省心。"

柏筱露出苦笑,调侃道:"你还有苦恼?"她认为,凭刘副省长的关系,大世界贸易公司无论碰到什么困难,应是遇水搭桥、逢山开路?在政府主导的市场经济中,权力就是通关钥匙。

邹雅琴霸道地说:"不准嘲笑我。"然后就倒起了苦水。芷江省凡被几大电力集团公司接管的电厂,煤炭采购都被集团燃料部或燃料公司垄断。只有几个地方控股的电厂还在履行供煤合同。上次煤质纠纷的阴影还笼罩在丁宝非和熊长远头上,他们不愿见她,令她心里不安,希望柏筱能帮助她化解危局。

"我试试看吧。"柏筱只能这样表态。她不清楚丁、熊两人的真实意图。好在正天公司是新远燃料公司的股东,只要新远燃料公司对芷电的煤炭采购业务不动摇,双方的合作关系就不会停止。但她也有担心,怕省建投移植 M 发电集团煤炭管理的模式,如此,新远燃料公司就没存在的必要。当然,这是她不愿看到的,如真到了那步,只有听天由命。

"拜托你把丁总、熊总约出来吃顿饭。"邹雅琴近似哀求。

柏筱说:"没问题,不就是吃顿饭吗?相信这点面子他们会给的。"

邹雅琴脸上顿时放光:"谢谢,谢谢!等渡过了难关,一定重谢!"又向柏筱举杯,喝干后,放下杯子,向柏筱凑过脸去,神经兮兮地问,"怎么还没把阿明搞定?说,要我帮忙?"

柏筱推开她,啐道:"别浑了,学不了你。"这时,包里的电话响了,她拿出来一看,是齐明松的,打开手机盖接了。齐明松问她在哪里,她回答在酒店应酬。齐明松叫她早点回来。

邹雅琴嘻嘻一笑:"情人?看你个乐样。"

"去,去。老不正经。对不起,我先走了。"说完,提起包就往外走。

回到虹美花园,齐明松已坐在厅堂沙发上抽闷烟,好像有什么心事。她走到他面前,扶着他的肩,问:"今晚咋这么清闲,吃了?"

齐明松抬头望着她:"跟谁应酬?"

柏筱不敢说实话,应付道:"生意上的几个朋友。"

齐明松哦了一声,没追问下去,拉她坐在身边。厂网分开后,省电力公司只管电网和供电。按理说,业务量少了,领导班子成员也应相应减少。可事与愿违,领导班子成员反而要增加。下午刚上班,他接到国家电力公司分管干部的副总经理电话,说芷江省电力公司总经理与党组书记分设,决定派网局副总经理方理任党组书记。3天后过来宣布决定,要他作好思想准备。理由是为了加强领导班子力量,建立相互制约和有效的监督机制。副总经理为了安抚他,对他过去的工作成绩作了充分地肯定,劝他不要有其他想法,电力体制改革后,所有省级电力公司都是这样配备。他能有什么想法呢,只得表态服从决定。放了电话,他的情绪降到了最低点。这些年来,他在班子里树立了绝对的权威,多是看他的眼色行事。来了个党组书记,虽是排老二,职务上相互交叉,权力上又互有侧重,以后议事决事就要受到掣肘,再也不会出现一呼百应的局面了。晚上有个接待,简单应酬完后就匆匆来到这里。柏筱已成为他烦恼的排泄池和情感的栖息地。

柏筱听完他的叙述后,温柔地搂着他,不停地安慰:"没事的,没事的,适应了就习惯。还好,一把手还是你,以后和书记相处,多几个心眼就是。你呀,长期一人独尊,也得有人监督,别弄得飘飘然。"接着开了句玩笑,"不是有人说,缺乏监督的权力,必然会产生腐败。"

柏筱的风趣把齐明松逗笑了。他点着她的鼻子说："你是当纪委书记的料。"

柏筱撒起娇："我就是你的纪委书记，以后有什么想法都得向我汇报。"

齐明松的心情好多了，郁闷只要一解开，天空顿时一片蔚蓝。他吻她几下，说："我们去洗洗。刘妤到上海去了，今晚住这里。"

柏筱高兴得跳起来，拥着齐明松往卫生间走。她最喜爱与齐明松一起裸浴，在浴缸里、互相擦洗，互相抚摸，那种甜蜜和惬意无法形容。洗浴完后，两人免不了又要做功课。

齐明松今晚好像有点力从心，没多久就歇课了。

柏筱问："怎么？从来没这样。"

齐明松摇摇头，无法回答。以前，他一直很雄壮，不把柏筱弄得精疲力竭不会罢休。

"没关系。"柏筱拍拍他的肚皮，安慰道，"也许这段时间压力太大，电力体制改革涉及面那么广，方方面面都得考虑，不敢一丝懈怠，不累才怪？以后书记来了，要知道忙中偷闲，让人家多担待一些，学会举重若轻，学会推卸责任。你看周总理，一辈子举轻若重，累死累活，又得到什么好处？"

齐明松哈哈大笑："今天怎么这样婆婆妈妈？给我上起了政治课。如有机会让你做市长书记，说不准还是一块好料？"

柏筱问起跑动之事。齐明松半天不吭声。其实也没什么好说，该送的送了，该求的求了，几个渠道依然静悄悄。官场上就是这样，不管你能力多强，不管你送礼多大，若香烧偏了，菩萨拜错了，一切枉然。

柏筱虽不在体制内，但对官场潜规则还是略知一二。自古以来，谋官的千万万，得道的却奇少。作为男人中的强者，追求更高是人生终极目标。为了他的终极，她愿付出一切。"也许火候没到。再给你准备几百万，再加把火。"她深情地说。

齐明松沉吟半响，无奈地说："开弓没有回箭。已经走出第一步，明知前面是无底洞，不管花多大代价，也得咬牙走下去。"

柏筱点点头，鼓励道："要相信命运。前不久，我到南华寺为你卜了一卦，卦像说你前途无量。"她没骗他，上星期，阿丽约她去南华寺烧香。阿丽的婚外情被丈夫发现，闹了个乌烟瘴气。好在阿丽沉得住气，连哄带骗终于摆平。阿丽说两人婚姻不幸，约去南华寺祈个愿。柏筱想为齐明松祈愿，就和阿丽如约而行。柏筱为他抽了支上上签，主持看了卦面后连说是好卦，说卦的主人大吉大富，龙形麒象，不久便有洪福降临，机不可失，用心把握。

　　齐明松问明了情由,感慨万千,抱紧她吻个不停,说一定努力,不辜负她的期望。吻着吻着,感动的泪水涂满了她的脸。这种女人世上绝对稀有,他越发感到弥足珍贵,内心涌起无限惆怅和内疚。他多想给她一个圆满结局,可是,人在官场,无法把握自己。感动过后,他问起生意上的事。柏筱一一汇报。他听后鼓励了一番,并要她把握好节奏。

　　3 天后,阿明给柏筱来电话,说晚上想见她,她满口答应。下班后,她开车去学校门口接他。在车上,她问阿明愿去哪里吃?阿明想都不想,随口就说去玫瑰酒屋。她不解,问为什么非得去那?

　　阿明说:"在玫瑰酒屋认识你,就想去那儿找回记忆。"

　　柏筱问:"什么意思?"

　　"也许,这是我们最后的见面。"阿明舒了口气,话里透出沧桑。

　　柏筱放慢车速,转头瞅他一眼:"怎么啦,要出国?"她知道,现在大学里涌动一股出国浪潮,有条件和无条件的都跃跃欲试。

　　阿明苦笑一声:"姐,高看我了,我这种穷人家的孩子有资格出国吗?"

　　柏筱又看他一眼,不知如何回答。他要是自己的亲弟弟,想出国的话还不是一句话的事。听说崔总女儿萍萍,在漆汉昆的张罗下已在办赴美读硕的签证。崔总是个很低调的人,在视察新远燃料公司时见过一面,干瘦慈祥,话语不多,但要求严格。对正天公司参股新远燃料公司评价不高,和她握手时没半点表情。她能容忍民企与国企合作,主要是受漆汉昆的影响。电力体制改革后,漆汉昆与崔总走得勤。不久传出消息,漆汉昆认了萍萍做干女儿。正是有了干女儿之由,漆汉昆才名正言顺地为萍萍出国留学大包大揽。

　　阿明继续说:"想都不敢想。不过,真叫我出国,才不去哩。在那儿受人另眼,活得像狗一样。"

　　"是吗?有志气。"柏筱言不由衷地赞扬。

　　阿明说:"我们班里有几位同学在办出国留学手续,据说办得不顺利。阿平也想去,邹姐不让,狠狠地骂了他一通。"

　　柏筱哦了一声,心想阿平算什么?只不过是邹雅琴餐中甜点。

　　"你知道我回老家干啥?"阿明突然问。

　　柏筱无声地摇摇头。

　　阿明说:"我已报名支教西藏,父母不同意,特意回去做工作。磨了几天嘴皮,才把父母说服。"

　　"耶,不简单。"柏筱对他刮目相看。问,"父母为什么不同意?"

阿明说:"西藏海拔高,缺氧,父母怕我去了回不来。因为家族有心脏病遗传史。我问了医生,医生说心脏病遗传影响不大,关键是个人体质和适应能力。我相信自己有这个适应能力。当年解放军进军西藏,也没体检,扛起枪就走,据说一个个成了好汉。再说,死在那儿又怎么样?为自己的理想而死,值。"

如不是开着车,她真想拥抱他一下。她腾出右手,在他肩膀上拍拍,赞扬道:"好样的。我早就看出来了,你和阿平不是一路货。"

说着话,很快就到了玫瑰酒屋。泊了车,两人要了间小包房。柏筱叫阿明点菜,要他拣最喜欢吃的点。阿明把菜谱推回给柏筱,说随便吃点。柏筱望着他,发现多日不见,整个人变了样。想起还在读大学的弟弟,每月要化去她四五千,真该让他回到过去吃吃苦。也许是诀别餐,还是吃好点。虽然两人没发生什么,毕竟朋友一场。每每想起他,心灵能得到些许慰藉,也许是异性相吸,也许有共同语言,也许还有别的,柏筱一时无法归类,总感觉是值得纪念的一段岁月。想起3天前在紫薇包房吃的几个菜,味道挺不错,就选择几样点上。

不一会,菜陆续上来,柏筱要了两瓶啤酒,待服务员斟满杯后,端起来与阿明一碰:"来,干一杯,祝贺你找到了人生的定位。"

一杯酒下去,阿明抹抹嘴,说:"姐,你是我十分敬重的女人。有句话,不知当说不说?"

柏筱望着他:"说,姐爱听。"

阿明犹豫一下,还是下决心说了:"姐这么好的条件,为啥一直单身?"

柏筱笑笑:"单身挺好啊。"

"可是,可是。"阿明结巴起来,"听阿平说,你另有原因。"

柏筱眼睛直视他:"听到什么?"

"阿平说,你宁愿做省电力公司齐总的二奶,也不愿找另爱。"阿明低下头,轻轻抠指甲,那样子,仿佛是他犯了错。

阿平的话,像晴天霹雳在她头上炸开。这一切,断是邹雅琴告诉他的。邹雅琴曾给她开过玩笑,她还骂过她。那么,邹雅琴是如何知道她和齐明松的关系?这些年里,两人小心得不能再小心了,在外约会吃饭次数屈指可数。去虹美花园,从来不同行。鉴于虹彩花园的教训,齐明松来往多是打的,或是开部不起眼的旧车。她相信这些年里完全躲开了任何人的目光。到现在,知道两人情况的只有4人,罗正平、小鞠、阿丽和丁宝非。至于丁宝非,他确实做到了守口如瓶。阿丽是铁姐,打死她也不会说出去,况且她也有那些密事。齐明松上次警告过她,邹雅琴拉拢和腐蚀各类人的能力非常强,要她离远点。齐明松早已防范戒备,她根本靠不了边,窥视不到任何事件。自己在这方面也十分谨慎,从没暴露半点痕迹。看来,她绝对是凭捕风捉影或道听途说猜测的。问题是消息一旦散出,百张嘴也无法辩清。情场上的事,越描越黑,有效方法是置之不理。柏筱已有心理准备,淡定得很,劝阿明多吃菜,反问:"你信吗?"

阿明嚼着鲜鲍菇,摇摇头,又点点头。因为他听到的消息有鼻子有眼,叫他无法否定。

柏筱吃了片烩鹅肝,说:"阿明,要有鉴别力,不要听风是风,听雨是雨。人一旦小有成就,免不了被闲言碎语包围。邹姐经常喝得烂醉,酒桌上的话当不得真。"

阿明无言以对,只好缄口。当然,他也无权印证这一切。过了会儿,他又向柏筱透露了另一个消息。阿平一次酒后告诉他,邹姐有本笔记本,里面记录了送礼的清单,密密麻麻记了数十人,最多的一笔是 80 万元,最少的一笔是 5 万元。阿明最后提醒她,邹姐是个危险人物,少与她接触。如果哪天笔记本落在检察院人的手里,里面的人都得遭殃。

这是个十分可怕的消息。想不到邹雅琴如此阴险,不知其何用心?如果仅是为了对账,也不必记得如此详细。想到自己收过她 3 次礼,不知里面是否记了黑名?她暗暗下决心,明后天就把这 3 次送的钱如数退还。这颗定时炸弹拆除得越早越好。她后悔没听齐明松的话,害得如此被动。她端起酒杯,好好地敬了一下阿明,感谢他的提醒。

随后,他们聊起了别的。柏筱问了他的人生规划。他滔滔不绝地描绘起进藏后的打算。柏筱叫他好好干,如果呆不下去,再回到芏都,正天公司的大门随时向他敞开。时间不知不觉地过去,柏筱看看表,已是晚 9 点。柏筱叫服务员买了单,开车将阿明送至学校。下车时,阿明说:"姐,这一别,也许以后见不着面了,我们拥抱一下,行吗?"

柏筱大方地答应,张开双手,将阿明拥在怀里。足有 3 分钟,两人才松开。阿明下了车,潇洒地向她挥挥手,迈开大步走进校园。望着阿明渐渐远去的背影,柏筱眼睛不知为何湿润起来。

第 38 章　突发事件

　　柏筱联系邹雅琴数次,都未能碰上面。邹雅琴每次都说在出差。柏筱问她什么时候回来?回答说不清楚,因为是陪董事长出差,确定不了时间。柏筱问她,还要不要请丁、熊两位?邹雅琴说以后再说吧,告诉她董事长已经通过省电力公司裘总找过漆总,事件已经办妥,并感谢她的关心。柏筱哦了两声,不再多说什么。柏筱急着见她不为别的,就为阿明说的那本笔记。她是心里有事兜不住的人,要证实一下真假。她试探着问:"听说你有本笔记本,里面记了不少过往账目,有这事吗?"

　　邹雅琴嘿嘿一笑:"是阿明告诉你的吧。这个阿平,拣粒芝麻当西瓜。那是多少年前的事,是董事长朋友间的狗肉账,我当时帮助记着。前些天,我问董事长还要不要?董事长说烧了吧。我就烧了。当时阿平偷看了笔记,我就担心他会说出去,果然被我猜着。回来后,我得狠狠修理他,一张臭嘴。年轻人不懂事,有些事不可瞎说,弄不好会害人。你那点小九九,我早猜着,放心,没你的事,我们是好姐妹,再怎么着,也不会坏你的事。"

　　柏筱心里仍不安,小心地说:"啥时回? 我觉得咱们还是清爽点。"

　　"你看看,又来了,我的傻妹妹,以后不许说这种伤感情的话。"邹雅琴又问,"是不是怕我找你帮忙?"

　　柏筱说:"倒不是。朋友间帮忙是应该的。"

　　邹雅琴笑了笑:"这就对喽。你要相信,我是现实版的江姐。"

　　柏筱也笑了起来,觉得自己多虑,这个女强人处事老练,为人诚恳,料必不会害人害己,自断后路。不过,她还是谨慎地说了句:"我们生意人,不光要保护自己,更要保护别人。"

　　"那是,那是。这是做人的基本准则。"邹雅琴认真起来。

　　把话挑明后,柏筱的顾虑渐消,觉得在商言商,没必要把自己搞得神经兮兮。

　　有一天下午,柏筱接到华流正天水电公司总经理阮从军紧急电话,报告罗正平在洪坩电站回公司的路上出了车祸,现正在送往医院,请她赶紧过来。柏筱指示他不惜一切代价进行抢救。接着,她打了黄婷电话,请她务必给县医院院长打招呼,调集最好的医生进行抢救。华流县的党政班子去年底进行了换届,叶好龙提任市委常委、秘书长,胡开发任县委书记,乐庆、黄婷分别被选为县长和副县长。黄婷接到电话后很惊诧,昨天下午还在一起谈工作,隔晚不见就出了大事。她答应马上去医院,守在那里督战。

柏筱赶到县医院时,罗正平还在急救室抢救。黄婷告诉她,这车祸出得奇,罗正平的车速并不快,在拐弯时被叉道上的桑塔纳猛撞了一下。罗正平的右腿、右臂、右脑严重撞伤,一直处在昏迷状态。桑塔纳司机当时可能在打手机或开小差,否则,不会傻巴巴地撞上去。司机已经被交警控制起来了。

急救室的门打开,黄婷、柏筱、阮从军围了过去。院长脸色凝重,对黄婷说:"黄县长,罗总伤得较重,可能要请省人民医院神外专家过来会诊。"

黄婷快人快语:"那就赶快请呗,别耽误时间。"

院长不敢怠慢,指示工作人员赶紧向省人民医院求援。

夜幕降临时,省人民医院的神外专家才赶到。两位专家进去不久,马上作出开颅手术决定。接着,院长指挥当班医生护士加紧做术前准备,并将病号转移到手术室。

柏筱估计手术一时半刻完不了,就提出先把肚子问题解决。黄婷点头同意,说肚子早提意见了。阮从军把她们带到华流一家有特色的酒店。柏筱想到术后需人照顾,就给小鞠打了电话。小鞠一听情况,在电话里哭了起来。柏筱劝了几句,交待她赶快准备一下,半小时后单蓉会来接她。

黄婷问:"小鞠是谁?"

柏筱笑笑,没回答,只说等会儿告之。这是罗正平的隐私,她不想让司机和阮从军知道。因不喝酒,晚饭很快结束。柏筱叫阮从军先去医院等消息,司机也跟着离开。

当黄婷弄清小鞠和罗正平的关系后,就忍不住大摇其头:"乱七八糟,跟养二奶有什么区别?"

柏筱脸不争气的红了起来。她压了压慌乱的心,忙帮罗正平解释:"黄县长,不要错怪他,你还不知道你这位老同学的性格?不到万不得已,他不会走出这一步。虽然罗总从不讲他的家庭,但我能感觉到,他的婚姻不幸。"

"算了,不说了。"黄婷摆了摆手。同学私下里早就在传罗正平婚姻触礁,也在传他身边不缺女人。但她心里就是接受不了同学的滥情行为。

柏筱进一步为罗正平辩护:"罗总这次对小鞠用情很深,不像是闹着玩,再走下去,肯定有戏。"

黄婷自嘲地笑笑,说:"咸吃萝卜淡操心,操这份闲心干啥?现在的男人,省心的不多,由他去吧。不过,话说回来,罗正平身在商界,能有这份从容淡定,已经是很不错了。"接着,她话锋一转,谈起工作来,"罗正平这事出得不是时候,两个电站原来的老职工闹事正在火头上。这下,又得把我推到第一线。在这关键时刻,你这位副董事长可要挺身而出,代表罗正平把这棘手的事彻底解决。"

柏筱对此事茫然无知,罗正平从未向她谈过华流正天水电公司的困难。她只得向黄婷询问情况。原来,这几年洪坩、隆埕两个水电站在罗正平的管理下,效益年年大增,留下来的职工收入自然是翻番。当初改制的时候,水电站严重亏损,给买断工龄的职工补偿很少。有些职工拿到补偿后,不去另谋职业,而是坐吃山空。当看到留下来的职工收入丰厚,心里不平衡,于是结伙到县政府闹事,提出增加补偿或重新回到水电站工作。这种无理取闹自然是收效甚微。结果,六十几号人把水电站层层围住,不准职工上下班。罗正平紧急求援分管水利的黄婷。黄婷二话不说,带着两个乡的书记乡长赶到第一现场,做了半天劝说工作,才把大部分人员劝走。剩下少数几个,就派几张活嘴陪同干耗。罗正平昨天和今天上午一直在第一线做工作。午饭后想回公司休息,就发生了车祸。

柏筱听后头皮发麻。当下最难缠的事莫过于群众聚众闹事。她所知道的个别公司,不是败在经营失误,而是没处理好与当地群众的关系,最终关门了事。她忧心忡忡地说:"当时,我们按协议全部付清了并购款,该安置的也安置了,按理说,企业已没有这方面的义务了,政府应该完全负起责任。黄县长您对此事完全清楚,可得要大力帮助一把哟。"

黄婷说:"当时是乐县长一手操办的。出了这事,他也很着急,指示我全力以赴处理好,不要留后遗症。可我是巧媳妇难做无米之炊呀。你看,华流县财政是吃饭财政,这些年来,年年工资吃紧。要不,当初也不会把两个小水电卖给你们。现在,政府遇到困难,做企业的应该责无旁贷,帮助政府渡过难关。等罗正平康复后,你们好好琢磨一下,与政府共同想办法解决这道难题。"

柏筱叹息一声,无言以对,因为其中曲直不详,不敢轻易表态,还是让罗正平去应对,毕竟他们是同学。柏筱抬手看看表,已是晚10点。黄婷打个哈欠,说明天上午8点还有个会。柏筱就劝她回去休息,有什么事打电话给她。

罗正平深夜3点才从手术室出来,接着被转入重症病房观察。院长对柏筱她们说:"罗总脑袋里的淤血已完全清除,好在没破坏脑神经,估计明后天会苏醒。右腿和右手骨折严重,都上了夹板。这里没你们的事,都去休息吧。"

小鞠到后一直眼睛红红的，提出想看病号。院长不同意，叫她放心，说病号已完全脱离危险，劝她早点休息。医生护士忙了十几个小时，也要休息。

直到第三天早晨，罗正平才苏醒过来。齐明松从北京开完会，一下飞机就赶到华流。黄婷陪他到重症病房看望罗正平。罗正平头上缠满纱布，露出两只呆滞的眼睛。齐明松轻轻安慰道："正平，一切会好的，安心治疗。我跟院长商量好了，等病情稳定，马上转到省人民医院。"

罗正平张张口，想说什么，又没力气说出，疲惫地闭上了眼。

中午，胡书记、乐县长一起接待了齐明松。几杯酒下去后，齐明松就两个小水电的问题向县里提出了四点要求：一是要兑现招商引资的承诺，真正护商爱商，而不是气商；二是要维护政府的权威，不管什么时候定的政策，都要一以贯之地执行；三是要正确区别合理诉求和无理取闹，树立正确地利益取向；四是要妥善解决围堵电站事件，决不可发生停电等事故。两个一把手从不同角度作了表态，表示一定严肃认真处理好水电站围堵事件，尽最大努力保护商家的利益。

下午，在送行的路上，黄婷握着齐明松的手埋怨道："你下车伊始，不作了解，胡乱提四点要求，给我增加不少压力。当时，乐县长对出让方案考虑不周，留下隐患。现在，他怕出事，把难题甩给我。这些天，我头都炸了。你轻飘飘几句话，害得我又要失眠无数天。"

齐明松笑笑："副县长这么好当？罗正平的事，你不上紧，谁上紧呢？凭他这半条命，你无论如何要拉他一把。"

黄婷擂他一拳，啐道："好像天下就你一人关心罗正平，我怀疑你另有所图。"

齐明松爽朗大笑，坐上车，向黄婷挥挥手，向柏筱眨巴几下眼，绝尘而去。

那几个在电站耗着的人，得知罗正平车祸住院，悄悄溜了，并丢下一句话：以后还会来。

警报暂时解除，水电站恢复正常生产。柏筱在阮从军的陪同下，到两个电站转了几圈，很久没来，厂区环境变化很大，尤其是洪坩电站，像一个小型花园，漫步在树荫花丛中，仿佛置身仙境。她猛然发现，罗正平虽不是叱咤风云的商场大鳄，却是企业管理的行家。柏筱指示阮从军要一如既往地抓好安全生产，抓好内部管理，有问题及时向她报告。阮从军一一点头，请柏筱放心，保证完成任务。

罗正平病情一稳定，就转到了省人民医院。齐明松出面搞到一间特护病房，里面各项设施齐全。小鞠请了长假，一天到晚陪在罗正平身旁。柏筱看到小鞠给罗正平端屎端尿，擦身拭背，就跟罗正平开玩笑："人家小鞠前世欠了你的，后辈子来给你还债。"小鞠笑着说："前世倒没欠,后世欠了很多,相信他会还我。"柏筱听懂了她话里的意思,与自己的期望惊人相似。罗正平一脸的满足,眼睛跟着小鞠的身子转,露出憨厚的笑。

张小玲很晚才知道丈夫出了车祸,请了长假赶过来。一看到小鞠忙碌的身影,马上明白八九分。她逼问罗正平:"你们好了多久?"罗正平把头扭向一边,不愿给她解释。她本来是准备长久伺候他,伤筋动骨一百天,何况是粉碎性骨折?没成想一见面就给了她当头一棒。她强忍住羞辱、愤恨、痛楚,大声责问:"你什么意思?"罗正平没好气地回了句:"你自己心里清楚。"张小玲把带来的土方药往地上一惯,吼了起来:"罗正平,王八蛋。你要离婚,早不说?谁稀罕你。好,我成全你。"说完,一摔房门,跑到走廊尽头痛哭起来。

小鞠给柏筱打电话求援。柏筱听了吓一跳,丢下工作赶过来。她在走廊尽头找到张小玲。张小玲已哭成泪人,痛不欲生的样子。柏筱把她劝上车,带到丽春咖啡馆。阿丽端上两杯那加雪飞,坐在一旁作陪。张小玲哭到最后已成沙哑,柏筱不停地为她递纸巾。待张小玲平静后,阿丽给她递上咖啡。也许是口渴,也许是压晦气,张小玲一口把咖啡喝光,接着又要了几杯,连续喝完。这种顶级摩卡咖啡,被张小玲当水喝,害得阿丽心疼不已。

张小玲擦擦嘴,哑着嗓子气愤地说:"我真命苦,新婚之夜,他就嫌我。嫌我脾气丑,嫌我不温柔。天下哪有这般完美的人,不看看他自己,有什么了不起?这么多年,他从来不把我当老婆看,行,我依他,离,但不能便宜他,至少要补偿500万,孩子归我。"

柏筱相信老话,宁拆十座庙,不拆一桩婚。于是,她耐着性子劝解:"大姐,想开点,退一步天地宽,社会就这个样子。你看看身边有成就的男人,哪个不拈花惹草?跟社会过不去,就是跟自己过不去;跟自己过不去,就是跟命过不去。人生路还长,没必要跟命较劲。"

"是呀,大姐,命是自己的,看明白了命,就看透了世界。"阿丽跟着劝了几句。

张小玲仰起头,长叹一声:"也罢,由他去。其实,我早想通了,只是一下子接受不了,还没办手续,身边就纳个女人,把我当什么?你们说得对,想开点,不就是松开手吗?人啊,因缘尽时,你再声嘶力竭的想要挽留,都是那么无力,该走的还是会走,一切都将消失于虚空,傻傻的你,呆望着虚空,回忆着过去,心痛苦的缠绞着,想着那么多没有满足的欲望,抱怨着,沉沦着,又有何意义?"

柏筱知道张小玲见到小鞠的那瞬间,心就死了,只是为被愚弄的命运而痛楚难过。她不再劝了，只聊些罗正平的往事，一来出于好奇，二来想了解他的过去。说实话，在一起这么久，罗正平从未跟她谈过他的婚姻和过去。对他的了解，只限于表象的观察，好像中间隔了座山。她给单蓉打电话，要她在五洋大酒店订间豪华单人房，让董事长的女人在最后离别时感受一下芷都的温暖，享受一下下属的尊敬。

安顿好了张小玲，柏筱来到罗正平的病房，想为张小玲讨个说法。不知为什么，她认为这是她的责任，既要为他冲锋陷阵、排忧解难，又要为他家庭稳定做好工作。

罗正平说："你帮我好好安排一下吧，不要冷落了她。"

柏筱苦笑一声，责怪起来："不知说你什么好，人家大老远跑来看你。你呢，没句好话。要是我，不拿刀砍了你才怪？放心吧，早安排好了，张小玲在芷都的日子里，单蓉会一直陪着。"

罗正平艰难地欠欠身，说："谢谢！让你费心，让你见笑。"

柏筱认真地问："你对她到底是什么态度？"

罗正平躲开柏筱询问的目光，无可奈何地说："还能怎样？没有活力的婚姻，犹如一座坟墓，尤其两人在里面痛苦地老死，不如挣扎出来各自觅条活路。"

柏筱再问："没有一点回旋余地？"

罗正平沉默半天，说出了一段任人心酸的话："当年一时心动，结合到一起，因生活中某些细节，恋爱的激情，很快变淡。因为不了解而相互吸引，把对方幻想成自己爱情童话的天使，结果，童话墙倒塌，才知道自己误入了爱情歧途。再回过来寻找童话的翅膀，已然成了一缕轻烟。我的期望值不高，仅想从爱情那儿得到一点温暖和女人的柔情。可是，整天面对的是一张扭曲的脸和粗声大气、横加指摘的蛮嘴。后来，我选择了逃避，找回了清净和自尊，还原了人的本性。经过这么多年的过滤，留下来的仅仅是亲情。要说牵挂，就是女儿。"

没想到，罗正平的婚姻如此糟糕。世上所有夫妻，当坦诚面对自己的心时，还会像当初一样爱着对方吗？是否心猿意马过，是否想去寻找新的激情？爱情，对有些人说，不知不觉已慢慢变成亲情，心中只承载社会秩序赋予的责任。如果此时没有社会道德责任，有一个白马王子或白雪公主带着巨额财产追求你，你是否能抵御诱惑，坚守爱情最初的承诺？如果能够，那你就是一个甘愿奉献自己和成全别人的人。但是，世上这种人又有多少？

经过影像分析，罗正平右腿骨接口偏位，需要手术矫正。张小玲不愿拖太久，想在手术前一了百了。这天，她带着刚起草好的离婚协议，在单蓉的陪伴下，来到罗正平的病房。罗正平接过离婚协议，看了几眼，没说什么，用左手端端正正地写下了自己的大名。写毕，他望着张小玲，眼里闪动泪花，哽咽起来："对不起，我枉为男人，不能承受情感压力，做了婚姻逃兵。在我看来，你不是称职的妻子，却是称职的母亲。女儿是我们的财富，以后，你要爱护好这笔财富。为了她的健康成长，希望她在受教育阶段远离你，把她送出去接受西式教育，去掉那些傲气骄气，多学些礼仪和宽容。500万算是对你的补偿，以后女儿的教育费用，我会全部承担。"

张小玲也哽咽起来："女儿的工作我会做好，你要多多保重。"她以为在钱的问题有一番争执，想不到罗正平如此爽快，心里倒有些不安。她知道，罗正平不是做生意的料，能有今天的成就，完全靠柏筱帮衬。

别人离婚时大打出手、乌烟瘴气、你死我活，而他们离婚时却平静得如此出奇，就好像是谈完一桩生意，友好地分了手。在柏筱看来，这两人是早已作好了离婚的打算，早已把婚姻看透。人啊，进不进婚姻殿堂无关紧要，关键是看自己如何把握幸福。

送别张小玲后，小鞠兴奋地扑在罗正平身上，幸福地笑了。罗正平用左手拍拍她的头，爽朗地说："你也去把那张离婚证拿到手吧。"小鞠用力点点头。

沉寂4个月后，那帮闹事的又卷土重来。到了深秋，天气有点凉。男的卷了铺盖，女的扛着锅勺，在两个水电站的大门口安营扎寨，大有长期耗战的架势。

柏筱被黄婷紧急召来。两个女将带着各自的工作人员挨个做工作，纵使你喊破嗓子磕破头，也无济于事。这些人不见棺材不落泪，不给糖果不露笑。黄婷叫他们推荐代表来谈判，推了半天，推出两男一女。两男都当过兵，当年退伍分配到水电站。女的是当时分管水电站副县长的小姨子，据说刚进那会儿厉害得很，俨然是个二当家。

3人全然不听黄婷和柏筱的大道理，一口咬住两句话，一是增加补偿标准；二是重回水电站。他们认为，当时卖的价太低，给的补偿太少，是国有资产变相流失。再说，大家干得好好的，为什么剥夺他们的工作权利？之所以签字买断工龄，完全是受了欺骗。政府是骗子，乐庆是骗子。这次若不解决，誓与电站共存亡。

谈判失败。黄婷回到县政府给乐庆汇报。柏筱则给齐明松打电话讨主意。齐明松再高明，到了此时，也是黔驴技穷，一筹莫展。

乐庆把柏筱请到办公室，提出一个妥协方案：县里从财政拿出一笔有限的资金，增加点补偿；正天水电公司想办法把这批人重新安置，如不能全部接纳，至少安置 2/3,剩下的由县里想办法解决。柏筱觉得不应退缩,国家政策不是说变就变。如果一味迁就,政府花在擦屁股上的时间和精力就会没完没了。乐庆无法做通柏筱的工作,就对黄婷说:"黄县长,跟你老同学说说吧,请他务必通融,解决遗留问题,必须政府企业两家抬。"

罗正平已经回家静养,接到黄婷电话后思考了两天,然后打电话把柏筱叫回来,一起认真商量。再耗下去,政府有损形象,企业有损利润,对谁都不利。

罗正平在小鞠的帮助下能坐上轮椅,可以在厅堂里来回转动。他对柏筱说:"黄婷压力很大,她给我来过 4 个电话,怎么办呢? 硬顶下去,不是办法。这些老职工跟咱们耗到底了,政府又不能动公安,只有妥协。我在想,当时我们收购这两个水电站,县政府给的价格确实不高。这些老职工心中有数,事后翻老账,自有其道理。我的意见是,咱们退一步。对这些老职工重新安置。"

柏筱想不通,坚持自己的观点:"原来电站就是因为人多而走上濒临倒闭的地步,你还想走回头路? 有必要为县政府担责任吗? 我看未必。"

罗正平耐心解释:"现在,我们与县政府绑在一起了,都没退路。为了安全,电网和县政府同时下令关机。你算算账,半年不发电,损失有多大?问题早解决,早主动。"

柏筱还是不服:"要算账,就算长远。这些人一窝蜂进来,人工成本增加不少,你算过吗? 1 年多少? 10 年多少? 20 年,30 年? "

罗正平发现这样谈下去很难达成一致,干脆避开正题,和她谈点人生感受。他说:"这次我从天国里走了一遭,财富观发生了很大变化。人的一生充其量也就七八十年,吃的喝的用的,能花费多少? 生不带来,死不带去,你积累再多,到头来不知给了谁。财富的基本用途,就是给人带来快乐,给人解决难题。如果你只满足数字的叠加,不发挥财富的正当用途,与守财奴、吝啬鬼何异? "

柏筱忍不住打岔:"就你这点资产,有资格谈数字概念? 现在富豪一抓一大把,比你多几倍、几十倍、几百倍的多的是。"

罗正平斜她一眼,没理会她的话,继续自己的话题:"我们财富的获取,靠的什么? 现在想来,脸上不免热辣。躺在病床上那些日子里,我在思考,这个世界,多么的可怜,人们疯了一般沉迷于为满足欲望而不择手段,丝毫不顾及可怕的后果,就算心里有过不安的挣扎,可依然控制不住疯狂的行为。这是为什么? 我看是社会病了,是自然人病了。我们的父辈,每月几十块钱,一日三餐咸菜萝卜,过得照样乐呵呵的。穷其一生,人的辉煌,绝不是以财富的几何级来衡量,而是以留给人间的善事善德多少来判定。不能说我的思想有多高尚,不能说我的心胸有多宽怀，只想为我饮食过的地方做点好事，为帮助过我的人分忧纾难。人啊，都是心心相印，今天帮了他一把，明天他就助你一力。唯有如此，社会才不会失衡。过去，我们曾探讨过财富问题。当时，你同样驳斥了我。对此，不能强求你与我同感。但是，我可以以兄长的心悟来提醒你，感化你。最近，我读了本佛理书，有位出家人说：出家生活，轻松自在安然，因为不再被世俗价值观牵绊，从而获得了从未有过的自由，做着自己愿意做的事情，学着帮助众生，虽然力量有限，但是快乐却是无限。对于过去做过的错事，深深发自内心忏悔，誓言以后再也不做。他还说：最奇妙的是，不论你多么嘴硬和不愿改变，你的心，都是默默的向往和愿意向善的，你会从中获得难以名状的快乐，你知道那是什么吗？那不是别人赋予你的，不是别人影响你的，那是你本具的深深光芒。这就是：心性。假如，这场车祸夺取了我的生命，我名下那份财产有何价值？给女儿，值吗？我看不会给她带来快乐，反而会害了她，会影响她正常成长，给她带来心理累赘。"说到这里，他话锋一转："如果你不同意，就用我的股权予以解决。当然，还得需你大力配合。"

柏筱被他那段情感交融和富有哲理的话深深打动，心里像燃起一堆篝火，刹那间把自己照得通亮。她毫不犹豫地说："好吧，就按你的意见办。在关键时刻，你总能用心语和哲理说服我。否则，我也不会死心塌地跟你干。这就叫，一物降一物。"

罗正平放心一笑，伸出左手，和她握了握："谢谢你，柏筱，没你的帮助，我罗正平现在可能还是深圳街头一小混混。不过，有件事还得要你通融。黄婷说，县财政拿不出补偿款，可能还得正天水电公司先垫付。"

柏筱愣了一下，随后点了点头："行呀，好事做到底吧，你同学的事不帮也得帮。有什么办法？到时不要肉包子打狗就行。"

罗正平又说："安置问题，我采纳你的意见，人员接受后不放在电站，另组建一个检修公司，全部安置在检修公司里，组织他们到外面去接检修业务或承接其他工程。"

柏筱双手一击："好点子。我去落实你的指示，叫阮从军尽快办理。"

第 39 章　突击检查

　　转眼到了来年。在这段日子里,芷电的各项工作没有因股东的变更而受到影响。关键是控股方还是沿袭以往的管理方式和手段。自漆汉昆认了萍萍为干女儿后,董事长崔燕对他更是信任有加。萍萍在漆汉昆的运作下,顺利进入美国一所常春藤大学读研。当然,这些费用全是由漆汉昆支持。

　　经过几年超常规发展,明天电力集团公司的股东获利颇丰,优先股固定回报得到确保,尤其是普通股,回报率相当可观,当每个职工看到存折上多了6位数的存款时,脸上都笑开了花,一致赞扬漆汉昆的英明决策和果敢行为。当时曾唱过反调的葛联军等人也无话可说,虽然辅业侵占了主业利润,但毕竟是为了职工。近年来,主业形势一片大好,芷江经济增速迅猛,发电量一路飙升,赢利水平连续翻番。在莺歌燕舞中,葛联军选择了沉默。由于辅业与主业形势喜人,在辅业工作的职工思想渐趋于稳定,电力体制改革带来的波动情绪烟消云散。有一天,崔燕听完漆汉昆的汇报后喜上眉梢,盛赞其工作有方,谋事有略。

　　就在芷电上下欢欣鼓舞的时候,财政部驻芷江监察专员办事处检查组突然进驻芷电。肖专员在班子通报会上解释:"此次行动是按照财政部最近下发的通知要求进行的,主要是检查各大国企会计信息质量,请芷电经营班子通力配合。"肖专员没什么套话废话,接着提出了几点要求:一是将前3年的投资情况做出详细的说明;二是将前3年的融资情况,包括担保情况做出说明;三是将前3年的营业收入总额、税收、利润、成本及工资总额等做出详细说明;四是将主业与辅业的资金往来列出详细清单;五是将近几年的工程招投标和工程预决算情况做出说明;六是将物质采购,特别是煤炭采购和机组大中修零配件的采购做出说明;七是将近几年各项规章制度和董事会会议记录全部归类整理出来;八是总经理和分管财务副总及财务科长要对此次行动做出承诺,保证出具的所有资料数据都是真实可靠,否则,要负法律责任。

　　肖专员一口气提出八点要求,气贯长虹。他到任几年,地方控股企业从未把专员办放在眼里。有一次,他带领几位处长到芷电检查工作,漆汉昆显然过于怠慢,只忙乎穿梭于省电力公司几个处长之间,仅派副总会计师陪同。他知道,专员办权力区属有限,让人轻视在所难免。

对漆汉昆来说,财政专员办的突然袭击,让他措手不及。平时,他是很在意很用心搞好权力部门的关系,比如省检察院、省纪委、省监察厅、省税务局、省审计厅等单位的头头脑脑,逢年过节,都会大包小包地去拜访。尤其是省检察院,与毕检长成了兄弟。毕检长的儿子收购芷都中心位置一座烂尾楼,账上差一个亿,毕检长要漆汉昆助把力。漆汉昆二话不说,马上按毕检长儿子的要求无息借给一个亿,让对方周转了一年半。刚才,肖专员的一番话,着实让他捉摸不透。过去,他压根儿没把财政专员办放在眼里,原因是地方企业不在其监督范围内。这次,专员办不提前打招呼,也不告之控股方,突然进驻,极不合常规。他借上厕所之机打电话报告董事长。崔燕愣了一下,指示他认真接待好,认真汇报,过一会儿赶过来与肖专员见见面。她知道,专员办对央企参股的企业,有随时监督和检查的权力。

面对来者不善,气势汹汹的工作组,漆汉昆毕恭毕敬、真心诚意地表明了态度,坚决执行肖专员的指示,通力配合专员办搞好会计信息质量大检查。接着,他系统汇报了近几年的经营和财务情况。漆汉昆口才极好,情况熟悉,如数家珍,有理有据,在座者无不欣然。漆汉昆刚汇报完,崔燕就匆匆走进会议室。肖专员与她熟悉,赶紧站起来和她握手。

崔燕埋怨道:"肖专员不够意思,大驾光临,悄无声音,不把我这个大姐放在眼里。"

肖专员笑笑:"和尚出小庙,不敢惊菩萨。"

崔燕一愣,跟着笑起来:"好你个肖大员,中午罚你酒。"

肖专员左右一顾,俏皮道:"在你地盘上,我再有理,也得认罚。"

崔燕在漆汉昆空出的位置上坐好,用极其诚恳地态度和声情并茂的语调作了一番讲话。主要内容是欢迎专员办工作组进驻芷电检查指导工作,欢迎肖专员提出宝贵意见,要求芷电经营班子大力配合工作组做好会计信息质量大检查,以此为动力,彻底整顿芷电财会方面存在的问题,进一步加强芷电财务管理工作。

中餐在芷电宾馆大包厢里摆了一大桌。肖专员来之前向工作组宣布了纪律,在芷电检查期间不准喝酒,不准拿芷电任何礼品,不准和芷电任何人单独交往。因有崔燕在场起哄,中餐喝酒禁令只好破戒。崔燕酒量虽不大,但很会营造气氛,调动漆汉昆等班子成员频繁向工作组成员敬酒。

当然,好话大话套话,说归说;酒,喝归喝。但专员办工作组成员的使命意识丝毫没有改变。在接下来的 30 多天里,专员办每个成员的工作态度和工作热情极其认真和高涨,经常加班加点,有时为了一笔资金去向,跑多个银行对账,到项目单位核对。其中有两个副处长业务精通,目光犀利,判断准确,有几笔陈年老账给翻了出来,硬是从无头案中找出了问题。仅列两笔说明:一笔是 4 年前主业给辅业打了 7000 万元,用途没作说明,找财务人员询问,说不清楚。两处长调阅辅业账本,这笔款作了往来处理。几天后,一笔同样数额的资金从辅业账上打到了北京协和公司,两年后本金才回到账上。两处长派两个精明的小伙子去北京调查协和公司,查明这笔资金被协和公司用于房地产开发,回报率为 20%,被芷电派来的财务人员分三批将现金提走。两处长询问提款的财务人员,对方顾虑重重,三缄其口。两处长只好直接询问漆汉昆。看无法隐瞒,漆汉昆只得承认这笔巨额回报做了辅业的账外收入。另一笔也是 4 年前,1 亿元资金打到燃料公司,说明是用于购煤。再细查,当时购煤款按量打足,1 亿元属超量,用于购煤显然不符。两处长调阅燃料公司账本,发现燃料公司分两次将 1 亿元款打给了芷都中大公司,一年半后才回到燃料公司账上,而收益却没反映出来。询问燃料公司财务人员,对方拿出一张借款合同,具体情况不详。最后还是漆汉昆出来作了说明,中大公司已答应按合同支付与银行同等的利息。因为中大公司的老板是毕检长的公子,相信对方会遵守合同规则。

随着查账面的扩大和深入,反映出来的问题越来越多。如加油站每年从主业转移几百万利润;虚列员工多列工资转移到辅业账上;虚列工程项目和发票,套取主业资金给员工发放福利,等等。每查出一笔,漆汉昆都得到场解释半天,害得他这些天里神经高度紧张,如惊弓之鸟,惶惶不可终日。他找崔燕诉苦,崔燕颇感无奈,毕竟是人家的基本工作,与肖专员再熟,也不能干预人家的正常工作呀。她劝他克制一点,只要个人清白,天塌不下来。变着法儿为职工谋点福利,大不了最后算总账,多交点税而已。可漆汉昆不这么想,其中有些事是见不得阳光的,一旦让纪委和检察院插手,那些烂事肯定会被翻出来,弄不好会被套上渎职罪。当然,他最担心的不是账面上发现的问题,而是暗底下一些见不得人的事。这些事只有他和少数几个人清楚。这几天,他已与几个心腹密谋了几套应对方案。

最头痛的是这些人身正嘴严,油盐不进,休息时间请不进歌舞厅,中晚餐摆不上酒,一日三餐只吃工作餐。漆汉昆安排心腹想方设法与他们套近乎,对方只是浅浅一笑,十分警惕地与他们保持距离。看来短兵相接无济于事,只有明修栈道、暗渡陈仓。漆汉昆动员身边的人觅路子找关系,尽可能打通肖专员的关节。

　　丁宝非得到漆汉昆的指示后苦思冥想,极力寻找接近肖专员的对策。他想在这关键时刻为老板分忧解难,再立新功。这段时间里,他的主要精力扑在明天大厦建设上。大厦已经建到5层,按进度,7个月后就可封顶。承接工程建设的公司是省二建,包工头是漆汉昆的中学同学焦平。焦平矮小干瘦,却十分精明,见人自然熟。一和丁宝非接上头,马上称兄道弟。在跑施工批件过程中,焦平带着他尝遍了芷都所有高档餐馆的美味,泡完了芷都所有歌厅桑拿里的漂亮妹妹。饱经了这番享受后,丁宝非越发感悟了另类人生的特殊意义,越发萌生了死心塌地为漆汉昆卖命的信心与决心。

　　丁宝非毕竟未到与肖专员平起平坐的层次,也没有形成固有的势力圈子,琢磨半天,终无良策。正在他十分苦恼时,方梅提供了一条线索。方梅有个远亲表哥与肖专员是大学同学,有次表哥带她去应酬,在酒桌上见过肖专员。方梅说不妨走走表哥的路子。当丁宝非把这一消息告诉漆汉昆时,漆击掌叫好,叫他带上方梅不惜一切做好说服工作。有了漆总的指示,他可以名正言顺、大大方方地带着方梅跑东奔西了。

　　方梅给表哥打电话,是空号。接着打给表嫂。表嫂告诉她表哥去了上海,问什么时候回来?表嫂说在上海一家外企工作。方梅与表嫂过去有过误会,不想多说,要了表哥的电话就挂了机。说起与表嫂的误会,也是表嫂单方面引发的。表哥有点色,见不得漂亮女人,和方梅接触几次后,就动手动脚。表嫂以为表哥在打她的主意,就对她醋意大发,每次见面动不动给脸色。为了避嫌,方梅渐渐断了与表哥的联系。

　　方梅与表哥联系上后,才知道表哥两年前应聘到上海一家外企做人力资源总监。表哥叫刘发展,原是省人事厅某处处长,由于与分管副厅长政见不同,常闹得鸡犬不宁,加上厌倦官场勾心斗角和尔虞我诈,跺跺脚就交了辞职报告。丁宝非不敢耽误,立即订了机票和方梅飞到上海。

　　左兵和华丽萍到机场接机。一见面,两位女人就拥抱在一起。华丽萍拍打方梅的背,夸张地说:"你再不来,我会疯掉。"方梅也打趣:"巴不得你疯,好在你这里拣金子。"

　　左兵握着丁宝非的手,摇了摇:"丁总是越来越有风度。"

　　丁宝非用手拍拍左兵典起来的肚子,逗趣道:"你的将军肚越来越争气呵。"

　　上了车,奔驰平稳地向市中心驶去。丁宝非和方梅多日没来上海,发现上海又变漂亮了,沿途的高楼大厦玻光耀眼,道路两旁干净整洁,像水洗过一般。

　　华丽萍问:"方姐和丁总这次住多久?"

方梅答："如今晚能办完事，明天就回去。"

华丽萍扭过头，笑着说："方姐，这么好的机会，不多销魂几日？我还给你准备了一件高档晚礼服，保你穿上后让丁总晕眼。"

方梅用手指敲敲她的头，啐道："不正经，是该让左总收拾你。不过礼服嘛，笑纳了。"

左兵一边开车一边说："我哪敢呐，就上次，打翻醋罐，差点要杀我。"

华丽萍嘟起嘴："谁叫你不让我活。下次再发现，把你那个东西阉掉。"

左兵说："你看看，我一个大男人，被她整得没自由。苦命啊。"

丁宝非没说话，一直在听他们调侃，发现两人闹矛盾后关系倒变好了，感情也越来越深。这简直不可思议，若换了别人，还不早撕破脸，早成了仇人哩。

到了宾馆，左兵华丽萍把他们带到早已开好的套房里。华丽萍给每人泡了茶，然后围坐在一起聊天。那份亲热，无以言表。看时间不早，左兵站起来，说："丁总，按你的要求，在3楼中餐厅订好了包房，叫紫荆花，什么都安排好了，你只管大胆地消费，千万别为我省。外企人力资源总监，要求肯定不一般。晚饭后，需要我再安排，打个电话，我就在附近恭候。"

丁宝非拍拍左兵的肩："让你破费，谢谢！"

送走了左兵、华丽萍，两人趁刘发展未到之前清洗一下。在冲浪浴缸里，两人像小孩一样，边洗边打水仗。玩得性情大发时，两人忍不住在浴缸里翻江倒海一番。

出了浴缸，方梅把水擦干，穿上华丽萍送的白色带蕾丝暗花的晚礼服。丁宝非前后瞅瞅，觉得长短松紧正合，紧绷的上身凹凸有致，风云奔涌；微露洁白如玉的香肩，让人流连；刚洗过的黑发瀑布般垂下，使整个人显得恬静妩媚。方梅双脚跳跳，望着丁宝非："好看？"丁宝非忍不住吻吻她的香肩："好看极了，别让那个姓刘的勾去了。"方梅捶他一拳："去你的。"再给香肩上喷点香奈儿香水。丁宝非也把自己打扮一番，穿上阿玛尼衬衫，把头发吹成波浪型，特显精神。

看约定的时间已到，两人先后下楼走进紫荆花厅。左兵早已帮他们把菜点好，丁宝非看看菜谱，尽是些南非八头鲍、法国蜜汁鹅肝等高档菜。

快近8点，刘发展才慢慢走进来，嘴里一直埋怨堵车。他一表人才，器宇轩昂，风流倜傥。方梅甜甜地叫了句："表哥。"刘发展点点头，认真地欣赏她："咦，这身打扮，美极了。3年不见，越发迷人。"方梅把丁宝非介绍给表哥。刘发展握了握他的手，礼节性地说："你好！"丁宝非显得很诚恳："感谢刘总光临。"

丁宝非让刘发展坐了主位，两人一边一个，以显对表哥的尊重。开始不谈工作，只讲喝酒。方梅要在丁宝非面前显出能耐，不停地劝表哥喝酒。丁宝非有备而来，准备大战一场，频频向刘发展举杯。看表哥喝到六七分醉时，方梅停止了劝酒，向表哥说明了来意。

刘发展眯起眼睛问："问题有这么严重？"

丁宝非认真地解释："刘总，你在省直机关呆了这么久，对国企的情况应该清楚。现在哪个企业经得起查？做老总的，为了在市场竞争中不落伍，为了给职工谋点福利，为了疏通方方面面的关系，不打点擦边球，不动点活脑筋，就没法做下去。你看私企，体制机制活，在竞争中总能领先一步。是私企老板精明吗？不是，是他们机制活。而我们国企，受的制约太多，三天两头来查，光花在应付检查上的时间和精力就占去了一半，哪还有精力抓工作呀。自漆总出任总经理以来，芷电获得巨大发展，职工也得到不少好处，当大家沉静在收获的喜悦之中时，财政专员办突然进驻芷电进行大检查。也许是认识上的偏差，本来很平常的事，被他们说成是违反财经纪律。这些年来，芷电请了省里知名会计老专家进行指导把关，完全规避了会计风险，遵循了会计制度。当然，为了加快发展，为了调动积极性，为了顺利融资，在账目上作些技术处理无可厚非。但财政专员办不这么看，而是用严厉的眼光、严格的规章制度来审视。在放大镜下，能不找出问题？"

方梅说："所以，请表哥出面，做做你这位老同学肖专员的工作。让他高抬贵手，大事化小，小事化了。如果小事化不了，至少大事给化小。"

刘发展伸手捏捏方梅的鼻子，嗔怪道："你呀，这种好事找到我。真有好事，怎么不想到我？"

方梅双手抓住刘发展的右臂，发起嗲来："表哥，我从来没求过你。这次求你了，一定要帮我做通肖专员的工作，让他放一马，不然的话，我要下岗了。"

刘发展左手在方梅脸上摸摸："你要我怎么帮？"

方梅马上从 LV 包里拿出三张银行卡，塞进刘发展衬衣口袋里，轻轻耳语几句。这三张银行卡，一人一张；另一张给刘作活动经费。

刘发展态度有些改变："我试试看吧。"

方梅用手摇他，娇滴滴地说："不嘛，一定要搞定。"

刘发展被方梅嗲巴几下，加上有点醉意，骨头刹那间酥了起来，就色迷迷地望着她那高耸的胸脯，把嘴贴到她耳旁，轻轻问："怎样谢我？"

丁宝非见状，马上端起酒杯，说："刘总，感谢你！来，再喝一杯。"

刘发展慢慢转过头来，眯起双眼看着他，半天才说："喝，喝醉了，咋回？"

丁宝非愣了一下，赶紧说："没问题，喝醉了，住这宾馆里。"

"住宾馆？"刘发展翻翻眼皮,侧头问,"表妹住这里？"

方梅红着脸点点头。

刘发展放浪一笑:"行。今晚陪表妹。"

丁宝非站起来,阴着脸,闷闷不乐地走出去,到总台开了间套房。走到紫荆花门口,又踅回去,在走廊里来来回回多次。终于,他下了决心,给方梅打电话,叫她出来。方梅接电话后对表哥说:"丁总开房没带银行卡,我去一下。"刘发展在她屁股上拍一下:"去吧。"

丁宝非把她带到走廊尽头,把房卡交给她,面无表情地问:"表哥以前喜欢你？"方梅不假思索地点点头。丁宝非又问:"你对表哥有好感？"方梅咬咬嘴唇,不吱声。丁宝非逼视她:"说真话,你对他有没有好感？"方梅狠瞪他一眼:"你发哪门子神经？"丁宝非严肃地对她说:"咱们不开玩笑,今晚必须面对事实。"

方梅被弄得云里雾里,发声狠:"有屁就放,别话里藏话。"丁宝非双手放在她肩上,幽幽地说:"怪我无能,只好用你做交易。"方梅推开他的手:"你说什么呀。"

丁宝非把头扭向一边:"难道你没看出来？ 表哥对你有一股强烈的占有欲。如果今晚不从,咱们这趟算白来。"方梅垂下头,无法理喻。她知道,表哥早就垂涎她的美色,有几次还强吻过她。其实,她也爱慕表哥的外表和才华,只是碍于表嫂,不敢顺从。"别这样看表哥。"她嘟囔一声。丁宝非认真地说:"我是男人,这点看不出来,算白混了 30 多年。为了完成任务,你今晚就陪陪他吧。"

方梅不满地瞪他一眼:"我不去。"丁宝非把她拥入怀中,劝道:"没办法,这步必须走。其实,我心里在滴血。不这样,我们就无法向漆总交代。漆总对我们的期望很大啊。"方梅沉默许久,轻轻说:"说清楚,这样做,不是我的本意,是你逼我去,以后别赖我。"丁宝非拍拍她:"这仅是一种交易,绝不怪你。"

两人一前一后回到紫荆花厅。坐下后,方梅晃晃手中的房卡,对刘发展说:"表哥,怎么样,可以放心地喝酒了吧。"

刘发展咧嘴笑笑:"好啊,今晚一醉方休。"

丁宝非打个响指,叫服务员再来一瓶茅台。有了心理准备,有了丁宝非的准许,方梅完全放开,任凭表哥放肆,交杯酒、换杯酒、对嘴酒,凡想得出来的全用上。看表哥喝得差不多,丁宝非叫方梅扶表哥去房间休息。

一晚上,丁宝非在床上辗转反侧,无法入眠。

第 40 章　查找内鬼

　　4 天后,刘发展给方梅打来电话,报告一个十分意外且任人吃惊的消息。财政专员办检查组此次行动根本不是部里指示,而是收到举报信。举报信反映了漆汉昆十几个问题,如以权谋私,贪赃枉法;以发展辅业为名大力侵占国有资产;虚列工程项目,虚开工程发票;在煤炭和设备采购中虚列费用,大肆套取资金;随欲投资,以干股分享利益;慷国家之慨,无息为高官之子提供流动资金亿元以上;虚列职工人数,套取工资额度上千万元;高买低卖,每年向加油站输出利润几百万元,等等。肖专员说,如举报属实,漆汉昆等人无疑是国企巨贪。他曾想将这些举报信转给省纪检和省检察院,可一想,纯属多余,举报人能将反映信寄给财政专员办,绝对不会忽略这两个反贪的主管部门。是什么原因促使举报者向财政专员办反映情况?他不得而知。然而,他知道自己有责任对所属专区的国有资产进行监管,有责任对国企税收上缴情况进行检查,有责任堵塞国企税收流失的漏洞。权衡半天,他选择了会计信息质量检查,专查国有资金使用和税收上缴情况。刘发展还告诉她,肖专员为避越权之嫌,会注意工作方法。最后,刘发展叫她放心,说老同学不是那种钻牛角尖的人,会妥善行事。方梅表示了感谢,请表哥再盯紧点,保证最后的结果能让领导满意。

　　丁宝非马上将这一消息告诉漆汉昆。漆汉昆听后惊出一身冷汗,完全没想到有人背后开冷枪。而且这冷枪开得毒,开得狠,大有置他死地而后快。他在办公室踱起方步,脑海里过电影似的检索举报者。半天,也没检索出谁。他要丁宝非帮助分析。丁宝非点了葛联军等几人,都被漆汉昆否定。漆汉昆说:"葛书记的性格我清楚,有意见他会当面提,决不会背后搞小动作。"

　　"有没有可能是方成?"丁宝非想起各种传言,再说他的秘密上次被他撞破,心里永远是个结,宁愿栽赃于他。

　　漆汉昆琢磨片段,既不否定,也不肯定,口里喃喃地:"举报者的动机是什么?"然后望着丁宝非,进一步分析:"此人是心怀不满泄私愤,还是私欲未达出恶气?是心怀叵测搅浑水,还是恶意中伤图不轨?是争权斗利泼污水,还是假装正直扮斗士?"

丁宝非更加肯定："方成属于心怀不满泄私愤，私欲未达出恶气的那种人。原来他在燃料科，到工会后，一肚子牢骚。底下还传说他在收集漆总您的各种不利材料，等待反戈一击的机会。"

"有这事？"漆汉昆颇感吃惊，第一次发现有人敢在背后整自己的黑材料。

"我也是听说。"丁宝非心虚起来，在没有完全证实之前，不敢给漆总提供不确切的信息，以免影响漆总的视听和正确判断。

漆汉昆此时的思维是跳跃性的，一会儿跳到举报者的寄送范围。他知道，现在的举报者唯恐天下不乱，几毛钱邮票满天飞。能寄给财政专员办，保不准寄给了省检察院和省纪委。想到此，他马上给毕检打电话。毕检回答没听说，叫他安心工作，并强调心中有数。毕检心中有数一句话，让他心里踏实许多。他又打电话给省纪委二室主任，主任与他是校友，也是铁哥。主任也回答没听说，反问他怎么哪？漆汉昆将实情告之。二室主任听后半天没吭声。漆汉昆有点急，要他帮助再了解一下。他清楚省纪委的管理程序，举报中心收到举报材料后，将材料分发到对口室。对口室再对材料进行斟酌核查。一般来说，省纪委对实名举报会高度重视，对匿名信多是转到主管部门。因为现在的匿名信太多，无法应付。国企对口室是四室。四室主任装腔做势，他无法拉近关系。二室主任安慰他，答应马上找四室主任探听虚实。过了一会儿，二室主任回话，说四室半个月前收到过一封举报芷电的匿名信，估计这两天会转到省建投。漆汉昆表示了感谢，并请求主任帮助复印一份。这可是重大违规，二室主任感到为难，但终抵不住漆汉昆的苦苦哀求，答应试试。

漆汉昆的思维又跳了回来，指示丁宝非对有重大嫌疑的方成彻底查清。

接到任务的丁宝非像打了鸡血，全身振奋起来。他要借机将方成整死，永远不敢在他面前说半个不字，以消除人生道路上的大患。

就在财政专员办检查接近尾声的时候，崔燕把肖专员请了出来。漆汉昆带上丁宝非提前到五洋大酒店恭候。肖专员带了两位处长，一男一女。女的在芷电见过一面，姓成。当时她召集工作组开了一个短会就匆匆走了，也不知布置了什么任务，只知道工作组自她走后进度加快了。在非常时期，漆汉昆不敢过于奢华，只上了些中档菜。酒，自然是离不开茅台，官员大多喜好这一口。也许是心情郁闷，漆汉昆与肖专员和两位处长喝酒始终兴奋不起来。丁宝非没有说话的份，每次碰杯只讲感谢两字。好在崔燕应付裕如，掌控有度，不时以诙谐幽默的话语调节气氛，不断指挥漆丁两人向 3 位客人敬酒。快散席时，漆汉昆拿出 3 张健身卡，每人发 1 张。

肖专员推开卡，认真地说："漆总，没必要，我们有规定。"

崔燕把卡塞回肖主任手上，笑着说："一张健身卡而已，会把你腐败到哪里？机关工作人员难道不要锻炼身体吗？我还是那句话，该怎么查就怎么查，有问题，摆出来，我们改了就行。现在干国企，哪个不踩线擦边？规规矩矩做企业，离死就不远。我原来干副市长，要求别人如何如何，等我干上了这个总经理，才发现原来的观点有多傻。"

肖专员不发表意见，只是点头，表示理解而已。

崔燕对漆汉昆说："漆总，以后一定要按肖专员的意见进行整改，不能再发生违纪违规的事。要让财政专员办放心，芷电是守规守法的好企业。"

在崔燕的反复劝说下，肖专员和两位处长终于把健身卡收了起来。餐桌上虽然没谈什么实质内容，但漆汉昆发现，肖专员的态度明显好多了。

第二天上午，成处长来到芷电，宣布检查组完成了所有检查工作，下午全部撤走。但没给出什么意见，只丢下一句话："待检查组回去汇总后才能给出结论。"漆汉昆心里虽然不爽，但口头上还是高兴接受和感谢。

二室主任果然守信，把复印的举报材料送给漆汉昆。漆汉昆看后马上把举报材料交给丁宝非，要他在短期内查清举报者。丁宝非拿过举报材料一看，浑身冒冷汗。材料中反映的问题有些是他经手干的，如高买低卖，每年向加油站转移主业利润；在煤炭和设备采购中虚列费用；虚列工程项目，虚开工程发票，等等。举报信反映的每桩事、每笔款，除细节有偏差外，事实和数额基本相符。此人收集材料，一定费了不少心思和精力。好在举报者不敢署真名，否则，他会有牢狱之灾。

如何查出举报者？搁在以前，一对笔迹，很容易辨别。现在什么人都用电脑，不动用公安无法从指纹等方面去甄别。丁宝非以前看过不少侦探小说，充分发挥想象，用小说中的情节去分析案情。经过苦苦思索，他想到从文风方面捕捉蛛丝马迹。他求助李蔓，找到了中层以上干部的述职或年度报告材料。几十份材料，要一一细看，得费很多时间和精力。他采取筛选法，第一个选方成，以下对有嫌疑的排队。待看完假想犯的材料后，他锁定了两人，一人是方成，一人是原设备科科长。也许是先入为主，他一口咬定是方成。因为方成撰写的年度报告文风与举报材料的文风惊人的相似。方成在芷电算支笔杆子，工会的材料，都是他自己亲笔撰写。

他将这一发现报告漆汉昆。漆仔细琢磨起来，觉得两者的文风确实很像，尤其是副词的使用，在不少段落中几乎是一致。漆汉昆背起双手，又在办公室里踱起方步。这是他的习惯,一遇到棘手问题,总是以踱步和深思来破解。

丁宝非的目光跟随他的身子转,不敢发一声。

漆汉昆踱步良久,停下来,眼睛直视丁宝非:"你敢肯定?"

丁宝非用力点头,进一步分析:"关键是方成存在作案动机。原来他在燃料科,漆总您把他撤换到工会。用我们老家话说,从米箩里掉到糠箩里,心里落差很大,换谁,都会有很大意见。还有,原来他很受冯总器重,后来葛总对他也不薄。一前一后对比,难免不产生怨气。人,一旦有了怨气,什么事都干出来。"

漆汉昆觉得丁宝非分析在理。以前,他一门心思从大局着想,根本不考虑别人的感受。他记得当时宣布方成改任工会副主席时,方成脸色一下惨白,事后也没找他申诉。他想起一句谚语,不叫的狗会咬人。如此说来,方成无疑是嫌疑者。他要丁宝非找他谈谈,试试方成的态度,如果一味狡辩,说明心中有鬼;如果无所谓,说明与此无关。

晚上,丁宝非约方成出来坐坐,说好久没单独喝酒,怪想念的。方成警觉地问:"还有谁?"丁宝非笑笑:"就我们两人。要不把我表妹叫来,热闹点。"方成叫了起来:"别,别,要么我不去了。"丁宝非心里清楚,方成怕他捏软肋。小红床上过分主动和大胆的举动,肯定让方成发现了什么。"开个玩笑,就我们哥儿俩。"丁宝非给他定心丸。

在五洋大酒店小包房里,待酒菜上齐后,丁宝非支走了服务员,两人一边聊天一边喝酒。看方成喝得差不多时,丁宝非故意神神密密地说:"方主席,你听说了吗,芷电有人告了漆总的黑状。"

方成抖了一下,好像有人在他身上扎了一针。然后,他很不自然地用手抹抹嘴,低声问:"告了什么?"

丁宝非把这一切看在眼里,发现他一点也不惊讶,似乎已经知道真相,而且还急着问内容,仿佛要进行对比。"具体不清,好像是告漆总以权谋私,贪赃枉法;以发展辅业为名大力侵占国有资产;虚列工程项目,虚开工程发票;在煤炭和设备采购中虚列费用,大肆套取资金;随欲投资,以干股分享利益等等。"丁宝非将计就计,干脆将部分内容透露给他。

方成沉吟片刻,问:"你从哪听到的?"

"都在传啊。"丁宝非摊开双手,反问他,"你不知道?"

方成摇摇头,左右看看,又问:"有没发现是谁告的?"

丁宝非干脆激他一下:"底下在传是你告的。"

方成愣了一下,转而满脸通红,青筋暴跳,歇斯底里地叫了起来:"谁说的,妈的，谁说的，老子操他祖宗。"

到此时，丁宝非心中有数了，假意劝道："不用急，只要心中没鬼，真的假不了，假的真不了。别人不清楚你，我还不信你老哥？算了，让别人传去，没把柄的事上不了台面，相信漆总能甄别是非。不谈这些没油盐的事，咱喝兄弟酒。"举杯与他一碰。

方成已是怒火冲天，目光游离，神情混乱，喝酒状态回不到原来。

看方成乱了方寸，丁宝非只好提前收场。

当丁宝非把这一切告之漆汉昆时，满以为方成死定了，不由得幸灾乐祸起来。可是，当结果出来后，让丁宝非瞠目结舌，大跌眼镜。漆汉昆对方成没半点责难，反而采取怀柔政策，把他调到设备科任科长，并亲自找他谈话，鼓励他好好工作。把方成感动得热泪盈眶，表示决不辜负漆总的期望。这一岗位，在火电厂属要害部门，多少人紧盯它。而方成却因祸得福，轻而易举将宝印收归囊中。

丁宝非对漆汉昆的用意百思不得其解，气鼓鼓地上门责问："漆总，对这种人不处理，反而重用，让人不服。"

漆汉昆拍拍他的肩，反问一句："假如你犯事，我严厉处罚，你第一反应是什么？"

丁宝非脱口而出："认罚呗。"

漆汉昆笑笑："违心话。有成语叫：鱼死网破，狗急跳墙，同归于尽。兔子惹急了，也会咬人，何况人乎。他收集材料举报你，说明对你积怨很深。西方有哲人说过，消灭敌人最好的办法，就是把敌人变成朋友。这次举报事件提醒我，以后要多研究人的思想活动，及时发现异常，及早消除隐患。"

丁宝非十分惊叹漆汉昆的胸襟，一般人是绝对做不到，心里对漆总佩服至极。

漆汉昆又说："这只是缓兵之计。你找机会给他下副猛药，叫他再也不敢造次。"

丁宝非一时没理解，等反应过来时，漆汉昆已夹着公文包走了，丢下一句话："做漂亮点。"

在接下来的日子里，丁宝非一直在琢磨给方成下猛药的方法。制造车祸，暗中教训，是最简单的方法。但男人不怵体伤，恐怕解决不了问题。思考半天，决定还是从男女之事下手。他叫来孙在兵，一起商量对策。上次小小计谋，不足以让他闭口，现在的大小官员偶尔玩玩女人是再正常不过的事，即使传播出去，难以撼动他一根毫毛。如果弄出嫖娼新闻来，就可置他于身败名裂之地，达到彻底堵住这张破嘴的目的。

孙在兵拍拍胸脯："这点小事,交给我就行。"

丁宝非觉得没这么简单,问:"你咋操作?"

孙在兵说:"找个小姐,调教一下,逮住机会把他弄上床,再拍几张照。或者直接叫公安逮个正着。"

丁宝非摇摇头:"你啊,想得太简单,方成是尊木偶,你要咋摆布就摆布?有身份的人,嫖娼都有个讲究。"他马上想到虹彩花园的刘总,别看他五大三粗,但对漂亮女人却十分着迷,经常看见他挽着时髦女子去酒店开房。方成与这种人打得火热,难免不近朱者赤,近墨者黑。"对,就这么办,从刘总身上下手。"他一拍大腿,兴奋地叫了起来。然后,交待孙在兵,尽快把春娥找来,早日实施"下药"计划。

孙在兵后来跟春娥过了一段同居生活,终因各种原因分道扬镳。春娥不忘孙在兵的多情,走时还恋恋不舍,握着手说:"今生不同衾,来生求同心。有什么事,打个电话,为了你,我愿意付出一切。"当时,孙在兵望着她远去的背影,怆然泪下。如果她没有这段不光彩的岁月,他愿与她白头到老。在卿卿我我的日子里,他试图忘掉她的过去,但做不到,一想到她与无数个男人翻云覆雨过,整个心像被无数把剪子绞得生痛,无法忍受。春娥把这一切看在眼里,恨自己当时走了眼,等发现了他的珍贵,恰似一夜秋风来,落叶已飘零。她早就不寄希望这段姻缘,只感谢孙在兵把她当人看。

当春娥娉娉袅袅走到面前时,丁宝非惊呆了,春娥依然是那么年轻漂亮,一身紧裹的洁白连衣裙,把她的身段衬托得层次分明,尤其是那突兀的双峰,仿佛要在他面前挣脱出来。他为孙在兵惋惜,多好的一朵芙蓉花,就这样残败在各类男人床上。他心里忽然飘过一丝愧疚,觉得把孙在兵昔日女友拿来做交易,是不是残忍了点。可一细想,还只有她能担当重任。26 岁的年龄,20 岁的相貌,心理成熟,年轻貌美,能独立行事,又能捕获男人的心。

丁宝非在五洋大酒店高规格招待了两位,算是战前动员和犒劳。酒足饭饱后,分别给了两人 1 万元活动经费,接着布置任务。他说:"孙在兵负责盯紧刘总,弄清他喜爱嫖娼的场地和习惯。然后,想办法把春娥介绍进去。接下来,把目标锁定方成,跟踪他下班后的行程。一发现他们去了该地,马上告诉春娥。春娥哩,进去后,尽快熟悉场地,了解刘总嫖娼的规律,但不要与刘总正面接触。"他拿出两张照片给春娥,指着胖的说:"这是刘总。"指着方成说,"这是方成。看仔细点。"春娥认真看了看,笑了声:"这个方成挺帅嘛。"丁宝非皱了皱眉头,发现风尘女人本性不改。他沿着原来思路说下去："这个时候,春娥你,充分展现你的魅力,争取让他迷上你。然后,让他带你出去开房。到了房间,赶紧给孙在兵发短信。如果方成对你不感兴趣,下一步任务则是盯紧他,发现他带别的女子去开房,就悄悄跟踪,然后将房间号告诉孙在兵。事成后,还有奖。"

两人欣然领命,表示坚决完成任务。

半个月后的一个深夜,纪委书记李蔓接到公安局电话,说方成在丽都会所嫖娼当场被抓,要单位明天上午派人来接。第二天一上班,李蔓将情况报告漆汉昆。漆汉昆听后心中一喜,觉得丁宝非办事能力很强,心里免不了赞扬一番。他假装生气:"真丢人,芷电的脸丢大了。你亲自去一趟,把他直接押到我这里。"

上午快下班的时候,方成跟着李蔓走进漆汉昆办公室。一见到漆汉昆,方成就扑通一声,跪在他面前:"漆总,您处罚我吧。我给芷电丢了脸,我不是人,我对不起漆总的培养。"

漆汉昆在他面前转了一圈,然后暴跳如雷地大骂起来:"什么好事不做,偏干这种龌龊之事。你这样做,对得起老婆孩子? 传出去,叫她们如何做人? 芷电的脸给你丢尽了,你配做芷电中层干部? 配做共产党员? "

方成被骂得羞愧难当,无地自容,想到自己的前程,想到老婆孩子,忍不住号啕大哭起来。

李蔓上前把他扶起来,递几张纸巾过去,劝道:"好好悔过自新,还是想办法渡过面前难关。"

方成站在一边,垂着头,不停地用纸巾擦眼泪。

漆汉昆骂了一通后,冷静地想了想,问李蔓:"和谁去的公安局? "

李蔓回道:"就我一人,这种事,张扬出去不好。"

漆汉昆围着茶几踱了起来,过了一阵,对李蔓说:"此事到此吧,给葛书记报告一下,就我们 3 人知道。下午我们 3 人再碰个头,尽量妥善处理。弄不好,一个好端端的家庭就此破碎;一个好端端的干部就此毁掉。"

方成对漆汉昆不断磕头,泪水满面,心里发誓以后再也不干对不起漆总的事。

第 41 章　朋比作奸

　　费了 1 个多月时间,财政专员办才把检查结论和处理决定拿出来。这天,成处长带着检查组成员中的两位副处长到芷电来宣布,芷电在家的班子成员都参加了会议。财政专员办作出的检查结论和处理决定有 15 项:虚列成本;挤占成本;少计投资收益;少计资产占用费;工资性支出未进工资总额,等等。每项中又列出若干个子项,如虚列成本项中列了 7 个子问题。最后处罚决定是:违纪金额总计 1.37 亿元,应上缴财政款计 1327 万元,其中企业所得税 1298 万元、个人所得税 29 万元。决定要求在 15 日内向当地税务部门及中央金库分别缴纳,并将有关责任人的处理情况 60 天内报专员办备案。

　　这个处罚决定,专员办事先与漆汉昆沟通过。说实话,他无法接受。肖专员单独与他分析过问题的严重性,如果不是各方施压和做工作,最后的结论还会更重。漆汉昆心里虽然憋屈,但还是硬着头皮接受下来。有什么办法? 人家只在经济层面给予处罚,没上纲上线,本身就给了很大面子。

　　送走了成处长等人,漆汉昆坐在办公室里独自苦闷。望着财政专员办的红头文件,那一行行黑色的宋体字,像一排排张牙舞爪的蚂蚁,在他心窝里疯狂地啮噬。他用五指撕扯自己的头发,恨不能把心里的烦躁和愤恨撕扯出来。他恨肖专员死心眼,恨方成背后开冷枪。

　　烦归烦,恨归恨,财政专员办的决定还得执行。漆汉昆打起精神,指示财务科长按处理通知尽快上缴罚款。对责任人的处分,觉得还是要做做样子。否则,不好给肖专员交差。心想,处分的面不宜过大,只给辅业公司几位老总记个过,再罚点款。他到葛联军办公室,把处理意见和盘托出。葛联军现在很低调,过半年就退休,凡事看得开,对漆汉昆的意见完全赞同。漆汉昆回到办公室,叫来丁宝非、陈歌、贺小妹、熊长远,如此这般地解释了一番,要他们承担行政和经济处罚的责任。丁宝非觉得正是为漆总分忧解难好表现争立功的最佳机会,马上表态服从。其他几位你看着我,我看着你,谁也不吭声。丁宝非推推熊长远,熊长远怨恨地瞪他一眼,无奈地点点头。陈歌、贺小妹见此,只好默认。漆汉昆高兴地与他们一一握手,劝大家不要多想,为芷电的发展受过,领导不会忘记的,到时会给予补偿,对以后个人发展无任何影响;要他们轻装上阵,继续努力工作,为芒电的发展多做贡献。送他们出门时,漆汉昆叫住丁宝非,要他陪同去明天大厦工地看看。

明天大厦建设进度比预想的要快,只剩下最后一层,过不了几天就要封顶。漆汉昆对进度和质量甚是满意,要求施工单位和工程管理人员自始至终把好关,力争圆满收官,建成芒都一流写字楼。

漆汉昆作了一番指示后就走了。包工头焦平叫住丁宝非,说好久没在一起坐坐,提议晚上出去放松一下。焦平所谓的放松,丁宝非心领神会,马上应诺,叫他下午下班来接他。

从明天大厦工地回到办公室,陈歌、贺小妹、熊长远3人先后走进来。丁宝非招呼他们坐,并给他们倒好茶水。3人的情绪都不好,尤其是贺小妹,脸上写满了委屈。丁宝非清楚,他们还在为代人受过愤愤不平。说实话,要他们4人承担会计信息失真的处罚确实有失公平,大多数的违规与他们八杆子挨不到边。可漆总为了保帅丢卒,硬是把他们拉上处罚的断头台。有什么办法呢?中国皇权社会,历来是君要臣死,臣不得不死。可他们就是过不了这道坎。

"丁总,你是我们4人中的老大,该你出这个头,趁处罚决定没下来之前,代表我们找漆总做做工作,别给我们行政记过处分,罚点款,认了。行政记过,我接受不了。我们到底犯了什么错?这些主意又不是我们出的,按领导指示办事,有错吗?即使错了,板子也不该打到我们身上呀。"贺小妹说着说着,眼里噙满了泪水,"我至死不明,我们几个离开主业,到辅业干着吃力不讨好的活,要地位没地位,要名誉没名誉,却要背负不必要的处分,让人心寒。"

陈歌接过话说:"是呀,谁愿意到辅业这个破地方? 我电校同学还以为我遭了贬呢。呆在主业多好,不必担惊受怕,不必承受各种压力。我们冒着风险把辅业发展起来了,没有功劳也有苦劳啊。说实话,我是憋屈跟着丁总干,在工作中受点窝囊气也罢,但不能把我们当猴耍。噢,别人知道要保前途,我们就该死?"

熊长远猛吸几口烟,狠狠地把烟蒂掐灭,义愤填膺地说:"丁总,你得为我们讨回公道。天下没这般道理,这么多人犯事,偏偏拿我们4位开刀,凭什么,凭什么呀!"

贺小妹轻拭眼泪:"我把事件告诉老公,他不安慰我,反而说我犯了错误,不然领导还会处分你?跟他反复解释,他就是不信。我是百口难辩。这样闹下去,我这日子怎么过?"

陈歌气鼓鼓地说:"漆总一碗水不端平,拿软柿子捏。我们为他冲锋陷阵,他却把我们抛出去。以后,谁还敢为他卖命?"

熊长远语言更毒:"欺负老实人,是人干的吗?蛇蝎心肠。"

3人就这样轮番轰炸,把淤积在心里的愤懑发泄出来。

丁宝非不停地转动手中的茶杯,目光在3人之间瞟来瞟去。他心里清楚,漆总出此下策,也是迫于无奈。谁不爱惜自己身边的干将?工作中出了问题,人家较真,总得有人担责。这段时间里,他真切地感受到了漆总的难处,偌大的一个企业,每天要发生多少事?而这些事无一不围着他转,指令稍微发错,就会种下祸根。漆总不是神仙,即使伟人,也难保不失错。财政专员办查出的这些问题,不能把账算在漆总一个人身上,凡是一线人员,或多或少都得承担相应的责任。比如处理决定中列举的问题,有个别事项就是他自作主张实施的。对此,他就该当仁不让地担当相应的处罚责任,这不仅是个人勇气问题,而是如何支持漆总的态度问题。

等他们发泄完后,丁宝非不紧不慢地说:"你们的心情可以理解,我也感到委屈。但有什么办法呢?只怪我们的命不好。这些留在主业的人员,一个个过得滋溜溜的,工资奖金发得比我们多,好事都是他们的,出了问题没他的份。如果你有能耐的话,也可回到主业。可是,你回得去?出来了,就没有回头路。既然是命,就只好认命。这些年,我们干得不亏,把明天电力集团公司干成了一个实力雄厚、在芷都叫得响的大企业。人活在世上的意义是什么?不就是能出人头地?我们手中的权力比主业人员大得多,行有公车,吃能签单,哪个不是管理了上百号人?凭这点,主业人员就没法比。我们不是常说,权利和义务要对等,你手中有多大的权,就要承担多大的义务。漆总待我们不薄,每项工作汇报他那儿,都会得到全力支持和关心。现在,漆总遇到难题,我们不应为他分忧吗?漆总跟我们讲得再清楚不过,只是象征性的作出处罚,且处罚决定也不放入档案。也许,几年以后,谁还记得这茬事?至于面子,不要过分看重,关键还是自己能否正确面对。"

贺小妹还是不服气:"丁总,你不看重面子,我可要面子。受到行政处分,头抬得起来?职工还会信任我们?以后如何去管理别人?"

丁宝非用手压压:"你放心,职工的思想觉悟不比我们差,这些道理他们懂。背负处分是为企业渡过难关,而不是我们自身的原因。以后,我会尽力为你们解脱责任,请相信我,更应相信漆总。"

接着,丁宝非针对他们提出的每个问题都给予耐心细致地解释和说服。做了1个多小时的思想工作,3人终于平静地离开。望得他们渐远的身影,丁宝非如释重负地舒了口气,心想,如果漆总知道今天的事,又会如何表扬自己?

　　快下班的时候,方梅打来电话,说晚上去天香花园。丁宝非回答说晚上已有应酬,改天再去。方梅问什么应酬,不能改改?丁宝非打着哈哈,说改不了了,几天前就已约定。否则,失信于朋友。方梅很不高兴地挂了电话。自上海回来后,丁宝非心存块垒,一想到方梅和表哥上床的情景,就像吞了只死苍蝇,恶心想吐。他知道,不能怪方梅,可就是心里不好受。他想,如果当时方梅拒绝了他的要求,或许,他会为她癫狂,至少说明她意志坚定,不会为花花世界所诱惑。可是,她还是那么爽快地和心仪的表哥圆了鸳鸯梦。刚下飞机的那天晚上,他沉静在喜悦之中,为了庆祝胜利,两人在天香花园房子里激情了一番。当完事后,他突然跑到卫生间洗个不停。方梅看他动作怪怪的,问他怎么啦?他迟疑片刻,摇摇头,说没事。他真希望没事,可就是控制不住自己的排他情绪,对方梅产生了些许反感。方梅已经是第 9 次给他电话,她今天电话里似乎藏着一股气。这些,丁宝非完全能感觉出来。对方梅,他深藏爱意,发生这事,心里难受,也是必然。他相信自己能走过这道坎,唯有让时间来净化。

　　刚合上机盖,焦平的电话打了进来。焦平说:"已在你楼下,快下来吧。"丁宝非简单地把桌上的文件材料整理一下,屁颠颠地跑了下来。

　　在车上,焦平说:"今天带你到一个好玩的地方玩。"

　　丁宝非问:"什么地方?"

　　焦平神神秘秘地说:"到了你就知道。"

　　奥迪在芷都大街小巷里左拐右拐,行了 40 分钟路程,才到一个高档小区的别墅前停下。焦平按了几声喇叭,别墅门打开,一位身材颀长、丰腴曼妙的少妇跑了过来,娇滴滴地叫了声:"焦总,您好!"

　　焦平摇下车窗,伸手与少妇握了握,吩咐:"小佳,把丁总带进去。"

　　丁宝非打开车门,一只脚刚跨出,小佳的粉白细手就扶住了他的手臂,依然是娇滴滴的声音:"丁总,小心。"

　　丁宝非跟随小佳走进别墅,才发现这里是私人会所。如果不是常客,谁也不知道这里别有洞天。别墅包含地下室共三层,厅堂和房间装潢得精巧富丽,带有欧式贵族风格。一楼宽大的房间里摆了张水晶琉璃餐桌,是招待贵客的最佳去处。小佳把丁宝非安排在房间的沙发上,端上一杯金骏眉,问:"丁总第一次来?"

　　丁宝非左右看看,点点头,说:"偌大一个会所,咋不见几个人?"

　　小佳低眉一笑:"丁总想要多少美女就有多少美女。"

　　"是吗?"丁宝非逗了句,"我要 3 个,有吗,人呢?"

　　焦平推门进来,"丁总等不及了?"转头对小佳说,"去,叫4个猛点、野点、嫩点、波大点的美女来。"

　　"好嘞。"小佳兴奋地应了声,一扭腰,闪出房间。

　　过了不久,一辆本田在别墅门前停下,车上陆续下来4位如花似玉的美女,渐次被小佳引进房间。小佳说:"焦总,丁总,按你们的要求叫来了,满意吗?"

　　焦平围着每位小姐看了看,满意地点点头,然后问丁宝非:"丁总,你看呢?"

　　丁宝非坏笑一声:"听焦总的。"

　　焦平问小佳:"你参谋一下,我们是吃了玩,还是玩了吃?"

　　小佳毫不犹豫地回答:"当然是吃了玩喽,美女吃饱了,玩得才有劲。"

　　"好。"焦平拍拍小佳的肩,"听你的,上菜。"然后安排丁宝非坐好,叫了两个丰满漂亮的小姐坐在丁宝非两旁。

　　一会儿,菜上来了,都是外面不常见的野味,如狼肉、狐狸、穿山甲等。丁宝非在芷都呆了多年,从未品尝过如此众多的野味,免不了感叹一番。酒,上的自然是珍品,大家放开来喝。丁宝非身边的小姐倒矜持,自控力极强,喝了几杯后就打住。丁宝非问:"酒不好?"两位小姐异口同声地说:"等会儿还要干活,喝高了会误事。"丁宝非会声一笑,觉得两位小姐的敬业精神可嘉。但酒能乱性,喝高了干活更疯狂,就纵容:"喝,放开来喝。我喜欢你们醉酒的样子。"右边的小姐抿嘴一笑,说:"焦总没告诉你玩法?"焦平伸过头来,做个鬼脸:"小妹,我告诉多没劲,你指导才有味啦。"小姐就贴近丁宝非耳朵轻轻说:"今晚,我们玩性虐待,只要你想得出来,我们就玩什么。"丁宝非听了心里一惊,想不到芷都也有如此玩法。他曾听左兵说过,美国有个地方玩性虐待,特刺激。想到有新鲜玩法,丁宝非也控制酒量,留得清醒玩他个天翻地覆。

　　散席后,小佳把丁宝非和两位小姐带到地下室。地下室有三间房,房门都是厚实的防盗门。丁宝非被安排在南边一个大间里。他进去后,发现装修独特,没有窗户,四周都裱上厚厚的墙布,私密性、隔音性特强,防盗门一关,任凭里面嚎叫,外面听不到半点声音。房间里有一很大的卫生间,里面有蒸汽房和水床。房中间摆了一张大圆床,床顶上有吊绳和吊环,床两边还有奇特的木马、木椅等,各种性爱道具应有尽有。小佳端来一个纸箱,丁宝非问:"啥玩意?"小佳神秘一笑:"你用的道具。"丁宝非打开纸箱一看,尽是些大小长短不一的麻绳。小佳对丁宝非说:"祝丁总玩得快乐。"然后把防盗门关死。

　　两位小姐一下子撒起野来,争先恐后地把他的衣服剥光,然后大大方方地将自己的衣服除净。两对粉白红润的大奶和细嫩如玉的皮肤耀得丁宝非眼花,就情不自禁地把她们拥入怀中。其中一个小姐说："大哥，急啥？好戏看后头。"她推开他的手，拿起麻绳把自己五花大绑起来，叫他用细麻绳抽身上腿上。丁宝非看她细皮嫩肉，下不了手。另一小姐鼓励道："没事，尽管抽吧，我们扛得住。"丁宝非咬咬牙，举起细麻绳往这位小姐的背上抽下去。两位小姐同时惨叫起来，是那种性兴奋和性挑逗的惨叫，把丁宝非的性神经一下子刺激起来……

这一夜，丁宝非真正享受到了男人的狂欢和盛宴。

几小时后，丁宝非和焦平躺在二楼休息间的躺椅上。焦平问："感觉如何？"丁宝非说："刺激极了。"焦平又问："还想来？"丁宝非笑而不答，心里却在期待他的再次邀请。也许是疲惫，焦平沉默起来。丁宝非的思绪却飞向漆汉昆，如此美妙的地方，焦平会带漆总来？如果漆总来了，也会这样玩疯狂？转念一想，凭漆总的性格，可能不会。又想，只要是男人，谁不想来这种好地方玩疯狂？他就这样一忽儿否定，一会儿肯定。

沉默的焦平翻个身，脸朝着他："丁总，有件事还得请你帮忙。"

丁宝非转过身，面对焦平："焦总的事，只要能办，一定给办。"

"事嘛，不算大，只要你丁总画个押就行。"焦平递支烟过来，给他点燃。

丁宝非吐口烟雾，问："还是工程量和材料的事？"半年前，焦平曾找过他，提出实际工程量与施工图有很大差异，要适当增加工程量。建材涨价太厉害，要增加概算。他当时没同意，只丢了句话，以后再说。

焦平说："就这件事。我找过漆总，他说丁总你定了就行。今天你也看到，漆总对我的质量十分满意。保质量，靠什么？靠技术，靠实力。为了质量，我可是下了本钱。现在钢材价格涨得离谱，按当时核的哪个价，把我老婆搭进去还填不了窟窿。"

丁宝非问："要增加多少？"

焦平嘻嘻一笑："不多，就 700 万。"

"别吓我。差这么大？"丁宝非吃惊不小。

"丁总，要相信我，我什么时候骗过你？"焦平坐了起来，"都有据可查，管理人员、监理人员一天到晚盯着呢，错不了。再说，还想给丁总办点事，我信奉有财大家发。"

"给我办事就免了。"丁宝非言不由衷地拒绝。

焦平倾身靠近他，压低声音说："必须的。我打算在天宫花园给丁总买套三居室。"

天宫花园是芷都高档住宅小区，三居室最小的都有 150 平米。不久前，他陪方梅去看过，房子设计十分合理，南北通透，靠南的窗户都是落地大玻璃，躺在床上，还能欣赏远处碧绿的湖水。楼层高点的，价格已到了每平米 7000 多元。能在天宫花园买房的，非官即富。这个绣球，对丁宝非来说吸引力巨大。丁宝非忍不住坐起来，凑近焦平小心地问："好办？"

焦平说："房子我都给你订好了，5 栋 1 单元 2602，站在落地窗前，环湖景色尽收眼底，无论何季，春色无限。你给个名字和身份证，1 个月后，房产证保证送到你手上。"

丁宝非思索片刻，说："用我小姨子名字吧，明天我就把身份证号码告诉你。"

焦平伸过手来，和丁宝非用力一握："好，一言为定。"

第 42 章　理财遇骗

不知为什么，大世界贸易公司突然减少了一半供煤量。熊长远急了，正是"迎峰度夏"阶段，保发电是芷电当前最大的经济和政治任务，燃料公司务必确保煤炭供应，如因缺煤停机，这个责任谁也承担不起。熊长远反复打邹雅琴电话，总不接，不得已将消息告诉丁宝非。丁宝非一听，极度不安，急忙用座机拨邹雅琴的手机，仍是不接，接着又用手机拨，还是没反应。丁宝非叫熊长远赶紧到办公室来商量。这样大的事，他没忘叫上柏筱。不一会，熊长远、柏筱先后走进他的办公室。

丁宝非给两位倒上茶水，忧心忡忡地说："估计大世界贸易公司出了问题，原煤炭供应合同突然兑现不了。纠纷和索赔是以后的事，现在我们必须拿出对策，赶紧把缺口补上。"

今年春节一过，煤炭形势突然严峻起来。由于前几年小煤窑老出事，国家下决心关闭了不少安全系数低的小煤矿，供需关系由此掉了个个。除价格上涨外，供应量也凸显紧张。年初排计划时，大世界贸易公司的合同量被敲死。衡量一个公司煤炭供应是否稳定，关键看能否搞到车皮，邹雅琴在这方面比别人技高一筹。虽然之前在吨卡上偶有摩擦，但从未影响双方的合作。

柏筱埋怨道："邹雅琴太不像话，碰到问题，电话总该接吧。要不，我再打打。"

熊长远气鼓鼓地说："我打了无数个，没用，别费劲。"

柏筱不听，还是拨了邹雅琴的电话，对方响了会儿竟然接了。柏筱把电话设置免提，大声叫了起来："邹姐，在哪？"

邹雅琴回道："在北京。"

"咋回事？怎么不按合同供煤？"柏筱急切地问。

"别提了，出了点事。我在北京正跑呢，合同可能兑现不了，你想别的办法吧。对不起，我还有事。"邹雅琴说完，匆匆把电话挂了。

丁宝非说："我们预料的没错，指望不了她了。下面，我们分头进行，把老关系找回来，组织力量到外面去跑煤，跑车皮。"

接下来，他们商量了几套跑煤跑车皮的方案。定了方案后，丁宝非把遇到的问题报告漆汉昆。漆汉昆指示他无论如何要确保煤量，出了问题拿他是问。丁宝非诚惶诚恐地应诺。

他们作了分工，丁宝非带一个队跑山西、河南，柏筱带一个队跑陕西、安徽。好在两头有关系，两套人马在煤炭主产区活动了半个月，终于补充了邹雅琴留下的缺口。车皮在齐明松的帮助下，也顺利搞定。

在胜利回师的路上，丁宝非接到华丽萍电话。华丽萍告诉他一个消息，兴达证券公司出事了，听说步少成携款跑了。丁宝非吓得出了一身冷汗，首先想到的是漆总打出去的 1.5 个亿。他问华丽萍："消息准确？"华丽萍说："是左兵在兴达证券公司的朋友传出来的。"他想，告诉漆总？按了漆总电话号码后又改变了主意，怕是假消息，如果让漆总虚惊一场，不骂死他才怪。犹豫了一会，决定自己先去摸摸情况，如属实，再告诉漆总不迟。

丁宝非临时改签飞上海的机票。到了上海，华丽萍接的机。他让华丽萍直接送到兴达证券公司。一路上，华丽萍兴高采烈地谈她与左兵和好后的恩爱。他没心事听，有一搭没一搭地应付。

到了兴达证券公司，他直奔燕萍办公室。燕萍不在，同事说她出去了。征得同事同意，他用办公室座机打燕萍手机。燕萍听出是丁宝非的声音后不吱声。丁宝非诚恳地说："燕秘书，看在老乡份上，我们见上一面，好吗？求你了。"半天，燕萍回了句："好吧，晚上 7 点在大楼附近的迪乐咖啡屋见面。"

丁宝非婉拒了左兵晚上的宴请，提前到迪乐咖啡屋订了个雅座，发短信把座号告诉了燕萍。燕萍还守时，7 点整准时到。

"这个时候来，有急事？"一落座，燕萍就发问。

丁宝非直接问："步总真的出事了？"

燕萍故作惊讶："听谁说的？"

"自有消息渠道。我们是老乡，可得实话告诉我。"丁宝非诚恳地望着她。咖啡、点心陆续上来。丁宝非把咖啡、点心全推到她面前。

燕萍呷了口咖啡，眼睛望着天花板，嘤嘤地说："其实，我昨天才知道。步总3 天前就跑了。"

丁宝非急切地问："我们这笔款怎样？"

燕萍叹口气："成问题了。你们还不算多，有的比你们多几倍，听说都被步总卷走了。"

丁宝非眼睛瞪得铜钱大："怎么会这样？请你想想办法，帮我们弄回点。"

燕萍摇摇头："昨天，公安局经侦人员进来了，把公司所有账封了。听说兴达证券公司窟窿很大，可能面临破产倒闭。现在人心惶惶，谁还有心思想事？"

丁宝非站起来，跺着脚："完了，完了，1.5 亿啊。"

燕萍劝他坐下，左右望望，轻轻说："给漆总提个醒，保护自己。其他的顺其自然。"

丁宝非心知肚明，点点头。燕萍聊完正题后，和他倒起了苦水，不断感叹自己多舛的命运。丁宝非清楚，燕萍在步总身上下了不少工夫，到头来却落个人财两空。他不禁心生同情，反过来安慰她。

送走了燕萍，丁宝非打电话叫左兵来接。在去酒店的路上，左兵问："这次来得匆忙，是何公干？为什么去兴达证券公司？"

丁宝非不便将事件透露，临时编了句："老乡介绍一个理财项目，过来看看。"

左兵说："看它干啥，兴达证券都快关门了。"

"是吗？"丁宝非明知故问，"出啥事了？"他想从左兵嘴里再了解一点情况，好向漆总汇报。

"我朋友在兴达证券公司当部门经理。朋友告诉我，兴达证券老总卷走了十几个亿，带着小蜜跑到加拿大去了，留下一堆烂账，随时面临倒闭。公司 2 个高管和 4 个部门经理给逮起来了，个个都是亿万富翁。钱怎么来的？都是老鼠仓整的。私募来的资金，喂肥了这群硕鼠。世上竟有如此傻瓜，把大把的钱送给这群硕鼠去倒腾，悲剧呀。"左兵噼哩啪啦地说了一通。

听了左兵这番话，丁宝非心里不是滋味，觉得漆总平生干了一件大傻事，如何向方方面面交代？如何平掉这笔账？这可是一大难题。

到酒店安顿好后,左兵提议出去潇洒一下。丁宝非无此心情,说连续在外奔波了十几天,较困,想早点休息。左兵只好作罢,给他准备了一些高档水果后就告辞。

丁宝非在床上躺了会儿,给漆汉昆打电话,将这一惊天消息告之。漆汉昆听罢半天说不出话。丁宝非喂了几声,漆汉昆仍无反应。

过了许久,漆汉昆才气急败坏地说:"宝非,明天一早去找兴达证券公司管事的领导,无论如何要讨回这笔款。"

丁宝非无法给他解释,只好茫然答应:"好的,漆总,要不回,我就赖在他们办公室。"

"对,赖在他们那儿。明天我乘早班机过来。不用左兵接,我自己打车去。"漆汉昆似乎乱了方寸。

丁宝非重新躺在床上,脑子里一片空白。他突然想到一句成语,困兽犹斗。在这个时候,一定要死缠烂打,即使无效,也不能让对方逍遥自在。

第二天上午一上班,丁宝非就缠住了兴达证券公司纪委书记。漆汉昆11时赶了过来,在纪委书记办公室与丁宝非会了面。

纪委书记对漆汉昆说:"你老总来了也没用,我跟丁先生解释得很清楚。账上没查到芷都电厂这笔资金。步少成骗了你们。"

"这怎么可能? 兴达证券与芷电有正式协议呀。"漆汉昆把带来的协议拿出来,递给纪委书记。

纪委书记认真看了半天,抬头说:"协议内容和印章没假,但你们的资金却没进公司账上。步少成截留了你们的资金。这样吧,你们写个详情,我帮你们递给公安局。至于能否落实这笔资金,我说了不算,清查工作组已进场,一切听工作组的。"

"什么时候清查完? "漆汉昆苦着脸问。

纪委书记摊开双手:"无可奉告。"

漆汉昆说:"下午4点我们准时将材料送过来,希望书记在办公室。"

纪委书记握着他的手:"放心,我会尽最后的努力。"

出了纪委书记办公室,漆汉昆要见燕萍。丁宝非到办公室找,不在,打她电话,已关机。丁宝非能猜到,燕萍不好意思见漆总,玩失踪了。

晚上9时,漆汉昆、丁宝非登上了回芷都的飞机。自中午起,漆汉昆就一直绷着脸,一直沉默。丁宝非不敢作声,只默默地跟随着。1.5亿元的窟窿,要填补,得费多少周折? 他认为漆总是位充满智慧的管理者,沉默,意味着他在思考,在思考对策,在思考解决问题的办法。他相信漆总有能力渡过这个难关。

很快,飞机在芷都机场降落。漆汉昆带着丁宝非直奔办公室。

一到办公室,漆汉昆就把自己丢在沙发上,点燃烟闷头抽起来。丁宝非给漆汉昆泡好茶,站在一边,垂直双手,轻轻劝道:"漆总,总会有办法的。"

漆汉昆睇他一眼,手往沙发一指:"坐下吧。有啥主意?"

丁宝非小心翼翼地坐下,不假思索地回道:"大不了把账挂在那儿。"

漆汉昆摇摇头:"没这么简单。步少成的案子迟早会公布,我们的说明材料也会连带透露。这笔投资,我只给少数班子成员通过气,消息一旦传出,我将成为众矢之的。这个步少成,害人不浅。他这一跑,我们的资金完全打了水漂。到了这步,只能走着险棋。第一,3 天内,你凑 1.5 亿元打到主业账上,将这笔资金平掉。只要平了账,消息传出去也无关紧要,国有资产毕竟没有流失。第二,1.5 亿元的缺口,只好靠辅业慢慢消化。我会想办法让主业多向辅业输出利益,以保证辅业的现金流。第三,对辅业进行一次大的改革。这次改革,分几步走:一是引进战略投资者,让出控股权;二是把绝大多数职工的股权转换出来,只留下少数骨干;三是建立新的股东会、董事会、监事会,董事长由控股方代表出任,你出任总经理。另外,我会推荐你任芷电公司副总经理。担任芷电副总经理一职,主要是好协调辅业与主业的业务关系,实际上是挂个名而已。"他喝口水,继续说,"过些日子,深圳凡尔达投资公司总经理王汗成会来芷电,你给他担保一个亿。记住,担保期仅半年。深圳凡尔达投资公司就是明天电力集团公司的控股股东。在新公司组建之前,你必须组织力量将退股的职工登记完毕,退回给他们的股金和分红是每人一套房子。我已给新大地房地产公司庞总打过招呼,团购,五个点的优惠,给我们照顾很大,楼盘位置极佳,是芷都市的新中心,东面靠果湖,风景一流,相信职工会满意。另外,燃料公司,明天大厦建设等工作不能放松,尤其在这个档口上不能出任何差错。"

丁宝非一边听,一边热血沸腾,觉得漆总了不起,大智慧,面对如此足以让人崩溃的困境,他却能冷静应对,巧手一拨,顿时化作烟云。按照漆总的思路,明天电力集团将改头换面,华丽转身。通过运作,1.5 亿元的缺口将慢慢填平,职工的实惠将得到提升,自己的人生价值将更加凸显。但他有个担心,如此大的动作,不通过班子商量,尤其是没获得葛书记的认可,能行得通?他轻轻地问:"漆总,葛书记他们会同意辅业改革?"

漆汉昆对辅业的改革已酝酿多时,早就与葛联军等班子成员通过气。因他设计的方案对管理层很有利,自然是没有反对的声音。让他萌生改革辅业的念头，是受电力体制改革大潮的影响。M 集团对辅业完全剥离的政策，使他对辅业的未来深感担忧。以免夜长梦多，他就设计了这一改革方案。他本来想把方案完善后再抛出来，没想到在这个节骨眼上碰上 1.5 亿元的投资被卷走，他只好加快改革速度，以期通过股权变动和新的项目投资来掩盖这 1.5 亿元的缺口。他说："早就商量过，只差开个会。你大胆地去办吧。"

丁宝非发现自己杞人忧天，不觉惭愧，马上表忠心："漆总，我一定不折不扣地完成任务，如有半点差池，拿脑袋见您。"

漆汉昆用手压压："没这么壮烈，记住一条，每项工作，务必小心谨慎，尤其在财务处理上，要请高手把好关。"

丁宝非使劲点头："请漆总放心，我会百分之百地做到。"

漆汉昆说："相信你能打好这一仗。碰到问题，随时向我报告。"

"好的。"丁宝非又问，"辅业改革何时启动？"他觉得职工退股登记工作量大，有必要早做准备。

漆汉昆说："明天我会召开总经理办公会，专门讨论辅业改革事宜。会后，我会叫李蔓主持召开工会持股会代表会。等前期工作做好了，就开始着手职工退股登记工作。你还是先把其他事办好吧。"

"好。请漆总放心，平账的事明天就着手办。"丁宝非站起来，向漆汉昆告辞。

第 43 章　情人逼婚

方梅无法忍受丁宝非的冷落，不停地给他发短信打电话。丁宝非总以事忙推脱。他们已有几个月没在一起，她认为极不正常。

丁宝非事忙是真，但还不至于挤不出约会的时间。这几个月里，他还没解开她和表哥一夜情的心结。然而，却喜坏了李沁，男人几乎每天回家。更让李沁暗喜的是，男人近期交回了不少钱，还交给她一套高档房。她去看过，房子的设计和景观让她喜欢得不得了。李沁已慢慢习惯男人的赚钱方式，当看到存折里的数字飞速增长，她的心里像灌满了蜜。女儿芳芳很乖，学习成绩一直是前三名。母亲身体调养得越来越好。这样好的日子，令她知足满意。

就在丁宝非全力以赴实施漆汉昆设计的各项方案时，发生了一件令他措手不及、焦头烂额的事。他万万没想到,冷落方梅的行为竟会惹来她疯狂地反扑。有天,她打电话约李沁吃饭。李沁很惊讶,问有何事?方梅说没什么事,就聊聊天。都是女人,聊天是最好的交际,李沁爽快应允。

在一个小酒店里,方梅要了间小包房。菜一上齐,她就把服务员支走。几杯酒下肚,方梅问:"你和丁宝非幸福?"

李沁没细想她问话的用意,随口答道:"幸福呀,现在生活条件好多了,和以前相比,强几十倍。"

方梅皱皱眉,又问:"你们有感情?"

李沁还是没想什么,脱口而出:"有呀,深着呢。"

方梅摇摇头:"我看未必。"

李沁警觉起来:"什么意思?"

方梅眼睛直视她:"我看,他未必爱你。"

"你这话说得离谱,他不爱我,爱你?"李沁脸沉了下来。她从来没怀疑过男人,觉得他是世界上最好的男人,有责任心,有孝心,有事业心。

"你真的没听到什么?比如他和我的关系。"方梅正式向她发起挑战。

李沁圆睁双眼,无声地摇头,心里顿时起了恼意。不久前,张蕙曾给她提醒过,要管紧男人,说现在的男人都是花肠子。李沁当时还取笑她神经病,直为自己的男人辩解。

"实话告诉你,我们已经好了几年了。"方梅大言不惭地坦陈:"你在县里那阵,我们就好上了。为了他,我什么都愿做,我爱他甚于生命。他也爱我。"说完,显出一副幸灾乐祸的样子。

李沁被激怒了,颈脖上的青筋暴凸,眼睛血红。突然,她像发疯的母狗,歇斯底里地吼了起来:"不可能,不可能,你个婊子,不准给我老公泼脏水。我老公不可能跟你,不可能跟你……"吼着,吼着,声音逐渐低下来。

方梅依然露着笑:"不管你信不信,我们还单独有套房。如果你乐意,愿意带你去参观。"

李沁已忍无可忍,忽然站起来,把桌子一掀,转身跑了出去。已是深秋,凉风吹得街道两旁的樟树沙沙响。她的心,似凉风一般凄凉。走在人流里,她已漫无目的,泪水溶了脸,溶了本已幸福和快乐的心。别人的议论,坊间的传说,书上的故事,到底和自己联系在一起了。丁宝非,和自己生活了十年的男人,竟背着自己和别的女人鬼混。而这个不要脸的女人,却恬不知耻地和自己摊牌。其实,她从张蕙含蓄的话里感觉出了什么,只是不愿相信这一现实。她宁愿信其无,不愿信其有。她太在乎自己的男人，在乎这个来之不易的家。当年，男人不选择厂花而选择她，着实让她感动不已。她暗暗发过誓，今后，无论遇到什么，都要对这个男人不离不弃。在当下，男人在外花心已不是新闻，特别是成功男人，沾花惹草是常事。她心里清楚，碰上此事，唯有忍让或妥协，闹大或闹僵，吃亏的还是女人。想到这，她心如刀绞，身坠深渊，停靠在树干上痛哭不已。

不知过了多久，李沁才发现有十几个未接电话，一看，都是丁宝非的。她回到家，丁宝非对她格外小心，又是扶坐，又是倒茶。末了，坐在对面傻愣愣地望着她。他已接到方梅的电话，方梅把一切告诉了他。他问方梅为什么要这么做。方梅理直气壮地说："为了我们，为了未来。"丁宝非无力地骂了几句，方梅反倒呛起他来。他至此后悔了，悔不该这几个月里冷落她。如果一如既往地约会温存，也许她就不会走向极端。女人天生是感性动物，一旦陷入情迷，难免不闹点什么。潘多拉魔盒已经打开，后悔已晚，只有面对现实。他已作好了迎接暴风骤雨的准备。

李沁已经没有哭的力气，更没有吵架的力气，整个人像虚脱了一样。她不看他一眼，起身径直走进房间，踢掉鞋子，和衣躺在床上，闭起双眼，任凭干涸的泪水往心里流。

芳芳做完了作业，叫着妈妈。丁宝非把女儿推出房间，说妈妈累了，哄女儿早点去睡觉。安顿女儿后，他默默地坐在床沿，内疚地望着女人。妻子过度操劳，明显苍老，鱼尾纹布满两鬓。他曾有过抛弃糠妻的念头，只是一想起女儿和母亲，就下不了决心。这个家，完全靠她支撑，心里存的那份感激，让他难以割舍。

他推推她，轻轻地说："对不起，我不是有意伤害你，那个时候，一个人好寂寞，经不住诱惑，就和她亲近了。你放心，我会和她一刀两断的。我永远不会离开你。"

李沁依然闭着眼，翻转身子，把冰冷的脊背留给他。

丁宝非只好走出房间，坐在沙发上，烟一支接一支地抽。不知过了多久，妈妈起来小解，问他还不睡？出了什么事？他说没什么，工作上的事烦。妈妈就说早点休息，不要熬坏了身子。丁宝非不耐烦地叫她别管。妈妈摇摇头，忙完就进屋关上门。

夜，已经很深了，屋里屋外出奇地静。丁宝非倒上一杯热水，端着进了房间。李沁已经坐了起来，正用纸巾拭红肿的双眼。她明显偷着痛哭过一场。他把水递给她，讨好地说："喝口水吧。"

"少来这一套。"李沁用手一拨，水杯咣的一声掉在地上，玻璃碎片和水溅散一地。

丁宝非赶紧跑到厅堂拿扫帚垃圾斗拖把打扫一番。完后,双手垂直站在她面前,不急不躁地说:"你要我咋办,错事已经做了,难道把我杀了不成? 我只不过犯了男人易犯的错误,其他的没亏你吧。如果你容不下,你爱办就咋办,我成全你。"

李沁本不想与他闹翻,经他这么一激,反把她的怒火点燃起来。她跳下床,像一头发疯的母牛往丁宝非身上撞,双手在他头上手臂胸部乱抓乱搔,一边痛哭,一边嚎叫:"我就要杀了你,杀了你,你个千刀万剐的,看你还敢跟这个骚货鬼混。你不要脸,我还要脸呢。你去呀,在芷电敲锣打鼓啊,多光彩的事,多荣耀的事。我容不下你,你容得下我? 你说,你说,和婊子乱搞还有理吗? 呜呜……"

丁宝非再也不敢作声,站在一旁一动不动,任她发威,任她泄恨。李沁打累了,哭累了,人顿时成了一滩泥,滑倒在地。丁宝非把她抱上床,帮她脱去外衣,盖上被子,然后自己和衣躺在一边,睁开眼,想着安抚两个女人的对策。他知道李沁的性格,今晚闹过后,明天一定会趋于冷静。她是个很爱面子的人,自己的男人出轨,闹出去对自己又有什么好处呢?除非她不要这个家了。他感到最棘手的是方梅。她是一个烈性女子,只要想得到的东西,就会不惜一切手段。

到天亮时,他才眯了会儿眼。身边的女人正在打鼾,她也是到天亮时才睡着。他轻轻起来,出门后把房门关紧,以防女儿把她吵醒。母亲已经把早餐做好,芳芳正在喝牛奶。芳芳给他做了个鬼脸,大声说:"老爸也做懒虫了。"丁宝非对女儿嘘了一声,指指房间,摆摆手。女儿懂他的意思,吐吐舌头,埋头吃自己的早餐。他简单洗漱了一下,吃了几片面包,对女儿说:"爸爸今天送你。"女儿看他一眼,不相信地问:"真的吗?"以往都是李沁送女儿上学,无论刮风下雨,她乐此不疲。丁宝非摸摸女儿的头:"坐我的车去。"女儿口气像个大人似的:"坐什么车呀,这么近。"丁宝非说:"作个伴嘛。"女儿跳了两跳:"好啊,帮你个忙。"

在车上,女儿问:"妈妈昨晚怎么啦?"丁宝非望女儿一眼,随口说:"可能失眠吧。"女儿歪着头看着他:"不对吧。奶奶说,半夜你们吵了架。奶奶都听到妈妈的哭声。"丁宝非不能再骗女儿,只好默不作声。女儿叹了口气,说:"你们大人呀,也有不讲道理的时候。告诉你,老爸,以后不准惹妈生气。否则,我就不理你了。你是男的,要有男子汉气,得让着妈点,懂吗?"丁宝非眼睛忽然潮湿起来,觉得女儿长大了,懂事了。他腾出右手摸着女儿的头,说:"芳芳真懂事。以后我不惹你妈生气了。"女儿露出笑容:"那还差不多。"

送完女儿后,他开车到物资公司,打开董事长办公室,斜靠在老板椅上,闭目养神。一晚上没睡,头沉得很。几个公司里,他都设置了独立的办公室,会不定期到各公司去处理要务。刘洋见他来了,赶紧过来汇报近期工作。丁宝非无心事细听,待刘洋汇报完后,简单地说了句:"就按你的意见办吧。"物资公司在刘洋和方梅的具体操作下,各项工作开展得井井有条,尤其是和东泰公司的关系处理得较好,在采购方面再也没发生过告状事件。支走了刘洋,他打方梅电话。方梅说还在上班的路上。半小时后,方梅才慢慢吞吞地走进他的办公室。

方梅昨晚倒是睡了个好觉。当她看到李沁歇斯底里地发泄和掀桌子时,心里顿时充满快意。回到家,她看了会儿妇女杂志,就惬意地躺在床上,脑海里浮想着他们两口子吵架的情景。她希望李沁闹得越凶越好,只有让丁宝非对李沁失去耐心,她才有机会完全得到他。

丁宝非起身把门关紧,在她面前攥紧拳头,做个揍人的动作,接着又把拳头松开,恼怒地说:"为什么?为什么这样?我已忙得焦头烂额,你还来添乱。"

方梅斜他一眼,坐到沙发上,右手把几绺刘海撩开,平静地说:"为什么?你心里清楚。"

丁宝非跟着她坐到沙发上,望着她:"我清楚什么呀,不是跟你说过多次吗?这段时间漆总布置了很多工作,忙不完。"

方梅哼了一声,说:"算了吧,你这点小九九还想瞒过我?还不是嫌我与表哥那一夜。怪谁?谁叫我去的?当时我就说,以后别赖我。你倒好,真的就赖上了我。你是不是男人?有种的,就别叫你的女人干这种事。当时我也贱,就让你支使。想不到,为你去献身,得到的却是嫌弃。"

丁宝非赶紧摆手:"不是,真不是。我是爱你的。"

"好,既然爱我,就拿出行动来。我为了你,上刀山,下火海,都干。你呢,总得有点实际行动吧,不要老把爱叼在嘴上。"方梅眼里充满期待。

丁宝非伸过手去,握住她的手,慢慢劝道:"方梅,我知道你很在乎我,我也一样需要你。这些年,你给了我不少帮助,更给了我无穷的爱。对这份爱,过去现在和将来我都十分珍惜。可是,我们都有自己的家庭,在家庭和爱之间,如何取舍?处理得好,皆大欢喜。处理不好,两败俱伤。剧情故事和现实生活中这样的案例不少,我们为什么要去重蹈覆辙?过去说好了,就维持这个平衡。可不知为什么你偏偏要打破这个平衡?"

方梅甩开手,拉下脸,立即反驳:"到底是谁打破了平衡?赖我,无聊。"

丁宝非愣了一下,马上检讨:"我错了,行不?这段时间,真的忙,可怎么解释你都不信。再怎么着,你不该把我们的恋情公开,更不该在我老婆面前公开,你这样不是把我逼向死路？"

方梅把脸扭向一边："你是死路，我是什么路？你考虑过我的感受？"

丁宝非叹口气："你啊，只考虑感受，太没理智。是个人感受重要，还是个人影响重要？你到底有没有脑子呀？这样一闹，对谁有利？官场上，这种事对男人是一大忌，对女人是一大丑。一忌一丑，我们还有好日子？退一步说，你能摆脱沈阅？我能离开李沁？都是未知数。没有胜算的事，决不可盲动。我劝你到此为止吧，不能再做荒唐事。我保证，往后还像以前一样，绝不冷落你。如果做不到，就把我杀了，让你解百恨。"为了稳住她，他只能如此说大话了。已经走上不归路，再危险的游戏也得玩下去。

"我不管这些大忌大丑，只管自己的感受。有理智也好，没理智也好，我就是这种人。"方梅思想不拐弯，沿着自己的思维说下去，"我已经无法和他过，不离开他，迟早会憋死。你不知道，我现在是度日如年。求求你，早点把我救出苦海吧。"说到这，她泪水滂沱。

在丁宝非记忆里，方梅已经是第4次求他解救婚姻，前3次，劝说劝说就过去了。这次，看来她是豁出去了，不达目的不罢休。到现在，他才知道玩女人如同玩火，弄不好葬身火海。他上前搂紧她，帮她拭干泪水，温柔地说："再给我一些时间，好不好？再忍耐些日子，七八年都过来了，不在乎后几年。我知道，对付沈阅，你有一套。关键是你的心态没调整好。李沁那儿，千万别再去惹她。求求你了。该做的我会做好。我还是那句话，不在乎朝朝暮暮，而在于天长地久。只要爱得真实，虚的形式并不重要。"这时，他的手机蜂鸣一下，一看来显，是漆汉昆的。漆汉昆叫他马上到办公室来。他说好，一会到。收了机，他对方梅说："现在，你必须冷静，冲动是魔鬼，弄不好，同归于尽。我想，这不是你的最终目的。你好好想想吧。晚上我们在天香花园见。"他把她拉起来，在她脸上吻几下，"你去吧，我马上去漆总那儿。"

方梅脸色有了好转，双手环他腰搂了一下，说："晚上我在天香花园等你。"

丁宝非拍拍她的屁股，说："好。我可能晚点到。"

方梅说："再晚都等你。"

半个小时后，丁宝非敲开了漆汉昆的办公室。和漆汉昆同时迎接他的还有一位浓眉大眼，剪着寸头的壮年人。漆汉昆给他介绍说："深圳凡尔达投资公司总经理，王汗成。"

丁宝非赶紧把双手伸过去："久仰，久仰。王总，以后您就是我的领导了。"

王汗成握住他的手，谦虚地说："哪里，哪里，商业伙伴。听漆总说，丁总是员猛将。能和猛将合作，是我的福分。"

漆汉昆招呼两人坐下，拿纸杯给丁宝非倒水。丁宝非见状，赶紧抢过纸杯，自己到净水机旁倒好水。漆汉昆有个电话，拿起手机到休息室去接听。丁宝非抽空与王汗成寒暄起来。原来，王汗成和漆汉昆是老乡，大学毕业后通过关系进了市财政局。由于他相貌英俊，聪明能干，头脑灵光，少年老成，被同年进财政局的副市长千金看中。副市长千金本身是个美女，两人关系迅速升温，不到1年就走进了婚姻殿堂。婚后半年，他提升为预算科副科长。几个月后，科长升任副局长，他成了主持工作的副科长。过了1年，他顺理成章地当上了科长。就在人们惊叹和十分看好他的仕途时，他突然辞职下海经商了。他利用岳父的关系，在深圳注册了深圳凡尔达投资公司，并很快打开了局面。几年后，他俨然成了深圳投资业界颇有名气的"大亨"。寒暄中，王汗成把自己夸成了商业奇才。然而，当丁宝非问起他的总资产时，他却避而不谈。最后，他跟丁宝非说，这次是应漆总之邀回来投资的，因为是老乡，又是岳父的好朋友，加上机缘巧合，就有了这次大合作。

漆汉昆接完电话，在他们面前坐下，一人丢支烟，问："你们年龄差不多吧。"

两人先后报了出生年月，王汗成长两岁。王汗成就笑着打趣道："不好意思，丁总，你爹没我爹卖力。"丁宝非也笑着打趣回道："都卖力，只不过卖力时有时差。"3人同时哈哈大笑起来。

漆汉昆点燃烟吸了几口，望着丁宝非说："宝非，战略合作的具体细节我已与汗成谈好了，有3件事你必须在近期做好。第一件，明天起，开始做职工退股登记工作，必须在1个月内做完；第二件，对明天电力集团的资产进行评估。评估机构还是请宏清会计师事务所吧。评估工作也必须1个月内做完。第三件，给汗成出具1个亿贷款担保书。汗成呢，以深圳凡尔达投资公司的资产和股权进行反担保。担保时间还是以汗成的意见为准吧，尽量多给点时间，一年两年都行。汗成现在财务上出了点问题，是暂时的，他的公司预期是健康向好的，我有这个信心。待这些工作做好后，就可以进行战略合作的实际操作。宝非，有些工作，比如汗成的担保和反担保，你必须保密，尽量让知晓的范围小而又小，清楚吗？"

丁宝非点点头："清楚。漆总，我会按你的指示做到尽善尽美。"又问，"漆总，王总的反担保要进行评估？"没等漆汉昆回答，他马上说，"要不，请宏清一块做掉。"

漆汉昆望了望王汗成："你说呢？"

王汗成面露难色，迟疑半天，才慢慢吐了句："能否不评估？"

丁宝非说:"按规定,一定要评估,否则,没有依据。"

王汗成掏出烟,给漆丁各散一支,又给他们点燃,然后笑了笑,对漆汉昆说:"漆总,我想,评估最好免了,就以我的账本为依据。我把整个公司作抵押,还有我这个人,再加上我岳父,不够?"

漆汉昆脸上马上起了皱纹。他站起来,在办公室里踱起了方步,一边沉思,一边看着脚尖:"这样吧,汗成,评估的事交给你自己。"漆汉昆在王汗成面前停住,望着他说,"评估报告不管你怎样弄来,我都认了。总可以了吧。"

到了这个份上,王汗成没有不认的理。他勉强回道:"行,听漆总的。"

看到王汗成这个态度,丁宝非心里打起了鼓,感到王汗成的深圳凡尔达投资公司实力不强。明天电力集团公司总资产已达7个亿,没有实力的公司,谈何拿到控股权?他心里虽有想法,但不敢在漆总面前流露。他清楚,在商场,在官场,这就是游戏规则,不管你同意不同意,你都得认了。否则,你就别想混。他当然知道其中的深浅,这场游戏下来,王汗成和漆总成最大赢家,他和芷电管理层其他成员也都是得利者。皆大欢喜的事,谁也不会成为"不"的傻瓜。

漆汉昆坐回原位,双手往沙发脊背上摊开,整个身子形成一个大字,显得十分放松的样子。他把头往后一仰,说:"汗成,你让我干了回违反原则的事,以后你得记住,不准给我捅娄子。否则,找你岳父老子算账去。"

王汗成嬉皮笑脸地说:"看你漆总说的,我王汗成会出啥漏子?到现在,漏子两字怎么写,我还不知道。漆总,放一万个心,我王汗成一定会为你贴金。"

"好啊。"漆汉昆伸伸懒腰,"今天就这样吧。宝非,把汗成请到你办公室,具体细节再商量一下。晚上,安排汗成吃个便餐。"

王汗成忙说:"晚上我来安排。丁副市长做东。我岳父说,无论如何要把漆总请出来。"

"好啊。"漆汉昆高兴地说,"好久没和丁市长喝酒了,今晚你汗成陪我一醉方休。"漆汉昆伸手与王汗成握了握,做了个送客的姿势。

两人先后走出漆汉昆办公室。过道里,王汗成说:"丁总,到你办公室再聊就免了吧。今天漆总谈得够具体了,我们就按漆总的意见办。再说,晚上我们还可边吃边聊。"

丁宝非已经困得快支撑不住了,巴不得早点午觉,就随声附和:"好,好。晚上再聊。"他赶紧按了电梯,把王汗成一直送到车上。中午,他简单吃了点东西,自己开车到市区找了间便宜的宾馆房,把手机关掉,倒头呼呼大睡。一直到下午5点,他才醒来。他醒来第一件事就是把手机打开。刚开机,铃声就响了起来。一接,是漆汉昆的。"咋回事? 打了两个电话都关机。"漆汉昆在电话里大叫起来。丁宝非忙编话解释:"对不起,漆总,刚才手机没电,刚换上电池。"漆汉昆不便责怪,告诉他:"晚上早点到五洋大酒店4楼东湖厅,别让丁副市长等我们。"丁宝非连说好好。他没忘给李沁请假,打了几个电话,不接。他知道她还在生气,只好打到家里,骗妈说今晚要出差。

还没到下班时间,丁宝非叫司机送到五洋大酒店。下了车,他对司机说:"回去吧,晚上不用接。"走进东湖厅,王汗成已到。他正与包间美女服务员聊得甚欢。王汗成不起身,向他点点头:"来了,坐。"美女服务员微笑着把他请到沙发上,并递上一杯茶。不一会,漆汉昆到了,王汗成赶紧上前拉着他的手,把他请到大沙发上。丁宝非顺势走上一步,对漆汉昆做了个请的姿势。漆汉昆用双手压压,说:"你们也坐,也坐。"三人坐好,服务员给每人送上一盘水果。王汗成一边招呼漆汉昆吃水果,一边有一搭没一搭地聊天。过了半个多小时,丁副市长才在女儿挽扶下走进来。

"不好意思,今天会议开得长了点,让你们久等了。"丁副市长握着漆汉昆的手道歉起来。当握住丁宝非手的时候,漆汉昆介绍说:"丁宝非,明天电力集团常务副总经理,未来新公司的总经理。"丁副市长呵呵一笑,说:"好啊,咱们五百年前是一家。"接着转头对王汗成说,"汗成,上菜。"

按规矩坐好了位。菜很快上来,酒自然上的是茅台。丁副市长喝酒很爽快,端杯一碰,一仰脖,咕噜一声,干了。几杯下去后,丁副市长对漆汉昆说:"汉昆啦,这次多亏你帮忙,才把汗成拉回来。当时汗成下海,我就不太赞成,但经不住女儿哄,就同意了。可是,老这样下去也不是办法。两口子年纪还轻,不可能长期分开。没错深圳的钱是好赚,但能赚得完吗? 到芷都不也一样赚嘛。明天电力集团重组后,实现了强强联合,有汉昆这样高智商的企业家把舵,这艘大船一定会稳健地驶向大海。"

漆汉昆矜持一笑,端起酒杯:"感谢丁市长的信任。我再敬您一杯。"碰杯喝完后,又说:"有汗成这样聪明能干的企业家加盟,有丁市长的英明指点,明天电力集团定会迎来新的春天。"

王汗成今晚特别兴奋活跃,不停地敬漆汉昆、丁宝非的酒。丁副市长女儿丁雯则显得庄重得体,敬完一杯酒后,就用那双会说话的大眼睛左顾右盼,似乎在劝4个男人少喝酒多吃菜。丁宝非为显真诚,很有节制和礼貌地分别敬了丁副市长一家三口几杯酒。酒桌上的气氛十分友好和融洽。

晚宴结束得比较早。丁副市长接到秘书电话,晚上八点半黄书记在市委会议厅召开临时工作会议,要他准时出席。丁副市长告别时右手握紧漆汉昆的手,左手搭在漆汉昆肩上,说:"汉昆呀,汗成就交给你了,到时听你的好消息。"漆汉昆一脸媚态:"请市长放心,后面的事已安排好了。"丁副市长没忘与丁宝非告别,握着他的手说:"本家,以后你俩好好配合。到赋闲那天,找本家喝酒去。"丁宝非听后很感动,一股暖流涌遍全身,激动地说:"感谢市长看得起,到时不来喝酒找到您家去。"

送走了市长一家和漆汉昆,丁宝非打车去了天香花园。

丁宝非打开门,屋里灯光微暗,电视未开,方梅独自蜷在沙发上,右手支着脑袋,头发凌乱,满脸泪痕,一副悲天怜人的样子。

丁宝非挨她坐下,推推她,问:"不舒服?"

方梅睁开微闭的眼,瞟他一眼,点点头又摇摇头。

丁宝非心里一沉,觉得她还纠缠在情感里。他说:"好久没在一起,今晚不说这些,行吗? 来了,就痛痛快快地享受。"

方梅仍不吱声,睁开的眼睛又闭上。无声中,丁宝非感到有一股无形的压力在向他围拢。他赶紧把她搂紧,脸贴在她的脸上,以期驱散她心中的不快。也许是丁宝非用力过猛,也许是方梅积聚的泪水过多。蓦地,她泪水像决了堤的河水一样奔涌出来,继而暴发出撕心裂肺的哭嚎。丁宝非不停地用纸巾帮她拭泪水,不停地喃喃自语:"哭吧,哭个够,把心中的仇,心中的恨,心中的爱,心中的情全哭出来。只留下一副清静空壳,省却多少烦恼,省却多少痛苦。"

许久,方梅终于哭够了,哭累了,喉咙里只剩下咝咝的抽气声。丁宝非把她软绵绵的身子放在自己大腿上,用舌尖在她的脸庞和额头上舔吻。平静一阵后,方梅嘶哑地说:"我的命为什么这么苦?起初嫁给一个废物,后来爱上一个影子。难道我这一辈子就没善终? 我不甘心啊,我哪一点比别的女人差?"

"你不差,你比任何女人都强,你有善终。"丁宝非不停地安慰她。

方梅似乎没听见他的话,继续说:"我知道,爱情不是一个人的全部,婚姻也不是一个人的终结。事业、朋友、名誉、地位、金钱、权力都是人的追求和向往。对于我现在来说,更渴望是爱情和婚姻的叠加,有了这个叠加,生活才有意义。女人只有婚姻,没有爱情,活着有何意义? 更遑论什么事业、名誉和地位? 我也矛盾,为了这个叠加,可能会牺牲你的事业,也会影响我的前途。但我不在乎,可你看得比命重,叫我如何选择?"

丁宝非感到她已有醒悟,经过这番痛苦挣扎,她开始思索全方位的人生。看来,她不是那种不撞南墙不回头的人,还有自知之明。在来天香花园的路上,他曾有过最坏的打算,如果方梅还无理取闹,准备请孙在兵帮他摆平,连采取什么行动都设计好了。他暗想,前程只有一个,女人可以有无数个。牺牲爱过的女人,换取前程平安,是他最现实的选择。听了方梅这番肺腑之言后,丁宝非深深自责起来,不该以小人之心度君子之腹。他感动得热泪盈眶,动情地说:"方梅,我错怪你了,请相信,我会真诚地爱你和呵护你。"

方梅伸出双手搂住他的脖子,不停地吻他的耳垂。丁宝非轻轻说:"我们一起去洗洗,好吗?"方梅点点头。丁宝非把她抱起来,走进浴室。

第 44 章　回乡拜寿

经过一年多时间的康复,罗正平身体基本恢复正常。在这一年多的日子里,正天公司的各项业务完全由柏筱打理。半年前,华流洪坩、隆垤水电站原职工围堵厂区之事在她努力下终于得到化解,所有买断工龄的职工都回来了。在华流正天水电公司下面组建了华流电力检修公司,回来的职工都安置在该公司里。初衷是想让这些职工做些水电检修业务,由于市场原因,后又扩大了业务范围。主因是其中有位叫魏保业的在珠海一家建筑公司干过副经理,他建议公司增加工程承包业务。柏筱和罗正平一商量,完全采纳他的建议,把公司改为华流电力工程建设公司,业务范围扩大到土建工程项目建设和施工。魏保业被聘为工程建设公司总经理。柏筱问魏保业,在珠海干得好好的,为何还要回来?魏保业说是冲着正天公司来的。他早就关注过罗正平,觉得罗正平比别的老板通人性、恤人心,再加上对洪坩水电厂有感情。当然,还有一个原因他没说,他的根还在华流,老婆孩子、双方父母都不愿意他奋斗他乡。尤其是老婆,一想念他时就在电话里唠叨半天,哭着喊着要他回来。当时,他老婆在别人的唆使下,也加入了围堵行列。最后签字时,老婆把他召回来。魏保业当过武警工程兵,在部队干的是施工管理,复员后安排到洪坩水电厂。由于专业不对口,被安排做后勤,水电厂改制时,自然被作为清退对象。魏保业还真是个人物,一到工程建设公司总经理任上,三把火烧得准、烧得旺,很快在华流建筑市场打开了局面。他盯上了县医院异地拆迁项目,硬拉着柏筱反复做乐庆和黄婷的工作。在他的软磨硬泡下,终于把这个项目收入囊中。现在,县医院异地拆迁项目正干得如火如荼,估计赢利水平不会低于水电。

罗正平身体恢复后的第一件事就是举办婚礼。由于双方是二婚,不愿大操大办,只请了正天公司的高管和业务骨干。齐明松自然是作为贵宾被邀。新娘小鞠那天打扮得分外漂亮,和宾客敬起酒来顾盼有情、喜形于色、彬彬有礼。柏筱看到新娘那份喜劲儿,想想自己的命运,不觉暗自神伤,心酸目湿。她好羡慕小鞠,半路上能遇到托付终身的罗正平。而自己,却只能过着地下情生活,假如有天也能像小鞠一样与心爱的人走进婚姻殿堂,那该多好!

她的情绪变化,被齐明松一一看在眼里。当天晚上,齐明松住在虹美花园。可是,一晚上她高兴不起来。齐明松明白她的心思,也不多说话,只默默地拥着她。

许久,柏筱才打破沉默。她幽幽地问:"难道我们就这样一辈子?"

齐明松无言以对。他知道,无法承诺的,只能选择沉默。他何曾不想完完全全拥有她?她给他的爱无私无边,甚至给了整个生命。人生,总是这样残缺不全,远离完美。等真能完全放下时,或许已经老了。他曾想放手,可怎么也下不了决心。男人在爱的世界里天生是自私和无情。在风流史中,有多少男人让无数粉黛佳人花开花谢,以致演绎了不少千古绝唱。

柏筱说:"不用回答,我早知道。可我今天是触景生情,无法自控,请你原谅。"

齐明松把她搂紧,不停地道歉:"对不起,对不起……"

柏筱把头埋进他怀里,眼泪哗哗地流个不停。

婚后的罗正平马上投入工作。柏筱把水电和工程建设业务完全归还给罗正平,自己则全身心回到燃料和电力设备采购业务上来。平电的燃料采购合同期已到,这笔业务就此寿终正寝了。新远燃料公司未来的路也充满变数。明天电力集团公司改制的方案闹得沸沸扬扬,她担心深圳凡尔达投资公司控股明天电力集团后会推翻新远燃料公司的股权结构,把正天公司挤出门外。电力体制改革后,齐明松已失去对发电厂的控制力,唯有靠过去的感情和友情来维系。而感情和友情的维系是很脆弱的。当今中国,权力永远是量大无边,主宰一切。改革,总有人被挤出权局。对此,齐明松深感无奈,柏筱更是望洋兴叹。

柏筱找丁宝非摸底细。丁宝非无法给她一个准确答案,王汗成的经营思想他茫然不清。不过,他给了她一个定心丸,漆汉昆在新公司的运作中有绝对的话语权。她想,只要漆汉昆不动摇,她和芷电的合作就能长久。毕竟齐明松在漆汉昆心中的分量不轻,加上电网在电厂发电量的分配上有生杀大权,料定漆汉昆不会过河拆桥。她借机找漆汉昆谈事,委婉地表达了担忧。漆汉昆马上向她保证,只要漆某在任一天,新远燃料公司的股权结构就不会改变。有了漆汉昆的保证,柏筱悬着的心终于落下。好在燃料采购渠道基本稳定,两位董事长不再在煤源上费心。为了掌握进煤信息,一有时间,她就会到燃料公司办公室坐坐。丁宝非忙于其他事务,除了电话询问外,从未到过燃料公司。熊长远和单蓉是越来越能干,除控制好采购渠道外,煤炭进场后的每道环节,如采样、制样、化验、结算等都把得很紧。

柏筱把主要精力转移到了电力设备采购业务上。这块业务过去做得时好时坏,关键是花的功夫不够。因为各个电厂都有自己的物资公司和关系户。谁都知道,这块业务只要能拿到采购合同,利润则相当可观。过去做这块业务时,齐明松不太情愿出面,思前想后,顾虑过多,总担心造成不良影响。现在不一样了,他的态度来了个一百八十度的大转弯。原因有两个:一是党政领导分设后,他思想开始松懈,一改小心谨慎、如履薄冰的态度,对自己、对部属要求降低;二是历经近两年的跑动,效果全无,先后送出去500多万,没见一点滴水花飘起,令他心灰意冷。当柏筱提出重新进入电力设备采购领域时,很快得到他的支持。只要听到某电厂机组大修或小修时,柏筱第一时间准会赶到该厂总经理办公室。过不了几分钟,齐明松的电话就会打过来。毕竟是老领导,又掌握电量分配权,没哪个电厂会一口拒绝,答应商量商量,结果是分得了一杯羹。从此,柏筱又把这条赚钱的好渠道打通了。

邹雅琴重新和新远燃料公司签订了供煤合同。不知邹雅琴施展了什么魔法,又让丁宝非、熊长远拜倒在她的石榴裙下。这次重签合同,邹雅琴绕过了柏筱,只在签合同前的一刻告诉了她。监于"姐妹"关系,她当然乐意促成。再说,她也不在乎邹雅琴的"份礼"。

这些日子里,她和邹雅琴聚过几次。每次邹雅琴都带阿平来。阿平已是邹雅琴的助手。也许是经过时间打磨,也许是商战中得到锻炼,阿平显得成熟许多,举手投足间充满了商人气息。两人既是情人,又是老板与打工仔,不知邹雅琴如何摆正这一棘手关系?在酒桌上,阿平已不是过去那个顺从的羔羊,基本上掌控了主动权,显示一股青春男的霸气,令柏筱倍感压抑。有一次柏筱偷偷问邹雅琴:"你受得了他的霸气?"邹雅琴笑着说:"挺好呀,这才是真正的男子汉。"柏筱无言以对。

在一次闲谈中,阿平无意透露了上次邹雅琴煤炭断供的原因,原来是邹雅琴的老板遇到大麻烦。柏筱问具体细节,阿平答不出。柏筱转而追问邹雅琴。邹雅琴被逼无奈,只得说出大概。当时,铁路部门出了一个大案,案犯主角是刘副省长的战友。案子有条线索牵涉到了刘副省长,中纪委办案人员到芷都找刘副省长核实。刘副省长知道是一笔资金的事,早有思想准备,把责任推给了儿子。大世界贸易公司出了事,责任当然由董事长承担。中纪委办案人员把刘董事长请到北京,要他供出详情。刘董事长承认几年前送过父亲战友一笔钱,但对方没有拿,当时还推搡了很久,最终他还是把钱带了回来。受贿者承认拿了钱,行贿者不承认对方收了钱。双方口供不一,无法确认。办案人员反复向刘董事长施压,终未奏效。办案人员采取疲劳战术,把他关在一间灯火通亮的房间里,每隔半小时派人过来折腾。一天一夜过去了,还没效果。办案人员只得把他暂时放了,叫他不得离开北京,随叫随到。那段时间,邹雅琴一直陪在董事长左右,到处找关系、托人情、通关节,直到董事长被解除警报。柏筱听后出了一身冷汗,发现商场风云变幻,哪个环节失误,将遭受灭顶之灾。

当然,聚会时她们谈得更多的还是男女之事,尤其是邹雅琴在这方面谈兴甚浓。邹雅琴对阿平十分满意,阿平已成了她的得力助手,生意上的事给她分忧不少;在感情和性生活上,更令她满足和愉悦。邹雅琴始终不理解柏筱为何如此苦自己,多次劝她再找一个性伙伴。有一次,邹雅琴当着阿平的面对她说:"小妹,女人的青春没几年,不趁年轻多玩玩,还不亏死了。"

阿平一旁说风凉话:"人家对阿明忠贞不渝。"

柏筱剜他一眼,狠狠地顶他一句:"阿明不像你。"

阿平嘻嘻一笑,油腔滑调地说:"我怎么啦,鸡巴没阿明粗?"

柏筱被这句粗俗话涨得脸通红,半天吱不了声。邹雅琴帮她解围:"阿平,怎么说话?要考虑柏姐的感受。"

"哎呀,柏姐,别装清纯,谁还不知道谁啊。"阿平依然不饶人。

柏筱对阿平认真地说:"其实,我俩纯洁得很。在一起时,不外乎聊聊天。不信你问阿明去。你们是好朋友,他不可能对你说假话。"

阿平点燃烟,吐着烟雾,不屑地说:"他呀,什么好朋友。一去西藏,音讯全无,早把哥们忘到九霄云外去了。"

柏筱说:"你们价值观不一样。"

"哼。"阿平愤愤不平地说,"他呀,假崇高。好像去了西藏支教,境界上了天。有一次,竟然在电话里跟我吵起来。他一去西藏,思想老了许多,我们快成陌路人了。现在是什么世道?奉献、道德、良心等值几个钱?兜里没钱,能蹦达啥!现在呀,钱是真正的大爷。"

邹雅琴高兴地说:"阿平越来越像我了。"

柏筱无力反驳,自嘲地笑笑:"人各有志,每个人的活法可以不一样。"

邹雅琴把头凑过来,轻声问:"是不是忘不了阿明?"

柏筱摇摇头:"我们真的只是一般朋友。"顿了顿,又说,"我学不了你,不想找刺激。你就饶了我吧,以后不再说这事。"

邹雅琴暧昧一笑,拍拍她的手说:"好,依你,再说下去,我们朋友都做不成了。"

那天晚上,回到虹美花园,柏筱复杂的心情一时难以平静。和邹雅琴谈了半天男女,倒勾起了她对阿明的思念。阿明去西藏后,两人在网上聊过几次。阿明所在的学校是日喀则地区岗巴县一个边远镇中学,那里人烟稀少,学生不多,高一到高三的语文都是他教。开始,他高原反应厉害,半年后才慢慢适应,到现在还不敢剧烈运动。

柏筱打开电脑,看能不能遇上阿明。刚一上线,就看见阿明的头像在闪动。阿明好似心有灵犀,早就在电脑前等她。

"姐,等你好久了。最近忙?身体好?"阿明很快打来一行字,并给她一个伸舌头的大笑脸。阿明到西藏后,一直叫她姐。她欣然接受,觉得挺开心。

柏筱马上给他回话:"挺好。你还好?"

"告诉你一个好消息,我可以干重体力活了。昨天,我从山上挑了 50 斤干牛粪下山,几乎不喘气。大家都在准备过冬的燃料。"阿明又给她一个笑脸。

"祝贺你。这是一个里程碑式的转变。如此,就能很快融入当地社会。"柏筱为他高兴,以最快的速度打字过去。

"我快成孩子王了,这些学生很喜欢我,下了课还围着我转。他们那双纯洁的眼睛是那么渴望知识,不停地问这问那。我知道,他们是在为未来求知。这里生存环境恶劣,孩子们憧憬外面的世界。"

"阿明,你在做改变世界的事,我羡慕你。需要什么帮助?"

"姐,谢谢你!有你的鼓励,就是最大的帮助。"没等柏筱回答,他又打一段过来,"对了,姐,说起帮助,还真有个不情之请。这里的藏民很穷,靠养牛羊和出售山货过日子,寄宿在学校的孩子,盖的被子又薄又破。马上过冬,能不能捐些被子来?"

"可以,要多少?"柏筱爽快答应。

"先给 30 床吧。姐,我代表这些孩子谢谢你!"

"不客气,就几瓶酒的钱。只要你开心就好。"

阿明打个怪脸过来。

"怎么啦,说错了?"

"心里不好受,社会不公平。不知到何日,这里才能走出贫穷?姐,想到这,我就想哭。"

柏筱眼睛忽然潮湿起来。贫穷两个字,羁绊了数千万乃至上亿人的梦寐。国家在加大扶贫力度,但哪天才能脱贫? 不要说西部,就是她的老家,也有不少人生活在贫困线下。阿明让西藏走出贫穷的期盼,至少在当代难以实现。

"阿明,你是有思想的人。在你身上,我看到了少年时的天真。那份天真,可以踏踏实实地去追寻。后来,随着长大,随着接触社会,我的那份天真失去了,追寻也随之消失。愿你永远保持这份天真,让我看到真正的阳光。"

"姐,高看我了,我是最普通的人。其实,我很敬重你。如没遇到你,我可能成为阿平第二。现在才看清,阿平这种生活不是我要的。到了西藏,蓝天、白云、高山、草原、牛羊、毡包等净化了我的灵魂。我为过去的迷失而忏悔。"

"阿明,你从没迷失过,你很坚持。前两个小时,琴姐和阿平还怀疑我们的纯洁。在你面前,我显得卑小。"

"不,姐,你很崇高。如有可能,我愿意娶你,一辈子做你的守护神。可是,我不是你需要的那种男人。不过,我还是要劝你,走出阴影,寻找属于自己真正的幸福。"

"谢谢! 阿明。我已习惯目前这种生活。"

阿明打个苦脸过来,接着又一串话出来:"姐,不劝你了,尊重你的选择。如果哪天不幸福,给我说声,我会第一时间赶到你身边。"

"行啦,不说这些。还是说说你自己吧,已有意中人?"

"姐,正要告诉你。我们镇政府有位教育口的女孩对我有意思。她父亲是30年前的援藏干部,算"援二代"吧,老家四川,长得不错,与我同岁。我对她也有好感,先处处看吧。如有缘分,结婚时一定请你证婚。"

"好呀,愿为你证婚。真打算一辈子扎在西藏?"

"当然。为这里的孩子,为特殊的理想,为未来的爱情,选择西藏是我目前的唯一。"

"今天,又看到你高尚的一面。我为你骄傲。"

"不。我要你给我鼓劲。"

"好。给你鼓劲。"

两人就这样不知不觉地聊到深夜,还是柏筱先提出休息。她知道,阿明没有电脑,学校也没有网络,要上网,得跑到镇上网吧里。阿明有点依依不舍,约好一星期后再上线,柏筱爽快应诺。

转眼到了年底。柏筱父亲满七十大寿。母亲来电话说,七十大寿是男人最重要的生日,今年准备给父亲办个隆重的寿庆,希望她无论如何要把男朋友带回来。她知道,老家男寿星把七十大寿作为一生显要,祝寿这天,家族大大小小都要到场,不可缺一。否则,寿星就会折寿。习俗的力量巨大,柏筱无法抗拒。她做齐明松的工作,要他放下身段配合一回,以准女婿身份向父亲拜寿。面对乡风民俗,齐明松难以推脱,咬咬牙,答应一起去。为了给齐明松打掩护,柏筱请罗正平陪同去。有如此好差事,罗正平高兴得不得了。临行前的晚上,柏筱与齐明松琢磨半天应急预案。因为齐明松常参加省里大小会议,老在电视上露脸,算得上"电视明星"。如果一旦被认出,如何解释?她尤其怕表哥表嫂,一个是县水利局副科长,一个是县电力公司科长。柏筱至今不清楚两人是怎么混进县水利局和县电力公司的。她大学毕业那年,两人还是城关镇中学一普通教师。几年后,竟奇迹般地先后进了机关,害得父亲老在电话里羡慕这一对。没多久,两人又先后提为副科长。4年前,表嫂走在表哥前面,擢升为科长。前些日子,表嫂给她来电话,问她认不认识省电力公司领导,想通过运作,上个台阶,进入公司班子。柏筱想帮忙,又不敢帮忙,怕表哥表嫂猜测出她与齐明松的关系。齐明松各种照片在省电力公司简报和刊物上都有登载,表嫂可能见过不少。齐明松一出现,表嫂肯定能辨认出来。如此就完全暴露了齐明松的隐秘,这是柏筱最担心的。柏筱问他:"有小名?"齐明松说:"有呀,叫小山。"柏筱拍下巴掌:"好,就叫齐小山。"齐明松笑着说:"为见准岳父,我得改名了。"柏筱斜他一眼,继续问:"村里有和你相像的吗?"齐明松说:"有呀,叔叔的儿子和我很像。"柏筱心里踏实许多,交待他:"有人问起省电力公司齐总,你就说是你堂哥。"齐明松不得不佩服她的睿智,把各类风险考虑在先,并作了应对措施。

罗正平开上新买的大奔,载着他俩往柏筱的家乡飞奔而去。一路上,罗正平很开心,不停地说着俏皮话,逗得两人哈哈大笑。

齐明松玩笑道:"一场车祸,把正平撞机灵了,和过去相比,判若两人。"

罗正平说:"那是你没进入我的内心世界,这就是我的本性。"

柏筱说:"是呀,罗总被车一撞,境界高尚多了。看问题和处理问题有大家风范。就拿处理华流小水电遗留问题来说,他一个主意,不光解决了困境,还换来一个赚钱的公司。"

齐明松在后面拍拍罗正平的肩,逗了句:"大难不死,必有后福。后福又会是什么？"

罗正平往后瞟一眼,拉长声音说:"后福就是再生个孩子。你们呢,不要个孩子？"

柏筱说:"废话,我们这个状况,能生？"

罗正平说:"只要柏筱敢生,就能生。大不了我来掩护。"

齐明松使劲拍下罗正平的后脑勺,骂道:"兔崽子,找死。"

一路上说说笑笑,打打闹闹,车子不知不觉开进了柏筱老家柏村。这是一个三面环山的小乡村,住了十几户,大都姓柏。进村的水泥路是齐明松前几年找交通厅厅长帮助解决的。村民不知其中曲直,只把功劳记在柏筱头上。村民小组长是她叔叔,当时缠着她不放,加上父亲不断唠叨,她就逼着齐明松干了这件利德利民的大好事。村里绿树成荫,3 棵百年老樟耸立在村头,树冠上筑满了鸟窝;左边山坳里一片茂盛的竹林,在微风中轻轻摇曳,形成一片绿色的波浪,把村庄衬托得分外妖娆。

罗正平站在车旁,忍不住赞美起来:"柏筱,柏村真美!难怪你长得这么美。"

齐明松心情顿时荡漾起来,对柏筱说:"你照相技术不咋的嘛,这么好的景都照不出来。"

柏筱妩媚一笑:"谁叫你不来感受？"

罗正平说:"你请了我们？"

柏筱瞪他一眼:"你凑什么热闹。"

罗正平哈哈大笑起来,调皮地说:"我愿意做电灯泡,怎么着？"

这时,柏筱父母弟妹一起跑过来。柏筱一一作了介绍。父母上下打量齐明松一阵,满意地点点头,夸了句:"有风度。"柏筱一大早为齐明松作了精心打扮,主要是把他打扮得年轻点,两人毕竟相差 15 岁。好在齐明松显年轻,她再把自己装老点,乍一看,两人年龄相差不大。车后厢装满了祝寿的物品,一家人来回搬了几次。

柏筱为家里盖了 3 栋楼,1 栋给父母,1 栋给弟弟,1 栋给自己和妹妹。妹妹大学毕业后被齐明松通过关系安排到广东汕头电力部门。弟弟最小,还在读大四。还没毕业,父母就交待她早点给弟弟找单位。她把父母意思告诉齐明松,齐明松承诺到时在深圳电力部门想想办法。

寿典安排在第二天中午。村庄所有人和亲戚都到场。当地七十寿典挺讲究,程序挺多,其中有个晚辈向寿星磕头的仪式,齐明松站在柏筱身边很不自在。尤其在磕头那瞬间,他脸涨得通红,如果有好事之人将场景拍照并流传出去,他将陷入尴尬境地。整个仪式中，包括祝酒，齐明松尽量不说话，一副深沉和拒人千里之外的样子。

寿典完后，表哥表嫂把柏筱拉到一边。表嫂悄悄地说："齐小山很像一个人。"

柏筱假装惊讶，问："像谁？"

"省电力公司齐总。"表哥抢先回答。

"是吗？"柏筱哂笑一声，扯扯衣摆，向齐明松那边望了望，说，"齐总是小山堂哥。我也觉得他俩挺像。"

"哦！"表哥表嫂一起望向齐明松。表嫂说，"难怪。我还嘀咕你咋有这本事把省电力公司齐总搞来了？"

表哥收回目光，问："齐小山做什么生意？"

柏筱生意上的事，从未给家人亲戚透露过。家乡人就是这样，看你发达了，越发对你每步行踪感兴趣。她心不在焉地回答："什么都做。"

"哦！"表哥一脸羡慕："现在做生意，完全靠关系。你们都是靠齐总帮忙吧。"

柏筱皱皱眉头，无以言对。对他俩说什么？什么也不能说。一旦有什么新消息，亲朋好友圈内马上会传开。

表嫂靠近她，压低声音说："筱妹，有这层关系，你和齐总一定熟悉。求你在齐总那儿做工作，帮我弄进领导班子。不管花多少钱，我都愿意。"

以往，表嫂在电话里求情她好搪塞。现在当面求情，又发现了"这层关系"，她就不好拒绝了，只得点头："嗯，试试吧，看齐总买不买我的账。"

表嫂高兴地搂住她："筱妹真好！你是我们表亲里最有出息的。以后我进了班子，有了条件，经常接姑妈姑爹到我家住，多尽份孝心。"

表嫂这番话，还真打动了她，心想，连着血脉的至亲，能帮就帮。过去，表嫂不到提拔条件，不帮，也在理。现在，条件成熟了，不帮，就说不过去。晚上，她偎在齐明松的怀里，把表嫂的意思说了。齐明松虽有想法，但还是满足了她的心愿，答应帮助解决。她十分感激地搂紧他，口里喃喃地："明松，这次你给足了我面子，谢谢你。爸妈晚饭后对我说，你有吉相，是我家贵人，叫我好好待你。"

齐明松浑身颤抖几下，不知如何回答是好。这次冒险陪她回乡祝寿，已经超越了他的安全底线。一晚上，柏筱在他怀里睡得挺香，不时露出甜蜜的微笑。可他，却无法入眠，摸着柏筱甜美的脸，考虑柏筱的未来，想着自己的责任，心里生出无限惆怅。

翌日早饭后，3人告别柏筱父母。两老抓住齐明松的手久久不放，母亲说：

"小山,赶紧把婚事办了,柏筱不小了。"齐明松头脑一片空白,茫然地点头。柏筱把脸扭一边,眼睛潮湿。罗正平上前拉开两老的手,说:"大叔、大妈,他们的事交给我吧。"然后将齐明松、柏筱推上车。罗正平坐进驾驶室,向两老挥挥手,一踩油门,车子像离弦的箭驶离柏村。

第 45 章　化险为夷

　　职工退股登记工作不到 1 个月就搞完。丁宝非以为是一块硬骨头,没想到出奇的顺利。总经理办公会通过的决定,职工多半不会反对,况且退股换来的是一套湖景房。这么丰厚的回报,十分诱人,哪里会有人深究他因? 就在绝大多数职工沉浸在喜获湖景房的欢呼声中,一桩不对等的资产重组交易在悄悄地进行。王汗成如期贷到款,并顺理成章地成为明天电力集团公司大股东。职工持股会退出,取而代之的是芷成实业发展公司。而芷成实业发展公司的股东是由漆汉昆等芷电高管和部分中层干部的亲属组成。职工持股会持有的股权,包括尾水发电等,堂而皇之地转到了芷成实业发展公司。用丁宝非的话说,在漆总的精心策划下,打了一个漂亮的资产重组仗。至于原明天电力集团公司与芷电主业的各项财务往来,能核销的核销,该挂账的挂账。原主业分流的人员有一大半又回流到主业,留下来的是经过市场锻炼也敢于接受市场挑战的人员。王汗成被推选为新明天电力集团公司的董事长,丁宝非被聘为总经理。

　　明天大厦胜利落成。请丁副市长揭牌后,明天电力集团所有成员企业都搬至大厦内办公。王汗成芷都深圳两头跑,集团公司日常工作由丁宝非全权管理。漆汉昆在明天大厦里设了一个大办公室,他时常到这里指导工作,发布指令。

　　丁宝非在明天大厦建设中尝到了甜头,向漆汉昆王汗成建议组建明天电力房地产公司,进军如火如荼的房地产市场。漆汉昆王汗成一合计,马上同意,要他尽快拿出方案。鉴于正天公司在明天大厦建设中的拿地经验,丁宝非决定把正天公司作为股东吸纳进来。他清楚得很,现在房地产市场最大的难度是拿地,只要能拿到地,就不愁发不了财。他真不理解当时罗正平、柏筱怎么会把如此好的一块地拿出来与芷电合作? 如果正天公司单独开发楼宇,不赚得盆满钵满才怪? 吸纳正天公司进来,就是要利用他们拿地的优势。他给柏筱打电话,约她出来坐坐，说有要事相商。

柏筱正好晚上有空，同意在丽春咖啡馆见面。和丁宝非单独见面，柏筱只认这个地方。有阿丽在侧，她心里踏实。她提前一小时到，好久没见阿丽，怪想念，留点时间聊聊天。两人一见面就拥抱，好久才依依不舍分开。

柏筱首先问："现在还好？"

阿丽说："指哪方面？如果指老公、孩子和生意，都过得去。如果指他，就不好了。"

柏筱说："怎么啦！他还那么小家子气？不像话，是不是男人？"

阿丽挽着她的手走进包房，叫服务员送咖啡来。喝了几口咖啡后，她叹口气说："本来就是不靠谱的事，没必要指责人家。"

柏筱生起气来："有什么了不起，不就是做点小生意吗？断了也罢，以后再物色一位。"

阿丽摆摆手："罢了，罢了。人呀，不能太贪，包括感情，贪多了会走火入魔。还是活得平淡些好，没那些顾虑和负担，人就轻松。最近我读了一本佛教书，有段话印象特深。书上说：人们平时愤怒、悲痛，因为过分执著于对确定性的渴求，便总是处在恐惧和焦虑之中。而这种渴望，根植于对无常的恐惧。只要正视无常，便可摆脱无明。生活中我们保持一种平常心，抱着不以物喜、不以己悲的态度面对一切事物，便会摆脱无明，处于一种持续理智的状态中，做出的判断也不会被情绪左右。你看，讲得多好。所以，以后我要抑制某种渴望，让自己永远处于理智状态。"

柏筱笑了起来，拍拍巴掌："多日不见，成哲学家了。也好，远离游戏，减少烦恼。女人玩不起这个，还是安分些好。"

"是的。所以我现在很淡定，早把他忘了。"阿丽说完又问，"老和姓丁的见面，你们不会有什么吧？"

"去你的。"柏筱骂了句，接着说，"和他纯粹谈生意。在我眼里，这种人，垃圾。"

阿丽放心地说："没事就好。我有个姐妹在娱乐场所做经理，里面做的是皮肉生意。有次我去找她玩，看见姓丁的进去，我很惊讶。姐妹告诉我，他常来，出手很大方。这种人，不是好人。"

柏筱说："管这些屁事干啥？你真有闲功夫。"

阿丽笑骂道："狼心狗肺。人家不是担心你吗？"

柏筱用手刮她鼻子，说："白朋友一场，到现在还不知人家的品味。"

阿丽哈哈大笑起来："谁知道？人是会变的。"

"变你个头。除非是你。"柏筱笑着和阿丽追打起来。

闹得正欢时，丁宝非敲门进来。阿丽叫服务员重新送咖啡点心来，和丁宝非简单打了招呼后就退了出去。

两人刚坐好，柏筱双手抱拳说："祝贺你荣升总经理！现在权力大得很，真得刮目相看了。"

丁宝非马上站起来，向她鞠一躬，说："卑人有今天，感谢您和齐总。"

柏筱哼一声，说："别把谢字老吊在嘴上。但愿你把自己的路走好，走稳。以后即便发生什么，不要祸害别人就行。"

"当然。"丁宝非坐下，说，"我说到做到，以前如此，以后依然如此。我会为您和齐总负责，更会为自己负责。"

柏筱挥挥手："行啦，不说这些。找我有什么事？"

丁宝非抽出烟，点燃后吸几口，把组建明天电力房地产公司的想法说了。如在过去，柏筱听后定会兴奋无比。现在不一样，经历过许多，她头脑异常冷静，凡事都斟酌再三。过去，罗正平想介入房地产，待拿到地后，又改弦易张，令她烦恼了一阵。其实，她是十分看好房地产市场的前景，可苦于缺乏经验、人才和资金。若现在搭载芷电这艘航母，也许能在房地产市场上搏击厮杀一番。可是，罗正平还愿不愿意走回头路？

丁宝非进一步解释："主要我们已有两个合作项目，彼此信任，配合默契。再度合作后，发挥各自优势，一定能把明天电力房地产公司做大、做强。"

柏筱说："你讲发挥各自优势，正天公司有什么优势？"

丁宝非笑笑："柏总，到了今天，没必要隐瞒。谁不知道罗总与市委黄书记是同学？否则，明天大厦这块地你们能这么轻而易举地拿到？"

柏筱苦笑一声，其中苦衷不便言表。她清楚，罗正平正是在拿地的过程中受尽磨难，才厌倦了这块市场。她说："看来你是冲着罗总来的，我不便表态，等我与罗总商量后再说。"

丁宝非态度诚恳起来，讨好地说："主要是看好柏总，正天公司有今天的业绩，完全是柏总的功劳。只要柏总您下了决心，罗总不会不同意。"

柏筱忙打岔："有没搞错？罗总是董事长，我是总经理，决策靠罗总定。我会尽快征求罗总的意见，马上给你答复。"

丁宝非是带着郁闷的心情与柏筱告辞的。以前和她谈合作，多是一拍即合，没成想今天碰了软钉子。看柏筱的态度，对参股房地产公司的兴趣不大。他真希望正天公司进来,有罗正平、还有背后的齐明松撑腰,走通黄金河这条路指日可待。丁副市长跟漆总说过,如果通过外围攻下黄书记这座堡垒,拿地的路就畅通无阻。

第三天,柏筱给他回话,正天公司资金紧张,无法参股明天电力房地产公司,请转告漆总,多多谅解。其实,柏筱说了一半实话,正天公司的所有资金确实压在了华流电力工程建设公司上,最近他们又接了一个垫资的大项目。另一半原因是罗正平不想再介入房地产业务,他说里面水很深心很黑,保不准哪天会栽进去。丁宝非不甘心,电话里又力劝了一阵。无奈柏筱就是不松口,合作之事只好作罢。当然,柏筱的态度并未影响他组建房地产公司的决心。1个月后,明天电力房地产公司在明天大厦12至14楼挂牌成立,同样是丁副市长揭的牌。董事长由丁宝非兼任,总经理何剑是漆汉昆从一家房地产公司挖来的,和漆汉昆有点远亲关系。

房地产公司成立后开发的第一个项目是天晟花园。天晟花园原是芷电职工福利房预留地,和芷电生活区隔了一条马路。由于住房早已商品化,盖职工福利房显然行不通。市土地部门给漆汉昆打过招呼,如再不开发,政府就要按政策收回。漆汉昆按市场三分之二的价格转让给了明天电力房地产公司,理由是给芷电每个职工解决一套成本价的集资房。在操作过程中,漆汉昆严格按程序办事,请一家地产评估公司对地价作了评估。漆汉昆暗中给丁宝非作了交待,地价差形成的利润冲抵1.5亿元的窟窿。

国家宏观经济形势继续看好,芷江的经济增长每年超两位数,用电量持续攀升。芷电4台机组除大修小修外,一直满负荷作业,每年的利润都在两亿元左右。面对如此骄人的成绩,两大股东笑声一片,对芷电内部悄悄发生的变化熟视无睹,给漆汉昆打开了辅业"改革和发展"的方便之门。

投资给兴达证券公司1.5亿元的事终于暴露。暴露源于芷电内部一封举报信。举报信寄给了省国资委。省国资委主任阅信后觉得事件重大,立即批转纪委调查,并打电话询问崔燕。作为董事长的她从未耳闻,一头雾水,答应了解后专题汇报。崔燕放下电话马上给漆汉昆打电话。漆汉昆惊出一身冷汗。他知道,这一天迟早会到来,这种事,电话里无法说透,只有当面才能陈述清楚。他忙说:"崔总,我马上到你办公室汇报。"

漆汉昆叫上丁宝非心急火燎地往崔燕处赶。芷电地处郊外,离省建投有40分钟路程。由于路堵,走了1个小时才到。崔燕与两人握手后,给他们各沏了杯茶。丁宝非忙上前给漆汉昆和自己端了。

坐好后，崔燕对漆汉昆说："说说吧，咋回事？"

漆汉昆端起茶杯，一边吹浮沫一边慢慢喝，让自己慌乱的心平静下来。喝了几口，他抬起头，望着她，不紧不慢地说："崔总，首先，我得向您检讨，本该早点给您汇报，就不至于被动，也是存在侥幸心理。对不起，给您添麻烦了。"

崔燕一脸凝重，无半点表情，盯着他一动不动。

也许是认过错，漆汉昆心理压力有所减轻。他说："3 年前，朋友告诉我一个消息，有证券公司开展了理财业务，回报率百分之五十到一百。当弄清情况后，我心动了。其实，证券公司打的是擦边球，利用内部信息，帮你炒股。那时，只要有内部消息，炒股百分之百大赚。朋友看我有意，就把兴达证券公司老总步少成介绍给我。经过几次接触，令我大开眼界，原来赚钱这么简单。有的公司一下子把几个亿打过去，不到一年，赚了两倍。为了让我相信，步少成安排我与上海B发电厂吕总见面。吕总在发电行业挺有名气，在经营方面总结了一套独特的管理经验。在一次全国性的研讨会上，我曾聆听过他的发言，也算有一面之交。吕总告诉我，他和步少成合作过两次，赚了一个多亿，近日又签了两个亿的合作协议。芷电自发电以来，一直出力不足，年年亏损，当时，10 个亿的资本金只剩下7000 万了。每次参加全国全省各种电力工作会议时，我都抬不起头。为了挽回败局，为了充盈资本金，我决定向吕总学习，奋力搏击一下。当时，我把想法给葛书记说了。葛书记也被诱人的条件所吸引，没提出反对意见，建议上会研究一下。步少成意思，知情人要尽量少，避免泄露消息。于是，我只与李蔓和谭加健个别交换了意见，他们均表示同意。后面的事，我就交给丁宝非同志去办了。"

丁宝非接过话说："漆总对此事十分谨慎，还把步少成请到芷都，就协议细节商量了好久，可以说没半点瑕疵。1.5 亿是通过辅业账上走的，我亲自把账单送到兴达证券公司，并办好手续。当时，有不少大公司与兴达证券有合作，步少成成了热门人物。他也确实给这些大公司带来丰厚回报。"

崔燕嘴角蠕动一下，依然没有表情："你们就百分之百相信他？"

漆汉昆说："当时，确实百分之百地相信他。看到人家资本翻番地进账，眼睛都红了。国家正儿八经的证券公司，不容你不相信呀！谁知道这个步少成会携款潜逃？"

丁宝非抢过话说："漆总一发现问题，立即派我到兴达证券公司进行了保全。不过，请崔总放心，事后，我按漆总的指示及时把主业的 1.5 亿元打了回去。主业没损失一分钱。留下的问题让辅业解决。到现在，兴达证券的案子还没结。主犯步少成到不了案，案子就结不了。我们已经起诉了兴达证券公司，1.5 亿到时应该有说法。"丁宝非临时编了套假话。他已经想好了，明天就着手起诉兴达证券公司，不管有没有用，关键要对大家有个交待。

漆汉昆向他投去赞赏的目光，感谢他的临时应变。他迎着崔燕疑惑的目光进一步解释："崔总，真是这样。宝非讲得没错，主业在这次事件中没任何损失。举报者不知内情，见风是雨，唯恐天下不乱。崔总您是知道的，芒电总有那么些人，喜欢乱告状，以期达到不可告人的目的。这是极不正常的。但是，人的嘴是堵不住的，对这些人，我们只能冷静以对。我们讲的是不是实情？一查账目，不就一清二楚了吗？"

崔燕舒了口气，紧锁的眉头松开："没事就好。1.5亿元啊，那么一大笔款，真出了事，会要人命的。举报信说得言之凿凿，看了让人捏把汗。当然，不是你们说没事就没事，国资委会派人做全面调查。龙书记已给我打过招呼，要我派人配合调查。前不久，国资委纪委在某企业查出一个贪腐大案，已有多人双规。我不希望在我任上发生如此揪心的事，你们可得要给我把好关。一个企业，经不起折腾，需要一个平稳发展的好形势、好局面。"

"是的，是的。"漆汉昆头点得似捣蒜。

"我们一定不会辜负崔总的期望；一定会管好自己，管好这个团队；一定会让崔总放心、安心；一定会认真接受上级的调查。"丁宝非把漆汉昆未说的话说出来。

崔燕满意地扫了两人一眼，说："说起辅业，我一直有个看法，有利有弊：益处是为主业改革发展作过贡献，探讨了一种发展的路子，特别是分流了不少人员。不利是造成管理上的混乱，财政专员办前不久查出的那些问题，说明了什么？辅业蓬勃兴起的背后是主业利润的流失。我主张发展辅业，为主业减负，但不支持挖主业的墙角。现在，我才清楚五大发电集团为什么一接手各地的发电厂，就壮士断腕般地剥离辅业。有的资产上亿，毫不吝啬地送给地方。他们这样做，无非是要斩断主业流失的渠道。芒电是地方控股，在这方面，应该向五大集团学习。从现在起，你们要在这方面做好工作。"

漆汉昆心想，好在芒电的辅业早就进行了剥离，在M集团进来之前，他已在财务上做了准备。尤其是近期，他对辅业进行的资产重组，已彻底完成了辅业的华丽转身。以前，辅业这块工作向崔燕汇报甚少，原因也是不想让股东方介入过深。他说："崔总，发展辅业，是新事物，难免有这样那样的不足。按照两个股东的意见，我们早就进行了剥离。近期，我们对明天电力集团公司股权进行了改制，在股权上，与主业无任何关系。"

崔燕问:"形式上没有关系,内容上有没有关系?"

漆汉昆愣了片刻,回道:"如果完全撇清,不现实。崔总,您看,主业分流人员还有 1/3 留在明天电力集团,不靠主业的业务,能养活这些人?显然不可能。所以在内容上肯定少不了关联。"

崔燕说:"存在关联,意味有主业利润流失之嫌。"

漆汉昆认真地解释:"崔总,有些事急不得,五大集团真的彻底剥离了?未必。据我所知,就有不少发电厂还保留了关联公司。电厂的粉煤灰、检修、安装、采购、后勤等,都需要有人做,给外人做也是做,给自己的辅业做同样是做。现在的招投标,说句不好听的话,纯粹是扯淡,纯粹是烧钱。什么定额呀,什么标准呀,全是吃里扒外。每次招投标下来,我们得多付出不少钱。如果同样的工程和项目,拿给自己的公司去做,价格合理,又能帮助主业养活一些人,何乐不为?"

这的确是个现实问题。崔燕平时不是没想过,只是一想到关联,一想到财政专员办出具的意见,心里就很纠结。她问:"回流到主业的人员如何安排的?"

漆汉昆叹息一声,说:"主业本来人就多,这一回来就 300 多号,还不是一岗多人,有什么办法?"

崔燕又问:"留在辅业的人员安心?"

漆汉昆答:"还好,明天电力集团给他们的待遇不低,加上这些人经过多年的风雨锻炼,还能适应这种残酷的市场竞争。有一点值得自豪的是,这些人员有大局意识,能为芒电的主业分忧,如果他们也一股脑儿回流主业,给主业的人才队伍冲击会更大。"

丁宝非插话:"漆总把思想工作做在先,又千方百计设计一些优惠政策,吸引这些人员留下来。明天电力集团过去为主业作了贡献,以后仍然会为主业多做贡献。"

崔燕点点头,又摆摆手,说:"今天不谈这个话题了,无法说清。但有句话你们必须记住:主业与辅业之间一定要清清爽爽。1.5 个亿引发的问题一定要彻底解决,不能留后遗症。"她对丁宝非说,"小丁,你回避一下,我与漆总谈点其他事。"

丁宝非立即站起来,捡起带来的资料离开崔燕办公室,轻轻把门关上。

崔燕起来给漆汉昆续水,漆汉昆抢过茶杯赶紧自己去续,并把崔燕的茶杯端到她面前。漆汉昆下意识地摸出烟,发现不对,又放进包里。崔燕笑笑:"抽吧,别憋坏了。你们这些烟鬼,一个小时没烟抽就神魂颠倒。"漆汉昆自嘲一笑:"没办法,靠它活命。"起身把窗户打开,然后坐下来点燃烟很享受地深吸几口。

崔燕问:"这段时间萍萍跟你联系多?"

漆汉昆回道:"还可以。上个星期联系了两次。"

崔燕说:"这个死丫头,快1个月不跟我联系。"

漆汉昆在烟灰缸里把烟屁股掐灭,问:"怎么?你哪得罪了她?"

崔燕苦笑一声,忧虑地说:"我哪敢得罪她,自认了你这个干爹后,她的脾气见长了。电话里说不了几句,就烦了。上次,她告诉我她谈恋爱了,问明对方情况,把我吓一跳。骂了她几句,就不理我了,打电话不接,网上看到我就隐身。"

漆汉昆端起茶杯喝几口,和缓地说:"崔总,不是说您,您的教育方法有问题。她给我老诉苦,您呀,管得过严过宽,她受不了。孩子大了,恋爱很正常,特别是女孩子,在这方面更渴望。"

崔燕叹口气:"我不是不同意她恋爱,问题是对方比她大一轮,又是二婚。丢不起这个脸。现在的年轻人,不知咋想的,条件好的一大把,非要拣个二手货?"

萍萍一进入美国宾夕法尼亚大学,就获得不少华人男博士、硕士的青睐,身边常有俊男陪同,向她射出的丘比特之箭,都被她以各种理由挡回。她独独钟情于她的导师周奇。周奇是上海人,比她大12岁,有家有小。太太在宾夕法尼亚大学图书馆工作,女儿上幼儿园。也是事有凑巧,她与周奇的生日竟是同月同日,周奇过生日,把她请去同过。在生日宴会上,她为他的帅气、细心、周到、体贴倾倒,当大家包括周奇太太为他俩举杯祝福时,她顿时陷入陶醉。不知是哪位妙主意,两人共用一个特制大蛋糕,两边插上各自的蜡烛。许完愿后,两人头对着头同时吹气。萍萍动作快,所有蜡烛被她全吹灭。于是有人起哄,要周奇吻萍萍作为感谢。在太太的默许下,他大大方方地吻了萍萍。就是这一吻,让她陶醉的心荡漾起了爱的涟漪。世上灵异事不少。两人生日后不久,周奇太太开车带着女儿出去玩,在高速公路上发生车祸,太太当场死亡,女儿送到医院后也不治身亡。在这段日子里,萍萍一直陪伴周奇左右,与他的感情迅速升温。

漆汉昆很能理解萍萍,现在的女孩子就是这样,喜欢搞大叔恋。他说:"时代不一样,不能拿我们那个年代的眼光看现在。找个大一轮的,找个二婚的,正常得很。现在的男孩子,有几个放心?还是那些经过烈火淬过的男人踏实。要知道,不是我们找对象,是萍萍找对象。她是成年人,有自己的是非观和评判标准。要相信她的眼力,她那么聪明,那么老炼,自己看准的人肯定可靠。"

崔燕摇了摇头:"唉,我就是心里一下难以接受。"接着又问,"上星期和你联系两次,是不是又向你要钱了?"

漆汉昆顿了一下,还是如实说了:"不错,第一次要了50万元,我马上给她打过去了。第二次又要 30 万元，我有点警惕。问她是不是遇到麻烦？她犹豫好久，才把实情告诉。原来，周奇妹妹得了白血病，在医院里躺了几个月，最终找到了配型骨髓，需尽快手术。50 万是拿去还债和补缴住院费，再要 30 万是用来手术。我说，你们还没成婚，有这个责任？萍萍说，干爹，就算我借你的行不？佛教上说，救人一命，胜造七级浮屠。到时保证一分不差地还你。她这一说，我赶紧汇过去。您看，萍萍与周奇到了这个地步，您能阻拦得了吗？还是随她的愿吧。"

"唉……"崔燕长叹一声，"你呀，给她汇钱，也得跟我说句呀。"

漆汉昆摇摇头，说："崔总，既然我认了干女儿，就有这个权力和责任给她分忧解难。否则，不是白当干爹？"

"汉昆，难为你了。这个不争气的孩子给你添了不少麻烦。"崔燕露出欣慰的笑容。

漆汉昆忙纠正："崔总，不是萍萍给我添麻烦，是我给你添了不少麻烦。"

"咱们共同面对吧。"崔燕说了一句双关语。

漆汉昆又抽出烟，慢慢点燃，说："崔总，以后对萍萍，还得改变方法。她大了，懂事了，没必要拿你的观点约束她。否则，她会离你越来越远。现在的孩子都有点叛逆，不了解这代人，就很难进入她的内心。萍萍是个很好的孩子，尤其是现实世界物欲横流，她能看淡金钱和权力，找个家道贫困的人，说明她看重的是人而不是钱。现在，有几个女孩子能有这种境界？很少呐。"

崔燕点点头，油然一笑，说："萍萍这点倒是像我。年轻时，追我的权贵公子哥不少，可我偏偏选择了萍萍她爸。还不是看中了他的人品。"

漆汉昆笑笑："是呀，你能这样，就不兴许她这样？"漆汉昆看看表，过了下班时间，赶紧站起来，"崔总，下班了，今晚我请您吃饭。"

崔燕说："到了这里，我来请。"她打开门，叫办公室主任去酒店安排一个包房。

漆汉昆高兴起来，巴不得她请客。他要的就是这个效果。

3 天后，国资委纪委组成了一个有省建投参加的六人调查组来到芷电，就 1.5 亿元的事进行全面调查。当然，检查组最终还是无功而返。

第 46 章　孤注一掷

　　葛联军到了退休年龄。退休前,他想做个顺水人情,把自己的接班人选好。他跟漆汉昆商量,建议由排位第三的副总苟政接任。漆汉昆对这位老兄一直不看好,当年要他兼任辅业总经理,竟然当着全体班子成员的面予以拒绝,让自己下不了台。苟政是冯华的人,后来投入葛联军的怀抱,两人常打得火热。在党政一把手意见不合时,苟政往往站在葛联军一边。还让漆汉昆不看好的是苟政心胸狭窄,会记仇。有时为丁点小事,他会耿耿于怀好几天。当然,这些不能作为拒绝苟政接任的理由。其实,漆汉昆早有自己的打算,他想葛联军退后一肩挑。有不少电力企业就是总经理兼党委书记,人家能兼,为什么芒电就不能兼?一肩挑有一肩挑的好处,党委与行政不会产生矛盾,决策与管理能快速启动和制动,效率较高。前不久他和崔燕交换过这方面的意见。崔燕没表态,只说到时再说。退一步说,自己兼不上党委书记,接任党委书记的不应是苟政而是李蔓。李蔓综合素质、领导水平、协调能力、大局意识比苟政强许多,要说不足,就是资历浅了点。现在的干部管理制度很成问题,提拔干部时把资历作为一个重要因素,动不动论资排辈,孰不知淹没了多少人才? 他清楚,在干部体制方面发发牢骚可以,在正规场合,还不能有半个"不"字。否则,你就有大麻烦。葛联军的建议,着实让他头痛,直接否定吧,得罪的不是一两个人。官场生物链就是这个样子。他不清楚葛联军为什么在退休前还给他出这么一道难题?两人的关系,经过多年磨合,应该缓和许多。尤其是后两年,可以说葛联军是全力支持他,偶尔有不同看法,经他做做工作,要么改变看法,要么不吭声。以至于外界对他们的班子团结评价很高。为了给葛联军面子,他表示原则同意,待向崔总请示后再说。

　　得到漆汉昆的认可后,葛联军开始做工作,先是和苟政交底,接着向其他班子成员征求意见。没漆汉昆的交待,多数班子成员不敢表态,至多一句话:听领导的。葛联军找崔燕汇报,把他的想法和盘托出。崔燕听后既不反对也不肯定。在党委书记人选上,她要先听听漆汉昆的意见,毕竟是与他搭班子,弄个意见不合的人上来,对芒电的发展不利。

　　崔燕把漆汉昆叫到办公室,向他征询党委书记人选的意见。漆汉昆假装深思熟虑起来,半天才回答:"如果从班子里选,我认为李蔓比较全面。苟政虽然经验丰富,但有时考虑问题欠周全。党委书记,必须是协调和统筹能力较强。否则,带不好班子。"

崔燕皱皱眉:"李蔓资历浅了点,上去能压得住阵?"

漆汉昆说:"资历观害死人。只要给李蔓平台,她肯定干得风生水起。"

"你怎么又同意葛联军的提议?"崔燕不解地望着他。

漆汉昆摊开双手,无可奈何地说:"他满腔热情地和我商量,不好败他的兴啊。对老同志,对支持过我的党委书记,总得给人家一点面子吧。"

崔燕笑笑:"你呀,也学会了圆滑。"

漆汉昆说:"其实,我早就和您交换过意见。因为牵涉自己,不好多说。"

崔燕说:"那时条件不成熟。谁知你们不和我商量,就把风放出去?现在,叫我做恶人。"

漆汉昆沉思片刻,说:"我建议,以您的名义,提出苟政、李蔓作为党委书记候选人进行民主推荐,超过半数的,进入考察。"

崔燕摇摇头:"这明显违反组织原则,民主推荐不能事先提名。"

漆汉昆哦了一声,提出一个折中方案:"我们先开个党委会,亮明您的意见。然后,您再派人来进行民主推荐。如果两人都不够半数,则由我兼。您看,行吗?"

崔燕点点头:"好,就这样。"说完,拿起话筒给副董事长打电话。对方听完她的意见后马上表示赞同。

漆汉昆这一招够狠,只要董事长的意见一传开,葛联军之前做的工作等于一风吹。苟政的人缘和能力远在李蔓之下,到时就会分去不少票。没有人过半数,他就顺其自然地兼上党委书记。果然,民主推荐结果是两人票数都未过半。李蔓比苟政还多三票。看到这个结果,葛联军无话可说、默默离开。苟政自然是垂头丧气、闷闷不乐。李蔓却是喜形于色、兴奋异常,令她看清了自己的优势和潜力。更高兴的还是漆汉昆,他的如意算盘终于兑现。

不久,崔燕带队到芷电宣布任免决定。会上,漆汉昆表起态来铿锵有力,字字珠玑,让人听了心潮如涌,不能自己。坐在台下前排的丁宝非带头拼命鼓掌,掀起一波又一波的掌声浪潮。

中午,漆汉昆在芷电宾馆里安排了一个盛大午宴,名义上庆贺葛书记荣退,实际上暗祝自己兼任党委书记。来敬酒的人排着队,连崔燕也破例敬了他一满杯。散席后,他单独把崔燕请到休息间,提出想对班子作些微调。看崔燕没反对,就大胆地把想法说出来。他说:"以前葛联军专职党委书记,现在我兼职,两头可能一下子顾不过来。我建议设一个副书记，协助我做党委工作。"崔燕觉得在理，点点头。漆汉昆接着说："副书记由苟政转任。苟政空出来的副总经理位置，请崔总考虑丁宝非接任？"崔燕愣了一下，问："丁宝非行吗？"漆汉昆十分中肯地说："百分之百行。苟政分管行政和后勤。丁宝非原是物资科长，后任辅业副总，在物资科长和辅业副总任上，干得十分出色，成绩卓著，让他接任行政和后勤副总是最好人选。"崔燕考虑片刻，没正面回答，只说了句，"以后再说吧。"

为了实现这一设想，漆汉昆趁热打铁，带着丁宝非三进崔燕家，两上北京，下了不少功夫，终于做通了两位董事长的工作。经民主推荐、考察、公示、谈话等程序，丁宝非顺利登上了芷电副总经理的宝座。这个位置，对丁宝非来说，非常重要，是质的飞跃，算正式跨入了县处级领导干部行列。在丁家族谱里，还没谁超过他。任职通知一下来，他高高兴兴地宴请亲朋好友、同事要人。在杯觥交错中，不断接受各方人士祝贺。在宴请的人员中，他最在乎柏筱，宴请时，把熊长远、单蓉也请了来。他知道她的脾气，单独宴请，她断然不会赏光。

酒过三巡，柏筱说："丁总，当下中国，能进入这个阶层的凤毛麟角，这是命，更是机缘，愿你把握好，更上一层楼。"

她的话，既是祝福，更是忠告。丁宝非听了诚惶诚恐起来，斟满一大杯，轻轻碰下柏筱的酒杯，一口喝干，咂咂嘴，说："柏总，关键时刻，您总是给我许多指点。放心，我丁宝非不管到什么位置，都不会忘记我们愉快的合作。"

两人对话，隐含许多潜台词，旁人无法理解。这么多年，丁宝非一直信守他的诺言，尤其是在他掌握一定权力后，始终未忘给她创造赚钱的机会。柏筱为此感到十分庆幸。她清楚，丁宝非严守诺言，实际上是在保护自己。为了长远利益，她还是经常敲打他。而丁宝非？对她一直心存感激，没有她的配合，他不可能走到今天。所以，任何时候，他对她都是毕恭毕敬。

说过一些祝福和关照的话后，他们聊起了合作往事，聊起了燃料公司的光明前景。当聊到房地产项目时，丁宝非为柏筱惋惜。他说："柏总，现在搞房地产，比什么都赚钱，您错过了一个好机会。您看，天晟花园一个项目，明天电力房地产公司就能赚饱。"

柏筱摇摇头，说："不遗憾，以后有其他好项目再说吧。"

单蓉接过话说："我们罗总车祸后，发展目标作了重大调整，偏重熟悉的项目。"

丁宝非说："董事长应该由柏总来做。这样，我们合作空间会更大。"

柏筱马上制止："我女流之辈，没有非分之想。罗总永远是我们的董事长。"

丁宝非笑笑,恭维地说:"柏总好谦虚,我认为您的能力远在罗总之上,您是女中豪杰,人中精品。和您打交道,是一种享受,是一种提高。能交上您这样优秀的朋友,是我人生中的大幸。"

柏筱脸上掠过一丝不快,不愿听他那种肉麻话,就用其他话题岔开。这时,单蓉突然冒出一句惊天之举的话。她说:"听说不,中纪委派人来调查刘副省长,估计不久有爆炸新闻。"

丁宝非惊讶地问:"听谁说的?"

单蓉说:"唐勇听省纪委同学说的。"唐勇是她的老公,两人经过四五年磕磕碰碰,终于走到了一起。唐勇在职研究生班的同学在省纪委研究室摇笔杆子,不办案件,却有不少消息。

柏筱哼哼鼻子:"贪腐大案越来越多,贪官职务越来越高,多一个副省长,不足为奇。"

熊长远也说:"是呀,多抓几个大官也好,让老百姓高兴一下。"

丁宝非不吭声,在想自己的心事。虽然刘副省长和他八杆子打不到边,但引发他许多联想。想自己,想漆汉昆,还想齐明松。

柏筱电话响了,是罗正平的,找她商量个事。柏筱就说马上来。丁宝非只好散席,签了单,一直把她和单蓉送上车。丁宝非今晚喝多了,走路有点晃。熊长远说:"老大,我送你回吧。"丁宝非摆摆手:"你先走,我再坐坐,等醒了酒再走。"看熊长远走了,他折回包房,躺在沙发上,叫小姐拿块冷毛巾敷在额头上。躺了半个小时,他感觉好多了,给方梅打电话,叫她到天香花园来。刚才听了中纪委在调查刘副省长的消息,他心里似乎有点堵,想与她说说话。电话通了半天,没人接。又打,还是不接。他顿觉奇怪,以前,方梅见了他的号码,很快就接了,今天怎么啦。心想,可能在洗澡或什么的。电话打不通,见她的欲望一下子没了,就起身和小姐告别。走出酒店,一阵寒风吹来,他打个哆嗦,赶紧坐到车上,刚发动车子,他的司机跑过来。司机说:"熊总说您喝多了,叫我赶紧过来。"他嘟了句:"这个熊长远,多事。"把驾座让给司机。

回到家,气氛似乎不一样。李沁躺在床上,头上缠着纱布,满脸泪痕。芳芳扑在小桌上闷声做作业,见了他,抬头鼓了鼓眼。母亲坐在沙发上生闷气。丁宝非问芳芳:"你妈怎么啦?"芳芳没理他,母亲却大声骂了起来:"你干的好事。家里好好的一个人,去外面招什么狐狸精?"他头嗡的一声,顿时懵了,心想方梅又犯了神经病,干了什么蠢事。这些日子里,他一直按约定和她幽会,有时整晚陪着她。她的情绪时好时坏。好起来的时候,在他怀里像只小猫,乖巧得很;坏起来的时候，又哭又闹，逼着他尽快娶她。这时，他只好连哄带骗，稳定她的情绪。逼急了，她就跳起来，疯疯癫癫地说，"不给我好日子，你也别过好日子。"

他走到李沁床边，摸着她头上的纱布，问："她干的吗？"

李沁拨开他的手，把头扭一边，鼻腔和喉咙里像拉风箱一样，呼哧呼哧的响起来。接着，眼泪哗哗地流出来。

"我找她算账去。"丁宝非发声狠，拔腿往外走。走到门口，他回头跟母亲说："你们早点睡，我可能不回来。"

冬天的深夜，格外深邃寒冷，小区里没有人声车声，只有呜呜作响的北风声。他在寒风中溜达会儿，酒意顿时去了八九分。他抬头望望天空，一勾冷月寂寞地挂在夜幕边垂。他的心，也慢慢随移动的冷月下坠。方梅这一闹，不知又会闹出什么麻烦？他走到车旁，按下遥控器，"嘀"的声响，在寒风中显得格外凄厉，把他吓一跳。他本能地左右看看，什么也没有，就缩着脑袋钻进车子里。他发动车子，刚起步，又停下，拿出手机，打方梅电话。电话响了半天，方梅才接。丁宝非说："马上去天香花园。"方梅没有回应，只吸了几声鼻子。丁宝非加大声音说，"听到没有，到天香花园去。"方梅仍不回答。丁宝非发起脾气，"我先去，不见不散。"

到了天香花园，丁宝非找个偏僻处停好车，小步跑上楼。打开门，一缕清香扑鼻而来。方梅把这个小窝打理得清清爽爽，室内盆花随季节不断变换，常有新鲜感。此时丁宝非已没了这份心情，把自己丢到沙发上，拿出手机拨方梅电话，催她赶紧过来。拨完号码，话筒里传出："你拨的电话已关机"。丁宝非顿时怒火中烧，把手机摔在沙发上，骂道："婊子养的，耍我。"骂完后，他又傻呆呆地望着天花板，慢慢沮丧起来。到此时，他感到危机已逼近。

这段时间，方梅的情绪几近失控，在家里老找沈阅的茬，动不动羞辱谩骂。沈阅接受以往教训，对她不理不答，要么把自己关在房间里，要么出去溜达几小时回来。他决心与她抗争到底，最大的愿望就是保护这个完整的家。他想通了，只要不离婚，她爱怎样怎样，什么脸面、尊严、羞辱等对他来说已无所谓，反正是半个废人。方梅却不这样，她越来越急于想挣脱这个枷锁，尤其在丁宝非提任芷电副总经理后，她离婚的愿望一天比一天强烈。见吵闹无效，她改变策略，慢慢做沈阅的思想工作。一天晚饭后，她约他散步。两人骑自行车到芷湖，把车锁好后，肩并肩地沿着湖边石道慢慢散步。在路人看来，两人恰似一对卿卿我我的恋人，实际上他们却说着相反的话题。

方梅说："沈阅，看在多年夫妻的分上，求求你放了我吧。现在如同陌路，好和好散,对大家都好。"

沈阅说:"我觉得这样挺好。我已想通了,你爱和丁宝非怎样怎样。我不干涉。"

"你是男人?"方梅狠狠地盯他一眼,"死亡的婚姻有何意义?你不考虑自己,但不能不考虑别人啊。做人不要这么自私。"

沈阅沉默半天后说:"我自私,你就不自私?离婚后,孩子怎么办?你考虑过?"

"孩子归你归我都可以。还有什么要求?一并提出来,尽量满足你。"方梅爽快地回道。

"反正我不离。孩子不能没有妈,也不能没有爸。"沈阅停住脚步,嘟哝道。

方梅压住的怒火又蹿起来:"姓沈的,别敬酒不吃吃罚酒。你以为你是谁?再逼我,就上法庭。"

沈阅口气也硬起来:"上就上,把你和丁宝非的丑事倒出来,看你还有脸面?"

"你,你,王八蛋。"方梅气得破口大骂,"你敢放肆,我把你那档丑事说出去。看你还做得成人?"

沈阅声音也提高八度:"想说就说,我已是废人,别人知道了只不过多几眼白眼。而你和丁宝非的丑事,见得了光?"说完,拔腿就走。

两人不欢而散。第二天下午,沈阅背起一个大包,留下一张纸条,去了平山市。那儿有他公司一个大项目,他申请去做了项目经理。估计这一去,一年半载回不来。

没了发泄对象,方梅显得更加郁闷烦躁。今天下午,方梅在生活小区的曲廊里碰到李沁,就把她拦住。李沁不理她,绕开她走。方梅拽住她的袖子不放,厚着脸皮说:"李沁,咱们好好谈谈,行吗?"

李沁厉声说:"放开,你这个不要脸的。"

方梅斥道:"骂谁?你才不要脸。"

李沁怒不可遏,一巴掌打过去,正好打在方梅的脸上。方梅脸上顿时现出五个手印,一阵火辣辣地痛。方梅的烈性脾气一下子暴发出来,扑上去和李沁厮打一团。结果是两人受了伤。李沁倒在地上摔破了头,方梅颈脖和手上被抓出几道血印。如果不是几个女职工上来劝住,两人不知要打成怎样?

丁宝非知道方梅的性格,虽然关机,并不代表她拒绝见他。也许几小时后,她会悄悄潜入房间。他打开热空调,简单洗漱一下,钻进被窝里,等待方梅的到来。时间一分一秒地过去,不知是哪家的座钟敲过 12 响,还没见方梅的动静。他又打电话过去,方梅还是关机。他只好强迫自己进入梦乡。

快天亮的时候,丁宝非被哭泣声惊醒,发现方梅不知什么时候躺在自己身边。他坐了起来,问她:"什么时候来的?"

方梅没理他,抱着他的腰放声痛哭起来。丁宝非低头一看,发现她手臂和颈上有几道深深的血痕。丁宝非想骂人,但看她一副悲天悯人的样子,只好作罢。方梅哭累了,摇着他的腰说:"宝非,你要为我做主。她打我。"

丁宝非扒开她的手,气愤地说:"你惹她干啥?早跟你说过,忍一下不行?非要逼她,逼我。你到底要干什么?"

方梅也坐起来,大声说:"我干什么?"她使劲扒开自己的衣领,露出颈脖上的伤口,"你看看,我干什么?差点被她抓死了。"

丁宝非责问:"你跟她闹,能得到什么?"

方梅不服气地说:"她必须离开你。"

丁宝非哼一声:"靠你这两下,她会离开?沈阅会离开你?别再做梦吧。"

"她有什么资格呆在你身边?你自己说的,爱的是我。既然爱我,就必须叫她离开。"方梅理直气壮起来。

丁宝非哭笑不得,骂了句:"傻 B。"他不可理喻,做爱时说的激情话,她还真当回事。

方梅掀开被子,跳了起来,发疯似的吼道:"你骂人?我是傻 B,你是什么?告诉你,丁宝非,老娘把什么都搭进去了,不会轻而易举地罢手。你必须离婚,必须娶我。否则,我什么都做得出来。"

丁宝非被激怒了,把她按下来,双手紧紧卡住她的脖子,嘴里叫着:"让你叫,让你闹。去死吧。"

方梅手脚并用,不停地挣扎,不停地踢他,力气毕竟有限,慢慢地软下来。丁宝非还没到失去理智的地步,只是想教训她,看她脸上泛白,出气不畅,赶紧把手松开。方梅喉咙里响了几下,一口气缓过来,软软地躺在被子上,有气无力地说:"想杀死我?杀吧。死在你手上,一了百了。到了阴间,总能做伴吧。"

丁宝非气鼓鼓地下床,一边穿衣一边说:"我警告你,你必须冷静,真弄出问题来,我不会放过你。妈的,不知那根神经搭错了,为什么就不能像以前一样?"

方梅抬起头,倔强地说:"我就要实实在在的婚姻,难道有错?"

"好,你没错。但你为什么不能克制?下次再发生这种事,别怪我无情无义。"丁宝非说完,匆匆走出卧室,提起公文包,打开房门,闪身出去,使劲关上门,踩着沉重的脚步走下楼梯。

天香花园小区的景观树上挂满了霜，晨起的老人三三两两地在空地上打太极拳。丁宝非小跑到车上，发动车子，打开暖气，头靠在驾驶椅上思索对策。他心想，必须阻止方梅的疯狂行为。后院起火，与方梅地下情事发，他将名誉扫地。最主要的还是无法向漆总交待。漆总对他那么器重和信任，如果因此事影响漆总的对他的信任，他是永远不能原谅方梅的。在车上坐了会儿，他给孙在兵打电话，叫孙在兵一上班到他办公室来。

孙在兵已被他安排到房地产公司办公室主任位置上。小伙子很诚实，对他忠心耿耿，是个很不错的好帮手。丁宝非开车到早餐一条街，随便吃了点早点，然后到办公室等待孙在兵。他要孙在兵帮他解决危局。

孙在兵没到上班时间就赶到他办公室。丁宝非上前把门关紧，急切地说："在兵，我现在遇上麻烦了。"

孙在兵拍胸脯说："丁哥，什么麻烦？说来，我帮你解决。"

丁宝非把他和方梅的关系及最近发生的情况简要告之。孙在兵听后眉头皱紧，觉得这是一道难解的题。他问："能对方梅下狠手？"

丁宝非摇摇头："还不到决裂的时候。"

孙在兵摊开双手，无奈地说："处理这种事，我可一窍不通。"

"说实话，方梅给我帮助挺大。"丁宝非扔给孙在兵一支烟，自己点燃一支，吸了几口说，"最近，她完全失去理智，怎么做工作，就是听不进去，三天两头向我逼婚。你知道，我怎么能抛下李沁？她对我母亲有多孝呀！我对她已是感激涕零。这样闹下去，非得把我逼疯。"

"要不，我找方梅谈谈。"孙在兵试探地问。

"你找她谈有何用？她不吃这一套。"丁宝非否定他的想法。

孙在兵琢磨片刻，说："丁哥，来狠招不行，来损招可以吗？"

丁宝非问："什么损招？"接着又说，"不能臭了她的名声。我对她还是蛮有感情。"

孙在兵偷偷笑了起来："丁哥，这就没辙了。一边恨，一边爱，这事没法办。"

"是呀。挺矛盾的。"丁宝非闭目思索片刻，掐灭烟头，咬咬牙，说，"量小非君子，无毒不丈夫。只有豁出去了。干，你说，有什么损招？"

孙在兵一下子心虚起来，方梅毕竟是他的情人，一旦把事弄砸，他吃不了兜着走，到时可就没有好日子过。"算了，算了。"孙在兵把头摇得像拨浪鼓。

丁宝非一双眼睛凶巴巴地瞪着他，霸蛮道："别耍花招，这事全靠你摆平。今后方梅再有什么，找你算账。"

孙在兵吐吐舌头，一脸苦相地说："丁哥的话，我不能不听。但有一条，以后，方梅无论发生什么，不能怪我下手狠。行吗？"

"行。"丁宝非点点头。过了会儿，又有点不放心地问，"你用什么损招？"

孙在兵说："给她制造点麻烦。至于什么麻烦？我还没想好，给我点时间吧。"

"行。拜托了。"丁宝非双手压在孙在兵的肩上："搞定后，我请你去个神秘的地方，好好犒劳你。"

第 47 章　佛地迷顿

刘副省长被中纪委调查的传言并非空穴来风。没过几天，刘副省长真的被中纪委带走了。不久，大世界贸易公司董事长即刘副省长的公子被省检察院逮捕。接着，邹雅琴也被检察院请了去。邹雅琴本来是请去询问和核实一些情况，没想到，进去就出不来了。邹雅琴的拘留，着实让不少人寝食不安，尤其是省电力公司那些和邹雅琴来往密切的实权人物。

丁宝非也陷入惊惶失措中，生怕邹雅琴把他牵出来。他不停地找关系、找门路打听邹雅琴在里面的情况，心里不断地祈祷邹雅琴无事或扛住。有一天，他单独请单蓉夫妻吃饭，想通过唐勇做点外围工作。然而，唐勇的能力令他十分失望。他想过把邹雅琴送的钱交给纪委，争取一点主动。可思前想后，就是下不了决心。一是怕受贿的事传出去很没面子；二是存有侥幸心理，寄希望邹雅琴不会和盘托出。

丁宝非自然叫停了孙在兵的排危行动。方梅那点事，在目前显然算不了什么。他还要用她，还要她帮助渡过难关。一天晚上，他把方梅叫到天香花园，把邹雅琴送钱的事告诉她。方梅听后思索良久，说："你把钱转到我这里来吧。到时，邹雅琴真把这事说出来，你死不认账，到你家里查不到钱，无法对证，你自然就没事。"丁宝非想想在理，第二天就将邹雅琴送的几笔款和其它的钱转到方梅处。方梅劝他："亲爱的，放一万个心，有我在，你永远没事。"丁宝非把她紧紧抱在怀里，激动地说："方梅，你永远是我的至爱。听我一句劝，名分是虚的，感情才是实的。以后，我们还是这样好好过，好吗？"方梅含泪点头："好，我永远是你的。"经过这些日子和这些事，方梅想通了。她清楚和丁宝非结婚并非易事，不要说叫李沁离开丁宝非，就是让沈阅离婚，她也无法做到。与其和李沁争风吃醋、打打斗斗，还不如像以前一样甜甜蜜蜜地和丁宝非过好每一天。

邹雅琴出事还影响了柏筱的情绪。这些日子里，她寝食不安，担惊受怕，后悔未听齐明松劝。她想将此事告诉齐明松，但迟迟下不了决心。原因是不愿让他担忧，自己种的苦果自己吃。她也有侥幸心理，相信邹雅琴不会失信于她。有一天晚上，她将阿平约了出来，地点当然是玫瑰酒屋紫薇包房。阿平经过世事历练，成熟许多，已然是个地道的男子汉了。酒过三巡，柏筱问："邹雅琴在里面，你不去活动一下？"

阿平说："活动了。我有个老乡在检察院，我找过他。他说，你找死呀！一下子就把我堵住了。"

柏筱说："琴姐跟我说过，她喜欢你，对你很上心。你认为她在里面能扛住？"

阿平摇摇头："不好说。不过，跟她呆久了，发现她即大胆又心细，做什么事都充分考虑好自己的退路。"

"是吗？"柏筱暗暗吃惊，问，"听说她有本笔记本，里面记了不少送礼的流水账，是真的？"

阿平笑笑："听谁说的？"

"你朋友阿明。"柏筱顾不了许多，只有把阿明卖了。

"妈的，这王八蛋。"阿平骂了句，然后说，"她有这个嗜好，出笔账都要记上。有一次我提醒她，不要留这些口实。她说是为了和董事长对账。检察院工作人员抄她家这天，我正好在场，当场抄走了她两本笔记本。"

"你看过笔记本？里面记了些什么？"柏筱小心地问。

阿平说："她不让我看。有次趁她不注意，我拿过来翻了翻，一个都不认识。这些人的名下，多的一百万，少的五万。检察院凭这本笔记本，会要不少人的命。不是我说的，琴姐这样做害死人。"

"是啊。"柏筱点点头，心里骂邹雅琴不是东西。过会儿又问，"检察院找过你？"

阿平愤愤不平地说："把我叫去问了半天。我什么都不知道，就把我放了。还叫我近期不能离开芷都。妈的，他们凭什么怀疑我？"

送走了阿平，柏筱心里沉重起来。也许过不了多久，芷都又会来场大风暴，许多人的政治生命将终结在邹雅琴的笔记本上。好在齐明松明察秋毫，洞悉一切，未给邹雅琴接近的机会。否则，他也免不了会出现在她的名单里。因心里烦闷,加上饮了几杯酒,柏筱的头有点沉。她把车留在玫瑰酒屋停车场,打的士回家。偌大的房子,今晚显得格外空寂。已是寒冬,屋子里像堆满了冰,到处冒着刺骨的寒气。柏筱冷得浑身哆嗦,赶紧把厅堂和卧室的热空调打开。一会儿,屋子里渐渐暖和起来。她打电话齐明松,要他过来陪陪。齐明松接通电话说:"我在北京。跟你说过啊。"柏筱噢了几声,就把电话挂了。她一时心急,竟然把齐明松赴京开会的事给忘了。

她简单漱洗一下,坐进被窝里,打开笔记本电脑,想找阿明聊聊天。她和阿明已有好久没在网上见面。也是凑巧,一上 QQ,他的头像就在右下角屏幕上闪烁。柏筱赶紧打开对话框。

"姐,近来好吗? 生意顺吗? "阿明很快打过来一行字。

"挺好。阿明,你好吗? 那儿很冷吧。芷都今年格外冷,到房间里像进了冰库。"柏筱以最快的速度回了几句。

"冷。零下十度。出趟门不容易,到处是白雪皑皑。"

"注意保重,多穿衣服,晚上多盖被子。"

"谢谢姐! 上次您捐的被子,解决了不少困难藏民孩子的冷暖。他们祝福您扎西德勒! "

"呵呵! 他们得祝福你,这是你的善心。"

"姐。前天我跟阿平联系过,听说琴姐出事了。您没受到影响吧。"

柏筱一时不知如何回答,想了想,还是打一行字过去:"没有,我跟她只是普通朋友,没经济来往。"

"哦,那就好。我真担心她出事会影响您。我跟您说过,她有本记录本,好可怕呵。"

柏筱心情一下子又糟糕起来,思绪乱了,两眼呆呆地望着对面墙上的山水画。

"姐,在吗? "阿明一行字过来。

柏筱眼睛还在山水画上。

"姐,有事吗? 不说话? "阿明又一行字过来。

柏筱把散乱的思绪收回来,回句话:"谈点别的,好吗?现在生活习惯了吧。"

"姐,您有心事。是不是出事? 有什么告诉我,让我为您分点忧。"阿明固执起来。

"没事。真的,阿明。我们难得见面,谈点愉快的。"

"哦,没事就好,谢天谢地。姐,您是大好人,愿上帝保佑您平安! "

"谢谢！也愿上帝保佑你。对了，你和她在谈？"

"我们好上了。她很爱我，我也很喜欢她。她希望明年春暖花开把婚结了。"

"姐很高兴，祝贺你！等你结婚那天，我一定去西藏喝你的喜酒。"

"谢谢姐！姐到时一定得来。您不来，我就不结婚。"

"好。一定来。如不去，你们结不了婚，你女朋友不骂死我才怪？"

他们接下来聊了很多话题，不知不觉地聊了两个多小时，还是柏筱劝他早点回家，阿明才依依不舍地下了线。柏筱佩服阿明的勇敢，一个刚出校门的男孩，不顾父母的反对，毅然决然跑到人烟稀少、气候恶劣的西藏高原去支教，而且大有长期扎根西藏的打算。这不，连家都要安在那儿。现在的大学生，有几个敢如此义无反顾地到老少边穷、特别是气候恶劣的西藏高原去工作？想想当时陪阿平到玫瑰酒屋猎艳的那个阿明，如果她真的像邹雅琴那样迷恋小白脸，恐怕就没有现在的那个阿明了。人啊，如果一步走错，将会影响整个一生。她衷心祝愿他走好人生每一步，成为对祖国有用之人。

柏筱心理素质较差，心里不能有事。在没有齐明松安慰和陪伴的日子里，她一直落心不下，白天如惊弓之鸟，晚上似焙火之鱼。几天下来，人瘦了一圈。

齐明松出差一回来，她就缠上他，要他常来陪伴。柏筱一反常态的举止，令齐明松顿感纳闷，他问："怎么啦？我出趟差，你人瘦得变了型，感情又脆弱，碰上什么麻烦事？"

柏筱钻进他怀里，不停地摇头，娇柔地说："人家想你嘛。"她已决定把邹雅琴的事瞒下来，不能给他增添心病。她清楚，一年多来，齐明松的心情一直不佳，运作这么久，泡影都没有，令他十分郁闷。再次，工作上也没以前顺利，党组书记一熟悉情况，就开始指手画脚，常和他唱对台戏，弄得他十分难堪，以至要花三分之一的精力来应付。过去决策和办事效率奇高，现在要磨合几个来回，才能将决策敲定。他对这种管理体制很有意见，人为的制造障碍，人为的降低效率。但是，有意见归意见，你还得要适应这种相互制约的管理体制。为此，她常劝他，不要这么较真，天塌不下来，反正企业不是你个人的，倒了，垮了，你工资不少一分。可齐明松不这么认为，说这是面子和能力问题，非得要与书记较劲。

齐明松相信她的话，就没多想，歉疚地对她说："你一直心重，我关心不够，对不起。过去答应你再去趟九华山，一直未成行。我看，过几天，抽个空，陪你去九华山转转。那儿的菩萨挺灵。"

柏筱听了很开心，叫了起来："好呀，一直等你这句话。我昨天看了天气预报，三天后，全国一片阳光，南方温度上升七八度。正是踏冬的好时机。"

齐明松吻吻她,说:"行。就这么定了。后天开工作会,把北京会议传达完,我正好有几天空闲。"

芷都离九华山有 500 多公里,沿途多是高速,只省界有几段二级路,有的地方路况还不太好。齐明松叫胡训准备了一辆奥迪越野车。这款车动力足,性能好,跑长途,尤其是跑山路特别给力。会议结束的第二天,齐明松带上柏筱,自己开车前往九华山。

九华山以地藏菩萨道场驰名天下,享誉海内外。公元 719 年,新罗国王子金乔觉渡海来唐,卓锡九华,苦心修行 75 载,99 岁圆寂,因其生前逝后各种瑞相酷似佛经中记载的地藏菩萨,僧众尊他为地藏菩萨应世,九华山遂辟为地藏菩萨道场。受地藏菩萨"众生度尽,方证菩提,地狱未空,誓不成佛"的宏愿感召,自唐以来,寺院日增,僧众云集,香火盛甲于天下。

到九华山时已是下午 5 点,太阳完全被山峰吞没,夜幕慢慢笼罩过来。好在今年雪期来临较晚,山上还透着灵秀。往年这个时候,早已是大雪封山。现在,人们游玩喜欢寻找刺激,越是雪压松林、冰封山路,越有不少人徒步上山赏冰雪。两人先在九华山一家宾馆登记住下。不知何因,住店香客寥寥,齐明松要了间大套房,找经理争取一番,房价打了 4 折。柏筱说:"看不出,你还挺会砍价嘛。"齐明松内行地说:"淡季,就值这个价。"柏筱打趣道:"你应该去做生意,做领导亏待了你。"齐明松调皮一笑:"我们换换。"

齐明松返回车上取了行李,大小包 3 件,多是柏筱的。进了房间里,柏筱打开暖气和所有灯光。宾馆服务跟不上,本来房号一确定,服务员就应该马上把暖气打开,让顾客一下置身于温暖之乡。柏筱嘀咕:"硬件可以,软件一般。"齐明松说:"别挑剔,山上有这么好的条件,已经不错。"柏筱把行李摆好后,对齐明松说:"你去洗把脸,开了一天车,好好休息一下,我去弄点吃的来。"齐明松制止她:"我们去餐馆吃吧。"柏筱不同意,说餐馆人多声杂,没氛围。

约半个小时,柏筱领着几个小姑娘搬来了电火锅和七八盘生菜,有羊肉、牛肉、鲜鱼片、蘑菇等。几个小姑娘忙碌一阵,把餐桌布置得漂漂亮亮。其中有个年纪大点的手脚挺麻利,还帮着把羊肉涮好,并弓身请他们上座,恰似在餐厅服务。柏筱对她们说:"谢谢你们,回去吧,吃完后给你们打电话。"

她们走后,柏筱从行李箱里拿出两瓶法国红酒——总统之爱,还拿出一个醒酒器和两个高脚酒杯。齐明松指着醒酒器,笑着说:"这个也带上,亏你想得出。"柏筱得意地说:"当然,难得有这种机会。来了,就要浪漫一下。"

齐明松心里顿时内疚起来,以前总是忙工作,两人单独远行屈指可数。而柏筱却把这当作一种奢望。难怪她每次出远门都大包小包的。齐明松心疼地把她搂在怀里,在她额头上吻了吻,动情地说:"柏筱,以后,常带你出去,多享受两人生活。"柏筱点点头,把他按在座椅上,俏皮地说:"今天你是总统。"

柏筱把"总统之爱"打开,倒到醒酒器里,然后把涮好的羊肉夹在齐明松碗里,说:"先吃点菜吧,今晚,我们把这两瓶总统之爱喝完。"

齐明松一边吃羊肉一边问:"你知道这总统之爱的来历?"

柏筱摇摇头:"不知道,我只喜爱总统之爱 4 个字。而酒的中文名叫红颜容。好迷人!"

"我告诉你。"齐明松说,"美国杰斐逊总统是波尔多葡萄酒的忠实拥护者,他形容波尔多葡萄酒是阿波罗神酒,给人以耐心,是智者的饮品。他也很喜欢勃艮第葡萄酒,认为它们无与伦比、完美无瑕。今天我们提起的勃艮第令人垂涎的 Volnay 和 Montrachet,都是杰斐逊的最爱。他从一些法国酒庄订酒,对自己的酒如何包装,哪个港口入关,对船长的安排,如何隔岸付款,如何支付进口税,都亲历亲为妥善安排。享乐主义者和品酒专家的他,是当时最有经验的品酒大师。他这样写信给勃艮第酒商:首先质量要好,其次我们再讨论价格!喜欢葡萄酒的人都会有一款自己特别喜欢的酒。后来,酒商就把杰斐逊总统最喜欢喝的这款酒叫做总统之爱。"

柏筱说:"红酒文化太丰富,承载了多少故事和历史。有人说,喝红酒就是喝历史,喝文化,是这样?"

齐明松点点头,把醒好的红酒倒进高脚酒杯,端起来慢慢摇晃:"中国人普遍没达到喝红酒的水平。喝红酒需要耐力、智慧和情商。我们有些人,一口一杯,这不叫喝红酒,简直是糟蹋红酒。喝红酒要慢慢地品,才能品出里面的故事、历史、文化、爱情、友谊等等。今天,你把这些酒器一摆,我就懂你的心。来。"齐明松与她的酒杯轻轻一碰,慢慢呷了口,继续说,"柏筱,你不仅是我的至爱,更是我的生命。我今生今世不能给你名份,下辈子一定给。感谢你的理解,更感谢你的宽容。"

柏筱闪动泪花,轻轻说:"今晚,我们慢慢喝,喝到天亮,把人生、把世事、把情意彻底品透。也许,以后,这样的机会越来越少。"她的话里充满伤感。

齐明松赶紧用手捂住她的嘴:"不许说这种话。我不会离开你,也不许你离开我。我向地藏菩萨发誓。"他举起右手,"我们永远在一起。"

柏筱露出甜蜜的笑,端起酒杯:"好,喝酒,不说这些。"她的心事,不告诉齐明松,他怎能知道?

两人就着火锅，慢慢喝着酒，慢慢聊着往事。尤其是柏筱，把从小到大的点点滴滴，一股脑儿地告诉了齐明松，使齐明松完全了解了她的全部。

第二天，太阳升到老高时，他们才醒来。柏筱搂着齐明松说："真不想起床，就这样抱着，睡着，多好！"齐明松用鼻子顶顶她的鼻子，说："好呀，陪你睡一天。"柏筱伸伸懒腰，拿过床头柜上的手表一看，叫了声："哎呀，10点了。快起来，不要误了拜佛。"两人迅速起床，洗漱后，随便吃了点带来的点心，各自穿上皮大衣，走出酒店。

凡来九华山祭拜的香客都会首选天台寺。当然，他们也不例外。天台寺位于海拔1306米的天台峰巅。宾馆离那儿有一段路，他们经乘中巴和索道到达天台寺。走下索道台，仰望峰巅，甚是雄伟壮观。他们一前一后拾阶而上。走到半山腰，有一老者坐在石阶上，挡住了去路。他们在他面前停下，毫无表情地望着他，希望老者主动让路。谁知老者不挪身，还将眼睛闭上，一副闲情逸致、自我陶然的样子。齐明松叫了句："老师傅。"老者半天才把眼睛睁开，双手合十，像是自言自语，又像是对他们说："不需要去算命，看看现在自己的状况，就知道自己从前做了什么，要扭转，不是靠算命可以解决，不是急功近利、不择手段可以改善，没必要继续疯狂堕落，停下来，思考一下，然后改善自己的行为，顺应自然，自己去改变生活，自己去通过忏悔和行善来消减过去的恶行将会带来的结果。"

柏筱忍不住问："老师傅，你是说我们？"

老者点点头，说："我给你们算一卦吧。保准。"

齐明松心想，碰上一个相面骗子，没必要理睬，拉上柏筱要从他身边绕过去。

老者见状，站了起来："不算也罢，我还是各送你们两句话吧。送给先生的是：财大压人，沉船卸货。送给女士的是：风停歇脚，紫山为家。"说完，吹起口哨，侧身从他们身边走下山去。

齐明松、柏筱面面相觑，各自回味刚才两句话。柏筱问："明松，听懂了吗？风停歇脚，紫山为家。什么意思？"齐明松沉思片刻，劝道："山人之话，不可信。我们还是走吧。"柏筱本来心就重，背上八个字，心里不免沉重起来。

齐明松为了安慰她，用双手在她红扑扑的脸上搓搓，"别想了。"拉起她的手，迈开大步往上攀登。

天台寺依山势而建，根据峰顶岩石高低不等，分别为一层、二层，直至三层，最高处殿檐与寺后峰顶岩石相接。前后三进殿宇有地藏殿、大雄殿、万佛楼等，形成既无天井又无院落的整体建筑。到了寺前，往左看，有龙头峰；往右看，有龙珠峰;往前看,有十王峰。寺前岩壁上,有"非人间"等巨字摩崖石刻。拱形桥上的横梁上镌"中天世界"四个大字。两人边走边欣赏奇峰美景,免不了感叹一番。进得寺门,他们买了香烛,直奔地藏殿。地藏殿里已有不少香客在叩拜,佛像周边早已香火缭绕。两人站在一旁等候,一边聆听阵阵木鱼,一边仰望慈眉善目的地藏佛像。待香客散尽,他们才插香敬烛叩拜。两人都许了祝对方平安的愿。末了,齐明松自己塞了两百元,又代柏筱塞了两百元到功德箱内。

立在一旁的小僧,看来了两位大施主,摇了摇签盒,热情地捧到两人面前。

两人各抽了一支。齐明松签上所写是:峰回路转世道明,曲水绕河多事秋。是一支中签。柏筱签上所写是:花开花落总有期,潮起潮落人自清。是一支下签。

小僧把他们带到厢房里,请老僧帮助解签。老僧接过齐明松的签,看了看,摘下眼睛说:"施主,以后,诸事多小心。送你八个字:财大压人,沉船卸货。保重。"齐明松想起路上老者也说了这八个字,不免有点迷惑,心想是不是这两人事先串通好了,忍不住问:"这八个字,是什么意思?"老僧眯了眯眼,说:"该顿悟时会顿悟。"说完,伸手要过柏筱的签。老僧看完签,瞅了柏筱一眼,然后闭起双目,一言不发。柏筱自知不是好签,强打精神说:"师傅,你说吧,我有思想准备。"老僧双手合十,说了句:"阿弥陀佛。"小僧明白其中奥秘,把两人引出厢房,合掌打个躬:"谢谢两位施主。"

抽到下签,老僧又不肯解签,令柏筱情绪一落千丈。齐明松平生第一次抽中签,免不了心情沉闷。两人出得地藏殿,转到大雄殿和万佛楼。因没了情绪,两人走马观花,一会儿就转出了寺院。

出了院门,两人径直往华顶山爬去。走了几百米,两人驻足观看。远近山峦层层铺展,宛如千瓣莲花。暖洋洋的阳光撒在莲花瓣上,折射出道道金光。一会儿,不知从哪飘来一片云雾,随阵阵山风飘浮,时而似花朵,时而如轻纱,其形状变幻无穷,奇妙至极。柏筱已无雅兴欣赏美景,拉着齐明松的手说:"下山吧。"齐明松往远处再看了几眼,有点恋恋不舍地随柏筱下了山。

到了宾馆,齐明松接到胡训电话。胡训说:"齐总,今天上午 11 点,裴总被省纪委和省检察院的人带走了。王书记挺着急,到处找您。"齐明松已经知道邹雅琴被检察院逮捕,过去的担心突然变成了现实,令他心里很不安。他早就在不同的会议上告诫大家不要与邹雅琴走得近。不是他有先见之明,而是他看不惯刘副省长公子那份盛气凌人、不可一世的派头。邹雅琴是刘副省长公子的副总,德性也肯定好不到哪里。当然,现在还不能断定裴杰出事就是受邹雅琴的影响。裴杰这人比较贪,见不得权力,老会把手中的权力放大到两倍来行使。久而久之,不出事才怪？齐明松说："我马上回来，你跟王书记说，明天一早开个班子会，防范出现其他事件。"

第 48 章　香陨梓山

　　齐明松的判断没错，检察院正是凭邹雅琴的记录本找到了裘杰的突破口。裘杰出事仅是省电力公司引爆的第一颗炸弹，以后 10 几天里，陆续有 4 个处长被检察院带走。省电力公司一下子查出 5 个腐败分子，在芷江省成了重磅新闻。电力企业是我国最传统的老国企，思想政治、党的建设、反腐倡廉等工作做到了精准细。要求他们百分之百地安全平稳，也不现实。林子大了，什么鸟都有。在几百上千人的单位，出现个别贪腐，情有可原。但是，一个省级机构，一下子弄出 5 个，确实匪夷所思。出现这样大面积地腐败，单位一把手脱不了干系。齐明松无暇顾及其他工作，把所有精力投入到"救火"之中。

　　邹雅琴的记录本，还带出了其他单位不少人，在芷江政坛上引发了地震，搞得凡与邹雅琴有接触的人人自危。

　　丁宝非这些天里像热锅上的蚂蚁，坐立不安，上蹿下跳。方梅倒成了他的主心骨，不停地劝导和安慰。实际上，她也很怕丁宝非出事，两人现在是一条绳上的蚂蚱。过去干的那些事，只要一头事发，绳子那端无一幸免。

　　丁宝非还是没躲过"灾难"。一天下午，丁宝非在办公室被检察院的人带走。与他同时带走的还有熊长远。丁宝非和熊长远心里明白，是邹雅琴告发了他们。他们心里骂道：这个臭婊子。熊长远被推上警车时号啕大哭。丁宝非则紧锁眉头，一言不发。

　　作为单位一把手，漆汉昆被通知到场，检察院工作人员向他出示了两个人的逮捕证，并陈述了逮捕的理由。这个时候，漆汉昆有再多请求，也无法说出，只能老实表态全力支持检察院的工作。丁宝非被带出办公室时，漆汉昆走上前拍了拍他的肩，说："宝非，要和检察院同志配合好，争取宽大处理。"说完，用力握了握他的手，并眨了眨眼，意思是说该说的说，不该说的不说。丁宝非心知肚明，也眨巴几下眼，告诉他放一万个心。漆汉昆这番表演，充其量是自我安慰，虽然丁宝非后来一直信守诺言，对他的事未说一词，但并不能掩饰他的罪行。两年后,因其他事东窗事发,他同样免不了牢狱之灾。这是后话。

丁宝非和熊长远被检察院带走的消息,无疑给了柏筱当头一棒。如果邹雅琴真把她当姐妹,放她一马,那么,熊长远则免不了会把她扯进去。当时是熊长远介绍她和邹雅琴认识的,那些见不得人的潜规则,熊长远清楚得很。熊长远是个实足的软骨头,到里面肯定会把所知道的统统倒出来。丁宝非哩,虽然口口声声说为了朋友的利益敢舍弃生命,但人的韧性是有限度的。也许过不了多久,他的发家史就会像演义小说一样在社会上广泛流传,她和齐明松就成了里面的重要配角。是呀,没有她和齐明松的助力,凭他一个小保安的资历,能爬到芷都电厂管理层?为了满足丁宝非疯狂的私欲,更为了掩饰自己的丑行,她甘愿成了他的帮凶,也把自己拖入了万劫不复的境地。她想,自己平民百姓一个,成了牺牲品并不足惜。关键是齐明松,他奋斗了大半辈子,到头来落得认识的和不认识的民众向他"泼粪",这就完全害了他。而造成他走向反面的又是她柏筱,这时,她就成为众人唾骂的"婊子"。想到这,她似万箭穿心、坠入谷底、欲哭无泪。

柏筱叫来单蓉,要她打听丁宝非、熊长远的情况。单蓉很快打探到消息。她说:"熊长远进去第二天,就把他自己的和所知道的事一古脑儿地倒了出来。据说电厂又有几个人受到牵连。"柏筱问:"丁宝非?"单蓉说:"他倒是硬气,到现在什么也没说。去抄他家,只抄到十几本存折,存款只有100多万。为了取得突破,检察院成立了一个精干破案组,专门攻克这道难关。"过了片刻,单蓉又补了句,"丁宝非呈一时能,最终会崩溃。因为,进去的人没一个能扛到底。"柏筱听了倒抽冷气,心里冷得打颤,叫单蓉继续了解,并尽可能做点外围工作。

单蓉发现柏筱状态不对,悄悄地问:"柏总,您没事吧?"

柏筱苦笑一声:"没事,你去忙吧,有事会叫你。"

单蓉三步一回头地退出她的办公室,悬着的心终是放不下。过了会儿,单蓉又折回她的办公室,把门关紧,凑到柏筱身边,欲说又止。柏筱说:"你说吧。"

单蓉小心翼翼地问:"你和邹雅琴有经济来往?"

柏筱愣了一下,继而摇摇头,忙问:"听到什么?"

单蓉说:"听唐勇同学说,熊长远把您兜出来了,说收邹雅琴的钱是受到丁宝非和您的影响。言外之意,您和丁宝非都收了邹雅琴的钱。"

柏筱头猛地炸开,生痛生痛起来,心里诅咒熊长远不得好死,自己要死还拉上几个垫背。她用手支着头,有气无力地说:"单蓉,谢谢你!"单蓉抚抚她的背,说:"柏总,不怕,即使有什么事,我始终会在您鞍前马后。"

丁宝非死扛了十几天,终于扛不住,做了有限度的交待。他交待收了邹雅琴几笔款,检察人员问钱去了哪里?他临时编排说买了天宫花园的房子。他还在做垂死挣扎,想转移检察人员的视线。

方梅不知从哪打听到了丁宝非开始在交待。她害怕丁宝非把她兜出,向刘洋交份辞职报告,带上丁宝非转移过来的600多万和自己多年收的那些钱,选择了逃亡。她在上海某医院做了整容手术,在西部城市里隐名埋姓起来。若干年后,她同样没逃脱法律的制裁,关在丁宝非所在监狱相隔不远的女子监狱里。只不过她的刑期比丁宝非少一半。这是后话。

当单蓉把丁宝非开始崩溃的消息告诉柏筱时,她也崩溃了。她感到世界末日已来临,天地在塌陷,整个人像没了灵魂。有熊长远的供词,有丁宝非的坦白,再有邹雅琴的交待,她离进监狱的日子就不远了。她本来心就重,加上受贿事件折磨,几天几夜睡不着。她给齐明松打电话,希望他能来陪陪和安慰。可他总说抽不出空,一天到晚陷在几个案件中。网局还派纪检组长蹲在省公司协助省纪委和检察机关查案。他说在这敏感时期尽量不要见面,等过了这阵再说。柏筱知他的难处,倍感无奈。她相信他的话,这个时候,有无数双眼睛在盯着他,他的一言一行,一举一动,都在人们注视当中。柏筱整天处在焦虑和惶恐之中,又得不到齐明松的慰藉,情绪越来越糟,心情越来越坏,完全陷入了绝望。

这天晚上,柏筱婉拒了阿丽的宴请,早早地回到家,也不想吃任何东西,把自己关在黑咕隆咚的房间里。她的灵魂已完全出壳,死亡的信息占据了角角落落。她感到自己已没力气再活下去,生的欲望越来越远,死的欲望越来越近。她开始恐惧生活,恐惧人言,恐惧失去自由,恐惧父母责骂,恐惧齐明松受到牵连。挣扎了半天,她下定了走向死亡的决心。死的决心一下,她心里反而轻松起来,打开灯,走出房间,给自己做了碗面条,痛痛快快地吃个够。吃饱后,她开始考虑后事。死,既然是一种选择,就要死得无声无息。她最讨厌那种轰轰烈烈的死,死了,还让人们在后面指指点点。突然,她想起天台寺老者说过的谶语:风停歇脚,紫山为家。到现在,她才领悟这八个字的含义。风停歇脚,就是生命停住,可以歇息了;紫山为家,紫山,可能是家乡梓山的谐音,活了半辈子,可以以梓山为家了。原来,上帝早已给她作了安排,到了这时,你不从也不行了。

她想好了死的方法。她打电话给一个医生朋友,说明天去趟老家,帮助开一些安定,骗说母亲严重失眠。医生说一次只能开少量。柏筱说开多少算多少,明天上午9点来取。她又给阿丽打电话,请她帮忙。她知道,阿丽朋友多,多开点安定不成问题。

打完电话,她开始清理齐明松的衣物。虽然她给他买过不少高档衣裤,多数是摆在那个家。齐明松放在这里的衣物不多,两个行李箱就装完了。接着,她清理齐明松的照片,先摘下墙上的大头照,砸碎玻璃,取出放大的照片,到厨房付之一炬。多数照片还是存在笔记本电脑里,她打开笔记本电脑,把齐明松的照片全部删除。然后,拿锤头把笔记本电脑砸得粉碎。她听说电脑删除的资料,技术人员还可从硬盘中恢复,毁坏后,再高明的人也束手无策。做完这些,她开始给齐明松写遗书,写着写着,忍不住痛哭起来。写了两个小时,才把遗书写完。接着,她又给罗正平写了两封信,交待了一些后事。到深夜一点,她才把该做的做完。然后,她放好热水,仔仔细细地把自己清洗干净。

第二天,她醒得很早,简单洗漱一下,把大小行李搬到车上。然后泡了盒方便面吃。等到 8 点半,她才慢慢腾腾地离开房子。到医生朋友和阿丽处取完药后,已是上午 10 点半了。她给单蓉打电话,说出去几天,工作上的事要她多担待。又给罗正平打电话,说出趟差,工作上的事找单蓉。忙完这些,她就把手机关掉,驾车慢慢往家乡驶去。

下午 4 点,她才开到县界内,先到镇里把齐明松、罗正平的信寄了。走出邮局,她突然想起阿明,过不了多久,他就要结婚。她还承诺去喝他的喜酒,异性朋友中,还只有阿明值得惦记。他曾给她带来不少欢乐,也给她勾起不少联想。她返回邮局,从手袋里拿出 3 万块钱,寄给阿明。她在邮寄单上留言:"阿明,没机会喝你的喜酒,寄上 3 万元,祝你幸福! 远方的柏筱姐。"

回到柏村,太阳已经西斜,晚霞把村庄衬得血红。父亲母亲见她回来,十分高兴,帮她把大小行李搬进房间。吃晚饭时,父母问这问那,她一一回答,像没发生什么事样。饭后,又聊了会儿天,她对父母说:"我早点去睡,这几天工作比较累,想好好睡个懒觉。明天你们不要喊我,我要自然醒。"父母异口同声地说:"去吧,开了一天车,早点休息,明天不喊你。"回到房间,她给父母留了张纸条,把自己的形象整理一下,把带来的安定全部服下。然后,不脱衣服,坦然地躺在床上,盖好被子,安然地睡去。

翌日上午 11 点,母亲见柏筱还没起床,觉得奇怪,再怎么睡,也睡不了十七八个小时呀。母亲忍不住去敲门,没反应;大声喊,还是没反应。母亲就推门,里面拴死,推不动。母亲觉得不妙,吓得赶紧跑去喊父亲。父亲来了,使劲推门,仍不动。父亲叫母亲拿锄头来。砸开门后,两老齐奔进去,发现柏筱已经四肢冰凉。两老扑在女儿身上,嚎啕大哭起来。父亲看见女儿留下的纸条,止住哭声,拿过来一看,上面写道:

爸爸妈妈：

　　不要怪女儿不孝,女儿已经厌倦了这个世界,女儿先走了。你们的后半生,我已有安排,罗总到时会找你们。我死后,把我埋在梓山上,面靠芷都,我要天天眺望芷都,那儿有我的过去和留恋。丧事一定要简办,不要惊动任何人。记住,丧事不准告诉罗总和齐小山。三七后,他们会来看我,到时不要声张。以后,你们有什么事,找罗总,他会帮你们。你们不要埋怨齐小山,他是好人,我的死与他无关。弟妹那儿我没有另外留话,转告他们,要好好活着,代姐姐好好孝敬父母。

不孝女儿柏筱

　　父亲一边看,一边哽咽,看完后,惨叫一声:"女儿啊!"顿时倒地,昏了过去。村民闻讯赶来,并请来了镇医,忙碌一阵后,终是回天无术。

　　柏筱在镇上寄的信,3天后才分别寄到齐明松和罗正平手上。在这3天时,齐明松给柏筱打了无数个电话,一直是关机,问罗正平,也不知去何处出差。从九华山回来,他的精神不好,她的状态更差。他后悔不该去这趟九华山,害得两人神情恍惚,尤其是柏筱,让她背负了沉重的思想和心理负担。省电力公司五宗案件,把他的时间和精力完全挤占。九华山回来后,两人就没见过面。她的状态,她的情绪,让他放心不下。收到信,一看邮戳,是她老家寄来的,心略宽些。待看到内容后,他惊呆了。

　　信上写道:

明松,我的至爱:

　　当你看到这封信后,我们已经阴阳两隔。

　　我对不起你,我欺骗了你,我瞒着你和邹雅琴交往了好久。我抵不住诱惑,先后收了她150万。我曾经把钱退给她,没退成,主因还是我贪。我早就听说她有本送礼记录本,她叫我放心,不会害我。我相信她,因为,我们成了朋友。

　　如果听了你的话,我就不会迷失方向,失去自我。当她的记录本牵累很多人后,我痛感我的牢狱生活不远了。我恐惧这种生不如死的生活,我恐惧毁掉父母和你名声的后果。为了父母和你的清白,我选择了死。死,对你来说是残酷的,对我,却是一种解脱。

　　丁宝非也被邹雅琴牵进去了。他可能有更多黑幕。当他所有经历大白于天下之时,你可能就成了帮凶。记住,为了你的前程,可以把所有责任推在我身上。理由可以随意编。我一生做错很多事,最不能饶恕的是这两件。

　　大学毕业时,我有过情感挫折,曾经死过一次。那次是心死,其痛苦不亚于生命终结。后来遇到你,在世人看来,我们的爱属于畸形。而我,却认为是纯洁和美好。我对你的爱,胜于生命。我能感受到,你对我的爱,也胜过一切。是你,让我真正体验到了做女人的幸福和快乐。感谢父母给过我生命,感谢你给过我的爱。现世做不了夫妻,来世一定要和你比翼。在另一世界里,我准备用爱织就我们的爱巢。那时,我们就再也不分开。

我最憧憬梁山伯与祝英台的故事,但愿我死后,能化为蝴蝶,在思念你的时候,飞到你身边。如果哪一天,有只蝴蝶在你面前蹁跹,记住,那一定是我。

还记得天台寺老者的谶语?风停歇脚,紫山为家。这八个字,对我的生命做了诠释。我死后,就葬在老家梓山上。我祈愿,每年的 11 月 16 日,那是我们身心相融的日子,请你到我坟前看看。我不想这天孤独。

最近,你不能去虹美花园。我已经清理了现场。即使他们去抄家,已没了你的痕迹。存折和房产证我带回柏村,到时叫罗正平来取。

在没有我的岁月里,多多保重。记住那句谶语:财大压人,沉船卸货。凡事不要再去争,水满则溢,船重则沉。

有机会,再去九华山给我抽支签。我相信,我的签,一定是上上签了。

过了三七来看我。谨记。

永远爱你的柏筱泣笔

齐明松看得出,柏筱是流着泪写完这封信的。因为信笺纸上布满了泪痕。齐明松忍不住失声痛哭起来,心里喊道:柏筱呀,为什么不早把这些告诉我? 你不该走绝路啊!天大的事,我帮你扛扛,不就过去了吗。柏筱呀,回来吧,我在等你。

罗正平几乎是和齐明松同时收到柏筱的信。他拆开来一看,有两封。一封是后事安排。她要罗正平继续把公司做大做好,把她名下属于自己的股份分离出来,改为她父亲持有;把齐明松的股份改为刘好持有。公司以后远离齐明松权力范围的所有业务,不能再做关联交易。另外,还有其他一些交待。另一封显然是写给办案人员看的。

罗总:

永别了!

感谢你对我的关照和提携,使我才有今天的成就。但是,我让你失望了。我瞒着你先后收了邹雅琴 3 笔钱,共 150 万元。

我的死,跟你,跟任何人无关。我是背负沉重的十字架离开的。要以我的失措教育公司所有员工。虽然我们是民企,但,违法的事同样不能做。

如果检察机关人员来了,请你帮我垫付 150 万元给他们。以后在我的分红中扣除。

芏都正天电力工程有限责任公司的所有担子，以后都得你来扛了。

辛苦你了！谢谢！

柏筱

罗正平看完信后大惊失色，马上与柏筱父亲取得联系。柏筱父亲在电话里哭个不停，断断续续地把实情告之。罗正平陪着流了会儿眼泪，并劝慰了一阵。挂了电话，他赶紧给齐明松打电话。齐明松在电话里唏嘘不已，叫他过来一趟。罗正平急匆匆赶过去，一进齐明松的办公室就把门拴紧，掏出两封信给他。齐明松也把柏筱的绝笔递罗正平。罗正平看完后，两眼潮湿，拍拍齐明松的肩膀："明松，想开点，她走了，已经无法挽回。我们就按她的要求做吧，让她在九泉之下得以安宁。"

齐明松拭干泪水，说："正平，她交待的后事，你尽力帮她做好。我这种处境，只有躲在幕后。"

罗正平握住他的手，说："放心吧。你要小心，身边发生那么多事，要注意保护自己。"

几天后，检察院两位同志找到正天公司。因邹雅琴对行贿柏筱的3笔款昨天才交待出来。罗正平热情接待了他们。两人分别作了自我介绍，高个子姓蒋，矮个子姓祝。小蒋把他们的来意说了，要他帮助找到柏筱。罗正平早有准备，从抽屉里拿出柏筱的信，递给小蒋。小蒋看后不吭声，把信递给小祝。小祝看后说："一封信不能证明什么，我们要进一步核实。"

罗正平说："我先把150万打给你们。如要去核实，我陪你们去趟柏筱老家。有必要的话，也可开棺验尸"

两人交换了一下意见，点头同意。罗正平向他们要了账号，叫财务科长马上去转账。

三七后，即柏筱的忌日满了21天，齐明松、罗正平驱车来到柏村。

柏筱父母见到他俩，哭得死去活来。齐明松、罗正平陪着流了会儿眼泪，把两老劝住。罗正平把一个装满30万元钱的提箱交给柏筱父亲，说："请两老收好，这是柏筱生前交待的。余下的事，以后再说。先带我们去看看她吧。"。

梓山屹立在柏村的东边，是柏村最高点。山上松树茂盛。虽是初春，山风依然凛冽，把茂密的松林吹得沙沙响。柏筱的坟墓座落在半山腰一块斜坡上。那里树木不多，阳光充足，视野开阔，可以望见数百里之外的芏都。

因时间仓促，柏筱的坟墓修得简单。柏筱父亲说，1年后再给她重修。罗正平支走了柏筱父亲，说让他们单独呆会儿。

齐明松点好两炷香,插在坟头两端。两人并排面朝坟墓,深深鞠了三躬。而后,两人哀思许久。这时,他们什么也不想说,只是默默地用心诉说。齐明松想起她的百般温情,不禁泪湿衣衫。

不知过了多久,齐明松感慨万端起来,他说:"人的路有千条,走错一步,就会走到荒路上去。柏筱走错了,不知我们有没有走错?"

罗正平望着远处,说:"错与不错,没有绝对的标准。走错了,赶紧纠正,人生目标就不会偏位。但是,又有多少人有这个觉悟?我相信,时代总是在进步。"

齐明松耳畔顿时响起这句谶语:财大压人,沉船卸货。

远处吹来一阵山风,犹如是柏筱嘶哑的声音。

齐明松心里猛然一震,忽然顿悟了什么!

在下山的路上,齐明松接到省纪委一位好朋友的电话,告诉他检察院在丁宝非的案件材料中发现了一份涉及他若干年前的存款和房产证复印件,书记已交待他转给国家电力公司纪检组。听到这一消息,他头上突然像响了一声炸雷,惊得他站立不稳……

图书在版编目(CIP)数据

荒路 / 吉志著.—南昌:江西人民出版社,2013.5(2013.9 重印)
ISBN 978-7-210-05920-2

Ⅰ.①荒⋯ Ⅱ.①吉⋯ Ⅲ.①长篇小说–中国–当代
Ⅳ.①I247.5

中国版本图书馆CIP 数据核字(2013)第 086460 号

荒路

吉志 著

出版:江西人民出版社

责任编辑:王一木

发行:各地新华书店

地址:江西省南昌市三经路 47 号附 1 号

邮编:330006

编辑部电话:0791-88612505

发行部电话:0791-86898801

网址:www.jxpph.com

E-mail:jxpphwym@sina.com

2013 年 5 月第 1 版 2013 年 9 月第 2 次印刷

开本:787 毫米×1092 毫米 1/16

印张:24.25

字数:320 千字

ISBN 978-7-210-05920-2

定价:42.80 元

承印厂:南昌市红星印刷有限公司

赣版权登字—01—2013-105